CINQUANTE NUANCES PLUS CLAIRES

EL James

CINQUANTE NUANCES PLUS CLAIRES

roman

Traduit de l'anglais
par Denyse Beaulieu

ÉDITIONS FRANCE LOISIRS

Titre de l'édition originale : Fifty Shades Freed
publiée par The Righter's Coffee Shop Publishing House, Australie

Édition du Club France Loisirs,
avec l'autorisation des Éditions Jean-Claude Lattès

Éditions France Loisirs,
123, boulevard de Grenelle, Paris.
www.franceloisirs.com

Couverture : Atelier Didier Thimonier,
d'après le design de Jennifer McGuire
Photo : © Random House, Inc. / Kineticimagery.

ISBN : 978-2-298-07764-3

Para mi Mamá con todo mi amor y gratitud
Et pour mon père bien-aimé
Papa, tu me manques tous les jours

Prologue

Maman ! Maman ! Maman dort par terre. Ça fait longtemps qu'elle dort. Je lui brosse les cheveux parce qu'elle aime ça. Elle ne se réveille pas. Je la secoue. Maman ! J'ai mal au ventre. J'ai faim. J'ai soif. Dans la cuisine, je traîne une chaise jusqu'à l'évier et je bois. Je mouille mon chandail bleu. Maman dort encore. Maman, réveille-toi ! Elle ne bouge pas. Elle est froide. Je prends mon doudou et je couvre maman, et je m'allonge à côté d'elle sur la moquette verte toute tachée. Maman dort encore. Maman, réveille-toi ! J'ai deux petites voitures. Je joue avec mes voitures par terre à côté de maman qui dort. Je pense que maman est malade. Je cherche quelque chose à manger. Dans le congélateur, je trouve des petits pois. Ils sont froids. Je les mange. Ça fait mal au ventre. Je dors à côté de maman. Il n'y a plus de petits pois. Il y a un truc dans le congélateur. Ça pue. Je le lèche et ma langue colle dessus. Je le mange. Ce n'est pas bon. Je bois de l'eau. Je joue avec mes voitures, puis je dors à côté de maman. Maman est froide, et elle ne veut pas se réveiller. La porte s'ouvre tout d'un coup. Je couvre maman avec mon doudou. Il est là. *Putain. Qu'est-ce qui s'est passé ici, bordel de merde ? Sale pute. Merde. Putain. Fous le camp, espèce de petit morveux.* Il me donne un coup de pied, et je me cogne la tête par terre. J'ai mal à la tête. Il téléphone à quelqu'un et il s'en va. Il ferme la porte à clé. Je m'allonge à côté de maman. J'ai mal à la tête. La dame de la police arrive. Non. Non. Non. Ne me touchez pas. Je reste à côté de maman. Non. Laissez-moi. La dame de la police prend mon doudou et m'attrape. Je crie. Maman ! Maman ! Je veux ma maman. Les mots sont partis. Je ne peux plus dire les mots. Maman ne peut pas m'entendre. Je n'ai plus de mots.

— Christian ! Christian !

Une voix pressante le tire des tréfonds de son cauchemar, de son désespoir.

— Je suis là. Je suis là.

Il se réveille. Penchée sur lui, elle l'a pris par les épaules pour le secouer, le visage tordu par l'angoisse, ses grands yeux bleus débordant de larmes.

— Ana.

Sa voix n'est qu'un souffle ; le goût de la peur lui ternit la bouche.

— Tu es là.

— Bien sûr que je suis là.

— Je rêvais…

— Je sais. Je suis là, je suis là.

— Ana.

Ce nom est un talisman contre la panique noire qui l'étouffe.

— Chut, je suis là.

Elle s'enroule autour de lui, lui fait un cocon de ses membres, lui insuffle sa chaleur, chasse les ombres, repousse la peur. Elle est le soleil, elle est la lumière… elle est à lui.

— S'il te plaît, on ne se dispute plus jamais, dit-il d'une voix rauque en l'enlaçant.

— D'accord.

— Nos vœux de mariage… Tu ne veux pas me promettre d'obéir. J'essaie d'accepter. Ça va aller.

Les mots se déversent de sa bouche dans un mélange d'émotion, de confusion et d'anxiété.

— Oui. Ça va aller. On trouvera comment faire, chuchote-t-elle en collant ses lèvres sur les siennes, pour le faire taire et le ramener à l'instant présent.

1

Par les interstices du parasol en raphia, je contemple le ciel bleu de la Méditerranée en poussant un soupir de satisfaction. À côté de moi, Christian est allongé sur son transat. Mon mari – mon beau mari sexy, torse nu, vêtu d'un short découpé dans un jean – lit un essai qui prédit l'effondrement du système bancaire occidental. Ça doit être fascinant : je ne l'ai jamais vu aussi immobile. On dirait un étudiant plutôt que le P-DG de l'une des plus importantes entreprises privées des États-Unis.

Nous en sommes à la dernière escale de notre lune de miel, et nous nous prélassons sur la plage du Beach Plaza Monte Carlo, bien que nous n'habitions pas l'hôtel : nous dormons à bord d'un yacht de luxe, le majestueux *Fair Lady,* construit en 1928. Christian l'adore – je le soupçonne d'avoir envie de l'acheter. Ah, les garçons et leurs joujoux…

Tout en écoutant le mix « Christian Grey » sur mon nouvel iPod en somnolant sous le soleil de fin d'après-midi, je repense à sa demande en mariage dans le hangar à bateaux. Il me semble encore sentir le parfum des fleurs des champs…

— On se marie demain ? murmure doucement Christian à mon oreille.

Assouvie par notre étreinte passionnée, je suis allongée en travers de sa poitrine sous la charmille du hangar à bateaux.

— Mmm.

— C'est oui ?

— Mmm.

— Non ?

— Mmm.

Je devine qu'il sourit.

— Mademoiselle Steele, ne seriez-vous pas incohérente, par hasard ?

Je souris à mon tour.

— Mmm.

Il éclate de rire, me serre tendrement dans ses bras et m'embrasse sur la tête.

— Alors demain, à Las Vegas ?

Je relève la tête, à moitié assoupie.

— Ça m'étonnerait que mes parents soient d'accord.

Il effleure mon dos nu du bout des doigts.

— Qu'est-ce que tu préfères, Anastasia ? Las Vegas ? Un grand mariage avec tout le tralala ? Dis-moi.

— Pas un grand mariage… Rien que la famille et les amis.

Je lève les yeux vers lui, émue par la prière muette qui brille dans ses yeux gris. *Qu'est-ce qu'il veut, lui ?*

Il hoche la tête.

— D'accord. Où ?

Je hausse les épaules.

— On pourrait faire ça ici, propose-t-il.

— Chez tes parents ? Ça ne les embêterait pas ?

Il glousse.

— Ma mère serait folle de joie.

— Alors d'accord. Ça fera plaisir à mes parents.

Il me caresse les cheveux. Plus heureuse, ce n'est pas possible.

— Bon, on a décidé où. Maintenant, quand ?

— Tu devrais quand même poser la question à ta mère, non ?

Le sourire de Christian s'efface.

— Je lui laisse un mois, pas plus. J'ai trop envie de toi pour t'attendre plus longtemps.

— Christian, tu m'as déjà. Tu m'as depuis un bon moment. Mais va pour un mois.

J'embrasse sa poitrine, d'un baiser doux et chaste, et je lui souris.

La voix de Christian me réveille en sursaut :

— Tu vas brûler.

— Je ne brûle que pour toi.

Je suis maintenant allongée en plein soleil. Avec un petit rire ironique, il tire sur mon transat pour le remettre à l'ombre du parasol.

— Vous voici à l'abri du soleil méditerranéen, madame Grey.

— Je vous sais gré de votre sollicitude, monsieur Grey.

— Tout le plaisir est pour moi, madame Grey, et il ne s'agit pas du tout de sollicitude. Si tu prends un coup de soleil, je ne pourrai pas te toucher.

Il hausse un sourcil, les yeux pétillant d'humour, et je fonds.

— Mais je crois que tu le sais, et que tu te moques de moi.

Je feins de m'étrangler.

— Je ferais ça, moi ?

— Oui. Et souvent, encore. Ça fait partie des nombreuses choses que j'aime chez toi.

Il se penche pour m'embrasser et mordille ma lèvre inférieure.

— Tu veux bien me remettre de la crème solaire ?

— Madame Grey, c'est un sale boulot, mais c'est une offre que je ne peux pas refuser. Assieds-toi.

J'obéis. De ses doigts forts et souples, il m'enduit méticuleusement de crème.

— Tu es vraiment ravissante. Qu'est-ce que j'ai de la chance, murmure-t-il tandis que ses doigts effleurent mes seins.

— Oui, en effet, monsieur Grey.

Je lui adresse un regard pudique.

— Madame Grey, la pudeur vous va bien. Retourne-toi, je veux te faire le dos.

Je m'exécute en souriant. Il détache le haut de mon bikini hors de prix.

— Tu dirais quoi, si je me mettais seins nus comme les autres femmes sur la plage ?

— Je dirais non, répond-il sans hésiter. Déjà que ça m'ennuie que tu sois presque nue en public... (Il se penche pour me souffler à l'oreille.) Ne joue pas avec le feu.

— C'est un défi, monsieur Grey ?

— Non. C'est un ordre, madame Grey.

Je soupire en secouant la tête. *Ah, Christian... mon Christian possessif, jaloux, maniaque du contrôle.*

Lorsqu'il a terminé, il me donne une claque sur les fesses.

— Ça ira comme ça, jeune fille.

Je fronce les sourcils. Il ricane.

— Tout ça, ce n'est que pour mes yeux, madame Grey.

Il me donne une autre claque sur les fesses et s'assoit sur son transat pour répondre à son inséparable BlackBerry.

Ma déesse intérieure ronronne. Ce soir, nous pourrions peut-être concocter un spectacle rien que pour ses yeux ? Elle glousse d'un air coquin en haussant un sourcil. Je souris en reprenant ma sieste.

— Mademoiselle ? Un Perrier pour moi et un Coca light pour ma femme, s'il vous plaît. Et quelque chose à manger… je peux voir la carte ?

Mmm… La voix de Christian m'a réveillée. L'œil mi-clos, je constate qu'il m'observe tandis qu'une jeune femme en uniforme s'éloigne en portant un plateau ; sa queue-de-cheval blonde et aguicheuse oscille dans son dos.

— Tu as soif ? me demande-t-il.

— Oui, fais-je d'une voix ensommeillée.

— Je pourrais te regarder toute la journée. Tu as sommeil ?

Je rougis.

— Je n'ai pas beaucoup dormi la nuit dernière.

— Moi non plus.

Il sourit, pose son BlackBerry et se lève. Son short lui descend un peu sur les hanches comme j'adore, ce qui dévoile l'élastique de son maillot. Il retire son short et ses tongs.

— Tu viens nager ?

Il me tend la main tandis que je le contemple, ébahie par tant de beauté.

— Tu viens nager ? répète-t-il, amusé.

Comme je ne réponds toujours pas, il hoche lentement la tête.

— Je crois que tu as besoin d'être réveillée.

Soudain, il se jette sur moi et me soulève de mon transat, ce qui m'arrache un cri d'étonnement. Je hurle :

— Christian ! Lâche-moi !

Il glousse.

— Je te lâcherai dans l'eau, bébé.

Plusieurs vacanciers nous observent avec cette expression à la fois intéressée et perplexe, typique des Français, tandis que Christian m'emmène vers la mer en riant. Il s'avance dans les vagues et je m'accroche à son cou.

— Tu n'oserais pas, dis-je en tentant de me retenir de rire.

Il sourit largement.

— Ana, mon bébé, tu n'as donc rien appris, depuis le temps qu'on se connaît ?

Il m'embrasse ; j'agrippe ses cheveux pour le retenir en lui rendant son baiser. Il inspire brusquement et s'écarte, le regard méfiant.

— Tu essaies de faire diversion ? me souffle-t-il.

Il s'enfonce lentement dans l'eau fraîche et limpide, m'entraînant avec lui tandis que ses lèvres retrouvent les miennes. J'oublie vite la fraîcheur de l'eau dans les bras de mon mari.

— Je croyais que tu voulais nager ?

— Tu me déconcentres, dit Christian en effleurant ma lèvre inférieure avec ses dents. Mais je doute que les braves gens de Monte Carlo aient envie de voir ma femme dans les affres du plaisir.

Je mordille l'arête de sa mâchoire. Sa barbe me pique la langue. Je m'en fous, moi, des braves gens de Monte Carlo.

— Ana, gémit-il.

Enroulant ma queue-de-cheval autour de son poignet, il tire doucement dessus pour me faire renverser la tête en arrière et exposer ma gorge, avant de semer des baisers de mon oreille à mon cou.

— Et si je te prenais dans la mer ? souffle-t-il.

— Vas-y.

Christian s'écarte pour m'observer d'un regard à la fois tendre, troublé et amusé.

— Madame Grey, vous êtes aussi impudique qu'insatiable. Quel monstre ai-je donc créé ?

— Un monstre à ta mesure. Tu me voudrais autrement ?

— Je te veux de toutes les manières possibles, tu le sais bien. Mais pas ici. Pas en public.

Il désigne la plage d'un signe de tête. Effectivement, plusieurs vacanciers ont cessé d'affecter l'indifférence pour nous observer avidement. Soudain, Christian m'attrape par la taille et me lance dans les vagues. Je m'enfonce jusqu'au sable avant de refaire surface, hilare, en toussant et en recrachant de l'eau. Je l'éclabousse ; il me rend aussitôt la pareille.

— On a toute la nuit devant nous, lance-t-il en souriant comme un idiot. À plus, bébé.

Il plonge et ressurgit un mètre plus loin avant de s'éloigner de moi en nageant le crawl.

Grr ! Quel allumeur ! Je protège mes yeux de ma main en visière pour le suivre du regard, puis je regagne la plage à la nage. Nos consommations sont arrivées. Je me réinstalle dans mon transat pour siroter mon Coca light. Christian n'est plus qu'un point lointain à l'horizon.

Tiens, et si j'en profitais ? Je m'allonge sur le ventre et retire mon haut de bikini pour le lancer sur le transat de Christian d'un geste désinvolte. En voilà, de l'impudeur, M. Grey. Et toc ! Je ferme les yeux et laisse le soleil réchauffer ma peau… réchauffer mes os, et je me laisse dériver en repensant à mon mariage.

— Vous pouvez embrasser la mariée, annonce le révérend Walsh.

J'adresse un sourire radieux à mon mari.

— Enfin, tu es à moi, me chuchote-t-il en me prenant dans ses bras pour m'embrasser chastement sur la bouche.

Je suis mariée. Je suis Mme Christian Grey. Je suis ivre de bonheur.

— Tu es belle, Ana, ajoute-t-il, le regard débordant d'amour… et de quelque chose de plus sombre, de plus sexuel. Ne laisse personne d'autre que moi te retirer cette robe, compris ?

Quand ses doigts effleurent ma joue, mon sang s'embrase. *Il fait comment, avec tous ces gens qui nous regardent ?* Je hoche la tête en espérant que personne n'a pu l'entendre. Heureusement, le révérend Walsh, discret, a reculé d'un pas. Je jette un coup d'œil à la foule en tenue de cérémonie… Ma mère, Ray, Bob, les Grey, tout le monde applaudit – même Kate, ma demoiselle d'honneur, superbe en soie rose pâle à côté du témoin de Christian, son frère Elliot qui, pour une fois, a l'air très chic. Tous arborent des mines réjouies, sauf Grace qui sanglote élégamment dans un délicat mouchoir blanc.

— Prête à faire la fête, madame Grey ? murmure Christian en me souriant timidement.

Je fonds. Il est sublime dans son smoking, avec son gilet gris argent et sa cravate assortie.

— Plus que jamais.

Je souris béatement.

La tente rose pâle, argent et ivoire s'ouvre sur la baie. Heureusement, il fait beau : le soleil de fin d'après-midi fait scintiller l'eau. Les parents de Christian ont fait les choses en grand : il y a une piste de danse à un bout de la tente, un buffet somptueux à l'autre bout.

En regardant Ray et ma mère danser et rire ensemble, j'éprouve une douce amertume. J'espère que notre mariage durera plus longtemps que le leur : je ne sais pas ce que je ferais si Christian me quittait. Un vieux dicton me tourmente : *Qui se marie à la hâte se repent à loisir.*

Kate, très en beauté dans sa longue robe en soie rose, me jette un coup d'œil réprobateur.

— Dis donc, ça n'est pas censé être le plus beau jour de ta vie ?

— Si.

— Alors pourquoi tu fais cette tête-là ? Tu regardes ta mère et Ray ?

Je hoche tristement la tête.

— Ils ont l'air heureux, constate Kate.

— Oui. Ils sont plus heureux depuis leur divorce.

— Tu as des doutes ? s'inquiète Kate.

— Non, pas du tout. Mais… je l'aime tellement.

Je me tais car j'ai peur de formuler mes craintes.

— Ana, arrête de t'en faire ! Il t'adore, c'est évident. Je sais que votre histoire a démarré de façon… disons, peu conventionnelle, mais j'ai bien vu à quel point vous êtes heureux tous les deux depuis un mois. (Elle prend mes mains et les presse.) En plus, le mal est fait, maintenant ! ajoute-t-elle en riant.

Je glousse. Kate a vraiment le don d'enfoncer les portes ouvertes. Elle me serre dans ses bras – la Prise de l'Ours, façon Katherine Kavanagh.

— Ana, tout ira bien. Mais si jamais il touche un seul de tes cheveux, il aura affaire à moi.

Elle me libère en souriant.

— Salut, bébé ! lance une voix dans mon dos.

Christian m'enlace et m'embrasse sur la tempe.

— Kate, lâche-t-il froidement.

— Rebonjour, Christian. Je vais chercher ton témoin, qui se trouve être également mon cavalier.

Nous souriant à tous les deux, elle part rejoindre Elliott, qui bavarde près du bar avec Ethan, le frère de Kate, et notre ami José.

— On y va ? murmure Christian.

— Déjà ? Pour une fois que je suis ravie d'être le centre de l'attention dans une fête…

Je me retourne pour lui faire face.

— C'est justifié. Tu es superbe, Anastasia.

— Toi aussi.

Il sourit ; son regard s'embrase.

— Cette robe te va à ravir.

— Quoi, ce vieux machin ?

Je rosis en tirant sur la dentelle de la robe de mariée toute simple que la mère de Kate a créée pour moi. J'aime bien ce décolleté qui découvre à peine les épaules, à la fois pudique et séduisant.

Il se penche pour m'embrasser.

— Allez, on y va. J'en ai marre de te partager avec tous ces gens.

— C'est possible de filer à l'anglaise, comme ça, de la réception de son propre mariage ?

— Bébé, on peut faire ce qu'on veut, maintenant qu'on a coupé le gâteau. J'ai envie de t'enlever pour t'avoir à moi seul.

Je glousse.

— Vous m'aurez pour toute la vie, monsieur Grey.

— Je suis ravi de l'entendre, madame Grey.

— Ah, vous voilà, les amoureux !

Je gémis en silence… La mère de Grace nous a retrouvés.

— Christian, mon chéri, tu veux bien faire danser ta grand-mère ?

Christian pince les lèvres.

— Bien sûr, grand-mère.

— Et toi, belle Anastasia, va faire plaisir à un vieux monsieur et danse avec Théo.

— Qui est Théo, madame Trevelyan ?

— Grand-père Trevelyan. Et puis tu peux bien m'appeler grand-mère, maintenant. Bon, il va falloir que vous vous mettiez sérieusement à l'ouvrage pour me faire des arrière-petits-enfants. Je n'en ai plus pour longtemps.

Elle nous adresse un sourire attendri. Christian la fixe, atterré.

— Allez, grand-mère, viens danser !

Tout en l'entraînant précipitamment vers la piste, il se retourne vers moi et lève les yeux au ciel.

— À plus, bébé.

Tandis que je me dirige vers grand-père Trevelyan, José m'aborde.

— Je ne vais pas te demander une danse, je crois que je t'ai déjà assez accaparée sur la piste… Je suis heureux de te voir heureuse. Mais, sérieusement, Ana, je serai toujours là pour toi… si jamais tu as besoin de moi.

— Merci, José. Tu es un véritable ami.

— Je parle sérieusement.

Ses yeux sombres débordent de sincérité.

— Je sais. Merci, José. Maintenant, si tu veux bien m'excuser, j'ai rendez-vous avec un vieux monsieur.

José m'interroge du regard. Je précise :

— Le grand-père de Christian.

Il sourit :

— Alors bon courage, Ana. Et bonne chance pour tout.

— Merci, José.

Après ma danse avec le grand-père de Christian, toujours aussi charmant, je me dirige vers les portes-fenêtres pour admirer le coucher de soleil qui jette des ombres orangées et turquoise sur la baie.

— On y va, maintenant ! me presse Christian.

— Bon, alors je vais monter me changer.

Alors que je me dirige vers l'escalier en le prenant par la main, il me retient. Je m'étonne :

— Je croyais que tu voulais me retirer ma robe ?

Son regard s'éclaire.

— Exact, acquiesce-t-il avec un sourire lascif. Mais pas ici, autrement, on ne sera pas partis avant…

Il agite ses longs doigts sans finir sa phrase, mais j'ai compris. Je rougis en lui lâchant la main.

— Ne défais pas ton chignon non plus.

— Mais…

— Il n'y a pas de mais, Anastasia, tu es très belle comme ça, et je veux te déshabiller.

Ah. Où donc ?

— Prends ta tenue de voyage avec toi, m'ordonne-t-il. Tu en auras besoin. Taylor a ta grosse valise.

— D'accord.

Qu'est-ce qu'il mijote encore ? Il n'a pas voulu me révéler la destination de notre lune de miel. Ni Mia ni Kate n'ont réussi à lui soutirer l'information. Je me tourne vers ma mère et Kate, qui se sont rapprochées.

— Je ne vais pas me changer, en fin de compte.

— Ah bon ? s'étonne ma mère.

— Christian ne veut pas.

Je hausse les épaules, comme si ça expliquait tout. Ma mère plisse le front.

— Tu n'as pas fait vœu d'obéissance, me rappelle-t-elle avec tact.

Kate tente de dissimuler son ricanement par une quinte de toux. Je fronce les sourcils pour la faire taire. Ni elle ni ma mère ne se doutent de ma dispute avec Christian à ce sujet, et je n'ai pas envie de ressasser cette engueulade. *Quand il boude, il ne fait pas dans la demi-mesure, mon Cinquante Nuances… Et ses cauchemars…* Ce souvenir me rend grave.

— Je sais, maman, mais il adore cette robe et je veux lui faire plaisir.

Son expression se radoucit. Kate lève les yeux au ciel, puis s'écarte discrètement pour nous laisser seules.

— Tu es ravissante, mon cœur.

Carla tire doucement sur une mèche qui s'est échappée de mon chignon et me caresse le menton.

— Je suis si fière de toi, ma chérie. Tu vas rendre Christian très heureux.

Elle me serre dans ses bras. *Ah, maman !*

— Tu as l'air tellement adulte maintenant, je n'arrive pas à y croire. Tu commences une nouvelle vie… Rappelle-toi simplement que les hommes viennent d'une autre planète, et tout ira bien.

Je glousse. Si seulement elle savait… Christian vient carrément d'une autre galaxie.

— Merci, maman.

Ray nous rejoint, très chic dans son smoking noir et son gilet rose pâle. Il nous sourit affectueusement à toutes les deux.

— Bravo, Carla, tu as fait une fille magnifique, dit-il, plein de fierté.

Les larmes me montent aux yeux. *Non, pas maintenant !* Jusqu'ici, j'ai réussi à ne pas pleurer.

— Et toi, tu l'as aidée à grandir, Ray, dit Carla avec nostalgie.

— Je n'en regrette pas une minute. Tu fais une jolie mariée, Annie.

Ray me cale une mèche derrière l'oreille.

— Papa…

Je retiens un sanglot ; il me serre dans ses bras rapidement et maladroitement.

— Et tu vas faire une bonne épouse, me murmure-t-il, d'une voix enrouée.

Christian nous rejoint. Ray lui serre chaleureusement la main.

— Prends bien soin de ma fille, Christian.

— J'en ai l'intention, Ray. Carla.

Il adresse un signe de tête à mon beau-père et fait la bise à ma mère.

Les invités, qui se sont rangés pour faire une haie d'honneur, lèvent les bras pour former une longue arche jusqu'à la porte d'entrée de la maison.

— Prête ? dit Christian.

— Oui.

Il me prend par la main pour me conduire sous cette arche vivante ; nos invités nous crient des vœux de bonheur en nous jetant des poignées de riz. Grace et Carrick, en bout de haie, nous embrassent et nous souhaitent bon voyage.

Taylor nous attend à côté du 4 × 4. Tandis que Christian me tient la portière, je me retourne pour lancer mon bouquet de roses blanches et roses aux jeunes femmes qui se sont rassemblées. Mia l'attrape triomphalement, un sourire jusqu'aux oreilles.

Je monte à bord du 4 × 4 en riant de l'effronterie de Mia, pendant que Christian s'incline pour relever ma traîne. Une fois que je suis bien installée, il agite le bras pour saluer les invités.

Taylor lui ouvre la portière.

— Félicitations, monsieur.

— Merci, Taylor, répond Christian en s'asseyant à côté de moi.

Tandis que nous démarrons, les invités lancent du riz sur la voiture. Christian me prend la main et embrasse mes doigts.

— Tout va bien, madame Grey ?

— Tout va merveilleusement bien, monsieur Grey. Où va-t-on ?

— À l'aéroport, se contente-t-il de répondre avec un sourire de sphinx.

Tiens donc...

Taylor ne se dirige pas vers le terminal des départs : après avoir franchi une barrière de sécurité, il s'engage directement sur le tarmac où nous attend le jet de Christian. « Grey Enterprises Holdings, Inc. » figure en grosses lettres bleues sur le fuselage.

— Encore de l'abus de bien social ?

— Ce n'est pas la seule chose dont je compte abuser, Anastasia, sourit Christian.

Taylor gare l'Audi au pied de la passerelle et descend d'un bond pour ouvrir la portière à Christian. Ils discutent un instant, puis Christian m'ouvre la portière à son tour : au lieu de reculer pour me laisser descendre, il me soulève dans ses bras.

Je glapis :

— Tu fais quoi, là ?

— Je te porte pour passer le seuil.

On n'est pas censés faire ça à la maison ?

Il gravit sans effort la passerelle en me portant dans ses bras. Taylor nous suit avec ma valise, qu'il dépose à l'entrée de la cabine où nous attend Stephan, le pilote de Christian, vêtu d'un uniforme.

— Bienvenue à bord, madame Grey, me dit-il.

Christian me repose par terre pour serrer la main de Stephan, qui est flanqué d'une brune d'environ trente ans, également en uniforme.

— Tous mes vœux de bonheur, ajoute Stephan.

— Merci beaucoup. Anastasia, tu connais déjà Stephan, notre commandant de bord, et voici son copilote, le commandant en second Beighley.

Beighley sourit et cligne rapidement des yeux lorsque Christian me présente. J'ai envie de lever les miens au ciel : encore une femme tourneboulée par mon mari, décidément trop beau pour être honnête…

— Enchantée, bafouille Beighley.

Je lui souris, magnanime - après tout, Christian est à moi.

— Parés au décollage ? leur demande Christian.

Dans la cabine toute en érable blond et en cuir crème, une autre jeune femme en uniforme nous attend - une *très* jolie brune.

— Nous avons l'autorisation de décoller, annonce Stephan. Grand beau temps jusqu'à Boston.

Boston ?

— Turbulences ?

— Un front au-dessus de Shannon pourrait nous secouer.

Shannon ? En Irlande ?

— Bon, avec un peu de chance, d'ici là on dormira, lâche Christian, désinvolte.

On dormira ?

— On y va, monsieur, dit Stephan. Je vous laisse aux bons soins de Natalia, votre hôtesse.

Christian la regarde et fronce les sourcils, mais se tourne vers Stephan en souriant.

— Excellent.

Il me prend par la main et me conduit vers l'un des somptueux sièges en cuir. Il doit y en avoir une douzaine.

— Installe-toi, dit-il en retirant sa veste et son gilet en brocart.

Nous nous asseyons face à face ; une petite table en bois ciré se trouve entre nous.

— Bienvenue à bord, monsieur, madame, et tous mes vœux de bonheur.

Natalia s'est approchée pour nous offrir du champagne.

— Merci, répond Christian.

Elle sourit poliment et se retire dans l'office.

— Buvons un toast au bonheur conjugal, Anastasia.

Christian lève sa coupe et nous trinquons.

— Bollinger ?

— Comme toujours, répond Christian.

— La première fois que j'en ai bu, c'était dans une tasse à thé.

Je souris.

— Je me rappelle très bien. C'était le soir de la remise des diplômes, dit Christian.

Je suis incapable de contenir plus longtemps ma curiosité :

— Alors, on va où ?

— Shannon, répond Christian, le regard pétillant d'excitation comme un petit garçon.

— En Irlande ? On va en Irlande ?

— On y fait escale pour se ravitailler en carburant, se contente-t-il d'ajouter, taquin.

— Et ensuite ?

Il sourit plus largement en secouant la tête.

— Christian !

— Londres.

Oh la vache ! Je me disais qu'on irait peut-être à New York, à Aspen ou dans les Caraïbes… Toute ma vie, j'ai rêvé d'aller en Angleterre. Je fonds de bonheur.

— Et ensuite, Paris.

Paris ?

— Puis la Côte d'Azur.

Non !

— Je sais que tu as toujours rêvé d'aller en Europe, et je veux que tous tes rêves se réalisent, Anastasia.

— C'est toi, mon rêve, Christian.

— Je vous retourne le compliment, madame Grey, me chuchote-t-il.

Oh mon Dieu…

— Attache ta ceinture.

J'obéis, ravie.

Tandis que l'avion s'avance sur la piste, nous sirotons notre champagne en nous souriant comme des imbéciles. À vingt et un ans, je vais enfin voir l'Europe.

Après le décollage, Natalia nous ressert du champagne et s'éclipse pour préparer notre dîner de mariage. Saumon fumé, perdrix rôtie avec salade de haricots verts et pommes dauphines… un festin.

— Dessert, monsieur Grey ? demande-t-elle à Christian.

Il secoue la tête et lisse sa lèvre inférieure avec son index en m'interrogeant du regard. Je refuse à mon tour, incapable de le quitter des yeux. Il esquisse un petit sourire et Natalia se retire.

— Tant mieux, murmure-t-il. Mon dessert, c'est toi.

Euh… ici ? Il se lève et me tend la main :

— Viens.

Il me conduit vers le fond de la cabine.

— Voici la salle de bains, dit-il en désignant une petite porte.

Puis il m'entraîne dans un petit couloir au bout duquel se trouve une autre porte. *Oh là là… une chambre !* La cabine est en bois d'érable, avec un petit lit double visiblement très confortable, parsemé de coussins vieil or et taupe.

Christian se retourne pour me prendre dans ses bras.

— J'avais envie qu'on passe notre nuit de noces à dix mille mètres d'altitude. Je n'ai jamais fait ça.

Encore une première ? Je le dévisage, bouche bée, le cœur battant… Le Mile High Club. J'en ai déjà entendu parler.

— Mais tout d'abord, il faut que je t'enlève cette robe magnifique.

Son regard déborde d'amour et d'autre chose, plus sombre, quelque chose qui me trouble… qui parle à ma déesse intérieure. J'en oublie de respirer.

— Retourne-toi.

Comment peut-il rendre ces deux mots si prometteurs ? J'obéis volontiers et il entreprend de retirer une à une mes épingles à cheveux. Tandis que mes boucles retombent en cascade sur mes épaules, mon dos et mes seins, j'essaie de réprimer mon envie de sentir ses mains sur moi. Après cette longue journée fatigante mais excitante, je le désire tellement…

— Tu as des cheveux magnifiques, Anastasia.

Sa bouche est si proche de mon oreille que je sens son souffle, mais ses lèvres ne me touchent pas. Il plonge ses doigts dans mes cheveux pour masser doucement mon crâne… *Oh mon Dieu…* Je ferme les yeux pour mieux savourer cette sensation. Il me renverse doucement la tête en arrière pour accéder à ma gorge.

— Tu es à moi, chuchote-t-il en tirant sur le lobe de mon oreille avec ses dents.

Je gémis.

— Chut, me gronde-t-il.

Il passe mes cheveux par-dessus mon épaule et fait courir son doigt d'une épaule à l'autre en suivant la bordure en dentelle de mon décolleté. Je frissonne. Il pose un tendre baiser sur mon dos au-dessus du premier bouton de ma robe.

— Tu es si belle, dit-il en s'attaquant au premier bouton. Aujourd'hui, tu as fait de moi l'homme le plus heureux de la terre.

Avec une lenteur infinie, il défait chaque bouton.

— Je t'aime tant.

Il sème des baisers de ma nuque à mon épaule et entre chaque baiser il murmure :

— Je. Te. Désire. Je. Veux. Être. En. Toi. Tu. Es. À. Moi.

Chaque mot m'enivre. Je ferme les yeux et penche la tête sur l'épaule pour lui livrer accès à mon cou, je succombe au sortilège qui porte le nom de Christian Grey. Mon mari.

— Retourne-toi.

J'obéis ; il inspire brusquement. Je porte un corset en satin rose chair avec des jarretelles, une petite culotte en dentelle assortie et des bas de soie blancs. Christian détaille mon corps avidement sans rien dire, les yeux écarquillés de désir. Je sens mes joues rosir.

— Ça te plaît ?

— Plus que ça, bébé. Tu es sensationnelle. Viens.

Je prends sa main tendue et j'enjambe ma robe.

— Ne bouge pas, chuchote-t-il.

Sans me quitter du regard, il passe un doigt au-dessus de mes seins en suivant la ligne de mon corset. Ma respiration s'accélère. Il répète son geste aguicheur, ce qui me donne des frissons dans le dos. Il s'arrête et me fait signe de me retourner. Pour lui, en cet instant précis, je ferais n'importe quoi.

— Stop.

Je suis face au lit. Il m'enlace par la taille et m'attire vers lui pour frotter son nez contre ma nuque. Puis, tendrement, il prend mes seins dans ses mains tandis que ses pouces titillent les pointes, qui dardent sous le satin du corset.

— À moi, murmure-t-il.

— À toi.

Délaissant mes seins, il fait glisser ses mains jusqu'à mon ventre, puis mes cuisses, en effleurant mon sexe avec ses pouces. Je retiens un gémissement. Ses doigts effleurent les jarretelles ; avec sa dextérité habituelle, il détache un bas.

— Tu es à moi, souffle-t-il tandis qu'il m'empoigne les fesses en frôlant mon sexe du bout des doigts.

— Ah…

— Chut.

Il détache les jarretelles de l'autre bas, puis se penche pour rabattre le couvre-lit.

— Assieds-toi.

J'obéis à nouveau : il s'agenouille devant moi pour me retirer mes escarpins blancs Jimmy Choo, puis il m'enlève lentement mes bas, tout en effleurant mes jambes avec ses pouces…

— C'est comme si je déballais mon cadeau de Noël.

Il me sourit en levant vers moi ses yeux bordés de longs cils.

— Un cadeau qui t'appartient déjà…

Il fronce les sourcils comme pour me réprimander.

— Pas du tout, bébé. Cette fois, tu es vraiment à moi.

— Christian, je suis à toi depuis que je t'ai dit oui. (Je me penche pour prendre son visage adoré dans mes mains.) Je suis à toi. Je serai toujours à toi. Et maintenant, mon cher mari, je crois que tu es trop habillé.

Je l'embrasse. Il prend ma tête entre ses mains et enfonce ses doigts dans mes cheveux.

— Ana, susurre-t-il. Mon Ana.

Ses lèvres reprennent possession des miennes ; sa langue envahit ma bouche. J'insiste, tandis que nos souffles s'unissent :

— Déshabille-toi.

Je repousse son gilet sur ses épaules et il me lâche un instant pour le retirer, puis il s'arrête pour me contempler avec ses grands yeux débordant de désir.

— Laisse-moi faire, s'il te plaît, dis-je d'une voix douce et enjôleuse.

Il s'accroupit et je me penche pour dénouer sa cravate – la gris argent, ma préférée. Il lève le menton pour me laisser défaire le premier bouton de sa chemise blanche ; puis je passe à ceux de manchettes en platine, gravés d'un A et d'un C entrelacés – mon cadeau de mariage. Quand j'ai terminé, il me les prend des mains et les embrasse avant de les fourrer dans la poche de son pantalon.

— Monsieur Grey, vous êtes un romantique.

— Pour vous, madame Grey, des fleurs et des chocolats. Toujours.

Je lui prends la main pour embrasser son alliance en platine. Il ferme les yeux.

— Ana, chuchote-t-il comme si mon prénom était une prière.

Je tends la main vers le deuxième bouton de sa chemise et je pose un doux baiser sur sa poitrine chaque fois que j'en défais un supplémentaire.

— Tu. Me. Rends. Si. Heureuse. Je. T'aime, je murmure entre chaque baiser.

Il gémit. D'un geste rapide, il me prend par la taille pour me poser sur le lit, où il s'allonge à son tour. Ses lèvres trouvent les miennes ; il m'attrape la tête pour m'immobiliser tandis que nos langues s'enlacent. Puis il s'agenouille en me laissant pantelante.

— Tu es si belle... ma femme.

Il fait courir ses mains le long de mes jambes, puis m'agrippe le pied gauche.

— Tu as de si jolies jambes. J'ai envie d'en embrasser chaque centimètre. En commençant ici.

Il pose les lèvres sur mon gros orteil et l'effleure avec ses dents. Tout ce qui se trouve au sud de ma taille se convulse. Sa langue glisse sur la cambrure de mon pied et ses dents frôlent mon talon jusqu'à ma cheville. Il remonte jusqu'à mon mollet en semant une guirlande de baisers mouillés ; j'ondule de plaisir.

— Ne bougez pas, madame Grey.

Tout d'un coup, il me retourne sur le ventre pour reprendre son lent périple de mes jambes à mes cuisses, à mon cul… puis il s'arrête.

— S'il te plaît…, fais-je.

— Je te veux nue, murmure-t-il en dégrafant mon corset.

Une fois que le corset est retombé à plat sur le lit, il me lèche le dos en suivant ma colonne vertébrale. Je m'impatiente :

— Christian, s'il te plaît…

— Que désirez-vous, madame Grey ? me glisse-t-il à l'oreille.

Il est presque allongé sur moi. Je le sens durcir contre mon cul.

— Toi.

— Et moi aussi je te désire. Mon amour, ma vie…

Il me retourne sur le dos, se relève rapidement et, d'un seul mouvement, se débarrasse de son pantalon et de son boxer pour se retrouver magnifiquement nu, dressé devant moi.

« Tu es à moi, articule-t-il en silence. »

— S'il te plaît.

Ma supplique le fait sourire… un sourire salace, coquin, tentateur, cent pour cent M. Cinquante Nuances.

Il rampe sur le lit en semant des baisers sur ma jambe gauche jusqu'à ce qu'il parvienne au sommet de mes cuisses ; il écarte mes jambes.

— Ah… ma femme, chuchote-t-il avant de poser sa bouche sur moi.

Je ferme les yeux pour m'abandonner à sa langue habile en resserrant les poings dans ses cheveux. Mes hanches ondulent, asservies à son rythme ; il les agrippe pour m'immobiliser sans arrêter sa délicieuse torture. Je suis si près, si près…

— Christian…

— Pas encore, susurre-t-il en remontant le long de mon corps, plongeant au passage la langue dans mon nombril.

— Non !

Merde ! Je le sens sourire contre mon ventre tandis qu'il poursuit son périple vers le nord.

— Vous êtes trop impatiente, madame Grey. Nous avons jusqu'à l'atterrissage en Irlande.

Oh mon Dieu… j'avais oublié. *Nous allons en Europe !*

Il embrasse un sein, puis l'autre, et tire sur mon téton droit avec ses lèvres. Son regard, lorsqu'il le lève vers moi, est aussi torride qu'une tempête tropicale.

— Mon mari, j'ai envie de toi. S'il te plaît.

Accoudé au-dessus de moi, il me surplombe. Il frotte son nez contre le mien ; je caresse son dos fort et souple jusqu'à ses fesses magnifiques.

— Vous satisfaire est notre priorité, madame Grey… ma femme. Je t'aime.

— Je t'aime aussi.

— Ouvre les yeux. Je veux te voir.

— Christian… ah…

Je crie tandis qu'il s'enfonce lentement en moi.

— Ana, oh, Ana, souffle-t-il.

— Bordel de merde, tu es folle, ou quoi ? hurle Christian en me tirant de ma rêverie sensuelle.

Il se dresse au-dessus de moi, détrempé, magnifique, écumant de rage. Mais qu'est-ce que j'ai encore fait ? *Aïe… je suis sur le dos… Merde, merde, merde.* Il est furieux. Fou furieux.

2

Tout à fait réveillée maintenant, je me défends piteusement :

— J'étais sur le ventre, j'ai dû me retourner dans mon sommeil.

Il attrape le haut de mon bikini et me le lance, l'œil étincelant de rage.

— Mets ça tout de suite !

— Christian, personne ne regarde !

— Penses-tu ! Je parie que Taylor et les gardes du corps ont bien profité du spectacle !

Paniquée, je plaque mes mains sur mes seins. Je les oublie tout le temps, ceux-là ! Depuis le sabotage de Charlie Tango, ces foutus gardes du corps sont constamment sur nos talons.

— Ouais, gronde Christian. En plus, les paparazzis n'attendent que ça. Tu as envie de te retrouver à poil en couverture de *Star Magazine* ?

Merde ! Les paparazzis ! Je blêmis. Je m'empresse maladroitement de remettre mon haut, en me rappelant leur siège des bureaux de Seattle Independent Publishing après une fuite à propos de nos fiançailles.

— L'addition ! aboie Christian à la serveuse. On s'en va, me dit-il.

— Tout de suite ?

— Tout de suite.

On ne discute pas avec M. Grey.

Il remet son short sur son maillot dégoulinant et enfile son tee-shirt gris. La serveuse revient aussitôt avec le terminal de paiement.

À regret, j'enfile ma robe bain-de-soleil turquoise et chausse mes tongs. Christian attrape son livre et son BlackBerry, et masque sa fureur derrière ses Ray-Ban. Je n'ai tout de même pas commis un crime ! Toutes les autres femmes sont seins nus, c'est même moi qui détonne bizarrement avec mon haut de maillot. Consternée, j'étouffe un soupir. Si seulement j'étais restée sur le ventre… Si seulement Christian pouvait en rire… mais son sens de l'humour s'est volatilisé.

— Je t'en prie, ne te fâche pas…

Je lui prends son livre et son BlackBerry pour les ranger dans mon sac à dos.

— Trop tard. Viens ! répond-il d'une voix posée, trop posée.

Il me prend par la main en faisant signe à Taylor et à ses deux acolytes, nos gardes du corps français Philippe et Gaston, de vrais jumeaux, qui surveillaient patiemment la plage depuis la véranda. Taylor fait la gueule derrière ses lunettes noires : lui aussi, il est furieux. Je ne me suis toujours pas habituée à le voir en tenue décontractée, short et polo noir.

Christian reste muet, sombre et irascible, tandis que nous traversons le hall de l'hôtel. Taylor et les jumeaux nous emboîtent le pas.

— Où va-t-on ? je demande d'une voix hésitante.

— Au bateau.

Il ne m'a toujours pas regardée.

Quand nous atteignons le port de plaisance, il m'entraîne vers le quai où sont amarrés la vedette et le scooter des mers du *Fair Lady*. Tandis qu'il le détache, je remets mon sac à dos à Taylor, qui reste de marbre également. Je rougis en songeant qu'il m'a vue seins nus.

— Tenez, madame.

Taylor me tend mon gilet de sauvetage que j'enfile consciencieusement. Pourquoi suis-je la seule à être obligée d'en porter un ? Christian lance un regard noir à Taylor. Ça alors ! Serait-il également fâché contre Taylor ? Christian vérifie les courroies de mon gilet et les resserre.

— Ça ira, marmonne-t-il, morose, toujours sans me regarder.

Merde.

Il enfourche avec aisance le Jet-Ski et me tend la main. Je l'agrippe de toutes mes forces et je réussis à passer la jambe par-dessus le siège derrière lui sans tomber à l'eau, tandis que Taylor et les jumeaux prennent place dans la vedette. Christian éloigne le Jet-Ski du quai avec son pied.

— Accroche-toi ! m'ordonne-t-il.

Je l'enlace. Voilà ce que je préfère, dans le Jet-Ski : me serrer contre lui, le nez sur son dos, en me rappelant qu'il fut un temps où il n'aurait pas supporté que je le touche comme ça. Il sent bon… il sent Christian et la mer. *Tu me pardonnes, Christian, s'il te plaît ?*

Il se raidit.

— Tiens-toi bien, se radoucit-il.

Je l'embrasse dans le dos et pose ma joue contre lui en me retournant vers le quai où quelques badauds se sont rassemblés pour observer notre départ.

Christian tourne la clé dans le contact et le moteur s'éveille en rugissant. Un coup d'accélérateur et le bolide s'élance sur l'eau fraîche et sombre. Je resserre mon étreinte.

Taylor aligne la vedette à côté de nous. Christian lui jette un coup d'œil, puis accélère à nouveau. Nous ricochons comme un caillou sur l'eau. Taylor secoue la tête avec un air d'exaspération résignée et se dirige vers le yacht tandis que Christian dépasse le *Fair Lady* pour foncer vers la haute mer.

Les vagues nous éclaboussent, le vent tiède me gifle et ma queue-de-cheval me fouette le dos. Qu'est-ce que c'est excitant ! Cette virée rendra peut-être sa bonne humeur à Christian ? Je ne vois pas son visage, mais je sais qu'il s'amuse, comme le jeune homme insouciant qu'il aurait pu être.

Il fait demi-tour, ce qui me permet d'admirer la côte – les bateaux dans le port de plaisance, la mosaïque d'immeubles jaunes, blancs et sable, les montagnes escarpées… Puis il me jette un coup d'œil par-dessus son épaule en esquissant un sourire.

— Encore ? hurle-t-il par-dessus le vrombissement du moteur.

Je hoche la tête avec enthousiasme. Il me répond par un sourire éblouissant, met les gaz à fond, contourne le *Fair Lady* et fonce à nouveau vers la haute mer… Je crois qu'il m'a pardonnée.

— Tu as pris des couleurs, me fait remarquer Christian en détachant mon gilet de sauvetage.

Je tente anxieusement d'évaluer son humeur. Nous sommes sur le pont du yacht, et l'un des stewards attend qu'on lui remette le gilet. Christian le lui tend.

— Ce sera tout, monsieur ? demande le jeune homme avec un délicieux accent français.

Christian retire ses Ray-Ban et les glisse dans l'encolure de son tee-shirt.

— Tu veux un apéritif ? me demande-t-il.

— Tu crois que j'en aurai besoin ?

Il penche sa tête sur son épaule.

— Pourquoi cette question ?

— Tu le sais très bien.

Il fronce les sourcils comme s'il réfléchissait. *Mon Dieu, à quoi pense-t-il ?*

— Deux gins tonic, s'il vous plaît, avec des amandes et des olives, commande-t-il au steward qui hoche la tête avant de s'éclipser.

— Tu crois que je vais te punir ? susurre Christian.

— Tu en as envie ?

— Oui.

— Comment ?

— Je trouverai bien une idée…

Je déglutis devant cette menace sensuelle. Ma déesse intérieure lève les yeux de son transat, où elle se fait bronzer avec un réflecteur sous le menton.

Christian fronce à nouveau les sourcils.

— Et toi, tu as envie d'être punie ?

Comment le sait-il ? Je rougis en marmonnant :

— Ça dépend.

— De quoi ?

Il tente de ravaler son sourire.

— Tu veux me faire mal ?

Sa bouche devient dure, son humour s'évanouit. Il se penche pour m'embrasser sur le front.

— Anastasia, tu es ma femme. Pas ma soumise. Je ne veux plus jamais te faire mal, tu devrais l'avoir compris, depuis le temps. Mais… ne te déshabille plus jamais en public. Je n'ai aucune envie de te voir à poil dans tous les tabloïds. Toi non plus d'ailleurs, et je suis certain que ta mère et Ray n'apprécieraient pas.

Aïe ! Ray. Il en ferait une crise cardiaque. Mais qu'est-ce qui m'a pris ? Je me ficherais des baffes.

Le steward revient avec nos apéritifs et les pose sur la table en teck.

— Assieds-toi ! m'ordonne Christian.

J'obéis et Christian s'installe à côté de moi. Il me tend un gin tonic.

— Tchin-tchin, madame Grey.

— Tchin-tchin, monsieur Grey.

Christian m'observe attentivement, mais je n'arrive pas à saisir son humeur. Qu'est-ce que c'est frustrant… Est-il encore fâché contre moi ? J'ai recours à ma tactique habituelle, la diversion.

— À qui appartient ce bateau ?

— À un lord anglais. Son arrière-grand-père était épicier. Sa fille a épousé un prince héritier, quelque part en Europe.

Ah.

— Alors il est super riche ?

Tout d'un coup, Christian a l'air méfiant.

— Oui.

— Comme toi ?

— Oui. Et comme toi. *Tout ce qui est à moi est à toi*, ajoute-t-il en répétant ses vœux.

— Ça me fait bizarre, d'être passée de rien à... (J'agite la main pour désigner le décor opulent.)... à tout.

— Tu t'y feras.

— Je ne crois pas.

Taylor apparaît.

— Un appel pour vous, monsieur.

Christian fronce les sourcils mais prend le BlackBerry.

— Grey ! aboie-t-il en se levant pour marcher vers la proue.

Je contemple la mer sans écouter sa conversation avec Ros, son bras droit. Je suis riche, riche à crever, et je n'ai rien fait pour mériter cet argent à part épouser un milliardaire. Je frémis en repensant à notre discussion au sujet du contrat de mariage. C'était un dimanche, le lendemain de l'anniversaire de Christian, et nous étions tous assis à la table de la cuisine en train de savourer tranquillement notre petit déjeuner. Elliot, Kate, Grace et moi comparions les mérites respectifs de la saucisse et du bacon, tandis que Carrick et Christian lisaient les journaux du dimanche...

— Regardez ! s'écrie Mia en posant son iPad sur la table de la cuisine, le site *Seattle Nooz* a fait une brève sur vos fiançailles.

— Déjà ? s'étonne Grace.

Puis elle pince les lèvres : manifestement, une idée désagréable vient de lui traverser l'esprit. Christian fronce les sourcils.

Mia lit l'article à haute voix :

— Le *Nooz* vient d'apprendre que le plus beau parti de Seattle, *le* Christian Grey, a fini par craquer et s'apprête à se faire passer la corde au cou. Mais qui est l'heureuse élue ? Le *Nooz* mène l'enquête. Parions qu'elle est déjà en train de négocier les clauses de son contrat de mariage.

Mia glousse, puis s'arrête brusquement quand Christian la foudroie du regard. Un ange passe. L'ambiance dans la cuisine des Grey devient carrément polaire.

Aïe, et puis quoi encore ? Un contrat de mariage ? Ça ne m'a jamais traversé l'esprit. Je me sens blêmir. *Si seulement la terre pouvait s'ouvrir pour m'engloutir, là, tout de suite !* Christian change de position sur sa chaise tandis que je le consulte du regard, inquiète.

« Non », articule-t-il en silence.

— Christian, dit doucement Carrick.

— Je n'ai aucune intention d'en rediscuter, aboie-t-il à Carrick.

Ce dernier me jette un coup d'œil nerveux et fait mine de parler.

— Pas de contrat de mariage ! répète Christian en criant presque.

Il reprend sa lecture d'un air morose, en faisant comme si nous n'existions pas. Les autres me jettent un œil, se tournent vers Christian… puis regardent partout, sauf dans notre direction.

— Christian… Je signerai tout ce que vous me demanderez de signer, M. Grey et toi.

Ce n'est pas comme si c'était la première fois qu'il me demandait de signer un contrat ! Christian m'adresse un regard sévère.

— Non !

Je blêmis de nouveau en bredouillant :

— Mais c'est pour te protéger.

— Christian, Ana, je crois que vous devriez discuter de tout ça en tête à tête, nous gronde Grace.

Elle adresse à Carrick et Mia un regard contrarié. Apparemment, ils ont mis les pieds dans le plat.

— Ana, il ne s'agit pas de toi, me rassure Carrick. Et, s'il te plaît, appelle-moi Carrick.

Christian plisse les yeux en fixant son père d'un air glacial qui me serre le cœur. *Bordel… Il est vraiment furieux.*

Tout d'un coup, Mia et Kate se lèvent pour débarrasser et la conversation reprend de plus belle.

— Moi, en tout cas, je préfère les saucisses, décrète Elliot.

Je fixe mes doigts crispés. J'espère que M. et Mme Grey ne me prennent pas pour une aventurière ! Christian pose une main sur les miennes.

— Arrête.

Comment a-t-il deviné mes pensées ?

— N'écoute pas mon père, me glisse-t-il. Tout ça, c'est pour moi qu'il le dit. S'il est de mauvaise humeur, c'est à cause d'Elena. Je regrette que ma mère lui ait tout raconté.

Je sais que Christian est toujours sous le coup de sa « conversation » d'hier soir avec Carrick.

— Il n'a pas tort, Christian. Tu es très riche, et moi je ne t'apporte rien, à part mes emprunts étudiants.

Christian me regarde d'un air sinistre.

— Anastasia, si jamais tu me quittes, j'aime autant que tu prennes tout. Tu m'as déjà quitté une fois. Si jamais je revivais ça…

— C'était différent, dis-je à voix basse. Mais… tu voudras peut-être me quitter un jour, toi.

Rien qu'à y penser, j'en suis malade. Il ricane et secoue la tête.

— Christian, si jamais je faisais une très grosse connerie et que tu…

Je baisse les yeux vers mes mains. La douleur m'empêche de terminer ma phrase. Perdre Christian… *Non.*

— Arrête. Arrête tout de suite. Cette conversation est terminée, Ana. On n'en reparlera plus jamais. Pas de contrat de mariage. Ni maintenant ni jamais.

Puis il se tourne vers Grace.

— Maman, on pourrait se marier ici ?

Et en effet, il n'en a plus jamais reparlé. D'ailleurs, il ne rate jamais une occasion de me rassurer au sujet de sa fortune… qui est également la mienne. Je soupire en me rappelant l'orgie de shopping à laquelle Christian a ordonné que je m'adonne avec Caroline Acton, l'acheteuse personnelle de Neiman Marcus, avant notre lune de miel. Rien que mon bikini a coûté cinq cent quarante dollars. Bon, d'accord, il est très joli, mais cela reste tout de même une somme extravagante pour quatre petits triangles de tissu.

Christian vient se rasseoir et interrompt ma rêverie.

— Tu t'y feras, déclare-t-il.

— À quoi ?

— À l'argent, dit-il en levant les yeux au ciel.

Peut-être… Avec le temps.

— Finis ton verre ! On va se coucher.

Quoi ? À cette heure-ci ?

— Bois, insiste-t-il, l'œil sombre.

Oh mon Dieu. Ce regard pourrait à lui seul être responsable du réchauffement planétaire. Je vide mon verre sans le quitter des yeux. Il entrouvre la bouche ; j'aperçois le bout de sa langue entre ses dents. D'un seul mouvement fluide, il se lève et se penche sur moi, les mains posées sur les accoudoirs de mon fauteuil.

— Je vais te donner une leçon. Viens, et ne t'arrête pas pour faire pipi, me chuchote-t-il à l'oreille.

Ma conscience alarmée lève le nez de son bouquin - le tome I des *Œuvres complètes* de Charles Dickens.

— Ce n'est pas ce que tu penses, ricane Christian en me tendant la main. Fais-moi confiance.

Comment résister à ce sourire coquin ? Et puis, j'ai confiance. Je confierais ma vie à Christian. Mais qu'est-ce qu'il peut bien mijoter ? J'en suis déjà toute retournée.

Nous passons du pont au salon, puis dans un couloir étroit qui mène à la salle à manger, que nous traversons pour descendre jusqu'à la cabine principale, une chambre ravissante avec deux hublots à bâbord et à tribord, des meubles en noyer, des murs crème et des tissus rouge et or.

Christian me lâche la main pour retirer son tee-shirt, qu'il balance sur un fauteuil, puis il enlève ses tongs et baisse son short et son maillot d'un seul mouvement. *Oh mon Dieu. Me lasserai-je un jour de le regarder tout nu ?* Il a bronzé ; ses cheveux, qui ont poussé, lui retombent sur le front.

Il m'attrape le menton pour tirer dessus afin que j'arrête de mordiller ma lèvre.

— J'aime mieux ça, dit-il en passant son pouce dessus.

Il fait volte-face pour se diriger vers la garde-robe, dont il tire des menottes ainsi qu'un masque de nuit.

Des menottes ! Nous n'en avons encore jamais utilisé. Je jette nerveusement un coup d'œil au lit. Où va-t-il les accrocher ? Il se retourne pour lancer un regard à la fois sombre et lumineux.

— Ça peut faire assez mal. Mordre dans la chair quand on tire trop fort. (Il les brandit.) Mais j'ai vraiment envie de m'en servir sur toi.

Bordel de merde. J'en ai la bouche sèche.

— Tiens.

Il s'avance pour m'en tendre une paire.

— Tu veux les essayer avant ?

Elles paraissent solides. Le métal est froid. Je me prends à souhaiter ne jamais avoir à porter ces trucs-là pour de vrai. Christian m'observe attentivement.

— Où sont les clés ? dis-je d'une voix tremblante.

Il ouvre la main pour révéler une petite clé.

— Ça marche pour les deux paires. Pour toutes les menottes, d'ailleurs.

Mais il en a combien, de ces trucs-là ? Je ne me rappelle pas en avoir vu dans la commode de la Chambre rouge.

Il caresse ma joue du bout de l'index et se penche comme pour m'embrasser.

— Tu veux jouer ?

Mon corps entier s'oriente plein sud, vers le désir qui éclot au creux de mon ventre.

— Oui.

Il sourit.

— Très bien.

Il pose un baiser léger comme une plume sur mon front.

— Il nous faut un mot d'alerte. « Arrête », ça ne suffit pas, parce que tu le diras de toute façon sans le penser vraiment.

Il frotte son nez contre le mien – c'est notre seul point de contact pour l'instant.

Mon cœur s'emballe. *Oh là là…* comment arrive-t-il à me faire cet effet, rien qu'avec des mots ?

— Ça ne va pas te faire mal. Mais ça va être intense, très intense, parce que je ne te laisserai pas bouger. Tu comprends ?

Oh mon Dieu. Qu'est-ce que ça a l'air érotique. J'en suis déjà pantelante. Heureusement que cet homme est mon mari, sinon ce serait vraiment gênant. Je baisse les yeux vers son érection et murmure d'une voix à peine audible :

— Oui.

— Choisis un mot, Ana.

Ah…

— Un mot d'alerte, insiste-t-il doucement.

— Glaçon.

— Glaçon ? répète-t-il, amusé.

— Oui.

Il sourit.

— Intéressant, comme choix. Lève les bras.

J'obéis. Christian attrape l'ourlet de ma robe bain-de-soleil, la tire par-dessus ma tête et la jette sur le sol. Il tend la main pour que je lui rende les menottes, pose les deux paires sur la table de chevet avec le masque et rabat complètement le couvre-lit.

— Retourne-toi.

J'obéis à nouveau. Il détache mon haut de maillot qui tombe par terre.

— Demain, je l'attache avec une agrafeuse, marmonne-t-il en tirant sur mon élastique pour libérer mes cheveux.

Il les attrape dans son poing et tire doucement dessus pour me faire reculer vers lui, contre sa poitrine, contre son érection. J'inspire précipitamment lorsqu'il me fait pencher la tête sur l'épaule pour m'embrasser dans le cou.

— Tu as été très désobéissante, me glisse-t-il à l'oreille, ce qui me fait délicieusement frissonner.

— Oui.

— Mmm. Et qu'est-ce que je devrais faire, à ton avis ?

— T'y habituer.

Ses doux baisers langoureux m'affolent. Il sourit contre mon cou.

— Ah, madame Grey, toujours aussi optimiste.

Il se redresse et sépare soigneusement mes cheveux en trois pour les tresser, puis il attache le bout de ma tresse avec mon élastique. Il tire doucement dessus et se penche vers mon oreille.

— Je vais te donner une leçon.

Brusquement, il m'attrape par la taille, s'assoit sur le lit et me rabat sur ses cuisses. Je sens son érection contre mon ventre. Sa claque vigoureuse sur mes fesses m'arrache un cri. Puis je me retrouve sur le dos. Il me contemple d'un œil gris si brûlant que je suis au bord de la combustion spontanée.

— Sais-tu à quel point tu es belle ?

Il caresse ma cuisse, ça me picote… partout. Sans me quitter des yeux, il se lève pour prendre les deux paires de menottes, empoigne ma jambe gauche et passe un bracelet autour de ma cheville.

Oh !

Il soulève ma jambe droite pour répéter le même processus : j'ai une paire de menottes à chaque cheville. Je me demande où il va les fixer.

— Assieds-toi, m'ordonne-t-il.

J'obéis immédiatement.

— Maintenant, mets les bras autour des genoux.

Je ramène mes genoux contre ma poitrine et les entoure de mes bras. Il soulève mon menton et pose un doux baiser mouillé sur mes lèvres avant de me mettre le masque sur les yeux. Je ne vois plus rien ; je n'entends plus que mon souffle haletant et les vagues clapotant contre la coque du yacht qui oscille doucement sur l'eau.

Oh mon Dieu. Je suis tellement excitée… déjà.

— C'est quoi, le mot d'alerte, Anastasia ?

— Glaçon.

— Très bien.

Il me prend la main gauche et fixe un bracelet à mon poignet, puis répète le processus du côté droit : ma main gauche est menottée à ma jambe gauche, ma main droite à ma jambe droite. *Oh putain !*

— Maintenant, souffle Christian, je vais te baiser jusqu'à ce que tu hurles.

Il m'attrape par les chevilles et me renverse sur le dos. Je n'ai pas le choix, je dois garder les jambes repliées, car les menottes me mordent la chair quand je tire dessus. Il a raison… ça fait mal… C'est étrange, d'être attachée comme ça, sans défense. Il écarte mes chevilles pour embrasser l'intérieur de ma cuisse et j'ai envie de me tortiller, mais c'est impossible : je n'ai aucun point d'appui pour remuer les hanches car j'ai les pieds en l'air.

— Tu vas devoir absorber ton plaisir sans bouger, Anastasia, murmure-t-il en rampant le long de mon corps pour m'embrasser le long de ma culotte de bikini.

Il tire sur les nœuds de chaque côté de la culotte, et les petits bouts de tissu retombent. Je suis maintenant entièrement nue, à sa merci. Il m'embrasse sur le ventre et mordille mon nombril, ce qui me fait soupirer, puis remonte jusqu'aux seins.

— Chut..., m'apaise-t-il. Tu es si belle, Anastasia.

Je gémis, frustrée. Normalement, mon corps se tordrait en réaction à ses caresses. Je geins en tirant sur mes menottes, dont le métal me mord la peau.

— Aargh !

— Je suis fou de toi, alors je vais te rendre folle.

Il est sur moi maintenant ; accoudé, il s'active sur mes seins, mord, suce, fait rouler les tétons entre ses doigts, à m'en faire perdre la tête. Son érection pousse contre moi. Je le supplie :

— Christian !

Je sens son sourire triomphant contre ma peau.

— Tu veux que je te fasse jouir comme ça ? murmure-t-il contre mon téton qui durcit encore plus. Tu sais que j'en suis capable.

Il suce plus fort et je pousse un cri : le plaisir s'élance de ma poitrine jusqu'à mon entrejambe. Je tire sur mes menottes, impuissante, submergée par mes sensations.

— Oui.

— Ça, bébé, ce serait trop facile.

— Ah… s'il te plaît.

— Chut.

Ses dents effleurent mon menton ; il fait courir ses lèvres jusqu'aux miennes, et j'inspire brusquement. Sa langue habile envahit ma bouche, l'explore, la domine ; elle a le goût du gin et de Christian Grey. Il agrippe mon menton pour m'immobiliser la tête.

— Ne bouge pas, bébé. Je ne veux pas que tu bouges.

— J'ai envie de te voir.

— Non, Ana. Les sensations sont plus fortes comme ça.

Puis, avec une lenteur insoutenable, il bascule les hanches et me pénètre en partie. Normalement, les miennes iraient à sa rencontre, mais je ne peux pas bouger. Il se retire.

— Christian, je t'en supplie !

— Encore ? me taquine-t-il d'une voix rauque.

— Christian !

Il me pénètre à nouveau, mais à peine, puis se retire tout en m'embrassant et en tirant sur mes tétons. C'est insoutenable.

— Arrête !

— Tu me veux, Anastasia ?

— Oui !

— Dis-le-moi, murmure-t-il, le souffle court, en me titillant à nouveau.

— Je te veux. S'il te plaît !

Je l'entends soupirer contre mon oreille :

— Et tu m'auras, Anastasia.

Quand il s'enfonce en moi brutalement, je hurle, la tête renversée en arrière, en tirant sur les menottes. Il s'immobilise, puis décrit un cercle avec ses hanches, et ce mouvement irradie en moi.

— Pourquoi me défies-tu, Ana ?

— Christian, arrête…

Il décrit à nouveau un cercle sans écouter ma supplique, ressort doucement, puis s'enfonce encore bien à fond.

— Dis-moi. Pourquoi ? souffle-t-il entre ses dents.

Je pousse un cri incohérent… C'est trop.

— Dis-moi.

— Christian…

— Ana, il faut que je sache.

Il s'enfonce encore à fond et ça commence à monter… une sensation intense me submerge, tourbillonne depuis mon ventre jusqu'à chaque membre, chaque bracelet qui me mord la chair.

— Je ne sais pas ! Parce que je peux ! Parce que je t'aime ! Je t'en supplie, Christian.

Il gémit et s'enfonce, encore et encore, encore et toujours, et je sombre en tentant d'absorber le plaisir. C'est à en perdre la tête… à en perdre le corps… j'ai envie de déplier les jambes pour contrôler mon orgasme imminent, mais je ne peux pas. Je suis à lui, rien qu'à lui, il peut faire de moi ce qu'il veut… Les larmes me montent aux yeux. C'est trop. Je ne peux pas l'arrêter. Je ne veux pas l'arrêter… Je veux… Je veux… Non, non…

— C'est ça, gronde Christian. Vas-y, bébé !

J'explose autour de lui en hurlant ; mon orgasme me déchire, me consume comme un incendie, dévastant tout sur son passage. Je retombe en lambeaux, vidée, le visage inondé de larmes, le corps parcouru de spasmes et de soubresauts.

Je me rends compte que Christian s'assoit, toujours en moi, pour me prendre sur ses genoux. Il attrape ma tête d'une main et mon dos de l'autre, et jouit violemment alors que le séisme secoue encore mon ventre. C'est drainant, c'est épuisant, c'est l'enfer… c'est le paradis. C'est l'hédonisme à son paroxysme.

Christian m'arrache mon masque et m'embrasse les yeux, le nez, les joues ; il embrasse mes larmes en me tenant le visage à deux mains.

— Je vous aime, madame Grey, susurre-t-il. Même si tu me rends fou furieux - avec toi, je me sens vivre.

Je n'ai pas la force d'ouvrir les yeux ou la bouche pour répondre. Très doucement, il me rallonge sur le lit et se glisse hors de moi.

J'articule une protestation muette. Il se lève pour défaire mes menottes, puis masse doucement mes poignets et mes chevilles avant de se rallonger à côté de moi en m'enlaçant. Je déplie mes jambes. *Ah, qu'est-ce que ça fait du bien…* C'est sans doute l'orgasme le plus intense que j'aie jamais vécu. Mmm… si c'est ça, une baise punitive à la Christian Grey, je devrais vraiment faire des bêtises plus souvent.

Réveillée par un besoin pressant, je suis un instant désorientée. Il fait nuit. *Où suis-je ?* Londres ?

Paris ? Ah oui, le yacht. Je le sens tanguer et j'entends le bourdonnement assourdi des moteurs. Nous avons appareillé. *Bizarre.* Christian est à côté de moi, vêtu d'une chemise en lin blanc et d'un pantalon en coutil, les pieds nus. Ses cheveux sont encore mouillés, je sens son gel douche et son odeur de Christian… *Mmm.*

— Salut, murmure-t-il en me regardant tendrement.

Je lui souris, soudain pudique.

— J'ai dormi longtemps ?

— Environ une heure.

— On est en mer ?

— Je me suis dit que puisqu'on avait dîné en ville hier, qu'on était allés au ballet et au casino, ce soir on se ferait une petite soirée tranquille en tête à tête.

— On va où ?

— Cannes.

J'étire mes membres courbatus : même mes cours de fitness avec Claude n'auraient pu me préparer à une telle séance.

Il faut que j'aille aux toilettes. Je passe mon peignoir en soie. Pourquoi suis-je aussi pudique tout d'un coup ? Je sens le regard de Christian sur moi. Lorsque je me tourne vers lui, il est penché sur son ordinateur, les sourcils froncés.

Tandis que je me lave distraitement les mains en repensant à notre soirée d'hier au casino, mon peignoir s'entrouvre. En me regardant dans le miroir, j'ai un choc.

Bordel de merde ! Qu'est-ce qu'il m'a fait ?

3

Mes seins sont marbrés de plaques rouges et violettes. Des suçons ! Il m'a fait des suçons ! L'un des entrepreneurs les plus prestigieux des États-Unis m'a fait des putains de suçons, comme un ado en rut. Comment se peut-il que je ne l'aie pas senti sur le coup ? Je rougis. Évidemment, c'est parce que le Roi de l'Orgasme faisait diversion en usant de son prodigieux savoir-faire sexuel.

Ma conscience me regarde par-dessus ses verres en demi-lune et claque la langue d'un air réprobateur. Quant à ma déesse intérieure, elle somnole sur sa chaise longue, complètement K.-O. J'examine les dégâts, estomaquée. Les menottes m'ont laissé des stries rouges sur les poignets : demain j'aurai sans doute des bleus. Mes chevilles sont également zébrées. Bordel, on dirait que j'ai eu un accident de voiture !

Je continue à m'examiner dans le miroir, fascinée. Même sans ces marques, je me reconnais à peine. Mon corps s'est subtilement transformé depuis que j'ai rencontré Christian… Je suis plus mince, plus musclée ; mes cheveux sont plus brillants et mieux coupés. J'ai les ongles manucurés, les pieds pédicurés, les sourcils impeccablement épilés au fil, bref, pour la première fois de ma vie, j'ai l'air soignée… mais ces affreux suçons gâchent vraiment l'effet.

Comment a-t-il osé me faire ces marques ? Depuis le peu de temps que nous sommes ensemble, il ne m'a jamais fait de suçons. Mais en fait, je devine : encore un coup du maniaque du contrôle. *Bon, on va voir ce qu'on va voir !* Ma conscience croise les bras sur ses petits seins : cette fois, il a dépassé les bornes. Je sors en trombe de la salle de bains pour me diriger vers le dressing en évitant soigneusement de regarder Christian, je retire mon peignoir pour passer un pantalon de survêt et un débardeur, défais ma tresse et me brosse les cheveux rageusement.

— Ça va ? me lance Christian d'une voix anxieuse.

Si ça va ? Eh bien non, ça ne va pas. Je ne pourrai plus me mettre en maillot jusqu'à la fin de notre lune de miel. Cette idée me met tout d'un coup hors de moi. Comment a-t-il *osé* ? Je vais lui en faire, moi, des « ça va ». Moi aussi, je peux me conduire en ado ! Retournant dans la chambre, je lui lance ma brosse à la figure, fais volte-face et sors – mais pas avant d'avoir remarqué son expression choquée et sa réaction fulgurante : il lève le bras pour se protéger la tête et la brosse rebondit sur son avant-bras pour retomber sur le lit.

Je sors de la cabine, gravis en courant l'escalier pour me retrouver sur le pont et me réfugie à la proue. Il faut que je prenne du recul, que je me calme. Il fait nuit. Une brise tiède charrie l'odeur de la Méditerranée, du jasmin et des bougainvillées. Tandis que le *Fair Lady* glisse sur la mer cobalt, je m'accoude au bastingage pour contempler les lumières scintillantes de la côte en inspirant profondément. Je sens Christian derrière moi avant de l'entendre.

— Tu es fâchée ?

— À ton avis ?

— Très fâchée ?

— Sur une échelle de un à dix, je dirais que je suis à cinquante.

— À ce point-là ?

Il semble à la fois étonné et épaté.

— Oui. Fâchée au point d'avoir des envies de meurtre, je lâche à travers mes dents serrées.

Il se tait. Je me retourne pour le fusiller du regard. Je devine à son expression, et parce qu'il n'a pas fait mine de me toucher, qu'il est dépassé.

— Christian, il faut que tu arrêtes d'essayer de me mettre au pas. Tu t'étais déjà très bien fait comprendre sur la plage.

Il hausse légèrement les épaules.

— Comme ça, tu ne te remettras plus seins nus, murmure-t-il, grognon.

Et ça justifie ce qu'il m'a fait ?

— Je n'aime pas que tu me fasses des marques. En tout cas, pas à ce point-là. C'est une limite à ne pas franchir !

— Et moi, je n'aime pas que tu te déshabilles en public. Pour moi, c'est ça, la limite à ne pas franchir, gronde-t-il.

— Et tu t'es bien débrouillé pour que ça soit impossible. Regarde-moi !

Je baisse mon débardeur pour révéler le haut de mes seins, mais Christian me regarde toujours dans les yeux d'un air indécis, comme si ma colère l'étonnait. Il ne paraît pas se rendre compte de ce qu'il m'a fait ! Il ne comprend pas à quel point il est ridicule ? J'ai envie de lui crier dessus, mais je me retiens - je ne veux pas le pousser à bout, Dieu sait comment il réagirait. Il finit par soupirer et tendre ses mains, paumes ouvertes, en signe de reddition.

— D'accord. J'ai compris.

Alléluia !

— Tant mieux.

Il passe sa main dans ses cheveux.

— Je suis désolé. Je t'en prie, ne sois pas fâchée contre moi.

Enfin, il a l'air contrit. Et c'est lui, maintenant, qui prononce cette phrase que je lui ai si souvent répétée…

— Parfois, tu te conduis vraiment comme un ado.

Mais je suis déjà moins fâchée et il le sait : il s'approche et tend timidement la main pour caler une mèche de mes cheveux derrière mon oreille.

— Je sais. J'ai encore beaucoup à apprendre, reconnaît-il.

Les paroles du Dr Flynn me reviennent… « D'un point de vue émotionnel, Christian est un adolescent, Ana. Il a complètement contourné cette période de sa vie en canalisant toute son énergie dans sa réussite dans le monde des affaires. Et il y est parvenu, au-delà de toute attente. Il a beaucoup de retard à rattraper au niveau émotionnel. »

Je me radoucis.

— Moi aussi, dis-je.

Je soupire en posant prudemment une main sur son cœur. Il n'a pas de mouvement de recul comme il en aurait eu auparavant, mais il se fige, pose sa main sur la mienne et sourit timidement.

— En tout cas, je viens d'apprendre que vous visez bien, madame Grey. Je ne l'aurais jamais soupçonné. Mais il est vrai que je ne cesse de te sous-estimer. Et toi, tu n'arrêtes pas de me surprendre.

Je hausse un sourcil.

— Ray m'a appris à lancer et à tirer dans le mille, monsieur Grey. Vous feriez mieux de vous en souvenir.

— Je m'en souviendrai, madame Grey, ou alors je veillerai à ce que tous les projectiles potentiels soient cloués au mur et que vous n'ayez pas accès à une arme à feu.

Je ricane en plissant les paupières.

— Je saurai me débrouiller.

— Je n'en doute pas, murmure-t-il en lâchant ma main pour m'enlacer.

M'attirant contre lui, il enfouit sa tête dans mes cheveux. Je l'enlace à mon tour. Son corps se relâche tandis qu'il frotte son nez contre le mien.

— Alors, je suis pardonné ?

— Et moi ?

Je le sens sourire.

— Oui, répond-il.

— Pareil pour moi.

Nous restons enlacés. J'ai oublié ma colère : ado ou pas, il sent trop bon. Comment lui résister ?

— Tu as faim ? me demande-t-il au bout d'un moment.

J'ai les yeux fermés et la tête contre sa poitrine.

— Oui, je suis affamée. Toute cette… euh… activité m'a creusé l'appétit. Mais je ne suis pas habillée pour dîner.

Je suis certaine que l'équipage n'approuverait pas mon pantalon de survêt et mon débardeur dans la luxueuse salle à manger du yacht.

— Moi, je te trouve très bien comme ça, Anastasia. En plus, on est chez nous, ici, on peut s'habiller comme on veut. Disons que mardi, sur la Côte d'Azur, le *dress code* est décontracté. De toute façon, je me disais qu'on pourrait manger sur le pont.

— Oui, ça me plairait bien.

Il m'embrasse – un baiser « tu me pardonnes ? » – puis nous nous dirigeons main dans la main vers la poupe, où nous attend notre gaspacho.

Le steward nous sert notre crème brûlée et se retire discrètement. Nous sommes attablés l'un à côté de l'autre. Une jambe autour de celle de Christian, je lui pose une question qui me taraude depuis un moment :

— Pourquoi est-ce que tu me fais toujours une tresse ?

Il se fige alors qu'il s'apprêtait à prendre sa petite cuiller.

— Je ne veux pas que tes cheveux s'accrochent, dit-il posément.

Il reste un moment perdu dans ses pensées.

— C'est par habitude, je crois, ajoute-t-il.

Tout d'un coup, il fronce les sourcils en écarquillant les yeux. Ses pupilles se sont dilatées, comme s'il avait peur. *Quel souvenir lui est revenu ?*

Ce doit être quelque chose de pénible, sans doute un souvenir d'enfance. Je ne veux pas lui rappeler tout ça. Je me penche pour poser mon index sur ses lèvres.

— Peu importe, je n'ai pas besoin de savoir. J'étais simplement curieuse.

Je lui adresse un sourire tendre et rassurant. Au bout d'un moment il se détend. Je lui embrasse le coin de la bouche.

— Je t'aime, lui dis-je.

Il sourit, de son sourire timide si bouleversant, et je fonds.

— Je t'aimerai toujours, Christian.

— Moi aussi.

— Malgré ma désobéissance ?

— À cause de ta désobéissance, Anastasia.

Il sourit.

Je casse la croûte de caramel avec ma cuiller en secouant la tête. Comprendrai-je jamais cet homme ? Miam… cette crème brûlée est un régal.

Une fois que le steward a débarrassé, Christian me ressert du rosé. Je vérifie que nous sommes bien seuls avant de lui poser une autre question qui me taraude :

— Pourquoi m'as-tu demandé de ne pas faire pipi avant ?

— Tu tiens vraiment à le savoir ? dit-il avec un sourire salace.

— Oui, pourquoi ?

Je le regarde par en dessous tout en sirotant mon vin.

— Plus tu as la vessie pleine, plus ton orgasme est intense, Ana.

Je rougis.

— Ah. Je vois.

Décidément, j'en saurai toujours moins sur la question que M. Sexpert.

— Bon, enfin… euh…

Voyant que je tente désespérément de changer de sujet, il finit par prendre pitié de moi.

— Tu as envie de faire quoi, ce soir ?

Il penche sa tête sur son épaule avec un sourire en coin.

Tout ce que tu veux, Christian. On teste encore ta théorie ? Je hausse les épaules.

— Moi, je sais ce que je veux faire, déclare-t-il.

Il prend son verre, se lève et me tend la main.

— Viens.

Il me conduit dans le salon principal. Son iPod est sur la chaîne. Il l'allume et choisit une chanson.

— Danse avec moi.

Il m'attire dans ses bras.

— Si tu y tiens.

— J'y tiens, madame Grey.

Une mélodie doucereuse et ringarde s'élève des enceintes, sur un rythme latino… Christian sourit et commence à bouger, m'entraînant autour du salon.

Cette voix masculine, sucrée comme du caramel fondant, me rappelle quelque chose, mais je n'arrive pas à l'identifier. Quand Christian me bascule en arrière à la manière d'un danseur de tango, je pousse un petit cri d'étonnement en éclatant de rire. Il sourit, le regard pétillant d'humour. Puis il me redresse et me fait pivoter sous son bras.

— Tu danses tellement bien que c'est comme si je savais danser, moi aussi.

Il m'adresse un sourire énigmatique, mais ne répond pas, et je me demande si c'est parce qu'il pense à elle… à Mrs Robinson, la femme qui lui a appris à danser - et à baiser. Je n'ai pas songé à elle depuis un bon moment. Christian n'en a pas reparlé depuis son anniversaire. Pour autant que je sache, ils ont rompu leur partenariat en affaires. Mais je dois reconnaître, à contrecœur, que c'était une sacrée prof de danse.

Il me renverse à nouveau en arrière et pose un baiser rapide sur mes lèvres.

— Ton amour me manquerait, dis-je en répétant les paroles de la chanson.

— Moi, c'est plus que ça encore, répond-il en me faisant tournoyer.

Puis il me fredonne la chanson à l'oreille… et je fonds.

Quand la musique s'arrête, Christian me regarde, l'œil sombre, sans une trace d'humour. J'en oublie de respirer.

— Tu veux bien coucher avec moi ? chuchote-t-il.

Cette prière me va droit au cœur. *Christian, je suis à toi depuis que j'ai dit « je le veux », il y a deux semaines et demie.* Mais je sais que c'est sa façon de s'excuser, de s'assurer que nous nous sommes bien réconciliés.

Lorsque je me réveille, le soleil brille à travers les hublots et les reflets des vagues dansent sur le plafond de la cabine. Christian a disparu. Je m'étire en souriant. Mmm... Une baise de punition suivie d'une réconciliation sur l'oreiller, j'en voudrais tous les jours. C'est comme si je couchais avec deux hommes différents, Christian en colère et Christian « je veux me faire pardonner par tous les moyens ». Je n'arrive pas à décider lequel des deux je préfère.

Je me lève pour aller dans la salle de bains. Christian, nu, avec une serviette autour de la taille, est en train de se raser. Il se retourne et me sourit largement. J'ai découvert qu'il ne verrouillait jamais une porte s'il était seul dans une pièce – pour une raison sur laquelle je préfère ne pas m'attarder.

— Bonjour, madame Grey, dit-il, débordant de bonne humeur.

— Bonjour.

Il relève le menton pour se raser dessous, et je me surprends à imiter inconsciemment ses gestes. Je baisse ma lèvre supérieure comme lui quand il rase la petite dépression au-dessus de sa lèvre. Il se retourne en rigolant, le visage à moitié recouvert de mousse à raser.

— Tu profites du spectacle ? demande-t-il.

Christian, je pourrais t'observer pendant des heures.

— C'est l'un de mes préférés.

Il se penche pour m'embrasser rapidement, ce qui me tartine de mousse à raser.

— Je recommence ? me menace-t-il d'un air taquin en brandissant son rasoir.

Je fais la moue.

— Non, dis-je en faisant mine de bouder. La prochaine fois, je m'épilerai à la cire.

Je me rappelle la joie de Christian à Londres lorsqu'il avait découvert que pendant sa seule réunion là-bas, je m'étais rasé le pubis par curiosité. Évidemment, je n'avais pas respecté les critères de qualité de M. le Perfectionniste…

— Mais qu'est-ce que tu as fait ? s'exclame Christian.

Sans cacher son amusement horrifié, il se redresse dans le lit de notre suite du Brown's Hotel près de Piccadilly, allume la lampe de chevet et m'examine. Aussi rouge que les draps de la salle de jeux, je tente de rabattre ma chemise de nuit pour cacher les dégâts. Il m'attrape la main.

— Ana ?

— Je me suis… euh… rasée.

— C'est ce que je constate. Pourquoi ?

Il sourit d'une oreille à l'autre.

Je cache mon visage dans mes mains. *Pourquoi suis-je aussi gênée ?* Il écarte doucement mes mains.

— Hé ! Ne te cache pas.

Il se mord les lèvres pour s'empêcher de rire.

— Dis-moi. Pourquoi ?

Ses yeux pétillent de gaieté. Pourquoi trouve-t-il ça aussi drôle ?

— Arrête de te moquer de moi.

— Pardon, je ne me moque pas de toi. Je suis… ravi.

— Ah.

— Dis-moi. Pourquoi ?

J'inspire profondément.

— Ce matin, après ton départ pour ta réunion, je prenais une douche et je repensais à tes fameuses règles.

Il cligne des yeux. Toute trace d'humour a disparu de ses traits, et il me dévisage d'un air méfiant.

— Je me suis rappelée celle qui concernait l'institut de beauté, et j'ai pensé que… ça te plairait. Mais je n'ai pas eu le courage d'aller me faire épiler à la cire.

Je termine ma phrase en chuchotant.

Il me fixe, les yeux brillants – cette fois, ce n'est pas de l'hilarité mais de l'amour. Il se penche vers moi pour m'embrasser tendrement.

— Ana, tu m'enchantes, murmure-t-il contre mes lèvres.

Il m'embrasse encore, ma tête entre ses mains. Au bout d'un moment, il s'écarte et s'accoude, à nouveau rieur.

— Je crois qu'une inspection rigoureuse de vos travaux s'impose, madame Grey.

— Quoi ? Non !

Il plaisante, ou quoi ? Je recouvre la zone récemment déboisée.

— Pas de ça, Ana.

Il m'attrape les mains pour les écarter et les plaquer contre mes cuisses, qu'il écarte, en me lançant un regard tellement brûlant qu'il pourrait allumer un feu de forêt, mais avant que je puisse m'enflammer, il se penche pour effleurer mon ventre nu de ses lèvres, jusqu'à mon sexe. Je me tortille sous lui, résignée.

— Eh bien, qu'est-ce que je vois là ?

Christian pose un baiser à l'endroit où, jusqu'à ce matin, j'avais des poils – puis il frotte son menton piquant dessus. Je pousse un petit cri. *Oh là là… qu'est-ce que c'est sensible !*

— Je pense que tu en as oublié, marmonne-t-il en tirant doucement sur une petite touffe qui m'a échappé. Attends, j'ai une idée !

Il bondit hors du lit pour se diriger vers la salle de bains. *Mais qu'est-ce qu'il mijote encore ?* Il revient un petit moment plus tard muni de tout un attirail - verre d'eau, tasse, rasoir, blaireau, savon - qu'il pose sur la table de chevet en me tendant une serviette.

Ah non ! Ma conscience referme d'un coup sec les *Œuvres complètes* de Charles Dickens, bondit hors de son fauteuil et pose ses poings sur ses hanches. Je proteste avec véhémence :

— Non. Non. Non.

— Madame Grey, un travail qui vaut la peine d'être fait vaut la peine d'être bien fait. Soulève les hanches.

Ses yeux ont la couleur d'un orage en été.

— Christian ! Tu ne vas pas me raser ?

Il penche la tête de côté.

— Et pourquoi pas ?

Je m'empourpre. C'est évident… non ?

— Parce que… c'est trop…

— … intime ? Ana, c'est justement d'intimité que j'ai besoin, tu le sais, non ? En plus, après tout ce qu'on a fait, il n'y a pas de quoi jouer les vierges effarouchées. Je connais cette portion de ton anatomie mieux que toi.

Je le dévisage. Quelle arrogance ! Même si, en fait, il a raison. Mais tout de même.

— Mais c'est mal !

Ma voix est plaintive et coincée.

— Ça n'est pas mal… c'est excitant.

Excitant ? Vraiment ?

— Ça t'excite ?

Je ne peux pas m'empêcher de paraître étonnée. Il glousse en baissant les yeux vers son érection.

— Ça se voit, non ?

Bon, après tout, pourquoi pas ? Je me rallonge en mettant mon bras sur mon visage pour ne pas voir ça.

— Si ça te plaît, Christian, vas-y. Quel pervers tu fais.

Je soulève les hanches pour qu'il glisse la serviette sous mes fesses. Il m'embrasse l'intérieur de la cuisse.

— Bébé, tu ne crois pas si bien dire.

Je l'entends plonger le blaireau dans le verre d'eau, puis le faire tournoyer dans la tasse. Il attrape ma cheville gauche pour m'écarter les jambes, et le lit remue lorsqu'il s'assied entre elles.

— Ça me plairait bien de te ligoter, là, murmure-t-il.

— Je ne bougerai pas, promis.

— Très bien.

Je tressaille lorsqu'il passe le blaireau savonneux sur mon pubis. C'est tiède. Il doit y avoir de l'eau chaude dans le verre. Je me tortille un peu. Ça chatouille… mais agréablement.

— Ne bouge pas, m'avertit Christian en repassant le blaireau. Sinon, je t'attache, ajoute-t-il d'une voix sourde qui me fait frissonner.

— Tu as déjà fait ça ? lui dis-je timidement alors qu'il prend le rasoir.

— Non.

Je souris.

— Tant mieux.

— Encore une première, madame Grey.

— Mmm. J'adore les premières.

— Moi aussi. On y va ?

Avec une douceur qui m'étonne, il passe le rasoir sur ma chair sensible.

— Ne bouge pas, dit-il d'une voix distraite qui me laisse supposer qu'il est très concentré.

Au bout de quelques minutes, il prend la serviette pour essuyer le savon qui reste.

— Voilà qui est mieux, dit-il d'un air songeur.

J'écarte enfin le bras pour le regarder en train d'inspecter son œuvre.

— Heureux ?

— Très.

Il sourit d'un air coquin en me pénétrant lentement avec un doigt.

— Mais c'était bien, non ? me dit-il, l'œil gentiment moqueur.

— Pour toi !

J'essaie de faire la grimace - mais il a raison… c'était… excitant.

— Si mes souvenirs sont exacts, tu n'as pas été mécontente de la suite des événements.

Christian recommence à se raser. Oui, en effet. Je ne m'imaginais pas à quel point l'absence de poils pubiens pouvait modifier les sensations.

— Hé, je plaisante. Ça n'est pas ça que les maris fous amoureux de leurs femmes sont censés faire avec elles ?

Christian me relève le menton pour me regarder dans les yeux. Les siens, tout d'un coup, sont craintifs, comme s'il redoutait que je sois encore fâchée.

Tiens, tiens... L'heure de la revanche a sonné.

— Assieds-toi, lui dis-je.

Il me fixe sans comprendre. Je le pousse doucement vers le tabouret de la salle de bains. Perplexe, il s'assoit. Je lui prends le rasoir. C'est alors qu'il comprend mon intention.

— Ana..., proteste-t-il.

Je me penche pour l'embrasser.

— Tête en arrière.

Il hésite.

— Donnant donnant, monsieur Grey.

Il me dévisage, à la fois incrédule, amusé et méfiant.

— Tu sais ce que tu fais ? me demande-t-il à voix basse.

Je hoche la tête lentement, résolument, en tâchant de prendre l'air le plus sérieux possible. Il ferme les yeux et secoue la tête, puis la renverse en arrière pour s'abandonner.

Ça alors, il va me laisser le raser !

Je glisse ma main dans ses cheveux mouillés pour l'empêcher de bouger. Il serre les paupières et entrouvre les lèvres pour inspirer. Très doucement, je passe le rasoir de son cou à son menton, dénudant une lisière de peau sous la mousse. Christian expire.

— Tu croyais que j'allais te faire mal ?

— Je ne sais jamais ce que tu vas faire, Ana. Mais non – pas volontairement.

Je passe à nouveau le rasoir sur son cou, retirant encore une bande de mousse.

— Je ne te ferais jamais mal volontairement, Christian.

Il ouvre les yeux et m'enlace tandis que je fais doucement glisser le rasoir jusqu'à la base de sa patte.

— Je sais, dit-il en penchant la tête de côté pour que je puisse raser le reste de sa joue.

Encore deux coups de rasoir, et j'ai fini.

— Et voilà ! Sans verser une goutte de sang.

Je souris fièrement. Il passe la main sur ma jambe, puis sous ma chemise de nuit et m'attire vers lui pour que je le chevauche. Je me tiens à ses avant-bras. Il est vraiment très musclé.

— Ça te dirait de te balader dans l'arrière-pays aujourd'hui ?

— Pas de bronzette ? dis-je en haussant le sourcil, ironique.

Il se lèche les lèvres, nerveux.

— Non, pas de bronzette. J'ai pensé que tu préférerais faire autre chose.

— De toute façon, vu l'état dans lequel tu m'as mise, pour la plage, c'est râpé. Alors pourquoi pas ?

Sagement, il choisit de ne pas relever.

— Il y a un petit peu de route à faire, mais il paraît que ça en vaut la peine. En plus, il y a plein de galeries à Saint-Paul-de-Vence, j'ai pensé qu'on trouverait peut-être des tableaux ou des sculptures pour la nouvelle maison.

Je m'écarte pour le dévisager. Des œuvres d'art… Il veut acheter des œuvres d'art ! *Comment pourrais-je acheter de l'art, moi ?*

— Quoi ?

— Je ne connais rien à l'art, Christian.

Il hausse les épaules avec indulgence.

— On n'achètera que ce qui nous plaît. Pas pour investir.

Investir ? Je n'y avais même pas songé.

— Quoi ? répète-t-il.

Je secoue la tête.

— Écoute, reprend-il, je sais qu'il est un peu tôt pour songer à la décoration puisqu'on vient tout juste de recevoir les plans de l'architecte, mais il n'y a pas de mal à regarder.

Tiens, l'architecte. Je l'avais oubliée, celle-là… Gia Matteo, une amie d'Elliot qui a déjà travaillé sur la maison de Christian à Aspen. Au cours de nos réunions, elle n'a pas arrêté de lui faire du rentre-dedans.

— Quoi, maintenant ? s'exclame Christian.

Je secoue à nouveau la tête.

— Dis-moi, insiste-t-il.

Comment lui avouer que je n'aime pas Gia ? Je ne veux pas jouer les épouses jalouses.

— Tu m'en veux encore pour hier ?

Il soupire en se frottant le visage entre mes seins.

— Non. J'ai faim.

Je sais parfaitement que cette phrase fera diversion.

— Pourquoi tu ne l'as pas dit plus tôt ?

Il me laisse me relever avant de se lever à son tour.

Saint-Paul-de-Vence est l'un des endroits les plus pittoresques que j'aie vus de ma vie. Je me balade bras dessus, bras dessous avec Christian dans les étroites rues pavées, la main dans la poche arrière de son short. Taylor et Gaston (ou Philippe, je n'arrive pas à les distinguer) nous suivent. Nous traversons une place plantée d'arbres où trois vieux jouent aux boules. Il y a foule en cette saison, mais je suis bien au bras de Christian. Il y a tant de choses à explorer – ruelles, cours, fontaines, boutiques...

Dans la première galerie, Christian regarde distraitement des photos de nus féminins tout en suçotant une branche de ses lunettes de soleil.

— Ce n'est pas tout à fait ce que j'avais en tête pour la maison, dis-je d'un ton désapprobateur.

En fait, ces photos me rappellent celles que j'ai retrouvées dans son placard... *notre* placard. Je me demande s'il les a détruites.

— Moi non plus, répond Christian en me souriant.

Devrais-je le laisser prendre ce genre de photos de moi ?

Il me prend par la main et nous passons à l'expo suivante, des natures mortes de fruits et de légumes très colorés.

— J'aime bien ça, dis-je en désignant trois tableaux représentant des poivrons. Ça me rappelle la fois où tu as fait la cuisine dans mon appartement.

Je pouffe de rire. Christian tente en vain de ravaler un sourire.

— Je trouve que je ne m'en suis pas trop mal tiré, marmonne-t-il. J'étais juste un peu lent, et puis tu me déconcentrais, ajoute-t-il en m'attirant dans ses bras. On les mettrait où ?

Quand il me mordille le lobe, je le sens jusqu'à mon entrejambe.

— Dans la cuisine.

— Bien vu, madame Grey.

J'écarquille les yeux en voyant le prix : cinq mille euros.

— C'est un peu cher, non ?

— Et alors ? dit-il en se frottant encore le nez contre mon oreille. On en a les moyens, il faudra que tu t'y fasses, Ana.

Il me lâche pour se diriger vers le comptoir où une jeune femme toute de blanc vêtue le fixe, bouche bée. J'ai envie de lever les yeux au ciel, mais au lieu de ça, j'examine plus attentivement les tableaux. Cinq mille euros…

Nous avons fini de déjeuner et prenons notre café sur la terrasse de l'hôtel Le Saint-Paul. Le panorama est spectaculaire : vignobles et champs de tournesol forment des damiers sur la plaine, ponctués çà et là de petites fermes. Le ciel est si limpide qu'on peut voir jusqu'à la mer, qui scintille faiblement à l'horizon. Christian interrompt ma rêverie.

— Tu m'as demandé pourquoi je tressais tes cheveux, murmure-t-il.

Le ton de sa voix m'inquiète.

— Oui ?

— La pute camée me laissait jouer avec ses cheveux, je crois. Je ne sais pas s'il s'agit d'un souvenir ou d'un rêve.

Sa mère biologique ?

Il me regarde d'un air indéchiffrable. J'ai un coup au cœur. Comment réagir lorsqu'il me fait de tels aveux ?

— J'aime bien que tu joues avec mes cheveux.

Il me dévisage comme s'il en doutait.

— C'est vrai ?

Oui. C'est vrai. Je lui prends la main.

— Je crois que tu l'aimais, Christian.

Il me fixe, impassible, sans répondre. *Bordel de merde.* Suis-je allée trop loin ? *Dis quelque chose, je t'en prie.* Mais il s'obstine dans son mutisme et fixe ma main posée sur la sienne en fronçant les sourcils. Le silence se prolonge jusqu'à devenir insoutenable. Je craque :

— Dis-moi quelque chose.

Il secoue la tête en expirant profondément.

— On s'en va.

Il lâche ma main pour se lever, l'air distant. Ai-je dépassé les bornes ? Mon cœur se serre. Je ne sais pas si je devrais continuer ou laisser tomber. Je choisis la seconde option et le suis hors du restaurant. Une fois dans la ravissante ruelle pavée, il me prend la main.

— Tu veux aller où ?

Il me parle ! Il n'est pas fâché contre moi ! Je soupire, soulagée.

— Je suis contente que tu me parles encore.

— Tu sais bien que je n'aime pas parler de ces trucs-là. Tout ça, c'est du passé. Fini.

Non, Christian, loin de là. Pour la première fois, je me demande si nous en aurons jamais fini avec cette histoire et ses cinquante nuances de folie… Ai-je envie qu'il change ? Non, pas vraiment – mais je veux qu'il se sente aimé. Ce n'est pas seulement son beau visage et son corps qui m'envoûtent. C'est ce qui se cache derrière cette perfection qui m'attire, qui m'appelle… C'est son âme fragile et meurtrie.

Il me regarde, mi-amusé, mi-circonspect et cent pour cent sexy, il m'enlace les épaules. Nous nous faufilons parmi les touristes jusqu'à l'endroit où Philippe (ou Gaston ?) a garé la Mercedes. Je glisse à nouveau ma main dans la poche arrière du short de Christian. *Quel enfant de quatre ans n'aime pas sa mère ? Même si c'est une mauvaise mère ?* Je soupire lourdement en me collant contre lui. Les gardes du corps rôdent derrière nous, et je me demande au passage s'ils ont mangé.

Christian s'arrête devant une petite joaillerie, prend ma main libre et passe le pouce sur la meurtrissure rouge causée par la menotte. Je le rassure :

— Ça ne fait pas mal.

Il se déhanche pour libérer mon autre main de sa poche, la retourne doucement pour inspecter mon poignet. La contusion est cachée par la montre Omega en platine qu'il m'a offerte au petit déjeuner, lors de notre premier matin à Londres. L'inscription me fait toujours fondre.

Anastasia
Tu es mon plus
Mon amour, ma vie
Christian

Malgré ses cinquante nuances, mon mari est un grand romantique. Je baisse les yeux vers les marques sur mon poignet… mais il peut parfois se montrer sauvage. Il relâche ma main gauche et attrape mon menton pour me dévisager, l'œil trouble.

— Ça ne fait pas mal, dis-je à nouveau.

Il porte ma main à ses lèvres et pose un doux baiser à la saignée de mon poignet, comme pour se faire pardonner.

— Viens, dit-il en m'entraînant dans la joaillerie.

— Tiens.

Christian attache à mon poignet un bracelet-manchette en platine délicatement ouvragé, avec un diamant au cœur de chaque petite fleur en filigrane. Il est assez large pour recouvrir mes meurtrissures. Je crois qu'il vaut trente mille euros, mais je n'ai pas bien suivi la conversation de Christian avec la vendeuse puisqu'ils parlaient en français. Je n'ai jamais rien porté d'aussi cher.

— Là, c'est mieux, murmure-t-il.

— Mieux ?

La vendeuse, maigre comme une brindille, nous fixe d'un regard envieux.

— Tu sais bien…

— Je n'ai pas besoin de ça.

Je secoue mon poignet : les diamants du bracelet font danser de petits arcs-en-ciel scintillants sur les murs.

— J'en ai besoin, moi, affirme-t-il avec une absolue sincérité.

Pourquoi ? Se sent-il coupable ? De quoi ? Des marques ? De m'avoir fait la tête quand je lui ai parlé de sa mère biologique ? De ne pas se confier à moi ? *Ah, mon Cinquante Nuances…*

— Non, Christian. Tu m'as déjà tellement donné. Une lune de miel magique. Londres, Paris, la Côte d'Azur… et toi. J'ai beaucoup de chance.

Ses yeux se radoucissent.

— Non, Anastasia. C'est moi qui ai de la chance.

— Merci.

Je me dresse sur la pointe des pieds pour le prendre par le cou et l'embrasser… pas parce qu'il m'a offert le bracelet, mais parce qu'il est à moi.

Dans la voiture, il contemple d'un air songeur les champs de tournesols qui tendent leurs têtes vers le soleil de fin d'après-midi. L'un des jumeaux - Gaston ? - est au volant. Taylor est assis côté passager. Christian rumine. Je lui prends la main. Il me jette un coup d'œil avant de me caresser le genou. Je porte une jupe courte et évasée, blanc et bleu, avec un chemisier bleu sans manches. Christian semble hésiter. Sa main va-t-elle remonter sur ma cuisse ou descendre le long de ma jambe ? Je m'offre à sa caresse en retenant mon souffle. Soudain, il m'attrape la cheville pour la poser sur ses cuisses. Je pivote pour lui faire face.

— Je veux l'autre aussi.

Je jette un coup d'œil nerveux à Taylor et Gaston, qui fixent résolument la route, et pose mon autre pied sur ses cuisses. Le regard de Christian devient plus froid. Il appuie sur un bouton situé sur sa portière, qui actionne un panneau occultant teinté. Dix secondes plus tard, nous sommes seuls. Pas étonnant que la banquette arrière soit aussi spacieuse.

— Laisse-moi examiner tes chevilles, m'explique Christian, l'air anxieux.

Les marques des menottes ? *Encore ?* Je croyais que c'était réglé, cette histoire. S'il subsiste des marques, elles sont dissimulées par les lanières de mes sandales. Je ne me rappelle même pas les avoir remarquées ce matin. Doucement, il passe le pouce le long de la cambrure de mon pied droit, ce qui me fait me tortiller. Un sourire flotte sur ses lèvres. Adroitement, il défait une lanière. Son sourire s'efface lorsqu'il découvre les éraflures.

— Ça ne fait pas mal, redis-je.

Il me regarde tristement, les lèvres pincées, puis hoche la tête. Je secoue le pied pour me débarrasser de ma sandale, mais il est redevenu absent, morose, et caresse machinalement mon pied en se détournant vers la fenêtre.

— Hé. Tu t'attendais à quoi ? fais-je d'une voix douce.

Il me jette un coup d'œil en haussant les épaules.

— Je ne m'attendais pas à éprouver ce que j'éprouve quand je vois ces marques.

Ah. Taciturne un instant, communicatif la seconde d'après ? C'est bien mon Cinquante Nuances, ça ! Comme toujours, j'ai du mal à suivre ses changements d'humeur.

— Et alors, tu te sens comment ?

Il me considère d'un œil morne.

— Mal, murmure-t-il.

Aïe, non, pas ça ! Je déboucle ma ceinture pour me rapprocher de lui, en laissant mes pieds sur ses cuisses. Je voudrais m'asseoir sur ses genoux et le tenir dans mes bras – ce que je ferais s'il n'y avait que Taylor avec nous. Mais la présence de Gaston m'inhibe, malgré la vitre de séparation. Si seulement elle était plus opaque ! J'agrippe les mains de Christian.

— Ce sont surtout les suçons qui me dérangent. Tout le reste… ce que tu as fait… Je baisse la voix : … avec les menottes, ça m'a plu. Mieux que ça. Je me suis éclatée. Tu peux recommencer quand tu veux.

Il change de position.

— Tu t'es éclatée ?

Ma déesse intérieure, stupéfaite, lève les yeux de son roman de Jackie Collins.

— Oui, dis-je en souriant.

Je replie les orteils sur son érection naissante et je le vois, plutôt que je l'entends, inspirer brusquement, lèvres entrouvertes.

— Vous devriez remettre votre ceinture, madame Grey.

Il parle bas. Je l'entoure à nouveau de mes orteils. Son regard s'assombrit. Il m'agrippe la cheville comme pour m'avertir, mais de quoi ? De m'arrêter ? De continuer ? Puis il grimace en extirpant son sempiternel BlackBerry de sa poche pour prendre un appel tout en consultant sa montre, les sourcils froncés.

— Barney ! aboie-t-il.

Et merde. Encore son boulot qui nous interrompt. Je tente de retirer mes pieds, mais il resserre les doigts autour de mes chevilles.

— Dans la salle des serveurs ? s'exclame-t-il, incrédule. Le système d'extinction a bien fonctionné ?

Un incendie ? Je retire mes pieds de ses cuisses et, cette fois, il me laisse faire. Je me rassois et boucle ma ceinture, puis je me mets à tripoter nerveusement mon bracelet à trente mille euros.

Christian appuie sur un bouton et le panneau occultant s'abaisse.

— Il y a des blessés ? Des dégâts ? Je vois... Quand ?

Christian consulte à nouveau sa montre et passe ses doigts dans ses cheveux.

— Non. Ni les pompiers ni la police. Pas tout de suite.

Un incendie ? Dans les bureaux de Christian ? Je le fixe, affolée. Taylor se retourne pour écouter.

— Il a fait ça ? Très bien... Bon, je veux un rapport détaillé sur les dégâts et la liste complète de tous ceux qui ont eu accès à ce secteur au cours des cinq derniers jours, y compris le personnel d'entretien... Dites à Andréa de m'appeler... Ouais, apparemment l'argon est tout aussi efficace, il vaut son pesant d'or.

Rapport sur les dégâts ? Argon ? Ça me rappelle vaguement quelque chose de mes cours de chimie - c'est un élément, je pense.

— Je sais qu'il est très tôt chez vous... Envoyez-moi un mail dans deux heures... Non, il faut que je sache. Merci de m'avoir appelé.

Christian raccroche, puis compose immédiatement un autre numéro.

— Welch... Bien... Quand ? (Il consulte une fois de plus sa montre.) Dans une heure, alors... oui... vingt-quatre heures sur vingt-quatre au centre externe de stockage des données... très bien.

Il raccroche.

— Philippe, il faut que je sois de retour à bord dans moins d'une heure.

— Bien, monsieur.

Donc, c'est Philippe, pas Gaston. La voiture accélère.

Christian me regarde d'un air indéchiffrable.

— Il y a des blessés ? lui dis-je.

Christian secoue la tête.

— Non. Et les dégâts sont minimes.

Il me serre la main pour me rassurer.

— Ne t'en fais pas, mon équipe s'en occupe.

Le voilà qui redevient P-DG, contrôlant les opérations avec sang-froid.

— L'incendie, c'était où ?

— Dans la salle des serveurs.

— De Grey Holdings ?

— Oui.

Je devine qu'il n'a pas envie de m'en parler.

— Pourquoi si peu de dégâts ?

— La salle est équipée d'un système d'extinction ultramoderne.

Évidemment.

— Ana, je t'en prie… ne t'inquiète pas.

— Je ne suis pas inquiète.

Je mens.

— On ne sait pas encore s'il s'agit d'un incendie criminel, ajoute-t-il.

C'est justement de ça que j'ai peur. Charlie Tango, et maintenant cet incendie ? *Et ensuite ?*

4

Christian est enfermé dans son bureau depuis plus d'une heure. J'ai essayé de lire, de regarder la télé, de prendre un bain de soleil, mais je n'arrive ni à me détendre ni à dissiper mon angoisse. Après avoir passé un short et un tee-shirt, je retire mon bracelet à trente mille euros et je vais retrouver Taylor, assis dans le petit salon attenant au bureau de Christian. Étonné, il lève les yeux de son roman d'Anthony Burgess.

— Madame ?

— J'aimerais aller faire des courses.

— Oui, madame.

Il se lève.

— Je vais prendre le Jet-Ski.

— Euh…

Il fronce les sourcils en cherchant quoi répondre.

— Je ne veux pas déranger Christian pour ça.

Il étouffe un soupir.

— Madame… euh… je ne crois pas que M. Grey serait d'accord, et j'aimerais bien garder mon travail.

Ah, mais qu'est-ce qu'ils m'emmerdent tous ! J'aurais envie de lever les yeux au ciel, mais au lieu de ça, je les plisse en soupirant bruyamment pour exprimer ma frustration mêlée d'indignation à l'idée de ne pas être maîtresse de ma propre destinée. Cela dit, je ne tiens pas à ce que Christian se fâche contre Taylor - ni contre moi. Je contourne donc Taylor d'un pas assuré, frappe à la porte du bureau et entre sans y être invitée.

Christian parle au téléphone, appuyé contre le bureau en acajou. Il lève les yeux.

— Un moment, s'il vous plaît, Andréa.

Il me regarde poliment en attendant que je parle. Pourquoi ai-je l'impression d'être dans le bureau du proviseur ? Ce type m'a passé les menottes pas plus tard qu'hier soir. Je refuse de me laisser intimider par lui. Enfin, c'est mon mari, oui ou merde ? Je redresse les épaules et lui décoche un large sourire.

— Je vais faire des courses.

— Très bien. Prends un des jumeaux avec toi. Et Taylor aussi.

S'il ne me pose même pas de questions, c'est que ce qui se passe à Seattle doit vraiment être grave. Je reste plantée là en me demandant si je peux faire quelque chose pour l'aider.

— Autre chose ? me demande-t-il.

Manifestement, il est pressé que je parte.

— Tu voudrais que je reste? lui dis-je.

Il m'adresse son sourire timide.

— Non, bébé, l'équipage peut s'occuper de moi.

— D'accord.

J'ai envie de l'embrasser. Et merde, j'en ai le droit, non ? Après tout, c'est mon mari. Je m'avance résolument vers lui et lui plante un baiser sur les lèvres, ce qui le surprend.

— Andréa, je vous rappelle, marmonne-t-il.

Il pose le BlackBerry sur le bureau, m'attire dans ses bras et m'embrasse passionnément. Je suis à bout de souffle lorsqu'il me relâche. Son regard est sombre et avide.

— Tu me déconcentres, là… Il faut que je règle ce problème le plus vite possible, pour qu'on puisse reprendre notre lune de miel.

Il fait courir son index sur mon visage et caresse mon menton pour me faire renverser la tête en arrière.

— D'accord. Excuse-moi.

— Ne vous excusez pas, madame Grey. J'adore être distrait par vous.

Il m'embrasse au coin des lèvres.

— Va dépenser des sous.

Il me relâche.

— À vos ordres.

Je glousse en sortant du bureau. Ma conscience secoue la tête en pinçant les lèvres. *Tu ne lui as pas dit que tu prenais le Jet-Ski*, me reproche-t-elle de sa voix nasillarde. Je ne l'écoute pas… *Harpie.*

Taylor m'attend patiemment.

— Le haut commandement a donné son feu vert… On peut y aller ?

Je m'efforce d'éliminer tout sarcasme de ma voix. Taylor, lui, ne cache pas son sourire admiratif.

— Après vous, madame.

Taylor m'explique patiemment le maniement de l'engin. Son autorité tranquille et sa gentillesse en font un bon professeur. Nous sommes dans la vedette, qui tangue légèrement sur les eaux calmes du port à côté du *Fair Lady*. Gaston nous observe derrière ses lunettes noires ; l'un des membres de l'équipage du *Fair Lady* est aux commandes de la vedette. Une escorte de trois personnes, rien que pour aller faire du shopping. C'est ridicule.

Je zippe mon gilet de sauvetage et souris largement à Taylor, qui tend la main pour m'aider à enfourcher le Jet-Ski.

— Fixez la lanière de la clé de contact à votre poignet. Si vous tombez, ça coupera le moteur automatiquement.

— Très bien.

— Prête ?

Je hoche la tête avec enthousiasme.

— Appuyez sur le contact quand vous aurez dérivé à environ un mètre et demi du bateau. Nous vous suivrons.

— D'accord.

Il repousse le Jet-Ski. Lorsqu'il me fait signe, j'appuie sur le contact et le moteur s'éveille en rugissant.

— Doucement, madame ! me recommande Taylor.

J'appuie sur l'accélérateur : le scooter fait un bond en avant et cale aussitôt. *Merde !* Comment se fait-il que, pour Christian, ça semble si facile ? Je fais une deuxième, puis une troisième tentative, et je cale toujours. *Merde, merde !*

— Doucement sur l'embrayage ! me crie Taylor.

— Ouais, ouais, ouais…

J'essaie encore une fois en pressant très doucement sur le levier, et le Jet-Ski avance avec une secousse – mais cette fois, il ne s'arrête pas. *Oui !*

Il continue d'avancer. *Youpi ! C'est parti !* J'ai envie de hurler tellement je suis excitée. Je m'éloigne tranquillement du yacht en direction du port. Derrière moi, j'entends le vrombissement de la vedette. Quand j'appuie sur l'accélérateur, le Jet-Ski bondit et ricoche sur l'eau. Avec la brise tiède dans les cheveux et l'eau de mer qui gicle dans mon sillage, je me sens libre. Qu'est-ce que je m'éclate ! Pas étonnant que Christian ne me laisse jamais piloter cet engin.

Plutôt que de me diriger vers la rive et d'abréger mon plaisir, je vire de bord pour faire le tour du majestueux *Fair Lady. Oh là là… génial !* Alors que je suis en train de fermer la boucle, je repère Christian sur le pont. Je crois qu'il me fixe, bouche bée, mais je n'en suis pas sûre. Courageusement, je lâche le guidon d'une main pour lui adresser des signes enthousiastes. Il finit par me faire un petit signe à son tour. Je n'arrive pas à déceler son expression, et quelque chose me dit qu'il ne vaut mieux pas, alors je me dirige vers le port de plaisance en filant sur l'eau bleue scintillant dans le soleil de fin d'après-midi.

Arrivée au quai, j'attends que la vedette se range devant moi. Taylor a une tête d'enterrement. Gaston, en revanche, a l'air de trouver ça plutôt drôle. Un instant, je me demande si un incident a refroidi les relations franco-américaines, mais, au fond, je devine que le problème, c'est moi. Gaston saute d'un bond hors du bateau pour l'amarrer, tandis que Taylor m'indique d'aligner le scooter à côté de la vedette.

— Coupez le contact, madame, dit-il calmement en tendant les mains vers le guidon pour m'aider à monter dans l'embarcation.

J'y parviens en souplesse, surprise de ne pas tomber à l'eau. Taylor a l'air nerveux.

— Madame, ça embête un peu M. Grey que vous pilotiez le Jet-Ski, me dit-il en rougissant.

Il se tortille presque, tant il est gêné : Christian vient sans doute de l'engueuler au téléphone. *Ah, mon pauvre mari pathologiquement surprotecteur, que vais-je donc faire de toi ?* Je souris sereinement.

— Je vois. Mais M. Grey n'est pas là, et si ça l'« embête un peu », comme vous dites, je suis sûre qu'il aura la courtoisie de m'en parler directement à mon retour.

Taylor cille.

— Très bien, madame.

Il me tend mon sac à main. Tout en grimpant sur le quai, j'entraperçois son sourire réticent, ce qui me donne envie de sourire aussi. J'aime vraiment beaucoup Taylor, mais je n'apprécie pas qu'il me fasse des reproches – il n'est ni mon père ni mon mari.

Je soupire. *Christian est furieux. Et pour l'instant, il a assez de soucis comme ça. Qu'est-ce qui m'a pris ?* Pendant que j'attends que Taylor me rejoigne sur le quai, j'entends mon BlackBerry entonner *Your Love is King* de Sade, ma sonnerie personnalisée pour Christian.

— Allô ?

— Allô.

— Je reviens bientôt. Ne te fâche pas.

Je l'entends inspirer bruyamment.

— Euh…

— En tout cas, je me suis bien amusée.

Il soupire.

— Loin de moi l'idée d'abréger vos plaisirs, madame Grey. Mais fais attention. S'il te plaît.

Eh ben, voilà autre chose… Il me donne la permission de m'amuser !

— Promis. Tu veux que je te rapporte quelque chose ?

— Toi. Saine et sauve.

— Je ferai de mon mieux pour vous obliger, monsieur Grey.

— Je suis ravi de l'entendre, madame Grey.

— Vous satisfaire est notre priorité, dis-je en pouffant de rire.

J'entends à sa voix qu'il sourit.

— J'ai un autre appel. À plus, bébé.

— À plus, Christian.

Il raccroche. *Crise du Jet-Ski évitée*, je crois. La voiture attend. Taylor m'ouvre la portière. Je lui adresse un clin d'œil en montant ; il secoue la tête, amusé.

Une fois dans la voiture, je compose un mail sur mon BlackBerry.

De : Anastasia Grey
Objet : Merci
Date : 17 août 2011 16:55
À : Christian Grey

De ne pas avoir été trop grognon.

Ta femme qui t'aime

De : Christian Grey
Objet : Restons calmes
Date : 17 août 2011 16:59
À : Anastasia Grey

De rien.
Reviens-moi en un seul morceau.
C'est un ordre.

Christian Grey
P-DG & Mari surprotecteur, Grey Enterprises Holdings, Inc.

Sa réponse me fait sourire. Mon maniaque du contrôle.

Qu'est-ce qui m'a pris de faire du shopping ? Je déteste ça. Je dépasse d'un pas déterminé les boutiques Chanel, Gucci, Dior. C'est dans un petit magasin de souvenirs que je trouve enfin l'antidote à ce qui me turlupine : un bracelet de cheville à cinq euros avec des petits cœurs et des clochettes. Dès que je l'ai acheté, je le mets. Voilà. C'est ça qui me ressemble – c'est ça qui me plaît. Je me sens aussitôt mieux dans ma peau. Je ne dois jamais oublier la femme que je suis, celle qui aime ce genre de babioles… Au fond, je sais que ce n'est pas seulement Christian qui m'intimide, mais sa fortune. M'y habituerai-je un jour ?

Taylor et Gaston me suivent consciencieusement à travers la foule, et j'oublie bien vite leur présence. Je voudrais acheter un cadeau à Christian pour lui changer les idées… mais que peut-on offrir à un homme qui a tout ? Je m'arrête dans un petit square bordé de boutiques et j'examine chaque vitrine tour à tour. Lorsque je repère un magasin de photos, je repense tout d'un coup aux nus féminins dans la galerie, ce matin, et aux propos de Christian lorsque nous contemplions la *Vénus de Milo* au Louvre… « Nous pouvons tous apprécier le corps féminin. Nous aimons le contempler sculpté, peint ou photographié. »

Ça me donne une idée assez culottée, je dois dire. Mais j'ai besoin de conseils, et je ne connais qu'une personne qui puisse m'en donner. J'extirpe mon BlackBerry de mon sac à main pour appeler José.

— Allô…, marmonne-t-il, ensommeillé.

— José, c'est Ana.

— Ana, salut ! Tu es où ? Ça va ?

Il a l'air plus réveillé maintenant, et même inquiet.

— Je suis à Cannes, et tout va bien.

— À Cannes ? Dans un palace, je parie ?

— Euh… non. Sur un bateau.

— Un bateau ?

— Un yacht.

— Je vois.

Sa voix est glaciale, maintenant… Merde, je n'aurais pas dû l'appeler. J'ai déjà assez de soucis sans me fâcher avec mon ami.

— José, j'ai besoin d'un conseil.

— Un conseil ? Bien sûr.

Il a l'air stupéfait, mais plus chaleureux. Je lui explique mon idée.

Deux heures plus tard, Taylor m'aide à monter sur le pont pendant que Gaston donne un coup de main à un matelot avec le Jet-Ski. Christian brille par son absence, et je file vers notre cabine pour emballer son cadeau, excitée comme une gamine.

— Tu es partie longtemps…

Christian me surprend au moment même où je mets le dernier bout de scotch. Je me retourne : il est planté à la porte de la cabine et m'observe attentivement. *Il est encore fâché à cause du Jet-Ski ?* Ou bien à cause de l'incendie dans ses bureaux ?

— Tout est sous contrôle à Seattle ?

— Plus ou moins, répond-il, l'air agacé.

— J'ai fait un peu de shopping.

J'espère que ce n'est pas moi qui l'ai énervé. Son sourire tendre me rassure.

— Qu'est-ce que tu as acheté ?

— Ça.

Je pose le pied sur le lit pour lui montrer ma chaînette.

— Très joli.

Il s'approche et joue avec les petites clochettes qui tintent autour de ma cheville, mais fronce les sourcils en passant les doigts sur mes marques, ce qui me donne des frissons sur toute la jambe.

— Et ça.

Je lui tends la boîte, en espérant lui changer les idées.

— C'est pour moi ? s'étonne-t-il.

Je hoche timidement la tête. Il prend la boîte et la secoue doucement avec un sourire de gamin, puis s'assoit à côté de moi sur le lit.

— Merci, dit-il, à la fois timide et ravi.

— Tu ne l'as pas encore ouvert.

— Peu importe ce que c'est, je suis sûr que je vais adorer. On ne m'offre pas souvent de cadeaux.

— C'est difficile de t'acheter quelque chose, tu as tout.

— Je t'ai, toi.

— C'est vrai.

Je lui souris. *C'est tellement vrai, Christian.*

Il arrache l'emballage en un tour de main.

— Un Nikon ?

Il me dévisage, surpris.

— Je sais que tu as déjà un appareil photo numérique compact, mais ça, c'est pour… euh… des portraits, par exemple. Il y a deux lentilles.

Il ne comprend toujours pas.

— Aujourd'hui, dans la galerie, j'ai vu que les nus te plaisaient. Et je me suis rappelée ce que tu m'avais dit au Louvre. Et puis évidemment, il y a ces autres photos…

Je déglutis en tâchant de ne pas songer aux images trouvées dans son placard.

Lorsqu'il comprend enfin, il ouvre de grands yeux. Je poursuis sur ma lancée avant de perdre mon aplomb :

— Je pensais que tu pourrais, euh… prendre des photos de moi.

— Des photos ? De toi ?

Il me fixe, perplexe, sans prêter attention à la boîte posée sur ses genoux. Je hoche la tête en tentant désespérément de déchiffrer sa réaction. Lorsqu'il finit par regarder la boîte, il suit du bout du doigt l'image qui y figure avec une sorte de fascination respectueuse.

Il pense à quoi, là ? Ce n'est pas la réaction que j'espérais. Ma conscience me fusille du regard en me traitant de bécasse. *Christian ne réagit* jamais *comme tu t'y attends.* Quand il me regarde à nouveau, ses yeux sont emplis de… douleur ?

— Qu'est-ce qui t'a fait penser que j'avais envie de ça ? me demande-t-il, perplexe.

Non, non, non ! Tu m'as dit que tu adorerais, peu importe ce que c'était…

— Tu ne veux pas ?

Je refuse d'écouter ma conscience, qui me demande pourquoi quelqu'un pourrait avoir envie de me prendre comme modèle pour des photos érotiques. Christian déglutit et se passe la main dans les cheveux, l'air perdu, troublé. Il inspire profondément.

— Pour moi, en général, les photos de ce genre ont plutôt été des polices d'assurance, Ana. Je l'admets, j'ai longtemps traité les femmes comme des objets.

Il se tait, mal à l'aise.

— Et tu crois que prendre des photos de moi, ce serait… euh, me traiter comme un objet ?

Il serre les paupières.

— Je ne sais plus où j'en suis, murmure-t-il.

Lorsqu'il rouvre les yeux, ils sont écarquillés, méfiants, submergés par une violente émotion.

— Pourquoi tu dis ça ?

Je commence à paniquer. Je croyais le rendre heureux. Je ne veux pas que, par ma faute, il ne sache plus où il en est. Je réfléchis à toute vitesse. Il n'a pas eu de séance avec le Dr Flynn depuis près de trois semaines. C'est ça, le problème ? C'est pour ça qu'il perd pied ? Je devrais appeler Flynn ? Puis, dans un moment de lucidité exceptionnelle, je comprends – l'incendie, Charlie Tango, le Jet-Ski…

Il a peur pour moi, et ces marques sur ma peau symbolisent cette peur. Ça l'a tourmenté toute la journée : il n'est pas habitué à se sentir mal à l'aise d'avoir infligé de la douleur.

Il hausse les épaules et, une fois de plus, son regard se porte sur mon poignet, là où le bracelet qu'il m'a acheté cet après-midi devrait être. *Eurêka !*

— Christian, ça n'est pas grave. Tu m'as donné un mot d'alerte. Hier, j'ai adoré. Arrête de t'en faire pour ça – ça me plaît, le sexe un peu brutal, je te l'ai déjà dit.

Je m'empourpre en tentant d'endiguer ma panique montante. Il m'observe attentivement, sans que je puisse deviner ce qu'il pense. Je poursuis tant bien que mal.

— C'est à cause de l'incendie ? Tu crois que ça a un rapport avec Charlie Tango ? C'est pour ça que tu es inquiet ? Parle-moi, Christian, je t'en prie.

Il me regarde sans rien dire, et le silence se prolonge entre nous, à l'image de cet après-midi. *Putain de bordel de merde !*

— Ne réfléchis pas trop à tout ça, Christian.

Cette remontrance tranquille remue un souvenir – ce sont les mots qu'il a utilisés lorsqu'il m'a proposé son contrat abracadabrant... Je lui prends la boîte pour l'ouvrir. Il me regarde faire, inexpressif, comme si j'étais une extraterrestre.

Je sais que, grâce au zèle du vendeur, l'appareil photo est prêt à l'emploi. Je le sors donc de la boîte et en retire le cache, puis je pointe l'objectif sur Christian afin que son beau visage angoissé remplisse le cadre. J'appuie sur l'obturateur sans relâcher. Et dix photos de l'expression alarmée de Christian sont captées pour la postérité.

— Alors, c'est moi qui vais te traiter en objet, dis-je en appuyant de nouveau sur l'obturateur.

Sur la dernière photo, les commissures de ses lèvres se retroussent imperceptiblement. J'appuie encore. Cette fois il sourit… Un petit sourire certes, mais un sourire néanmoins. J'appuie une fois de plus et je le vois se détendre devant moi et faire une moue ridicule de bellâtre qui me fait pouffer de rire. *Dieu merci.* M. Capricieux est de retour – je n'ai jamais été aussi heureuse de le revoir.

— Je croyais que c'était un cadeau pour moi ? marmonne-t-il, boudeur (mais j'ai l'impression qu'il me taquine).

— Eh bien, c'était censé te distraire, mais apparemment, c'est un symbole de l'oppression des femmes.

Je le mitraille et je vois l'amusement gagner ses traits en gros plan. Puis son regard s'assombrit et son expression se mue en celle d'un prédateur.

— Tu veux être opprimée ? susurre-t-il d'une voix veloutée.

— Pas opprimée, non.

Je continue à le mitrailler.

— Je pourrais vous opprimer à l'infini, madame Grey.

— Je sais, monsieur Grey, et vous ne vous en privez pas.

Son visage se décompose. *Merde.* Je baisse l'appareil photo pour le regarder.

— Qu'est-ce qui ne va pas, Christian ?

La frustration affleure dans ma voix. *Parle, enfin !* Il ne dit rien. *Grr !* Qu'est-ce qu'il est énervant ! Je braque à nouveau l'objectif sur lui et j'insiste :

— Dis-moi.

— Rien, répond-il en disparaissant tout d'un coup du champ.

D'un geste rapide, il balaie du lit la boîte de l'appareil qui tombe par terre, puis il m'attrape et me pousse sur le lit pour me chevaucher. Tout en protestant, je continue à le mitrailler en train de me sourire. Il saisit l'appareil par l'objectif et la photographe devient le modèle tandis qu'il pointe le Nikon vers moi et déclenche l'obturateur.

— Vous voulez que je vous prenne en photo, madame Grey ?

Je ne vois plus que ses cheveux en bataille et sa bouche magnifique.

— Pour ça, il faudrait d'abord que vous souriiez !

Sur ce, il se met à me chatouiller sous les côtes. Je couine, me tortille sous lui et tente de lui attraper le poignet pour l'arrêter, en vain. Il sourit de plus belle et redouble de chatouilles tout en me mitraillant.

— Non ! Arrête !

— Tu plaisantes ? grogne-t-il en posant l'appareil photo pour pouvoir me torturer à deux mains.

— Christian !

Je suffoque tellement je ris. Il ne m'a jamais chatouillée. *Stop !* J'agite la tête de tous les côtés en gigotant pour me dégager, je glousse et je le repousse des deux mains. Mais, impitoyable, il savoure mes tourments avec un grand sourire.

— Christian, arrête !

Il cesse brusquement, saisit mes mains et les cloue de part et d'autre de ma tête. J'ai tellement ri que je suis à bout de souffle. Sa respiration fait écho à la mienne, et il me contemple avec… quoi ? J'arrête carrément de respirer. Émerveillement ? Amour ? Vénération ? *Oh la vache !* Quel regard !

— Tu. Es. Si. Belle.

C'est comme s'il me voyait pour la première fois. Il ferme les yeux et m'embrasse, en extase. Sa réaction réveille ma libido… le voir comme ça, vaincu par moi… *Oh mon Dieu.* Il relâche mes mains et plonge les doigts dans mes cheveux, me maintenant tendrement ; mon corps va à la rencontre du sien, cède au désir, répond à son baiser. Soudain, son baiser se transforme : il n'est plus tendre, respectueux et admiratif, mais charnel, profond, avide – sa langue envahit ma bouche, elle prend et ne donne pas ; son baiser devient désespéré, effréné. Le désir se propage dans mon sang, réveillant chaque muscle et chaque tendon dans son sillage. Pourtant, un frisson d'inquiétude me parcourt. *Qu'est-ce qui ne va pas ?*

Il inspire brusquement et gémit.

— Qu'est-ce que tu me fais ? murmure-t-il, bouleversé.

Tout à coup, il s'allonge sur moi, m'écrase dans le matelas – une main sur mon menton, l'autre qui explore mon corps, mon sein, ma taille, ma hanche, mes fesses. Il m'embrasse à nouveau, pousse sa jambe entre les miennes, soulève mon genou, broie son ventre contre le mien ; son érection perce sous nos vêtements, pousse contre mon sexe. Je tressaille et gémis contre ses lèvres, faisant la sourde oreille aux sonnettes d'alarme qui résonnent dans mon esprit, car je sais qu'il a envie, qu'il a besoin de moi, et que, lorsqu'il s'agit de communiquer avec moi, c'est ainsi qu'il préfère s'exprimer. Je l'embrasse en redoublant d'abandon, je plonge mes doigts dans ses cheveux, les agrippe par poignées. Il a si bon goût ; il sent Christian, mon Christian.

Soudain, il s'arrête, se lève et me tire par les bras pour me faire lever à mon tour. Je suis debout devant lui, hagarde. Il défait le bouton de mon short et s'agenouille rapidement en l'arrachant avec ma culotte. Avant que j'aie pu reprendre ma respiration, je suis de nouveau sur le lit, sous lui, et il se débraguette. *Hou là !* Il ne se déshabille pas, il ne m'enlève pas mon tee-shirt. Il me tient la tête et, sans le moindre préliminaire, il s'enfonce en moi, ce qui m'arrache un cri d'étonnement.

— Ouiiii…

Il s'immobilise, puis remue des hanches une fois, s'enfonce plus loin, me fait gémir.

— J'ai besoin de toi, grogne-t-il d'une voix sourde.

Il mordille et suce le bas de mon visage, puis il m'embrasse encore, durement. Je l'enveloppe de mes jambes et de mes bras, je le berce et je l'enlace de toutes mes forces, décidée à anéantir ce qui l'inquiète, et il se remet à remuer… à remuer comme s'il voulait rentrer tout entier en moi. Un mouvement frénétique, primaire, désespéré. Avant de m'abandonner à son rythme insensé, je me demande fugacement ce qui le tourmente, mais mon corps qui prend le dessus efface cette pensée, ça monte, ça augmente, je suis submergée par les sensations, je lui rends coup pour coup. Son souffle rauque, irrégulier et sauvage dans mon oreille me dit qu'il se perd en moi… C'est tellement érotique, qu'il ait besoin de moi à ce point. Ça monte… monte… et il me pousse encore plus haut, me prend, me possède, et c'est ça que je veux… pour lui et pour moi.

— Jouis avec moi, halète-t-il.

Il s'arc-boute pour que je relâche mon étreinte.

— Ouvre les yeux ! m'ordonne-t-il. J'ai besoin de te voir.

Sa voix est pressante, implacable. Quand mes yeux s'entrouvrent brièvement, j'entrevois son visage tendu par l'ardeur, son regard d'écorché. Sa passion et son amour me font basculer, et, comme sur commande, je jouis en renversant la tête en arrière tandis que mon corps est saisi d'un spasme.

— Ah, Ana ! crie-t-il.

Il me rejoint dans l'orgasme en s'enfonçant en moi avant de se figer et de s'effondrer. Il se retourne sur le dos et je me retrouve affalée sur lui alors qu'il est encore en moi. Quand j'émerge de mon orgasme, j'ai envie de lancer, en plaisantant, que j'aime bien qu'il me traite comme un objet. Mais je ne sais pas quelle est son humeur, alors je me tais. Je relève la tête pour scruter son visage. Les yeux fermés, il me serre dans ses bras. J'embrasse sa poitrine à travers la mince étoffe de sa chemise en lin.

— Dis-moi, Christian, qu'est-ce qui ne va pas ?

J'attends anxieusement de savoir s'il me parlera, maintenant qu'il est assouvi. Il se contente de resserrer son étreinte. Brusquement inspirée, je me mets à réciter mes vœux de mariage :

— Je fais la promesse solennelle d'être ta partenaire fidèle dans la richesse comme dans la pauvreté, dans la santé comme dans la maladie, dans la joie comme dans la peine…

Il se fige et ouvre de grands yeux.

— Je promets de t'aimer inconditionnellement, de soutenir tes rêves et tes aspirations, de t'honorer et de te respecter, de rire et de pleurer avec toi, de partager mes espoirs et mes rêves avec toi, de te consoler dans la détresse.

Je me tais un instant pour le forcer à me parler.

— Et de te chérir aussi longtemps que nous vivrons.

— Oh, Ana, chuchote-t-il.

Il se déplace, rompant notre précieux contact, et nous nous retrouvons allongés côte à côte.

— Je promets solennellement de sauvegarder et de chérir du plus profond de mon cœur notre union et toi, chuchote-t-il à son tour d'une voix rauque. Je promets de t'aimer fidèlement, renonçant à toute autre, pour le meilleur et pour le pire, dans la santé comme dans la maladie, où que nous conduise la vie. Je te protégerai, te ferai confiance et te respecterai. Je partagerai tes joies et tes peines, et je te réconforterai dans la détresse. Je promets de te chérir et de soutenir tes espoirs et tes rêves et de te garder auprès de moi. Tout ce qui est à moi est à toi. Je te donne ma main, mon cœur, et mon amour aujourd'hui, et aussi longtemps que nous vivrons.

Les larmes me montent aux yeux. Son visage se radoucit.

— Ne pleure pas, murmure-t-il en écrasant une larme avec son pouce.

— Pourquoi ne veux-tu pas me parler ? Je t'en prie, Christian.

Il ferme les yeux comme s'il souffrait. J'insiste :

— J'ai promis de te réconforter dans la détresse. S'il te plaît, ne me fais pas rompre mes vœux.

Il soupire et rouvre les yeux. Tout d'un coup, il paraît jeune et vulnérable.

— C'est un incendie criminel, lâche-t-il enfin.

Je le savais.

— Et ce qui m'inquiète le plus, c'est que s'ils s'attaquent à moi…

Il se tait, incapable de poursuivre. Je continue à sa place :

— … ils risquent de s'attaquer à moi aussi.

Il blêmit. J'ai enfin découvert la source de son angoisse.

— Merci, dis-je en lui caressant le visage.

Il fronce les sourcils.

— De quoi ?

— De m'avoir parlé.

Il secoue la tête et esquisse un sourire.

— Vous savez vous montrer très persuasive, madame Grey.

— Et toi, tu as le don de ruminer et d'intério-riser tes émotions. Tu vas mourir d'une crise car-diaque avant quarante ans, et je veux te garder bien plus longtemps que ça.

— C'est toi qui vas me tuer. Quand je t'ai vue en Jet-Ski – c'est là que j'ai failli avoir une crise cardiaque.

Il s'affale sur le dos, cache ses yeux avec sa main et je le sens frémir.

— Christian, même les gamins pilotent des scooters des mers, ici. Qu'est-ce que ce sera quand tu me verras sur une piste de ski quand nous irons dans ta maison à Aspen ?

Il s'étrangle et se retourne pour me faire face. Il a l'air tellement horrifié que j'ai envie de rire.

— *Notre* maison, me corrige-t-il.

Mais je poursuis :

— Je suis une adulte, Christian, et bien plus coriace que j'en ai l'air. Quand vas-tu enfin le comprendre ?

Il hausse les épaules et pince les lèvres. Je décide de changer de sujet :

— Bon, alors cet incendie… La police est au courant ?

— Oui.

Il a l'air sérieux.

— Tant mieux.

— La sécurité va être renforcée.

— Je comprends.

Soudain, je me rends compte qu'il n'a pas retiré son short et sa chemise, et que j'ai encore mon teeshirt. *Ben dis donc, tu parles d'un coup à la hussarde.* Cette idée me fait pouffer de rire.

— Quoi ? me demande Christian, perplexe.

— Toi.

— Moi ?

— Oui, toi. Tu es encore habillé.

— Ah.

Il se regarde, puis me regarde, et éclate de rire.

— Vous savez bien que j'ai du mal à vous résister, madame Grey – surtout lorsque vous gloussez comme une écolière.

Ah ! Les chatouilles. Je le chevauche en un éclair ; mais, comprenant aussitôt mes mauvaises intentions, il m'attrape les poignets.

— Non, dit-il.

Là, il ne plaisante pas. Je fais la moue, mais je devine qu'il n'est pas prêt pour ça.

— S'il te plaît, non. Je ne supporterais pas. On ne m'a jamais chatouillé quand j'étais petit.

Il se tait et je détends mes mains pour qu'il n'ait plus à me retenir.

— Je regardais Carrick chatouiller Elliot et Mia, et ça avait l'air très rigolo, mais je...

Je pose mon index sur ses lèvres.

— Chut. Je sais.

Je pose un tendre baiser sur sa bouche à l'endroit où se trouvait mon index et me blottis contre sa poitrine. Une douleur familière monte en moi : celle qui me hante chaque fois que je songe à l'enfance de Christian. Je sais que je ferais n'importe quoi pour cet homme, tellement je l'aime.

Il m'enlace et enfonce son nez dans mes cheveux pour les humer tandis qu'il caresse doucement mon dos. Je ne sais pas combien de temps nous restons allongés comme ça. Je finis par rompre le silence.

— Quelle est la plus longue période que tu aies passée sans voir le Dr Flynn ?

— Deux semaines. Pourquoi ? Aurais-tu une envie irrésistible de me chatouiller ?

— Non, dis-je en gloussant. Je pense qu'il te fait du bien.

Christian ricane.

— Il y a intérêt. Je le paie bien assez cher.

Il tire doucement sur mes cheveux pour que je relève la tête et le regarde.

— Vous préoccuperiez-vous de mon bien-être, madame Grey ?

— Toute bonne épouse se préoccupe du bien-être de son mari adoré, monsieur Grey.

— Adoré ?

Cette question poignante reste suspendue entre nous.

— Follement adoré.

Quand je me rapproche pour l'embrasser, il m'adresse son sourire timide.

— Tu veux aller à terre pour dîner ?

— N'importe où, pourvu que tu sois heureux.

— Très bien. Alors on dîne à bord. Ici, je peux te protéger. Merci pour mon cadeau.

Il prend l'appareil photo et le tient à bout de bras pour nous photographier ensemble dans notre étreinte post-chatouilles, post-baise et post-confession.

— Tout le plaisir est pour moi, dis-je ravie.

Et son regard s'illumine.

Nous déambulons dans la sublime galerie des Glaces du château de Versailles. Le soleil de début d'après-midi se reflète dans les miroirs, illuminant les dorures à la feuille et les énormes chandeliers en cristal. C'est beau à en couper le souffle.

— Voilà ce que devient un despote mégalomane qui s'isole dans la splendeur, dis-je à Christian.

Il me regarde en inclinant la tête.

— Tenteriez-vous d'insinuer quelque chose, madame Grey ?

— Je fais simplement une observation, monsieur Grey.

Je désigne le décor d'un geste. Il me suit avec un petit rire ironique jusqu'au centre de la galerie, où je reste plantée à admirer le reflet des magnifiques jardins de Le Nôtre et celui du magnifique Christian Grey, dont le regard vif et assuré rejoint le mien dans le miroir.

— J'aimerais te construire un endroit comme celui-ci, murmure-t-il, rien que pour voir comment la lumière met de l'or dans tes cheveux, ici, maintenant.

Il cale une mèche folle derrière mon oreille.

— Tu as l'air d'un ange, ajoute-t-il.

Il m'embrasse juste en dessous du lobe, puis il me prend la main et murmure :

— C'est ce que font les despotes pour les femmes qu'ils aiment.

— À quoi penses-tu ? me demande Christian en sirotant son café après dîner.

— À Versailles.

— Un peu bling-bling, non ?

Il sourit. Je parcours du regard le luxe plus discret de la salle à manger du *Fair Lady* en pinçant les lèvres.

— Ça n'est pas bling-bling, ça, dit Christian, un brin sur la défensive.

— Non, c'est très élégant. Tu m'as offert la plus belle lune de miel dont une femme puisse rêver.

— Vraiment ? s'étonne-t-il.

— Évidemment.

— On n'a plus que deux jours. Y a-t-il quelque chose que tu aies envie de voir ou de faire ?

— Rien, à part être avec toi.

Il se lève pour contourner la table et m'embrasser sur le front.

— Tu peux te passer de moi une heure ? Il faut que je consulte mes mails.

— Bien sûr, dis-je, faussement gaie.

Est-ce normal de vouloir être tout le temps avec lui ?

— Merci encore pour l'appareil photo, murmure-t-il en se dirigeant vers son bureau.

De retour dans notre cabine, je décide de m'atteler à mon propre courrier. J'allume mon ordinateur et je constate que j'ai reçu des mails de ma mère et de Kate, qui me raconte les derniers potins et s'enquiert de ma lune de miel. Eh bien, c'était formidable jusqu'à ce que quelqu'un décide d'incendier Grey Holdings... Pendant que je finis de répondre à ma mère, un mail de Kate arrive sur ma boîte de réception.

De : Katherine L. Kavanagh
Objet : Oh mon Dieu
Date : 17 août 2011 11:45
À : Anastasia Grey

Ana, je viens d'apprendre pour l'incendie dans les bureaux de Christian. Tu crois que c'est un incendie criminel ?

Bises, K.

Kate est en ligne ! Je me connecte aussitôt à la messagerie instantanée de Skype.

Ana : Hé, tu es là ?
Kate : OUI ! Ça va ? Et cette lune de miel ? Tu as vu mon mail ? Christian sait ce qui s'est passé ?
Ana : Ça va. Lune de miel super. Oui, j'ai vu ton mail. Oui, Christian sait.
Kate : On n'a pas beaucoup d'infos. Elliot refuse de me dire quoi que ce soit.
Ana : C'est pour un article ?
Kate : Tu me connais.
Ana : Christian ne m'a pas dit grand-chose.
Kate : Elliot a eu des nouvelles par Grace !

Aïe. Je suis sûre que Christian n'a aucune envie que tout Seattle soit mis au courant. Je tente la tactique « détournons l'attention de cette fouineuse de Kavanagh ».

Ana : Elliot et Ethan vont bien ?
Kate : Ethan a été accepté en maîtrise de psycho à Seattle. Elliot est adorable.
Ana : Bravo à Ethan !
Kate : Et notre ex-dom préféré, il va comment ?
Ana : Kate !
Kate : Quoi ?
Ana : NE FAIS PAS TON INNOCENTE !
Kate : D'accord. Pardon.
Ana : Il va bien. Mieux que bien. :)
Kate : Bon, si tu es heureuse, je suis heureuse.
Ana : Je nage dans le bonheur.

Kate : :) Il faut que j'y aille. On se reparle plus tard ?
Ana : Pas sûr. Regarde si je suis en ligne. C'est nul, ces fuseaux horaires !
Kate : Nul. Bisous, Ana.
Ana : Bisous. À plus. x
Kate : À plus. < 3

Ça ne m'étonne pas que Kate ait déjà flairé quelque chose dans cette histoire. Je quitte Skype afin que Christian ne voie pas notre « chat ». Il n'apprécierait pas le commentaire de Kate sur « l'ex-dom » – d'ailleurs, je ne suis pas tout à fait persuadée qu'il soit entièrement « ex »... Je pousse un grand soupir. Kate est au courant de tout depuis notre beuverie, trois semaines avant le mariage, quand j'ai fini par succomber à son inquisition. Ça m'a soulagée de pouvoir enfin me confier...

Je consulte ma montre. Une heure a passé depuis le dîner et mon mari me manque. Je remonte sur le pont pour voir s'il a fini de travailler.

Je suis dans la galerie des Glaces et Christian me sourit tendrement. *Tu as l'air d'un ange.* Je lui rends son sourire, mais lorsque je regarde dans le miroir, je suis seule, et la salle est devenue grise et terne. *Non !* Je me retourne pour le regarder : son expression est triste et mélancolique. Il me cale une mèche derrière l'oreille. Puis il fait volte-face sans un mot et s'éloigne lentement. Le son de ses pas se répercute sur les miroirs tandis qu'il traverse la salle immense jusqu'à la double porte, tout au bout... seul, sans reflet... et je me réveille, submergée par la panique.

— Hé ! me chuchote Christian dans le noir.

Il est là. Il est en sécurité. Je sens le soulagement me gagner.

— Christian, dis-je en tentant de maîtriser les battements de mon cœur.

Il me prend dans ses bras, et ce n'est qu'à ce moment-là que je me rends compte que je suis en larmes.

— Ana, qu'est-ce qu'il y a ?

Il caresse ma joue et essuie mes larmes, inquiet.

— Rien. Un cauchemar idiot.

Il embrasse mon front et mes joues mouillées.

— Ce n'est qu'un mauvais rêve, bébé, murmure-t-il. Je suis là. Je te protège.

Je bois son odeur et m'enroule autour de lui, en tâchant d'oublier la détresse éprouvée dans mon rêve. En cet instant, je comprends que ma terreur la plus profonde, c'est de le perdre.

5

Je tends instinctivement la main vers Christian en me réveillant. Personne. Je scrute la cabine, angoissée. Christian m'observe, assis dans un petit fauteuil à côté du lit. Il se penche, pose quelque chose par terre et s'allonge à côté de moi. Il porte son short en jean et un tee-shirt gris.

— Pas de panique, tout va bien, me dit-il comme s'il parlait à un animal pris au piège.

Tendrement, il repousse mes cheveux de mon visage, ce qui me calme d'emblée.

— Tu es très nerveuse depuis deux jours, murmure-t-il, avec gravité.

— Ne t'inquiète pas pour moi, Christian.

Je lui adresse mon sourire le plus radieux, car je ne veux pas qu'il sache combien je flippe depuis l'incendie. Le souvenir pénible de ce que j'ai éprouvé après le sabotage de Charlie Tango et la disparition de Christian – cette sensation de vide, cette douleur indescriptible – affleure constamment, me hante et me ronge. Je me force à continuer de sourire.

— Tu me regardais dormir ?

— Oui. Tu parlais.

— Ah ?

Merde ! Qu'est-ce que j'ai dit ?

— Tu es inquiète, ajoute-t-il.

Est-ce que je peux cacher quoi que ce soit à cet homme ? Il se penche pour m'embrasser entre les sourcils.

— Quand tu fronces les sourcils, ça fait un petit V, là. C'est doux à embrasser. Ne t'en fais pas, bébé, je te protégerai.

— Ce n'est pas pour moi que je m'inquiète, c'est pour toi. Qui te protège, toi ?

Il sourit avec indulgence.

— Je suis assez grand et méchant pour me protéger moi-même. Allez. Debout. Il y a un truc que j'ai envie de faire avant qu'on rentre.

Il me décoche son grand sourire « et oui, en fait je n'ai que vingt-huit ans » et me donne une claque sur les fesses. Je pousse un cri d'étonnement, puis je me rappelle avec une bouffée de mélancolie que nous rentrons à Seattle aujourd'hui. Je ne veux pas m'en aller. J'ai savouré la compagnie de Christian vingt-quatre heures sur vingt-quatre, et je ne suis pas encore prête à le partager avec son entreprise et sa famille. Nous avons vécu une lune de miel idyllique, avec des hauts et des bas, d'accord, mais rien d'anormal pour des jeunes mariés, n'est-ce pas ?

Christian ne peut pas contenir son enthousiasme juvénile, qui finit par prendre le pas sur mes pensées sombres. Lorsqu'il se lève gracieusement, je le suis, curieuse. *Qu'est-ce qu'il mijote ?*

Christian fixe la clé à mon poignet.

— Tu veux que je pilote ?

— Oui, sourit Christian. La lanière n'est pas trop serrée ?

— Ça va. C'est pour ça que tu as mis un gilet de sauvetage ?

Je hausse un sourcil.

— Oui.

Je ne peux pas m'empêcher de pouffer de rire.

— Vous ne vous fiez toujours pas à mes compétences au volant, monsieur Grey ?

— Pas forcément, madame Grey.

— Bon, ça va, pas la peine de me faire un sermon.

Christian lève les mains comme pour se défendre.

— Je n'oserais pas, réplique-t-il gaiement.

— Cette fois, tu ne pourras pas m'obliger à me garer pour m'engueuler sur le trottoir.

— Très juste, madame Grey. Bon, on reste plantés là à discuter de tes compétences au volant ou on va s'éclater ?

J'empoigne le guidon du Jet-Ski et je l'enfourche. Christian s'installe derrière moi et éloigne l'engin du yacht d'un coup de pied. Taylor et deux des matelots nous observent, amusés. Après s'être glissé derrière moi, Christian m'enlace et colle ses cuisses contre les miennes. *Voilà ce que j'adore dans ce moyen de transport.* J'insère la clé dans le contact et appuie sur le bouton de démarrage. Le moteur s'éveille en rugissant.

— Prêt ?

Je dois hurler pour me faire entendre.

— Plus que jamais, me glisse-t-il à l'oreille.

Doucement, je tire sur le levier et le scooter s'éloigne du *Fair Lady*, bien trop lentement à mon goût. Christian resserre son étreinte. Je mets les gaz et l'engin bondit : je suis fière de ne pas avoir calé.

— Hé, doucement ! me lance Christian.

Mais je devine à sa voix qu'il est ravi. Je fonce vers la haute mer. Le *Fair Lady* a jeté l'ancre au large de Saint-Laurent-du-Var ; l'aéroport de Nice-Côte-d'Azur, au loin, semble posé directement sur la mer. J'entends des avions atterrir depuis notre arrivée hier soir, et je décide d'aller voir ça de plus près.

Nous fonçons donc vers l'aéroport en rebondissant rapidement sur les vagues. J'adore ça, et je suis enchantée que Christian m'ait laissée piloter. Tandis que nous fonçons vers l'aéroport, toute l'inquiétude des deux derniers jours s'évanouit comme par magie.

— La prochaine fois, on louera deux Jet-Ski ! s'écrie Christian.

L'idée de faire la course avec lui m'enchante.

Alors que nous filons vers ce qui semble être le bout d'une piste de décollage, le rugissement d'un avion nous survolant à très basse altitude me fait sursauter. Le bruit est si assourdissant que je panique, fais une embardée et appuie sur l'accélérateur, au lieu du frein.

— Ana ! hurle Christian.

Trop tard. Catapultée, j'agite les bras et les jambes dans tous les sens et entraîne Christian avec moi dans une chute spectaculaire.

Je plonge dans la mer cristalline et j'avale en hurlant une vilaine gorgée d'eau salée, plutôt glacée à cette distance de la côte. Je refais surface une fraction de seconde plus tard grâce à mon gilet de sauvetage. Tout en toussant et en crachant, j'essuie mes yeux pour chercher Christian. Il nage déjà vers moi. Le scooter flotte silencieusement à quelques mètres de nous.

— Ça va ? demande-t-il, paniqué, lorsqu'il m'a rejointe.

— Oui, fais-je d'une voix enrouée.

Mais je ne peux pas m'empêcher de jubiler. *Voilà ce qui peut nous arriver de pire avec un Jet-Ski, Christian !* Il m'enlace, puis prend ma tête entre ses mains pour m'examiner le visage.

— Tu vois, ça n'est pas si grave que ça !

Je souris tandis que nous nageons sur place. Il finit par lâcher un petit ricanement, manifestement soulagé.

— Non, en effet. Sauf que maintenant, je suis mouillé.

— Moi aussi, je suis mouillée.

— J'aime bien que tu sois mouillée.

Il m'adresse un sourire salace.

— Christian !

Je feins d'être offusquée. Il sourit à nouveau, sublime de beauté, et m'embrasse ardemment. Quand il s'écarte, j'ai le souffle coupé.

— Allez. On rentre. On va prendre une douche. Cette fois, c'est moi qui pilote.

Nous nous prélassons dans le salon première classe de British Airways à Heathrow en attendant notre correspondance pour Seattle. Christian est plongé dans le *Financial Times*. Je sors son Nikon pour le prendre en photo. Il est tellement sexy avec son éternelle chemise en lin blanc et ses Ray-Ban calées dans l'encolure… Le flash le distrait de sa lecture. Il lève les yeux vers moi avec son sourire timide.

— Ça va, madame Grey ?

— Je suis un peu triste de rentrer. J'aime bien t'avoir tout à moi.

Il me prend la main et la porte à ses lèvres pour m'effleurer les doigts d'un baiser.

— Moi aussi…

— … mais ?

Je devine que sa phrase est restée en suspens. Il fronce les sourcils et répète, avec un brin de mauvaise foi :

— Mais ? Quoi « mais » ?

Je penche ma tête sur mon épaule en le regardant avec l'air de dire « avoue », expression que j'ai mise au point au cours des deux derniers jours. Il soupire et repose son journal.

— J'ai hâte qu'on retrouve le responsable de cet incendie. Plus vite ce sera fait, plus vite il arrêtera de nous pourrir la vie.

— Ah.

Dit comme ça, je comprends son point de vue. Ce qui m'étonne, c'est qu'il m'en parle sans détour.

— Si jamais Welch laisse ce genre d'incident se reproduire, je lui coupe les couilles.

Sa voix menaçante me donne des frissons. Il me fixe, impassible, comme s'il me défiait de poursuivre sur cette lancée. Du coup, pour dissiper la tension, je fais la première chose qui me passe par la tête : je le prends en photo.

— Hé, debout, paresseuse ! On est arrivés !

Je gémis. J'étais en train de rêver à notre pique-nique à Kew Garden et je n'ai aucune envie de me réveiller. Je suis crevée. C'est épuisant de voyager dix-huit heures d'affilée, même en première classe. J'entends ma portière s'ouvrir. Christian détache ma ceinture et me soulève dans ses bras. Je proteste d'une voix ensommeillée :

— Je peux marcher !

Il ricane.

— Il faut que je te porte en franchissant le seuil.

J'entoure son cou de mes bras.

— Tu comptes monter les trente étages à pied ?

Je lui adresse un sourire de défi.

— Madame Grey, je suis ravi de vous apprendre que vous avez grossi.

— Quoi ?

J'espère qu'il me taquine !

— Alors si ça ne t'ennuie pas, on va prendre l'ascenseur, poursuit-il gaiement.

Taylor nous ouvre les portes du hall d'entrée de l'Escala :

— Bienvenue chez vous, monsieur, madame.

— Merci Taylor, répond Christian.

J'adresse un petit sourire à Taylor et je le suis des yeux tandis qu'il retourne vers l'Audi, conduite par Sawyer.

— Qu'est-ce que tu veux dire ? J'ai grossi ?

Il me serre contre sa poitrine tandis que nous traversons le hall d'entrée.

— Pas beaucoup, m'assure-t-il.

Son visage s'est assombri.

— Qu'est-ce qu'il y a ?

Je tente de maîtriser l'inquiétude qui perce dans ma voix.

— Tu as repris les kilos que tu avais perdus quand tu m'as quitté, répond-il d'une voix blanche en appelant l'ascenseur.

Sa douleur soudaine m'émeut. Je glisse mes mains dans ses cheveux pour rapprocher son visage du mien :

— Si je n'étais pas partie, on ne serait pas ici, comme ça, maintenant.

Ses yeux prennent la couleur d'un nuage d'orage, et il m'adresse mon sourire préféré : son sourire timide. Il entre dans l'ascenseur, je suis toujours dans ses bras. Il baisse la tête pour m'embrasser.

— Non, madame Grey, en effet. Mais si tu avais accepté mon contrat, tu ne passerais pas ton temps à me défier, et je serais plus à même de te protéger.

Il paraît vaguement le regretter… *Merde.* Je tâte le terrain :

— J'aime bien te défier.

— Je sais. Et j'en suis… heureux.

Il sourit comme s'il n'arrivait pas à y croire. *Ouf. Dieu merci.*

— Même si je suis grosse ?

Il éclate de rire.

— Même si tu es grosse.

Il m'embrasse à nouveau, plus passionnément cette fois. Je lui agrippe les cheveux pour le retenir contre moi. Quand l'ascenseur s'arrête au dernier étage, nous sommes tous les deux haletants.

— Très heureux, murmure-t-il.

Ses yeux mi-clos recèlent une promesse lascive. Il secoue la tête comme pour s'éclaircir les idées et me transporte jusqu'au vestibule.

— Bienvenue chez vous, madame Grey.

Il m'embrasse à nouveau, cette fois plus chastement, et m'adresse son sourire « mille gigawatts » breveté Christian Grey. Ses yeux sont débordants de joie.

— Bienvenue chez vous, monsieur Grey.

Je souris largement, folle de bonheur moi aussi.

Je pensais que Christian allait me poser par terre. Mais non. Il traverse le vestibule en me portant, puis le couloir et la grande pièce, pour me déposer sur le bar du coin cuisine, où il m'assoit. Il sort deux flûtes du placard et une bouteille de champagne du frigo, du Bollinger, notre préféré. Il débouche la bouteille sans en renverser une goutte, verse du champagne rosé dans chaque flûte et m'en tend une. Prenant l'autre, il écarte doucement mes jambes pour se placer entre elles.

— À nous deux, madame Grey.

— À nous deux, monsieur Grey.

Nous trinquons et buvons une gorgée.

— Je sais que tu es crevée, chuchote-t-il en frottant son nez contre le mien. Mais j'aimerais bien aller au lit… sans dormir.

Il m'embrasse au coin des lèvres.

— C'est notre première nuit à la maison, la première où tu es vraiment à moi.

Il sème de doux baisers sur ma gorge. C'est le soir à Seattle, et je suis exténuée, mais le désir s'épanouit au creux de mon ventre.

Christian dort paisiblement à côté de moi. Je contemple les coups de pinceau or et rose de l'aurore. Son bras est posé sur mes seins. Je tente d'accorder ma respiration à la sienne pour me rendormir, mais en vain. Je suis complètement réveillée car mon horloge interne est à l'heure du méridien de Greenwich et tout se bouscule dans ma tête.

Il s'est passé tellement de choses depuis trois semaines – *tu plaisantes ? depuis trois mois !* – que j'ai l'impression de ne pas avoir touché terre. Je suis désormais Mme Christian Grey, épouse du magnat le plus délicieux, sexy, philanthrope et ridiculement riche qu'une femme puisse désirer. Comment tout ça a-t-il pu se produire si vite ?

Je roule sur le côté pour le contempler. Je sais qu'il me regarde souvent dormir, mais j'ai rarement l'occasion de lui rendre la politesse. Quand il dort, il a l'air jeune et insouciant, avec ses longs cils en éventail sur ses joues, sa légère barbe et sa belle bouche légèrement entrouverte, détendue. J'ai envie de l'embrasser, d'introduire ma langue entre ses lèvres, de faire courir mes doigts sur sa repousse de barbe à la fois douce et piquante. Il faut vraiment que je me contraigne à ne pas le toucher pour ne pas le déranger. Hum… je pourrais peut-être juste suçoter le lobe d'une oreille ? Ma conscience, distraite dans sa lecture du tome II des *Œuvres complètes* de Charles Dickens, me dévisage d'un œil sévère au-dessus de ses verres en demi-lune et me tance mentalement. *Laisse ce pauvre type se reposer, Ana.*

Lundi, je retourne au bureau. Ça me fera bizarre de ne pas voir Christian de toute la journée après avoir passé presque chaque minute avec lui pendant trois semaines. Je me remets sur le dos pour contempler le plafond. Passer autant de temps ensemble, ça aurait pu être étouffant, mais non : j'ai adoré chaque seconde, même quand on se disputait… sauf quand on nous a annoncé l'incendie à Grey Holdings.

Qui peut bien vouloir du mal à Christian ? Mon esprit s'attaque à nouveau à ce mystère. Un concurrent ? Une ex ? Un employé mécontent ? Je n'en sais rien. Et Christian reste muet à ce sujet : il distille l'information au compte-goutte sous prétexte de me protéger. Comment le persuader de s'en ouvrir un peu plus à moi ?

Il remue et je m'immobilise pour ne pas le réveiller. Mais c'est l'inverse qui se produit. *Zut !* Il me dévisage :

— Qu'est-ce qui ne va pas ?

— Rien. Dors.

Je le rassure d'un sourire. Il s'étire, se frotte le visage et me sourit.

— Décalage horaire ?

— Exact. Je n'arrive pas à me rendormir.

— J'ai la panacée pour ce genre de problème, bébé.

Il sourit comme un gamin, ce qui me fait lever les yeux au ciel et pouffer de rire. Et, comme par magie, mon inquiétude s'évanouit dès que mes dents trouvent le lobe de son oreille.

Christian et moi roulons dans son Audi R8 sur l'autoroute I-5 en direction du pont 520. Nous déjeunons chez ses parents, qui veulent fêter notre retour de voyage de noces. La famille tout entière sera réunie ; Kate et Ethan sont de la partie. Ça va me faire tout drôle, après tout ce temps passé en tête à tête avec Christian. Je n'ai pas eu l'occasion de lui parler ce matin, car il s'est enfermé dans son bureau pendant que je défaisais les valises, même si, selon lui, Mme Jones pouvait s'en charger lundi. Voilà encore une chose à laquelle je dois m'habituer : avoir du personnel de maison. Je caresse distraitement le cuir de la porte capitonnée de la R8. Je ne me sens pas dans mon assiette. Est-ce le décalage horaire ? L'incendie ?

— Tu me laisserais conduire ? dis-je.

Je m'étonne d'avoir prononcé cette question à haute voix.

— Évidemment, répond Christian en souriant. Ce qui est à moi est à toi. Mais si tu lui fais la moindre égratignure, je t'emmène faire un tour dans la salle de jeux.

Il arbore un sourire malicieux. *Merde !* Je le dévisage, bouche bée.

— Tu plaisantes, j'espère ? Tu me punirais parce que j'ai esquinté ta voiture ? Tu aimes ta voiture plus que moi ?

— Presque autant, dit-il en me pressant le genou. Mais elle ne me tient pas chaud la nuit.

— Tu pourrais dormir dedans, dis-je d'une voix cassante.

Christian éclate de rire.

— On n'est pas rentrés depuis vingt-quatre heures et tu me mets déjà à la niche ?

J'aurais envie de me fâcher contre lui, mais c'est impossible quand il est de bonne humeur. D'ailleurs, maintenant que j'y pense, il semble bien plus enjoué depuis qu'il est sorti de son bureau ce matin. Quant à moi, je comprends tout d'un coup que, si je suis grognon, c'est parce que nous devons retrouver le quotidien. Je me demande s'il redeviendra le Christian renfermé d'avant la lune de miel, ou si je pourrai garder la version nouvelle et améliorée.

— Qu'est-ce qui te rend si joyeux ? dis-je.

Il me sourit à nouveau.

— Je trouve cette conversation tellement… normale.

Je m'étrangle.

— Normale ? Pas après trois semaines de lune de miel, tout de même !

Son sourire s'efface.

— Je plaisante, Christian, dis-je pour ne pas gâcher sa bonne humeur.

C'est fou ce qu'il peut être vulnérable, parfois. Je crois qu'il a toujours été comme ça, mais qu'il le cachait sous des dehors intimidants. C'est très facile de le faire marcher - sans doute parce qu'il n'y est pas habitué. Je m'émerveille de découvrir que nous avons encore tout à apprendre l'un de l'autre.

— Ne t'en fais pas, je m'en tiendrai à la Saab, dis-je.

Je me tourne pour regarder dehors, sans arriver à dissiper mon humeur maussade.

— Qu'est-ce qui ne va pas ?

— Rien.

— Tu es tellement frustrante parfois, Ana.

Je me retourne pour ricaner.

— Je vous retourne le compliment, monsieur Grey.

Il fronce les sourcils.

— Je fais de mon mieux.

— Je sais. Moi aussi.

Je souris et retrouve un peu de mon entrain.

Carrick a l'air ridicule devant le barbecue avec sa toque de chef et son tablier « Permis de griller » et, chaque fois que je le regarde, j'ai envie de rire. Attablés sur la terrasse de la demeure des Grey, nous profitons du soleil de fin d'été. Grace et Mia disposent diverses salades sur la table, Christian et Elliot se balancent des piques amicales tout en discutant des plans de notre nouvelle maison, Kate et Ethan m'interrogent sur notre voyage de noces. Christian ne me lâche pas la main ; il joue avec mon alliance et ma bague de fiançailles.

— Bon, si tu te mets d'accord avec Gia sur le plan, j'ai un créneau de septembre à la mi-novembre où je peux mettre toute mon équipe sur le chantier, explique Elliot tout en posant son bras sur les épaules de Kate.

— Gia doit passer demain soir, répond Christian. J'espère qu'on pourra finaliser à ce moment-là.

Tiens, j'ignorais que Gia passait demain. Je souris, mais mon humeur redevient morose. Ça m'exaspère que Christian prenne ce genre d'initiative sans m'en aviser. Ou alors, ce qui m'énerve, c'est Gia, avec ses hanches opulentes, ses seins ronds, ses tenues de créateur, son parfum capiteux, et surtout sa façon trop provocante de sourire à mon mari… Ma conscience me gronde : *Il ne t'a donné aucune raison d'être jalouse.* Merde, je suis vraiment à fleur de peau aujourd'hui. Qu'est-ce qui m'arrive ?

— Ana ! s'exclame Kate en me tirant de ma rêverie. Tu es toujours sur la Côte d'Azur, ou quoi ?

Je lui souris.

— Oui.

— Tu as bonne mine, dit-elle en fronçant les sourcils.

— Vous avez tous les deux bonne mine, renchérit Grace tandis qu'Elliot remplit nos verres.

— À la santé des jeunes mariés !

Carrick lève son verre, et tous les convives nous portent un toast.

— Et à Ethan, qui a été accepté en maîtrise de psycho, ajoute fièrement Mia.

Elle lui adresse un sourire enamouré auquel Ethan répond par une moue ironique. Je me demande où ils en sont tous les deux.

Christian, détendu et insouciant, raconte notre voyage en y ajoutant quelques fioritures. Moi, en revanche, je ne parviens pas à retrouver ma bonne humeur. Je chipote. D'après Christian, j'ai grossi. *Il plaisantait !* Ma conscience me dévisage à nouveau sévèrement. Elliot renverse son verre par accident, ce qui provoque un grand remue-ménage. Christian en profite pour se pencher vers moi :

— Je t'emmène dans le hangar à bateaux pour te flanquer une bonne fessée si tu ne cesses pas de faire cette tête.

Je m'étrangle, me tourne vers lui et le dévisage stupéfaite. *Il plaisante, ou quoi ?*

— Tu n'oserais pas !

Mais, au fond, ça m'excite. Il hausse un sourcil. Évidemment, qu'il oserait. Je jette un coup d'œil à

Kate, de l'autre côté de la table : elle nous observe avec intérêt. Je me retourne vers Christian en plissant les yeux.

— Il faudrait d'abord que tu m'attrapes – et je porte des ballerines.

— J'y prendrais beaucoup de plaisir, murmure-t-il avec un sourire lascif.

Là, je *pense* qu'il plaisante. Je rougis. Curieusement, ça va mieux tout d'un coup.

Alors que nous terminons nos fraises à la crème, une averse éclate. Nous nous précipitons pour emporter les assiettes et les verres dans la cuisine.

— Heureusement qu'on avait fini de manger, s'exclame Grace, soulagée, tandis que nous nous réfugions dans la salle de séjour.

Christian s'installe au piano, il appuie sur la sourdine et se met à jouer un air que je ne reconnais pas tout de suite. Pendant ce temps, Grace me demande mes impressions de Saint-Paul-de-Vence. Elle y est allée avec Carrick durant leur lune de miel – c'est sûrement un bon présage, puisqu'ils sont toujours heureux ensemble. Kate et Elliot sont blottis l'un contre l'autre dans un gros canapé ; Ethan, Mia et Carrick discutent de psychologie.

Soudain, tous les Grey s'arrêtent de parler pour regarder Christian, qui chante d'une voix douce et mélodieuse en s'accompagnant au piano. C'est étrange : comme si sa famille ne l'avait jamais entendu chanter auparavant... Lorsqu'il prend conscience du silence qui règne dans le salon, il se tait, gêné d'attirer ainsi l'attention. Kate m'interroge du regard ; je hausse les épaules. Christian se tourne vers nous en fronçant les sourcils.

— Continue ! l'encourage Grace d'une voix douce. Je ne t'ai jamais entendu chanter, Christian. Jamais.

Elle l'observe, émerveillée. Il la regarde d'un air absent, hausse les épaules, tourne les yeux vers moi, puis vers les portes-fenêtres. Tous se remettent à parler en même temps, et je reste seule à contempler mon cher mari. Soudain, Grace me prend les mains et m'attire dans ses bras.

— Ah, ma chérie ! Merci, merci, me souffle-t-elle.

J'en ai le cœur serré.

— Euh…

Je lui rends son étreinte sans trop savoir pourquoi elle me remercie. Grace sourit, les yeux brillants, et m'embrasse sur la joue.

Mais qu'est-ce que j'ai fait ?

— Je vais préparer du thé, annonce-t-elle d'une voix enrouée, comme si elle se retenait de pleurer.

Je m'approche de Christian. Il s'est levé et regarde par les portes-fenêtres.

— Salut.

— Salut.

Il me prend par la taille pour m'attirer contre lui, et je glisse la main dans la poche arrière de son jean. Nous regardons la pluie tomber.

— Ça va mieux ?

Je hoche la tête.

— Bien.

— Tu as vraiment le don d'imposer le silence.

— Ça m'arrive tous les jours.

— Au bureau, oui. Mais pas ici.

— C'est vrai. Pas ici.

— Personne ne t'a jamais entendu chanter ? Jamais ?

— Apparemment, réplique-t-il sèchement. On y va ?

Je lève les yeux vers lui pour tenter de jauger son humeur. Son regard est doux, chaleureux, légèrement perplexe. Je décide de changer de sujet.

— Tu vas me donner la fessée ? dis-je à voix basse.

Tout d'un coup, j'ai des papillons dans l'estomac. C'est peut-être de ça que j'ai besoin… c'est ça qui me manque.

— Je ne veux pas te faire mal, mais je serai ravi de jouer.

Je regarde autour de moi, mais personne ne peut nous entendre.

— Seulement si vous faites des bêtises, madame Grey, me murmure-t-il à l'oreille.

Comment peut-il insuffler une telle sensualité dans ces simples mots ?

— Je vais voir ce que je peux faire, dis-je en riant.

Au moment où nous regagnons l'Audi R8, Christian me lance les clés.

— Si tu lui fais une bosse, ça va vraiment m'énerver, ajoute-t-il, très sérieusement.

Ma bouche s'assèche. Il me laisse conduire sa voiture ? Ma déesse intérieure sort aussitôt ses gants de conduite et ses mocassins Tod's. *Chouette !* s'écrie-t-elle.

— Tu es sûr ?

J'arrive à peine à articuler tant je suis stupéfaite.

— Oui, mais dépêche-toi, je pourrais changer d'avis.

Je ne crois pas avoir jamais souri aussi largement. Il lève les yeux au ciel et m'ouvre la portière côté conducteur. Je mets le contact avant même qu'il ait pris place à côté de moi.

— Pressée, madame Grey ? me demande-t-il avec une moue ironique.

— Très.

Je fais marche arrière et demi-tour, étonnée de ne pas caler. Bon sang, qu'est-ce que l'embrayage est nerveux. Tout en remontant prudemment l'allée, je jette un coup d'œil dans le rétroviseur ; Sawyer et Ryan montent à bord du 4 × 4. J'ignorais totalement que nos gardes du corps nous accompagneraient. Je m'arrête avant de m'engager sur la route principale.

— Tu es sûr de vouloir me laisser conduire ?

— Oui, lâche Christian sèchement.

Autrement dit, il n'est pas sûr du tout. *Ah, mon pauvre, pauvre Cinquante Nuances !* J'ai envie de rire de lui et de moi-même : être aussi nerveuse et excitée à cause d'une bagnole, c'est ridicule. J'ai presque envie de semer Sawyer et Ryan, rien que pour rigoler. Je regarde s'il y a des voitures et je m'engage sur la route. Christian se recroqueville. Je n'y résiste pas. La route est dégagée : j'appuie sur l'accélérateur et nous démarrons en trombe.

— Doucement ! Ana ! hurle Christian. Ralentis, tu vas nous tuer !

Je lève aussitôt le pied. *Waouh, quel bolide !*

— Pardon.

Je tente de prendre une mine contrite, mais j'échoue lamentablement. Christian ricane, sans doute pour masquer son soulagement.

— Tiens, tiens, on dirait que tu as fait une bêtise, fait-il remarquer d'une voix désinvolte.

Je jette un coup d'œil dans le rétroviseur. J'ai semé le 4 × 4 ; une voiture noire aux vitres fumées roule derrière nous. Je m'imagine Sawyer et Ryan déroutés, cherchant frénétiquement à nous rattraper, et curieusement, ça m'excite. Mais comme je ne tiens pas à faire faire un infarctus à mon cher mari, je décide de rouler sagement vers le pont 520.

Tout d'un coup, Christian lâche un juron et se tortille pour extirper son BlackBerry de la poche de son jean.

— Quoi ? aboie-t-il. Non, ajoute-t-il en regardant derrière nous. Oui. En effet.

Je jette un œil au rétroviseur. Tout a l'air normal. Le 4 × 4 est à environ cinq voitures d'écart, et nous roulons à allure régulière.

— Je vois.

Christian pousse un long soupir et se frotte le front, l'air tendu. *Il y a quelque chose qui ne va pas.*

— Oui… je ne sais pas.

Il baisse le téléphone.

— Tout va bien, Ana. Continue, dit-il calmement.

Il m'adresse un sourire sans que celui-ci gagne ses yeux. *Merde !* J'ai une poussée d'adrénaline. Il reprend le téléphone.

— Très bien. Sur le pont. Dès qu'on l'atteint… Oui… entendu.

Il range le téléphone sur son socle et le met en mode mains libres.

— Qu'est-ce qui se passe, Christian ?

— Regarde où tu vas, bébé, dit-il doucement.

Je me dirige vers la rampe d'accès au pont. Lorsque je jette un coup d'œil à Christian, il fixe la route devant lui et me parle d'une voix posée :

— Ne t'affole pas mais, dès que nous serons sur le pont, je veux que tu accélères. On nous suit.

On nous suit ? Mon cœur fait une embardée, j'ai le cuir chevelu qui me picote et un nœud dans la gorge. Qui ? Je regarde dans le rétroviseur et, en effet, la voiture sombre que j'ai remarquée tout à l'heure est encore derrière nous. Je plisse les yeux pour tenter de distinguer le conducteur, mais je ne vois rien.

— Surveille la route, bébé.

Il a parlé doucement, pas avec la voix impérieuse qu'il prend lorsque je suis au volant. *Du sang-froid !* Je me gifle mentalement pour endiguer la peur qui menace de me submerger. Et si nos poursuivants sont armés ? S'ils veulent faire du mal à Christian ? Une vague de nausée s'empare de moi.

— Comment sais-tu qu'on nous suit ?

Ma voix n'est plus qu'un chuchotement.

— La Dodge derrière nous a de fausses plaques d'immatriculation.

Comment il sait ça ? Je mets le clignotant avant de m'engager sur le pont. Il ne pleut plus, mais la chaussée est encore mouillée. Heureusement, il n'y a pas trop de circulation.

Dans ma tête résonne la voix de Ray durant une de ses nombreuses leçons d'autodéfense : « C'est la panique qui tue, Annie. » J'inspire profondément pour tenter de contrôler ma respiration. Ceux qui nous suivent en veulent à Christian. Quand j'inspire à nouveau pour me calmer, mon esprit se dégage et mon estomac se remet d'aplomb. Je dois protéger Christian. Je voulais conduire cette bagnole, et je voulais faire de la vitesse. *C'est le moment ou jamais.* J'agrippe le volant en jetant un dernier coup d'œil dans le rétroviseur. La Dodge gagne du terrain.

Je ralentis, sans me soucier du regard brusquement paniqué de Christian, pour m'engager sur le pont à l'instant précis où la Dodge devra s'arrêter pour laisser passer plusieurs voitures. Puis j'embraye et j'appuie sur l'accélérateur. La R8 bondit en avant, nous plaquant sur nos sièges. Le compteur de vitesse grimpe à 120.

— Doucement, bébé.

Il parle calmement, mais je suis convaincue qu'il est tout sauf calme.

Je zigzague entre les deux voies comme une pièce noire dans un jeu de dames en doublant les voitures et les camions. Comme le pont est très bas, j'ai l'impression qu'on roule sur l'eau. J'ignore les regards furieux et désapprobateurs des autres conducteurs. Christian agrippe ses genoux et demeure aussi immobile que possible. Malgré ma fébrilité, je me demande vaguement si c'est pour ne pas me gêner.

— Bien joué, ma belle, m'encourage-t-il. (Il jette un nouveau coup d'œil par-dessus son épaule.) Je ne vois plus la Dodge.

— On est juste derrière le « sujin », dit la voix de Sawyer. Il essaie de vous rattraper, monsieur.

On va tenter de s'interposer entre votre voiture et la Dodge.

Sujin ? C'est quoi, ce jargon ?

— Compris. Mme Grey se débrouille bien. À cette allure, si la circulation reste fluide – et d'après ce que je peux voir, c'est le cas – nous aurons quitté le pont dans quelques minutes.

— Monsieur.

Comme nous sommes parvenus à la tour de contrôle du pont, je sais que nous sommes à mi-chemin du lac Washington. Lorsque je consulte le compteur, je constate que je roule toujours à 120.

— Tu t'en sors vraiment bien, Ana, répète Christian tout en surveillant derrière lui.

Un instant, son ton me rappelle celui qu'il avait pris lors de notre première séance dans sa salle de jeux, quand il m'encourageait patiemment. Cette pensée me déconcentre : je la chasse aussitôt.

— Je vais où ? dis-je, un peu plus calme.

J'ai la voiture bien en main, maintenant. C'est un plaisir de la conduire : elle est tellement silencieuse et maniable que j'ai du mal à croire qu'on roule à cette vitesse.

— Dirigez-vous vers l'I-5, puis vers le sud. Nous voulons savoir si la Dodge vous suivra jusqu'au bout, dit Sawyer au téléphone.

Je regarde Christian, qui me sourit pour me rassurer, avant de brusquement se décomposer.

— Merde ! jure-t-il à mi-voix.

Il y a de la circulation à la sortie du pont et je dois ralentir. Dans le rétro, je crois repérer la Dodge.

— Environ dix voitures plus loin ?

— Oui, je la vois, dit Christian en regardant par le pare-brise arrière. Putain, qui ça peut bien être ?

— On sait si c'est un homme qui conduit ? dis-je au BlackBerry, toujours sur son socle.

— Non, madame. Ça pourrait être un homme ou une femme. Les vitres sont trop sombres.

— Une femme ? s'étonne Christian.

Je hausse les épaules et, sans quitter la route des yeux, je suggère :

— Ta Mrs Robinson ?

Christian se raidit et retire le BlackBerry de son socle.

— Ça n'est pas *ma* Mrs Robinson, grogne-t-il. Je ne lui ai pas reparlé depuis mon anniversaire. En plus, Elena ne ferait pas ça, ce n'est pas son genre.

— Leila ?

— Elle est dans le Connecticut avec ses parents, je te l'ai déjà dit.

— Tu es sûr ?

Il se tait un instant.

— Non, mais si elle avait fait une fugue, je suis sûr que ses parents en auraient averti le Dr Flynn. On en reparlera à la maison. Concentre-toi.

— Mais cette voiture n'a peut-être rien à voir avec nous.

— Je ne veux pas courir ce risque. Pas en ce qui te concerne, réplique-t-il sèchement.

Il replace le BlackBerry sur son socle afin que nous soyons à nouveau en contact avec les gardes du corps.

Et merde. Je n'ai pas intérêt à énerver Christian pour l'instant… Je me tais. Heureusement, la circulation redevient plus fluide, ce qui me permet de foncer jusqu'à l'intersection de Mountlake et de l'I-5 en me faufilant entre les voitures.

— Et si les flics nous arrêtent ? dis-je.

— Ce serait une bonne chose.

— Pas pour mon permis.

— Ne t'en fais pas pour ça.

Je décèle un soupçon d'humour dans sa voix.

J'appuie à nouveau sur l'accélérateur et nous filons à 120. Bon sang, quel bolide ! J'adore cette voiture, elle est tellement maniable. Je roule à près de 140. Je n'ai jamais roulé si vite. Avec ma Coccinelle, je parvenais à grand-peine à 80.

— Il est sorti des bouchons et il accélère, nous informe la voix désincarnée de Sawyer. Il roule à 145.

Merde ! Plus vite ! J'appuie sur l'accélérateur et la voiture fonce à 155 vers l'intersection de l'I-5.

— Continue, Ana ! murmure Christian.

Je ralentis un peu en prenant l'I-5, puis je m'engage directement sur la voie de dépassement tandis que les pauvres mortels se rangent pour nous céder le passage. Si je n'avais pas aussi peur, je prendrais mon pied.

— Il roule à 160, monsieur.

— Ne le lâchez pas, Luke ! aboie Christian à Sawyer.

Luke ?

Un camion se rabat devant nous. *Merde !* Je suis obligée de donner un coup de frein.

— Connard ! hurle Christian alors que nous sommes projetés vers l'avant sur nos sièges.

Heureusement que nous avons nos ceintures.

— Double-le à droite, bébé, m'ordonne Christian, la mâchoire serrée.

Je vérifie les rétroviseurs et je coupe à travers les trois voies. Nous dépassons les véhicules plus lents avant de revenir sur la voie de gauche.

— Bien joué, madame Grey, fait Christian, admiratif. Où sont les flics quand on a besoin d'eux ?

— Je ne veux pas de contravention, Christian, dis-je tout en me concentrant sur la route. Tu en as déjà eu une avec cette bagnole ?

— Non.

Mais je vois du coin de l'œil qu'il ricane.

— On t'a déjà arrêté ?

— Oui.

— Ah.

— Question de charme. Le charme, tout est là. Maintenant, concentre-toi. Où est la Dodge, Sawyer ?

— Elle vient d'atteindre les 175, monsieur, dit Sawyer.

Bordel de merde ! Mon cœur me bondit dans la gorge. Est-ce que je peux aller encore plus vite ? J'écrase l'accélérateur.

— Fais des appels de phare, m'ordonne Christian lorsqu'une Ford Mustang refuse de se rabattre.

— Mais... je vais passer pour une enfoirée !

— On s'en fout ! aboie-t-il.

— Euh... où sont les phares ?

— Là. Tire vers toi.

J'obéis, et la Mustang se déporte, mais pas avant que le conducteur n'ait brandi son majeur dans ma direction d'un air assez peu amène.

— C'est lui, l'enfoiré, marmonne Christian, avant de m'aboyer : Sors sur Stewart !

Oui, mon commandant !

— On prend la sortie de Stewart Street, annonce Christian à Sawyer.

— Rendez-vous directement à l'Escala, monsieur.

Je ralentis, regarde dans les rétros, mets mon clignotant et traverse les quatre voies avec une aisance étonnante pour gagner la bretelle de sortie qui débouche sur Stewart Street. Nous filons vers le sud. Il y a très peu de véhicules. *Mais où sont-ils tous passés ?*

— Nous avons eu de la chance avec la circulation, mais, du coup, la Dodge aussi. Ne ralentis pas, Ana. Ramène-nous à la maison.

— Je ne me rappelle plus le chemin, dis-je, paniquée à l'idée que la Dodge nous talonne toujours.

— Continue à rouler vers le sud sur Stewart jusqu'à ce que je te dise de tourner.

Christian semble de nouveau inquiet. Je file sur trois pâtés de maison, mais le feu vire à l'orange sur Yale Avenue.

— Grille-le, Ana ! hurle Christian.

J'écrase la pédale au sol, ce qui nous plaque sur nos sièges tandis que nous grillons le feu, entre-temps passé au rouge.

— Il s'engage sur Stewart, dit Sawyer.

— Ne le lâchez pas, Luke.

— Luke ?

— C'est son prénom.

Je jette un coup d'œil rapide à Christian qui me fusille du regard comme si j'étais folle.

— Surveille la route ! aboie-t-il.

— Luke Sawyer.

— Oui !

Il a l'air exaspéré.

— Ah.

Comment se fait-il que je ne le sache pas ? Ce type m'escorte au bureau depuis six semaines, et je ne connaissais même pas son prénom.

— À votre service, madame, dit Sawyer.

Sa voix me fait sursauter, bien qu'il ait parlé d'un ton calme et monocorde, comme toujours.

— Le « sujin » roule sur Stewart, monsieur, reprend-il. Il accélère.

— Fonce, Ana. Arrête de papoter, gronde Christian.

— Nous sommes arrêtés au premier feu rouge de Stewart, nous informe Sawyer.

— Ana, vite, tourne ici ! hurle Christian en désignant un parking du côté sud de Boren Avenue.

Les pneus crissent quand je m'engouffre dans le parking bondé.

— Fais le tour. Vite ! m'ordonne Christian.

Je file aussi vite que possible vers le fond. Nous ne sommes plus visibles de la rue.

— Là.

Christian désigne une place libre. *Merde !* Il veut que je me gare. *Bordel de merde !*

— Putain, vas-y !

Je m'exécute… impeccablement. C'est sans doute la première fois de ma vie que je réussis un créneau du premier coup.

— Nous sommes planqués dans un parking entre Stewart et Boren, annonce Christian au BlackBerry.

— Très bien, monsieur, fait Sawyer. Restez où vous êtes ; nous suivons le « sujin ».

Christian se tourne vers moi pour scruter mon visage.

— Ça va ?

— Ouais, dis-je en chuchotant.

Christian ricane.

— Tu sais, le mec de la Dodge ne peut pas nous entendre.

J'éclate de rire.

— Nous sommes entre Stewart et Boren, monsieur. Je vois le parking. Il est passé sans vous voir, monsieur.

Nous nous affaissons tous les deux en même temps.

— Bien joué, madame Grey. Tu es une excellente conductrice.

Christian caresse doucement mon visage du bout des doigts, ce qui me fait sursauter et soupirer profondément. Je ne me rendais pas compte que je retenais ma respiration.

— Alors, tu vas arrêter de me critiquer quand je suis au volant, maintenant ?

Il éclate d'un grand rire bruyant - un rire libérateur.

— On verra.

— Merci de m'avoir laissée conduire ta voiture. Et dans des circonstances aussi trépidantes.

Je tente désespérément de prendre un ton badin.

— Je devrais peut-être prendre le volant, maintenant, dit Christian.

— À vrai dire, je pense que je ne serais même pas capable de me lever pour te céder la place. J'ai les jambes en compote.

Tout d'un coup, je me mets à trembler de la tête aux pieds.

— C'est l'adrénaline, bébé, m'explique-t-il. Tu t'en es remarquablement bien sortie. Tu m'impressionnes, Ana. Comme toujours.

Il effleure tendrement ma joue du dos de sa main, le visage débordant d'amour, de peur, de regret et ses mots me font perdre pied. Un sanglot étranglé m'échappe et je fonds en larmes.

— Non, bébé, non. S'il te plaît, ne pleure pas.

Il se penche vers moi et, malgré l'exiguïté de l'habitacle, il me fait passer par-dessus le frein à main pour me prendre sur ses genoux. Repoussant mes cheveux, il m'embrasse les yeux, puis les joues ; je l'enlace pour sangloter doucement dans son cou. Il enfouit le nez dans mes cheveux et me serre contre lui.

La voix de Sawyer nous fait sursauter.

— Le « sujin » a ralenti devant l'Escala. Il repère les lieux.

— Suivez-le ! ordonne Christian.

J'essuie mon nez du revers de la main et j'inspire lentement pour me calmer.

— Sers-toi de ma chemise, dit Christian en m'embrassant sur la tempe.

— Désolée, dis-je, gênée d'avoir pleuré.

— Pourquoi ? Tu n'as pas à t'excuser.

J'essuie à nouveau mon nez. Il prend mon menton et dépose un petit baiser sur mes lèvres.

— Tes lèvres sont si douces quand tu pleures, ma belle petite fille courageuse.

— Embrasse-moi encore.

Christian se fige, une main dans mon dos, l'autre sous mes fesses. J'insiste :

— Embrasse-moi.

Ses lèvres s'entrouvrent ; il inspire brusquement et se penche au-dessus de moi pour retirer le BlackBerry de son socle et le lancer sur le siège conducteur, entre mes pieds. Puis sa bouche fond sur la mienne ; il m'attrape les cheveux avec la main droite pour m'immobiliser, et me prend le visage avec la gauche. Sa langue envahit ma bouche.

L'adrénaline se mue en désir. Je lui prends le visage à deux mains pour mieux savourer son baiser. Ma réaction passionnée lui arrache un cri rauque ; le désir noue aussitôt mon ventre. Sa main parcourt mon corps, effleure mon sein, ma taille, mes fesses ; je me décale légèrement.

Brusquement, il s'écarte de moi. Je proteste :

— Quoi ?

— Ana, on est dans un parking public en plein Seattle.

— Et alors ?

— Eh bien, là, j'ai envie de te baiser, tu te tortilles sur moi... ça me met mal à l'aise.

À ces mots, mon désir échappe à tout contrôle ; tous les muscles au sud de ma taille se contractent.

— Alors, baise-moi.

Je l'embrasse à la commissure des lèvres. J'ai envie de lui. Maintenant. Cette poursuite automobile était excitante. Trop excitante. Terrifiante... et la peur a stimulé ma libido. Christian recule la tête pour me dévisager, les yeux mi-clos.

— Ici ?

Sa voix est sourde. J'ai la gorge sèche. Comment peut-il m'embraser, rien qu'avec un mot ?

— Oui. J'ai envie de toi. Ici. Maintenant.

Il penche la tête et me fixe un petit moment.

— Madame Grey, vous êtes une dévergondée, me chuchote-t-il au bout de ce qui me semble être une éternité.

Sa main se resserre autour de mes cheveux sur ma nuque pour me maintenir fermement en place, puis sa bouche retrouve la mienne, plus énergique cette fois. Ses mains effleurent mon corps, malaxent mon cul et descendent derrière mes cuisses. Mes doigts s'enroulent dans ses cheveux trop longs.

— Heureusement que tu portes une jupe, murmure-t-il en glissant la main dessous pour caresser ma cuisse.

Je me tortille encore sur ses genoux ; l'air siffle entre ses dents.

— Ne bouge pas, feule-t-il.

Il pose la main sur mon sexe et je m'immobilise aussitôt. Son pouce frôle mon clitoris ; la décharge du plaisir m'électrise.

— Ne bouge pas, répète-t-il.

Il m'embrasse à nouveau pendant que son pouce décrit des cercles délicats à travers la mince dentelle de ma petite culotte. Lentement, il l'écarte de deux doigts qu'il enfonce en moi. Je gémis et bascule mes hanches vers sa main en chuchotant :

— S'il te plaît !

— Tu es prête, dit-il en faisant coulisser ses doigts avec une lenteur atroce. Alors, le danger, ça t'excite ?

— C'est toi qui m'excites.

Il sourit d'un air féroce en retirant brusquement ses doigts, ce qui me laisse pantelante. Il glisse le bras sous mes genoux et, me prenant par surprise, me retourne pour que je sois face au pare-brise.

— Écarte les jambes pour me chevaucher, m'ordonne-t-il en plaçant les siennes au milieu.

J'obéis, en calant mes pieds de part et d'autre des siens. Il passe les mains sur mes cuisses puis les remonte pour retrousser ma jupe.

— Pose tes mains sur mes genoux, bébé. Penche-toi en avant. Mets ce beau cul en l'air. Attention à ta tête.

Merde alors ! On va vraiment baiser dans un parking public. J'inspecte rapidement les environs et je n'aperçois personne, mais j'en ai des frissons. Dans un parking public ! C'est trop *cochon* ! Christian se décale sous moi, et j'entends le bruit d'une fermeture Éclair. Il m'encercle la taille d'un bras, de l'autre il écarte ma culotte, et m'empale sur lui d'un seul mouvement rapide.

Je crie en poussant pour l'enfoncer davantage ; son bras s'insinue jusqu'à mon cou. Il m'attrape sous le menton, plaque sa main sur mon cou, m'attire en arrière et incline ma tête de côté pour m'embrasser la gorge. De son autre main, il m'agrippe une hanche, et nous commençons à bouger ensemble.

Je me hisse en prenant appui sur mes pieds tandis qu'il bascule les hanches pour me pénétrer plus profondément. Je pousse un gémissement guttural. C'est tellement profond, comme ça. Ma main gauche s'enroule autour du frein, la droite prend appui sur la portière. Les dents de Christian m'effleurent le lobe de l'oreille – quand il tire dessus, c'est presque douloureux. Il se cabre encore et encore pour me défoncer, je remonte et redescends, nous prenons le rythme, il passe la main sous ma jupe jusqu'au sommet de mes cuisses, et ses doigts titillent doucement mon clitoris à travers ma culotte.

— Ah !

— Fais vite, me souffle-t-il entre ses dents serrées, la main toujours plaquée contre mon cou. Il faut faire vite, Ana.

Il intensifie la pression de ses doigts sur mon sexe.

— Ah !

Je sens le plaisir familier monter, s'amasser au plus profond de mon ventre.

— Vas-y, bébé, je veux t'entendre.

Je ne suis plus que sensations ; les paupières serrées, je râle. Sa voix dans mon oreille, son souffle dans mon cou, le plaisir qui irradie là où ses doigts titillent mon corps et où il s'enfonce brutalement en moi… Je sombre. Mon corps prend le dessus, aspirant à l'assouvissement.

— Oui, susurre Christian à mon oreille.

J'ouvre brièvement les yeux pour scruter, affolée, le toit en toile, puis je les referme en serrant les paupières quand je jouis autour de lui.

— Ah, Ana, murmure-t-il, émerveillé.

Il me prend en étau et me donne un dernier coup de boutoir, puis se fige en jouissant en moi.

Il fait courir son nez le long de ma mâchoire et m'embrasse tendrement la gorge, la joue et la tempe tandis que je repose sur lui, la tête renversée sur son cou.

— Alors, ça a soulagé votre tension, madame Grey ?

Christian referme ses dents sur mon lobe et tire dessus. Mon corps est drainé, totalement épuisé, et je miaule. Je le sens sourire contre ma peau.

— En tout cas, ça a soulagé la mienne, ajoute-t-il en me soulevant pour décaler mon poids. Tu as perdu ta voix ?

— Oui.

— Quelle dévergondée ! J'ignorais qu'en plus tu étais exhibitionniste.

Je me redresse immédiatement. Il se tend.

— On nous a vus, tu crois ? fais-je en scrutant le parking.

— Penses-tu que je laisserais quiconque mater ma femme en train de jouir ?

Il me caresse le dos pour me rassurer, mais sa voix me donne des frissons. Je me retourne pour le regarder avec un sourire malicieux en m'exclamant :

— On a baisé dans la bagnole !

Il répond à mon sourire et me cale une mèche derrière l'oreille.

— On rentre ? C'est moi qui conduis.

Il ouvre la portière pour que je descende. Lorsque je me retourne, il est en train de remonter sa braguette. Il descend après moi et me tient la portière. Contournant rapidement la voiture, il monte, reprend le BlackBerry et compose un numéro.

— Où est Sawyer ? Et la Dodge ? Pourquoi Sawyer n'est-il pas avec vous ?

Il écoute attentivement… Ryan, je suppose.

— Une femme ? s'étrangle-t-il. Filez-la.

Christian raccroche et me regarde.

La conductrice de la voiture ? Qui alors – Elena ? Leila ?

— C'était une femme qui conduisait la Dodge ?

— Apparemment, dit-il posément en pinçant les lèvres de colère. Bon, on te ramène à la maison.

Il démarre et fait habilement marche arrière.

— Où se trouve le, euh… le « sujin » ? Ça veut dire quoi, au fait ?

Christian sourit brièvement en sortant du parking pour reprendre Stewart Street.

— Ça veut dire « sujet inconnu ». Ryan est un ancien agent du FBI.

— Du FBI ?

Christian hoche la tête.

— Alors, il est où, ce… « sujin » ?

— Sur l'I-5, direction sud.

Il me lance un regard sinistre.

Hou là. Passer de la passion au calme, puis à l'anxiété en l'espace de quelques instants… Je lui caresse la cuisse en suivant des doigts la couture intérieure de son jean dans l'espoir de le rasséréner. Il retire une main du volant pour freiner la lente ascension de la mienne.

— Arrête, dit-il. On a réussi à arriver jusqu'ici vivants. Je n'ai aucune envie d'avoir un accident à trois rues de chez nous.

Il attire ma main contre ses lèvres et pose un baiser sur mon index pour atténuer son reproche. Calme, autoritaire, la tête froide… Je retrouve bien là mon Cinquante Nuances. Pour la première fois depuis un bon moment, il me donne l'impression que je suis une gamine désobéissante. Je retire ma main et reste silencieuse avant de reprendre :

— Donc, c'est une femme ?

— On dirait.

Il soupire en accédant au garage souterrain de l'Escala. Il compose le code d'accès sur le digicode. La porte s'ouvre. Il avance et se gare avec habileté.

— J'adore cette voiture, fais-je remarquer.

— Moi aussi. Et j'adore ta façon de la conduire - outre le fait que tu aies réussi à ne pas l'abîmer.

— Alors tu pourrais m'en acheter une pour mon anniversaire.

Christian en reste bouche bée. J'ajoute en me penchant vers lui, souriante :

— Blanche, je pense.

Il sourit :

— Anastasia Grey, tu ne cesseras jamais de me surprendre.

Je referme la portière et j'attends qu'il me rejoigne. Il sort gracieusement de la voiture tout en me fixant avec ce regard… ce regard qui appelle quelque chose au plus profond de moi. Un regard que je ne connais que trop bien. Une fois qu'il m'a rejointe, il se penche pour chuchoter :

— Tu adores cette voiture. J'adore cette voiture. Je t'ai baisée dedans… je devrais peut-être te baiser sur le capot ?

Je m'étrangle. Une BMW argentée entre dans le garage. Christian lui jette un coup d'œil inquiet, puis agacé, avant de m'adresser un sourire de connivence.

— Mais on n'est pas seuls, on dirait. Viens !

Il me prend la main et m'entraîne vers l'ascenseur. Tandis que nous l'attendons, le conducteur de la BMW se joint à nous : un type jeune, avec des cheveux bruns assez longs coupés en dégradé, et un look bohême branché. Je songe un instant qu'il doit travailler dans les médias. Il nous sourit chaleureusement :

— Bonjour.

Christian m'enlace et répond par un signe de tête.

— Je viens d'emménager dans l'appartement 16.

Je lui rends son sourire.

— Bonjour.

Il a l'air gentil, avec des yeux bruns et doux.

L'ascenseur arrive. Nous y entrons tous les trois. Christian m'observe, impassible.

— Vous êtes Christian Grey ?

Christian acquiesce avec un petit sourire crispé.

— Noah Logan.

Il tend la main. Christian la serre de mauvaise grâce.

— Quel étage ? demande Logan.

— J'ai un code.

— Ah.

— Dernier étage.

Noah sourit largement.

— Naturellement.

Il appuie sur le bouton du huitième et les portes se referment.

— Madame Grey, je suppose ?

— Oui.

Je lui souris poliment et nous nous serrons la main. Noah rougit légèrement ; son regard s'attarde sur moi un peu trop longtemps. Je rougis à mon tour et les bras de Christian se resserrent autour de moi.

— Vous avez emménagé quand ? lui dis-je.

— Le week-end dernier. J'adore cet endroit.

Un silence gênant s'installe dans l'ascenseur jusqu'à ce que nous atteignions le huitième étage.

— Ravi d'avoir fait votre connaissance, lance Noah, manifestement soulagé de sortir.

Les portes se referment derrière lui, Christian compose son code d'accès et l'ascenseur se remet à monter.

— Il a l'air gentil, dis-je. Je n'ai jamais rencontré nos voisins.

Christian grimace.

— Je préfère.

— C'est parce que tu es un ermite. Moi, je l'ai trouvé sympathique.

— Un ermite ?

— Un ermite, prisonnier de sa tour d'ivoire.

Les lèvres de Christian tressautent.

— *Notre* tour d'ivoire. Et je crois que vous pouvez ajouter un autre nom à la liste de vos admirateurs, madame Grey.

Je lève les yeux au ciel.

— Christian, tu t'imagines que tous les hommes sont mes admirateurs.

— Tu viens de lever les yeux au ciel en me regardant ?

Mon pouls accélère.

— Et comment !

Mais j'ai parlé d'une voix étranglée. Il penche sa tête de côté, arborant une expression à la fois torride, arrogante et amusée.

— Et ça mérite quoi, ça ?

— Un truc *hard*.

Il cligne des yeux pour cacher son étonnement.

— *Hard* ?

— S'il te plaît.

— Tu en redemandes ?

Je hoche lentement la tête.

Les portes de l'ascenseur s'ouvrent : nous sommes chez nous.

— *Hard*, à quel point ? souffle-t-il, l'œil assombri.

Je le regarde sans rien dire. Il ferme un instant les yeux, puis m'attrape par la main et m'entraîne dans le vestibule. Sawyer nous y attend.

— Sawyer, je veux être débriefé dans une heure, dit Christian.

— Oui, monsieur.

Sawyer fait volte-face pour se diriger vers le bureau de Taylor.

Nous avons une heure !

Christian me regarde.

— *Hard* ?

Je hoche la tête.

— Madame Grey, aujourd'hui, c'est votre jour de chance. J'accepte les demandes spéciales.

6

— Tu as envie de quelque chose en particulier ? murmure Christian en me regardant droit dans les yeux.

Je hausse les épaules, brusquement agitée. Je ne sais pas si c'est la poursuite automobile, l'adrénaline, ma mauvaise humeur plus tôt dans la journée – je n'y comprends rien, mais je meurs d'envie qu'il me fasse des trucs *hard*. Christian semble un instant perplexe.

— Baise perverse ? me demande-t-il en transformant ces mots en caresses.

Je hoche la tête, le visage en feu. Pourquoi suis-je aussi gênée ? J'ai pratiqué la baise perverse dans toutes les positions avec cet homme. *C'est mon mari, enfin, merde !* Serait-ce parce que j'en ai envie et que j'ai honte de l'avouer ? *Arrête de tout analyser*, me gronde ma conscience.

— Tu me donnes carte blanche ?

Il chuchote la question en m'observant d'un air songeur, comme s'il essayait de lire dans mes pensées.

Carte blanche ? Hou là, à quoi je m'engage ? Nerveuse, j'acquiesce tandis que le désir s'épanouit en moi. Il sourit lentement.

— Viens, dit-il en m'entraînant dans l'escalier.

Autrement dit : vers la *salle de jeux* !

Il ne lâche ma main que pour déverrouiller la porte. Tiens, la clé est sur le porte-clés *Yes Seattle* que je lui ai offert il n'y a pas si longtemps.

— Après vous, madame Grey.

L'odeur familière de la salle de jeux - cuir, bois et cire - me rassure. Je souris en songeant que Mme Jones a dû y faire le ménage pendant notre lune de miel. Christian allume et les murs rouge sombre s'éclairent d'une lumière douce et diffuse. Je le regarde, excitée d'avance, en me demandant ce qu'il va bien pouvoir inventer. Il verrouille la porte et se retourne. Inclinant la tête, il me contemple d'un air pensif, puis amusé.

— Tu as envie de quoi, Anastasia ?

— De toi.

Il a un petit sourire ironique.

— Tu m'as. Tu m'as depuis que tu es tombée dans mon bureau.

— Alors étonnez-moi, monsieur Grey.

Sa bouche esquisse un sourire à la fois ravi et charnel.

— Comme vous voulez, madame Grey.

Il croise les bras et pose un index sur ses lèvres en m'examinant.

— Je crois qu'on va commencer par te débarrasser de tes vêtements.

Il s'avance vers moi, ouvre mon blouson en jean et le repousse sur mes épaules de façon qu'il tombe par terre. Puis il attrape le bas de mon débardeur noir.

— Lève les bras.

J'obéis, et il m'en dépouille avant de se pencher pour poser un doux baiser sur mes lèvres, le regard débordant d'un mélange séduisant de concupiscence et d'amour. Le débardeur rejoint mon blouson par terre. Je retire l'élastique passé autour de mon poignet pour le lui tendre, nerveuse :

— Tiens.

Il se fige, ses yeux s'écarquillent brièvement, mais ne trahissent rien. Il finit par prendre l'élastique.

— Retourne-toi, m'ordonne-t-il.

Soulagée, je souris intérieurement et m'exécute aussitôt. Il semble que nous ayons surmonté le petit obstacle symbolique de la tresse. Rassemblant mes cheveux, il les natte rapidement et efficacement avant de les attacher avec l'élastique, puis il tire dessus pour que je bascule la tête en arrière.

— Bien vu, madame Grey, me glisse-t-il à l'oreille en mordillant mon lobe. Maintenant, retourne-toi, retire ta jupe et laisse-la tomber par terre.

Il me lâche et recule d'un pas tandis que je me retourne pour lui faire face. Sans le quitter des yeux, je déboutonne et dézippe ma jupe ample, qui se déploie comme une corolle en retombant à mes pieds.

— Enjambe-la, m'ordonne-t-il.

Alors que je m'avance vers lui, il s'agenouille, m'agrippe la cheville droite et détache mes sandales tandis que je me penche en avant, en m'appuyant au mur où sont fixées les patères qui supportaient ses fouets, ses cravaches et ses palettes. Il n'y reste plus que le martinet et une cravache. *Va-t-il s'en servir ?*

Je ne porte plus que mon soutien-gorge et ma culotte en dentelle. Christian s'accroupit pour me contempler.

— Quel beau spectacle, madame Grey.

Tout d'un coup, il s'agenouille, m'attrape par les hanches et m'attire vers lui pour enfouir son nez au sommet de mes cuisses.

— Tu sens toi, moi et le sexe, dit-il en inspirant vigoureusement. C'est enivrant.

Il m'embrasse à travers la dentelle. Ses mots m'ont coupé le souffle ; je me liquéfie. C'est tellement... *cochon.* Il ramasse mes vêtements et mes sandales avant de se redresser en souplesse.

— Va à côté de la table, dit-il calmement en me la désignant du menton.

Il se retourne pour se diriger vers la commode aux trésors. Puis il me jette un coup d'œil par-dessus son épaule avec un petit rire sardonique.

— Face au mur, m'ordonne-t-il. Vous vouliez que je vous surprenne, madame Grey ? Vous satisfaire est notre priorité.

Je fais volte-face en tendant l'oreille – tout d'un coup, mon ouïe devient hypersensible. Qu'est-ce qu'il est doué pour ça – susciter mon attente, attiser mon désir... me faire languir. Je l'entends poser mes sandales et mes vêtements sur la commode, il me semble, puis ses chaussures tombent par terre, une à la fois. Mmm... j'adore les pieds nus de Christian. Un instant plus tard, je l'entends ouvrir un tiroir.

Des jouets ! Il referme le tiroir et ma respiration s'accélère. Comment le bruit d'un tiroir qui se ferme peut-il me mettre dans cet état ? Je ne suis plus qu'une masse tremblante. C'est insensé. Le sifflement subtil de la sono m'annonce un interlude musical. Les accords sourds et mélancoliques d'un piano emplissent la pièce. Je ne connais pas ce morceau. Une guitare électrique se joint au piano. *Qu'est-ce que c'est ?* Une voix masculine s'élève, et j'arrive tout juste à distinguer les paroles, qui suggèrent de ne pas redouter la mort.

Christian s'avance tranquillement vers moi : j'entends ses pieds nus sur le parquet. Je le sens derrière moi au moment où une femme commence à chanter… à ululer…

— Vous avez dit « *hard* », madame Grey ? me souffle-t-il.

— Mmm.

— Si c'est trop, tu dis stop et j'arrête immédiatement. Tu comprends ?

— Oui.

— Je veux que tu me le promettes.

J'inspire brusquement. *Merde, il va me faire quoi, là ?*

— Promis.

Je me rappelle ses mots, cet après-midi : « Je ne veux pas te faire mal, mais je serai ravi de jouer. »

— Très bien, ma belle.

Il se penche pour poser un baiser sur mon épaule nue, puis glisse un doigt sous la bretelle de mon soutien-gorge et le fait courir sur mon dos. J'ai envie de gémir. Comment arrive-t-il à rendre érotique le plus léger contact ?

— Enlève-le.

Je me dépêche d'obéir et laisse mon soutien-gorge tomber par terre.

Ses doigts descendent le long de mon dos jusqu'à ma culotte ; il introduit ses pouces sous l'élastique et la fait glisser sur mes jambes.

— Enjambe, ordonne-t-il.

Une fois de plus, je fais ce qu'il me demande. Il embrasse mes fesses et se relève.

— Je vais te mettre un masque, pour que ce soit plus intense.

Il m'ajuste un masque de sommeil et je plonge dans le noir tandis que la chanteuse pousse des gémissements incohérents sur une mélodie prenante, émouvante…

— Penche-toi sur la table.

Sans hésitation, j'appuie mon buste sur la table. Le bois frais contre ma joue sent le citron et la cire d'abeille.

— Allonge les bras devant toi pour t'accrocher au bord.

D'accord… Pour agripper le bord opposé de la table, je dois étirer mes bras au maximum.

— Si tu lâches, je te donne la fessée, compris ?

— Oui.

— Tu veux que je te donne la fessée, Anastasia ?

Tout ce qui se trouve au sud de ma taille se crispe délicieusement. Je me rends compte que j'en ai envie depuis qu'il m'en a menacée durant le déjeuner, et que ni la poursuite automobile ni l'étreinte qui l'a suivie n'ont assouvi ce besoin.

— Oui.

Ma voix n'est plus qu'un murmure rauque.

— Pourquoi ?

Ah… il faut une raison ? Je hausse les épaules.

— Dis-moi, insiste-t-il, enjôleur.

— Euh…

Sans crier gare, il m'assène une grande claque sur les fesses.

— Aïe !

— Chut.

Il frotte doucement l'endroit qu'il vient de frapper, puis il se penche sur moi, ses hanches s'enfonçant dans la chair de mes fesses, m'embrasse entre les omoplates et sème des baisers sur mon dos. Il a retiré sa chemise et les poils de sa poitrine me chatouillent ; il pousse son érection contre moi à travers l'étoffe rude de son jean.

— Écarte les jambes.

J'écarte.

— Plus.

J'obéis.

— C'est bien, ma belle.

Il fait glisser un doigt jusqu'à la fente de mon cul, puis sur mon anus qui se rétracte à ce contact.

— On va s'amuser avec ça, souffle-t-il.

Et merde !

Son doigt poursuit sa route et s'introduit lentement dans mon sexe.

— Tu mouilles beaucoup, Anastasia. À cause de tout à l'heure dans la voiture, ou de ce que je viens de te faire ?

Les va-et-vient de son doigt me font gémir. Je me pousse contre sa main pour mieux savourer cette intrusion.

— D'après moi, Ana, c'est l'un et l'autre. Je crois que tu adores être ici, comme ça, à ma disposition.

C'est vrai – ô combien vrai. Il retire son doigt et me claque les fesses une deuxième fois.

— Dis-le-moi, murmure-t-il d'une voix rauque et pressante.

— Oui, j'aime ça.

Il me donne une autre claque qui me fait crier, puis introduit deux doigts en moi, qu'il retire aussitôt pour humecter mon anus.

— Qu'est-ce que tu vas faire ? dis-je, haletante.

Oh mon Dieu... est-ce qu'il va m'enculer ?

— Ce n'est pas ce que tu crois, me rassure-t-il. Je te l'ai déjà dit : pour ça, on y va une étape à la fois, bébé.

J'entends un liquide gicler, d'un tube sans doute, puis ses doigts me massent à nouveau *là*. Il me lubrifie... Je me tortille : ma peur le dispute à mon excitation face à l'inconnu. Il me donne une autre claque, plus bas, qui atteint mon sexe. Je gémis. C'est si... bon.

— Ne bouge pas. Et ne lâche pas la table.

— Aaah...

— Je te mets du lubrifiant.

Il en étale encore un peu. J'essaie de me pas me tortiller, mais mon cœur bat la chamade, mon pouls s'affole tandis que le désir et l'angoisse me submergent.

— Il y a un bon moment que j'ai envie de te faire ça, Ana.

Je geins. Puis je sens un truc froid qui court le long de mon épine dorsale.

— J'ai un petit cadeau pour toi, chuchote Christian.

Une image de notre leçon de choses me revient à l'esprit. *Bordel de merde*. Un plug anal ? Christian le fait glisser entre mes fesses.

Oh mon Dieu.

— Je vais le faire rentrer, très lentement.

Je m'étrangle, partagée entre l'excitation et l'angoisse.

— Ça va faire mal ?

— Non, bébé, c'est tout petit. Et une fois que je te l'aurai mis, je vais te baiser à fond.

J'en ai presque des convulsions. Il se penche pour m'embrasser entre les omoplates.

— Prête ?

Prête ? Suis-je prête à ça ?

— Oui, fais-je d'une petite voix, la bouche sèche.

Il fait courir un doigt de mon cul jusqu'à mon sexe, qu'il pénètre avec son pouce, et caresse doucement mon clitoris. Je gémis… c'est… bon. Puis, doucement, tandis que ses doigts font des prouesses, il pousse lentement le plug en moi. C'est froid. Cette sensation nouvelle m'arrache un gémissement ; mes muscles protestent contre cette intrusion. Il décrit un cercle dans mon sexe avec son pouce tout en poussant le plug plus profondément dans mon cul. Je ne sais pas si c'est parce que je suis excitée ou parce que je suis distraite par ses doigts experts, mais mon corps semble l'accepter. C'est lourd… et bizarre… de sentir quelque chose entrer *là* !

— Ah, bébé.

Son pouce qui tournoie en moi appuie contre le plug… Puis il fait lentement tourner l'instrument dans mon cul, ce qui m'arrache un nouveau gémissement.

— Christian… Christian… Christian…

Je marmonne son nom comme une litanie, tout en m'adaptant à la sensation.

— C'est bien, bébé, murmure-t-il.

Il parcourt mon flanc de sa main libre jusqu'à ce qu'il atteigne ma hanche. Lentement, il retire son pouce et j'entends le bruit de son zip. M'agrippant l'autre hanche, il me tire pour me rapprocher et m'écarte encore plus les jambes en poussant mon pied avec le sien.

— Ne lâche pas la table, Ana.

— Non.

— Tu voulais du *hard* ? Tu me diras si je suis trop brutal. Compris ?

— Oui.

Il s'enfonce en moi tout en m'attirant vers lui en même temps, ce qui pousse le plug à fond… Je hurle. Il se fige ; son souffle est aussi rauque que mes halètements. Je tente d'assimiler toutes ces sensations : je suis délicieusement remplie, j'ai la sensation excitante de transgresser un interdit… Le plaisir érotique remonte en spirale du plus profond de moi. Il tire doucement sur le plug.

Oh mon Dieu… Je râle, et je l'entends inspirer brusquement, en proie au plaisir à l'état pur. Ça m'échauffe. Je ne me suis jamais sentie aussi dévergondée…

— Encore ? chuchote-t-il.

— Oui.

— Reste à plat ventre.

Il se retire puis me donne un nouveau coup de boutoir.

Ah… qu'est-ce que j'avais envie de ça…

— Oui…, fais-je d'une voix sifflante.

Il accélère le rythme ; nos souffles s'emballent tandis qu'il me pilonne sans merci.

— Ah, Ana, balbutie-t-il.

Il retire une main de ma hanche pour faire tourner à nouveau le plug, tire dessus, le fait ressortir entièrement, puis le renfonce. C'est une sensation indescriptible, et je crois que je vais m'évanouir sur la table. Il ne relâche pas le rythme, il me possède, encore et encore, tandis que mon ventre se crispe et frémit.

— Oh, putain…

Je vais exploser, me déchirer…

— Oui, bébé, siffle-t-il.

— Pitié.

Je le supplie, mais je ne sais pas pourquoi - pour qu'il arrête, pour qu'il n'arrête jamais, pour qu'il fasse encore tourner le plug ? Mon ventre se crispe autour de lui et du plug.

— C'est ça, souffle-t-il.

Il me donne une grande claque sur une fesse et je jouis - encore et encore, je tombe, je tombe, je tournoie dans un spasme… Christian retire doucement le plug.

— Putain !

Je hurle. Christian m'agrippe les hanches et jouit bruyamment en me maintenant immobile.

La femme chante toujours. C'est bizarre, dans la salle de jeux, Christian laisse toujours jouer les morceaux en boucle. Je suis sur ses genoux, blottie dans ses bras ; nos jambes sont emmêlées, ma tête repose contre sa poitrine. Nous sommes par terre, à côté de la table.

— Salut, me dit-il en retirant mon masque.

Je cligne des paupières tandis que mes yeux s'adaptent à la lumière tamisée. Il renverse mon menton pour m'embrasser ; son regard anxieux cherche le mien. Je lui caresse le visage. Il sourit.

— Alors, j'ai répondu à ta demande ?

Je fronce les sourcils.

— Ma demande ?

— Tu voulais du *hard*.

Je souris.

— Dans ce cas, je crois que oui.

Il hausse les sourcils et me rend mon sourire.

— Je suis ravi de l'entendre. En ce moment, tu es très belle et tu m'as l'air bien baisée.

Il me caresse la joue de ses longs doigts. Je ronronne :

— C'est comme ça que je me sens.

Il m'embrasse tendrement ; ses lèvres, contre les miennes, sont douces, chaudes et généreuses.

— Tu ne me déçois jamais. Tu te sens comment ? s'inquiète-t-il.

— Bien, dis-je en sentant mon visage s'empourprer. Bel et bien baisée.

Je lui souris timidement.

— Mais dites donc, madame Grey, vous dites des mots cochons maintenant ?

Christian feint d'être offusqué, mais je sais qu'il plaisante.

— C'est parce que j'ai épousé un garçon très, très cochon, monsieur Grey.

Un sourire idiot se dessine sur ses traits.

— Je suis ravi que tu l'aies épousé.

Il prend doucement ma tresse, la rapproche de ses lèvres et en embrasse le bout respectueusement, le regard empli d'amour. *Oh mon Dieu...* comment aurais-je pu résister à cet homme ?

Je prends sa main gauche pour embrasser son alliance, un anneau en platine assorti au mien, et lui murmure :

— Tu es à moi.

— À toi, répond-il.

Il m'enlace et fourre son nez dans mes cheveux.

— Tu veux que je te fasse couler un bain ?

— À condition que tu le prennes avec moi.

— D'accord.

Il m'aide à me relever et se lève à son tour. Il porte encore son jean.

— La prochaine fois, tu voudrais bien porter... euh... ton autre jean ?

— Mon autre jean ?

— Celui que tu portais ici, avant... Il est très sexy.

— Ah bon ?

— Ouais... vraiment très sexy.

Il sourit timidement.

— Pour vous, madame Grey, je ferai peut-être cet effort.

Il se penche pour m'embrasser, puis prend sur la table le petit bol contenant le plug anal, le tube de lubrifiant, le masque et ma culotte. Je l'interroge :

— Qui lave ces jouets ?

Il fronce les sourcils, comme s'il ne s'était jamais posé la question.

— Moi... Mme Jones...

— Vraiment ?

Il hoche la tête, à la fois amusé et gêné, tout en éteignant la musique.

— En fait, euh…

Je termine sa phrase :

— C'étaient tes soumises qui faisaient ça ?

Il hausse les épaules comme pour s'excuser et il me tend sa chemise. Je la passe et la resserre autour de mon corps. Son odeur, qui émane encore du lin, me fait oublier ma perplexité quant au protocole de lavage des plugs anaux. Il laisse les accessoires sur la commode. Me prenant par la main, il déverrouille la porte de la salle de jeux, puis m'entraîne à l'étage du dessous. Je le suis docilement.

L'angoisse, la mauvaise humeur, le frisson, la peur et l'excitation de la poursuite automobile, tout s'est évanoui. Je suis détendue, enfin assouvie et apaisée. Lorsque nous entrons dans notre salle de bains, je bâille bruyamment en m'étirant… je me sens bien dans ma peau, pour changer.

— Qu'est-ce qu'il y a ? me demande Christian en ouvrant le robinet.

Je secoue la tête.

— Dis-moi, fait-il doucement.

Il verse de l'huile parfumée au jasmin dans l'eau, et une senteur douce et sensuelle envahit la pièce.

Je rougis :

— Je me sens mieux, c'est tout.

Il sourit.

— Oui, vous avez été d'humeur bizarre aujourd'hui, madame Grey.

Il m'attire dans ses bras.

— Je sais que les événements récents t'inquiètent. Je suis désolé que tu y sois mêlée. Je ne sais pas s'il s'agit de la vengeance d'un ex-employé ou d'un concurrent. Mais s'il t'arrivait quoi que ce soit à cause de moi…

Sa voix n'est plus qu'un chuchotement douloureux. Je le serre dans mes bras.

— Et s'il t'arrivait quelque chose à toi, Christian ?

Il baisse les yeux vers moi.

— On éclaircira cette histoire. Pour l'instant, on va t'enlever cette chemise et te donner un bain.

— Tu ne dois pas parler à Sawyer ?

— Il attendra.

Sa bouche durcit, et soudain j'ai pitié de Sawyer. Qu'a-t-il bien pu faire pour fâcher Christian ?

Christian m'aide à retirer la chemise et il fronce les sourcils quand je me retourne pour lui faire face. Mes seins portent toujours les marques de ses suçons. Je décide de ne pas le taquiner à ce sujet.

— Je me demande si Ryan a rattrapé la Dodge.

— On verra après le bain. Allez !

Il me tend la main. Je me plonge dans l'eau chaude et parfumée et m'assois prudemment.

— Aïe.

J'ai mal au cul, et la chaleur de l'eau m'arrache une grimace.

— Doucement, bébé, m'avertit Christian.

Mais, au moment où il prononce ces mots, la sensation d'inconfort s'évanouit.

Christian se déshabille à son tour, s'assied dans la baignoire derrière moi et m'attire contre sa poitrine. Je me niche entre ses jambes, et nous restons allongés dans l'eau chaude. Je lui caresse les jambes du bout des doigts ; il fait tournoyer ma tresse doucement entre les siens.

— Il faut qu'on regarde les plans de la nouvelle maison. On fait ça ce soir ?

— D'accord.

Tiens, c'est vrai. Gia. Je l'avais oubliée, celle-là. Ma conscience lève le nez du tome III des *Œuvres complètes* de Charles Dickens. Elle fait la gueule et, pour une fois, je suis d'accord avec elle. Je soupire. J'en serais presque à regretter que Gia Matteo soit aussi douée.

— Il faut que je prépare mes affaires pour demain, dis-je.

Christian se fige.

— Tu sais que tu n'es pas obligée de retourner travailler, murmure-t-il.

— Christian, on en a déjà discuté. S'il te plaît, ne recommence pas.

Il tire sur ma tresse pour me faire renverser la tête en arrière.

— Tu sais, je disais ça comme ça…

Il pose un tendre baiser sur mes lèvres.

Après avoir passé un pantalon de survêt et un débardeur, je décide d'aller ramasser mes vêtements dans la salle de jeux. En traversant le couloir, j'entends la voix de Christian dans son bureau. Je m'immobilise.

— Qu'est-ce que vous foutez, bordel ?

Et merde. Il hurle après Sawyer. Je grimace en me précipitant à l'étage. Je n'ai aucune envie d'entendre ce qu'il dit à Sawyer – Christian m'intimide encore lorsqu'il crie. Pauvre Sawyer. Au moins, moi, j'ai le droit de crier après Christian.

Je prends mes vêtements et les chaussures de Christian, puis je remarque le petit bol en porcelaine avec le plug anal posé sur la commode. *Bon… je suppose qu'il vaudrait mieux le laver.* J'ajoute le bol à la pile de vêtements et je redescends. Je jette un coup d'œil nerveux à la grande pièce, mais elle est déserte, Dieu merci.

En général, Christian est plus calme lorsque Taylor est là, mais ce dernier passe deux jours avec sa fille. Je me demande distraitement si je la rencontrerai un jour.

En entrant dans la buanderie, je tombe nez à nez avec Mme Jones, ce qui nous fait sursauter toutes les deux.

— Madame Grey ! Je ne vous avais pas vue.

Tiens, je suis Mme Grey, maintenant !

— Bonjour, madame Jones.

— Bienvenue, et tous mes vœux de bonheur.

Elle sourit.

— Appelez-moi Ana, je vous en prie.

— Si vous le permettez, je préférerais m'en tenir à « madame Grey ».

Ah ! Pourquoi tout doit-il changer simplement parce que j'ai la bague au doigt ?

— Voulez-vous que nous voyions ensemble les menus de la semaine ? ajoute-t-elle.

— Euh…

Jamais je n'aurais imaginé qu'on me poserait cette question un jour. Elle sourit.

— Quand j'ai commencé à travailler pour M. Grey, tous les dimanches, je revoyais les menus de la semaine avec lui.

— Je vois.

— Voulez-vous me donner ceci ?

Elle tend les mains pour que je lui remette mes vêtements.

— Ah… euh… j'en ai encore besoin.

Et ils cachent un bol contenant un plug anal. Je vire au cramoisi. Je ne sais pas comment j'arrive à regarder Mme Jones dans les yeux. Elle sait ce que nous faisons - elle fait le ménage de la salle de jeux. Bon sang, c'est vraiment trop bizarre de ne pas avoir de vie privée.

— Je suis à votre disposition pour discuter du fonctionnement de la maison quand vous voulez, madame.

— Merci.

Nous sommes coupées par Sawyer, qui sort du bureau de Christian, livide, et traverse précipitamment la grande pièce. Il nous adresse un petit signe de tête sans croiser nos regards et va se terrer dans le bureau de Taylor. Je lui suis reconnaissante de nous avoir interrompues, car je n'ai aucune envie de parler menus ou plug anal avec Mme Jones pour l'instant. Je lui adresse un petit sourire et cours me réfugier dans la chambre. M'habituerai-je jamais à avoir du personnel ? Je secoue la tête… un jour, peut-être.

Je laisse tomber les chaussures de Christian et mes vêtements par terre, et j'emporte le bol dans la salle de bains. Je scrute le plug anal d'un œil soupçonneux. Il a l'air plutôt inoffensif, et étonnamment propre. Mais je n'ai aucune envie de l'examiner de plus près, alors je le lave rapidement à l'eau et au savon. Est-ce suffisant ? Il faudra que je demande à M. Sexpert s'il faut le stériliser, ou un truc dans ce genre-là. *Pouah.*

La bibliothèque abrite maintenant un joli bureau en bois blanc où je peux travailler. Je sors mon ordinateur pour revoir mes notes sur les cinq manuscrits que j'ai lus durant notre lune de miel.

D'une certaine manière, je redoute ce retour au travail, mais je ne peux pas l'avouer à Christian, qui saisirait l'occasion pour me faire démissionner. Je me rappelle la crise d'apoplexie de Roach lorsque je lui ai appris l'identité de mon futur mari. Je ne le savais pas à ce moment-là, mais j'épousais le patron. Peu de temps après, je recevais une promotion. L'idée d'être passée d'assistante à éditrice pour cette raison ne me plaît pas du tout.

Je n'ai pas encore eu le courage d'annoncer à Christian qu'au travail je garderais mon nom de jeune fille. Je crois avoir de bonnes raisons de le faire, mais je sais que nous nous disputerons quand il finira par l'apprendre. Je devrais peut-être lui en parler ce soir ?

Je me cale dans mon siège pour entamer la dernière corvée de la journée. Je consulte l'horloge numérique de mon portable : il est 19 heures. Je retire la carte-mémoire du Nikon et je l'insère dans le portable pour y transférer les photos. Pendant ce temps, je repense à notre journée. Ryan est-il de retour ? A-t-il rattrapé l'inconnue ? Christian a-t-il des nouvelles de lui ? Je me fous qu'il soit occupé ; je veux savoir ce qui se passe, et je lui en veux de me l'avoir caché. Décidée à l'affronter dans son bureau, je me lève quand les photos de nos dernières journées de lune de miel commencent à s'afficher à l'écran.

Il m'a prise en photo pendant que je dormais ! Avec mes cheveux sur la figure ou étalés sur l'oreiller, mes lèvres entrouvertes… merde, je suce mon pouce. Je ne suce plus mon pouce depuis des années ! Il y en a des tonnes, prises à mon insu, notamment une où je suis accoudée au bastingage, en train de regarder au loin d'un air morose. Je souris de me voir hilare, avec les cheveux qui volent dans tous les sens, pendant que je me débats alors qu'il me chatouille. Et voilà celle qu'il a prise à bout de bras, où nous sommes tous les deux dans le lit de la cabine principale. Je suis blottie contre sa poitrine et il regarde l'objectif avec de grands yeux, l'air jeune et amoureux. Son autre main me tient la tête, et je souris comme une idiote enamourée, incapable de détacher les yeux de Christian. Mon homme si beau, avec son brushing d'après-baise, ses yeux gris brillants, ses lèvres souriantes entrouvertes. Mon homme si beau qui ne supporte pas d'être chatouillé, qui ne tolérait pas d'être touché jusqu'à récemment, et qui pourtant l'accepte maintenant. Il faudra que je pense à lui demander si ça lui plaît, ou s'il me laisse simplement faire pour mon plaisir.

Je fronce les sourcils en contemplant son image, soudain bouleversée. Quelqu'un, quelque part, lui veut du mal – d'abord Charlie Tango, puis l'incendie à GEH, et puis cette foutue poursuite automobile. Je plaque ma main sur ma bouche ; un sanglot involontaire m'échappe. Délaissant mon ordinateur, je bondis pour aller le rejoindre – non pour l'affronter, mais pour m'assurer qu'il va bien.

Sans frapper, je fais irruption dans son bureau. Christian, qui parle au téléphone, lève des yeux agacés, mais son irritation s'évanouit lorsqu'il m'aperçoit.

— Vous ne pouvez pas améliorer la définition ? dit-il en reprenant sa conversation sans me quitter des yeux.

Je contourne résolument son bureau ; il fait pivoter son fauteuil vers moi, les sourcils froncés. Je sais qu'il se demande ce que je lui veux. Lorsque je grimpe sur ses genoux, il hausse les sourcils, étonné. Je le prends par le cou et me blottis contre lui. Il m'enlace d'un bras.

— Oui, Barney, vous disiez ?

Il poursuit sa conversation, le téléphone coincé entre l'oreille et l'épaule en tapotant sur le clavier de son ordinateur. Une image en noir et blanc, granuleuse, prise par une caméra de surveillance, s'affiche sur l'écran : celle d'un homme aux cheveux sombres portant une salopette de couleur claire. Christian tape sur une autre touche et l'homme se met à marcher vers la caméra, tête baissée. Quand il se rapproche de la caméra, Christian fait un arrêt sur image : l'inconnu est debout dans une pièce blanche très éclairée, à droite de ce qui ressemble à une longue rangée de grands placards noirs. Ce doit être la salle des serveurs de GEH.

— O.K., Barney, recommencez.

L'écran s'anime. Un encadré apparaît autour de l'homme et tout d'un coup, il fait un zoom avant. Je me redresse, fascinée.

— C'est Barney qui fait ça ? dis-je à voix basse.

— Oui, répond Christian. Vous pouvez rendre l'image plus nette ? demande-t-il à Barney.

L'image devient floue, puis un peu plus nette qu'auparavant : l'homme semble faire exprès de garder la tête baissée pour éviter d'être filmé. Alors que je le scrute, un frisson me parcourt l'échine. La ligne de sa mâchoire me semble familière. Ses cheveux courts, hirsutes, paraissent bizarres… mais dans cette image plus nette, je distingue une boucle d'oreille, un petit anneau.

Bordel de merde.

— Christian ! C'est Jack Hyde !

7

— Tu crois ? me demande Christian, étonné.

— Je reconnais le bas de son visage, ses boucles d'oreilles, la forme de ses épaules. Et puis sa silhouette. Mais il doit porter une perruque, ou alors il s'est coupé et teint les cheveux.

— Barney, vous avez entendu ?

Christian pose le téléphone sur le bureau et met le haut-parleur.

— Madame Grey, j'ai l'impression que vous avez beaucoup observé votre ancien patron, murmure-t-il, contrarié.

Je suis sauvée par Barney :

— Oui, monsieur, j'ai entendu Mme Grey. Je suis en train d'analyser toutes les vidéos des caméras de surveillance avec un logiciel de reconnaissance faciale, pour voir si cet enculé - pardon, madame -, si cet individu s'est introduit ailleurs dans nos locaux.

Je jette un coup d'œil inquiet à Christian. Sans relever l'écart de langage de Barney, il observe attentivement l'image prise par la caméra de surveillance.

— Pourquoi ferait-il une chose pareille ? dis-je à Christian.

Il hausse les épaules.

— Peut-être pour se venger ? Qui sait pourquoi les gens agissent comme ils le font ? Mais je suis furieux que tu l'aies côtoyé d'aussi près.

Les lèvres de Christian ne forment plus qu'un trait mince et dur ; il enlace ma taille.

— Nous avons également le contenu de son disque dur, monsieur, ajoute Barney.

— Oui, je sais. Vous avez l'adresse de Hyde ? demande froidement Christian.

— Oui, monsieur.

— Prévenez Welch.

— Tout de suite. Je vais aussi analyser les vidéos des caméras de surveillance municipales pour voir si je peux retracer ses déplacements.

— Trouvez la marque de son véhicule et le numéro de sa plaque d'immatriculation.

— Oui, monsieur.

— Barney peut faire tout ça ? dis-je à voix basse.

Christian hoche la tête avec un sourire suffisant, et je poursuis :

— Qu'est-ce qu'il y avait sur son disque dur ?

Les traits de Christian se durcissent.

— Pas grand-chose.

— Dis-moi.

— Non.

— C'était à propos de toi ou de moi ?

— De moi, soupire-t-il.

— Ton mode de vie ?

Christian secoue la tête et pose l'index sur mes lèvres. Je lui lance un regard noir. Mais il plisse les yeux pour me faire taire.

— C'est une Camaro 2006. J'envoie le numéro de la plaque à Welch, annonce Barney.

— Très bien. Si cet enfoiré s'est baladé dans nos bureaux, je veux le savoir. Et recoupez cette image avec celle qui se trouve dans les dossiers de la DRH de la SIP, ajoute Christian en me lançant un regard sceptique. Je veux être certain que c'est bien lui.

— C'est déjà fait, monsieur. Mme Grey a raison. C'est bien Jack Hyde.

Je souris. *Tu vois ?* Je peux être utile. Christian me frotte le dos.

— Bien joué, madame Grey.

Il sourit et dit à Barney :

— Dès que vous aurez retracé ses mouvements dans le siège social, tenez-moi au courant. Vérifiez s'il a eu accès à d'autres immeubles de GEH, et demandez aux services de sécurité de les inspecter.

— Oui, monsieur.

— Merci, Barney.

Christian raccroche.

— Eh bien, madame Grey, non seulement vous êtes attrayante, mais vous savez aussi vous rendre utile.

Le regard de Christian pétille, donc je sais qu'il me taquine. Je continue sur le même ton :

— Attrayante ?

— Très, dit-il doucement en m'embrassant.

— Vous êtes bien plus attrayant que moi, monsieur Grey.

Il sourit, enroule ma tresse autour de son poignet et m'embrasse plus ardemment. Quand nous reprenons notre souffle, j'ai le cœur qui bat à cent à l'heure.

— Tu as faim ? me demande-t-il.

— Non.

— Moi, oui.

— Faim de quoi ?

— Eh bien… de nourriture, en fait.

Je pouffe de rire.

— Je vais te préparer quelque chose.

— J'adore entendre ça.

— Que je te propose de faire à manger ?

— Non, ton rire.

Il m'embrasse les cheveux, et je me lève.

— Qu'est-ce que monsieur aimerait manger ?

— Vous moqueriez-vous de moi, par hasard, madame Grey ?

— Peut-être un peu… monsieur.

Il a son sourire de sphinx.

— Je peux encore te donner une fessée, suggère-t-il, séducteur.

— Je sais.

Je prends appui sur les accoudoirs de son fauteuil et me penche pour l'embrasser.

— Ça fait partie de ton charme, dis-je, mais pour l'instant, range ta main qui te démange.

Son sourire, cette fois, est timide. Je fonds.

— Ah, madame Grey, que vais-je faire de vous ?

— Tu vas répondre à ma question. Qu'est-ce que tu aimerais manger ?

— Un truc léger. Étonne-moi, ajoute-t-il en reprenant mes mots dans la salle de jeux.

— Je vais voir ce que je peux faire.

Je sors de son bureau en me déhanchant pour me diriger vers la cuisine. Quand j'y découvre Mme Jones, ça me déprime.

— Vous êtes prête à manger, madame?

— Euh…

Elle touille un truc qui sent délicieusement bon.

— J'allais faire des sandwichs.

Elle marque un temps d'arrêt.

— Très bien. M. Grey préfère les baguettes françaises – vous en trouverez dans le congélateur. Je peux vous les préparer.

— Je sais, mais j'aimerais bien m'en occuper moi-même.

— Je comprends. Je vais vous faire de la place.

— Que préparez-vous ?

— Une sauce bolognaise. Vous pourrez la manger plus tard, je vais la congeler.

Elle me sourit gentiment en éteignant le feu.

— Euh… comment Christian préfère-t-il ses sandwichs ?

— Vous pouvez y mettre à peu près n'importe quoi. S'il est fait avec de la baguette, M. Grey le mangera.

Nous nous sourions.

— D'accord. Je vous remercie.

Je trouve deux demi-baguettes dans le congélateur, que je mets à décongeler dans le four.

Mme Jones s'est éclipsée. Je fronce les sourcils en fouillant dans le réfrigérateur pour trouver de quoi garnir un sandwich. Je suppose que c'est à moi de déterminer comment nous nous partagerons les tâches, Mme Jones et moi. J'aime bien l'idée de préparer des petits plats pour Christian, le week-end. Mme Jones peut s'en charger en semaine – je n'ai aucune envie de me précipiter dans la cuisine en rentrant du boulot. Tiens, tiens… on dirait la routine de Christian avec ses soumises. Je secoue la tête. Je ne dois pas trop analyser tout ça. Je trouve du jambon dans le frigo, et un avocat parfaitement mûr dans le bac à légumes.

Alors que j'ajoute une pincée de sel et quelques gouttes de jus de citron à la purée d'avocat,

Christian émerge de son bureau avec les plans de la nouvelle maison. Il les pose sur le bar, me rejoint, m'enlace et m'embrasse dans le cou.

— Une femme en cuisine, ça me plaît, murmure-t-il.

— Tu veux dire « papa au bureau, maman aux fourneaux » ? dis-je en ricanant.

Il se fige.

— Il est un peu trop tôt pour ça, déclare-t-il d'une voix angoissée.

— C'est aussi mon avis.

Il se détend.

— Alors on est d'accord, madame Grey.

— Mais tu veux des enfants ?

— Oui, bien sûr, un jour. Mais je ne suis pas encore prêt à te partager.

Il m'embrasse à nouveau dans le cou.

Ah... *me partager ?*

— Tu fais quoi ? Ça a l'air bon.

Il m'embrasse derrière l'oreille, et je sais que c'est pour changer de sujet. Un picotement délicieux me parcourt l'échine.

— Je te mène à la baguette, dis-je en recouvrant mon sens de l'humour.

Il sourit contre ma nuque et me mordille le lobe.

— Attention, ça pourrait chauffer.

Je lui donne un coup de coude.

— Madame Grey, vous m'avez fait mal.

Il s'agrippe le flanc comme s'il souffrait.

— Petite nature.

— Petite nature ? répète-t-il, incrédule.

Il me claque les fesses, ce qui m'arrache un cri.

— Dépêche-toi de me faire à manger, femme. Plus tard, je te montrerai si je suis une petite nature.

Il me redonne une claque enjouée et ouvre le frigo.
— Tu veux un verre de vin ? me demande-t-il.
— S'il te plaît.

Christian déroule les plans de Gia sur le bar. Ses propositions sont réellement spectaculaires.

— J'aime bien son idée de remplacer tout le mur du fond du rez-de-chaussée par un mur en verre, mais…

— Mais ?

Je soupire.

— Je veux garder tout son caractère à la maison.

— Son caractère ?

— Oui. Gia propose des transformations assez radicales, et moi… enfin… je suis tombée amoureuse de la maison telle qu'elle était… avec ses défauts.

Christian plisse le front, comme si pour lui, ce concept était incompréhensible. J'insiste :

— Je l'aime bien comme elle est.

Va-t-il se fâcher ?

— Je veux que cette maison corresponde à tes envies, me répond-il posément. Elle sera comme tu veux. Elle est à toi.

— Je veux que tu l'aimes, toi aussi. Que tu y sois heureux.

— Je serai heureux partout où tu seras, c'est aussi simple que ça, Ana.

Il est absolument, merveilleusement sincère. Je cligne des yeux tandis que mon cœur se dilate. *Oh la vache, qu'est-ce qu'il m'aime !* Je déglutis car une petite boule s'est formée dans ma gorge.

— J'aime bien l'idée du mur en verre, mais on pourrait peut-être demander à Gia de l'incorporer à la maison d'une façon qui soit un peu plus cohérente avec son style.

Christian sourit.

— Bien sûr, comme tu veux. Et ses plans pour l'étage et le sous-sol, tu en penses quoi ?

— Ça me va.

— Très bien.

Je m'arme de courage pour poser la question sensible :

— Tu veux faire installer une salle de jeux ?

Je sens une rougeur familière m'envahir le visage. Christian hausse les sourcils.

— Et toi ? réplique-t-il, à la fois étonné et amusé.

Je hausse les épaules.

— Euh… si tu veux.

Il me dévisage un moment.

— On décidera plus tard. Après tout, ce sera une maison de famille.

J'éprouve un pincement de déception qui m'étonne… Quand fonderons-nous une famille ? Ce ne sera peut-être pas avant plusieurs années. D'ici là…

— En plus, on peut improviser, lance Christian.

— J'adore improviser.

Il sourit.

— Je voulais ton avis sur un truc…

Christian désigne le plan de la chambre à coucher principale, et nous entamons une discussion détaillée au sujet des salles de bains et des *dressings* séparés.

Il est 21 h 30 lorsque nous terminons.

— Tu retournes travailler ? dis-je à Christian pendant qu'il roule les plans.

— Pas forcément, sourit-il. Tu veux faire quoi ?

— On pourrait regarder la télé ?

Je n'ai envie ni de lire ni de me coucher tout de suite.

— D'accord, acquiesce Christian.

Je le suis dans la salle de télé.

Nous n'y sommes pas allés ensemble plus de trois ou quatre fois. En général, Christian s'y rend pour bouquiner, car la télé ne l'intéresse pas du tout. Je me blottis contre lui dans le canapé en ramenant mes jambes sous moi et pose la tête sur son épaule. Il allume le téléviseur avec la télécommande et zappe distraitement d'une chaîne à l'autre.

— Il y a une connerie en particulier que tu as envie de regarder ?

— Tu n'aimes pas beaucoup la télé, on dirait ?

Il secoue la tête.

— C'est une perte de temps. Mais je veux bien regarder un truc avec toi.

— Ou alors on pourrait se peloter.

Il se retourne brusquement vers moi.

— Se peloter ?

Il me fixe comme si une deuxième tête venait de me pousser et arrête de zapper, laissant un *soap* hispanique à l'écran.

— Oui.

Pourquoi est-il aussi consterné ?

— On peut se peloter au lit.

— On fait ça tout le temps. C'est quand, la dernière fois que tu as fait des câlins devant la télé ? lui dis-je, à la fois timide et taquine.

Il hausse les épaules et secoue la tête. Reprenant la télécommande, il reprend son zapping avant d'opter pour un vieil épisode de *X-Files*.

— Christian ?

— Je n'ai jamais fait ça.

— Jamais ?

— Non.

— Pas même avec Mrs Robinson ?

Il ricane.

— Bébé, j'ai fait plein de trucs avec Mrs Robinson, mais on ne s'est jamais pelotés devant la télé.

Il plisse les yeux, l'air à la fois curieux et amusé.

— Et toi ?

Je rougis.

— Évidemment.

Enfin, plus ou moins…

— Quoi ? Avec qui ?

Aïe. Je n'ai pas envie de parler de ça.

— Dis-moi, insiste-t-il.

Je fixe mes doigts noués. Il pose une main sur les miennes. Lorsque je relève les yeux, je vois qu'il me sourit.

— Je veux savoir le nom du type, pour aller lui casser la gueule.

Je pouffe de rire.

— Eh bien, la première fois…

— La première fois ? Il y en a plus d'un, de ces enfoirés ? gronde-t-il.

Je rigole à nouveau.

— Pourquoi tant d'étonnement, monsieur Grey ?

Il fronce brièvement les sourcils, passe sa main dans ses cheveux et me regarde comme s'il me voyait sous un nouveau jour. Il hausse les épaules.

— Ça m'étonne, c'est tout… vu ton manque total d'expérience.

Je m'empourpre.

— J'ai bien rattrapé mon retard depuis que je t'ai rencontré.

— En effet... Raconte. J'ai envie de savoir.

Je plonge mon regard dans le sien pour tenter de deviner son humeur. Va-t-il se mettre en rogne ou veut-il sincèrement savoir ? Je n'ai aucune envie qu'il se mette à bouder... il est impossible quand il boude.

— Tu tiens vraiment à ce que je te raconte ?

Il hoche lentement la tête ; ses lèvres esquissent un sourire amusé et arrogant.

— J'ai habité quelque temps au Texas avec maman et son Mari Numéro Trois quand j'étais en seconde. Il s'appelait Bradley, c'était mon binôme en cours de physique.

— Tu avais quel âge ?

— Quinze ans.

— Et qu'est-ce qu'il fait maintenant ?

— Je ne sais pas.

— Il est allé jusqu'où ?

— Christian !

Tout d'un coup, il m'attrape les genoux, puis les pieds, et me fait basculer à la renverse sur le canapé. Il me coince sous lui, une jambe entre les miennes. C'est tellement soudain que je lâche un cri d'étonnement. Il s'empare de mes mains et les plaque au-dessus de ma tête.

— Et alors, ce Bradley, il t'a embrassée ? murmure-t-il en passant le bout de son nez sur le mien avant de m'embrasser au coin des lèvres.

— Oui.

Il se libère une main pour m'attraper le menton et me maintenir tandis que sa langue envahit ma bouche. Je m'abandonne à son baiser torride.

— Comme ça ? souffle Christian en refaisant surface pour respirer.

— Non… pas du tout, dis-je, balbutiante, tandis que tout mon sang file vers le sud.

Il relâche mon menton pour passer sa main sur mon corps, puis remonter jusqu'à mon sein.

— Il a fait ça ? Il t'a touchée comme ça ?

Son pouce frôle mon téton, qui durcit sous sa caresse experte.

— Non.

J'ondule sous lui.

— Il t'a pelotée ?

Sa main court de mes côtes à ma taille, puis à ma hanche. Il prend mon lobe d'oreille entre ses dents et tire doucement dessus.

— Non.

Mulder lance un truc à l'écran à propos du FBI. Christian s'arrête, se relève et met la télé en mode silencieux, puis me regarde à nouveau.

— Et le deuxième type, il t'a pelotée ?

Son regard est brûlant… fâché ? Excité ? Difficile de trancher. Il passe la main sous mon pantalon de survêt.

— Non, dis-je, prisonnière de son regard sensuel.

Christian a un sourire malicieux.

— Tant mieux.

Sa main se referme sur mon sexe.

— Pas de culotte, madame Grey ? J'approuve.

Il m'embrasse à nouveau. Ses doigts font des prouesses, son pouce effleure mon clitoris, me titille, tandis qu'il introduit son index en moi avec une lenteur exquise.

— On est censés se peloter ! je proteste.

Christian se fige.

— Ce n'est pas ce qu'on est en train de faire ?

— Non. Pas de sexe.

— Quoi ?

— Pas de sexe…

— Pas de sexe ?

Il retire sa main de mon pantalon.

— Tiens.

Il passe son index sur mes lèvres pour que je goûte ma moiteur salée, avant de l'introduire dans ma bouche. Puis il se déplace pour se mettre entre mes jambes, pousse son érection contre mon corps et se frotte contre moi. Je halète. L'étoffe de mon pantalon me frotte là où il faut. Il pousse à nouveau, en ondulant des hanches.

— C'est ça que tu veux ? murmure-t-il en se frottant contre moi.

— Oui.

Sa main se consacre à nouveau à mon téton ; ses dents râpent mon menton.

— Tu sais à quel point tu es bandante, Ana ?

Il se frotte plus vigoureusement contre moi. Je tente d'articuler une réponse et j'échoue lamentablement, lâchant un gémissement à la place. Il reprend possession de ma bouche, tire sur ma lèvre inférieure avec ses dents avant d'y insinuer sa langue. Il lâche mes poignets ; mes mains caressent ses épaules avant de plonger dans ses cheveux pendant qu'il m'embrasse. Quand je tire dessus, il gémit et me regarde dans les yeux.

— Ça te plaît, que je te touche ?

Il plisse brièvement le front, comme s'il ne comprenait pas ma question, et s'arrête de bouger.

— Évidemment. J'adore que tu me touches, Ana. Quand il s'agit de tes caresses, je suis comme un homme qui meurt de faim devant un banquet.

La sincérité fait vibrer sa voix.

Oh la vache…

Il s'agenouille entre mes jambes et me soulève le haut du corps pour me retirer mon débardeur. Je ne porte rien en dessous. Saisissant sa chemise par l'ourlet, il la passe par-dessus sa tête et la jette par terre, puis me prend sur ses genoux, les mains sous mes fesses.

— Touche-moi, souffle-t-il.

Oh mon Dieu… Hésitante, je tends la main pour effleurer du bout des doigts les poils de sa poitrine, au-dessus de ses cicatrices. Il tressaille et ses pupilles se dilatent. Mais ce n'est pas parce qu'il a peur : c'est une réaction sensuelle à ma caresse. Il m'observe attentivement tandis que mes doigts caressent délicatement sa peau, allant d'un téton à l'autre. Ils se dressent. Je me penche vers lui pour poser de doux baisers sur sa poitrine, puis mes mains passent à ses épaules pour palper ses tendons et ses muscles. *Hou là… qu'est-ce qu'il est musclé.*

— J'ai envie de toi, murmure-t-il, donnant le feu vert à ma libido.

Mes doigts glissent dans ses cheveux, et je lui renverse la tête en arrière pour m'emparer de sa bouche ; j'ai le ventre en feu. Il gémit et me repousse sur le canapé, s'assied, m'arrache mon pantalon et se débraguette en même temps pour me pénétrer aussitôt.

Je gémis. Il s'arrête pour prendre mon visage entre ses mains.

— Je vous aime, madame Grey.

Et très lentement, très tendrement, il me fait l'amour jusqu'à ce que j'explose en criant son nom et en l'enveloppant de mes membres, comme si je ne voulais plus jamais le lâcher.

Je suis allongée sur sa poitrine, sur le parquet de la salle de télé.

— Tu sais, dans cette séance de pelotage, on a un peu brûlé les étapes.

Mes doigts suivent les lignes de ses pectoraux.

Il éclate de rire.

— On se rattrapera la prochaine fois.

Il m'embrasse sur le sommet de la tête.

Je me tourne vers l'écran de la télé, où se déroule le générique de *X-Files*. Christian saisit la télécommande pour remettre le son.

— Tu aimes bien cette série ? lui dis-je.

— J'aimais bien quand j'étais gamin.

Ah… Christian gamin… Un gamin qui aimait le kick-boxing et *X-Files*, mais qui ne supportait pas qu'on le touche.

— Et toi ? me demande-t-il.

— J'étais trop petite.

— C'est vrai, tu es tellement jeune, dit Christian affectueusement. Ça me plaît, de vous peloter devant la télé, madame Grey.

— Je vous retourne le compliment, monsieur Grey.

J'embrasse sa poitrine, et nous nous taisons en regardant la fin du générique de *X-Files*, puis les pubs.

— Les trois dernières semaines ont été paradisiaques, malgré les poursuites automobiles, les incendies et les ex-patrons cinglés. Comme si on était dans notre petite bulle à nous, dis-je, rêveuse.

— Hum, grogne Christian. Je ne sais pas si je suis prêt à te partager avec le reste du monde.

— Demain, retour à la réalité, dis-je en tentant de ne pas prendre une voix mélancolique.

Christian soupire en passant sa main libre dans ses cheveux.

— La sécurité va être renforcée…

Je pose mon index sur ses lèvres. Je ne veux pas réentendre son sermon à ce sujet.

— Je sais. Je serai sage. Promis.

Ce qui me rappelle… Je me mets à plat ventre en m'accoudant pour le regarder dans les yeux.

— Pourquoi engueulais-tu Sawyer ?

Il se raidit aussitôt. *Et merde.*

— Parce qu'on a été suivis.

— Ce n'était pas la faute de Sawyer.

Il me regarde droit dans les yeux.

— Ils n'auraient jamais dû te laisser partir en avant comme ça. Ils le savent.

Je rougis, car je me sens coupable, et reprends ma position sur sa poitrine. C'est ma faute. Ça me faisait marrer de les semer.

— Ce n'était pas…

— Assez ! tranche Christian, soudain abrupt. Il n'y a pas à discuter, Anastasia. Ça ne se reproduira pas.

Anastasia ! Je suis Anastasia quand j'ai fait une bêtise, comme pour ma mère.

— Très bien, dis-je d'une voix conciliante, car je n'ai aucune envie qu'on s'engueule. Et Ryan, il a rattrapé la conductrice de la Dodge ?

— Non. Et je ne suis toujours pas convaincu que c'était une femme.

— Ah ?

— Sawyer a vu quelqu'un qui portait un catogan, très brièvement, et il en a déduit que c'était une femme. Mais c'était peut-être cet enculé de Hyde.

Le dégoût de Christian est perceptible. Je ne sais que penser. Il passe sa main dans mon dos.

— Si jamais il t'arrivait quoi que ce soit..., murmure-t-il avec de grands yeux sérieux.

— Je sais. Pour moi, c'est pareil en ce qui te concerne.

Cette idée me fait frissonner.

— Viens. Tu vas prendre froid, dit-il en se redressant. On va se coucher. On reprendra les étapes qu'on a ratées.

Il m'adresse un sourire lascif. Ah, mon M. Cinquante Nuances... D'abord courroucé, puis angoissé, puis sexy... toujours d'humeur changeante. Je lui donne la main et il m'aide à me lever. Nue comme un ver, je traverse avec lui la grande pièce vers la chambre à coucher.

Le lendemain matin, Christian me presse la main alors que nous nous rangeons devant l'immeuble de la SIP. Avec son costume marine et sa cravate assortie, il a repris son look grand P-DG. Je ne l'ai pas vu aussi chic depuis notre soirée aux Ballets de Monte Carlo.

— Tu sais que tu n'es pas obligée de faire ça ? murmure Christian.

J'ai envie de lever les yeux au ciel, mais je réponds à voix basse, pour que Sawyer et Ryan ne nous entendent pas.

— Je sais.

Il fronce les sourcils. Je reprends en souriant :

— Tu sais bien que j'ai envie de travailler.

Je me penche pour l'embrasser, ce qui ne parvient pas à effacer son air sombre.

— Qu'est-ce qui ne va pas ?

Il jette un regard méfiant à Ryan tandis que Sawyer descend pour m'ouvrir la portière :

— Ça va me manquer, de ne plus t'avoir toute à moi.

Je lui caresse la joue.

— Moi aussi, dis-je en l'embrassant. Merci pour cette merveilleuse lune de miel.

— Allez, au boulot, madame Grey !

— Vous aussi, monsieur Grey.

Sawyer m'ouvre la portière. Je presse une fois de plus la main de Christian avant de descendre. Tandis que je me dirige vers l'immeuble, j'agite la main. Sawyer m'ouvre la porte et m'emboîte le pas.

— Salut, Ana, me lance Claire à l'accueil.

— Salut, Claire.

— Tu as bonne mine. Alors, cette lune de miel ?

— Formidable, merci. Et ici, tout va bien ?

— Ce brave Roach n'a pas changé, mais la sécurité a été renforcée et notre salle des serveurs est en train d'être restructurée. Hannah t'expliquera.

Je n'en doute pas. J'adresse à Claire un sourire amical et me dirige vers mon bureau.

Hannah est mon assistante. Grande et mince, elle est d'une efficacité si redoutable que je la trouve parfois un peu intimidante, mais elle est gentille avec moi. Elle m'a préparé un café *latte* – le seul café que je supporte.

— Bonjour, Hannah, lui dis-je chaleureusement.

— Ana ! Alors, comment s'est passée votre lune de miel ?

— Merveilleusement bien. Tenez – c'est pour vous.

Je pose le parfum que je lui ai acheté sur son bureau. Elle est ravie.

— Merci ! Votre correspondance urgente est sur votre bureau, et Roach aimerait vous voir à 10 heures. C'est tout ce que j'ai à vous communiquer pour l'instant.

— Très bien. Merci. Et merci pour le café.

J'entre dans mon bureau, pose ma serviette et contemple la pile de lettres. J'ai du pain sur la planche.

Un peu avant 10 heures, on frappe timidement à ma porte.

— Entrez.

Elizabeth passe la tête.

— Bonjour, Ana. Je voulais juste te souhaiter la bienvenue.

— Merci. J'avoue qu'avec tout ce courrier à rattraper je regrette un peu de ne plus être sur la Côte d'Azur.

Elizabeth éclate d'un rire qui sonne faux, et je penche la tête sur l'épaule pour la dévisager, comme Christian lorsqu'il veut savoir ce que je pense.

— Je suis ravie que tu sois rentrée, s'empresse-t-elle d'ajouter. On se retrouve tout à l'heure pour la réunion chez Roach.

— D'accord.

Elle referme la porte derrière elle. Je fronce les sourcils. *C'était quoi, ce petit numéro ?* Je hausse les épaules, puis j'entends le « ping » d'un mail – un message de Christian.

De : Christian Grey
Objet : Épouse rebelle
Date : 22 août 2011 09:56
À : Anastasia Steele

Je t'ai envoyé le mail ci-dessous et il a été rejeté parce que tu n'as pas changé ton nom. Tu as quelque chose à m'avouer ?

Christian Grey
P-DG, Grey Enterprises Holdings, Inc.

Pièce jointe :

De : Christian Grey
Objet : Bulle
Date : 22 août 2011 09:32
À : Anastasia Grey

Madame Grey,

Bon courage pour ta première journée au bureau. Notre bulle me manque déjà.

X

Christian Grey
P-DG revenu à la réalité, Grey Enterprises Holdings, Inc.

Merde. Je clique aussitôt sur « répondre ».

De : Anastasia Steele
Objet : Ne fais pas éclater la bulle
Date : 22 août 2011 09:58
À : Christian Grey

Cher mari,
Je préfère garder mon nom de jeune fille au travail. Je t'expliquerai ce soir.

Je pars en réunion à l'instant. À moi aussi, notre bulle me manque...

P.-S. : Je croyais que je devais utiliser mon BlackBerry pour correspondre avec toi...

Anastasia Steele
Éditrice, SIP

On va s'engueuler, je le sens. En soupirant, je rassemble mes documents.

La réunion dure deux heures. Outre Roach et Elizabeth, tous les éditeurs sont là. Nous discutons du personnel, de la stratégie, du marketing, de la sécurité et de la fin de l'année. Au fur et à mesure, je me sens de plus en plus mal à l'aise. Quelque chose a subtilement changé dans l'attitude de mes collègues : ils me traitent avec bien plus de distance et de déférence qu'avant mon mariage. Courtney, qui dirige le département essais, se montre carrément hostile. Je suis peut-être simplement parano, mais ça explique sans doute la curieuse façon dont Elizabeth est venue me saluer ce matin.

Mes pensées dérivent vers le yacht, la salle de jeux, l'Audi R8 fonçant pour fuir la mystérieuse Dodge sur l'I-5. Christian a peut-être raison... Je suis peut-être incapable, désormais, de faire ce job. Mais j'ai, depuis toujours, rêvé d'être éditrice. Si ça n'est plus possible, qu'est-ce que je ferai ? En retournant dans mon bureau, je tente de chasser ces idées noires.

Je vérifie tout de suite mes mails. Aucun de Christian. Rien sur mon BlackBerry non plus… Au moins, il n'a pas réagi négativement à mon dernier mail. Sans doute en discuterons-nous ce soir, comme je le lui ai proposé. Je n'y crois qu'à moitié, mais je chasse mon pressentiment pour ouvrir le dossier marketing qu'on m'a remis à la réunion.

Comme tous les lundis, Hannah vient me porter mon déjeuner, confectionné par Mme Jones, et nous mangeons ensemble en discutant du planning de la semaine. Normalement, elle me raconte aussi les potins du bureau, mais malgré le fait que j'aie été absente trois semaines, elle n'a pas grand-chose de nouveau à m'apprendre. Alors que nous bavardons de choses et d'autres, on frappe à la porte.

— Entrez.

C'est Ryan, qui s'efface aussitôt pour laisser passer Christian, qui me regarde d'un air furieux, mais sourit poliment à Hannah.

— Bonjour. Vous devez être Hannah. Je suis Christian Grey.

Hannah se lève précipitamment pour lui tendre la main.

— Ravie de vous rencontrer, bafouille-t-elle. Je peux vous apporter un café ?

— S'il vous plaît, répond-il chaleureusement.

Elle m'adresse un regard perplexe et détale tandis que Roach, aussi muet que moi, apparaît à la porte de mon bureau.

— Excusez-moi, Roach, mais j'aimerais dire un mot à Mlle Steele.

Christian appuie sur le « mademoiselle » d'une voix sarcastique.

— Monsieur Grey, quel plaisir de vous voir, dis-je avec un sourire beaucoup trop mielleux.

— Puis-je m'asseoir, mademoiselle Steele ?

— Faites comme chez vous. Cette entreprise vous appartient.

Je désigne le siège où était assise Hannah.

— En effet.

Il me sourit d'un air féroce, mais ce sourire n'atteint pas ses yeux. *Bordel.* Ça va barder.

— Il est tout petit, ton bureau.

— Il me convient.

Il reste impassible, mais je sais qu'il est furieux. J'inspire profondément.

— Que puis-je faire pour toi, Christian ?

— J'inspecte mes avoirs, c'est tout.

— Tes avoirs ?

— Certains ont besoin d'une nouvelle image de marque.

— C'est-à-dire ?

— Tu m'as très bien compris, fait-il d'une voix trop posée pour être rassurante.

— Ne me dis pas que tu as tout lâché au bureau après une absence de trois semaines rien que pour venir m'engueuler parce que je n'ai pas changé de nom ?

Enfin, merde, je ne fais pas partie de tes avoirs !

Il croise les jambes.

— Pour t'engueuler ? Non, pas exactement.

— Christian, je bosse, là.

— Quand je suis arrivé, tu papotais avec ton assistante.

Mes joues s'enflamment.

— On discutait de l'agenda de la semaine ! Et tu n'as pas répondu à ma question.

On frappe.

— Entrez !

Hannah entre en portant un petit plateau. Pot de lait, sucrier, cafetière à piston – elle a sorti le grand jeu. Elle pose le plateau sur mon bureau.

— Merci, Hannah, dis-je.

— Souhaitez-vous autre chose, monsieur Grey ? demande-t-elle, un peu haletante.

J'ai envie de lever les yeux au ciel.

— Non merci, ce sera tout.

Quand il lui adresse son sourire à embraser les petites culottes, elle s'empourpre et sort en minaudant. Il se tourne vers moi.

— Bien, mademoiselle Steele, où en étions-nous ?

— Tu étais en train d'interrompre ma journée de travail pour m'engueuler parce que je n'avais pas changé de nom.

Christian cille, stupéfait par ma véhémence, puis, très posément, retire une poussière invisible de son pantalon. Le jeu de ses doigts habiles me déconcentre. Il le fait exprès, j'en suis sûre.

— J'aime bien passer à l'improviste voir mes employés. Ça oblige la direction à rester sur le qui-vive et les épouses à bien se tenir.

Il hausse les épaules, arrogant.

Et puis quoi encore !

— Je suis étonnée que tu aies le temps de t'amuser à ça, dis-je d'une voix cassante.

Son regard devient glacial.

— Pourquoi n'as-tu pas changé ton nom ? me demande-t-il posément.

— Christian, tu tiens vraiment à discuter de ça ici, maintenant ?

— Je suis là, alors pourquoi pas ?

— J'ai une tonne de boulot. Je te rappelle que j'ai été absente trois semaines.

Son regard est froid, scrutateur, distant. Je suis surprise qu'il puisse être aussi glacial ce matin après hier soir, après les trois dernières semaines… *Merde.* Il doit être furieux - fou furieux. Quand apprendra-t-il à ne pas vivre la moindre contrariété comme un drame ?

— Tu as honte de moi ? me demande-t-il avec une douceur trompeuse.

— Quoi ? Bien sûr que non. Ça n'a rien à voir avec toi.

Qu'est-ce qu'il peut être exaspérant, parfois. Mégalo, dominateur… et un peu con.

— Comment ça, rien à voir avec moi ?

Il incline la tête, sincèrement perplexe ; perdant un peu de sa froideur, il me dévisage avec de grands yeux. Je l'ai blessé. Pourtant, il est la dernière personne au monde que j'aie envie de blesser. Il faut que je lui explique ce qui motive ma décision.

— Christian, lorsque j'ai été engagée ici, je venais tout juste de te rencontrer, dis-je posément, en m'efforçant de trouver les mots justes. Je ne savais pas que tu allais racheter la boîte…

Que dire de cette péripétie de notre brève histoire ? Des raisons insensées qui l'ont poussé à ce geste ? Son obsession du contrôle, ses tendances au harcèlement, cette fortune immense qui lui permet de satisfaire tous ses caprices… Je sais qu'il veut me protéger, mais justement : en rachetant la SIP, il m'a fait du tort. S'il ne s'en était jamais mêlé, ma carrière aurait suivi son cours normal ; je n'aurais pas à affronter le ressentiment ni à subir les chuchotements de mes collègues. Je prends ma tête entre mes mains, simplement pour ne pas le regarder. Il ne faut pas que je craque.

— Pourquoi est-ce aussi important pour toi ?

Au moment où je pose la question, je devine sa réponse.

— Je veux que tout le monde sache que tu es à moi.

— Mais je suis à toi ! Regarde !

Je brandis ma main droite pour lui montrer mon alliance et ma bague de fiançailles.

— Ça n'est pas suffisant.

— Ça n'est pas suffisant de t'avoir épousé ?

Ma voix n'est plus qu'un murmure à peine audible. Il cille en constatant à quel point je suis consternée. Que puis-je ajouter ? Que puis-je faire de plus ? Il passe sa main dans ses cheveux trop longs qui n'arrêtent pas de lui retomber sur le front :

— Ce n'est pas ce que je veux dire.

— Alors qu'est-ce que tu veux dire, au juste ?

Il déglutit.

— Je veux que ton univers commence et se termine avec moi.

C'est comme s'il m'avait donné un coup de poing dans le ventre ; comme s'il m'avait blessée physiquement. Je vois soudain un petit garçon aux cheveux cuivrés dans des vêtements sales, mal assortis, pas à sa taille.

— Je ne veux pas profiter de ton nom pour faire carrière. Il faut que je fasse quelque chose de ma vie, Christian, je ne peux pas rester enfermée à l'Escala ou dans la nouvelle maison, je deviendrais folle. J'étoufferais. J'ai toujours travaillé. J'ai enfin le job dont j'ai toujours rêvé, mais ça ne veut pas dire pour autant que je t'aime moins. Tu es tout au monde pour moi.

Ma gorge se serre et les larmes me piquent les yeux. Je ne dois pas pleurer, pas ici. Je me répète cette phrase plusieurs fois dans ma tête : *Je ne dois pas pleurer. Je ne dois pas pleurer.*

Il me fixe sans rien dire. Puis il fronce les sourcils, comme s'il réfléchissait.

— Je t'étouffe ?

— Non… oui… non.

Cette conversation est tellement exaspérante… Je n'ai aucune envie de parler de ça ici, maintenant. Je ferme les yeux et me frotte le front, en me demandant comment on en est arrivés là.

— Écoute, là n'est pas la question. Je veux garder mon nom de jeune fille au travail parce que je veux me distancier de toi ici… mais seulement ici. Pas ailleurs. Tu sais, tout le monde croit que j'ai obtenu ce poste grâce à toi, alors qu'en réalité…

— Tu veux savoir pourquoi tu as obtenu ce poste, Anastasia ?

Voilà que je suis redevenue Anastasia. Merde.

— Qu'est-ce que tu veux dire par là ?

Il se redresse comme s'il s'armait de courage.

— La direction t'a donné le poste de Hyde pour que tu gardes la place au chaud. Ils ne voulaient pas recruter un cadre supérieur alors que l'entreprise était en train de se faire racheter, parce qu'ils ne savaient pas encore ce que le nouveau propriétaire voudrait en faire une fois qu'il en aurait pris le contrôle. Donc, ils n'ont pas voulu risquer d'avoir à payer une grosse indemnité de licenciement. Ils t'ont donné le poste de Hyde pour que tu assures l'intérim jusqu'à ce que le nouveau propriétaire… (Il se tait un instant, et ses lèvres esquissent un sourire ironique.)… moi, en l'occurrence, leur communique ses décisions.

Putain de bordel de merde !

— Et c'est maintenant que tu m'apprends ça ?

Donc, c'est bien à lui que je dois ma promotion… Ma consternation le fait sourire. Il secoue la tête.

— Tu t'es montrée largement à la hauteur de tes responsabilités.

Le soupçon de fierté dans sa voix manque de me faire craquer. Sonnée par ce que je viens d'apprendre, je reste sans voix, l'œil fixe. Il se redresse à nouveau.

— Je ne veux pas t'étouffer, Ana. Je ne veux pas t'enfermer dans une cage dorée. Enfin… (Il se tait un instant et son visage s'assombrit.) Enfin, la partie raisonnable de mon esprit ne le veut pas.

Il se caresse le menton, pensif… *Aïe, qu'est-ce qu'il mijote encore ?* Puis il relève brusquement les yeux, comme sous le coup d'une illumination.

— Si je suis venu ici, ce n'était pas seulement pour rappeler mon épouse à l'ordre, mais aussi pour discuter de l'avenir de cette entreprise.

Rappeler son épouse à l'ordre ! Je me renfrogne à nouveau, et les larmes qui menaçaient se tarissent.

— Alors, quels sont tes projets ?

Je penche la tête de côté comme il le fait si souvent, sans pouvoir m'empêcher de prendre un ton sarcastique. Ses lèvres tressaillent pour esquisser un sourire. *Hou là* - encore un changement d'humeur ! Comment s'y retrouver, avec M. Lunatique ?

— La SIP s'appellera désormais Grey Publishing. Et dans un an, elle sera à toi.

Je suis à nouveau bouche bée.

— C'est mon cadeau de mariage, m'annonce-t-il.

Je tente d'articuler quelque chose - mais rien ne sort. J'ai la tête vide.

— Donc, je voulais savoir si tu préférais Steele Publishing.

Il parle sérieusement. Putain.

Mon cerveau se reconnecte enfin à ma bouche :

— Christian, tu m'as déjà offert un cadeau de mariage, une montre… Je ne peux pas diriger une maison d'édition.

Il incline la tête et me considère avec sévérité.

— Je dirige ma propre entreprise depuis l'âge de vingt et un ans.

— Oui, mais toi… c'est toi. Maniaque du contrôle et petit génie. Enfin, Christian, tu as étudié l'économie à Harvard. Quand tu t'es lancé dans les affaires, tu connaissais le sujet. Moi, j'ai vendu des pots de peinture et des tournevis pendant trois ans à mi-temps ! Je n'ai pratiquement rien vu du monde, et je ne sais presque rien !

Au fur et à mesure de ma tirade, ma voix a monté d'un cran.

— Tu adores la littérature et tu es obsédée par ton métier, rétorque-t-il sérieusement. Pendant notre voyage de noces, tu as lu combien de manuscrits ? Quatre ?

— Cinq.

— Et tu as écrit des rapports détaillés sur chacun d'eux. Je suis certain que tu te montreras à la hauteur.

— Tu es fou ?

— Fou de toi.

Je ricane, parce que c'est le seul son que j'arrive à émettre. Il plisse les yeux.

— Si tu fais cadeau d'une maison d'édition à ta petite femme qui ne travaille à plein temps que depuis quelques mois, tu vas être la risée de tout le monde.

— Je me fous de ce qu'on peut penser de moi.

Je reste tétanisée. Cette fois, il a vraiment perdu la tête.

— Christian, je…

Je prends ma tête entre mes mains. Toutes ces émotions m'ont laminée. *Est-il fou ?* Tout d'un coup, j'ai envie d'éclater de rire. Quand je relève les yeux, les siens s'écarquillent.

— Quelque chose vous amuse, mademoiselle Steele ?

— Oui. Toi.

Ses yeux s'agrandissent davantage ; il est choqué et amusé à la fois.

— Vous riez de votre époux ? Ça ne va pas du tout, ça. Et vous vous mordillez la lèvre.

Son regard s'assombrit... Aïe. Je connais ce regard. Torride, séducteur, lascif... Non, non, non ! Pas ici.

— N'y pense même pas.

— Penser à quoi, Anastasia ?

— Je connais ce regard. Pas dans mon bureau.

Il se penche en avant, l'œil affamé. *Bordel de merde !* Instinctivement, je déglutis.

— Un bureau convenablement insonorisé avec une porte qui se verrouille, chuchote-t-il.

— Abus de pouvoir.

J'ai énoncé chaque mot soigneusement.

— Pas avec ton mari.

— Avec le patron de mon patron de mon patron.

— Tu es ma femme.

— Christian, non. Je parle sérieusement. Tu peux me baiser jusqu'à ce que je vire de toutes les couleurs de l'arc-en-ciel. Mais ce soir, à la maison. Pas maintenant. Pas ici !

Il plisse les yeux puis, contre toute attente, il éclate de rire.

— De toutes les couleurs ? Je vais peut-être vous prendre au mot, mademoiselle Steele.

— Et puis arrête de m'appeler mademoiselle Steele !

J'ai tapé sur le bureau, ce qui nous a fait sursauter tous les deux.

— Pour l'amour du ciel, Christian ! Si tu y tiens tellement, je vais le changer, mon nom !

Il ouvre la bouche en inspirant brusquement. Puis il m'adresse un sourire radieux, joyeux, qui découvre toutes ses dents. *Waouh.*

— Mission accomplie. Bon, j'ai du boulot. Si vous voulez bien m'excuser, madame Grey.

Grrr - ce type me rendra folle !

— Mais…

— Mais quoi, madame Grey ?

Je me dégonfle.

— Va-t'en.

— J'en ai l'intention. À ce soir. Je t'en ferai voir de toutes les couleurs.

Je me renfrogne.

— Ah, au fait, j'ai un tas de mondanités où je voudrais que tu m'accompagnes.

Je le dévisage sans rien dire. *Mais va-t'en, enfin !*

— Je demanderai à Andréa d'appeler Hannah. Il y a des gens que je veux que tu rencontres. Tu devrais demander à Hannah de s'occuper de ton agenda « mondain » à partir de maintenant.

— D'accord.

Je suis totalement désorientée, ébahie, en état de choc. Il se penche au-dessus de mon bureau. *Quoi, encore ?* Son regard hypnotique me captive.

— C'est un plaisir de faire affaire avec vous, madame Grey.

Il s'avance encore et, tandis que je reste tétanisée, pose un tendre baiser sur mes lèvres.

— À plus, bébé, murmure-t-il.

Il se lève brusquement, me fait un clin d'œil et s'en va.

Je pose la tête sur le bureau, avec l'impression que je viens de me faire passer dessus par un train de marchandises. C'est sûrement l'homme le plus énervant, le plus contrariant de la planète. Tout d'un coup, je me redresse en me frottant les yeux frénétiquement. *Qu'est-ce que je viens d'accepter de faire ?* Ana Grey, directrice de la SIP – enfin, de Grey Publishing. Cet homme est fou ! On frappe à la porte, et Hannah passe la tête.

— Ça va ?

Je me contente de la regarder fixement. Elle fronce les sourcils.

— Vous voulez que je vous prépare un thé ?

Je hoche la tête.

— Twinings English Breakfast, peu infusé, noir ?

Je hoche la tête.

— Je vous l'apporte tout de suite, Ana.

Je scrute l'écran de mon ordinateur d'un œil vide, encore sous le choc. Comment lui faire comprendre ? Un mail !

De : Anastasia Steele
Objet : JE NE SUIS PAS UN DE TES AVOIRS !
Date : 22 août 2011 14:23
À : Christian Grey

Monsieur Grey,

La prochaine fois que vous passerez me voir, prenez rendez-vous, pour que je puisse au moins me préparer à votre mégalomanie adolescente de maniaque du contrôle.

Bien à vous,

Anastasia Grey ← prière de remarquer la signature
Éditrice, SIP

De : Christian Grey
Objet : De toutes les couleurs
Dates : 22 août 2011 14:34
À : Anastasia Steele

Ma chère madame Grey (avec l'accent sur « ma »),

Que puis-je dire à ma décharge ? Je passais dans le quartier. Et, non, vous n'êtes pas un de mes avoirs, vous êtes mon épouse bien-aimée.
Comme toujours, tu éclaires ma journée.

Christian Grey
P-DG & Mégalo, Grey Enterprises Holdings Inc.

Il essaie de faire de l'humour, mais je ne suis pas d'humeur à rire. J'inspire profondément et me replonge dans mon courrier.

Christian est un peu éteint lorsque je monte dans la voiture ce soir-là.

— Salut, dis-je.

— Salut, me répond-il d'un air un peu méfiant.

— Alors, qu'est-ce que tu as fait d'intéressant aujourd'hui ? Tu as empêché quelqu'un d'autre de travailler ? lui dis-je d'une voix trop douce.

L'ombre d'un sourire passe sur son visage.

— Seulement Flynn.

Ah.

— La prochaine fois que tu auras une séance avec lui, je te donnerai une liste de sujets à aborder.

— Vous avez l'air de mauvais poil, madame Grey.

Je regarde obstinément les têtes de Ryan et Sawyer devant moi. Christian change de position.

— Hé, fait-il doucement en me prenant la main.

Tout l'après-midi, alors que j'aurais dû me concentrer sur mon boulot, j'ai essayé de trouver la meilleure façon de lui parler. Et plus le temps passait, plus j'étais furieuse. J'en ai marre de son comportement cavalier, capricieux et franchement infantile. Je retire ma main - de façon cavalière, capricieuse et franchement infantile.

— Tu es fâchée contre moi ? chuchote-t-il.

— Oui.

Je croise les bras et je regarde dehors. Il change à nouveau de position, mais je me refuse à le regarder. Je ne comprends pas pourquoi je suis aussi furieuse contre lui, mais c'est comme ça, je suis ivre de rage.

Dès que nous nous rangeons devant l'Escala, je fais une entorse au protocole en sautant de la voiture avec mon attaché-case sans attendre qu'on m'ouvre la portière. J'entre dans l'immeuble à grands pas sans vérifier si on me suit. Ryan se précipite dans le hall d'entrée derrière moi et sprinte jusqu'à l'ascenseur pour appuyer sur le bouton « appel ».

— Quoi ?

J'ai aboyé. Il rougit.

— Pardon, madame, marmonne-t-il.

Christian me rejoint devant l'ascenseur, et Ryan recule de deux pas.

— Si je comprends bien, tu n'es pas seulement fâchée contre moi, murmure sèchement Christian.

Je le fusille du regard, d'autant que je devine l'ombre d'un sourire sur ses lèvres.

— Tu te moques de moi ? dis-je en plissant les yeux.

Il lève les mains comme si je le menaçais d'une arme.

— Je n'oserais pas.

J'avise ses cheveux qui lui retombent sur le front.

— Tu as besoin d'une bonne coupe.

Je monte dans l'ascenseur.

— Tu crois ? dit-il en repoussant ses cheveux de son front.

Il entre à son tour.

— Oui.

Je compose le code de notre appartement.

— Alors ça y est, tu daignes me parler ?

— Limite.

— Qu'est-ce qui te met en colère, au juste ? Donne-moi un indice.

Je me tourne pour le dévisager, stupéfaite.

— Tu ne devines pas ? Pourtant, tu as l'air d'un mec intelligent, tu devrais t'en douter ! Je n'arrive pas à croire que tu sois aussi obtus.

Il recule d'un pas.

— Dis donc, tu es vraiment furieuse. Je pensais qu'on avait réglé ça dans ton bureau ? murmure-t-il, dérouté.

— Christian, j'ai simplement capitulé devant ton gros caprice. C'est tout.

Dès que les portes de l'ascenseur s'ouvrent, je sors en trombe. Taylor nous accueille dans le vestibule.

— Bonsoir, Taylor.

— Madame Grey.

Je dépose mon attaché-case dans le couloir et me dirige vers la grande pièce. Mme Jones est en cuisine.

— Bonsoir, madame Grey.

— Bonsoir, madame Jones.

Je fonce vers le frigo pour sortir une bouteille de vin blanc. Christian me suit et me guette tandis que je sors un verre du placard. Il retire sa veste et la pose sur le plan de travail.

— Tu veux du vin ? dis-je le plus gentiment possible.

— Non merci, répond-il sans me quitter des yeux.

Il paraît tellement dépassé que c'en serait drôle, si ça n'était pas tragique. *Eh bien, qu'il aille se faire foutre !* J'ai du mal à éprouver de la compassion pour lui après notre entretien de cet après-midi. Lentement, il enlève sa cravate et ouvre le premier bouton de sa chemise. Je me sers un grand verre de sauvignon blanc. Christian se passe la main dans les cheveux. Quand je me retourne, Mme Jones a disparu. *Merde !* J'ai perdu mon bouclier humain ! J'avale une grande lampée de vin. Ouf. Ça fait du bien.

— Ça suffit, chuchote Christian.

Il se rapproche de moi. Doucement, il cale mes cheveux derrière mes oreilles et caresse mon lobe du bout des doigts, ce qui me donne des frissons. Est-ce cela qui m'a manqué toute la journée ? Ce contact ? Je secoue la tête, ce qui l'oblige à me lâcher. Je le dévisage en silence.

— Parle-moi, murmure-t-il.

— À quoi bon ? Tu ne m'écoutes pas.

— Au contraire, tu es l'une des rares personnes que j'écoute.

J'avale une autre gorgée de vin.

— C'est à cause de ton nom ? reprend-il.

— Oui et non. C'est à cause de la façon dont tu as réagi quand je n'ai pas été d'accord avec toi.

Je lui adresse un regard furieux, en m'attendant qu'il se mette en colère à son tour. Il plisse le front.

— Ana, tu sais bien que j'ai des… problèmes. C'est dur, pour moi, de lâcher prise en ce qui te concerne.

— Mais je ne suis pas une enfant, et je ne suis pas l'un de tes avoirs.

— Je sais.

Il soupire.

— Alors arrête de me traiter comme si c'était le cas.

Il caresse ma joue avec le dos des doigts et fait courir le bout de son pouce sur ma lèvre inférieure.

— Ne sois pas fâchée. Tu m'es si précieuse. Comme un trésor inestimable. Comme un enfant, ajoute-t-il sur le ton de la vénération.

Ses mots me troublent. *Comme un enfant.* Précieuse comme un enfant… Donc, un enfant lui serait précieux !

— Je ne suis ni l'un ni l'autre, Christian. Je suis ta femme. Si c'est le fait de ne pas porter ton nom au boulot qui te blesse, tu aurais dû me le dire.

— Qui me blesse ?

Il fronce les sourcils, comme s'il réfléchissait à cette possibilité, puis il se redresse tout d'un coup et consulte sa montre.

— L'architecte arrive dans moins d'une heure. On devrait manger.

Il ne manquait plus que ça. Non seulement il ne m'a pas répondu, mais maintenant il va falloir que je me farcisse Gia Matteo. Ma journée de merde est sur le point de devenir encore plus merdique. Je lance un regard noir à Christian.

— Cette discussion n'est pas terminée.

— Mais de quoi veux-tu qu'on discute ?

— Tu pourrais revendre la maison d'édition.

Christian ricane.

— La revendre ?

— Oui.

— Tu crois que je trouverais un acquéreur, vu l'état actuel du marché ?

— Tu l'as achetée combien ?

— Pas grand-chose.

— Et si elle fait faillite ?

Il ricane à nouveau.

— On survivra. Mais je ne la laisserai pas faire faillite, Anastasia, pas tant que tu y travailles.

— Et si je partais ?

— Pour faire quoi ?

— Je ne sais pas.

— Tu m'as dit que c'était le job dont tu avais toujours rêvé. Corrige-moi si je me trompe, mais j'ai promis devant Dieu, le révérend Walsh et tous nos proches de te chérir, de te soutenir dans tes espoirs et tes rêves, et de te protéger.

— Ça n'est pas très fair-play de me citer tes vœux de mariage.

— Je n'ai jamais juré d'être fair-play en ce qui te concerne. En plus, ajoute-t-il, toi aussi, tu t'es servi de tes vœux de mariage comme d'une arme.

Je grimace. Il a raison.

— Anastasia, si tu es toujours en colère contre moi, défoule-toi sur moi plus tard, au lit.

Sa voix se charge de sensualité.

Quoi ? Au lit ? Comment ?

Il sourit avec indulgence en voyant ma tête. Il s'attend à ce que je le ligote, ou quoi ? *Bordel de merde !*

— De toutes les couleurs, murmure-t-il. J'attends ça avec impatience.

Hou là !

— Gail ! lance-t-il tout d'un coup.

Quatre secondes plus tard, Mme Jones apparaît. Où était-elle ? Dans le bureau de Taylor ? Nous a-t-elle entendus ? Aïe.

— Monsieur Grey ?

— Nous aimerions manger maintenant, s'il vous plaît.

— Très bien, monsieur.

Christian me guette comme si j'étais une bête sauvage sur le point de m'enfuir. Je bois une gorgée de vin.

— Moi aussi, en fin de compte, je prendrais bien un verre, dit-il en soupirant et en repassant sa main dans ses cheveux.

— Tu ne finis pas ?

— Non.

Je baisse les yeux vers mon assiette de fettucini à peine entamée pour éviter de croiser le regard contrarié de Christian. Sans lui laisser le temps de me faire des reproches, je me lève pour débarrasser en marmonnant :

— Gia va arriver d'un instant à l'autre.

Christian pince les lèvres, mais ne dit rien.

— Laissez-moi faire ça, madame, dit Mme Jones lorsque je passe à la cuisine.

— Merci.

— Ça ne vous a pas plu ? s'inquiète-t-elle.

— C'était très bon. Mais je n'avais pas faim.

Avec un petit sourire complice, elle vide le contenu de mon assiette dans la poubelle et la met dans le lave-vaisselle.

— J'ai deux ou trois coups de fil à passer, m'annonce Christian avant de disparaître dans son bureau.

Je pousse un soupir de soulagement et me dirige vers notre chambre. L'ambiance à table a été tendue. Je suis toujours fâchée contre Christian, qui ne semble pas comprendre qu'il s'est mal comporté. *Ou alors, c'est moi qui le juge mal ?* Ma conscience hausse le sourcil et m'adresse un regard bienveillant par-dessus ses lunettes en demi-lune. Non, j'ai raison. Christian n'aurait pas dû venir m'engueuler sur mon lieu de travail, il aurait dû attendre que nous soyons rentrés. Qu'est-ce qu'il dirait, lui, si je faisais irruption dans son bureau pour lui donner des ordres ? Et, pour couronner le tout, le voilà qui veut me faire cadeau de la SIP ! Comment je m'y prendrais, moi, pour diriger une maison d'édition ? Je suis nulle en affaires !

Je contemple le panorama de Seattle baignant dans la lumière rose perle du crépuscule. En plus, comme d'habitude, il veut régler la querelle sur l'oreiller… ou dans la salle de jeux… dans la salle de télé… ou sur le comptoir de la cuisine… *Stop !*

Avec lui, tout revient toujours au sexe : c'est son mécanisme de défense.

Je passe à la salle de bains et grimace en me regardant. Décidément, c'est dur de revenir à la réalité. Tant que nous étions dans notre bulle, nous avons réussi à contourner tout ce qui nous divise en nous consacrant totalement l'un à l'autre. Mais maintenant ? Je me rappelle tout à coup ce dicton qui me taraudait le jour de mon mariage : « Qui se marie à la hâte… » Non, je ne dois pas raisonner comme ça. Quand je l'ai épousé, c'était en connaissance de cause. Je dois m'accrocher, tenter de résoudre nos différends en discutant…

Je m'observe dans le miroir. Je suis blême. En plus, maintenant, il faut que je me tape cette maudite bonne femme !

Je porte une jupe crayon grise et un chemisier sans manches. *Bon, on y va !* Ma déesse intérieure sort son vernis à ongle rouge sang. Je défais deux boutons pour montrer un peu de mon décolleté. Je me lave la figure, me remaquille soigneusement en ajoutant une couche supplémentaire de mascara et de gloss, puis, la tête en bas, je brosse vigoureusement mes cheveux des racines aux pointes. Quand je me redresse, ma crinière forme un nuage acajou qui descend en cascade jusqu'aux seins. Je cale savamment quelques mèches derrière mes oreilles et troque mes ballerines contre des escarpins.

Quand je retourne dans la grande pièce, Christian a déjà étalé les plans de la maison sur la table de la salle à manger. Il a mis de la musique. Je me fige en l'entendant.

— Madame Grey, dit-il tendrement, avant de me lancer un regard interrogateur.

— C'est quoi ?

Cette musique est magnifique.

— Le *Requiem* de Fauré. Tu n'as pas la même tête…

— Ah. Je ne l'ai jamais entendu.

— C'est très relaxant, précise-t-il en haussant un sourcil. Qu'est-ce que tu as fait à tes cheveux ?

— Je les ai brossés.

Ces voix émouvantes me bouleversent. Il s'avance lentement vers moi au rythme de la musique.

— Tu danses avec moi ?

— Sur un requiem ?

— Oui, et alors ?

Il me prend dans ses bras, enfouit son nez dans mes cheveux et oscille doucement. Il sent divinement bon, comme toujours.

Oh là là… comme il m'a manqué ! Je l'enlace à mon tour en luttant contre l'envie de pleurer. *Pourquoi es-tu si exaspérant ?*

— Je déteste me disputer avec toi, murmure-t-il.

— Alors, arrête de faire le con.

Il rit. Ce son captivant résonne dans sa poitrine.

— Le con ?

Il rit encore et m'embrasse sur le dessus de la tête.

— Un requiem ? dis-je à nouveau, choquée que nous dansions là-dessus.

Il hausse les épaules.

— C'est une belle musique, Ana, c'est tout.

Taylor toussote discrètement, et Christian me relâche.

— Mlle Matteo est arrivée, annonce Taylor.

Ô joie !

— Faites-la entrer, dit Christian.

Il me prend par la main tandis que Gia Matteo franchit le seuil de la pièce.

8

Gia Matteo est décidément une belle femme. Ses cheveux courts impeccablement coupés sont d'un blond qui ne peut être que l'œuvre d'un coloriste surdoué, son tailleur pantalon gris clair accentue ses courbes plantureuses et le diamant qui scintille au creux de sa gorge est assorti aux dormeuses d'un carat qui pendent à ses oreilles. Elle est soignée comme seules savent l'être les femmes de bonne famille qui ont toujours vécu dans l'opulence. Cela dit, sa bonne éducation ne l'a pas empêchée de déboutonner son chemisier pour révéler son soutien-gorge… Comme moi. Je m'empourpre.

— Christian. Ana.

Son sourire éblouissant dévoile des dents blanches et parfaites ; elle tend une main manucurée, d'abord à Christian, ensuite à moi. Je dois donc lâcher la main de Christian pour serrer celle de Gia. Elle est à peine plus petite que lui : il est vrai qu'elle est juchée sur des talons aiguilles.

— Cette lune de miel vous a donné une mine superbe à tous les deux, déclare-t-elle d'un ton mielleux.

Elle adresse un regard langoureux à Christian en battant ses cils chargés de mascara. Christian me prend par la taille pour me serrer contre lui.

— Merci. Nous avons fait un très beau voyage.

Il effleure ma tempe d'un baiser. *Vous voyez bien qu'il est à moi !* Agaçant, voire exaspérant – mais à moi. Je souris. *Là, tout de suite, je suis vraiment amoureuse de toi, Christian Grey.* Je le prends par la taille, puis je glisse ma main dans la poche arrière de son pantalon pour lui pincer une fesse. Gia nous adresse un mince sourire.

— Vous avez eu le temps d'étudier les plans ?

— Oui, dis-je.

Je regarde Christian, qui me sourit en haussant un sourcil ironique. Qu'est-ce qui l'amuse ? Ma réaction face à Gia ou le fait que je lui aie pincé les fesses ?

— Je vous en prie, dit Christian. Les plans sont ici.

Il désigne la table d'un geste. Prenant ma main, il m'y conduit ; Gia nous suit. Je me rappelle enfin les règles de l'hospitalité.

— Voudriez-vous boire quelque chose ? Un verre de vin ?

— Avec plaisir, répond Gia. Un blanc sec, si vous avez.

Merde ! Le sauvignon, c'est bien un blanc sec ? Lâchant mon mari à contrecœur, je me dirige vers la cuisine. J'entends l'iPod siffler quand Christian l'éteint.

— Tu reprends du vin, Christian ?

— S'il te plaît, bébé, chantonne-t-il en me souriant.

Comment peut-il être aussi craquant après avoir été aussi exaspérant ?

Tandis que j'ouvre le placard, je sens son regard sur moi. Tout d'un coup, j'éprouve la curieuse sensation que Christian et moi sommes en représentation, que nous jouons un jeu – mais cette fois, nous sommes dans la même équipe : nous affrontons Mlle Matteo. Se rend-il compte qu'elle le drague ? Une bouffée de plaisir m'envahit, car j'ai compris qu'il était en train d'essayer de me rassurer, tout en envoyant un message clair et net à cette femme : « Je suis déjà pris. »

Il est à moi. *Ouais, salope – à moi.* Ma déesse intérieure, qui a revêtu son costume de gladiatrice, ne fera pas de quartier. Je me souris en prenant trois verres dans le placard et la bouteille de sauvignon blanc dans le frigo pour les poser sur le bar. Gia se penche sur la table pendant que Christian, derrière elle, désigne quelque chose sur le plan.

— Je crois qu'Ana a des doutes au sujet du mur en verre. Mais, en gros, nous sommes tous les deux très contents de votre projet.

— J'en suis ravie ! s'exclame Gia, manifestement soulagée.

En parlant, elle touche rapidement le bras de Christian, petit geste aguicheur qui le fait tressaillir imperceptiblement. Elle n'a pas l'air de le remarquer.

Fous-lui la paix, pétasse. Il n'aime pas être touché.

S'écartant d'elle d'un air nonchalant pour se mettre hors de portée, Christian se tourne vers moi.

— Ça vient, ce vin ?

— J'arrive.

Il joue un rôle, c'est évident. Elle le met mal à l'aise. Comment ai-je pu ne pas le remarquer auparavant ? Voilà pourquoi elle m'est aussi antipathique. Certes, il a l'habitude de faire de l'effet aux femmes et ça ne lui fait ni chaud ni froid, mais se faire toucher, c'est autre chose. Courage ! Mme Grey arrive à la rescousse !

Je me hâte de verser le vin, prends les trois verres et me précipite au secours de mon chevalier en détresse. En tendant son verre à Gia, je fais exprès de me placer entre eux. Elle sourit poliment en l'acceptant. Je donne le sien à Christian, qui s'empresse de le prendre avec une expression de gratitude amusée.

— Santé ! nous dit Christian en ne regardant que moi.

Gia et moi levons nos verres et répondons à l'unisson. Je prends une gorgée de vin.

— Ana, le mur de verre ne vous plaît pas ? s'enquiert Gia.

— Au contraire, mais j'aurais aimé qu'il s'intègre un peu mieux à la maison. Après tout, j'en suis tombée amoureuse telle qu'elle est, alors je ne veux pas de changements radicaux.

— Je vois.

— Je voudrais simplement que les transformations soient… plus conformes à l'esprit de la maison.

Je jette un coup d'œil à Christian, qui me contemple d'un air pensif.

— Pas de transformations radicales, alors ? dit-il.

— Non.

Je secoue la tête.

— Tu l'aimes comme elle est ?

— En gros, oui. J'ai toujours pensé qu'elle n'avait besoin que de soins attentifs.

Le regard de Christian est tendre et chaleureux. Gia nous dévisage tous les deux, les joues roses.

— Je comprends. Et si on gardait le mur en verre, mais en l'ouvrant sur une grande terrasse de style méditerranéen ? On pourrait ajouter des colonnes dans la même pierre, très espacées pour ne pas bloquer la vue, avec un toit en verre, ou en tuiles comme le reste de la maison. Ça vous ferait une pièce supplémentaire pour manger ou vous asseoir en plein air.

Il faut bien le reconnaître… elle a de bonnes idées.

— Ou alors, au lieu d'une terrasse fermée, on pourrait mettre des portes vitrées avec des cadres en bois pour rester dans l'esprit méditerranéen, poursuit-elle.

— Bleus, comme les volets de la Côte d'Azur ? dis-je à Christian qui m'observe attentivement.

Il prend une gorgée de vin et hausse les épaules sans se prononcer. *D'accord.* Cette idée ne lui plaît pas vraiment, mais il ne la rejette pas, ne la démolit pas, ne me donne pas le sentiment d'être une idiote. Bon sang, ce type est une masse de contradictions. Ses mots d'hier me reviennent à l'esprit : « Je veux que cette maison corresponde à tes envies. Elle sera comme tu veux. Elle est à toi. » Il veut que je sois heureuse – heureuse dans tout ce que je fais. Au fond, je crois que je le sais. C'est simplement que… *Stop ! Ne repense pas à cette dispute pour l'instant.* Ma conscience me foudroie du regard.

Gia se tourne vers Christian : elle attend que ce soit lui qui tranche. Ses pupilles se dilatent, ses lèvres s'entrouvrent et sa langue darde rapidement sur sa lèvre supérieure avant qu'elle reprenne une gorgée de vin. Mais Christian n'a pas un regard pour elle. *Oui !* Mlle Matteo, j'aurais deux mots à vous dire à l'occasion…

— Ana, tu préfères quoi ? murmure Christian, en s'en remettant très clairement à moi.

— J'aime bien l'idée de la terrasse.

— Moi aussi.

Je me tourne vers Gia. *Hé, pétasse, c'est moi qu'il faut regarder, pas lui. C'est moi qui décide.*

— J'aimerais voir des plans révisés qui montrent la terrasse prolongée avec des colonnes.

À contrecœur, Gia détourne son regard concupiscent de mon mari pour m'adresser un sourire. Elle croit que je n'ai rien remarqué, ou quoi ?

— Bien sûr. Y a-t-il d'autres problèmes ?

À part le fait que tu déshabilles mon mari des yeux ?

— Il y aurait quelques modifications à faire dans l'aménagement de notre chambre, dis-je.

On tousse discrètement à l'entrée du salon. Nous nous retournons tous les trois : Taylor est là.

— Taylor ? dit Christian.

— Je dois discuter avec vous d'une affaire urgente, monsieur.

Christian me prend par les épaules et s'adresse à Gia :

— Mme Grey est responsable de ce projet. Elle a carte blanche. Tout ce qu'elle veut me va. Je fais totalement confiance à son instinct.

Sa voix a changé très subtilement. J'y décèle de la fierté et un avertissement voilé – à Gia ?

Il fait confiance à mon instinct ? Qu'est-ce qu'il est exaspérant, cet homme. Mon instinct l'a laissé faire ses quatre volontés cet après-midi. Je secoue la tête, frustrée, mais je lui suis reconnaissante d'avoir appris à Mlle Allumeuse-Mais-Hélas-Bonne-Architecte qui était la patronne. Je caresse la main de Christian posée sur mon épaule.

— Excusez-moi, dit Christian avant de suivre Taylor.

Je me demande vaguement ce qui se passe.

— Alors ? La chambre ? me presse Gia, nerveuse.

Je la toise sans parler le temps que Christian et Taylor s'éclipsent. Puis, convoquant toute ma force intérieure et toute ma colère des cinq dernières heures, je me déchaîne.

— Vous avez raison d'être nerveuse, Gia, parce que en ce moment votre contrat est en jeu. Mais je suis certaine que tout ira bien si vous arrêtez de tourner autour de mon mari.

Elle s'étrangle.

— Autrement, je vous vire. Compris ?

J'articule chaque mot clairement. Elle n'en croit pas ses oreilles. Moi-même, je n'arrive pas à croire que j'ai dit ça. Mais je tiens bon en fixant, impassible, ses yeux bruns écarquillés.

Ne flanche pas. Ne flanche pas ! J'ai appris ce regard de Christian, champion toutes catégories de l'impassibilité-qui-fait-flipper. Je sais que la rénovation de la résidence principale des Grey est un projet prestigieux pour le cabinet de Gia, et qu'elle ne peut pas se permettre de perdre cette commande. Je me fous qu'elle soit une amie d'Elliot.

— Ana… Madame Grey… j… je suis désolée. Je n'ai jamais…

Elle rougit en se demandant comment terminer sa phrase.

— Je vais parler très clairement : mon mari ne s'intéresse pas à vous.

— Naturellement, murmure-t-elle en blêmissant.

— Comme je vous l'ai déjà dit, je voulais simplement mettre les choses au clair.

— Madame Grey, je vous prie d'accepter toutes mes excuses si vous croyez… que j'ai…

Elle se tait en cherchant ses mots.

— Du moment que nous nous comprenons, tout ira très bien. Bon, maintenant je vais vous expliquer ce que nous voulons pour la chambre. Ensuite, j'aimerais qu'on revoie tous les matériaux que vous comptez utiliser. Comme vous le savez, Christian et moi tenons à ce que cette maison soit écologique et j'aimerais m'assurer de la nature et de la provenance des matériaux.

— B… bien sûr, bégaie-t-elle, les yeux écarquillés.

Je l'intimide, c'est évident. Et c'est une première. Ma déesse intérieure fait le tour de l'arène au petit trot en saluant la foule en délire.

Gia lisse ses mèches ; je me rends compte que c'est un tic nerveux.

— Alors, la chambre ? insiste-t-elle anxieusement.

Sa voix n'est plus qu'un souffle. Maintenant que j'ai le dessus, je me sens détendue pour la première fois depuis mon entretien avec Christian cet après-midi. Ma déesse intérieure félicite ma garce intérieure.

Christian nous rejoint au moment où nous terminons.

— C'est bon ? s'enquiert-il.

Il me prend par la taille et se tourne vers Gia.

— Oui, monsieur Grey.

Gia sourit gaiement, mais ce sourire est un peu forcé.

— Vous aurez les plans révisés dans deux ou trois jours.

— Excellent. Tu es contente ? me demande-t-il avec un regard tendre.

Je hoche la tête en rougissant sans savoir pourquoi.

— Bon, il faut que j'y aille ! lance Gia, toujours trop joviale.

Cette fois, c'est à moi qu'elle tend la main en premier.

— À bientôt, Gia.

— À bientôt, madame Grey. Monsieur Grey.

Taylor apparaît à la porte de la grande pièce.

— Taylor vous raccompagne, dis-je assez fort pour que Taylor m'entende.

Gia lisse une fois de plus ses cheveux, pivote sur ses talons aiguilles et quitte la grande pièce, suivie par Taylor.

— Je l'ai trouvée beaucoup plus froide que tout à l'heure, fait Christian, perplexe.

Je hausse les épaules.

— Ah bon ? Je n'ai pas remarqué. Et Taylor, qu'est-ce qu'il te voulait ?

Non seulement je suis curieuse, mais j'ai envie de changer de sujet. Christian commence à ranger les plans.

— Me parler de Hyde.

— Il y a du nouveau ?

Christian lâche les plans pour me prendre dans ses bras.

— Pas de quoi t'inquiéter, Ana. On a découvert qu'il n'avait pas mis les pieds chez lui depuis plusieurs semaines.

Il m'embrasse les cheveux, puis me lâche et termine sa tâche.

— Alors, tu as décidé quoi ? me demande-t-il.

Visiblement, il ne tient pas à ce que je l'interroge sur Hyde.

— Je lui ai fait part de nos remarques, c'est tout. Je crois qu'elle craque pour toi.

Il ricane.

— Tu lui en as parlé ? me demande-t-il.

Je m'empourpre. Comment a-t-il deviné ? Ne sachant quoi répondre, je baisse les yeux sur mes doigts.

— Quand elle est arrivée, elle nous appelait Christian et Ana. Quand elle est repartie, nous étions devenus M. et Mme Grey, lâche-t-il sèchement.

— J'ai peut-être fait une remarque en passant...

Quand je lève les yeux vers lui, il m'observe tendrement et, un instant, il semble... content. Puis il secoue la tête et son expression se transforme.

— C'est mon visage qui lui fait de l'effet, c'est tout.

Il parle d'un ton vaguement amer, voire dégoûté.

Mais non, M. Cinquante Nuances !

— Qu'est-ce que tu veux dire par là ?

Ma perplexité le déroute. Il écarquille les yeux, alarmé.

— Tu n'es pas jalouse, dis-moi ?

Je rougis et déglutis, la tête baissée. *Suis-je jalouse ?*

— Ana, Gia est une prédatrice sexuelle. Pas du tout mon genre. Comment peux-tu être jalouse d'elle ? Ou de qui que ce soit ? Elle ne m'intéresse absolument pas.

Lorsque je lève les yeux, il m'étudie comme une bête curieuse.

— Il n'y a que toi, Ana, reprend-il posément. Il n'y aura toujours que toi.

Oh mon Dieu. Abandonnant à nouveau les plans, Christian s'avance vers moi et prend mon menton entre son pouce et son index.

— Comment peux-tu t'imaginer autre chose ? T'ai-je déjà donné la moindre raison de soupçonner que je m'intéressais à quelqu'un d'autre ? même vaguement ?

— Non. Je suis idiote. C'est juste qu'aujourd'hui… tu…

Toutes mes émotions contradictoires refont surface. Comment lui expliquer que son comportement dans mon bureau cet après-midi m'a déconcertée et énervée ? Tantôt il veut que je quitte mon boulot, tantôt il m'offre une maison d'édition. Comment savoir où j'en suis ?

— Quoi ?

Ma lèvre inférieure se met à trembler.

— Christian, j'essaie de m'adapter à ma nouvelle vie. Une vie où tout m'est offert sur un plateau d'argent. Mon boulot... Un beau mari que je n'aurais jamais... jamais cru pouvoir aimer comme ça, si fort, si vite, si... profondément. (J'inspire pour me ressaisir.) Mais tu fonces à cent à l'heure, et je ne veux pas me laisser bousculer. Parce que la fille dont tu es tombé amoureux risque de se faire écraser. Qu'est-ce qui te resterait ? Une mondaine évaporée qui papillonne de dîner en gala ?

Je me tais à nouveau, afin de trouver les mots qui puissent exprimer ce que je ressens.

— Et maintenant, tu parles de me transformer en P-DG alors que je n'y ai jamais songé. Tu veux que je reste à la maison ou tu veux que je dirige ma boîte ? Je ne sais plus où j'en suis avec toi.

Je fais une pause car les larmes menacent. Puis je reprends :

— Il faut que tu me laisses prendre mes propres décisions, prendre mes propres risques, faire mes propres erreurs pour que je puisse en tirer des leçons. J'ai besoin de marcher avant de courir, Christian, tu ne comprends pas ça ? Je veux mon indépendance. Voilà ce que ça signifiait, pour moi, de garder mon nom au travail.

Voilà, c'est ça que je voulais lui dire cet après-midi.

— Tu as l'impression que je te bouscule ?

Je hoche la tête. Il ferme les yeux.

— Je veux juste t'offrir tout ce que tu désires, Ana. Et, en même temps, je veux te protéger. Mais je veux aussi que le monde entier sache que tu es à moi. Quand j'ai reçu ton mail ce matin, j'ai paniqué. Pourquoi ne m'as-tu pas dit que tu voulais garder ton nom de jeune fille ?

Je rougis. Il n'a pas tort.

— J'ai pris ma décision pendant notre lune de miel, mais je ne voulais pas crever notre bulle. Et ensuite j'ai oublié. Je m'en suis seulement souvenue hier soir, mais avec cette histoire de Hyde, ça m'est sorti de la tête. Je te demande pardon, j'aurais dû en discuter avec toi, mais je n'ai jamais trouvé le bon moment.

L'intensité du regard de Christian est déstabilisante : c'est comme s'il essayait de pénétrer dans ma tête. Comme il ne dit rien, je poursuis :

— Pourquoi as-tu paniqué ?

— Parce que je ne veux pas que tu me glisses entre les doigts.

— Mais enfin, je ne vais pas disparaître, tout de même ! Quand vas-tu le comprendre, à la fin ? Tu es bouché, ou quoi ? Je. T'aime.

J'agite la main en l'air, comme lui parfois, pour donner plus d'emphase à mes paroles, en ajoutant une tirade de Shakespeare qui me vient brusquement à l'esprit :

— « Je t'aime plus que la vue, l'espace et la liberté. »

Il écarquille les yeux.

— Tu m'aimes comme si tu étais ma fille ?

Je pouffe malgré moi :

— Non, mais c'est la seule citation qui me soit venue à l'esprit.

— Tu me prends pour le roi Lear ?

— Ce cher fou de roi Lear…

Je lui caresse le visage ; il appuie sa joue contre ma main en fermant les yeux.

— Et toi, tu te rebaptiserais Christian Steele pour que tout le monde sache que tu m'appartiens ?

Il me regarde comme si je venais d'affirmer que la terre était plate.

— Que je t'appartiens ? répète-t-il, comme s'il testait ces mots.

— Que tu es à moi.

— Oui, je changerais de nom, si tu y tenais vraiment.

— Alors tu tiens vraiment à ce point-là à ce que je m'appelle Ana Grey au bureau ?

— Oui.

Sa réponse est sans équivoque.

— Très bien.

Je le ferai pour lui, pour le rassurer, puisqu'il en a tant besoin.

— Je croyais que tu avais déjà accepté ?

— En effet, mais maintenant que nous en avons rediscuté, je suis plus satisfaite de ma décision.

— Ah ! fait-il, étonné.

Puis il m'offre son magnifique sourire « et oui, c'est vrai, je suis encore jeune », et j'en oublie de respirer. Il m'attrape par la taille et me fait tournoyer. Je glapis et je pouffe de rire. Je ne sais pas s'il est heureux, ou soulagé, ou…

— Madame Grey, savez-vous à quel point j'y tenais ?

— Je le sais maintenant.

Il m'embrasse en plongeant ses doigts dans mes cheveux pour m'immobiliser.

— De toutes les couleurs de l'arc-en-ciel, murmure-t-il contre mes lèvres, avant de frotter son nez sur le mien.

— Vraiment ?

Je m'écarte pour le regarder dans les yeux.

— Certaines promesses m'ont été faites, une offre a été formulée, un accord a été négocié, chuchote-t-il, l'œil pétillant de malice.

— Euh...

J'ai la tête qui tourne à force de suivre ses sautes d'humeur.

— Tu reviens sur ta parole ? (Il prend un air songeur.) J'ai une idée, ajoute-t-il.

Oh là là, encore un truc de baise perverse ?

— Une affaire de la plus haute importance, reprend-il, redevenant sérieux. Oui, madame Grey. D'une importance cruciale.

Minute, là... il se moque de moi.

— Quoi ?

— Il faut que tu me coupes les cheveux. Apparemment, ils sont trop longs, et ça ne plaît pas à ma femme.

— Je ne peux pas te couper les cheveux !

— Si, tu peux.

En souriant, Christian secoue la tête pour que ses cheveux lui retombent sur les yeux.

— Bon, dans ce cas, je vais chercher un bol.

Je pouffe de rire. Lui aussi.

— Ça va, j'ai compris. Je vais demander à Franco de le faire.

Non ! Franco travaille pour la Sorcière ! Je pourrais peut-être simplement raccourcir un peu les pointes ? Après tout, j'ai coupé les cheveux de Ray pendant des années et il ne s'en est jamais plaint.

— Viens.

Je le prends par la main pour l'entraîner jusqu'à notre salle de bains, où je le lâche pour aller chercher la chaise en bois blanc, que je pose devant le lavabo. Christian m'observe, hilare, les pouces glissés dans les passants de son pantalon. Mais il a son regard d'allumeur.

— Assis.

Je désigne la chaise.

— Tu vas me laver les cheveux ?

Je hoche la tête. Il hausse un sourcil, étonné et, un instant, je pense qu'il va se dégonfler.

— D'accord.

Lentement, il commence à déboutonner sa chemise blanche.

Oh mon Dieu… Ma déesse intérieure interrompt son tour de piste.

Christian tend le bras, me signifiant « débarrasse-moi de ça » ; un frémissement à la fois provoquant et sexy passe sur ses lèvres.

Ah, il veut que je lui enlève ses boutons de manchettes. Attrapant son poignet, je défais le premier, un disque en platine avec ses initiales gravées dessus en italique, puis le second. Son amusement a cédé à quelque chose de plus ardent… beaucoup plus ardent. Je repousse sa chemise sur ses épaules. Elle tombe à terre.

— Prêt ?

— À tout, Ana.

Mon regard passe de ses yeux à ses lèvres entrouvertes. Je ne résiste pas à l'envie de l'embrasser.

— Non, dit-il en posant les deux mains sur mes épaules. Pas de ça. Sinon, pour la coupe de cheveux, c'est fichu.

Oh !

— Et j'y tiens beaucoup, ajoute-t-il.

Son air vulnérable me désarme.

— Pourquoi ?

Il me fixe un instant en ouvrant de grands yeux.

— Parce que ça me donnera l'impression d'être aimé.

Mon cœur s'arrête pratiquement de battre. *Ah, Christian…* Spontanément, je le prends dans mes bras, je l'embrasse sur la poitrine et je frotte ma joue sur ses poils.

— Ana. Mon Ana, murmure-t-il.

Nous restons un instant enlacés. J'aime tellement être dans ses bras. Même si c'est un mégalo maniaque du contrôle, c'est *mon* mégalo maniaque du contrôle, et il a manqué de tendresse toute sa vie. J'écarte la tête sans desserrer mon étreinte.

— Tu veux vraiment que je le fasse ?

Il hoche la tête avec un sourire timide.

— Alors, assieds-toi.

Il obéit et s'assoit dos au lavabo. Je retire mes chaussures et les repousse d'un coup de pied vers la chemise tombée par terre, puis je vais chercher le shampoing René Furterer que nous avons acheté en France.

— Celui-ci convient-il à monsieur ?

Je le brandis à deux mains, à la manière d'une animatrice d'émission de télé-achat.

— Importé spécialement pour vous de la Côte d'Azur. (Je délaisse brièvement mon personnage d'animatrice pour lui souffler :) Qu'est-ce que j'aime cette odeur… ça sent toi.

Il sourit.

— C'est parfait.

J'attrape une petite serviette. Je ne sais pas comment Mme Jones s'y prend pour que celles-ci restent aussi douces malgré les lessives…

— Penche-toi en avant.

Christian obéit. Je pose la serviette sur ses épaules, puis j'ouvre les robinets pour remplir le lavabo d'eau tiède.

— Penche-toi en arrière.

J'aime bien commander, pour une fois. Christian obéit à nouveau, mais il est trop grand pour mettre la tête dans le lavabo, alors il avance la chaise et la fait basculer en arrière de façon que le haut du dossier soit appuyé contre le bord du lavabo. Parfait. Il renverse la tête, et son regard résolu croise le mien. Je lui souris. Je prends un des verres posés sur la coiffeuse, le plonge dans l'eau et le renverse sur la tête de Christian pour mouiller ses cheveux.

— Vous sentez très bon, madame Grey, murmure-t-il en fermant les yeux.

Tout en mouillant méthodiquement ses cheveux, je le dévore du regard. *Oh la vache !* Vais-je jamais m'en lasser ? Ses longs cils sombres se déploient en éventail sur ses pommettes ; ses lèvres s'écartent légèrement, ce qui crée une petite ouverture en forme en diamant ; il respire doucement. Mmm… qu'est-ce que j'aimerais y glisser ma langue…

Je laisse couler de l'eau dans ses yeux. *Merde !*

— Pardon !

Il rit en s'essuyant avec le coin de la serviette.

— Je sais que je suis un con, mais ce n'est pas une raison pour me noyer.

Je me penche pour l'embrasser sur le front en rigolant :

— Tiens, c'est une idée, ça.

Il passe la main derrière ma tête et étire le cou pour pouvoir atteindre ma bouche. Il m'embrasse rapidement ; sa gorge émet un petit son voluptueux, grave et sourd qui me remue jusqu'au creux du ventre. Puis il se réinstalle en levant ses yeux vers moi comme s'il attendait quelque chose. Il a l'air vulnérable, comme un enfant. C'est bouleversant.

Je verse du shampooing dans ma paume et lui masse le crâne avec des mouvements circulaires, en commençant par les tempes pour aller jusqu'au sommet du crâne, puis sur les côtés. Il ferme les yeux en émettant à nouveau son espèce de ronronnement, et je le sens se détendre.

— C'est bon, lâche-t-il au bout d'un moment.

— Tant mieux, dis-je en l'embrassant à nouveau sur le front.

— C'est bon, ce massage.

Il a toujours les yeux fermés, mais sur ses traits, la vulnérabilité a cédé au bien-être. Encore un changement d'humeur, mais ce qui me réconforte, c'est qu'il me le doit.

— Relève la tête.

Il obéit. Mmm… ça n'est pas désagréable, de lui donner des ordres… Je pourrais y prendre goût. Je fais mousser le shampoing derrière sa tête, en lui grattant le cuir chevelu.

— En arrière.

Il obtempère et je rince ses cheveux en utilisant le verre. Cette fois, je réussis à ne pas l'éclabousser.

— Encore ?

— S'il te plaît.

Ses paupières se soulèvent en frémissant et son regard serein trouve le mien. Je lui souris.

— Tout de suite, monsieur Grey.

Je me tourne vers le lavabo que Christian a l'habitude d'utiliser pour le remplir d'eau tiède.

— Pour le rinçage, dis-je lorsqu'il m'interroge du regard.

Je lui lave à nouveau la tête en écoutant sa respiration régulière. Une fois ma tâche accomplie, je prends un instant pour apprécier le visage magnifique de mon mari. Tendrement, je lui caresse la joue et il ouvre des yeux presque ensommeillés pour me contempler. Quand je lui pose un tendre et chaste baiser sur les lèvres, il sourit, referme les yeux et pousse un soupir de béatitude.

Qui eût cru qu'après notre dispute de cet après-midi, il pourrait se détendre à ce point ? Sans sexe ? Je me penche au-dessus de lui.

— Mmm, murmure-t-il lorsque mes seins lui effleurent le visage.

En résistant à l'envie de me déhancher, je retire le bouchon pour que l'eau savonneuse s'écoule. Ses mains s'emparent de mes hanches, puis de mes fesses. Je feins la désapprobation :

— Bas les pattes !

— N'oublie pas que je suis un peu sourd, à mon âge, dit-il, les yeux toujours fermés.

Ses mains passent sous ma jupe pour la relever. Je lui donne une petite tape sur le bras. J'aime bien jouer les coiffeuses. Il sourit comme un gamin qui a fait une bêtise dont il est fier.

Je reprends le verre, en utilisant cette fois l'eau du lavabo voisin pour rincer soigneusement ses cheveux. Je suis toujours penchée au-dessus de lui et il n'a pas retiré ses mains de mes fesses, sur lesquelles il pianote de haut en bas, de bas en haut… de droite à gauche… mmm. Je me tortille. Il émet encore son petit ronronnement.

— Là. C'est fini.

— Tant mieux, déclare-t-il.

Ses doigts s'enfoncent dans la chair de mes fesses et tout d'un coup il se redresse, ses cheveux trempés dégoulinant. Il m'attire sur ses genoux, passant de mes fesses à ma nuque, puis à mon menton, pour m'immobiliser la tête. Je tressaille, étonnée, puis ses lèvres sont sur les miennes, sa langue chaude et dure dans ma bouche. Mes doigts s'enroulent autour de ses cheveux mouillés, des gouttes d'eau roulent sur mes bras ; ses cheveux baignent mon visage. Sa main passe de mon menton au premier bouton de mon chemisier.

— Assez de bichonnage ! Maintenant, je veux te baiser jusqu'à ce que tu vires de toutes les couleurs de l'arc-en-ciel, ici ou dans la chambre, c'est toi qui décides.

Les yeux de Christian se sont embrasés, l'eau de ses cheveux ruisselle sur nous. J'ai la bouche sèche.

— Alors, Anastasia ?

— Tu es tout mouillé.

Il penche la tête en avant et presse ses cheveux trempés sur le devant de mon chemisier. Je pousse un cri en tentant de me relever, mais il resserre son étreinte.

— Pas de ça, bébé.

Quand il relève la tête, il a un sourire salace et moi, je suis Miss Tee-shirt Mouillé 2011. Mon chemisier est à présent totalement transparent. Je suis d'ailleurs mouillée… de partout.

— Joli spectacle, murmure-t-il en se penchant pour taquiner mon téton du bout du nez.

Je me tortille.

— Alors, Ana, ici ou dans la chambre ?

— Ici.

Tant pis pour la coupe de cheveux – on fera ça plus tard. Ses lèvres esquissent lentement un sourire chargé de promesses indécentes.

— Bon choix, madame Grey, souffle-t-il contre mes lèvres.

Il libère mon menton. Sa main passe à mon genou, remonte sur ma cuisse en soulevant ma jupe et effleure ma peau. Des frissons me parcourent. Ses lèvres sèment de doux baisers de mon oreille à mon menton.

— Qu'est-ce que je vais te faire ?

Ses doigts s'arrêtent à la limite de mes bas.

— Ça me plaît, ça.

Il glisse un doigt sous le fin tissu et effleure l'intérieur de ma cuisse. J'inspire brusquement et recommence à onduler sur ses genoux.

Il grogne :

— Si tu veux que je te baise jusqu'à ce que tu vires de toutes les couleurs, ne bouge pas.

Je le mets au défi d'une voix douce et haletante :

— Tu peux toujours essayer de m'en empêcher.

Christian inspire brusquement, plisse les yeux et me contemple, l'œil mi-clos.

— Madame Grey, vos désirs sont des ordres.

Sa main passe de mes bas à ma culotte.

— On va te débarrasser de ça.

Il tire doucement dessus et je me soulève un peu pour lui faciliter la tâche. Sa respiration devient sifflante.

— Ne bouge pas, bougonne-t-il.

— Je voulais t'aider.

Je fais la moue. Il attrape doucement ma lèvre inférieure entre ses dents.

— Je t'ai dit de ne pas bouger.

Il fait glisser ma culotte sur mes jambes et trousse ma jupe autour de mes hanches, puis me soulève en me tenant par la taille. Il tient encore ma culotte.

— Assise. Chevauche-moi, m'ordonne-t-il en me regardant droit dans les yeux.

Je m'exécute en le fixant d'un air provocant.

— Madame Grey, seriez-vous en train de m'allumer ?

Il me regarde, à la fois amusé et excité.

— Oui, et alors ?

Mon défi fait naître une lueur salace et ravie dans son regard ; je sens son excitation.

— Mets les mains derrière le dos.

Oh ! J'obéis aussitôt, et il m'attache les poignets avec ma culotte.

— Ma culotte ? Monsieur Grey, vous n'avez pas honte ?

— Jamais en ce qui vous concerne, madame Grey, mais ça vous le savez déjà.

Son regard est intense, fiévreux. Me prenant par la taille, il m'éloigne légèrement de lui. L'eau lui dégouline toujours dans le cou et sur la poitrine. J'ai envie de me pencher en avant pour la lécher, mais maintenant que je suis attachée, c'est plus difficile.

Christian me caresse les cuisses jusqu'aux genoux qu'il écarte doucement, tout en ouvrant ses propres jambes pour me maintenir dans cette position. Ses doigts se posent sur les boutons de mon chemisier.

— Je crois qu'on n'a pas besoin de ça.

Il défait méthodiquement chaque bouton de mon chemisier détrempé sans jamais me quitter des yeux. Les siens s'assombrissent de plus en plus. Mon pouls s'accélère, mon souffle aussi. Incroyable : il m'a à peine touchée et je suis déjà pantelante, troublée… prête. J'ai envie de me tortiller. Il laisse mon chemisier ouvert et caresse mon visage des deux mains, en effleurant ma lèvre inférieure avec son pouce, qu'il me fourre soudain dans la bouche.

— Suce, m'ordonne-t-il.

J'obéis en fermant les yeux. Ah… qu'est-ce que j'aime ce jeu. Son pouce a bon goût. Qu'est-ce que j'aimerais sucer d'autre ? J'ai une petite idée qui fait se crisper tous les muscles de mon ventre. Ses lèvres s'entrouvrent lorsque je mordille le gras de son pouce.

Il gémit et extrait lentement son pouce mouillé pour le faire traîner sur mon menton, ma gorge, ma poitrine. Il l'insère dans le bonnet de mon soutien-gorge, qu'il rabat pour libérer mon sein.

Le regard de Christian ne quitte pas le mien : il observe chaque réaction qu'il suscite en moi, et moi, je l'observe qui m'observe. C'est érotique. Brûlant. Possessif. J'adore. Il répète le mouvement avec l'autre main pour dénuder mon autre sein. Les prenant doucement au creux de ses mains, il en effleure les pointes avec ses pouces, les encercle lentement, les taquine et les titille jusqu'à les faire durcir et s'allonger. J'essaie vraiment de ne pas bouger, mais mes tétons sont branchés directement sur mon sexe, alors je gémis en renversant la tête en arrière, les yeux fermés, pour m'abandonner à cette torture exquise.

— Chut.

La voix apaisante de Christian contraste avec le tempo régulier de ses doigts cruels.

— Ne bouge pas, bébé, ne bouge pas.

Délaissant un sein, il passe sa main derrière ma tête et écarte les doigts sur ma nuque. Puis il se penche à nouveau sur mon téton pour le prendre dans sa bouche et le sucer vigoureusement ; ses cheveux mouillés me chatouillent. En même temps, il attrape mon autre téton entre le pouce et l'index pour tirer dessus en le tordant légèrement.

— Ah ! Christian !

Je gémis en me cambrant, mais il continue à me titiller avec une lenteur atroce. Mon corps brûle d'un désir de plus en plus sombre.

— Christian, je t'en prie.

— Mmm..., ronronne-t-il. Je veux que tu jouisses comme ça.

Avec ces mots, c'est comme s'il s'adressait à une part profonde de mon esprit connue de lui seul. Il recommence, cette fois avec les dents : le plaisir devient presque intolérable. Gémissant bruyamment, je me tords sur ses cuisses en essayant de me frotter contre son pantalon, je tire en vain sur la culotte qui m'emprisonne les mains, avide de le toucher, mais je suis perdue – perdue dans ces sensations traîtresses.

— S'il te plaît…

Je le supplie en vain ; le plaisir déferle de mes seins à mes jambes jusque dans mes orteils, en crispant tous mes muscles dans son sillage.

— Tu as des seins superbes, Ana. Un jour, je vais les baiser.

Ça veut dire quoi, ça ? J'ouvre les yeux, bouche bée, tandis qu'il me tète. Je ne sens plus mon chemisier détrempé, ses cheveux mouillés… plus rien que la brûlure, cette brûlure délicieuse tout au fond de moi. Mes idées s'évaporent tandis que mon corps se resserre comme un poing… prêt… tendu… avide d'assouvissement. Et il n'arrête pas, il me titille, il me tiraille, il m'affole. Je veux… je veux…

— Lâche-toi, souffle-t-il.

Quand mon orgasme me convulse, il arrête sa torture exquise pour m'enlacer, presser contre lui ce corps qui bascule dans la jouissance.

— Qu'est-ce que j'aime te regarder jouir, Ana, fait-il tendrement.

— C'était…

Les mots me manquent.

— Je sais.

Il s'incline en me tenant par la nuque de façon à pouvoir m'embrasser ardemment, avec amour et vénération. Quand il s'écarte pour reprendre son souffle, ses yeux ont pris la couleur d'une tempête tropicale.

— Et maintenant, je vais te baiser à fond.

Oh la vache. M'attrapant par la taille, il me soulève de ses cuisses pour me poser plus près de ses genoux, puis défait le bouton de son pantalon marine de la main droite, en me caressant une cuisse avec la gauche, s'arrêtant à la lisière du bas. Je suis ligotée par mon soutien-gorge et ma culotte. Nous nous regardons les yeux dans les yeux, et c'est sans doute le moment le plus intime que nous ayons partagé : je ne me sens plus gênée ou intimidée, mais impudique et totalement connectée à lui. Lui, Christian, mon mari, mon amant, mon mégalo obsédé du contrôle, mon Cinquante Nuances – l'amour de ma vie. Il se débraguette ; ma bouche s'assèche lorsque son sexe se libère.

Il ricane doucement :

— Ça te plaît ?

— Mmm.

Il saisit son sexe et fait coulisser sa main dessus… *Oh mon Dieu.* Je relève les yeux pour le regarder. Putain, qu'est-ce qu'il est sexy…

— Vous vous mordillez la lèvre, madame Grey.

— C'est parce que j'ai faim.

— Faim ?

Ses yeux s'écarquillent légèrement. J'insiste en me léchant les lèvres :

— Mmm…

Il m'adresse un sourire énigmatique et se mord la lèvre inférieure en continuant de se caresser. Pourquoi ça m'excite autant, de voir mon mari se donner du plaisir ?

— Tu aurais dû manger ton dîner, dit-il d'une voix à la fois moqueuse et sévère. Mais je peux peut-être rattraper le coup.

Il pose ses mains sur ma taille.

— Debout, dit-il doucement.

Je me lève. Mes jambes ne tremblent plus.

— À genoux.

J'obéis et m'agenouille sur les tuiles fraîches de la salle de bains. Il s'avance jusqu'au bord de la chaise.

— Embrasse-moi.

Je lève les yeux vers lui. Il se lèche les dents. C'est excitant, très excitant de voir son désir pour moi… pour ma bouche. Je me penche vers lui sans cesser de le regarder dans les yeux pour embrasser le bout de sa queue. Je le vois inspirer brusquement et serrer les dents. Il pose sa main derrière ma tête ; je passe la langue pour goûter la petite goutte de rosée qui perle. Mmm… Ses lèvres s'ouvrent un peu plus quand il tressaille, et je me jette sur lui pour l'aspirer et le pomper.

— Ah !

L'air siffle entre ses dents et il bascule ses hanches en avant pour mieux s'enfoncer dans ma bouche. Gainant mes dents avec mes lèvres, je le happe, je le fais glisser jusqu'à ma gorge, puis je recule la tête en l'aspirant. Les doigts enfouis dans mes cheveux, il entame un lent va-et-vient en respirant de plus en plus vite, de plus en plus fort. Je fais tournoyer ma langue sur le bout, puis je l'engloutis à nouveau, en parfait contrepoint à ses mouvements.

— Putain, Ana.

Il soupire et serre les paupières. Sa façon de réagir m'enivre. Très lentement, je retrousse les lèvres pour découvrir mes dents.

— Ah !

Christian s'arrête de bouger. Il se penche pour me soulever et me mettre sur ses genoux.

— Assez ! gronde-t-il.

Il passe la main dans mon dos pour libérer mes mains en tirant sur ma culotte. Je plie les poignets en le regardant par en dessous : ses yeux brûlants me contemplent avec amour et désir. Tout d'un coup, je me rends compte que c'est moi qui ai envie de le baiser jusqu'à ce qu'il vire de toutes les couleurs de l'arc-en-ciel. Je veux le voir exploser sous moi. J'attrape son érection et, me soutenant d'une main posée sur son épaule, très doucement et très lentement, je m'assois dessus. Il émet un son guttural, sauvage, du fond de la gorge, m'arrache mon chemisier et le balance par terre. Ses mains se posent sur mes hanches.

— Ne bouge pas, râle-t-il en enfonçant ses doigts dans ma chair. S'il te plaît, laisse-moi savourer.

Je me fige. *Oh mon Dieu…* C'est si bon de le sentir en moi. Il caresse mon visage, le regard affolé, les lèvres entrouvertes. Il bascule son bassin sous moi et je geins en fermant les yeux.

— C'est mon endroit préféré, chuchote-t-il. En toi. Dans ma femme.

Je ne me retiens plus. Mes doigts glissent dans ses cheveux mouillés, mes lèvres cherchent les siennes et je me mets à remuer de haut en bas en m'appuyant sur la pointe des pieds, en le savourant, en me savourant. Il gémit bruyamment ; ses mains sont dans mes cheveux, sur mon dos, sa langue envahit ma bouche, avide, s'emparant de tout ce que je lui livre. Après nos disputes, mon énervement, le sien… Nous avons encore *ça*. Nous aurons *toujours* ça. Je l'aime tellement que ça me dépasse. Ses mains s'emparent de mes fesses pour me contrôler ; il me fait monter, descendre, encore et encore, à son rythme – un rythme souple et excitant.

Je gémis en me laissant emporter.

— Oui ! Oui, Ana, siffle-t-il.

Je fais pleuvoir des baisers sur son visage, son menton, sa mâchoire.

— Bébé, souffle-t-il en reprenant ma bouche.

— Ah, Christian, je t'aime ! Je t'aimerai toujours.

Je veux qu'il sache, je veux qu'il soit sûr de moi après notre bras de fer d'aujourd'hui. Il râle et me serre contre lui en jouissant avec un sanglot déchirant, et c'est assez… assez pour me faire basculer une fois de plus. Je l'enlace et je me laisse aller ; je jouis autour de lui, les larmes aux yeux tellement je l'aime.

— Hé, chuchote-t-il en soulevant mon menton pour me regarder dans les yeux, un peu inquiet. Pourquoi pleures-tu ? Je t'ai fait mal ?

— Non.

Il repousse mes cheveux de mon visage, essuie une larme avec son pouce et m'embrasse tendrement. Il est toujours en moi. Il se décale, et je grimace lorsqu'il se retire.

— Qu'est-ce qui ne va pas, Ana ? Dis-moi.

Je renifle.

— C'est juste que… que, parfois, je t'aime tellement que ça me bouleverse.

Après un petit moment de silence, il m'offre son sourire timide - un sourire qui m'est réservé, je crois.

— Tu me fais le même effet, me chuchote-t-il en m'embrassant à nouveau.

Je souris ; ma joie se déploie et s'étire paresseusement en moi.

— C'est vrai ?

Il glousse.

— Tu le sais très bien.

— Parfois. Pas tout le temps.

— Je vous retourne le compliment, madame Grey.

Je souris et dépose des baisers légers comme des plumes sur sa poitrine, avant de me frotter le nez dans ses poils. Christian me caresse les cheveux et passe sa main dans mon dos. Il défait l'agrafe de mon soutien-gorge ; je me décale, et il tire sur les bretelles pour m'en débarrasser.

— Mmm. Peau contre peau, murmure-t-il avec satisfaction avant de me reprendre dans ses bras.

Il m'embrasse sur l'épaule et fait courir son nez jusqu'à mon oreille.

— Vous sentez divinement bon, madame Grey.

— Vous aussi, monsieur Grey.

Je frotte à nouveau mon nez sur lui pour humer son parfum de Christian, mêlé maintenant à l'odeur enivrante du sexe. Je pourrais rester dans ses bras comme ça, repue et heureuse, pour l'éternité. C'est exactement ce dont j'avais besoin après une journée de retour au travail, de disputes et de crêpage de chignon. C'est ici que je veux être, dans les bras de Christian, malgré son obsession du contrôle et sa mégalomanie. Ma place est ici. Christian enfouit le nez dans mes cheveux et inspire profondément. Je pousse un soupir de béatitude, et je le sens sourire. Nous restons longtemps enlacés ainsi, silencieux.

La réalité finit par s'imposer.

— Il est tard, dit Christian en caressant méthodiquement mon dos du bout des doigts.

— Je ne t'ai pas encore coupé les cheveux.

Il rigole.

— En effet, madame Grey. As-tu la force de finir ce que tu as commencé ?

— Pour vous, monsieur Grey, je ferais n'importe quoi.

J'embrasse à nouveau sa poitrine et me lève à regret.

— Reste là.

M'attrapant par les hanches, il me retourne, rabat ma jupe et la détache, la laissant tomber par terre. Il me tend la main. Je la prends pour enjamber le vêtement. Maintenant, je n'ai plus que mon porte-jarretelles et mes bas.

— Vous faites plaisir à voir, madame Grey.

Il se cale dans la chaise et croise les bras pour me reluquer franchement. Je tends les bras et fais une petite révérence.

— Bon sang, j'ai vraiment de la chance.

— En effet.

Il sourit.

— Mets ma chemise et je te laisse me couper les cheveux. Si tu restes dans cette tenue, on n'ira jamais au lit.

Je ne peux pas m'empêcher de sourire. Sachant qu'il observe mes moindres mouvements, je me déhanche jusqu'à l'endroit où nous avons laissé mes chaussures et sa chemise. Je me penche lentement pour la ramasser, je la renifle - *mmm* - et je la passe.

Christian a les yeux comme des soucoupes. Il a remonté sa braguette et me regarde attentivement.

— Quel spectacle, madame Grey !

— On a des ciseaux ? je demande innocemment en battant des cils.

— Dans mon bureau, fait-il d'une voix rauque.

— Je vais les chercher.

Dans la chambre, je prends mon peigne sur la coiffeuse avant de me diriger vers son bureau. En passant dans le couloir, je remarque que la porte du bureau de Taylor est ouverte. Mme Jones se tient à l'entrée. Je reste figée sur place : Taylor est en train de caresser le visage de Mme Jones en lui souriant tendrement, puis il se penche pour l'embrasser.

Non ! Taylor et Mme Jones ? Je me doutais vaguement qu'il y avait quelque chose entre eux... Mais là, c'est clair, ils sont ensemble ! Je rougis car je me fais l'impression d'être une voyeuse, et j'arrive à persuader mes pieds de bouger. Je traverse à la hâte la grande pièce pour entrer dans le bureau de Christian. J'allume. Taylor et Mme Jones... Insensé ! Pourtant, il me semble bien que Mme Jones est plus âgée que Taylor, non ? Aïe, il va falloir que j'assimile cette nouvelle donne… J'ouvre le premier tiroir, et aussitôt, j'oublie ma découverte. *Christian a un revolver !*

Bordel de merde ! Je l'ignorais totalement. Je le sors et fais basculer le barillet. Il est chargé, mais léger… Sans doute en fibre de carbone. Qu'est-ce que Christian fabrique avec un flingue ? J'espère au moins qu'il sait s'en servir. Les constantes mises en garde de Ray au sujet des armes à feu me reviennent à l'esprit. *Ces trucs peuvent se retourner contre toi, Ana. Il faut que tu saches ce que tu fais quand tu manies une arme à feu.* Je range le revolver et trouve les ciseaux, puis je me précipite pour retrouver Christian avec des bourdonnements dans la tête.

À l'entrée de la grande pièce, je tombe sur Taylor.

— Excusez-moi, madame.

Il s'empourpre quand il remarque ma tenue.

— Euh, Taylor, bonsoir… euh. Je vais couper les cheveux de Christian ! fais-je, gênée.

Taylor est aussi mal à l'aise que moi. Il ouvre la bouche pour dire quelque chose, puis la referme aussitôt et s'écarte.

— Après vous, madame, dit-il cérémonieusement.

Je crois que je suis de la couleur de mon Audi Spécial Soumise. Impossible d'être plus embarrassée.

— Merci.

Je me précipite dans le couloir. Vais-je jamais m'habituer au fait que nous ne sommes pas seuls chez nous ? Je fais irruption dans la salle de bains, essoufflée.

— Qu’est-ce qui ne va pas ?

Christian est debout devant le miroir, mes chaussures à la main. Tous mes vêtements sont maintenant soigneusement pliés à côté du lavabo.

— Je viens de tomber sur Taylor.

Christian fronce les sourcils.

— Dans cette tenue ?

Et merde.

— Ça n’est pas la faute de Taylor.

Il fronce encore plus les sourcils.

— Non, mais quand même…

— Je ne suis pas nue.

— Presque.

— Je ne sais pas lequel de nous deux était le plus gêné, lui ou moi.

Je tente ma tactique de diversion.

— Tu savais que lui et Gail étaient…

Christian éclate de rire.

— Oui, évidemment.

— Et tu ne m’en as jamais parlé ?

— Je croyais que tu le savais.

— Non.

— Ana, ce sont des adultes. Ils vivent sous le même toit, ils sont tous les deux libres…

Je rougis. Quelle idiote je suis de n’avoir rien remarqué !

— Évidemment, vu comme ça… Mais je pensais que Gail était plus âgée que Taylor.

— En effet, mais certains hommes préfèrent les femmes plus âgées…

Il se tait brusquement.

— Je sais, dis-je en lui lançant un regard noir.

Christian, la mine contrite, me sourit affectueusement. Oui ! Ma tactique de diversion a fonctionné ! Ma conscience lève les yeux au ciel – certes, mais à quel prix ? Maintenant, le spectre de Mrs Robinson a surgi entre nous.

— D'ailleurs, ça me fait penser que…

— Quoi ? dis-je avec humeur.

Je prends la chaise pour la retourner en face du miroir au-dessus des lavabos.

— Assis !

Christian me regarde avec une indulgence amusée, mais s'exécute. Je commence à peigner ses cheveux, à présent presque secs.

— Je pensais qu'on pourrait convertir en appartement les chambres au-dessus du garage, dans la nouvelle maison, poursuit Christian. Comme ça, Taylor pourrait faire venir sa fille.

— Pourquoi est-ce qu'elle ne vient jamais ici ?

— Il ne me l'a jamais demandé.

— Tu devrais peut-être le lui proposer. Mais il faudra être sages quand elle est là, toi et moi.

Christian plisse le front.

— Je n'y avais jamais songé.

— C'est peut-être pour ça que Taylor ne t'a jamais demandé s'il pouvait l'inviter. Tu la connais, sa fille ?

— Oui. Elle est adorable. Timide. Très jolie. Je paie ses frais de scolarité.

Ah ? Je m'arrête de peigner Christian pour chercher son regard dans le miroir.

— Je ne savais pas.

Il hausse les épaules.

— C'est la moindre des choses. En plus, comme ça, il ne sera pas tenté de démissionner.

— Je suis sûre qu'il aime bien travailler pour toi.

Christian me considère d'un œil absent, puis hausse les épaules.

— Je ne sais pas.

— Je crois qu'il a beaucoup d'affection pour toi, Christian.

Je recommence à le peigner tout en lui jetant un coup d'œil dans le miroir. Son regard croise le mien.

— Tu crois ?

— Oui.

Il émet un petit rire à la fois dédaigneux et ravi, comme s'il était enchanté qu'au fond ses employés l'aiment bien.

— Bon, alors tu parleras à Gia, pour les chambres au-dessus du garage ?

— Oui, bien sûr.

Maintenant, je ne m'énerve plus dès que j'entends son nom. Ma déesse intérieure se rengorge et ma conscience hoche la tête d'un air entendu. *Oui… on a fait du bon boulot aujourd'hui.* Dorénavant, Gia laissera mon mari tranquille.

Je suis prête à couper les cheveux de Christian.

— Tu es certain ? C'est ta dernière chance de refuser.

— Montrez-moi de quoi vous êtes capable, madame Grey. Ça n'est pas moi qui suis obligé de me regarder, c'est toi.

Je souris.

— Christian, je pourrais te regarder du matin au soir.

Il secoue la tête, exaspéré.

— Ce n'est qu'une belle gueule, bébé.

— Et derrière cette belle gueule, il y a une très belle âme, dis-je en l'embrassant sur la tempe. L'âme de mon homme.

Il sourit timidement.

Soulevant la première mèche, je la peigne vers le haut et l'attrape entre l'index et le médius. Je coince le peigne entre mes dents, prends les ciseaux et coupe 2,5 centimètres. Christian ferme les yeux et reste aussi immobile qu'une statue, soupirant de satisfaction tandis que je travaille. De temps à autre, il ouvre les yeux, et je le surprends qui m'observe attentivement. Il ne me touche pas, ce dont je lui suis reconnaissante. Ça me déconcentrerait.

Quinze minutes plus tard, j'ai terminé.

— C'est bon.

Je suis satisfaite du résultat. Il est plus craquant que jamais, ses cheveux sont toujours ébouriffés et sexy… juste un peu plus courts.

Christian s'examine dans le miroir, l'air agréablement surpris.

— Excellent boulot, madame Grey.

Il se regarde sur tous les profils, et son bras se faufile autour de ma taille. M'attirant vers lui, il embrasse mon ventre et frotte son nez dessus.

— Merci, dit-il.

— Tout le plaisir est pour moi.

Je me penche pour lui donner un petit baiser.

— Il est tard. Allez, au lit.

Il me donne une petite claque enjouée sur les fesses.

— Avant, il faudrait que je balaie ça.

Il y a des cheveux partout par terre. Christian fronce les sourcils, comme si cette idée ne lui avait jamais traversé l'esprit.

— D'accord, acquiesce-t-il. Je vais aller chercher le balai. Je ne tiens pas à ce que tu choques le personnel en te baladant à moitié nue.

— Tu sais où se trouve le balai ? je lui demande d'un air innocent.

Christian s'arrête tout net.

— Euh… non.

J'éclate de rire.

— J'y vais.

Tout en attendant que Christian me rejoigne au lit, je songe que la journée aurait pu se terminer tout autrement. J'étais tellement en colère contre lui, et lui contre moi. Je n'ai aucune envie de diriger une entreprise. Je ne suis pas Christian. Il faut étouffer ce délire dans l'œuf. Peut-être qu'on devrait avoir un mot d'alerte pour les moments où il devient trop autoritaire et dominateur, et ceux où il se conduit comme un con ? Je glousse. Le mot d'alerte, ça pourrait être ça : « Con ». Je trouve cette idée très séduisante.

— Quoi ? me dit-il en se couchant, vêtu d'un pantalon de pyjama.

— Rien. Une idée, comme ça.

— Quelle idée ?

Il s'allonge à côté de moi.

Bon, allez, qui ne risque rien n'a rien.

— Christian, je ne crois pas que j'aie envie d'être chef d'entreprise.

Il s'accoude pour me regarder.

— Pourquoi dis-tu ça ?

— Parce que ça ne m'a jamais attirée.

— Tu en as tout à fait l'étoffe, Anastasia.

— J'aime lire, Christian. Si je dirige la SIP, je n'aurai plus le temps de le faire.

— Tu pourrais t'occuper uniquement du côté créatif.

Je ne vois pas où il veut en venir.

— Tu sais, poursuit-il, pour qu'une entreprise ait du succès, il faut savoir tirer parti des talents de ses collaborateurs. Si tes propres talents et tes centres d'intérêt te portent vers le côté créatif, il faut que tu organises ta boîte de façon à pouvoir t'y consacrer. Ne rejette pas mon offre d'entrée de jeu, Anastasia. Tu es très compétente. Je crois que tu peux faire tout ce que tu veux, si tu en as envie.

Hou là ! Comment peut-il savoir que je serais douée pour ça ?

— Et puis j'ai peur que ça me prenne trop de temps.

Christian fronce les sourcils. Je sors ma botte secrète :

— Du temps que je pourrais te consacrer.

Son regard s'assombrit.

— Arrête ton petit manège, réplique-t-il, amusé.

Je feins l'innocence.

— Quel manège ?

— Tu essaies de faire diversion, comme toujours. N'écarte pas cette idée, Ana. Réfléchis. C'est tout ce que je te demande.

Il m'embrasse chastement, puis effleure ma joue avec son pouce. Cette dispute n'en finira jamais.

Je lui souris. Une phrase qu'il m'a dite aujourd'hui me revient tout d'un coup à l'esprit.

— Je peux te poser une question ?

Ma voix est basse et hésitante.

— Bien sûr.

— Tu m'as dit que si j'étais fâchée contre toi, je n'avais qu'à me défouler sur toi au lit. Qu'est-ce que tu voulais dire par là ?

Il se fige.

— Qu'est-ce que tu penses que je voulais dire ?

Aïe ! Allez, je me lance.

— Que tu voulais que je t'attache.

Il me regarde, stupéfait.

— Euh… non. Pas du tout.

— Ah.

Je suis étonnée d'éprouver un pincement de déception.

— Tu as envie de m'attacher ? demande-t-il.

Il semble choqué. Je rougis.

— Eh bien…

— Ana, je…

Il se tait ; une ombre traverse son visage.

— Christian…

Alarmée, je me mets sur le côté pour m'accouder face à lui. Je caresse son visage. Ses yeux sont écarquillés, terrifiés. Il secoue tristement la tête.

Merde !

— Christian, laisse tomber. J'ai mal interprété tes paroles, c'est tout.

Il prend ma main pour la poser sur son cœur qui bat à tout rompre. *Bordel, qu'est-ce qui lui arrive ?*

— Ana, je ne sais pas si je supporterais que tu me touches pendant que je suis attaché.

Mon cuir chevelu me picote. C'est comme s'il me confessait un secret qui le tourmente.

— Tout ça, c'est encore trop nouveau pour moi.

Sa voix est sourde et douloureuse. Putain. Je posais la question, c'est tout. Je me rends compte que s'il a parcouru un long chemin, il lui en reste encore beaucoup à parcourir. *Ah, M. Cinquante Nuances, mon Cinquante Nuances.* L'angoisse étreint mon cœur. Je m'approche de lui. Il se fige. Je dépose un petit baiser à la commissure de ses lèvres.

— Christian, j'avais mal compris. Oublie ce que j'ai dit, je t'en prie.

Je l'embrasse. Il ferme les yeux en gémissant, il me rend mon baiser, me repousse sur le lit, m'attrape le menton. Et bientôt, nous nous perdons… nous nous perdons l'un dans l'autre à nouveau.

9

Lorsque j'ouvre les yeux avant que le réveil sonne, Christian est de mon côté du lit. Il m'enserre comme du lierre, sa tête sur ma poitrine, son bras autour de ma taille, sa jambe entre les miennes. Comme toujours quand on s'est disputés la veille : il s'enroule autour de moi dans son sommeil et me réchauffe dans tous les sens du terme.

Ah, mon Cinquante Nuances. En ce sens, il est tellement dépendant. Qui l'eût cru ? Une image familière – le petit Christian, sale et malheureux – revient me hanter. Doucement, je lui caresse les cheveux. Il remue ; son regard ensommeillé rencontre le mien. Il cligne des yeux.

— Bonjour, murmure-t-il en souriant.

— Bonjour.

J'adore voir ce sourire au réveil. Il frotte son nez contre mes seins et émet un petit ronronnement guttural. Ses mains effleurent le satin frais de ma chemise de nuit.

— J'aimerais bien te déballer comme un bonbon, mais bien que tu sois appétissante, il faut que je me lève, déclare-t-il en consultant le réveil.

Il démêle ses membres des miens, s'étire et se lève. Je reste allongée, les mains derrière la tête, pour profiter du spectacle.

— Vous admirez le paysage, madame Grey ?

— Le panorama est splendide, monsieur Grey.

Il sourit et me lance son pantalon de pyjama, qui manque de m'atterrir en pleine figure ; je l'attrape en pouffant comme une écolière. Avec un sourire malicieux, il arrache la couette, pose un genou sur le lit, m'attrape par les chevilles et me tire vers lui de sorte que ma chemise de nuit se retrousse. Je pousse un cri et il me grimpe sur le corps en semant de petits baisers sur mon genou, ma cuisse... mon... oh... *Christian !*

— Bonjour madame Grey.

Je rougis lorsque Mme Jones m'accueille, en me rappelant son rendez-vous nocturne avec Taylor.

— Bonjour.

Elle me donne mon thé. Je m'assois au bar à côté de mon mari tout fringant, douché, les cheveux humides, vêtu d'une chemise blanche immaculée et de sa cravate gris argent, ma préférée.

— Comment allez-vous, madame Grey ? me demande-t-il avec un regard tendre.

— Je crois que vous vous en doutez, monsieur Grey.

Je le regarde par en dessous. Il ricane.

— Mange ! m'ordonne-t-il. Tu n'as rien mangé hier.

Toujours aussi autoritaire !

— Parce que hier, tu étais vraiment trop con.

Mme Jones laisse tomber quelque chose dans l'évier, ce qui me fait sursauter. Christian, qui fait mine de ne pas m'avoir entendue, continue de me fixer, impassible.

— Mange !

Inutile de discuter avec lui.

— D'accord ! Regarde, je prends la cuiller, je mange mon muesli, dis-je, en marmonnant comme une adolescente mal lunée.

Je mets quelques cuillerées de yaourt à la grecque dans mon muesli avec une poignée de myrtilles. Je jette un coup d'œil à Mme Jones, qui croise mon regard. Je souris ; elle me répond d'un sourire chaleureux. Elle m'a préparé mon petit déjeuner préféré, découvert lors de ma lune de miel.

— Je vais peut-être être obligé d'aller à New York dans la semaine, m'annonce Christian, interrompant ma rêverie.

— Ah ?

— Je vais y passer une nuit. J'aimerais que tu viennes avec moi.

— Christian, je ne peux pas prendre de congé.

Alors qu'il me regarde avec l'air de dire « Ah bon ? Mais c'est moi, le patron », je soupire :

— Je sais que je travaille pour une boîte qui t'appartient, mais j'ai déjà été absente trois semaines. Comment crois-tu que je pourrais diriger une entreprise si je partais à tout bout de champ ? Ne t'en fais pas pour moi. Je suppose que tu prendras Taylor avec toi, mais Sawyer et Ryan seront là et…

Je m'arrête, parce que Christian me sourit largement.

— Quoi ?

— Rien. Toi.

Je fronce les sourcils. Il se moque de moi ? Puis, une idée désagréable me traverse l'esprit.

— Tu y vas comment, à New York ?

— En jet, pourquoi ?

— Je voulais simplement savoir si tu prenais Charlie Tango.

Je parle d'une voix tremblante - je me rappelle la dernière fois qu'il a piloté son hélicoptère et les heures d'angoisse passées à attendre de ses nouvelles. Mme Jones s'est figée, elle aussi.

— Je n'irai pas à New York avec Charlie Tango. C'est un trajet trop long. En plus, il ne sera pas réparé avant deux semaines.

Dieu merci. Je souris, d'abord parce que je suis soulagée mais aussi parce que je sais que la « mort » de Charlie Tango a beaucoup préoccupé Christian ces dernières semaines.

— Je suis ravie que les réparations soient presque terminées, mais...

Je me tais. Puis-je lui dire à quel point je serai nerveuse lorsqu'il reprendra l'hélico ?

— Quoi ? me demande-t-il en finissant son omelette.

Je hausse les épaules.

— Ana ? reprend-il plus sévèrement.

— C'est juste que... enfin, tu sais bien. La dernière fois que tu l'as pris... J'ai cru, on a tous cru que...

Je n'arrive pas à finir ma phrase. Les traits de Christian se radoucissent.

— Hé. C'était un sabotage, pas une erreur de pilotage.

Il me caresse la joue avec le dos de sa main. Une ombre passe brièvement sur son visage ; je me demande s'il connaît l'identité du saboteur.

— Je ne supporterais pas de te perdre, dis-je.

— Cinq personnes ont été virées à cause de ça, Ana. Ça ne se reproduira plus.

— Cinq ?

Il hoche la tête, sérieux.

Bordel de merde.

— Au fait, tant que j'y pense… Il y a un revolver dans ton bureau.

Le fait que je passe du coq à l'âne, mais sans doute aussi mon ton accusateur, lui font froncer les sourcils.

— C'est celui de Leila, finit-il par dire.

— Il est chargé.

— Comment le sais-tu ?

— J'ai vérifié.

Il me lance un regard noir.

— Je ne veux pas que tu joues avec cette arme. J'espère que tu as remis le cran de sûreté.

— Mais Christian, il n'y a pas de cran de sûreté sur ce revolver. Tu ne connais donc rien aux armes ? dis-je, stupéfaite.

Il écarquille les yeux.

— Euh… non.

Taylor toussote discrètement depuis l'entrée. Christian lui adresse un signe de tête.

— Il faut qu'on y aille, dit Christian.

Il se lève, l'air préoccupé, et passe sa veste grise. Je le suis dans le couloir. *Il a le revolver de Leila.* Je suis abasourdie par cette information. Qu'est-ce qu'elle devient, au fait ? Est-elle toujours… où donc ? Quelque part sur la côte Est. Dans le New Hampshire ? J'ai oublié.

— Bonjour, Taylor, dit Christian.

— Bonjour, monsieur, madame.

Il nous adresse un signe de tête, en prenant soin de ne pas me regarder dans les yeux. Je lui en suis reconnaissante.

— Je vais me brosser les dents, dis-je.

Christian se brosse toujours les dents avant le petit déjeuner. Je me demande vaguement pourquoi.

— Tu devrais demander à Taylor de te donner des cours de tir, dis-je alors que nous sommes dans l'ascenseur.

— Ah bon, tu crois ? réplique-t-il sèchement.

— Oui.

— Anastasia, je hais les armes à feu. Ma mère a soigné trop de victimes de blessures par balles, et mon père est totalement opposé au port d'arme. J'ai été élevé avec ces valeurs. Je soutiens au moins deux initiatives de contrôle des armes à feu dans l'État de Washington.

— Ah. Et Taylor, il est armé ?

Christian pince les lèvres.

— Parfois.

— Et tu n'approuves pas ?

Nous sommes arrivés au rez-de-chaussée. Christian me fait signe de sortir de l'ascenseur en répondant :

— Taylor et moi avons des points de vue très différents sur le contrôle des armes.

Là-dessus, je suis d'accord avec Taylor.

Christian me tient la porte du hall d'entrée et je me dirige vers la voiture. Il ne m'a pas laissée me rendre seule en voiture à la SIP depuis le sabotage de Charlie Tango. Sawyer nous ouvre la portière avec un sourire affable. Une fois à bord, je prends la main de Christian :

— Je t'en prie...

— Quoi ?

— Apprends à tirer.

Il lève les yeux au ciel.

— Non. Fin de la discussion, Anastasia.

Une fois de plus, je redeviens une gamine qu'on gronde. J'ouvre la bouche pour lancer une réplique cinglante, mais je me ravise : je ne veux pas commencer la journée par une dispute. Je croise les bras et j'aperçois Taylor qui me regarde dans le rétroviseur. Il détourne les yeux pour se concentrer sur la route, mais il secoue la tête, manifestement exaspéré.

Tiens donc... Christian le fait tourner en bourrique, lui aussi. Cette idée me rend ma bonne humeur.

— Au fait, où se trouve Leila en ce moment ?

— Je te l'ai déjà dit. Elle est chez ses parents, dans le Connecticut.

— Tu sais si elle y est toujours ? Après tout, elle a les cheveux longs. C'était peut-être elle, au volant de la Dodge.

— Oui, j'ai vérifié. Elle est inscrite dans une école d'art à Hamden. Elle a commencé ses cours cette semaine.

Mon visage se vide de tout son sang.

— Tu lui as parlé ?

— Non. Elle l'a dit à Flynn.

— Je vois, fais-je, soulagée.

— Quoi ?

— Rien.

Christian soupire.

— Ana. Qu'est-ce qu'il y a ?

Je hausse les épaules, car je ne veux pas avouer ma jalousie irrationnelle.

— Je la fais surveiller, reprend Christian, pour m'assurer qu'elle reste bien de l'autre côté du continent. Elle va mieux, Ana. Flynn l'a envoyée consulter un psy à New Haven, et tous ses rapports sont positifs. Elle s'est toujours intéressée à l'art, alors...

Tout d'un coup, je songe que c'est sans doute lui qui paie les études de Leila. Devrais-je lui poser la question ? Je sais qu'il en a les moyens, mais pourquoi s'y sentirait-il obligé ? Je soupire.

Christian me prend la main.

— Ne t'en fais pas avec ça, murmure-t-il.

Je lui presse la main. Je sais qu'il croit agir pour le mieux.

Au milieu de la matinée, lors d'une pause entre mes réunions, je m'apprête à téléphoner à Kate quand je vois que j'ai reçu un mail de Christian.

De : Christian Grey
Objet : Flatterie
Date : 23 août 2011 09:54
À : Anastasia Grey

Madame Grey,
J'ai reçu trois compliments sur ma nouvelle coupe de cheveux. Les compliments de la part de mon personnel, c'est du jamais-vu. Je crois plutôt que je les dois au sourire ridicule que j'affiche chaque fois que je repense à hier soir. Tu es vraiment une femme merveilleuse, talentueuse et belle.

Et toute à moi.

Christian Grey
P-DG, Grey Enterprises Holdings, Inc.

Ce mail me fait fondre.

De : Anastasia Grey
Objet : J'essaie de me concentrer, là
Date : 23 août 2011 10:48
À : Christian Grey

Monsieur Grey,

J'essaie de travailler et je ne veux pas me laisser déconcentrer par de délicieux souvenirs. Est-ce le moment de vous avouer que je coupais régulièrement les cheveux de Ray ? Je ne savais pas que ce serait un entraînement aussi utile.

Et, oui, je suis à toi et toi, mon cher mari autoritaire qui refuse de jouir de son droit constitutionnel de porter des armes, tu es à moi. Mais ne t'en fais pas, parce que je te protégerai. Toujours.

Anastasia Grey
Éditrice, SIP

De : Christian Grey
Objet : Calamity Jane
Date : 23 août 2011 10:53
À : Anastasia Grey

Madame Grey,
Je suis ravi de constater que vous avez demandé au service informatique de changer votre nom. :D

Je dormirai plus paisiblement en sachant que mon épouse porte-flingue dort à côté de moi.

Christian Grey
P-DG & Hoplophobe, Grey Enterprises Holdings, Inc.

Hoplophobe? C'est quoi, ce truc-là?

De : Anastasia Grey
Objet : Toujours les grands mots
Date : 23 août 2011 10:58
À : Christian Grey

Monsieur Grey,
Une fois de plus, vos prouesses linguistiques m'éblouissent. Vos prouesses en général, d'ailleurs, et je crois que vous savez de quoi je parle.

Anastasia Grey
Éditrice, SIP

De : Christian Grey
Objet : Doux Jésus !
Date : 23 août 2011 11:01
À : Anastasia Grey

Madame Grey,
Seriez-vous en train me draguer, par hasard ?

Christian Grey
P-DG Scandalisé, Grey Enterprises Holdings, Inc.

De : Anastasia Grey
Objet : Vous préféreriez...
Date : 23 août 2011 11:04
À : Christian Grey

... que je drague quelqu'un d'autre ?

Anastasia Grey
Éditrice courageuse, SIP

De : Christian Grey
Objet : Grrrr
Date : 23 août 2011 11:09
À : Anastasia Grey

NON !

Christian Grey
P-DG Possessif, Grey Enterprises Holdings, Inc.

De : Anastasia Grey
Objet : Waouh...
Date : 23 août 2011 11:14
À : Christian Grey

Gronderiez-vous comme un fauve ? Parce que c'est assez excitant.

Anastasia Grey
Éditrice qui se tortille (pour les bonnes raisons), SIP

De : Christian Grey
Objet : Attention
Date : 23 août 2011 11:16
À : Anastasia Grey

Après m'avoir dragué, vous m'allumez, madame Grey ? Je risque de passer vous voir cet après-midi.

Christian Grey
P-DG Priapique, Grey Enterprises Holdings, Inc.

De : Anastasia Grey
Objet : Ah non !
Date : 23 août 2011 11:20
À : Christian Grey

Je serai sage. Je ne voudrais pas avoir le patron du patron de mon patron sur le dos.
Et maintenant, laisse-moi faire mon boulot. Sinon, le patron du patron de mon patron pourrait me botter le cul et me virer.

Anastasia Grey
Éditrice, SIP

De : Christian Grey
Objet : &*%$&*&*
Date : 23 août 2011 11:23
À : Anastasia Grey

Crois-moi, il y a des tas de choses que le patron du patron de ton patron aimerait faire à ton cul en ce moment. Te le botter ne figure pas sur la liste.

Christian Grey
P-DG & Fou du cul, Grey Enterprises Holdings, Inc.

Sa réponse me fait pouffer de rire.

De : Anastasia Grey
Objet : Allez, ouste !
Date : 23 août 2011 11:26
À : Christian Grey

Tu n'as pas un empire à gérer, toi ?
Arrête de me déranger. Mon rendez-vous vient d'arriver.
Je croyais que tu préférais les seins...
Pense à mon cul, je penserai au tien...

Je t'aime x

Anastasia Grey
Éditrice mouillée, SIP

Jeudi matin, je ne peux pas m'empêcher de me sentir déprimée lorsque Sawyer me dépose au bureau. Christian est en voyage d'affaires à New York et, bien qu'il ne soit absent que depuis quelques heures, il me manque déjà. J'allume mon ordinateur : un mail m'y attend. Je retrouve aussitôt ma bonne humeur.

De : Christian Grey
Objet : Tu me manques déjà
Date : 25 août 2011 04:32
À : Anastasia Grey

Madame Grey,
Tu étais adorable ce matin. Sois sage pendant mon absence.

Je t'aime.

Christian Grey
P-DG, Grey Enterprises Holdings, Inc.

C'est la première nuit que nous ne passons pas ensemble depuis notre mariage. J'ai l'intention d'en profiter pour aller boire un verre avec Kate – l'alcool devrait m'aider à m'endormir. Je réponds aussitôt à son mail, même si je sais qu'il est encore dans l'avion.

De : Anastasia Grey
Objet : Sois sage !
Date : 25 août 2011 09:03
À : Christian Grey

Donne-moi des nouvelles dès que tu atterris – je serai inquiète jusque-là.
Et je serai sage. Après tout, je ne vois pas quelles bêtises je pourrais faire avec Kate ?

Anastasia Grey
Éditrice, SIP

Je clique sur « envoyer » et sirote mon café *latte* préparé par Hannah. Qui eût cru que j'apprendrais à aimer le café ? Même si je suis contente de sortir ce soir avec Kate, j'ai l'impression qu'une part de moi me manque. Un morceau qui se trouve en ce moment à dix mille mètres d'altitude au-dessus du Midwest. Je ne sais pas pourquoi je me sens aussi déstabilisée quand Christian n'est pas là. Avec le temps, je finirai par m'habituer à ses absences, non ? Je me remets au travail en soupirant.

Vers l'heure du déjeuner, je commence à consulter mon BlackBerry compulsivement pour voir si Christian m'a envoyé un SMS. Où est-il ? A-t-il atterri sain et sauf ? Hannah me demande si je veux déjeuner, mais l'angoisse me coupe l'appétit. Je sais que c'est irrationnel, mais j'ai besoin de savoir s'il est arrivé sain et sauf.

La sonnerie de mon fixe me fait sursauter.

— Ana St… Grey.

— Salut.

La voix de Christian est chaleureuse et un peu amusée. Ouf ! Je souris d'une oreille à l'autre :

— Salut. Tu as fait bon vol ?

— C'était long. Qu'est-ce que tu vas faire, avec Kate ?

Aïe. C'est parti.

— On sort prendre un verre tranquillement.

Comme Christian ne dit rien, je tente de le rassurer :

— Sawyer et la nouvelle - Prescott - nous escortent.

— Je croyais que vous alliez dîner à la maison ?

— Oui, mais avant, on va prendre un petit verre.

Je t'en prie, laisse-moi sortir !

Christian pousse un grand soupir.

— Pourquoi tu ne m'en as pas parlé ? dit-il posément - *trop posément.*

Je me donne un coup de pied virtuel.

— Christian, ne t'en fais pas, j'aurai Sawyer et Prescott avec moi. On ne fait que prendre un verre.

Christian reste résolument muet : visiblement, il est contrarié.

— Je n'ai pratiquement pas vu Kate depuis que je t'ai rencontré. Je t'en prie. C'est ma meilleure amie.

— Ana, je ne veux pas t'empêcher de voir tes amis, mais je pensais qu'elle venait à la maison.

Je cède :

— Très bien, on ne sortira pas.

— Tant que ce cinglé est dans la nature, c'est préférable. S'il te plaît.

— Je t'ai déjà dit que c'était d'accord.

Exaspérée, je lève les yeux au ciel. Christian ricane doucement.

— Quand tu lèves les yeux au ciel, je le devine toujours.

Je fais une grimace au téléphone.

— Écoute, je suis désolée, je ne voulais pas t'inquiéter. Je vais le dire à Kate.

— Bien, souffle-t-il, manifestement soulagé.

Je me sens coupable.

— Tu es où ?

— Sur le tarmac à JFK.

— Ah, alors tu viens d'arriver.

— Tu m'as demandé de t'appeler dès que j'atterrissais.

Ma conscience me dévisage d'un air sévère. *Tu vois ? Il fait ce qu'il dit, lui.*

— Eh bien, monsieur Grey, je suis heureuse de constater que l'un de nous deux respecte scrupuleusement ses engagements.

Il éclate de rire.

— Madame Grey, vous savez manier l'hyperbole. Qu'est-ce que je vais faire de toi ?

— Je suis sûre que tu trouveras. Tu trouves toujours.

— Tu cherches encore à m'allumer ?

— Oui.

Je devine qu'il sourit.

— Ana, il faut que j'y aille. Et fais ce que les gardes du corps te disent, s'il te plaît. Ils connaissent leur boulot.

— Oui, Christian, promis.

Je suis à nouveau exaspérée. *Bon, ça va, j'ai compris, pas la peine d'en remettre une couche.*

— Je te rappelle plus tard.

— Pour savoir ce que je fais ?

— Oui.

— Christian !

— Au revoir, madame Grey.

— Au revoir, Christian. Je t'aime.

Il inspire brusquement.

— Moi aussi, Ana.

Nous ne raccrochons ni l'un ni l'autre.

— Raccroche, Christian.

— Tu es une petite chose autoritaire, non ?

— *Ta* petite chose autoritaire.

— À moi, souffle-t-il. Fais ce qu'on te dit : raccroche.

— Oui, monsieur.

Je raccroche et je souris au téléphone comme une idiote.

Quelques instants plus tard, un mail arrive dans ma boîte de réception.

De : Christian Grey
Objet : Les paumes qui me démangent
Date : 25 août 2011 13:42 EDT
À : Anastasia Grey

Madame Grey,
C'est toujours aussi agréable de vous parler au téléphone.
Mais je suis sérieux.

Fais ce qu'on te dit. J'ai besoin de savoir que tu es en sécurité.

Je t'aime.

Christian Grey
P-DG, Grey Enterprises Holdings, Inc.

Non mais, franchement, de nous deux, c'est quand même lui le plus autoritaire. En tout cas, il aura suffi d'un coup de fil pour que mon angoisse s'évanouisse. Sauf que, maintenant, c'est lui qui s'inquiète pour moi. Comme d'habitude. Bon sang, qu'est-ce que je l'aime, cet homme ! En frappant à ma porte, Hannah me ramène sur terre.

Kate est superbe. Dans son jean blanc moulant et son débardeur rouge, elle est prête à faire des ravages. Elle bavarde avec Claire à l'accueil lorsque je la rejoins.

— Ana ! s'écrie-t-elle en me serrant contre elle.

Elle me tient à bout de bras :

— Dis donc, quelle femme de nabab ! Qui l'eût cru de la petite Ana Steele ? Tu es devenue tellement… sophistiquée !

Elle sourit largement. Je lève les yeux au ciel. Je porte une robe trois-trous crème avec une ceinture marine et des escarpins assortis.

— Je suis contente de te voir, Kate.

Je la serre dans mes bras à mon tour.

— Alors, on va où ?

— Christian veut qu'on aille à la maison.

— Non, vraiment ? On ne peut même pas prendre un verre en vitesse au Zig Zag Café ? J'ai réservé une table.

J'ouvre la bouche pour protester.

— S'il te plaît ! minaude-t-elle en faisant une jolie moue.

Tiens, elle a dû apprendre cette mimique de Mia. J'ai vraiment envie de boire un cocktail au Zig Zag. On s'est tellement marrées la dernière fois qu'on y est allées, et puis c'est à deux pas de chez Kate.

Je brandis mon index.

— Rien qu'un verre.

Elle sourit.

— Rien qu'un verre.

Elle passe son bras sous le mien et nous nous rendons à la voiture, garée devant l'immeuble, avec Sawyer au volant. Nous sommes suivies par Mlle Belinda Prescott, une grande jeune femme noire qui vient de rejoindre l'équipe de sécurité. Son comportement froid et strictement professionnel ne me la rend pas très sympathique, mais - comme tout le reste de l'équipe - elle a été personnellement recrutée par Taylor, donc je m'interdis tout jugement trop hâtif. Elle est habillée comme Sawyer, avec un tailleur pantalon sombre.

— Pourriez-vous nous conduire au Zig Zag, s'il vous plaît, Sawyer ?

Sawyer se retourne pour me dévisager. Manifestement, il a reçu des ordres. Il hésite.

— Le Zig Zag Café. On veut juste boire un verre.

Kate foudroie Sawyer du regard. Le pauvre.

— Oui, madame.

— M. Grey nous a demandé de vous ramener directement chez vous, intervient Prescott.

— M. Grey n'est pas là, je lâche d'une voix tranchante. Le Zig Zag, s'il vous plaît.

— Bien, madame, répond Sawyer en jetant un coup d'œil à Prescott, qui opte pour le silence.

Kate m'observe comme si elle n'arrivait pas à en croire ses yeux ni ses oreilles. Je pince les lèvres et hausse les épaules. Bon, d'accord, je suis un peu plus sûre de moi qu'avant. Kate hoche la tête tandis que Sawyer s'engage dans la circulation de fin d'après-midi.

— Tu sais, Grace et Mia sont en train de devenir folles avec toutes ces mesures de sécurité, m'apprend Kate d'une voix désinvolte. (Je la fixe, déconcertée.) Tu ne le savais pas ?

— Savoir quoi ?

— La sécurité pour tous les Grey a été triplée. Voire centuplée.

— Vraiment ?

— Il ne te l'a pas dit ?

Je rougis.

— Non.

Et merde, Christian !

— Tu sais pourquoi ? je demande.

— Jack Hyde.

— Jack ? Je pensais qu'il n'en voulait qu'à Christian ?

Mais enfin, pourquoi ne m'en a-t-il pas parlé ?

— Depuis lundi, ajoute Kate.

Lundi ? *Voyons voir... nous avons identifié Jack dimanche. Mais pourquoi tous les Grey ?*

— Comment tu sais ça ?

— Par Elliot.

Évidemment.

— Christian ne t'a rien dit ?

Je rougis une fois de plus.

— Ah, Ana, qu'est-ce que c'est agaçant, cette manie du secret.

Je soupire. Une fois de plus, Kate a enfoncé le clou avec une massue. Enfin, si Christian ne veut pas me parler, Kate m'expliquera peut-être, elle. Je continue :

— Tu sais pourquoi ?

— Selon Elliot, ça a un rapport avec des informations stockées dans l'ordinateur de Jack Hyde, celui qui a été saisi à la SIP.

Bordel de merde.

— Tu plaisantes ?

Une bouffée de colère m'envahit. Comment se fait-il que Kate soit au courant, et pas moi ?

Je jette un coup d'œil à Sawyer qui m'observe dans le rétroviseur. Le feu passe au vert et il se concentre de nouveau sur la route. Je pose mon index sur mes lèvres et Kate hoche la tête. Je parie que Sawyer est au courant, lui aussi.

— Et Elliot, ça va ? je demande pour changer de sujet.

Kate sourit comme une idiote, ce qui m'apprend tout ce que j'ai besoin de savoir.

Sawyer se gare au bout de la ruelle qui mène au Zig Zag Café et Prescott m'ouvre la portière. Je sors rapidement, suivie de Kate. Nous nous prenons le bras pour descendre la ruelle, suivies par Prescott, qui ne cache pas sa désapprobation. Pour l'amour du ciel, on va prendre un verre, c'est tout !

— Comment Elliot a-t-il rencontré Gia ? dis-je en sirotant mon deuxième mojito aux fraises.

Le bar est cosy et intime, et je n'ai aucune envie de partir. Kate et moi n'avons pas arrêté de parler. J'avais oublié à quel point j'adorais être avec elle. Et puis cette virée entre copines, ça me donne le sentiment d'être libre. J'envisage un instant d'envoyer un SMS à Christian, mais je me ravise. Il va m'obliger à rentrer, comme une enfant désobéissante.

— Ne me parle pas de cette salope ! crache Kate.

Sa réaction me fait éclater de rire.

— Qu'est-ce qui te fait rire, Steele ?

— Je suis comme toi.

— Ah bon ?

— Oui. Elle a fait un rentre-dedans pas croyable à Christian.

— Elle a couché avec Elliot, boude Kate.

— Non !

Elle hoche la tête en pinçant les lèvres avec sa mine renfrognée brevetée Katherine Kavanagh.

— Ça n'a pas duré longtemps. L'an dernier, je crois. C'est une arriviste, pas étonnant qu'elle ait voulu mettre le grappin sur Christian.

— Je lui ai dit que si elle n'arrêtait pas de tourner autour de lui, je la virais.

Kate me dévisage une fois de plus la bouche grande ouverte. Je hoche fièrement la tête. Épatée, elle lève son verre à ma santé avec un grand sourire.

— Bravo, madame Anastasia Grey !

— Est-ce qu'Elliot a un revolver ?

— Non, il est contre les armes à feu.

Kate touille son troisième cocktail.

— Christian aussi. Je crois que c'est l'influence de Grace et Carrick.

Je suis un peu pompette.

— Carrick est un type bien, déclare Kate en hochant la tête.

— Mais il voulait me faire signer un contrat de mariage.

Kate pose sa main sur mon avant-bras.

— Il voulait protéger son fils, c'est tout. Il est évident que tu as « croqueuse de diamants » tatoué sur le front.

Elle me sourit. Je lui tire la langue avant de pouffer.

— Grandis un peu, madame Grey, glousse-t-elle. Un jour, tu feras la même chose pour ton fils.

— Mon fils ?

Je n'ai jamais songé auparavant que mes enfants allaient être riches. Il faudra que je réfléchisse à tout ça... mais pas maintenant. Je jette un coup d'œil à Prescott et Sawyer, qui sirotent leur eau minérale tout en surveillant la foule.

— Tu crois qu'on devrait manger un truc ? dis-je.

— Non, je crois qu'on devrait commander une autre tournée, répond Kate.

— Tu es d'humeur à boire, on dirait ?

— Pour une fois que je te vois... Comment j'aurais pu deviner que tu épouserais le premier type qui te ferait tourner la tête ? Tu t'es mariée tellement vite que j'ai cru que tu étais enceinte.

Je ricane.

— Comme tout le monde ! Bon, on ne va pas ressasser cette conversation. En plus, il faut que j'aille aux toilettes.

Prescott m'accompagne. Elle ne dit rien. C'est inutile : la désapprobation suinte d'elle tel un isotope radioactif.

— Je ne suis pas sortie toute seule depuis mon mariage, dis-je à voix basse dans les W-C.

Je tire la langue, sachant que Prescott, de l'autre côté de la porte, m'attend pendant que je fais pipi. Quel mal pourrait me faire Jack Hyde au beau milieu d'un bar ? Comme toujours, Christian en fait dix fois trop. Mais bon. Il s'en remettra. Un jour.

— Kate, il est tard. On devrait y aller.

Il est 22 h 15, je viens d'engloutir mon quatrième mojito aux fraises et je suis pompette.

— D'accord, Ana. Ça m'a vraiment fait plaisir de te voir. Tu as l'air tellement plus, enfin… sûre de toi. Le mariage te va bien, c'est évident.

Je m'empourpre. De la part de Mlle Katherine Kavanagh, c'est un sacré compliment.

— C'est vrai.

Et comme j'ai un peu trop bu, j'ai les larmes aux yeux. Plus heureuse que moi, ça n'est pas possible. Malgré ses casseroles et ses cinquante nuances, j'ai épousé l'homme de mes rêves. Je change de sujet rapidement, parce que je sens que je vais me mettre à chialer.

— J'ai passé une super soirée, dis-je à Kate en lui prenant la main. Merci de m'avoir obligée à sortir !

Nous nous étreignons. Quand elle me libère, j'adresse un signe de tête à Sawyer, qui remet les clés de voiture à Prescott. Je confie tout bas à Kate :

— Je suis sûre que Mlle Sainte-Nitouche Prescott a raconté à Christian que je n'étais pas rentrée directement à la maison. Il va être furieux.

Et il trouvera peut-être une façon délicieuse de me punir… j'espère.

— Pourquoi tu souris comme une idiote, Ana ? Ça te plaît, d'énerver Christian ?

— Non, pas vraiment, mais c'est facile. Il cherche souvent à me contrôler.

La plupart du temps.

— J'avais remarqué, fait Kate, ironique.

Nous nous rangeons devant l'appartement de Kate. Elle me serre très fort contre elle.

— À bientôt, glisse-t-elle en me faisant la bise.

Et puis elle disparaît. J'agite la main. C'est comme si j'avais le mal du pays, tout d'un coup. Ça me manque, le papotage entre copines. C'est marrant, ça me détend, et ça me rappelle que je suis encore jeune. Il faudrait vraiment que je fasse un effort pour voir Kate plus souvent, même si j'adore être dans ma bulle avec Christian. Hier soir, nous avons assisté à un dîner de charité avec plein de types en costume et de femmes élégantes qui parlaient immobilier, crise et valeurs boursières en berne. C'était chiant, vraiment chiant. Alors ça me fait du bien de me défouler avec quelqu'un de mon âge.

Mon estomac gargouille. Je n'ai toujours rien mangé. *Merde – Christian !* Je fouille mon sac à main pour repêcher mon BlackBerry. *Putain – cinq appels manqués !* Un SMS…

« BORDEL ! TU ES OÙ ? »

Et un mail.

De : Christian Grey
Objet : Furieux. Tu ne m'as jamais vu vraiment furieux.
Date : 26 août 2011 00:42 EST
À : Anastasia Grey

Anastasia,
Sawyer me dit que tu es en train de boire des cocktails dans un bar, alors que tu m'as promis de rentrer directement à la maison. As-tu la moindre idée du degré de ma colère, en ce moment ?
À demain.

Christian Grey
P-DG, Grey Enterprises Holdings, Inc.

Cette fois, je suis vraiment dans la merde. Ma conscience me foudroie du regard, puis hausse les épaules, avec l'air de dire « comme on fait son lit, on se couche ». Je m'attendais à quoi, au juste ? J'envisage de l'appeler, mais il est tard et il dort sans doute… ou alors il fait les cent pas dans sa chambre. Je décide qu'un petit SMS suffira.

« JE SUIS ENCORE VIVANTE.
J'AI PASSÉ UNE BONNE SOIRÉE.
TU ME MANQUES. S'IL TE PLAÎT,
NE SOIS PAS FURIEUX. »

Je contemple mon BlackBerry comme pour obliger Christian à me répondre, mais il reste silencieux. Je soupire.

Prescott se gare devant l'Escala et Sawyer descend pour m'ouvrir la portière. Alors que nous attendons l'ascenseur, j'en profite pour l'interroger :

— À quelle heure Christian vous a-t-il appelé ?

Sawyer rougit.

— Vers 21 h 30, madame.

— Pourquoi n'avez-vous pas interrompu ma conversation avec Kate pour me laisser lui parler ?

— M. Grey m'a demandé de ne pas le faire.

Je pince les lèvres. L'ascenseur arrive : nous y entrons en silence. Heureusement que Christian a toute une nuit pour se remettre de sa crise de nerfs, et qu'il est à l'autre bout du pays. Ça me donne un peu de répit, mais d'un autre côté... il me manque.

Les portes de l'ascenseur s'ouvrent, et pendant une fraction de seconde, je fixe la table du vestibule. Le vase de fleurs gît par terre, fracassé. Il y a des éclats de porcelaine partout, et la table est renversée. Mon cuir chevelu se met à me picoter. Sawyer m'attrape par le bras et me repousse dans la cabine de l'ascenseur.

— Restez ici, souffle-t-il en sortant son arme.

Il sort de l'ascenseur et disparaît de mon champ visuel.

— Luke ! lance Ryan depuis la grande pièce. Code bleu !

Code bleu ?

— Tu l'as pincé ? répond Sawyer. Nom de Dieu !

Je me plaque contre la paroi de la cabine. *Qu'est-ce qui se passe, bordel ?* J'ai une poussée d'adrénaline et le cœur au bord de l'explosion. J'entends parler à voix basse. L'instant d'après, Sawyer reparaît dans le vestibule. Planté dans une flaque d'eau, il rengaine son arme.

— Vous pouvez entrer, madame.

— Qu'est-ce qui s'est passé, Luke ?

Ma voix n'est qu'un chuchotement.

— Nous avons eu un visiteur.

Il me prend par le coude et je lui suis reconnaissante de me soutenir car j'ai les jambes en coton. Je franchis la double porte avec lui.

Ryan est debout à l'entrée de la grande pièce. Il a l'air amoché, débraillé. Son arcade sourcilière saigne ; il a une coupure sur la bouche. Mais ce qui est encore plus choquant, c'est que Jack Hyde gît à ses pieds.

10

Mon cœur bat à tout rompre et le bourdonnement de mon sang dans mes tympans est amplifié par l'alcool qui imbibe mon cerveau.

— Il est… ?

Je m'étrangle, incapable de finir ma phrase. Je fixe Ryan les yeux écarquillés, incapable de regarder le corps affalé sur le ventre.

— Non, madame, il est inconscient.

Dieu merci.

— Et vous, ça va ? dis-je à Ryan.

Je viens de me rendre compte que je ne connais même pas son prénom. Aussi essoufflé que s'il venait de courir un marathon, il essuie le sang au coin de sa bouche ; un bleu est en train d'apparaître sur sa joue.

— Il m'a donné un peu de fil à retordre, mais ça va, madame.

Il m'adresse un sourire rassurant. Si je le connaissais mieux, je dirais même qu'il a l'air un peu faraud.

— Et Gail ? Mme Jones ?

Oh mon Dieu… est-ce qu'elle va bien ? Elle n'est pas blessée ?

— Je suis là, Ana.

En jetant un coup d'œil par-dessus mon épaule, je la vois en peignoir, les cheveux dénoués, le visage blême et les yeux écarquillés – comme les miens, sans doute.

— Ryan m'a réveillée. Il m'a demandé d'aller m'enfermer là. (Elle désigne le bureau de Taylor.) Mais ça va. Et vous ?

Je hoche la tête rapidement. Elle sort sans doute de la pièce de sûreté attenante au bureau de Taylor. Qui eût cru que nous en aurions besoin aussi vite ? Quand Christian a tenu à l'installer peu de temps après nos fiançailles, j'ai levé les yeux au ciel. Maintenant, je lui suis reconnaissante de sa prévoyance.

La porte du vestibule émet un grincement. Elle pend sur ses gonds. *Qu'est-ce qui s'est passé ?*

— Il était seul ? dis-je à Ryan.

— Oui, madame, sinon, vous ne seriez pas là, je peux vous le garantir.

Ryan paraît vaguement offusqué.

— Comment est-il entré ?

— Par l'ascenseur de service. Il ne manque pas d'air, madame.

Je contemple le corps de Jack. Il porte une sorte d'uniforme.

— Quand ?

— Il y a dix minutes environ. Je l'ai repéré sur la caméra de surveillance, et comme il portait des gants… j'ai trouvé ça bizarre, en plein mois d'août. Quand je l'ai reconnu, j'ai décidé de le laisser passer. Comme ça, on était sûrs de le coincer. Vous n'étiez pas là et Gail était en sécurité. Alors je me suis dit que c'était maintenant ou jamais.

Ryan a de nouveau l'air très fier de lui, mais Sawyer lui adresse un regard désapprobateur.

Des gants ? Je jette un coup d'œil à Jack. En effet, il porte des gants en cuir marron. Ça me fait froid dans le dos.

— Et maintenant ? dis-je en m'efforçant de ne pas songer à ce que ça implique.

— Il faut l'attacher, répond Ryan.

— L'attacher ?

— Au cas où il reviendrait à lui.

Ryan jette un coup d'œil à Sawyer.

— De quoi avez-vous besoin ? demande Mme Jones en s'avançant.

Elle a retrouvé son sang-froid.

— D'une corde ou d'un câble.

Ou des liens de serrage en plastique. Le souvenir d'hier soir me revient à l'esprit. Je rougis en me frottant machinalement les poignets. Je leur jette un rapide coup d'œil. Non, je n'ai pas de bleus. Ouf.

— Des liens de serrage en plastique, ça irait ?

Tous les regards se tournent vers moi.

— Oui, madame. Ce sera parfait, répond Sawyer, impassible.

Je voudrais que le sol s'ouvre pour m'ensevelir, mais je fais volte-face pour me diriger vers notre chambre. C'est peut-être le mélange de peur et d'alcool qui m'a permis de surmonter ma honte. Après tout, il s'agit d'un cas de force majeure.

Quand je reviens, Mme Jones est en train d'inspecter les dégâts dans le vestibule et Mlle Prescott a rejoint ses collègues. Je remets les liens à Sawyer qui attache les mains de Hyde derrière son dos. Mme Jones disparaît dans la cuisine et revient avec une trousse de premiers soins. Elle prend Ryan par le bras, l'entraîne à l'entrée de la grande pièce, et entreprend de nettoyer sa coupure à l'arcade sourcilière ; il grimace lorsqu'elle la tamponne avec une lingette antiseptique. Puis je remarque, par terre, un Glock équipé d'un silencieux. *Bordel de merde ! Jack était armé ?* La bile me monte à la gorge ; je la ravale, puis je me penche pour le ramasser.

— N'y touchez pas, madame.

Sawyer émerge du bureau de Taylor avec des gants en latex.

— Je m'en occupe, dit-il.

— C'est à lui ?

— Oui, madame, répond Ryan en grimaçant à nouveau sous les soins de Mme Jones.

Merde alors… Ryan s'est battu à mains nues contre un homme armé, chez moi. Je frémis. Sawyer s'incline pour ramasser le revolver avec précaution.

— Vous pensez que c'est une bonne idée de faire ça ? dis-je.

— C'est ce que M. Grey m'aurait demandé de faire, madame.

Sawyer glisse l'arme dans un sachet Ziploc, puis s'accroupit pour fouiller Jack. Il tire un rouleau de gros scotch de la poche de sa salopette, blêmit et le remet où il l'a trouvé.

Du gros scotch ? J'observe la scène d'un œil à la fois fasciné et détaché. Puis la bile me monte à la gorge une fois de plus en comprenant ce que ça implique. *N'y pense pas, Ana !*

— On ne devrait pas appeler la police ? je suggère.

Je veux que Hyde sorte de chez moi, et le plus tôt sera le mieux.

Ryan et Sawyer se regardent. J'insiste :

— Je crois vraiment qu'on devrait appeler la police.

Cette fois, j'ai parlé avec un peu plus d'assurance. Je me demande ce que trament Ryan et Sawyer.

— Je viens d'essayer de joindre Taylor, m'informe Ryan. Son portable ne répond pas. Il dort peut-être. Il est 1 h 45 sur la côte Est.

— Vous avez appelé Christian ?

— Non, madame.

— Vous appeliez Taylor pour recevoir des instructions ?

Sawyer semble un peu gêné.

— Oui, madame.

Je me hérisse. Un homme armé s'est introduit chez moi et c'est à la police de s'en charger. Mais en les observant tous les quatre, avec leurs mines angoissées, je me demande s'il ne me manque pas une pièce du puzzle. Je n'ai pas le choix : il faut que j'appelle Christian. Je sais qu'il est furieux contre moi - fou furieux - et la perspective de lui parler me coupe les jambes. Il va flipper de ne pas être ici, de ne pas pouvoir rentrer avant demain soir, et je lui ai déjà donné bien assez de soucis... Il vaudrait peut-être mieux que je ne l'appelle pas ? Et puis, tout d'un coup, j'y pense. *Et si j'avais été ici ?* Ça aurait pu être bien pire. Après tout, je vais peut-être m'en tirer à bon compte ?

— Il n'est pas trop amoché ? dis-je en désignant Jack.

— Il va avoir mal au crâne quand il se réveillera, déclare Ryan en contemplant Jack avec mépris. Mais il faudrait appeler les secours pour en être sûr.

Je fouille dans mon sac pour en extirper mon BlackBerry, et je me dépêche de composer le numéro de Christian avant de flancher. Je tombe directement sur sa boîte vocale. Il a dû éteindre son portable tellement il était en colère. Je me retourne pour me diriger vers le couloir.

— Allô, c'est moi. Il y a eu un incident à l'appartement, mais tout est sous contrôle, alors ne t'inquiète pas, personne n'est blessé. Rappelle-moi.

Je raccroche.

— Appelez la police ! dis-je à Sawyer.

Il hoche la tête et sort son portable.

L'agent Skinner est en grande conversation avec Ryan à la table de la salle à manger. L'agent Walker et Sawyer se sont enfermés dans le bureau de Taylor. Je ne sais pas où Prescott est passée, peut-être avec Sawyer. L'inspecteur Clark aboie ses questions, assis sur le canapé de la grande pièce. C'est un grand brun qui serait bel homme s'il n'affichait pas en permanence un air irascible. Sans doute n'est-il pas ravi d'avoir été tiré du lit en pleine nuit parce qu'un malfaiteur s'est introduit chez l'un des chefs d'entreprise les plus riches et les plus influents de Seattle.

— C'était votre patron ? me demande Clark sèchement.

— Oui.

Je suis fatiguée – pire que fatiguée – et je n'ai qu'une envie : aller me coucher. Christian n'a toujours pas donné signe de vie. Mais, bonnes nouvelles, les ambulanciers ont emmené Hyde et Mme Jones nous a préparé du thé.

— Merci, dit Clark avant de se tourner vers moi. Où est M. Grey ?

— À New York, en voyage d'affaires. Il doit rentrer demain soir - je veux dire ce soir.

Il est minuit passé.

— Hyde est connu de nos services, murmure l'inspecteur Clark. Il faut que vous veniez au commissariat pour faire votre déposition, mais ça peut attendre, il est tard et il y a des journalistes qui campent sur le trottoir. Ça vous ennuie si je jette un coup d'œil à l'appartement ?

— Allez-y, fais-je, soulagée que l'interrogatoire soit terminé.

Je frémis en songeant aux paparazzis. Au moins, je n'aurai pas à m'en faire avec ça avant demain matin. Il faudra que j'appelle maman et Ray pour ne pas qu'ils s'inquiètent au cas où ils entendraient parler de quelque chose.

— Madame Grey ? Puis-je vous suggérer d'aller vous coucher ? dit Mme Jones avec sollicitude.

En croisant son regard gentil et affectueux, je suis prise d'une envie irrésistible de pleurer. Elle me caresse l'épaule.

— C'est fini, maintenant, murmure-t-elle. Tout ça vous paraîtra moins terrible demain matin, une fois que vous aurez dormi. Et M. Grey sera de retour demain soir.

Je lui jette un coup d'œil en retenant mes larmes. Christian va être dans une telle fureur…

— Je peux vous apporter quelque chose avant que vous alliez vous coucher ? me demande-t-elle.

Je me rends compte que je meurs de faim.

— J'aimerais bien grignoter un petit truc.

Elle sourit largement.

— Un sandwich et un verre de lait ?

Je hoche la tête, reconnaissante, et elle se dirige vers la cuisine. Ryan est toujours avec l'agent Skinner et l'inspecteur Clark examine les dégâts d'un air songeur dans le vestibule. Christian me manque plus que jamais. Il saurait quoi faire, lui. Et puis j'ai envie de me blottir sur ses genoux, qu'il me serre dans ses bras, qu'il me dise qu'il m'aime, même si je ne fais pas toujours ce qu'on me dit. Pourquoi ne m'a-t-il pas informée des mesures de sécurité supplémentaires entourant sa famille ? Qu'y a-t-il au juste dans l'ordinateur de Jack ? Christian est vraiment impossible, parfois… Mais, pour l'instant, je m'en fous. Je veux mon mari. Il me manque.

— Tenez, ma petite.

Mme Jones interrompt mes pensées moroses en me tendant un sandwich au beurre de cacahuètes et à la confiture. Je n'en ai pas mangé depuis des années. Je lui souris timidement avant de m'y attaquer.

Quand je me mets enfin au lit, je me roule en boule du côté de Christian, vêtue de l'un de ses tee-shirts – comme son oreiller, il est imprégné de son odeur. Je sombre dans le sommeil en espérant qu'il rentrera sain et sauf… et de meilleure humeur.

Je me réveille en sursaut. Il fait jour, et ça cogne dans mes tempes. Aïe ! J'ai la gueule de bois. Prudemment, j'ouvre les yeux et remarque que la chaise n'est plus à sa place. Christian est assis dessus, vêtu d'un smoking ; le bout de son nœud papillon dépasse de sa poche. Je me demande un instant si je rêve. Son bras gauche est passé par-dessus le dossier de la chaise ; dans l'autre main, il tient un verre en cristal rempli d'un liquide ambré. Cognac ? Whisky ? Il a croisé les jambes, sa cheville repose sur son genou. Son coude droit est appuyé sur le dossier de la chaise, et il passe lentement son index sur sa lèvre inférieure dans un mouvement de va-et-vient. Dans la lumière matinale, son regard brille d'une intensité grave, mais son expression reste totalement indéchiffrable.

Mon cœur s'arrête pratiquement de battre. Il est vraiment là. Comment est-ce possible ? Il a dû quitter New York hier soir. Depuis combien de temps me regarde-t-il dormir ?

— Bonjour, dis-je dans un murmure.

Il me dévisage froidement et mon cœur défaille à nouveau. *Aïe. Non.* Il engloutit le reste de sa boisson et pose le verre sur la table de chevet. Je m'attends vaguement à ce qu'il m'embrasse, mais il reste assis en continuant à me toiser d'un air impassible.

— Bonjour, lâche-t-il enfin d'une voix sourde.

Donc, il est encore furieux. Fou furieux.

— Tu es rentré ?

— Apparemment.

Je m'assois lentement dans le lit sans le quitter des yeux, la bouche sèche.

— Tu es là depuis longtemps ?

— Assez.

— Tu es encore fâché ?

J'ai du mal à articuler ces mots. Il me contemple, comme s'il réfléchissait à sa réponse.

— Fâché ? répète-t-il comme s'il évaluait ce mot, soupesait ses nuances, son sens. Non, Ana. Je suis beaucoup, *beaucoup* plus que fâché.

Bordel de merde. J'essaie de déglutir, mais ma bouche est trop sèche.

— Beaucoup plus que fâché… ça n'annonce rien de bon.

Il me fixe sans répondre, totalement de marbre. Le silence se prolonge. Je prends mon verre d'eau pour avaler une gorgée, afin de contrôler les battements irréguliers de mon cœur. Puis je tente une nouvelle approche :

— Ryan a attrapé Jack.

Je pose mon verre à côté du sien sur la table de chevet.

— Je sais, lâche-t-il, glacial.

Évidemment, qu'il sait.

— Tu vas me répondre longtemps par monosyllabes ?

Ses sourcils se haussent d'un millimètre comme s'il ne s'attendait pas à cette question.

— Oui, finit-il par répondre.

Bon… d'accord. Que faire ? La défense est parfois la meilleure forme d'attaque.

— Je suis désolée d'être sortie hier soir.

— Vraiment ?

Je me tais un instant avant d'avouer la vérité :

— En fait, non.

— Alors pourquoi t'excuses-tu ?

— Parce que je ne veux pas que tu sois fâché contre moi.

Il soupire profondément, comme s'il retenait sa tension depuis mille heures, et passe sa main dans ses cheveux. Qu'est-ce qu'il est beau. Furieux, mais beau. Furieux, mais ici, avec moi. Je tente encore une diversion :

— Je crois que l'inspecteur Clark veut te parler.

— Le contraire m'aurait étonné.

— Christian, je t'en prie...

— Quoi ?

— Ne sois pas aussi froid avec moi.

Il hausse à nouveau les sourcils, étonné.

— Anastasia, je ne suis pas froid en ce moment. Je brûle. Je brûle de rage. Je ne sais pas comment gérer ces... (Il agite la main en cherchant ses mots.)... ces émotions, conclut-il amèrement.

Son honnêteté me désarme. Je n'ai qu'une envie, m'asseoir sur ses genoux. J'en ai envie depuis que je suis rentrée hier soir. *Oh, et puis merde !* Je le prends par surprise en grimpant maladroitement sur lui et me blottis contre son corps. Il ne me repousse pas comme je l'avais redouté. Au bout d'un moment, il me prend dans ses bras et enfouit son menton dans mes cheveux. Il sent le whisky. *Il en a bu combien ?* Il sent aussi le gel douche. Il sent Christian. Je passe mes bras autour de son cou et je frotte mon nez contre sa gorge. Il soupire une fois de plus, profondément.

— Ah, madame Grey, que vais-je faire de vous ?

Il m'embrasse sur le sommet du crâne. Je ferme les yeux en savourant son contact.

— Tu as beaucoup bu ?

Il se fige.

— Pourquoi ?

— En général, tu ne bois pas d'alcool fort.

— C'est mon deuxième verre. J'ai eu une nuit éprouvante, Anastasia. Lâche-moi les baskets, tu veux ?

Je souris.

— Si vous insistez, monsieur Grey. (Je hume son cou.) Tu sens divinement bon. J'ai dormi de ton côté du lit parce que ton oreiller sent toi.

Il frotte son nez dans mes cheveux.

— Je me demandais pourquoi tu étais de ce côté. Je suis encore fâché contre toi, tu sais.

— Je sais.

Il caresse mon dos.

— Et moi, je suis fâchée contre toi.

Il s'arrête.

— Et qu'ai-je fait, je te prie, pour mériter ton courroux ?

— Je te le dirai plus tard, quand tu ne brûleras plus de rage.

Je l'embrasse dans le cou. Il ferme les yeux et se prête à mon baiser, mais sans faire mine de me le rendre. Il se contente de resserrer son étreinte.

— Quand je pense à ce qui aurait pu t'arriver…

Sa voix est à peine audible.

— Je n'ai rien.

— Ana.

C'est presque un sanglot.

— On est tous un peu secoués, mais je n'ai rien, Gail va bien, Ryan va bien. Et Jack n'est plus là.

Il secoue la tête.

— Ce n'est pas grâce à toi.

Quoi ? Je me redresse pour le regarder.

— Ça veut dire quoi, ça ?

— Je n'ai pas envie de me disputer pour l'instant, Ana.

Je cligne des yeux. Et si j'ai envie de me disputer, moi ? Mais je me ravise. Au moins, il s'est remis à me parler. Je me blottis à nouveau contre lui. Ses doigts plongent dans mes cheveux pour jouer avec mes mèches.

— J'ai envie de te punir, chuchote-t-il. De te foutre une vraie raclée.

Mon cœur bondit et mon cuir chevelu se met à me picoter.

— Je sais.

— Je le ferai peut-être.

— J'espère que non.

Il me serre plus fort.

— Ana, Ana, tu mettrais à l'épreuve la patience d'un saint.

— Je pourrais vous accuser de bien des choses, monsieur Grey, mais pas d'être un saint.

Je suis enfin récompensée par un petit rire réticent.

— C'est juste, madame Grey.

Il m'embrasse sur le front et change de position.

— Au lit. Tu t'es couchée tard, toi aussi.

Il me soulève et me dépose dans le lit.

— Tu t'allonges avec moi ?

— Non. J'ai à faire. Dors, je te réveillerai dans deux heures.

— Tu es toujours fâché contre moi ?

— Oui.

— Alors, je me rendors.

— Tant mieux.

Il me borde avec la couette et m'embrasse à nouveau sur le front.

— Dors.

Et parce que je suis encore sonnée par les événements de la veille, soulagée qu'il soit rentré et éreintée par notre conversation, j'obéis. Tout en m'assoupissant, je me demande pourquoi il n'a pas recouru à son mécanisme habituel de défense en me sautant dessus. Mais vu le mauvais goût que j'ai dans la bouche, je lui en suis reconnaissante…

— Tiens, je t'ai apporté du jus d'orange, m'annonce Christian.

Le son de sa voix me fait ouvrir les yeux. Après les deux heures de sommeil les plus reposantes de ma vie, je me réveille en pleine forme, sans mal de tête. Le jus d'orange fait plaisir à voir – tout comme mon mari. Il porte un pantalon de survêt et un tee-shirt sans manches. J'ai brusquement un flashback de ma première nuit avec lui à l'hôtel Heathman. Son tee-shirt est imbibé de sueur. Soit il a fait de la muscu dans la salle de sport au sous-sol, soit il est allé courir, mais, en tout cas, il ne devrait pas avoir le droit d'être aussi beau après l'effort.

— Je vais prendre une douche, m'annonce-t-il.

Je fronce les sourcils. Il reste encore distant. Je m'assois pour engloutir mon jus d'orange et ma bouche redevient aussitôt fréquentable. Je bondis hors du lit, car j'ai hâte de réduire la distance – physique et métaphysique – qui me sépare de mon mari. Je jette un coup d'œil au réveil : 8 heures. Je retire le tee-shirt de Christian pour le suivre dans la salle de bains. Il est sous la douche, en train de se laver les cheveux. Sans hésiter, je me glisse derrière lui : il se fige quand je l'enlace en me plaquant contre son dos musclé et ruisselant. Je le serre dans mes bras, en appuyant ma joue contre lui, les yeux fermés. Puis, au bout d'un moment, il se décale pour me laisser de la place sous la cascade d'eau chaude, et recommence à se laver les cheveux. Je laisse l'eau couler sur moi en repensant à toutes les fois où il m'a baisée, à toutes les fois où il m'a fait l'amour ici. Il n'a jamais été aussi silencieux. Je commence à semer des baisers sur son dos. Il se raidit à nouveau.

— Ana…

— Mmm.

Mes mains glissent lentement de son estomac vers son bas-ventre. Il pose les siennes dessus.

— Arrête.

Je le lâche aussitôt. *Il me dit non ?* Il ne m'a jamais dit non. Ma conscience secoue la tête, les lèvres pincées, en me regardant sévèrement par-dessus ses verres en demi-lune avec l'air de dire : « Cette fois, tu es vraiment dans la merde. ». C'est comme s'il m'avait giflée. *Il ne veut plus de moi.* Sous le coup d'une douleur cinglante, je suffoque. Quand il se retourne, je constate, soulagée, qu'il n'est pas totalement insensible à mes charmes. Il me prend le menton, me renverse la tête en arrière et plonge son regard gris et méfiant dans le mien.

— Je suis encore furieux contre toi, énonce-t-il posément.

Il colle son front contre le mien en fermant les yeux. Je lui caresse le visage.

— Ne sois pas fâché, s'il te plaît. Je trouve ta réaction excessive.

Il se redresse en pâlissant. Mes mains retombent le long de mon corps.

— Excessive ? rugit-il. Un cinglé entre dans mon appartement pour kidnapper ma femme, et tu trouves ma réaction excessive ?

Sa voix recèle une menace contenue qui m'effraie ; ses yeux flamboient tandis qu'il me fixe comme si c'était *moi*, la cinglée.

— Non… euh, je ne parlais pas de ça. Je pensais que tu étais fâché parce que j'étais sortie.

Il referme les yeux comme s'il souffrait et secoue la tête. Je tente de l'amadouer.

— Christian, je n'étais pas là.

— Je sais, chuchote-t-il en ouvrant les yeux. Et tout ça, parce que tu es incapable de faire ce qu'on te demande. Merde, c'était pourtant clair, ce que je t'ai dit.

Sa voix est amère : c'est à mon tour de pâlir.

— Je ne veux pas parler de ça ici, sous la douche. Je suis encore furieux contre toi, Anastasia. Tu m'obliges à remettre en cause mon jugement.

Il fait volte-face, sort de la douche, attrape une serviette et quitte précipitamment la salle de bains en me laissant seule et refroidie sous l'eau chaude.

Merde. Merde. Merde.

Tout d'un coup, je mesure la portée de ce qu'il vient de me dire. *Kidnapper ?* Jack voulait me kidnapper ? Je repense au rouleau de gros scotch : sur le coup, je m'étais refusée à réfléchir à la raison pour laquelle Jack s'en était muni. Christian dispose-t-il de nouvelles informations ? Je me lave rapidement.

Je veux savoir. J'ai besoin de savoir. Je ne lui permettrai pas de me cacher la vérité.

Christian n'est plus dans la chambre. Bon sang, qu'est-ce qu'il s'habille vite ! Je fais de même, enfilant en vitesse ma robe prune préférée avec des sandales noires, consciente d'avoir choisi cet ensemble parce qu'il plaît à Christian. Après m'être vigoureusement séché les cheveux avec la serviette, je les tresse et je me fais un chignon. Je mets un petit diamant à chaque oreille, puis je repasse dans la salle de bains pour mettre un peu de mascara. *Je suis pâle. Je suis toujours pâle.* J'inspire profondément pour me ressaisir. Je dois affronter les conséquences de mon acte impardonnable : passer la soirée dans un bar avec ma meilleure amie. Je soupire, sachant que Christian ne verra pas les choses sous cet angle.

Il n'est pas dans la grande pièce. Mme Jones s'affaire en cuisine.

— Bonjour, Ana.

— Bonjour.

Je lui fais un grand sourire. Je suis à nouveau Ana !

— Thé ?

— S'il vous plaît.

— Vous voulez manger ?

— J'aimerais bien une omelette, ce matin.

— Avec champignons et épinards ?

— Et du fromage.

— Tout de suite.

— Où est Christian ?

— M. Grey est dans son bureau.

— Il a pris son petit déjeuner ?

Je jette un coup d'œil aux deux sets de table.

— Non.

— Merci.

Christian parle au téléphone. En voyant son air détendu, je me dis que les apparences peuvent être trompeuses... Il ne porte pas de cravate : peut-être qu'il ne va pas au bureau ? Il lève les yeux lorsque je fais mine d'entrer, mais secoue la tête pour me faire comprendre que je ne suis pas la bienvenue. *Merde*... Je fais volte-face pour regagner le coin cuisine, dépitée. Taylor fait son apparition, chic dans son costume sombre, avec l'air d'avoir dormi ses huit heures.

— Bonjour, Taylor.

J'essaie de jauger son humeur. Pourra-t-il me renseigner sur ce qui se passe ?

— Bonjour, madame.

Je lui souris amicalement, sachant qu'il a dû subir la colère et l'impatience de Christian durant leur retour précipité à Seattle. Je me risque à l'interroger :

— Vous avez fait bon vol ?

— C'était long, madame, se contente-t-il de répondre. Puis-je me permettre de vous demander comment vous allez ? ajoute-t-il d'une voix plus douce.

— Ça va.

Il hoche la tête.

— Si vous voulez bien m'excuser.

Il se dirige vers le bureau de Christian. Tiens donc. Taylor a le droit d'entrer, lui.

Mme Jones me sert mon petit déjeuner. Je n'ai plus faim, mais je mange quand même pour ne pas la blesser. Lorsque je termine d'avaler ce que je peux, Christian n'est toujours pas sorti de son bureau. Est-ce qu'il m'évite ?

Pendant que je me brosse les dents, je me rappelle l'accès de bouderie de Christian au sujet de nos vœux de mariage : là aussi, il s'était enfermé dans son bureau. Est-ce de cela qu'il s'agit ? Boude-t-il ? Je frémis en me rappelant son cauchemar après cette dispute. Il faut vraiment qu'on parle : il faut que je sache, pour Jack mais aussi pour les mesures de sécurité accrues entourant les Grey – détails qui m'ont été cachés, à moi, mais pas à Kate. Manifestement, Elliot parle, lui.

Je consulte ma montre. 8 h 50 – je suis en retard pour le boulot. J'applique un peu de gloss, prends ma veste noire et retourne dans la grande pièce. Christian est en train de manger son petit déjeuner.

— Tu sors ? dit-il en me voyant.

— Christian, ça fait à peine une semaine qu'on est revenus. Il faut que j'aille au boulot.

— Mais…

Il se tait pour se passer la main dans les cheveux. Mme Jones s'éclipse en silence. *Gail, toujours discrète…*

— Il faut qu'on se parle. Ce soir. D'ici là, tu te seras peut-être calmé.

Il a l'air abasourdi.

— Calmé ? répète-t-il avec une douceur inquiétante.

Je rougis.

— Tu sais bien ce que je veux dire.

— Non, Anastasia, je ne sais pas ce que tu veux dire.

— Je n'ai pas envie de me disputer. Je venais simplement te demander si je pouvais prendre ma voiture.

— Pas question ! tranche-t-il.

— Bon.

Il semble étonné que j'acquiesce : manifestement, il s'attendait à une dispute.

— Prescott t'accompagne.

J'ai envie de protester : maintenant que Jack est arrêté, nous pourrions sûrement assouplir les mesures de sécurité. Mais je me rappelle les « sages conseils » de ma mère la veille de mon mariage. *Ana, mon cœur, il faut que tu saches choisir tes combats. Ce sera pareil avec tes enfants lorsque tu en auras.* Enfin, au moins, il me laisse aller au bureau.

— Très bien, dis-je.

Et comme je ne veux pas le quitter comme ça, alors que rien n'est résolu et qu'il y a une telle tension entre nous, je m'avance timidement vers lui. Il se raidit, les yeux écarquillés, l'air tellement vulnérable que ça me fend le cœur. *Christian, je te demande pardon.* Je l'embrasse chastement au coin des lèvres. Il ferme les yeux comme pour savourer ce contact.

— Ne me déteste pas, dis-je.

Il me prend la main.

— Je ne te déteste pas.

— Tu ne m'as pas embrassée.

Il me dévisage d'un air méfiant.

— Je sais, marmonne-t-il.

Je meurs d'envie de lui demander pourquoi, mais je ne suis pas certaine de vouloir connaître la réponse. Brusquement, il se lève, me prend le visage à deux mains et, en un éclair, ses lèvres s'écrasent sur les miennes. Je pousse un cri étonné, ce qui livre passage à sa langue. Il saisit l'occasion pour envahir ma bouche ; au moment où je commence à lui rendre son baiser il me lâche, haletant.

— Taylor va vous conduire à la SIP, toi et Prescott, déclare-t-il, le regard brûlant de désir. Taylor ! lance-t-il.

Empourprée, je tente de reprendre contenance.

— Monsieur.

Taylor est à la porte.

— Dites à Prescott que Mme Grey va au bureau. Pouvez-vous les accompagner, s'il vous plaît ?

— Certainement.

Taylor fait volte-face et disparaît.

— Si tu pouvais essayer d'éviter les ennuis aujourd'hui, ça me rendrait service, marmonne Christian.

— Je vais voir ce que je peux faire.

Je souris gentiment. Les lèvres de Christian commencent à esquisser un demi-sourire, sans plus.

— À ce soir, dit-il froidement.

— À plus.

Prescott et moi prenons l'ascenseur de service jusqu'au sous-sol pour éviter les caméras. L'arrestation de Jack dans notre appartement a été divulguée. En m'installant dans l'Audi, je me demande s'il y aura aussi des paparazzis devant la SIP.

Nous roulons un temps en silence, jusqu'à ce que je me souvienne de téléphoner à Ray, puis à ma mère, pour les rassurer. Heureusement, les deux coups de fil sont brefs, et je raccroche au moment où nous nous garons devant la SIP. Comme je le redoutais, il y a un petit groupe de reporters et de photographes à l'affût, qui se retournent comme un seul homme à l'arrivée de l'Audi.

— Vous êtes sûre de vouloir y aller, madame ? me demande Taylor.

J'aurais envie de rentrer à la maison, mais il faudrait alors que je passe toute la journée avec M. Brûlant-de-Rage. J'espère qu'il se sera un peu refroidi d'ici à ce soir… Jack est en garde à vue, il devrait être content. Mais non, et je comprends un peu pourquoi : dans cette histoire, il ne contrôle rien, moi pas plus que les autres.

— Déposez-moi à l'entrée de service, Taylor.

— Oui, madame.

Il est 13 heures et j'ai réussi à me plonger dans le travail toute la matinée lorsqu'on frappe à la porte de mon bureau. Elizabeth passe la tête.

— Je peux te parler un instant ?

— Bien sûr, dis-je, étonnée qu'elle se présente à l'improviste.

Elle entre et s'assoit en rejetant ses longs cheveux noirs sur ses épaules.

— Je voulais simplement voir comment tu allais après les événements d'hier soir. Roach m'a demandé de passer, ajoute-t-elle aussitôt en rougissant.

L'arrestation de Jack Hyde est à la une des journaux, mais personne n'a encore fait le rapprochement avec l'incendie à GEH.

— Ça va.

En fait, ça ne va pas. Jack voulait me faire du mal, mais ça n'est pas nouveau. Il a déjà essayé. C'est Christian qui m'inquiète.

Je jette un coup d'œil à mes mails : il ne m'a toujours pas écrit. Si je lui écrivais, M. Brûlant-de-Rage l'interpréterait-il comme une provocation supplémentaire ?

— Tant mieux, répond Elisabeth. (Pour une fois, son sourire gagne ses yeux.) Si je peux faire quelque chose, si tu as besoin de quoi que ce soit, dis-le-moi.

— Absolument.

Elisabeth se lève.

— Je sais que tu es occupée, Ana. Je te laisse travailler.

— Euh… merci.

C'était sans aucun doute la réunion la plus brève et la plus inutile du monde.

Pourquoi Roach l'a-t-il envoyée ? Il est peut-être inquiet, étant donné que je suis la femme de son patron. Je chasse ces idées sombres et regarde mon BlackBerry en espérant que Christian m'ait laissé un message. Au même moment, j'entends le « ping » d'un mail entrant.

De : Christian Grey
Objet : Déposition
Date : 26 août 2011 13:04
À : Anastasia Grey

Anastasia,

L'inspecteur Clark passera te voir au bureau aujourd'hui à 15 heures pour prendre ta déposition. Je l'ai persuadé de se déplacer car je ne veux pas que tu te rendes au commissariat.

Christian Grey
P-DG, Grey Enterprises Holdings, Inc.

Je fixe son mail pendant cinq minutes en tentant de trouver une réponse légère et spirituelle qui lui rende sa bonne humeur. Comme je ne trouve rien, j'opte pour le laconisme.

De : Anastasia Grey
Objet : Déposition
Date : 26 août 2011 13:12
À : Christian Grey

Très bien.

Ana X

Anastasia Grey
Éditrice, SIP

Je scrute l'écran encore cinq minutes en attendant anxieusement sa réponse, mais Christian n'est pas d'humeur à badiner aujourd'hui. Puis-je lui en vouloir ? Mon pauvre Cinquante Nuances devait être dans tous ses états ce matin… Mais, tiens, au fait… Il était en smoking lorsque je me suis réveillée la première fois. À quelle heure a-t-il décidé de rentrer de New York ? Normalement, il quitte les soirées entre 22 et 23 heures. À cette heure-là, j'étais encore en vadrouille avec Kate.

Christian est-il rentré précipitamment parce que j'étais sortie ou à cause de Jack ? Si c'est parce que j'étais en goguette, il ne savait pas, pour Jack, avant d'atterrir à Seattle. Il faut absolument que je sache. Si Christian est rentré simplement parce que je suis sortie, il a bel et bien réagi de façon excessive. Ma conscience fait claquer sa langue en arborant sa mine de harpie. *Le principal, c'est qu'il soit rentré, non ?* Tout de même, Christian a dû avoir un sacré choc en atterrissant. Ce qu'il m'a dit plus tôt me revient : *Je suis encore furieux contre toi, Anastasia. Tu m'obliges à remettre en cause mon jugement.*

J'ai besoin de savoir – est-il rentré à cause du Cocktailgate ou du cinglé ?

De : Anastasia Grey
Objet : Ton vol
Date : 26 août 2011 13:24
À : Christian Grey

À quelle heure as-tu décidé de rentrer à Seattle hier ?

Anastasia Grey
Éditrice, SIP

De : Christian Grey
Objet : Ton vol
Date : 26 août 2011 13:26
À : Anastasia Grey

Pourquoi ?

Christian Grey
P-DG, Grey Enterprises Holdings, Inc.

De : Anastasia Grey
Objet : Ton vol
Date : 26 août 2011 13:29
À : Christian Grey

Disons que je suis curieuse.

Anastasia Grey
Éditrice, SIP

De : Christian Grey
Objet : Ton vol
Date : 26 août 2011 13:32
À : Anastasia Grey

La curiosité est un vilain défaut.

Christian Grey
P-DG, Grey Enterprises Holdings, Inc.

De : Anastasia Grey
Objet : C'est-à-dire ?
Date : 26 août 2011 13:35
À : Christian Grey

Tu fais allusion à quoi ? À une autre menace ?
Tu sais où je veux en venir, non ?
As-tu décidé de rentrer parce que je suis sortie prendre un verre avec une copine après que tu m'as demandé de ne pas le faire, ou parce qu'un fou s'est introduit dans ton appartement ?

Anastasia Grey
Éditrice, SIP

Je fixe mon écran. Pas de réponse. Je jette un coup d'œil à l'horloge de mon ordinateur. 13 h 45. Toujours rien.

De : Anastasia Grey
Objet : Je t'explique...
Date : 26 août 2011 13:56
À : Christian Grey

Je considère ton silence comme l'aveu que tu es bel et bien rentré à Seattle parce que j'avais CHANGÉ D'AVIS.

Je suis une adulte, et je suis allée prendre un verre avec une amie. Je n'ai pas compris que ce CHANGEMENT D'AVIS me faisait courir un risque parce que TU NE ME DIS JAMAIS RIEN. J'ai appris par Kate que les mesures de sécurité avaient été accrues pour tous les Grey. Je crois que tes réactions sont excessives en général en ce qui concerne ma sécurité, et je comprends pourquoi, mais tu es comme le petit garçon qui criait au loup. Du coup, je n'arrive jamais à distinguer ce qui est vraiment dangereux de ce que toi tu perçois comme étant dangereux. J'avais deux gardes du corps avec moi. Je croyais que Kate et moi étions en sécurité. Et, à vrai dire, nous étions plus en sécurité dans ce bar que dans l'appartement. Si j'avais été PLEINEMENT INFORMÉE de la situation, j'aurais agi autrement.

D'après ce que j'ai compris, ton inquiétude est liée au contenu de l'ordinateur de Jack à la SIP – en tout cas, d'après Kate. Tu sais à quel point c'est énervant de découvrir que ma meilleure amie en sait plus que moi sur ce qui t'arrive ? Je suis ta FEMME. Alors, tu vas m'expliquer ? Ou vas-tu continuer à me traiter comme une gamine, t'assurant par là même que je continue à me comporter en gamine ?

Tu n'es pas le seul à être fou de rage. Compris ?

Ana

Anastasia Grey
Éditrice, SIP

Je clique sur « envoyer ». *Voilà qui va te donner du grain à moudre, Grey.* J'inspire profondément, folle de rage. Je me sentais coupable d'avoir désobéi. Plus maintenant.

De : Christian Grey
Objet : Je t'explique...
Date : 26 août 2011 13:59
À : Anastasia Grey

Comme toujours, madame Grey, vous êtes directe et agressive par mail. Nous pourrions peut-être en reparler lorsque nous rentrerons CHEZ NOUS.
Et vous devriez surveiller votre langage. Je suis encore fou de rage, moi aussi.

Christian Grey
P-DG, Grey Enterprises Holdings, Inc.

Surveiller mon langage ! Je lance un regard noir à mon ordinateur, puis je me rends compte que ça ne m'avance à rien. Je ne réponds pas, et je sors un manuscrit envoyé par un jeune auteur prometteur pour commencer à le lire.

Mon rendez-vous avec l'inspecteur Clark se déroule sans incident. Il est moins grognon que cette nuit, peut-être parce qu'il est arrivé à dormir un peu.

— Je vous remercie pour votre déposition, madame Grey.

— Je vous en prie, inspecteur. Hyde est-il en garde à vue ?

— Oui madame. Il est sorti de l'hôpital ce matin et, vu ce dont il est accusé, il devrait rester chez nous un bon moment.

Il sourit, ce qui fait ressortir ses pattes-d'oie.

— Tant mieux. Mon mari et moi avons été très angoissés ces derniers temps.

— J'ai longuement discuté avec M. Grey ce matin. Un homme intéressant, votre mari.

Vous ne savez pas à quel point.

— C'est aussi mon avis.

Je souris poliment : il comprend que je lui donne congé.

— Si vous vous souvenez de quoi que ce soit, appelez-moi. Voici ma carte.

Il tire une carte de son portefeuille pour me la tendre.

— Entendu. Merci, inspecteur.

— Bonne journée, madame Grey.

— Bonne journée.

Après son départ, je me demande de quoi Hyde est accusé, au juste. Christian ne me le dira sans doute pas. Je pince les lèvres.

Nous roulons en silence jusqu'à l'Escala. Sawyer est au volant cette fois, avec Prescott à son côté. Plus nous nous rapprochons, plus je suis angoissée : je sais que Christian et moi allons nous disputer sauvagement, et je ne sais pas si j'en aurai la force.

Dans l'ascenseur, je tente de rassembler mes idées. Qu'est-ce que je veux dire à Christian, au juste ? Je crois que j'ai tout dit dans mon mail. Il me fournira peut-être quelques réponses. Je l'espère, mais je ne peux pas m'empêcher d'avoir le trac. J'ai le cœur battant, la bouche sèche, les paumes moites. Je ne veux pas me fâcher, mais, parfois, Christian est tellement difficile à gérer… Je dois rester ferme.

Les portes de l'ascenseur s'ouvrent sur le vestibule. La table est redressée et un nouveau vase contient un magnifique bouquet de pivoines rose pâle et blanches. J'examine les tableaux en passant – les madones paraissent intactes. La porte a été réparée ; Prescott l'ouvre pour moi. Elle n'a rien dit de la journée. Je crois que je préfère.

Je dépose mon attaché-case dans le vestibule et pénètre dans la grande pièce. Puis je me fige. *Bordel de merde.*

— Bonsoir, madame Grey, me dit doucement Christian.

Il est debout près du piano, vêtu d'un tee-shirt noir ajusté et d'un jean délavé, moulant, déchiré au genou… *le* jean… celui qu'il porte dans la salle de jeux. *Oh mon Dieu.* Il me rejoint d'un pas vif, pieds nus, le premier bouton de son jean défait, sans jamais cesser de me regarder dans les yeux.

— Je suis ravi que tu sois rentrée. Je t'attendais.

11

— Ah bon ?

Ma bouche s'assèche encore plus, mon cœur cogne dans ma poitrine. Pourquoi porte-t-il cette tenue ? Qu'est-ce que je dois en déduire ? Est-ce qu'il boude encore ?

— Absolument.

Sa voix est douce, mais il ricane en s'avançant tranquillement vers moi. Son jean lui descend sur les hanches comme j'aime. *Ah, et puis non !* Pas question de me laisser décontenancer par M. Dieu-du-Sexe. Je tente de deviner son humeur. Furieux ? Enjoué ? Lascif ? *Grrr !* Impossible de deviner.

— J'aime bien ton pantalon, dis-je.

Son sourire à la fois féroce et désarmant n'atteint pas ses yeux. *Bon – il est encore fou furieux.* Il a mis ce jean pour me déstabiliser. Il s'arrête pour darder sur moi un regard intense, indéchiffrable, chauffé à blanc. Je déglutis.

— D'après ce que j'ai compris, vous avez des problèmes, madame Grey ? susurre-t-il d'une voix doucereuse.

Il tire quelque chose de sa poche arrière. Je ne peux détacher mon regard du sien, mais je l'entends déplier une feuille de papier. Lorsqu'il la rapproche de ses yeux, je reconnais mon mail.

Mon regard croise à nouveau le sien, bouillonnant de rage.

— Oui, en effet, je réponds faiblement, le souffle court.

J'ai besoin de prendre mes distances, physiquement, pour discuter de tout ça. Mais avant que j'aie pu reculer, il s'incline pour frotter son nez sur le mien. Je ferme les yeux pour accueillir ce contact inattendu et tendre.

— Moi aussi, chuchote-t-il contre ma peau.

Ses mots me font ouvrir les yeux. Il se redresse pour me regarder à nouveau attentivement.

— Tes problèmes, je les connais, Christian !

Un instant, il prend un air amusé, puis il plisse les yeux. Allons-nous nous disputer ? Je recule prudemment d'un pas. Je dois m'éloigner de lui, de son odeur, de son regard, de son corps, de son jean sexy. Il fronce les sourcils.

— Pourquoi es-tu rentré de New York ?

Autant en finir tout de suite.

— Tu le sais très bien.

Sa voix sonne comme un avertissement.

— Parce que je suis sortie avec Kate ?

— Parce que tu as manqué à ta parole et que tu m'as défié en t'exposant à des risques inutiles.

Je suffoque.

— Manqué à ma parole ? C'est comme ça que tu le vois ?

— Oui.

Bordel, tu parles d'une réaction excessive ! Je suis sur le point de lever les yeux au ciel lorsqu'il me lance un regard noir.

— Christian, j'ai changé d'avis, dis-je lentement, patiemment, comme si je parlais à un enfant. Je suis une femme. Les femmes, c'est comme ça.

Il cligne des yeux, comme s'il ne comprenait rien à ce que je lui disais.

— Si j'avais cru un seul instant que tu abrégerais ton voyage d'affaires pour cette raison…

Les mots me manquent. En fait, je ne sais plus quoi dire. Tout d'un coup, je repense à notre dispute au sujet de nos vœux de mariage. *Je n'ai jamais promis de t'obéir, Christian.* Mais je me tais, parce qu'au fond je suis heureuse qu'il soit rentré sain et sauf, même si c'est pour me faire une scène.

— Tu as changé d'avis ?

Il ne dissimule ni son incrédulité ni son dédain.

— Oui.

— Et tu n'as pas songé à m'appeler ? (Il me foudroie du regard avant de reprendre) Qui plus est, en prenant deux gardes du corps, tu as réduit les effectifs du service de sécurité à l'appartement et mis la vie de Ryan en danger.

Ah. Je n'avais pas pensé à ça.

— J'aurais dû t'appeler, mais je ne voulais pas t'inquiéter. Et puis je suis sûre que tu m'aurais interdit de sortir. Kate me manque, j'avais envie de la voir. En plus, si j'avais été là quand Jack est arrivé, Ryan ne l'aurait pas laissé entrer.

Et si Ryan ne l'avait pas laissé entrer, Jack courrait toujours… Non ? Les yeux de Christian flamboient d'un éclat sauvage, puis son visage se crispe de douleur. Il secoue la tête, et avant que j'aie pu réagir, il me prend dans ses bras et me presse contre lui.

— Ah, Ana, souffle-t-il en resserrant son étreinte jusqu'à m'étouffer, si jamais quelque chose t'arrivait…

Sa voix n'est plus qu'un murmure à peine audible.

— Il ne m'est rien arrivé.

— Mais ç'aurait pu… J'ai vécu mille morts aujourd'hui en songeant à ce qui aurait pu advenir. J'étais furieux, Ana. Furieux contre moi-même. Furieux contre toi. Furieux contre le monde entier. Je ne me souviens pas avoir été aussi furieux… sauf…

Il se tait à nouveau. Je l'encourage à terminer sa phrase :

— Sauf ?

— Une fois, dans ton ancien appartement. Quand Leila est venue.

Ah. Je ne veux pas repenser à ça.

— Ce matin, tu étais tellement froid…

Ma voix s'éraille en prononçant le dernier mot : je me rappelle à quel point il m'a fait souffrir en me repoussant dans la douche. Ses mains glissent vers ma nuque ; il me tire la tête en arrière.

— Je ne sais pas comment gérer ma colère. Je ne crois pas que j'aie envie de te faire mal. Mais ce matin, je mourais d'envie de te punir, et…

Il se tait car les mots lui manquent. Ou alors, il redoute de les prononcer. Je termine sa phrase pour lui :

— Et tu as eu peur de me faire mal.

Je ne crois pas un seul instant qu'il l'aurait fait, mais curieusement je suis soulagée qu'il y ait songé.

Quelque part, j'avais peur qu'il me rejette et qu'il n'ait plus envie de moi.

— Je ne me faisais pas confiance, reprend-il d'une voix blanche.

— Christian, je sais que tu ne me feras jamais mal. Pas physiquement, en tout cas.

Je prends sa tête entre mes mains.

— Vraiment ?

Il paraît sceptique.

— Je savais que c'était une menace en l'air, que tu n'allais pas me foutre une raclée.

— J'en avais envie.

— Non, tu croyais en avoir envie, c'est tout.

— Je ne sais pas, lâche-t-il.

Je l'enlace et me frotte le nez contre sa poitrine à travers le tee-shirt noir.

— Repense à ce que tu as éprouvé quand je t'ai quitté. Tu m'as souvent répété que ça avait changé ta vision du monde, ta façon de me voir. Je sais à quoi tu as renoncé pour moi. Et puis pense à ce que tu as éprouvé quand tu m'as fait des marques avec les menottes, durant notre lune de miel.

Il se fige. Je sais qu'il est en train d'analyser ce que je viens de lui dire. Je resserre mon étreinte en palpant les muscles de son dos, tendus sous son tee-shirt. Peu à peu, il se détend.

Est-ce cela qui le tourmentait ? La peur de me faire mal ? Pourquoi ai-je plus foi en lui qu'il n'en a en lui-même ? Je ne comprends pas : il me semble qu'on est passé à autre chose, non ? D'habitude, il est tellement fort, tellement sûr de lui… Mais là, il est perdu. *Ah, mon Cinquante Nuances – je suis désolée.* Il m'embrasse dans les cheveux ; je lève le visage vers lui et ses lèvres trouvent les miennes, les prennent, se donnent, me supplient - de quoi ? Je ne sais pas. Je veux simplement sentir sa bouche sur la mienne, et je lui rends passionnément son baiser.

— Tu crois tellement en moi, murmure-t-il.

— C'est vrai.

Il caresse mon visage en me regardant dans les yeux. Sa colère a disparu. Mon Cinquante Nuances est revenu de l'endroit où il s'était égaré et je suis heureuse de le retrouver. Je lève les yeux avec un sourire timide.

— En plus, je te rappelle que je n'ai pas signé de contrat.

À la fois choqué et amusé, il me presse à nouveau contre sa poitrine.

— En effet, répond-il en riant.

Nous restons plantés au milieu de la grande pièce dans les bras l'un de l'autre.

— Viens, on va se coucher, chuchote-t-il après un long moment.

Oh mon Dieu…

— Christian, il faut qu'on parle.

— Plus tard, fait-il d'une voix douce et pressante.

— Christian, je t'en prie. Parle-moi.

— De quoi ? soupire-t-il.

— Tu le sais bien. Tu ne me dis jamais rien.

— Je veux te protéger.

— Je ne suis pas une gamine.

— J'en suis tout à fait conscient, madame Grey.

Ses mains parcourent mon corps et m'agrippent les fesses. Faisant basculer ses hanches, il presse son érection contre moi. Je le gronde :

— Christian ! Parle-moi.

Il soupire à nouveau.

— Qu'est-ce que tu veux savoir ? lâche-t-il d'une voix résignée en laissant retomber ses mains.

Je me renfrogne – *je ne t'ai pas demandé d'arrêter de me tenir dans tes bras, je t'ai demandé de me parler*. Il se penche pour ramasser mon mail tombé par terre.

— Des tas de choses.

Il m'entraîne vers le canapé.

— Assieds-toi, m'ordonne-t-il.

Tout en obéissant, je songe que certaines choses ne changeront jamais. Christian s'assoit à côté de moi, pose ses coudes sur ses genoux et prend sa tête entre ses mains.

Aïe. Et si c'était trop dur pour lui ? Puis il se redresse, se passe les deux mains dans les cheveux et se tourne vers moi.

— Interroge-moi, dit-il simplement.

Bon, ça a été moins difficile que je me l'imaginais.

— Pourquoi ces mesures de sécurité accrues pour ta famille ?

— Hyde représentait une menace pour eux.

— Comment le sais-tu ?

— Son ordinateur contenait des informations sur moi et sur le reste de ma famille, surtout Carrick.

— Pourquoi lui en particulier ?

— Je ne sais pas encore. On va se coucher ?

— Christian, dis-moi !

— Te dire quoi ?

— Qu'est-ce que tu es… exaspérant !

— Toi aussi !

— Tu n'as pas renforcé les mesures de sécurité au moment où tu as appris que l'ordinateur contenait des informations sur ta famille, mais par la suite. Qu'est-ce qui s'est passé pour te faire changer d'avis ?

Christian plisse les yeux.

— Je ne savais pas qu'il allait tenter d'incendier mes bureaux ou… (Il se tait un instant.) Nous pensions qu'il s'agissait simplement d'une obsession, mais… (Il hausse les épaules.)… quand on est une personnalité publique, il y a beaucoup d'informations qui circulent. Il y avait un peu de tout dans les dossiers de Hyde : des articles sur l'époque où j'étais à Harvard, mes trophées d'aviron, ma carrière. Des articles sur la carrière de Carrick et de ma mère… Et quelques trucs sur Elliot et Mia.

Bizarre. J'insiste :

— Tu as dit « ou ».

— Ou quoi ?

— Tu as dit « tenter d'incendier mes bureaux ou… », comme si tu allais ajouter autre chose.

— Tu as faim ?

Quoi ? Je fronce les sourcils. Mon estomac gargouille.

— Tu as mangé aujourd'hui ?

Sa voix se fait sévère, son regard glacial. Je me trahis en rougissant.

— C'est bien ce que je pensais. Tu sais que je n'aime pas que tu sautes des repas. Viens.

Il se lève et me tend la main.

— Je vais te nourrir.

Encore un changement d'humeur… mais cette fois, sa voix charrie une promesse sensuelle.

— Me nourrir ?

Au sud de mon nombril, tout se liquéfie. *Mon Dieu.* Cette façon de faire brusquement diversion, c'est typique. *Alors, c'est tout ? C'est tout ce que je vais réussir à lui soutirer pour l'instant ?* Christian m'entraîne vers la cuisine, prend un tabouret et le fait passer par-dessus le bar pour le poser de l'autre côté.

— Assieds-toi.

— Où est Mme Jones ?

Je viens de remarquer son absence.

— Je lui ai donné sa soirée. À Taylor aussi.

Ah.

— Pourquoi ?

Il me regarde, je constate que son arrogance amusée est revenue.

— Parce que je peux.

— Alors c'est toi qui vas faire la cuisine ?

Ma voix trahit mon incrédulité.

— Ô femme de peu de foi ! Ferme les yeux.

Eh ben, dis donc. Moi qui pensais que nous allions nous engueuler à mort, nous voilà en train de jouer à la dînette.

— Ferme-les, m'ordonne-t-il.

Je les lève au ciel avant d'obéir.

— Mmm. Ça ne suffira pas, marmonne-t-il.

J'ouvre un œil et le vois retirer un foulard en soie prune de la poche arrière de son jean. Il est assorti à ma robe. *Oh la vache*. Je l'interroge du regard. Où a-t-il trouvé ça ?

— Ferme, m'ordonne-t-il à nouveau. Défense de regarder.

— Tu vas me bander les yeux ?

Tout d'un coup, je suis hors d'haleine.

— Oui.

— Christian…

Il pose un doigt sur mes lèvres pour me faire taire.

Je veux parler.

— On parlera plus tard. Pour l'instant, je veux que tu manges. Tu m'as dit que tu avais faim.

Il pose un baiser léger sur mes lèvres. La soie du foulard est douce contre mes paupières tandis qu'il le noue derrière ma tête.

— Tu peux voir ? me demande-t-il.

— Non.

Je fais mine de lever les yeux au ciel. Il glousse doucement.

— Quand tu lèves les yeux au ciel, je le sens… et tu sais ce que j'en pense.

Je pince les lèvres.

— On s'y met ?

— Quelle impatience, madame Grey. Toujours aussi pressée.

Sa voix est enjouée.

— Oui !

— Je dois d'abord te nourrir, déclare-t-il en effleurant ma tempe d'un baiser qui m'apaise instantanément.

Bon… comme tu voudras. Résignée, j'épie ses mouvements dans la cuisine. Il ouvre la porte du frigo et pose divers plats sur le comptoir derrière moi, puis il met quelque chose dans le four à micro-ondes. J'entends le levier du grille-pain, puis la minuterie et son tic-tac. Hum. Du pain grillé ?

— Oui. Je suis pressée de parler, dis-je distraitement.

Un assortiment d'arômes exotiques envahit la cuisine, et je me tortille sur mon tabouret.

— Ne bouge pas, Anastasia. (Il s'est rapproché de moi.) Je veux que tu sois bien sage, murmure-t-il.

Oh mon Dieu.

— Et ne te mordille pas la lèvre.

Quand il libère ma lèvre inférieure de mes dents, je ne peux pas m'empêcher de sourire.

J'entends le « pop » d'un bouchon, et le glouglou du vin dans un verre. Après un moment de silence, je perçois un petit déclic et le sifflement sourd des enceintes qui s'animent. Une guitare entame une chanson que je ne connais pas. Christian baisse le volume pour que la musique ne soit qu'un fond sonore. Un homme commence à chanter d'une voix grave, basse et sexy.

— D'abord quelque chose à boire, je crois, chuchote Christian. Renverse la tête. (J'obéis.) Plus, m'ordonne-t-il.

Je m'exécute ; il pose ses lèvres sur les miennes. Un vin frais et sec se déverse dans ma bouche. J'avale par réflexe. *Oh mon Dieu.* Les souvenirs d'un temps pas si éloigné me reviennent – moi, ligotée sur mon lit à Vancouver trois jours avant la remise des diplômes, le soir où Christian n'avait pas spécialement apprécié mon mail. *Mmm... les choses ont-elles vraiment changé ?* Pas tellement. Sauf que maintenant, je reconnais le vin, le préféré de Christian, un sancerre. Je le savoure en émettant un petit « mmm ».

— Le vin te plaît ? chuchote-t-il.

Son souffle est tiède sur ma joue ; je baigne dans son énergie, dans la chaleur qui se dégage de son corps sans même qu'il me touche.

— Oui.

— Encore ?

— Avec toi, j'en veux toujours plus.

Je l'entends presque sourire. Ça me fait sourire aussi.

— Madame Grey, chercheriez-vous à m'allumer ?

— Oui.

Son alliance tinte contre le verre lorsqu'il prend une autre gorgée de vin. Cette fois, il me renverse la tête en arrière lui-même en me tenant tendrement dans ses bras. Il m'embrasse à nouveau, et j'avale goulûment le vin qu'il me verse.

— Tu as faim ?

— Je crois que nous avons déjà évoqué cela, monsieur Grey.

La chanson jouée par l'iPod parle de jeux dangereux. *Wicked Games. Tiens… Comme c'est approprié.*

Le four à micro-ondes sonne et Christian me libère. Je me redresse. La porte du four s'ouvre, l'odeur est appétissante.

— Putain ! Merde ! jure Christian.

Une assiette tombe avec fracas sur le plan de travail.

Aïe !

— Ça va ?

— Ouais ! aboie-t-il.

L'instant d'après, il est à nouveau près de moi.

— Je viens de me brûler. Tiens. (Il glisse son index entre mes lèvres.) Tu le suceras mieux que moi.

Agrippant sa main, je retire lentement son doigt de ma bouche en murmurant d'une voix apaisante « là, là… ». Je me penche pour souffler dessus afin de le rafraîchir, puis je l'embrasse délicatement deux fois. Il retient son souffle. Je réinsère son index entre mes lèvres pour le sucer doucement. Il inspire brusquement : ça me fait de l'effet jusque dans l'entrejambe. Il a toujours aussi bon goût, et je comprends enfin son jeu : une lente séduction de sa femme. Je croyais qu'il était fou de rage, et maintenant… Mon mari est vraiment un homme déroutant… Mais c'est comme ça que je l'aime. Joueur. Drôle. Follement sexy. Il m'a donné des réponses, mais j'en veux davantage, tout en ayant aussi envie de jouer : après l'angoisse et la tension de la journée, le cauchemar d'hier soir avec Jack, cette distraction est bienvenue.

Christian interrompt le fil de mes pensées en retirant son doigt de ma bouche.

— À quoi penses-tu ? murmure-t-il.

— À tes sautes d'humeur.

Il se fige.

— Cinquante nuances, bébé, finit-il par lâcher en posant un baiser au coin de mes lèvres.

J'agrippe son tee-shirt pour l'attirer vers moi.

— Ah non, pas de ça, madame Grey. Pas touche… pas encore.

Il prend ma main et en embrasse chaque doigt tour à tour.

— Tiens-toi droite, ordonne-t-il.

Je fais la moue.

— Si tu boudes, je te donne la fessée. Maintenant, ouvre la bouche.

Et merde. J'obéis : il y fourre une bouchée d'agneau pimenté dans une sauce au yaourt et à la menthe. *Miam.*

— C'est bon ?

— Oui.

Il émet un petit bruit de satisfaction qui m'apprend que, lui aussi, il mange.

— Encore ?

Je hoche la tête. Il me donne une autre bouchée, que j'avale avec enthousiasme. Il pose la fourchette et déchire quelque chose… du pain ?

— Ouvre.

Cette fois, c'est du pain pita et de l'houmous. Manifestement, Mme Jones – ou peut-être même Christian – sont allés faire des courses chez le traiteur que j'ai découvert il y a environ cinq semaines à deux rues de l'Escala. Je mange de bon cœur. L'humeur enjouée de Christian m'aiguise l'appétit.

— Encore ?

Je hoche la tête.

— Encore de tout, s'il te plaît. Je meurs de faim.

Lentement et patiemment, il me nourrit, en cueillant de temps en temps un morceau de nourriture au coin de ma bouche avec ses lèvres ou en l'essuyant avec ses doigts, et en m'offrant des gorgées de vin à sa façon.

— Ouvre grand et mords, murmure-t-il.

J'obéis. Miam, des feuilles de vigne farcies, un de mes plats préférés ! Je les aime mieux réchauffées, mais je ne veux pas que Christian se brûle encore. Il les porte doucement à ma bouche, et lorsque j'ai fini, je lui lèche les doigts.

— Encore ? fait-il d'une voix grave et rauque.

Je secoue la tête. Je suis rassasiée.

— Bien, me chuchote-t-il à l'oreille, parce qu'il est temps pour moi de savourer mon plat préféré.

Il me soulève, ce qui me surprend tellement que je lâche un petit cri.

— Je peux retirer le foulard ?

— Non.

Je suis sur le point de faire la moue, mais je me ravise en me rappelant sa menace.

— Salle de jeux, chuchote-t-il.

Euh… je ne sais pas si c'est une bonne idée.

— Prête à relever le défi ? me demande-t-il.

Il a utilisé le mot *défi* : je ne peux pas refuser.

— On y va, dis-je.

Le désir et quelque chose que je ne peux pas nommer bouillonnent dans mon corps. Il gravit l'escalier en me portant dans ses bras.

— Je crois que tu as maigri, marmonne-t-il sur un ton de reproche.

Ah bon ? Génial ! Son commentaire lorsque nous sommes rentrés de notre lune de miel m'avait plutôt vexée. Bon sang – ça fait à peine une semaine…

Arrivé devant la porte de la salle de jeux, il me laisse glisser le long de son corps pour me poser à terre, tout en continuant à me tenir par la taille. Il déverrouille rapidement la porte.

Curieusement, à présent, l'odeur de citron et de bois ciré me réconforte. Christian me lâche pour me faire pivoter de façon que je lui tourne le dos. Il dénoue le foulard, et je cligne des yeux dans la lumière tamisée. Doucement, il retire les épingles de mon chignon ; ma tresse retombe sur mon dos. Il l'attrape et tire dessus doucement pour que je recule jusqu'à ce que je me retrouve contre lui.

— J'ai une idée, murmure-t-il à mon oreille, ce qui déclenche une vague de délicieux frissons dans mon dos.

— Ça ne m'étonne pas de toi.

Il m'embrasse sous l'oreille.

— En effet, madame Grey.

Sa voix est douce, hypnotique. Il tire sur ma tresse pour me faire pencher la tête de côté et pose une série de baisers sur ma gorge.

— D'abord, il faut qu'on te déshabille.

Sa voix rauque fait vibrer mon corps tout entier. Quoi qu'il ait en tête, j'en ai envie ; j'ai envie que nous nous retrouvions. Il me retourne pour me mettre face à lui. Je jette un coup d'œil à son jean, avec son bouton défait, et je n'y résiste pas : je passe l'index sous la ceinture pour sentir les poils de son bas-ventre me chatouiller. Il inspire brusquement ; je lève les yeux pour croiser les siens. Je m'arrête au bouton détaché. Ses yeux prennent une nuance de gris plus sombre... *oh mon Dieu.*

— Tu devrais le garder, dis-je.

— J'en ai l'intention, Anastasia.

Tout d'un coup, il m'attrape la nuque d'une main et les fesses de l'autre pour me plaquer contre lui ;

il colle sa bouche sur la mienne et m'embrasse comme si sa vie en dépendait.

Hou là !

Il me fait marcher à reculons, nos langues entrelacées, jusqu'à ce que je sente la croix de bois contre mon dos. Il se presse contre moi.

— On vire cette robe, dit-il.

Il la retrousse pour dénuder mes cuisses, mes hanches, mon ventre… avec une lenteur délicieuse ; l'étoffe frôle ma peau, effleure mes seins…

— Penche-toi en avant.

Je m'exécute, et il tire la robe par-dessus ma tête. Je n'ai plus que mes sandales, ma culotte et mon soutien-gorge. Ses yeux s'embrasent quand il m'attrape les deux mains pour les lever au-dessus de ma tête. Il cligne des yeux et penche sa tête sur son épaule, comme pour demander ma permission. *Qu'est-ce qu'il va me faire ?* Je déglutis avant de hocher la tête, et un petit sourire d'admiration, presque de fierté, fait frémir ses lèvres. Il attache mes poignets à la barre au-dessus de ma tête avec les bracelets en cuir et ressort le foulard.

— Je pense que tu en as assez vu.

Il me remet le bandeau. Mes autres sens s'exacerbent ; le bruit de sa respiration, mon excitation, le sang qui bat dans mes oreilles, l'odeur de Christian mêlée au citron et à la cire de la pièce - tout prend un relief accru. Son nez touche le mien.

— Je vais te rendre folle, murmure-t-il.

Ses mains m'agrippent les hanches et courent sur mes jambes pour me retirer ma culotte. *Me rendre folle… Waouh.*

— Lève les pieds, l'un après l'autre.

J'obéis. Il me retire d'abord ma culotte, puis mes sandales. Puis il me prend délicatement la cheville pour déplacer ma jambe vers la droite.

— Avance la jambe.

Il attache ma cheville droite à la croix en X, puis fait de même à la gauche. Je me retrouve écartelée, impuissante. Christian s'avance vers moi et sa chaleur irradie à nouveau mon corps, mais il ne me touche pas. Au bout d'un moment, il m'attrape le menton, me renverse la tête en arrière et m'embrasse chastement.

— De la musique et des jouets, je crois. Vous êtes belle comme ça, madame Grey, et j'ai envie de faire une pause pour admirer le spectacle.

Sa voix est douce. Tout en moi se crispe.

Au bout d'un moment, je l'entends se diriger tranquillement vers la commode, puis ouvrir un tiroir dont il tire un objet qu'il pose sur la commode, puis un second. Les enceintes s'animent, et une mélodie jouée au piano s'élève dans la pièce. Bach, je crois. Quelque chose, dans cette musique, me fait peur. Peut-être parce qu'elle est trop froide, trop détachée. Je fronce les sourcils en essayant de comprendre ce qui me trouble, mais Christian me prend à nouveau le menton, ce qui me fait sursauter, en tirant doucement dessus pour que je lâche ma lèvre inférieure. Je souris en tâchant de me rassurer. Pourquoi suis-je aussi inquiète ? Est-ce cette musique ?

Christian fait courir sa main jusqu'à ma gorge, puis de ma poitrine jusqu'à mon sein. Il tire sur le bonnet avec son pouce pour le libérer, émet un petit bruit de gorge et m'embrasse dans le cou. Ses lèvres suivent le même chemin que ses doigts jusqu'à mon sein, elles m'embrassent et me suçotent. Je gémis lorsqu'il effleure mon téton gauche avec le pouce tandis que ses lèvres se referment sur le droit pour tirer dessus et le titiller jusqu'à ce que les pointes s'allongent et durcissent.

Il augmente lentement l'intensité de ses caresses. Je tire en vain sur mes liens ; un plaisir aigu flambe de mes tétons jusqu'à mon entrejambe. Je tente de me tortiller, mais je peux à peine bouger, ce qui rend le supplice encore plus intense.

— Christian !

— Je sais, murmure-t-il, la voix rauque. C'est ce que tu me fais ressentir.

Quoi ? Je geins et il recommence, soumettant mes mamelons à une torture exquise encore et encore jusqu'à ce que je sois au bord de… Je miaule :

— S'il te plaît !

Il émet un grognement sourd et sauvage, puis se redresse en me laissant pantelante, à bout de souffle, luttant contre mes liens. Il fait courir ses mains sur mes flancs ; l'une s'attarde sur ma hanche tandis que l'autre poursuit jusqu'à mon ventre.

— Voyons où tu en es.

Doucement, il appuie sa paume sur mon sexe et effleure mon clitoris avec son pouce, ce qui me fait crier. Lentement, il insère un, puis deux doigts en moi. Je gémis en basculant mes hanches vers sa main.

— Ah, Anastasia, tu es prête.

Il décrit des cercles en moi avec ses doigts, il tourne, il tourne, tandis que son pouce caresse mon clitoris dans un mouvement de va-et-vient. C'est le seul point de mon corps qu'il touche : toute la tension, toute l'anxiété de la journée se concentrent dans cette parcelle de mon anatomie.

Bordel de merde… qu'est-ce que c'est intense… et bizarre… et cette musique… ça commence à monter… Christian change de position, alors que sa main bouge encore en moi et contre moi ; j'entends un bourdonnement sourd.

— Quoi ?

— Chut…

Il plaque ses lèvres sur les miennes pour m'imposer le silence. Ce geste plus chaleureux et intime me fait du bien, et je l'embrasse voracement. Puis il rompt le contact et le bourdonnement se rapproche.

— C'est une baguette magique, bébé.

Il presse contre ma poitrine un gros objet vibrant en forme de boule. Je frissonne quand il le déplace sur ma peau, d'abord entre mes seins, puis de l'un à l'autre. Je suis submergée par les sensations, j'ai des picotements partout, les synapses qui crépitent ; un désir sombre s'infiltre au creux de mon ventre.

Je gémis. Les doigts de Christian continuent de bouger en moi. *Ça vient…* Je gémis plus fort en renversant la tête en arrière, mais Christian arrête de bouger les doigts.

— Non ! Christian !

Je le supplie en essayant de me frotter contre lui.

— Ne bouge pas, bébé.

Mon orgasme imminent s'évanouit. Il se penche vers moi pour m'embrasser.

— Frustrant, non ? murmure-t-il.

Aïe, oui ! Tout d'un coup, je comprends son jeu.

— Christian, je t'en prie !

— Chut, dit-il en m'embrassant.

Puis il se remet à bouger – baguette magique, doigts, pouce… combinaison fatale de tortures sensuelles. Il s'approche pour que son corps frôle le mien. Il est toujours habillé, et le denim satiné de son jean effleure ma jambe ; je sens son érection contre ma hanche. Il est si proche, si tentant… Il me conduit au bord du gouffre à nouveau ; mon corps tout entier se tend ; puis il s'arrête.

— Non !

Il parsème mon épaule de doux baisers mouillés en retirant ses doigts et dirige la baguette vers le bas. Elle oscille sur mon estomac, mon ventre, vers mon sexe, contre mon clitoris. Putain, qu'est-ce que c'est intense…

Je hurle en tirant de toutes mes forces sur mes liens. Mon corps est tellement à vif que j'ai l'impression que je vais exploser, et au moment où je m'apprête à le faire, Christian s'arrête encore. Je hurle :

— Christian !

— Alors, frustrant ? murmure-t-il contre ma gorge. Comme toi. Tu promets un truc, et après…

Il ne finit pas sa phrase. Je le supplie encore :

— Christian, je t'en prie !

Il pousse la baguette contre moi encore et encore, s'arrêtant chaque fois au moment crucial.

— Chaque fois que je m'arrête, c'est plus intense quand je recommence, pas vrai ?

— S'il te plaît.

Mes nerfs hurlent pour être soulagés.

Le bourdonnement s'arrête et Christian m'embrasse, puis frotte son nez contre le mien.

— Tu es la femme la plus énervante que j'aie jamais rencontrée.

Non, non, non.

— Christian, je n'ai jamais promis de t'obéir. Je t'en prie, je t'en prie…

Il prend mes fesses et pousse ses hanches contre moi ; le bouton de son jean s'enfonce dans ma chair, contenant à peine son érection. D'une main, il m'arrache mon bandeau tandis qu'il m'attrape le menton : je cligne des yeux. Les siens sont incandescents.

— Tu me rends fou, chuchote-t-il.

Il fléchit ses hanches contre moi une, deux, trois fois, ce qui allume des étincelles dans mon corps, prêt à s'enflammer, et il me refuse une énième fois la jouissance. J'ai tellement envie de lui que je ferme les yeux pour marmonner une prière. Je suis impuissante, mais il reste impitoyable. Des larmes jaillissent de mes yeux. Jusqu'où ira-t-il ?

— S'il te plaît…

Mais il se contente de me regarder, implacable. Il va continuer. Combien de temps ? Je peux jouer à ce jeu-là, moi aussi ? *Non, non, non – impossible.* Je sais qu'il n'a pas l'intention de s'arrêter, il va continuer à me torturer. Sa main glisse à nouveau vers le bas. *Non*… Et c'est alors que la digue explose – toute l'appréhension, l'angoisse, la peur des deux derniers jours me submergent à nouveau… J'éclate en sanglots en me détournant de lui. Ce n'est pas de l'amour, c'est de la vengeance. Je hurle, en larmes :

— Rouge. Rouge. Rouge !

Il se fige.

— Non ! s'exclame-t-il, stupéfait. Nom de Dieu. Non.

Il réagit aussitôt, détache mes mains, me soutient par la taille en se penchant pour libérer mes chevilles, pendant que je sanglote, la tête entre les mains.

— Non, non, non, Ana, je t'en prie.

Il me soulève pour me porter jusqu'au lit, où il m'assoit sur ses genoux pour me bercer pendant que je pleure, inconsolable. Je suis dépassée… mon corps est tendu à se rompre, j'ai la tête vide, mes émotions partent dans tous les sens. Il tend la main derrière lui pour arracher le drap du lit à baldaquin et m'en envelopper. La fraîcheur du satin est étrangement rebutante sur ma peau hypersensible. Il me prend dans ses bras pour me serrer contre lui et me bercer doucement.

— Pardon, pardon, murmure Christian d'une voix rauque.

Il n'arrête pas d'embrasser mes cheveux.

— Ana, pardonne-moi, je t'en prie.

Je colle mon visage contre son cou en continuant de pleurer. Tant de choses se sont produites au cours des derniers jours – l'incendie dans la salle des serveurs, la poursuite automobile, mon plan de carrière imposé, cette pétasse d'architecte, ce cinglé armé dans mon appartement, nos disputes, sa colère, son absence… Je me sers du coin du drap pour m'essuyer le nez et je me rends compte peu à peu que les accords glacés de Bach résonnent encore dans la pièce.

— S'il te plaît, arrête la musique, dis-je en reniflant.

— Oui, bien sûr.

Christian change de position sans me lâcher et tire la télécommande de sa poche arrière. Il appuie sur un bouton et le piano se tait, remplacé par ma respiration haletante.

— C'est mieux ?

Je hoche la tête et mes sanglots s'apaisent. Christian essuie doucement mes larmes avec son pouce.

— Tu n'es pas fan des *Variations Goldberg*, on dirait.

— Non.

Il me contemple en tentant en vain de dissimuler sa honte.

— Pardon, répète-t-il.

— Pourquoi tu m'as fait ça ?

Ma voix est à peine audible ; je tente d'analyser mes pensées et mes émotions embrouillées. Il secoue tristement la tête et ferme les yeux.

— Je me suis laissé emporter, avance-t-il, peu convaincant.

Je fronce les sourcils et il soupire :

— Ana, le déni d'orgasme est un procédé habituel dans… Tu ne fais jamais…

Il se tait. Je me décale sur ses genoux, ce qui lui arrache une grimace.

Oh. Je rougis.

— Désolée.

Il lève les yeux au ciel, puis se met sur le dos tout d'un coup en m'entraînant avec lui, de sorte que nous nous retrouvons allongés sur le lit, moi dans ses bras. Mon soutien-gorge me gêne ; je l'ajuste.

— Tu as besoin d'un coup de main ?

Je secoue la tête. Je ne veux pas qu'il me touche les seins. Il se recule pour me regarder, puis tend une main hésitante pour me caresser doucement le visage. Des larmes me montent à nouveau aux yeux. Comment peut-il être aussi insensible un instant et aussi tendre l'instant d'après ?

— Je t'en prie, ne pleure pas, chuchote-t-il.

Je suis abasourdie et déroutée par cet homme. Ma colère m'abandonne quand j'en ai le plus besoin... Je suis hébétée ; j'ai envie de me rouler en boule pour me réfugier en moi-même. Je cligne des yeux pour tenter de retenir mes larmes en contemplant son air tourmenté. J'inspire en tremblant, sans le quitter des yeux. Que vais-je faire de cet homme qui veut tout contrôler ? M'habituer à être contrôlée ? Ça m'étonnerait que j'y arrive...

— Je ne fais jamais quoi ? dis-je.

— Ce qu'on te demande de faire. Tu as changé d'avis ; tu ne m'as pas dit où tu étais. Ana, j'étais à New York, impuissant et fou de rage. Si j'avais été à Seattle, je t'aurais ramenée à la maison.

— Alors, tu me punis ?

Il déglutit et ferme les yeux. Inutile qu'il réponde : je sais que c'était son intention.

— Il faut que tu arrêtes de faire ça, dis-je.

Son front se plisse.

— D'abord, parce que tu te détestes encore plus après.

Il grogne.

— Exact, marmonne-t-il. Je n'aime pas te voir comme ça.

— Et moi, je n'aime pas me sentir comme ça. Sur le *Fair Lady*, tu m'as dit que tu n'avais pas épousé une soumise.

— Je sais. Je sais.

Sa voix douce est pleine d'émotion.

— Alors arrête de me traiter comme une soumise. Je suis désolée de ne pas t'avoir appelé. Je ne serai plus jamais aussi égoïste. Je sais que tu t'inquiètes pour moi.

Il me jette un regard abattu et anxieux.

— Très bien. D'accord, finit-il par lâcher.

Il se penche, mais s'arrête avant que ses lèvres touchent les miennes, me demandant en silence s'il a le droit de me toucher. J'approche mon visage du sien et il m'embrasse tendrement.

— Tes lèvres sont toujours plus douces quand tu as pleuré, murmure-t-il.

— Je n'ai jamais promis de t'obéir, Christian.

— Je sais.

— Alors accepte-le, s'il te plaît. Pour nous deux. Et moi, j'essaierai de tenir compte de ton… besoin de contrôle.

Il semble vulnérable et complètement perdu.

— Je vais essayer, murmure-t-il d'une voix vibrant de sincérité.

Je pousse un long soupir tremblant.

— S'il te plaît. En plus, si j'avais été là…

— Je sais, m'interrompt-il en blêmissant.

Il s'allonge et plaque sa main libre contre son visage. Je m'enroule autour de lui et pose ma tête sur sa poitrine. Nous restons silencieux un moment. Sa main glisse vers le bout de ma tresse. Il retire l'élastique pour libérer mes cheveux, qu'il démêle avec ses doigts. Voilà de quoi il s'agit, en réalité. De sa peur… sa peur irrationnelle que je sois en danger. Une image de Jack Hyde gisant par terre dans l'appartement à côté de son Glock me revient à l'esprit. Pas si irrationnelle que ça, après tout… ce qui me rappelle justement que…

— Tu voulais dire quoi, tout à l'heure, quand tu as dit « ou » ?

— « Ou » ?

— Un truc à propos de Jack.

Il me dévisage.

— Tu ne renonces jamais, dis-moi.

Je cale mon menton sur son sternum en savourant les caresses de ses doigts dans mes cheveux.

— Renoncer ? Jamais. Parle. Je n'aime pas que tu me caches ces choses-là. D'après toi, j'ai besoin d'être protégée, mais tu ne sais même pas te servir d'une arme à feu. Moi, si. Tu crois que je suis incapable de me défendre contre ce truc que tu ne veux pas m'avouer, Christian ? Ton ex-soumise cinglée a pointé un revolver sur moi, ton ex-amante pédophile m'a harcelée - et ne me regarde pas comme ça, dis-je sèchement lorsqu'il me fusille du regard. Ta mère est du même avis que moi.

— Tu as parlé d'Elena avec ma mère ?

La voix de Christian vient de monter d'une octave.

— Oui, Grace et moi avons discuté d'elle.

Il en reste bouche bée.

— Cette histoire l'a perturbée. Elle s'en rend responsable.

— Je n'arrive pas à croire que tu en aies parlé avec ma mère. Merde !

Il cache son visage avec son bras.

— Je ne suis pas rentrée dans les détails.

— Encore heureux. Grace n'a pas besoin de savoir tout ça. Nom de Dieu, Ana. Tu en as parlé à mon père aussi ?

— Non.

Je secoue énergiquement la tête. Je n'ai pas ce type de relation avec Carrick. Ses remarques au sujet du contrat de mariage me cuisent encore.

— Et puis là, tu essaies de changer de sujet, comme d'habitude. On parlait de Jack. Qu'est-ce que tu as appris sur lui ?

Christian soulève un instant son bras pour m'adresser un regard indéchiffrable. Il cache à nouveau son visage en soupirant.

— Hyde est impliqué dans le sabotage de Charlie Tango. Les enquêteurs ont trouvé une empreinte partielle – seulement partielle, ce qui les a empêchés de l'identifier formellement. Mais ensuite, tu as reconnu Hyde dans la salle des serveurs. Il a fait de la prison pour mineurs à Detroit, et l'empreinte correspond à la sienne.

J'ai la tête qui tourne. Jack a saboté Charlie Tango ? Tout d'un coup, Christian devient loquace.

— Ce matin, on a retrouvé une fourgonnette dans le parking de l'Escala. Hyde en était le conducteur. Hier, il a livré des trucs à ce nouveau type qui vient d'emménager, celui qu'on a croisé dans l'ascenseur.

— Je ne me rappelle plus son nom.

— Moi non plus, poursuit Christian. En tout cas, c'est comme ça que Hyde à réussi à pénétrer dans l'immeuble. Il travaillait pour une entreprise de livraison…

— Et alors, qu'est-ce qu'elle a de si important, cette fourgonnette ?

Christian se tait.

— Christian, dis-moi.

— Les flics y ont trouvé… des choses.

Il se tait à nouveau en me serrant plus fort contre lui.

— Quelles sortes de choses ?

Il reste muet un long moment, et alors que j'ouvre la bouche pour l'encourager, il reprend :

— Un matelas, assez de tranquillisant pour chevaux pour assommer douze bêtes, et un message.

Sa voix est à peine audible.

Putain de bordel de merde.

— Un message ?

Ma voix est l'écho de la sienne.

— Il m'était adressé.

— Et il disait quoi ?

Christian secoue la tête : soit il ne le sait pas, soit il se refuse à m'en divulguer le contenu.

Ah.

— Si Hyde est venu ici hier soir, c'était pour te kidnapper.

Christian se fige, le visage tendu. À ces mots, je me rappelle le gros scotch. Au fond, je le savais déjà.

— Merde, dis-je.

— En effet, répond Christian.

Quand je travaillais avec Jack, je le trouvais bizarre, mais était-il déjà déjanté à ce point-là ? Comment a-t-il pu s'imaginer qu'il s'en tirerait ?

— Je ne comprends pas. Ça n'a pas de sens.

— Je sais. La police mène son enquête, Welch aussi. Nous pensons que c'est en rapport avec Detroit.

— Detroit ?

Je l'interroge du regard, déroutée.

— Oui. Il a dû se passer quelque chose, là-bas.

— Je ne comprends toujours pas.

Christian relève la tête.

— Ana, je suis né à Detroit.

12

— Je croyais que tu étais né ici, à Seattle ?

Je réfléchis à toute allure. Quel est le rapport avec Jack ? Christian soulève le bras qui lui masque le visage pour attraper un coussin. Il le cale derrière la nuque, se rallonge et me contemple d'un air circonspect. Au bout d'un moment, il secoue la tête.

— Non. Elliot et moi, nous avons tous les deux été adoptés à Detroit. Nous nous sommes installés à Seattle peu de temps après mon adoption. Grace voulait habiter la côte Ouest pour s'éloigner des grandes villes, et elle a trouvé un poste au Northwest Hospital. J'ai très peu de souvenirs de cette période. Mia a été adoptée ici.

— Donc, Jack est de Detroit ?

— Oui.

Ah…

— Comment le sais-tu ?

— J'ai fait une enquête sur lui quand il t'a recrutée.

Ben voyons. Je ricane :

— Alors lui aussi, il a son dossier en papier kraft ?

Christian se retient de sourire.

— Je crois que le sien est bleu clair.

Il continue à me caresser les cheveux. C'est apaisant.

— Et alors, qu'est-ce qu'il raconte, ce dossier ?

— Tu tiens vraiment à le savoir ?

— C'est grave à ce point-là ?

Il hausse les épaules.

— J'ai vu pire, chuchote-t-il.

Fait-il allusion à sa propre histoire ? Le petit Christian, sale, apeuré, perdu, me revient à l'esprit. Je me blottis contre lui en le serrant plus fort contre moi, le recouvre avec le drap et pose ma joue sur sa poitrine.

— Quoi ? me demande-t-il, étonné par ma réaction.

— Rien.

— Non. Donnant donnant, Ana. Qu'est-ce qu'il y a ?

Je lève les yeux vers lui, puis je repose ma joue contre sa poitrine et j'avoue :

— Parfois, je t'imagine petit garçon… avant que tu ailles vivre avec les Grey.

Je sens le corps de Christian se raidir.

— Je ne parlais pas de moi. Je ne veux pas de ta pitié, Anastasia. Cette partie de ma vie est terminée. Oubliée.

— Ce n'est pas de la pitié, c'est de la compassion, de la tristesse qu'on ait pu traiter un enfant comme ça.

J'inspire profondément pour me ressaisir, la gorge nouée, au bord des larmes.

— Cette partie de ta vie n'est pas terminée, Christian – comment peux-tu dire une chose pareille ?

Tu vis tous les jours avec ton passé. Tu me l'as dit toi-même.

Ma voix est presque inaudible.

Christian pousse un petit grognement et passe sa main dans ses cheveux, mais il reste muet et tendu.

— Je sais que c'est pour ça que tu ressens le besoin de me contrôler, de me protéger.

— Et pourtant, tu choisis de me défier, murmure-t-il, dérouté, en arrêtant de me caresser les cheveux.

Je fronce les sourcils. *J'aurais désobéi exprès ?* Ma conscience retire ses lunettes en demi-lune pour en mordiller une branche, les lèvres pincées, en hochant la tête. Je n'y comprends rien – je suis sa femme, pas sa soumise, pas une entreprise qu'il aurait rachetée. Je ne suis pas sa pute camée de mère… *Bordel.* Cette idée me fait mal au cœur. Les paroles du Dr Flynn me reviennent à l'esprit : « Continuez de faire ce que vous faites. Christian est éperdument amoureux… C'est une joie de le voir ainsi. »

J'agis simplement comme j'ai toujours agi. C'est ça qui a séduit Christian, non ? *Ah là là, cet homme est tellement déroutant…*

— D'après le Dr Flynn, je dois t'accorder le bénéfice du doute. Je crois que j'y arrive. Si je me conduis comme ça, c'est peut-être ma façon de te ramener dans le présent, ici et maintenant, de t'arracher à ton passé. Je ne sais pas. Je n'arrive pas à estimer la portée de tes réactions.

Il reste muet un moment.

— Flynn, je l'emmerde, marmonne-t-il.

— D'après lui, je devrais continuer à me conduire comme je me suis toujours conduite avec toi.

— Ah bon ? fait Christian sèchement.

Allez, je joue le tout pour le tout :

— Christian, je sais que tu aimais ta mère. Tu n'as pas pu la sauver. Ce n'était pas à toi de le faire. Mais je ne suis pas elle.

Il se fige à nouveau.

— Tais-toi ! murmure-t-il.

— Non, écoute-moi, s'il te plaît.

Je soulève la tête pour fixer ses grands yeux terrifiés. Il retient son souffle. *Ah, Christian…* J'en ai le cœur serré.

— Je ne suis pas elle. Je suis beaucoup plus forte qu'elle. Je t'ai, toi, et tu es beaucoup plus fort maintenant, et je sais que tu m'aimes. Je t'aime, moi aussi.

Son front se plisse, comme si mes paroles n'étaient pas celles auxquelles il s'attendait.

— Tu m'aimes encore ? me demande-t-il.

— Évidemment, Christian, je t'aimerai toujours, peu importe ce que tu m'auras fait.

Ces mots le rassureront-ils ? Il relâche sa respiration et ferme les yeux, posant à nouveau un bras sur son visage tout en me serrant plus fort.

— Ne te cache pas, dis-je en prenant sa main pour écarter son bras de son visage. Tu as passé ta vie à te cacher. Je t'en supplie : ne te cache pas, pas de moi.

Il me regarde, incrédule, en fronçant les sourcils.

— Je me cache ?

— Oui.

Soudain, il se retourne sur le flanc en me décalant pour que je sois allongée à côté de lui ; il tend la main pour repousser des mèches de mon visage et les caler derrière mon oreille. Je reprends :

— Aujourd'hui, tu m'as demandé si je te détestais. Je n'ai pas compris pourquoi, mais maintenant…

Il se fige en me fixant comme si j'étais une énigme totale.

— Tu crois encore que je te déteste ? dis-je, incrédule à mon tour.

Il secoue la tête.

— Non, plus maintenant. Mais il faut que je sache… pourquoi as-tu utilisé le mot d'alerte, Ana ?

Que dire ? Qu'il me faisait peur. Que je ne savais pas s'il saurait s'arrêter. Que même quand je l'ai supplié, il ne s'est pas arrêté. Que je ne voulais pas que ça dégénère… comme… comme c'est déjà arrivé, dans cette pièce. Je tremble en me rappelant comment il m'a fouettée avec sa ceinture.

Je déglutis :

— Parce que… parce que tu étais tellement furieux, et distant, et… froid. Je ne savais pas jusqu'où tu irais.

Son expression demeure indéchiffrable.

— Avais-tu l'intention de me laisser jouir ?

Ma voix est à peine un chuchotement et je sens que je rougis, mais je soutiens son regard.

— Non, finit-il par lâcher.

Bordel de merde.

— C'est… dur.

Il m'effleure doucement la joue.

— Mais efficace, murmure-t-il.

Il me contemple comme s'il essayait de lire dans mon âme. Au bout d'une éternité, il murmure :

— Je suis content que tu aies prononcé le mot d'alerte.

— Vraiment ?

Je ne comprends pas. Un sourire triste lui tord les lèvres.

— Oui. Je ne veux pas te faire de mal. Je me suis laissé emporter. (Il m'embrasse.) Ça m'arrive souvent avec toi.

Ah ? Curieusement, cette idée me fait plaisir… je souris. Pourquoi est-ce que ça me fait plaisir ? Il sourit aussi.

— J'ignore pourquoi vous souriez, madame Grey.

— Moi aussi.

Nous ne sommes plus qu'un écheveau de membres entortillés dans un drap en satin rouge. Je lui caresse le dos d'une main et passe l'autre dans ses cheveux. Il soupire et se détend dans mes bras.

— Ça signifie que je peux te faire confiance… pour m'arrêter. Je ne veux pas te faire de mal, jamais, murmure-t-il. J'ai besoin…

Il se tait.

— Tu as besoin de quoi ?

— J'ai besoin de contrôler, Ana, autant que j'ai besoin de toi. C'est la seule façon que j'ai de fonctionner. Je ne peux pas m'en défaire, je n'y arrive pas. J'ai essayé… Et pourtant, avec toi…

Il secoue la tête, exaspéré. Le cœur de notre dilemme, le voilà : son besoin de contrôler et son besoin de moi. Je refuse de croire qu'ils sont incompatibles.

— Moi aussi, j'ai besoin de toi, dis-je en le serrant plus fort. J'essaierai, Christian. J'essaierai d'avoir plus d'égards pour toi.

— Je veux que tu aies besoin de moi, murmure-t-il.

— Mais tu sais bien que c'est le cas !

— Je veux m'occuper de toi.

— Mais tu le fais, tout le temps. Tu m'as tellement manqué quand tu étais à New York.

— Ah bon ?

On dirait que ça l'étonne.

— Évidemment. Je déteste que tu t'en ailles.

Je devine qu'il sourit.

— Tu aurais pu venir avec moi.

— Christian, s'il te plaît, on ne va pas encore ressasser ce sujet.

Il soupire tandis que je lui passe les doigts dans les cheveux.

— Je t'aime, Ana.

— Moi aussi, je t'aime, Christian. Je t'aimerai toujours.

Nous restons tous les deux allongés, immobiles, dans le calme après la tempête. Tout en écoutant le rythme régulier de son cœur, je m'assoupis, exténuée.

Je me réveille en sursaut, désorientée : où suis-je ? La salle de jeux. Les lumières éclairent doucement les murs rouge sang. Quand Christian gémit, je me rends compte que c'est ça qui m'a réveillée.

— Non ! se plaint-il.

Il est allongé à côté de moi, la tête renversée en arrière, les paupières serrées, le visage tordu par l'angoisse.

Bordel de merde. Il fait un cauchemar.

— Non ! s'écrie-t-il à nouveau.

— Christian, réveille-toi.

Je me redresse tant bien que mal en repoussant le drap à coups de pieds, m'agenouille à côté de lui, l'attrape par les épaules et le secoue, les larmes aux yeux.

— Christian, réveille-toi !

Ses yeux s'ouvrent brusquement, gris et affolés, les pupilles dilatées par la terreur.

— Christian, tu fais un cauchemar. Tu es à la maison. Tu es en sécurité.

Il cligne des yeux, regarde frénétiquement autour de lui et fronce les sourcils en tentant de comprendre où il se trouve. Puis son regard trouve le mien.

— Ana, souffle-t-il.

Sans le moindre préambule, il m'attrape le visage à deux mains, m'attire contre sa poitrine et m'embrasse. Durement. Sa langue envahit ma bouche ; elle a le goût du désespoir. En me laissant à peine le temps de respirer, il se retourne, ses lèvres toujours collées aux miennes, de façon à me plaquer contre le matelas du lit à baldaquin. D'une main, il me tient la mâchoire, de l'autre, le sommet de la tête pour m'immobiliser, tandis qu'il m'écarte les jambes d'un genou pour se nicher, encore vêtu de son jean, entre mes cuisses.

— Ana, balbutie-t-il comme s'il n'arrivait pas à croire que j'étais là, avec lui.

Il relève la tête un instant pour me regarder, ce qui me permet de reprendre ma respiration. Puis ses lèvres sont à nouveau sur les miennes, pillant ma bouche, prenant tout ce que je peux donner. Il pousse un gémissement tout en frottant son érection, toujours gainée dans son jean, contre mon bas-ventre. *Oh…* Je gémis à mon tour et toute la tension sexuelle accumulée plus tôt fait irruption, plus puissante encore d'avoir été retenue ; mon corps brûle de désir. Poussé par ses démons, il dévore mon visage, mes yeux, mes joues, mon menton de baisers pressants.

— Je suis là, dis-je pour tenter de l'apaiser tandis que nos souffles passionnés se mêlent.

J'entoure ses épaules de mes bras tout en me frottant contre lui pour l'accueillir.

— Ah, Ana, halète-t-il d'une voix rauque et basse, j'ai besoin de toi.

— Moi aussi.

Je meurs d'envie qu'il me touche, je le veux, je le veux maintenant, je veux le guérir, je veux qu'il me guérisse… J'en ai besoin. Sa main se glisse entre nos corps pour tirer sur sa braguette, tâtonne un instant, puis libère son érection.

C'est de la folie. Dire qu'il y a une minute à peine, je dormais.

Il relève la tête pour me fixer un instant, suspendu au-dessus de moi.

— Oui, s'il te plaît, dis-je d'une voix éraillée.

Et, d'un seul coup de reins, il est en moi.

— Ah !

J'ai poussé un cri d'étonnement. Il geint, puis ses lèvres retrouvent les miennes et il s'enfonce en moi, encore et encore, tout en possédant ma bouche en même temps. Il remue frénétiquement, poussé par la peur, le désir… l'amour ? Je l'ignore, mais lui rendant coup pour coup, je l'accueille.

— Ana ! rugit-il.

Il jouit violemment, le visage tendu, le corps rigide, avant de s'effondrer sur moi de tout son poids, haletant, en me laissant pantelante… encore.

Putain. Décidément, je n'ai pas de chance ce soir. Je m'agrippe à lui en aspirant une grande goulée d'air et j'ondule sous son corps. Il se retire et me tient dans ses bras pendant de longues minutes. Finalement, il secoue la tête et, prenant appui sur ses coudes, me soulage d'une partie de son poids. Il me contemple comme s'il me voyait pour la première fois.

— Ah, Ana. Nom de Dieu.

Il m'embrasse tendrement.

— Ça va ? dis-je tout en caressant son beau visage.

Il hoche la tête, mais il a l'air secoué, remué, mon petit garçon perdu… Il fronce les sourcils et me dévisage intensément, comme s'il comprenait enfin où il se trouvait.

— Et toi ? me demande-t-il, inquiet.

— Euh…

Un sourire lascif se dessine lentement sur ses lèvres.

— Madame Grey, vous aussi, vous avez des besoins, murmure-t-il.

Il m'embrasse rapidement avant de se lever.

Il s'agenouille par terre au bout du lit, tend les bras, m'attrape au-dessus des genoux et m'attire vers lui jusqu'à ce que mes fesses se trouvent au bord du lit.

— Assieds-toi, murmure-t-il.

Je m'assieds tant bien que mal ; mes cheveux retombent comme un voile jusqu'à mes seins. Son regard gris retient le mien tandis qu'il écarte doucement mes genoux au maximum. Je prends appui sur mes mains – je sais très bien ce qu'il s'apprête à faire.

— Qu'est-ce que tu es belle, Ana, souffle-t-il.

J'observe sa tête aux cheveux cuivrés s'incliner pour semer une guirlande de baisers sur ma cuisse gauche, en se dirigeant vers le nord. Mon corps tout entier se crispe. Il relève les yeux vers moi, l'œil assombri sous ses cils.

— Regarde, halète-t-il.

Puis sa bouche est sur moi. *Oh mon Dieu.* Je pousse un cri. L'univers s'est concentré au sommet de mes cuisses. Bordel, qu'est-ce que c'est érotique de le regarder. De regarder sa langue sur la partie la plus sensible de mon corps. Impitoyable, il me titille, me provoque, m'adore. Mon corps se tend ; l'effort de me tenir droite fait trembler mes bras.

— Non… ah…

Doucement, il glisse un long doigt en moi et je n'y tiens plus : je me renverse sur le lit pour savourer sa bouche et ses doigts sur moi, en moi. Doucement, lentement, il masse ce point délicieux, si délicieux, qui se trouve au fond de mon sexe. Il n'en faut pas plus pour me faire basculer en hurlant son nom, arc-boutée par un orgasme viscéral, sauvage, qui me fait voir des étoiles… Je me rends vaguement compte qu'il se frotte le nez sur mon ventre tout en y posant des baisers mouillés. Je tends la main pour lui caresser les cheveux.

— Je n'en ai pas encore fini avec toi.

Et avant que j'aie pu atterrir sur la planète Terre, il m'attrape par les hanches et m'attire vers lui, sur ses cuisses, pour m'empaler sur son érection.

J'inspire brusquement quand il me remplit. *Oh la vache…*

— Ah, bébé, susurre-t-il en m'enlaçant, me prenant la tête entre ses mains pour embrasser mon visage.

Il fléchit les hanches et la brûlure du plaisir me transperce. Puis il passe les mains sous mes fesses pour me soulever tout en basculant son bas-ventre vers moi.

Ses lèvres retrouvent les miennes tandis que, lentement, ô combien lentement, il me soulève et oscille des hanches, encore et encore… Je me pends à son cou et m'abandonne à son rythme alangui, prête à le suivre partout où il m'emmènera. Je le chevauche… c'est si bon. Je me cambre en renversant la tête en arrière, la bouche grande ouverte pour exprimer mon plaisir en silence, en savourant sa façon si tendre de me faire l'amour.

— Ana, souffle-t-il en m'embrassant la gorge.

Il me serre fort dans ses bras, entre et sort de moi lentement, me propulsant… de plus en plus haut… sur un rythme exquis, fluide, charnel. L'extase irradie du plus profond de mon corps.

— Je t'aime, Ana, me dit-il à l'oreille d'une voix rauque.

Il me soulève et me laisse retomber – monter, descendre, monter, descendre. Je plonge les mains dans ses cheveux.

— Moi aussi je t'aime, Christian.

Lorsque j'ouvre les yeux, je découvre qu'il me contemple, et tout ce que je vois, c'est son amour, lumineux, ardent, dans la lumière tamisée de la salle de jeux. Il semble avoir oublié son cauchemar. Et tandis que mon corps s'achemine vers une lente explosion, je me rends compte que c'était ça que je voulais : cette connexion, cette démonstration de notre amour.

— Jouis pour moi, bébé, murmure-t-il.

Je serre les paupières, mon corps se crispe au son de sa voix, et je jouis bruyamment, vrillée par un orgasme intense. Il s'immobilise, son front contre le mien, en murmurant doucement mon nom puis, en m'enlaçant, se soulage à son tour.

Il me soulève légèrement pour me poser sur le lit. Je reste allongée dans ses bras, vidée, enfin assouvie. Il frotte son nez dans mon cou.

— Ça va mieux ? chuchote-t-il.

— Mmm.

— On va se coucher, où tu préfères dormir ici ?

— Mmm.

— Madame Grey, parlez-moi.

Il a l'air amusé.

— Mmm.

— Tu ne peux pas faire mieux que ça ?

— Mmm.

— Viens. Je vais te coucher. Je n'aime pas dormir ici.

À contrecœur, je me retourne pour lui faire face.

— Attends.

Il cligne des yeux d'un air à la fois innocent et très fier de lui.

— Ça va ? lui dis-je.

Il sourit avec l'arrogance d'un adolescent.

— Ça va très bien, maintenant.

— Christian, dis-je en caressant son beau visage, je parlais de ton cauchemar.

Son visage se fige un instant, puis il ferme les yeux et m'enlace en enfouissant son visage dans mon cou.

— Tais-toi, chuchote-t-il d'une voix bouleversée.

Avec un coup au cœur, je le serre contre moi en caressant son dos et ses cheveux.

— Pardon.

Comme toujours, je n'arrive pas à suivre ses sautes d'humeur. Je ne veux pas le faire souffrir en l'obligeant à revivre son cauchemar.

— Tout va bien, dis-je doucement, en tentant désespérément de le ramener au garçon enjoué qu'il était il y a un instant à peine.

— On va se coucher, finit-il par dire.

Il s'arrache à mon étreinte en me laissant avec une sensation douloureuse de vide. Je me lève rapidement à mon tour en m'enveloppant dans le drap en satin, et je me baisse pour ramasser mes vêtements.

— Laisse, dit-il.

Avant que j'aie pu réagir, il m'a soulevée dans ses bras.

— Je ne tiens pas à ce que tu te prennes les pieds dans le drap et que tu te casses le cou.

Je m'accroche à lui en m'étonnant qu'il se soit si vite ressaisi, et je frotte mon nez contre lui tandis qu'il me porte jusqu'à notre chambre.

J'ouvre les yeux brusquement. Christian n'est plus dans le lit, alors qu'il fait encore noir. Je jette un coup d'œil au réveil. 3 h 20 du matin. Puis j'entends le piano…

Je me glisse rapidement hors du lit et passe mon peignoir tout en parcourant le couloir jusqu'à la grande pièce. Le morceau qu'il joue est si triste – une lamentation lugubre que je l'ai déjà entendu jouer. Je m'arrête sur le seuil de la pièce pour l'observer, seul dans une flaque de lumière, tandis qu'une musique d'une tristesse poignante emplit la pièce. Il s'arrête, puis recommence le morceau. Pourquoi un air aussi mélancolique ? Je l'écoute, fascinée. Mais je souffre. *Christian, pourquoi es-tu si triste ? Est-ce à cause de moi ? C'est moi qui t'ai fait ça ?* Quand il recommence une troisième fois le morceau, je n'y tiens plus. Il ne relève pas les yeux quand je m'approche du piano, se contentant de se décaler pour que je puisse m'asseoir à côté de lui. Je pose ma tête sur son épaule ; il embrasse mes cheveux, mais ne s'arrête qu'à la fin du morceau.

— Je t'ai réveillée ? me demande-t-il.

— Seulement parce que tu n'étais pas là. C'est quoi, ce morceau ?

— C'est du Chopin, un prélude en *mi* mineur. (Il reste un instant silencieux.) Ça s'appelle *Suffocation*…

Je lui prends la main.

— Tout ça t'a vraiment secoué, non ?

Il émet un petit grognement.

— Un détraqué s'introduit chez moi pour kidnapper ma femme. Elle ne fait pas ce qu'on lui demande de faire. Elle me rend fou. Elle me crie le mot d'alerte.

Il ferme un instant les yeux ; quand il les rouvre, ils sont désespérés.

— Ouais, je suis assez secoué.

Je lui serre la main.

— Excuse-moi.

Il pose son front contre le mien.

— J'ai rêvé que tu étais morte, chuchote-t-il.

Quoi ?

— Allongée par terre. Froide. Tu ne voulais pas te réveiller.

Ah, mon Cinquante Nuances.

— Hé ! C'était un cauchemar, rien de plus.

Je prends sa tête entre mes mains. Son regard dévoré par l'angoisse me rend plus sérieuse.

— Je suis là, et si j'ai froid, c'est parce que tu n'es pas au lit avec moi. Reviens te coucher, s'il te plaît.

Je le prends par la main et me lève, en attendant qu'il me suive. Il finit par se lever à son tour. Son pantalon de pyjama lui descend sur les hanches comme j'aime, ce qui me donne envie de passer les doigts à l'intérieur de l'élastique, mais je résiste et le ramène au lit.

Quand je me réveille, il dort paisiblement, enroulé autour de moi. Je me détends en savourant sa chaleur enveloppante, sa peau contre la mienne, et je reste allongée sans bouger pour ne pas le déranger.

Bon sang, quelle soirée. J'ai l'impression qu'un train m'est passé dessus – ce train de marchandises lancé à toute vitesse qu'est mon mari. J'ai du mal à croire que l'homme étendu à mon côté, l'air si serein et jeune dans son sommeil, était bouleversé hier soir... et m'a autant bouleversée. Je scrute le plafond en songeant que je perçois toujours Christian comme quelqu'un de fort et de dominateur quand en réalité il est fragile, mon petit garçon perdu. Alors que, paradoxalement, c'est moi qu'il croit fragile.

Par rapport à lui, je suis forte, mais le suis-je assez pour nous deux ? Assez pour lui obéir et le rasséréner ? Je soupire. Il ne m'en demande pas tant. Je me repasse notre conversation d'hier soir. Qu'avons-nous décidé, à part de faire plus d'efforts l'un pour l'autre ? Le principal, c'est que j'aime cet homme : je dois tracer notre route, une route qui me permette de préserver mon intégrité et mon indépendance tout en en faisant davantage pour lui. Je suis son « plus », tout comme il est le mien. Je décide de redoubler d'efforts ce week-end pour ne pas lui donner de raisons de s'inquiéter.

Christian remue et soulève la tête pour me regarder d'un œil ensommeillé. Je lui souris :

— Bonjour, monsieur Grey.

— Bonjour, madame Grey. Tu as bien dormi ?

Il s'étire.

— Oui, une fois que mon mari a arrêté de faire un boucan épouvantable au piano.

Il m'adresse un sourire timide qui me fait fondre.

— Un boucan épouvantable ? Rappelle-moi d'envoyer un mail à Mlle Kathie pour le lui faire savoir.

— Mlle Kathie ?

— Ma prof de piano.

Je pouffe de rire.

— Quel son délicieux, dit-il. Alors, si on faisait un truc aujourd'hui pour se changer les idées ?

— Quoi, par exemple ?

— Après que j'aurai fait l'amour à ma femme, elle va me préparer mon petit déjeuner, et ensuite je l'emmène à Aspen.

Je le regarde, bouche bée.

— Aspen ?

— Oui.

— Aspen, au Colorado ?

— C'est cela même. À moins qu'on ne l'ait déplacé.

— Mais on va mettre des heures à arriver là-bas, non ?

— Pas en jet, susurre-t-il tout en passant sa main sur mes fesses.

Évidemment, mon mari a un jet. Comment ai-je pu l'oublier ? Sa main continue d'effleurer mon corps, retroussant ma chemise de nuit au passage, et bientôt, j'ai en effet tout oublié.

Taylor nous conduit jusqu'au tarmac de Sea-Tac où nous attend le jet GEH. Il fait gris à Seattle, mais je refuse de laisser la météo entamer ma bonne humeur. Christian est de bien meilleure humeur lui aussi : quelque chose l'excite – il trépigne comme un petit garçon qui cache un grand secret. Je me demande ce qu'il mijote encore. Il est beau à tomber avec ses cheveux ébouriffés, son tee-shirt blanc et son jean noir. Pas du tout le style P-DG. Il me prend par la main tandis que Taylor range la voiture au pied de la passerelle.

— J'ai une surprise pour toi, murmure-t-il en m'embrassant les doigts.

Je lui souris.

— Une bonne surprise ?

— Je l'espère.

Sawyer descend pour m'ouvrir la portière. Taylor ouvre celle de Christian, puis sort nos sacs de voyage du coffre. Stephan nous accueille en haut de la passerelle. Dans le cockpit, le copilote Beighley actionne des manettes sur l'imposant tableau de bord.

Christian et Stephan se serrent la main.

— Bonjour monsieur, dit Stephan.

— Merci d'avoir accepté de venir à la dernière minute, répond Christian. Nos invités sont arrivés ?

— Oui, monsieur.

Des invités ? Je me retourne. Kate, Elliot, Mia et Ethan, tout sourire, sont installés dans les sièges en cuir crème.

— Surprise ! s'exclame Christian.

— Comment ? Quand ? Qui ?

Je suis tellement ravie que j'en bafouille.

— Tu te plaignais de ne pas voir assez souvent tes amis.

Christian hausse les épaules en m'adressant un petit sourire en coin.

— Ah, Christian, merci !

Je me jette à son cou pour l'embrasser. Il pose ses mains sur mes hanches, glisse ses pouces dans les passants de mon jean et m'embrasse passionnément à son tour.

Oh mon Dieu.

— Si tu continues, je te traîne jusqu'à la chambre, murmure-t-il.

— Tu n'oserais pas.

— Ah, Anastasia…

Il sourit en secouant la tête, me lâche et sans autre préambule m'attrape par les cuisses pour me jeter sur son épaule.

— Christian, pose-moi par terre !

Je lui donne une claque sur les fesses. J'entrevois le sourire de Stephan et de Taylor tout en me débattant en vain tandis que Christian traverse la cabine, passant devant Mia et Ethan qui se font face dans des sièges individuels, puis Kate et Elliot qui pousse des cris de chimpanzé.

— Si vous voulez bien nous excuser, dit-il à nos quatre invités, il faut que je parle à ma femme en tête à tête.

— Christian ! Pose-moi par terre !

— Chaque chose en son temps, bébé.

J'entraperçois brièvement Mia, Kate et Elliot qui se tordent de rire. *Enfin merde, quoi !* Ça n'est pas drôle, c'est gênant. Ethan nous observe les yeux écarquillés, vaguement scandalisé, tandis que nous disparaissons dans la chambre.

Christian referme la porte derrière lui et me libère en me faisant glisser lentement le long de son corps, de sorte que je sente chaque tendon et chaque muscle. Il me sourit comme un gamin, très fier de lui.

— Vous nous avez donnés en spectacle, monsieur Grey.

Je croise les bras, faussement indignée.

— C'était marrant, madame Grey.

Il sourit plus largement. Bon sang, qu'est-ce qu'il a l'air jeune comme ça.

— Et alors, tu comptes aller jusqu'au bout de tes intentions ?

Je hausse un sourcil, mais je ne sais pas quoi penser. Enfin, les autres nous entendraient… Tout d'un coup, j'ai un accès de pudeur en me rappelant notre nuit de noces. Nous avons tant parlé, fait tant de choses hier ; j'ai l'impression que nous avons franchi un obstacle inconnu – mais justement, le voilà, le problème : l'inconnu. Mes yeux croisent le regard intense, mais amusé de Christian, et je suis incapable de rester sérieuse. Son sourire est trop contagieux.

— Ce serait grossier de laisser nos invités seuls, tu ne trouves pas ? susurre-t-il en s'avançant vers moi.

Depuis quand se préoccupe-t-il de ce que pensent les autres ? Je recule d'un pas ; il me coince contre le mur de la cabine ; la chaleur de son corps me retient prisonnière. Il frotte son nez contre le mien.

— Alors, bonne surprise ? chuchote-t-il avec un soupçon d'inquiétude dans la voix.

— Géniale !

Je fais glisser mes mains sur sa poitrine, les enroule autour de son cou et l'embrasse.

— Quand as-tu organisé tout ça ? je lui demande en m'écartant pour lui caresser les cheveux.

— Hier soir, quand je n'arrivais pas à dormir, j'ai écrit à Elliot et Mia, et les voilà.

— C'est très gentil. Merci. Je suis sûre qu'on va passer un très bon moment.

— Je l'espère. J'ai pensé qu'il serait plus facile d'éviter la presse à Aspen que chez nous.

Les paparazzis ! Il a raison. Si nous étions restés à l'Escala, nous en aurions été prisonniers. J'ai encore des frissons dans le dos en repensant aux flashes aveuglants des photographes lorsque notre voiture est sortie du parking ce matin.

— Viens, on va s'asseoir, on va bientôt décoller.

Il me tend la main et nous sortons ensemble de la cabine.

Elliot applaudit en nous voyant.

— Voilà ce qui s'appelle s'envoyer en l'air avant le décollage, lance-t-il, moqueur.

Christian fait comme s'il ne l'avait pas entendu.

— Veuillez vous asseoir, mesdames et messieurs, nous allons bientôt décoller.

La voix calme et autoritaire de Stephan résonne dans la cabine. La brune - *euh... Nathalie ?* - qui était à bord lors de notre nuit de noces sort de l'office pour ramasser les tasses à café vides. *Natalia... Elle s'appelle Natalia.*

— Bonjour monsieur Grey, madame Grey, ronronne-t-elle.

Pourquoi me met-elle mal à l'aise ? Parce qu'elle est brune ? De son propre aveu, Christian n'engage pas de brunes parce qu'il est attiré par elles. Il adresse un sourire poli à Natalia tout en se glissant derrière la table pour faire face à Elliot et Kate. Je serre rapidement Kate et Mia dans mes bras et salue Ethan et Elliot avant de m'asseoir à côté de Christian pour boucler ma ceinture. Il pose sa main sur mon genou et le presse affectueusement. Il semble heureux et détendu, même si nous ne sommes pas seuls. Je me demande vaguement pourquoi il ne peut pas être toujours comme ça.

— J'espère que tu as pris tes bottes de randonnée, dit-il d'une voix chaleureuse.

— On ne va pas skier ?

— Ce serait difficile en août, répond-il, amusé.

Ah. Évidemment.

— Tu sais skier, Ana ? nous interrompt Elliot.

— Non.

Christian lâche mon genou pour me prendre la main.

— Je suis sûr que mon petit frère peut t'apprendre, dit Elliot avec un clin d'œil. Sur les pistes aussi, il va vite en besogne.

Je ne peux m'empêcher de rougir. Lorsque je lève les yeux vers Christian, il fixe Elliot d'un air impassible, mais je crois qu'il se retient de rire. L'avion démarre sur une saccade et se met à rouler vers la piste de décollage.

Natalia récite les consignes de sécurité d'une voix nette et sonore. Elle porte un chemisier marine à manches courtes et une jupe crayon assortie, son maquillage est impeccable - elle est vraiment très jolie. Ma conscience hausse un sourcil parfaitement épilé.

— Ça va ? me demande Kate. Après cette histoire avec Hyde ?

Je hoche la tête. Je ne veux ni penser à Hyde ni parler de lui. Mais Kate s'obstine.

— Alors, pourquoi il a pété les plombs ? poursuit-elle en allant droit au but comme elle seule sait le faire.

Elle rejette ses cheveux en arrière, prête à mener l'enquête. Christian hausse les épaules en la dévisageant d'un air détaché.

— Je l'ai viré, lâche-t-il sans détour.

— Ah ? Pourquoi ?

Kate penche la tête sur le côté : elle s'est mise en mode Agatha Christie. Je marmonne :

— Il m'a sauté dessus.

J'essaie de donner un coup de pied à Kate sous la table, mais je la rate. *Merde !* Kate me fait les gros yeux.

— Quand ?

— Il y a longtemps.

— Tu ne m'as jamais dit qu'il t'avait sauté dessus ! s'étrangle-t-elle.

Je hausse les épaules comme pour m'excuser.

— Mais ça ne peut pas être que pour ça, tout de même ? Sa réaction est beaucoup trop exagérée, reprend Kate, cette fois en s'adressant à Christian. Est-ce qu'il a des problèmes psychiatriques ? Et comment se fait-il qu'il ait recueilli toutes ces informations sur les Grey ?

Ça me hérisse de la voir interroger Christian comme ça, mais puisqu'elle sait que je ne suis au courant de rien, ce n'est pas à moi qu'elle peut poser ses questions.

— Nous pensons que c'est peut-être en rapport avec Detroit, dit Christian d'une voix trop placide.

Aïe. Kate, s'il te plaît, laisse tomber.

— Hyde vient de Detroit, lui aussi ?

Christian hoche la tête.

Quand l'avion accélère, je serre la main de Christian qui m'adresse un regard rassurant, car il sait que je déteste les décollages et les atterrissages. Il me presse la main en me caressant les doigts avec son pouce pour m'apaiser.

— Au fait, qu'est-ce que tu sais sur lui, exactement ? demande Elliot.

Est-ce qu'il se rend compte que nous fonçons à toute vitesse sur une piste de décollage dans un petit jet qui est sur le point de s'élancer dans les airs ? Et que Christian est de plus en plus exaspéré par Kate ? Celle-ci se penche en avant. Christian finit par s'adresser directement à elle :

— Ce que je vais te dire est strictement confidentiel.

Les lèvres de Kate se pincent imperceptiblement. Je déglutis. *Et merde.*

— Nous ne savons pas grand-chose sur lui, poursuit Christian. Son père est mort à la suite d'une bagarre dans un bar. Sa mère était alcoolique. Il est passé de foyer en foyer quand il était petit... et d'ennuis en ennuis. Vol de voitures, essentiellement. Il a séjourné en centre de détention pour mineurs. Sa mère a réussi à rentrer dans le droit chemin grâce à un centre d'aide sociale, et Hyde a changé de cap. Il a décroché une bourse pour Princeton.

— Princeton ?

— Ouais. C'est un garçon brillant.

— Pas si brillant que ça, puisqu'il s'est fait pincer, marmonne Elliot.

— Mais il n'a pas pu faire son coup tout seul, quand même ? demande Kate.

Christian se crispe.

— On ne le sait pas encore.

Il pourrait donc avoir un complice ? *Il ne manquait plus que ça.* Je me retourne pour dévisager Christian, horrifiée. Il me presse à nouveau la main sans me regarder dans les yeux. L'avion décolle en douceur et j'éprouve un horrible creux dans l'estomac.

— Quel âge a-t-il ?

Je lui ai posé la question à voix basse de sorte que personne d'autre ne m'entende. Je veux savoir ce qui se passe, mais je ne veux pas encourager Kate à poursuivre son interrogatoire. Je sais que ça énerve Christian, et je suis sûre que depuis le Cocktailgate, elle est sur sa liste noire.

— Trente-deux ans, pourquoi ?

— Je suis curieuse, c'est tout.

La mâchoire de Christian se crispe.

— Ne te pose pas de questions sur Hyde. Cet enculé est en taule, c'est le principal.

C'est presque une réprimande, mais je décide de ne pas en tenir compte.

— Et toi, tu crois qu'il a un complice ?

Cette idée me donne la nausée. Elle signifierait que cette histoire n'est pas finie.

— Je ne sais pas, répond Christian en serrant la mâchoire.

— C'est peut-être quelqu'un qui t'en veut ?

Bordel de merde. J'espère que ce n'est pas la Sorcière…

— Elena, par exemple ?

Je me rends compte que j'ai pensé tout haut, mais heureusement, assez bas pour qu'il soit le seul à m'entendre. Je jette un coup d'œil anxieux à Kate, mais elle est en pleine conversation avec Elliot, qui semble furieux contre elle. *Tiens donc.*

— On dirait que ça te plaît de la diaboliser. (Christian lève les yeux au ciel en secouant la tête, dégoûté.) Elle nous en veut peut-être, mais elle ne ferait jamais un truc pareil. (Il me fixe sans ciller.) Ne parlons pas d'elle. Je sais qu'elle n'est pas ton sujet de conversation préféré.

— Tu lui as reparlé ?

Je ne suis pas certaine d'avoir envie de le savoir.

— Ana, je n'ai pas eu de nouvelles depuis mon anniversaire. Je t'en prie, laisse tomber, je ne veux pas parler d'elle.

Il soulève ma main pour effleurer mes doigts de ses lèvres tout en me regardant droit dans les yeux, pour me faire comprendre qu'il vaut mieux que je ne m'obstine pas.

— Trouvez-vous une chambre ! nous taquine Elliot. Ah oui, c'est vrai, vous en avez déjà une, mais vous ne vous en êtes pas servi longtemps.

Christian lève les yeux pour épingler Elliot d'un regard froid.

— Fous-moi la paix, Elliot, lâche-t-il sans animosité.

— Mon gars, je dis les choses comme elles sont.

Le regard d'Elliot pétille d'humour.

— Pour ce que tu sais..., murmure Christian, sardonique, en haussant un sourcil.

Elliot sourit ; ce badinage l'amuse.

— Je sais que tu as épousé ta première nana, fait-il en me désignant.

Et merde. Où veut-il en venir ? Je rougis.

— Ça t'étonne ?

Christian m'embrasse à nouveau la main.

— Non.

Elliot secoue la tête en éclatant de rire. Je rougis, et Kate claque la cuisse d'Elliot.

— Arrête de déconner, le gronde-t-elle.

— Écoute ta copine, dit Christian à Elliot en souriant.

Il n'a plus l'air inquiet. Mes oreilles se bouchent, et la tension se dissipe dans la cabine tandis que l'avion trouve son altitude de croisière. Sauf que Kate fait la gueule à Elliot. Y aurait-il de l'eau dans le gaz ?

Elliot a raison : je suis – j'étais – la première petite amie de Christian, et maintenant je suis sa femme. Les quinze et la cruelle Mrs Robinson ne comptent pas. D'ailleurs, Elliot n'est pas au courant de leur existence : manifestement, Kate ne lui a rien raconté. Je lui souris ; elle m'adresse un clin d'œil de conspiratrice. Mes secrets sont bien gardés avec Kate.

— Mesdames et messieurs, nous volerons à environ mille mètres d'altitude, et la durée du vol est estimée à une heure cinquante-six minutes, annonce Stephan. Vous pouvez maintenant détacher vos ceintures.

Natalie surgit de l'office.

— Désirez-vous encore du café ?

13

Nous atterrissons en douceur à Sardy Field à 12 h 25 (heure des montagnes Rocheuses). L'avion s'arrête à distance du terminal principal et, par les hublots, je repère un gros minibus Volkswagen qui nous attend.

— Bel atterrissage, déclare Christian en serrant la main de Stephan tandis que nous nous levons.

— Question d'altitude masse volumique, répond Stephan. Beighley est douée pour les maths.

Christian adresse un signe de tête au copilote de Stephan.

— Bien joué, Beighley. Atterrissage en douceur.

— Merci, monsieur, dit-elle avec un sourire satisfait.

— Profitez bien de votre week-end, mesdames et messieurs.

Stephan s'efface pour nous laisser débarquer. Me prenant par la main, Christian descend la passerelle avec moi. Taylor nous attend à côté du véhicule.

— Un minibus ? s'étonne Christian tandis que Taylor fait glisser la portière.

Taylor lui adresse une petite moue contrite en haussant les épaules.

— Je sais, on s'y est pris à la dernière minute, répond Christian.

Taylor remonte à bord pour prendre nos bagages.

— Tu veux qu'on se pelote au fond du bus ? me murmure Christian avec une lueur malicieuse dans l'œil.

Je glousse. Qui est ce type ? Qu'a-t-il fait de M. Brûlant-de-Rage ?

— Allez, les amoureux, montez ! lance Mia qui piaffe d'impatience à côté d'Ethan.

Nous montons et titubons jusqu'à un siège double au fond du minibus. Je me blottis contre Christian, qui passe le bras derrière le dossier du siège.

— Bien installée ? murmure-t-il tandis que Mia et Ethan s'installent sur les sièges devant nous.

— Oui.

Je souris. Il m'embrasse sur le front. Curieusement, je suis timide avec lui aujourd'hui. *Pourquoi ?* À cause d'hier soir, ou parce que nous ne sommes pas seuls ?

Elliot et Kate nous rejoignent, Taylor ouvre le hayon pour charger les bagages et, cinq minutes plus tard, nous nous mettons en route.

Je regarde par la fenêtre tandis que nous filons vers Aspen. Les pointes jaunissantes des feuilles annoncent l'automne, le ciel est d'un bleu cristallin, mais des nuages sombres commencent à s'amasser à l'ouest. Les Rocheuses se dressent au loin. Avec leurs versants d'un vert luxuriant et leurs pics couronnés de neige, elles ressemblent à des dessins d'enfants.

Nous sommes dans le terrain de jeu hivernal de la jet-set. *Dire que je suis propriétaire d'une maison, ici…* J'arrive à peine à le croire. Un malaise familier revient me narguer : celui que j'éprouve toujours en songeant à la richesse de Christian. Je me sens coupable. Qu'ai-je fait pour mériter cette vie ? Rien, à part tomber amoureuse. Ethan me tire de ma rêverie :

— Tu es déjà venue à Aspen, Ana ?

— Non, c'est la première fois. Et toi ?

— Kate et moi, on venait souvent quand on était ados. Papa adore le ski. Maman, pas tellement.

— J'espère que mon mari va m'apprendre à skier.

Je lève les yeux vers mon homme.

— Pas question, marmonne Christian.

— Tu crois que je serais nulle ?

— Tu pourrais te casser le cou.

Il ne sourit plus. *Ah.* Je n'ai aucune envie de me disputer, alors je change de sujet.

— Tu as cette maison depuis longtemps ?

— Presque deux ans. C'est aussi ta maison, tu sais, dit-il doucement.

— Je sais, fais-je sans conviction.

Je l'embrasse sur le menton et me blottis à nouveau contre lui en l'écoutant rire et plaisanter avec Ethan et Elliot. Mia se joint à eux de temps en temps, mais Kate se tait. Je me demande si elle broie du noir à cause de Jack Hyde, ou bien s'il s'agit d'autre chose. Puis je me rappelle. Aspen… La maison de Christian a été rénovée par Gia Matteo et reconstruite par Elliot. Je me demande si c'est ça qui taraude Kate. Sait-elle que Gia a travaillé sur cette maison ? Je ne peux pas lui poser la question devant Elliot. Je décide de lui parler dès que nous serons seules.

Je retrouve ma bonne humeur lorsque nous traversons le centre-ville d'Aspen, avec ses immeubles trapus en briques rouges, ses chalets suisses, ses petites maisons du début du XXe siècle aux couleurs pimpantes. Une quantité de banques et de boutiques de créateurs témoignent de l'aisance de la population locale. Évidemment, Christian est à sa place, ici.

— Pourquoi as-tu choisi Aspen ?

— Pourquoi ?

Il m'interroge du regard, perplexe.

— Pourquoi y avoir acheté une maison ?

— On venait avec mes parents quand on était petits. J'y ai appris à skier, et j'aime bien l'endroit. J'espère qu'il te plaira aussi – sinon, on vendra la maison et on trouvera autre chose ailleurs.

C'est aussi simple que cela ! Il cale une de mes mèches derrière mon oreille.

— Tu es ravissante aujourd'hui, murmure-t-il.

Mes joues s'enflamment. Je porte une tenue de voyage toute simple, un jean et un tee-shirt sous un blouson marine. Mais enfin, pourquoi est-ce qu'il m'intimide autant ?

Nous sortons de la ville pour nous engager sur une route de montagne. Plus nous montons, plus je suis excitée, et plus Christian est tendu.

— Qu'est-ce qui ne va pas ? dis-je alors que nous prenons un virage.

— J'espère que ça te plaira... On est arrivés.

Taylor franchit un portail en pierres grises, beiges et rouges, puis remonte une allée et se gare devant une maison impressionnante, avec une fenêtre de chaque côté de la porte, des toits fortement inclinés et des murs en pierres de différentes couleurs comme le portail. Elle est superbe, moderne et dépouillée, tout à fait dans le style de Christian.

— On est chez nous, me souffle-t-il tandis que nos invités descendent du minibus.

— C'est très beau.

Sur le seuil, une femme toute petite aux cheveux noirs striés de gris nous attend. Mia court se jeter dans ses bras.

— Qui est-ce ?

— Mme Bentley, me répond Christian. Son mari et elle entretiennent la propriété.

Oh la vache... encore du personnel ?

À son tour, Elliot serre Mme Bentley dans ses bras. Pendant que Taylor sort nos bagages, Christian me prend par la main et m'entraîne vers la porte.

— Bienvenue, monsieur Grey.

Mme Bentley sourit.

— Carmela, je vous présente mon épouse, Anastasia, déclare fièrement Christian.

Sa langue caresse mon nom, et mon cœur s'emballe.

— Madame Grey.

Mme Bentley incline la tête en me serrant la main. Elle est beaucoup plus cérémonieuse avec Christian qu'avec le reste de sa famille, ce qui ne m'étonne guère.

— J'espère que vous avez fait bon vol. On annonce du soleil pour tout le week-end, mais je n'en suis pas si sûre. (Elle scrute les nuages noirs derrière nous.) Le déjeuner est prêt quand vous voulez.

Quand elle sourit, ses yeux bruns scintillent : je la trouve aussitôt sympathique.

— Et hop !

Christian m'attrape pour me porter dans ses bras. Je pousse un cri :

— Qu'est-ce que tu fais ?

— Je vous fais franchir un nouveau seuil, madame Grey.

À l'intérieur, le décor me rappelle l'Escala : murs blancs, bois sombre et tableaux abstraits. Le couloir débouche sur une vaste salle de séjour où trois canapés en cuir blanc entourent une grande cheminée en pierre. Les seules touches de couleur proviennent des coussins éparpillés sur les canapés. Mia prend Ethan par la main pour lui faire visiter la maison. Christian plisse les yeux en suivant leurs silhouettes du regard, les lèvres pincées, puis secoue la tête avant de se tourner vers moi.

— Belle baraque, s'exclame Kate en sifflant.

Elliot aide Taylor à rentrer nos bagages. Une fois de plus, je me demande si Kate sait que Gia est l'architecte de cette maison.

— Je te fais faire le tour du propriétaire ? me propose Christian.

Il semble avoir oublié ce qui le préoccupait en regardant Mia et Ethan. À présent, il déborde d'enthousiasme – ou d'anxiété ?

— Si tu veux.

Je suis à nouveau abasourdie par sa fortune. Combien peut valoir cette maison ? Je me rappelle tout à coup ma première visite à l'Escala. *Tu t'y es habituée*, me rétorque ma conscience.

Christian fronce les sourcils en me prenant par la main pour me guider d'une pièce à l'autre. Cuisine ultra-moderne dotée de plans de travail en marbre clair et de placards noirs, cave à vin impressionnante, seconde salle de séjour dotée d'un écran plasma géant, de canapés moelleux… et d'une table de billard qui me fait rougir. Christian surprend mon regard.

— Envie de jouer ? me demande-t-il avec un sourire coquin.

Je secoue la tête. Son front se plisse à nouveau, il me reprend par la main et me conduit au premier étage, où se trouvent quatre chambres à coucher, chacune équipée d'une salle de bains.

La suite principale est grandiose, avec un lit encore plus immense que celui de l'Escala, qui fait face à une énorme baie panoramique donnant sur Aspen et ses montagnes verdoyantes.

— Là, c'est Ajax Mountain… qu'on appelle aussi Aspen Mountain, m'explique Christian.

Il se tient sur le seuil de la chambre, les pouces dans les passants de son jean noir. Je hoche la tête.

— Tu ne dis rien, murmure-t-il.

— C'est magnifique, Christian.

Soudain, je n'ai qu'une envie : rentrer à l'Escala.

Il me rejoint en quelques enjambées, tire sur mon menton pour libérer ma lèvre inférieure de la prise de mes dents et cherche mon regard :

— Qu'est-ce qu'il y a ?

— Tu es très riche.

— Oui.

— Parfois, ça me dépasse, que tu sois riche à ce point.

— Nous, me corrige-t-il.

Je répète machinalement :

— Nous.

— Ne t'angoisse pas à cause de ça, Ana, je t'en prie. Ce n'est qu'une maison.

— Et qu'est-ce que Gia a fait ici, au juste ?

— Gia ?

Il hausse les sourcils, étonné.

— C'est elle qui a rénové la maison, non ?

— En effet. Et c'est Elliot qui s'est chargé des travaux.

Il passe sa main dans ses cheveux en fronçant les sourcils.

— Pourquoi me parles-tu de Gia ?

— Tu savais qu'elle avait eu une aventure avec Elliot ?

Christian me contemple un instant, avant de répondre :

— Elliot a baisé tout Seattle.

Je m'étrangle.

— Enfin, surtout les femmes, plaisante-t-il.

— Non !

Christian hoche la tête.

— Ça ne me regarde pas, dit-il en levant les mains.

— Kate n'est pas au courant ?

— Je ne pense pas qu'il le crie sur les toits. Mais Kate m'a l'air de savoir se défendre.

Je suis choquée. Elliot, si simple et si gentil avec ses grands yeux bleus et ses cheveux blonds ? Je n'en crois pas mes oreilles.

Christian me scrute, la tête penchée.

— Il ne s'agit pas seulement de Gia ou d'Elliot, n'est-ce pas ?

— Je te demande pardon. Après tout ce qui s'est passé cette semaine, je…

Je hausse les épaules, tout d'un coup au bord des larmes. Christian me prend dans ses bras pour me serrer contre lui, son nez enfoui dans mes cheveux.

— C'est à moi de m'excuser. On va se détendre et passer un bon moment, d'accord ? Tu peux rester ici pour bouquiner, regarder des émissions débiles à la télé, aller faire du shopping, de la randonnée – ou même aller à la pêche. Tout ce que tu veux. Et oublie ce que je t'ai dit au sujet d'Elliot. J'ai manqué de discrétion.

— En tout cas, ça explique pourquoi il n'arrête pas de te taquiner, dis-je en frottant mon nez contre sa poitrine.

— Il ne sait rien de mon passé. Je te l'ai dit, ma famille supposait que j'étais gay. Chaste, mais gay.

Je glousse et commence à me détendre dans ses bras.

— Moi aussi, je pensais que tu étais chaste. Quelle erreur !

Je l'enlace en songeant à quel point il était ridicule de penser que Christian était gay.

— Madame Grey, est-ce que vous riez de moi, par hasard ?

— Un petit peu. En fait, ce que je ne comprends pas, c'est pourquoi tu as cette maison.

Il embrasse mes cheveux.

— Qu'est-ce que tu veux dire par là ?

— Tu as le catamaran, d'accord, l'appartement à New York pour les affaires - mais pourquoi une maison ici ? Tu n'avais personne avec qui partager cet endroit.

Christian s'immobilise et se tait quelques secondes.

— Je t'attendais, dit-il enfin d'une voix douce.

— C'est… c'est tellement beau que tu me dises ça.

— C'est vrai. Je ne le savais pas encore à l'époque, mais…

Il m'adresse son sourire timide.

— Je suis heureuse que tu aies attendu.

— Vous méritiez d'être attendue, madame Grey.

Il relève mon menton d'un doigt et se penche pour m'embrasser tendrement.

— Toi aussi, dis-je en souriant. Même si j'ai l'impression d'avoir un peu triché. Je ne t'ai pas attendu très longtemps, moi.

— Tu trouves que je suis le gros lot ? me demande-t-il avec humour.

— Christian, tu es toi tout seul le gros lot, le traitement contre le cancer et les trois vœux de la lampe d'Aladin.

Il hausse un sourcil. Je le gronde :

— Quand vas-tu enfin le comprendre ? Pas à cause de tout ça, dis-je en désignant le décor opulent. Mais à cause de ça…

Je pose ma main sur son cœur, et il écarquille les yeux. Mon mari sexy et sûr de lui a laissé la place au petit garçon perdu.

— Crois-moi, Christian, s'il te plaît.

Je prends son visage entre mes mains pour l'attirer vers le mien. Il gémit, et je ne sais pas si c'est à cause de ce que j'ai dit ou s'il s'agit d'une réaction physique à mon geste. Lorsque nous nous écartons l'un de l'autre pour reprendre notre souffle après un long baiser, il me regarde toujours d'un air dubitatif.

— Tu es bouché, ou quoi ? Quand vas-tu enfin comprendre que je t'aime ? lui dis-je, exaspérée.

Il déglutit.

— Ça viendra. Un jour.

Voilà qui est déjà mieux. Je souris et suis récompensée par son sourire timide.

— Allez, on va déjeuner ! Les autres vont se demander où nous sommes. On pourra parler de nos projets pour le week-end.

— Oh ! Non ! s'exclame Kate tout d'un coup.

Tous les regards se tournent vers elle.

— Regardez, reprend-elle en désignant la baie vitrée.

Il pleut à torrents. Nous sommes assis autour de la table en bois sombre de la cuisine, où nous nous sommes régalés d'*antipasti* préparés par Mme Bentley, arrosés de deux bouteilles de Frascati. Je suis rassasiée et légèrement grise.

— Pour la randonnée, c'est foutu, marmonne Elliot d'une voix vaguement soulagée.

Kate le regarde d'un air renfrogné. Décidément, il y a de l'eau dans le gaz : avec nous, ils sont détendus, mais pas l'un avec l'autre.

— On pourrait aller faire un tour en ville, suggère Mia.

Ethan ricane.

— Ou faire une partie de pêche, propose Christian.

— D'accord pour la pêche, acquiesce Ethan.

Mia tape dans ses mains.

— Shopping pour les filles, trucs chiants en plein air pour les garçons.

Je jette un coup d'œil à Kate, qui contemple Mia avec un regard indulgent. La pêche ou le shopping ? Tu parles d'un choix.

— Ana, tu as envie de quoi ? me demande Christian.

Je mens :

— Peu importe.

Le regard de Kate croise le mien. Elle articule en silence « shopping ». Elle veut peut-être me parler.

— Mais je serais ravie d'aller faire du shopping.

J'adresse un sourire ironique à Kate et Mia. Christian ricane. Il sait que je déteste le shopping.

— Je peux rester ici avec toi, si tu veux, murmure-t-il.

À ces mots, quelque chose de sombre se déroule dans mon ventre.

— Non, va à la pêche.

Christian a besoin de faire des trucs de mec de temps en temps.

— Bon, alors c'est décidé ! déclare Kate en se levant.

— Taylor vous accompagne, précise Christian d'un ton qui n'admet pas la discussion.

— On n'a pas besoin d'une nounou, rétorque Kate, toujours aussi directe.

Je pose la main sur le bras de Kate.

— Il vaut mieux que Taylor nous accompagne.

Elle hausse les épaules. Pour une fois, elle tient sa langue. Je souris timidement à Christian, qui reste impassible. Aïe, j'espère qu'il n'est pas furieux contre Kate. Elliot fronce les sourcils.

— Il faut que j'aille en ville acheter une pile pour ma montre.

Il jette un coup d'œil à Kate à la dérobée, et je remarque qu'il rosit légèrement. Kate n'a rien vu : elle fait exprès de ne pas le regarder.

— Prends l'Audi, Elliot, on ira à la pêche quand tu reviendras, dit Christian.

— Ouais, bonne idée, répond distraitement Elliot.

— Viens !

Mia m'attrape par la main pour m'entraîner dans une boutique tendue de soie rose et décorée de faux meubles rustiques français. Kate nous suit, tandis que Taylor s'abrite de la pluie sous l'auvent de la boutique. La sono nous offre Aretha Franklin chantant *Say a Little Prayer*. J'adore cette chanson, je devrais la mettre sur l'iPod de Christian.

Mia brandit un bout de tissu argenté :

— Ça t'irait très bien, Ana, déclare-t-elle. Tu l'essaies ?

— Euh… c'est un peu court, non ?

— Tu serais superbe, avec ça. Christian adorerait.

— Tu crois ?

Mia me sourit largement.

— Ana, tu as des jambes à mourir, et si on sort en boîte ce soir, il faut que ton mari soit fier de toi.

On va en boîte ? Je ne vais jamais en boîte. Kate éclate de rire en voyant ma tête. Elle a l'air plus détendue en l'absence d'Elliot.

— Ouais, on devrait aller danser ce soir.

— Allez, essaie ! m'ordonne Mia.

À contrecœur, je me dirige vers la cabine d'essayage.

Tout en attendant que Kate et Mia émergent des cabines, je m'approche de la vitrine pour regarder dehors. La compilation soul continue : Dionne Warwick chante *Walk on By*, encore une chanson géniale, l'une des préférées de ma mère. Je jette un coup d'œil à la robe que je tiens à la main. « Robe », c'est beaucoup dire : elle est dos nu et couvre à peine mes fesses. Mais, d'après Mia, c'est exactement cc qu'il me faut pour danser toute la nuit. Apparemment, j'ai aussi besoin de chaussures et d'un gros collier pour aller avec. Je lève les yeux au ciel en songeant que j'ai bien de la chance d'avoir une acheteuse personnelle.

Tout à coup, je repère Elliot qui descend de la grosse Audi de l'autre côté de la rue principale et entre précipitamment dans un magasin comme pour se protéger de la pluie. On dirait une bijouterie… il va sans doute acheter une pile pour sa montre. Il ressort quelques minutes plus tard, mais… avec une femme.

Gia ! *Mais qu'est-ce qu'elle fout ici, celle-là ?*

Il lui dit quelque chose qui la fait éclater de rire, puis il lui fait la bise et remonte dans l'Audi. Elle part dans la direction opposée. Je la suis du regard, ébahie. *C'était quoi, ce petit numéro ?* Je me retourne vers les cabines d'essayage, anxieuse. Pas de signe de Kate ou Mia.

Je jette un coup d'œil à Taylor, qui attend devant le magasin. Il croise mon regard, puis hausse les épaules. Lui aussi, il a assisté à la petite scène. Je rougis, gênée d'avoir été surprise en train d'épier par la fenêtre. Quand je me retourne, Mia et Kate, rieuses, émergent des cabines. Kate m'interroge du regard.

— Qu'est-ce qui ne va pas, Ana ? Elle te va super bien, cette robe. Tu as des doutes ?

— Euh, non.

— Ça va ?

Kate écarquille les yeux.

— Ça va. On paie ?

Je me dirige vers la caisse pour rejoindre Mia, qui a choisi deux jupes. La jeune vendeuse a dû se tartiner un tube entier de gloss sur les lèvres.

— Ça vous fera 850 dollars, s'il vous plaît.

Quoi ? Pour ce bout de tissu ? Je cligne des yeux en lui tendant docilement ma carte American Express *black*.

— Madame Grey, ronronne Mlle Gloss.

Je suis Kate et Mia comme une somnambule pendant deux heures en me demandant si je devrais parler à Kate. Ma conscience hoche résolument la tête. Oui… Non… Ils s'étaient peut-être rencontrés par hasard. *Merde.* Que faire ?

— Alors, elles te plaisent, ces pompes, Ana ?

Mia se tient devant moi, les poings sur les hanches.

— Euh… ouais, elles sont bien.

Je me retrouve avec une paire d'escarpins Manolo Blahnik à talons impraticables qui ont l'air d'être fabriqués avec des miroirs, parfaitement assortis à la robe, et qui ont coûté à Christian la modique somme de mille dollars. J'ai plus de chance avec la longue chaîne argentée que Kate a tenu à me faire acheter : une aubaine à 84 dollars.

— Alors, tu t'habitues à être riche ? me demande Kate tandis que nous marchons vers la voiture.

Mia trottine devant nous.

— Tu sais bien que tout ça ne me ressemble pas, Kate. Ça me met un peu mal à l'aise. Mais il paraît que ça fait partie du forfait.

Je fais la moue. Elle glisse son bras sous le mien.

— Tu t'y feras, Ana, m'assure-t-elle gentiment. Et tu vas être superbe, ce soir.

— Kate, dis-moi, ça va, Elliot et toi ?

Elle me jette un coup d'œil avant de détourner le regard. *Aïe.*

— Je n'ai pas envie d'en parler maintenant, me glisse-t-elle en désignant Mia d'un signe de tête. Mais...

Elle ne termine pas sa phrase, ce qui ne ressemble pas du tout à Kate, toujours si affirmée. *Merde.* Je savais bien que quelque chose clochait. Est-ce que je lui dis ce que j'ai vu ? Qu'est-ce que j'ai vu, au fait ? Elliot et Mlle Prédatrice-Sexuelle-Tirée-à-Quatre-Épingles en train de se faire la bise et de se parler. Après tout, ils se connaissent depuis longtemps. Non, je ne dirai rien. Pas tout de suite. Je hoche la tête comme pour dire « je comprends parfaitement et je respecte ta vie privée ». Kate me presse la main, reconnaissante. Son regard trahit un instant sa souffrance, puis elle se ressaisit en clignant des yeux. J'éprouve soudain l'envie furieuse de protéger mon amie chérie. À quoi joue Elliot « Chaud Lapin » Grey ?

Une fois que nous sommes rentrées à la maison, Kate décide que nous méritons des cocktails après notre marathon shopping et nous concocte des daiquiris à la fraise. Nous nous blottissons dans le canapé du salon devant une bonne flambée.

— Elliot est un peu distant depuis quelque temps, me murmure Kate en regardant fixement les flammes.

Nous avons fini par avoir un petit moment en tête à tête pendant que Mia range ses achats.

— Ah bon ?

— Et je pense que je suis dans la merde parce que je t'ai mise dans la merde.

— Tu es au courant ?

— Oui. Christian a appelé Elliot ; Elliot m'a appelée.

Je lève les yeux au ciel. *Ah, mon M. Cinquante…*

— Je suis désolée. Christian est… protecteur. Tu n'avais pas revu Elliot depuis le Cocktailgate ?

— Non.

— Ah.

— Je tiens vraiment à lui, Ana, me chuchote-t-elle.

Un instant, j'ai l'impression qu'elle va se mettre à pleurer – ça ne ressemble pas à Kate. Va-t-elle ressortir son pyjama rose ?

— Je suis amoureuse de lui. Au début, je pensais que c'était une histoire de cul, mais il est charmant, gentil, tendre, drôle et je nous vois bien vieillir ensemble – tu sais… des enfants, des petits-enfants… la totale.

— Le conte de fées, quoi.

Elle hoche tristement la tête.

— Tu devrais peut-être lui parler. Essaie de trouver un moment pour être seule avec lui, pour lui demander ce qui ne va pas.

Ou plutôt qui il baise, gronde ma conscience. Je lui file une claque, scandalisée par le tour graveleux que prennent mes pensées. Je reprends :

— Vous pourriez peut-être faire une balade demain matin ?

— On verra.

— Kate, ça me fait de la peine de te voir comme ça.

Elle sourit faiblement, et je me penche vers elle pour la serrer dans mes bras. Je décide de ne pas parler de Gia, mais d'en toucher un mot au chaud lapin. De quel droit se permet-il de faire souffrir mon amie ? Puis Mia nous rejoint et nous nous remettons à bavarder de choses et d'autres.

Le feu crépite et lance des étincelles dans la cheminée quand je mets la dernière bûche. Nous n'en avons presque plus. Même si c'est l'été, avec cette pluie, le feu nous fait du bien.

— Mia, tu sais où se trouve le bois de chauffage ? lui dis-je tandis qu'elle sirote son daiquiri.

— Dans le garage, je crois.

— Je vais aller en chercher, ça me donnera l'occasion d'explorer.

La pluie a presque cessé lorsque je m'aventure au-dehors en direction du garage à trois places attenant à la maison. La porte n'est pas verrouillée. J'entre et j'allume. Les néons s'animent en crépitant.

Il y a une voiture – l'Audi dans laquelle j'ai vu Elliot cet après-midi –, ainsi que deux motoneiges, mais mon attention est attirée par deux motos tout-terrain 125 cc. L'été dernier, Ethan a courageusement entrepris de m'apprendre à conduire ce genre d'engin. Je me frotte le bras machinalement, là où je m'étais fait un gros bleu en tombant.

— Tu fais de la moto ? demande une voix derrière moi.

Elliot. Je fais volte-face.

— Tu es rentré ?

— Apparemment.

Il sourit, et je songe que Christian m'aurait répondu la même chose, mais sans ce grand sourire à faire fondre les cœurs.

— Alors, tu fais de la moto ? insiste-t-il.

Chaud lapin !

— Plus ou moins.

— Tu veux faire une virée ?

— Euh... je ne pense pas que Christian serait d'accord.

— Christian n'est pas là.

Elliot ricane – *tiens, c'est de famille* –, il s'approche d'une moto, lance une longue jambe par-dessus la selle et s'assoit en agrippant le guidon.

— Christian... se fait toujours du souci pour ma sécurité.

— Et tu fais toujours ce qu'il te demande ?

Une lueur machiavélique pétille dans le regard bleu clair d'Elliot. Brusquement, j'entrevois le mauvais garçon dont Kate est tombée amoureuse. Je hausse un sourcil :

— Non, mais j'essaie de bien me tenir en ce moment, il a déjà assez de soucis comme ça. Il est rentré ?

— Je ne sais pas.

— Tu n'es pas allé à la pêche ?

Elliot secoue la tête.

— J'avais des trucs à faire en ville.

Un truc blond tiré à quatre épingles, peut-être ?

— Si tu ne voulais pas faire un tour en moto, pourquoi tu es dans le garage ?

— Je suis venue chercher du bois.

— Ah, te voilà ! Tiens, Elliot, tu es rentré ? nous interrompt Kate.

— Salut, bébé.

Il sourit largement.

— Alors, tu as fait bonne pêche ?

Je guette la réaction d'Elliot.

— Non, j'avais des trucs à faire en ville.

L'espace d'un instant, je le vois ciller. *Et merde.*

— Je suis venue voir pourquoi Ana ne revenait pas.

Kate nous dévisage tour à tour, déconcertée.

— On bavardait, dit Elliot.

La tension crépite entre eux. Nous nous taisons en entendant une voiture s'arrêter devant le garage. *Christian est de retour. Dieu merci.* La porte du garage s'ouvre lentement en bourdonnant, pour révéler Christian et Ethan en train de décharger un pick-up noir. Christian s'arrête en nous apercevant.

— Alors, on joue les mécanos ? me demande-t-il, ironique.

Je souris car, sous sa veste de pêche, il porte la salopette que je lui ai vendue chez Clayton's.

— Salut, me dit-il sans s'adresser à Kate et Elliot.

— Salut. Très seyante, cette salopette.

— Elle a plein de poches, c'est très pratique pour la pêche.

Sa voix est douce et séductrice, assez basse pour que je sois la seule à l'entendre, et son regard est torride. Je lui souris ; il a son air de « tous les coups sont permis ».

— Tu es tout mouillé, lui fais-je remarquer.

— Il pleuvait. Qu'est-ce que vous fabriquez tous les trois dans le garage ?

Il fait semblant de s'apercevoir tout à coup que nous ne sommes pas seuls.

— Ana est venue chercher de quoi se réchauffer.

Elliot hausse un sourcil. Curieusement, il arrive à glisser des sous-entendus graveleux dans cette phrase.

— J'ai essayé de la convaincre de faire un tour.

Encore une fois, sa manière de prononcer cette phrase lui donne des sous-entendus obscènes. Les traits de Christian se décomposent, et mon cœur s'arrête de battre.

— Elle a refusé, sous prétexte que tu ne serais pas d'accord, ajoute Elliot, cette fois sans sous-entendus.

Le regard gris de Christian revient vers moi.

— Tiens donc, murmure-t-il.

— Bon, c'est très sympa de rester plantés là à discuter des moindres faits et gestes d'Ana, mais on ne pourrait pas rentrer ? fait Kate d'une voix cassante.

Elle se penche pour ramasser deux bûches et tourne les talons pour se diriger vers la porte à grands pas. Et merde. Kate est furieuse – mais pas contre moi. Elliot soupire et sort à son tour sans un mot. Je les suis du regard.

— Tu sais conduire une moto ? me demande Christian, incrédule.

— Ethan m'a appris.

Son regard devient glacial.

— Tu as pris la bonne décision, déclare-t-il froidement. Le sol est très dur en ce moment, et la pluie l'a rendu glissant.

— Le matériel de pêche, je le range où ? lance Ethan qui est resté dehors.

— Laisse-le là, Ethan, Taylor s'en occupera.

— Et les poissons ? reprend Ethan d'une voix légèrement moqueuse.

— Tu as attrapé des poissons ? dis-je, étonnée.

— Pas moi. Kavanagh.

Christian fait la moue… c'est adorable. J'éclate de rire.

— Mme Bentley s'en chargera, lance-t-il.

Ethan sourit et se dirige vers la maison.

— Je vous amuse, madame Grey ?

— Beaucoup. Tu es trempé… je te fais couler un bain ?

— À condition que tu te joignes à moi.

Il se penche pour m'embrasser.

Je remplis la grande baignoire en forme d'œuf de notre salle de bains en y versant une huile de bain de luxe, qui commence aussitôt à mousser. Ça sent divinement bon… la fleur d'oranger, je crois. Je retourne dans la chambre pour suspendre la robe tandis que la baignoire se remplit.

— Tu t'es bien amusée ? me demande Christian en entrant dans la chambre.

Il ne porte qu'un tee-shirt et un pantalon de survêt, et il est pieds nus. Il referme la porte derrière lui.

— Oui, dis-je en le dévorant des yeux.

Il m'a manqué. Au bout de… quelques heures à peine ? C'est ridicule.

— Qu'est-ce qu'il y a ? fait-il, étonné.

— Je me disais que tu m'avais beaucoup manqué.

— Vous êtes vraiment atteinte, madame Grey.

— J'en ai bien peur, monsieur Grey.

Il s'avance vers moi.

— Qu'est-ce que tu as acheté ? chuchote-t-il, et je sais que c'est pour changer de sujet.

— Une robe, des chaussures, un collier. J'ai dépensé beaucoup de ton argent.

Je le regarde d'un air coupable. Ça l'amuse.

— Tant mieux, murmure-t-il en me calant une mèche derrière l'oreille. Et pour la millionième fois, c'est *notre* argent.

Il tire sur mon menton pour libérer ma lèvre inférieure et passe l'index sur mon tee-shirt, entre mes seins, jusqu'à mon ventre, puis sous l'ourlet.

— Tu n'en auras pas besoin dans la baignoire, chuchote-t-il.

Il attrape le bord de mon haut à deux mains pour le retrousser lentement.

— Lève les bras.

J'obéis sans le quitter des yeux. Il laisse retomber mon tee-shirt par terre. Mon pouls s'accélère.

— Je croyais qu'on prenait un bain ?

— Tant qu'à faire, mieux vaut que tu sois bien sale avant. Toi aussi, tu m'as manqué.

— Merde, l'eau !

Je me redresse tant bien que mal, en pleine brume postorgasmique. Christian ne me lâche pas.

— Christian, la baignoire !

Allongée sur son ventre, je relève la tête pour le regarder. Il éclate de rire.

— Du calme. C'est une salle étanche. (Il se relève et m'embrasse rapidement.) Je vais aller fermer le robinet.

Il se dirige vers la salle de bains. Je le suis des yeux. Mmm… mon mari, tout nu, et bientôt tout mouillé. Je me lève à mon tour.

Nous sommes assis face à face dans la baignoire, tellement pleine que, dès que nous bougeons, l'eau déborde. Quelle décadence… Ce qui est encore plus décadent, c'est que Christian me lave les pieds tout en les massant. Il tire doucement sur mes orteils avant de les embrasser un à un, puis de mordiller délicatement le petit dernier.

— Aaah !

Je le sens jusque *là*, entre mes jambes.

— Ça te plaît ? chuchote-t-il.

— Mmm.

Il recommence son massage. Qu'est-ce que c'est bon. Je ferme les yeux.

— Au fait, j'ai vu Gia, dis-je.

— Ah bon ? Je crois qu'elle a une maison ici, répond-il distraitement, l'air de s'en foutre totalement.

— Elle était avec Elliot.

Christian s'arrête de me masser : cette fois, ça l'intéresse.

— Qu'est-ce que tu veux dire par « avec Elliot » ? me demande-t-il, plus perplexe qu'inquiet.

Je lui raconte ce que j'ai vu.

— Ana, ils sont amis, rien de plus. Je crois qu'Elliot a Kate dans la peau.

Il se tait un instant, avant d'ajouter, pensif :

— D'ailleurs, je *sais* qu'il l'a dans la peau.

Puis il me regarde l'air de dire « on se demande bien pourquoi ». Hérissée, je défends mon amie :

— Kate est super belle.

Il ricane.

— N'empêche que je suis content que ce soit toi qui sois tombée à quatre pattes dans mon bureau.

Il embrasse mon gros orteil, lâche mon pied gauche et prend le droit afin de poursuivre son massage. Ses doigts sont si forts et souples que je me détends à nouveau. Je ne veux pas m'engueuler à propos de Kate. Je ferme les yeux et je laisse ses doigts accomplir leur miracle sur mes pieds.

Je me contemple, ébahie, dans le miroir de plain-pied, sans reconnaître la vamp qui me dévisage. J'ai laissé Kate jouer à la Barbie avec moi. Elle a passé mes cheveux au fer à lisser, cerné mes yeux de khôl et peint mes lèvres d'un rouge écarlate. Je suis… bandante, toute en jambes avec mes escarpins Manolo Blahnik et une robe si courte qu'elle en devient indécente. Il me faudra l'approbation de Christian pour sortir dans cette tenue, et je crains qu'il ne soit pas d'accord pour que je me dénude autant. Dans le cadre de notre entente cordiale, je décide de lui poser la question. Je prends mon BlackBerry.

De : Anastasia Grey
Objet : Tu trouves que ça me fait un gros cul ?
Date : 27 août 2011 18:53 MST
À : Christian Grey

Monsieur Grey,
J'ai besoin de vos conseils vestimentaires.

Bien à vous,

Mme G. xx

De : Christian Grey
Objet : Chouette !
Date : 27 août 2011 18:55 MST
À : Anastasia Grey

Madame Grey,

Franchement, j'en doute.
Mais je viendrai inspecter votre cul de près pour m'en assurer.

Dans l'attente de notre prochaine rencontre,

M. G. xx

Christian Grey,
P-DG, Grey Enterprises Holdings
& Commission d'Inspection des Fesses, Inc.

Alors que je lis son mail, la porte de la chambre s'ouvre sur Christian, qui se fige, la bouche ouverte et les yeux comme des soucoupes. *Aïe*… ça pourrait pencher dans un sens comme dans l'autre.

— Alors ? dis-je timidement.

— Ana, tu es… Waouh.

— Ça te plaît ?

— Oui… je crois.

Sa voix est un peu rauque. Il entre dans la chambre, referme derrière lui et s'avance lentement vers moi. Dès qu'il arrive à ma hauteur, il pose ses mains sur mes épaules et me retourne pour faire face au miroir, en restant derrière moi. Mon regard trouve le sien dans la glace, puis il baisse les yeux, fasciné par mon dos nu. Son doigt glisse le long de ma colonne vertébrale pour atteindre le bord de ma robe au creux de mes reins, là où la chair pâle rencontre le tissu argenté.

— C'est très décolleté, murmure-t-il.

Sa main effleure mes fesses et descend jusqu'à ma cuisse dénudée. Il s'arrête pour plonger son regard brûlant dans le mien puis, lentement, il fait remonter ses doigts jusqu'à l'ourlet de ma jupe.

La bouche en « o », j'observe la course légère de ses longs doigts qui titillent ma peau, en savourant les picotements qu'ils laissent dans leur sillage.

— Il n'y a pas loin de là…

Il touche l'ourlet puis fait remonter ses doigts.

— … à là, souffle-t-il.

Je retiens mon souffle quand ses doigts caressent mon sexe par-dessus ma culotte.

— C'est-à-dire ?

— C'est-à-dire qu'il n'y a pas loin de là…

Ses doigts glissent sur ma culotte, puis l'un se faufile en dessous, contre mes chairs humides et tendres.

— … à là. Et puis… là.

Il glisse un doigt en moi ; je tressaille en lâchant un petit miaulement.

— Tout ça, c'est à moi, me murmure-t-il à l'oreille.

Fermant les yeux, il entame un va-et-vient avec son doigt.

— Je ne veux pas qu'un autre voie ça.

Je halète au rythme de sa main. Le regarder dans le miroir quand il me fait ça… c'est plus qu'érotique.

— Alors sois sage, ne te penche pas, et tout ira bien.

— Tu es d'accord ?

— Non, mais je ne t'empêcherai pas de porter cette tenue. Tu es sublime, Anastasia.

Brusquement, il retire son doigt en me laissant pantelante et se place devant moi. Il pose le bout du doigt envahisseur sur ma lèvre inférieure. D'instinct, je l'embrasse et suis récompensée par un sourire coquin. Il suce son doigt et, d'après son expression, j'ai bon goût… très bon goût. Je rougis. Comment se fait-il que ça me choque toujours quand il fait ça ? Il me prend la main.

— Viens, m'ordonne-t-il doucement.

J'ai envie de rétorquer que j'étais sur le point de jouir et qu'il pourrait bien finir ce qu'il a commencé, mais au souvenir des derniers événements dans la salle de jeux, je me ravise.

Nous attendons notre dessert dans l'un des restaurants les plus chics de la ville. La soirée a été animée, et Mia est décidée à nous entraîner en boîte. En ce moment – et pour une fois –, elle se tait et boit toutes les paroles d'Ethan, qui discute avec Christian. Mia est visiblement folle d'Ethan, mais Ethan… difficile de deviner s'ils sont simplement amis ou s'il y a quelque chose entre eux.

Christian semble bien dans sa peau. Il a bavardé toute la soirée avec Ethan – manifestement, leur partie de pêche les a rapprochés. Ils discutent surtout de psychologie et curieusement, des deux, c'est Christian qui semble le mieux s'y connaître. Je pouffe en douce en écoutant distraitement leur conversation : hélas, son expertise résulte de sa fréquentation assidue des psys.

« Ma meilleure thérapie, c'est toi. » Ces paroles, murmurées alors que nous faisions l'amour, résonnent dans ma tête. Est-ce vrai ? *Ah, Christian, je l'espère.*

Je jette un coup d'œil à Kate. Elle est ravissante ce soir – il est vrai qu'elle l'est toujours – mais un peu éteinte. Quant à Elliot, il parle trop fort et son rire sonne faux. Se sont-ils disputés ? Qu'est-ce qui le démange ? Est-ce cette bonne femme ? Mon cœur se serre à l'idée qu'il puisse faire souffrir ma meilleure amie. Je me tourne vers l'entrée en m'imaginant voir Gia ramener ses fesses tirées à quatre épingles jusqu'à notre table. J'ai des hallucinations, ou quoi ? J'ai trop bu. Je commence à avoir mal à la tête.

Tout à coup, Elliot se lève en repoussant sa chaise si énergiquement qu'elle crisse sur les tuiles. Tous les regards se tournent vers lui. Il dévisage Kate un moment, puis met un genou à terre devant elle.

Oh, mon Dieu.

Il lui prend la main. Dans le restaurant, tout le monde s'est arrêté de manger, de parler, de marcher, pour les fixer.

— Kate, ma toute belle, je t'aime. Ta grâce, ta beauté, ton tempérament sont sans égal, et tu as conquis mon cœur. Passe ta vie avec moi. Épouse-moi.

Oh, putain !

14

Tout le monde, dans le restaurant, observe Kate et Elliot en retenant son souffle. Le silence se prolonge, insoutenable.

Kate fixe Elliot d'un œil vide. *Merde, enfin, Kate ! Arrête de le faire souffrir comme ça ! S'il te plaît...* Quand même, il aurait pu attendre d'être en tête à tête avec elle pour lui poser la question. Une larme roule sur la joue de Kate, puis un sourire de béatitude infinie s'épanouit lentement sur ses lèvres.

— Oui, murmure-t-elle.

Encore une fraction de seconde de silence... Tout le monde soupire de soulagement. Puis c'est l'explosion : applaudissements, vivats, sifflets, cris de joie retentissent spontanément. Je m'aperçois que j'ai le visage inondé de larmes, qui font couler mon mascara de Barbie rockeuse.

Sans se rendre compte du vacarme qui se déchaîne autour d'eux, Kate et Elliot sont dans leur bulle. Elliot tire un écrin de sa poche, l'ouvre et le présente à Kate. Alors, c'est ça qu'il manigançait avec Gia ? Elle l'aidait à choisir une bague ? Ouf, heureusement que je n'ai rien raconté à Kate.

Le regard de Kate passe de la bague à Elliot, puis elle se jette à son cou. Quand ils s'embrassent

– un baiser remarquablement chaste pour eux –, les acclamations redoublent de plus belle. Elliot se lève pour saluer, se rassoit avec un immense sourire de satisfaction, puis il sort la bague de son écrin et la glisse à l'annulaire de Kate avant de l'embrasser à nouveau.

Christian me presse la main. Je ne m'étais pas rendu compte que j'agrippais la sienne aussi fort. Je le libère, confuse ; il secoue la main en articulant « aïe » en silence.

— Excuse-moi. Tu étais au courant ?

Christian me répond par un sourire et fait signe au garçon.

— Deux bouteilles de Cristal Roederer, s'il vous plaît. 2002, si vous avez.

Je lui adresse un petit sourire ironique.

— Quoi ? dit-il.

— Parce que le 2002 est bien meilleur que le 2003, c'est ça ?

Il éclate de rire.

— Pour les palais exigeants, Anastasia.

— En effet, votre palais est très exigeant, monsieur Grey, et vos goûts sont très particuliers.

Je souris.

— Certes, madame Grey. Et c'est vous qui avez le meilleur goût, me souffle-t-il.

Il m'embrasse derrière l'oreille et je m'empourpre en me rappelant sa démonstration de tout à l'heure sur l'insuffisance de ma tenue.

Mia est la première à se lever pour prendre Kate et Elliot dans ses bras, et nous félicitons tour à tour l'heureux couple. Je serre Kate contre moi.

— Tu vois ? Ce qui l'inquiétait, c'était sa demande en mariage, lui dis-je à l'oreille.

— Ah, Ana, fait-elle en riant et en sanglotant à la fois.

— Kate, je suis tellement heureuse pour toi. Tous mes vœux de bonheur.

Christian est derrière moi. Il serre la main d'Elliot puis – nous prenant par surprise, Elliot et moi – il l'étreint en lui soufflant à voix basse :

— Félicitations, Lelliot.

Lelliot ?

Pris de court par ce geste affectueux, totalement inédit, Elliot reste muet et tétanisé une seconde, avant de rendre chaleureusement son étreinte à son frère.

— Merci, Christian, répond-il d'une voix enrouée.

Puis Christian serre Kate dans ses bras – son étreinte est gauche et rapide ; il la tient à bout de bras. Je sais qu'au mieux Christian tolère Kate ; mais la plupart du temps son attitude reste ambivalente. Donc, il y a du progrès. Quand il la libère, il lui parle si bas que Kate et moi sommes les seules à l'entendre :

— J'espère que ton mariage sera aussi heureux que le mien.

— Merci, Christian. Je l'espère également, répond-elle.

Le garçon revient avec le champagne, qu'il débouche de façon théâtrale.

— À Kate et à mon cher frère, Elliot – tous mes vœux de bonheur, déclare Christian en levant sa coupe.

Nous buvons une gorgée – enfin, moi, je siffle la moitié de mon verre. Mmm, c'est tellement bon, le Cristal. Et puis ça me rappelle la première fois que j'en ai bu au club de Christian et notre trajet mouvementé en ascenseur jusqu'au rez-de-chaussée.

Christian fronce les sourcils.

— À quoi penses-tu ? me souffle-t-il.

— À la première fois que j'ai bu ce champagne.

Il reste perplexe.

— Dans ton club.

— Ah oui, je m'en souviens, dit-il avec un clin d'œil.

— Vous avez choisi une date ? lance Mia.

Elliot fait les gros yeux à sa sœur.

— Je viens de faire ma demande à Kate, alors si ça ne t'ennuie pas, on te répondra plus tard, tu veux bien ?

— J'ai une idée ! Mariez-vous le jour de Noël ! C'est romantique et puis comme ça, tu n'auras pas de mal à te rappeler votre anniversaire, s'exclame Mia.

— J'y songerai, ricane Elliot.

— On peut aller en boîte pour fêter ça ? propose Mia en se retournant pour regarder Christian avec de grands yeux bruns enjôleurs.

— C'est à Kate et Elliot qu'il faudrait demander ce qu'ils ont envie de faire.

Nous nous tournons tous les trois vers eux. Elliot hausse les épaules et Kate vire au pourpre. Ses intentions envers son fiancé sont tellement évidentes que je manque recracher du champagne à quatre cents dollars la bouteille sur la table.

Zax est la boîte de nuit la plus sélect d'Aspen, en tout cas selon Mia. Christian passe devant les quelques personnes qui font la queue en me tenant par la taille, et on le fait entrer aussitôt. Je me demande un instant si l'endroit lui appartient. Je consulte ma montre – 23 h 30, et je suis déjà un peu dans les vapes. Les deux coupes de champagne et les nombreux verres de pouilly-fumé que j'ai bus durant le dîner commencent à faire de l'effet. Heureusement que Christian me tient par la taille.

— Bienvenue, monsieur Grey, ronronne une belle blonde aux longues jambes vêtue d'un short et d'un gilet en satin noir et d'un petit nœud papillon rouge.

Son grand sourire découvre une dentition parfaite entre deux lèvres rouges assorties à son nœud papillon.

— Max va prendre votre manteau, ajoute-t-elle.

Un jeune homme au regard langoureux, tout de noir vêtu lui aussi – mais pas en satin, heureusement – s'approche de nous. Je suis la seule à porter un manteau, car Christian a tenu à ce que je passe le trench de Mia pour recouvrir mes fesses, de sorte que Max ne s'adresse qu'à moi.

— Jolie robe, me dit-il en m'étudiant effrontément.

Derrière moi, Christian adresse à Max un regard « bas les pattes ». Max rougit et remet aussitôt à Christian mon ticket de vestiaire.

— Suivez-moi, je vous prie.

Mlle Short-en-Satin bat des cils en regardant mon mari, elle rejette en arrière ses longs cheveux blonds et nous précède dans le couloir en ondulant des hanches. J'agrippe plus fort le bras de Christian, qui m'interroge du regard, puis ricane tandis que nous la suivons jusqu'au bar.

Des alcôves rouge sombre s'alignent le long des murs noirs ; un long bar en « u » se trouve au centre de la pièce. L'endroit n'est pas bondé pour un samedi soir, mais plutôt fréquenté pour la saison. Le *dress code* est assez décontracté et, pour la première fois de ma vie, je me sens un peu trop… ou plutôt, pas tout à fait assez habillée. Le sol et les murs vibrent aux pulsations de la musique ; sur la piste de danse derrière le bar, des lumières tournoient et clignotent. Dans mon état d'ébriété, je songe distraitement que cet endroit doit être un véritable enfer pour un épileptique.

Mlle Short-en-Satin nous conduit à une alcôve fermée par un cordon en velours rouge, près du bar et de la piste de danse : manifestement, c'est la meilleure table de la boîte.

— On vient tout de suite prendre votre commande.

Elle nous décoche son sourire à cent mégawatts et bat des cils pour mon mari avant de retourner en ondulant vers l'entrée. Mia sautille déjà, impatiente d'aller danser ; Ethan a pitié d'elle.

— Champagne ? leur crie Christian alors qu'ils se dirigent main dans la main vers la piste.

Ethan lève le pouce et Mia hoche la tête avec enthousiasme.

Kate et Elliot s'installent sur la banquette en velours. Ils ont l'air tellement heureux ; leurs traits sont à la fois adoucis et radieux dans la lueur vacillante des petites bougies posées sur la table basse. Christian me fait signe de m'asseoir, et je me glisse sur la banquette à côté de Kate. Il prend un fauteuil à côté de moi en scrutant la salle d'un regard anxieux.

— Montre-moi ta bague.

Je dois parler fort à cause de la musique : j'aurai une extinction de voix d'ici la fin de la soirée. Kate sourit en levant la main. La bague de style victorien est exquise : un solitaire serti dans un chaton à griffes ouvragées, flanqué de deux diamants plus petits.

— Elle est magnifique.

Kate hoche la tête, ravie, et presse la cuisse d'Elliot qui se penche pour l'embrasser.

— Prenez une chambre ! dis-je.

Elliot sourit.

Une jeune femme aux courts cheveux noirs et au sourire malicieux, vêtue du short en satin noir réglementaire, vient prendre notre commande.

— Vous voulez quoi ? demande Christian.

— Pas question que tu nous invites encore, grommelle Elliot.

— Ta gueule, Elliot, lâche placidement Christian.

Il a déjà payé notre dîner malgré les protestations de Kate, Elliot et Ethan, en balayant leurs objections du revers de la main. Je le contemple amoureusement. Mon M. Cinquante Nuances qui ne peut s'empêcher de tout contrôler…

Elliot ouvre la bouche pour parler mais, sagement sans doute, la referme.

— Une bière, dit-il.

— Kate ? demande Christian.

— Encore du champagne, s'il te plaît, mais je suis sûre qu'Ethan préférerait une bière.

Elle sourit gentiment – *oui, gentiment* – à Christian, incandescente de bonheur.

— Ana ?

— Champagne, s'il te plaît.

— Une bouteille de Cristal, trois bières – Peroni, si vous avez –, une bouteille d'eau minérale glacée et six verres, décrète-t-il, direct et autoritaire comme toujours.

Au fond, je trouve ça assez sexy.

— Très bien, monsieur.

Mlle Short n° 2 lui adresse un sourire aimable, mais lui épargne les battements de cils, bien qu'elle rosisse un peu.

Je secoue la tête, résignée. *Il est à moi, ma poule.*

— Quoi ? me demande-t-il.

— Elle n'a pas battu des cils en te regardant, dis-je avec un petit ricanement.

— Ah. Elle était censée faire ça ?

Ça le fait rigoler.

— Comme toutes les femmes quand elles te voient.

— Madame Grey, seriez-vous jalouse, par hasard ?

— Absolument pas.

Je fais la moue, mais, au même moment, je me rends compte qu'en effet je commence à supporter que les femmes reluquent mon mari. Enfin, presque. Christian me prend la main et embrasse mes doigts.

— Vous n'avez aucune raison d'être jalouse, madame Grey, murmure-t-il à mon oreille.

Son souffle me chatouille.

— Je sais.

— Tant mieux.

La serveuse revient et, quelques instants plus tard, je sirote une nouvelle coupe de champagne.

— Tiens, bois ça ! m'ordonne Christian en me tendant un verre d'eau.

Je fronce les sourcils et je le vois soupirer plutôt que je ne l'entends.

— Trois verres de vin blanc au dîner, deux coupes de champagne, après un daiquiri aux fraises et deux verres de Frascati à midi... Bois. Tout de suite, Ana.

Comment sait-il, pour les cocktails de cet après-midi ? Je me renfrogne. Mais il n'a pas tort. Je prends le verre d'eau et je le vide le plus inélégamment possible pour exprimer mon mécontentement devant les ordres qu'il me donne... comme d'habitude. Je m'essuie la bouche du revers de la main.

— J'aime mieux ça, ricane-t-il. Tu m'as déjà vomi dessus une fois et je n'ai aucune envie de revivre cette expérience.

— Je ne sais pas de quoi tu te plains, puisque ça t'a donné l'occasion de dormir avec moi.

Il sourit et son regard se radoucit.

— C'est vrai.

Ethan et Mia reviennent.

— Ethan en a assez. Allez, les filles. En piste. On va brûler des calories.

Kate se lève immédiatement.

— Tu viens ? demande-t-elle à Elliot.

— Je préfère te regarder, répond-il.

Je dois détourner les yeux, car le regard qu'il lui lance me fait rougir. Elle sourit lorsque je me lève.

— Je vais brûler des calories, dis-je en me penchant pour parler à l'oreille de Christian. Tu peux me regarder.

— D'accord, mais ne te penche pas, grogne-t-il.

— Promis.

Je me redresse brusquement. Hou là ! J'ai la tête qui tourne. Je m'agrippe à l'épaule de Christian tandis que la salle se met à tanguer.

— Tu devrais boire encore un verre d'eau, murmure Christian d'un ton comminatoire.

— Ce n'est rien. Les sièges sont bas et j'ai des talons hauts.

Kate me prend par la main, et j'inspire profondément en la suivant, très digne, jusqu'à la piste de danse.

La musique est un rythme techno avec une ligne de basse pulsante. La piste n'est pas encombrée, de sorte que nous avons de l'espace. Je n'ai jamais été très bonne danseuse. En fait, je ne danse que depuis que je suis avec Christian. Kate me serre dans ses bras.

— Qu'est-ce que je suis heureuse ! hurle-t-elle.

Mia, comme d'habitude, se démène dans tous les sens. Bon sang, qu'est-ce qu'elle prend comme place ! Je jette un coup d'œil à notre table : nos hommes nous regardent. Je ferme les yeux et me laisse aller.

Quand je les rouvre, la piste s'est remplie. Kate, Mia et moi sommes obligées de nous rapprocher. Je suis étonnée de constater que je m'amuse. Je commence à bouger un peu plus… courageusement. Kate lève les pouces, et je lui souris largement.

Je ferme à nouveau les yeux. Comment ai-je pu me priver de ça pendant les vingt premières années de ma vie ? *Jane Austen n'avait pas beaucoup de choix en matière de musique de danse. Quant à Thomas Hardy… il se serait senti coupable de ne pas danser avec sa première femme.* Cette idée me fait glousser. Mais, grâce à Christian, j'ai pris confiance en mon corps et en ma façon de bouger.

Soudain, deux mains se posent sur mes hanches, ce qui me fait sourire. Christian m'a rejointe. J'ondule ; ses mains passent à mes fesses pour les malaxer avant de retrouver mes hanches.

Quand j'ouvre les yeux, Mia est en train de me fixer, horrifiée. *Ça alors… je danse si mal que ça ?* Je prends les mains de Christian… Elles sont poilues. *Putain !* Je pivote sur mes talons. Un géant blond doté de plus de dents qu'il n'est naturel d'en posséder m'adresse un sourire graveleux. Ivre de rage, je hurle :

— Lâchez-moi !

— Hé, chérie, on peut pas se marrer ?

Il sourit en brandissant ses battoirs de gorille ; ses yeux bleus luisent sous les spots ultraviolets. Sans réfléchir, je le gifle de toutes mes forces. *Aïe ! Merde… ma main.*

— Foutez le camp !

Il me fixe en plaquant sa main sur sa joue rougie. J'agite ma main indemne sous son nez pour lui montrer mon alliance :

— Je suis mariée, connard !

Il hausse les épaules d'un air arrogant et m'adresse un sourire d'excuse un peu contraint.

Je regarde autour de moi frénétiquement. Mia foudroie du regard le Géant Blond. Kate, les yeux fermés, est toujours dans sa bulle. Christian n'est plus à notre table. *Aïe, j'espère qu'il est allé aux toilettes.* Je recule d'un pas et bute contre un torse que je ne connais que trop bien. *Et merde.* Christian passe le bras autour de ma taille pour m'écarter.

— Foutez la paix à ma femme !

Il ne crie pas, mais curieusement, on peut l'entendre malgré la musique.

Bordel de merde !

— Elle est capable de se défendre toute seule, hurle le Géant Blond.

Il découvre la joue que j'ai giflée. Puis Christian le frappe. Et c'est comme si je voyais la scène au ralenti : un coup de poing au menton d'une précision chirurgicale, si rapide et subtil que le Géant Blond ne le voit pas venir. Il s'effondre par terre.

— Christian, non !

Paniquée, je m'interpose. *Merde, il va le tuer !*

— Mais je l'ai déjà giflé !

Sans un regard pour moi, Christian toise mon agresseur avec des envies de meurtre dans les yeux. Je ne l'ai jamais vu comme ça. Enfin, si, une fois… quand Jack Hyde m'a sauté dessus.

Les autres danseurs refluent comme des vaguelettes dans un étang. Le Géant Blond se relève rapidement tandis qu'Elliot nous rejoint.

Non, pas ça ! Kate est à mon côté, tétanisée. Elliot attrape Christian par le bras alors qu'Ethan apparaît à son tour.

— Doucement, d'accord ? Je suis désolé.

Le Géant Blond lève les mains en signe de reddition avant de battre précipitamment en retraite. Christian le suit des yeux tandis qu'il quitte la piste de danse. Il ne m'a toujours pas regardée.

La musique passe des paroles explicites de *Sexy Bitch* à un morceau de techno. Elliot lâche le bras de Christian pour entraîner Kate plus loin. Je passe mes bras autour du cou de Christian jusqu'à ce qu'il finisse par me faire face. Les siens, étincelants, primitifs, féroces, sont ceux d'un adolescent bagarreur. *Bordel de merde.*

— Ça va ? lâche-t-il enfin.

— Oui.

Je me frotte la paume pour tenter de la soulager. Qu'est-ce que ça fait mal ! Je n'ai jamais giflé personne. Qu'est-ce qui m'a pris ? Me peloter, ce n'est tout de même pas un crime contre l'humanité, si ?

Mais, au fond, je sais pourquoi je l'ai giflé : j'avais anticipé la réaction de Christian, je savais qu'il perdrait son précieux *self-control*, et l'idée qu'un minable puisse faire dérailler mon mari, mon amour, m'a mise hors de moi.

— Tu veux t'asseoir ? me demande Christian.

S'il te plaît, reviens-moi.

— Non, danse avec moi.

Il me dévisage sans rien dire, impassible.

— Danse avec moi.

Il est toujours en colère.

— Danse, Christian, je t'en prie.

Je m'empare de ses mains. Christian regarde toujours dans la direction où le type est parti ; je commence à remuer contre lui. La foule des danseurs nous encercle à nouveau, bien qu'un périmètre de sécurité d'environ un mètre se soit formé autour de nous.

— Tu l'as giflé ? me demande Christian en restant cloué sur place.

Je lui prends les mains : il a toujours les poings serrés.

— Évidemment. Je pensais que c'était toi, mais tout d'un coup, j'ai senti ses grosses pattes poilues. Je t'en supplie, danse avec moi.

Christian me fixe toujours. Mais, dans ses yeux, la colère se mue lentement en quelque chose de plus obscur, de plus érotique. Soudain, il m'attrape les poignets et me plaque contre lui en clouant mes mains sur mes fesses.

— Tu veux danser ? Alors on danse, gronde-t-il à mon oreille.

Il ondule des hanches contre moi, et je n'ai pas le choix : je suis le mouvement, tandis que ses mains retiennent les miennes contre mes fesses.

D'abord, il me colle contre lui, me retenant prisonnière, puis peu à peu ses mains relâchent leur emprise ; mes doigts rampent sur ses bras pour palper ses muscles tendus sous sa veste, puis remontent jusqu'à ses épaules. J'accorde mes mouvements aux siens tandis qu'il danse lentement, sensuellement avec moi au rythme de la musique techno.

Dès l'instant où il m'attrape par la main pour me faire virevolter dans un sens, puis dans l'autre, je sais qu'il m'est revenu. Nous dansons ensemble et c'est libérateur. Il a oublié ou refoulé sa colère, et il me fait tourbillonner dans tous les sens avec une technique parfaite dans le petit espace que nous occupons sur la piste de danse. Il me rend gracieuse et sexy, parce que lui-même l'est. Il me donne la sensation d'être aimée, parce que, malgré ses cinquante nuances, il a une tonne d'amour à donner. À le regarder comme ça, en train de s'amuser… on pourrait croire qu'il n'a aucun souci au monde.

À la fin du morceau, je suis à bout de souffle.

— On s'assoit ?

— D'accord.

Il me raccompagne à la table.

— Qu'est-ce que j'ai chaud. Je suis trempée.

Il m'attire dans ses bras.

— Je préfère que tu sois chaude et mouillée en tête à tête, ronronne-t-il avec un sourire lascif.

On croirait que l'incident sur la piste de danse ne s'est jamais produit. Je m'étonne vaguement qu'on n'ait pas été virés. Personne ne nous regarde, et je n'aperçois plus le Géant Blond : il a dû partir ou se faire expulser. Kate et Elliot font des cochonneries sur la piste ; Ethan et Mia sont plus sages. Je bois une gorgée de champagne.

— Tiens.

Christian pose un nouveau verre d'eau devant moi et me dévisage attentivement. Il n'a pas besoin de me parler car son expression me dit : *Bois. Tout de suite.* J'obéis. Ça tombe bien, je meurs de soif.

Il sort une bouteille de Peroni du seau à glace posé sur la table et boit une grande gorgée.

— Et s'il y avait eu des photographes ? dis-je.

Christian comprend tout de suite que je parle de son coup de poing au Géant Blond.

— J'ai des avocats pour ça, réplique-t-il d'un ton désinvolte.

Tout d'un coup, il est l'arrogance personnifiée. Je fronce les sourcils :

— Mais tu n'es pas au-dessus des lois, Christian. En plus, tu sais, je maîtrisais la situation.

Son regard se givre.

— Personne ne touche à ce qui m'appartient, déclare-t-il, glacial.

Ah… Je bois une nouvelle gorgée de champagne. Soudain, je n'en peux plus. La musique est trop forte, j'ai mal au crâne et aux pieds, et j'ai la tête qui tourne.

Il me prend par la main.

— Allez, je te ramène à la maison, dit-il.

Kate et Elliot nous ont rejoints.

— Vous rentrez ? demande Kate d'une voix pleine d'espoir.

— Oui, dit Christian.

— Alors, on y va aussi.

Tandis que nous attendons au vestiaire que Christian récupère mon trench, Kate m'interroge :

— Qu'est-ce qui s'est passé avec ce mec ?

— Il me pelotait.

— Quand j'ai ouvert les yeux, tu l'avais giflé.

Je hausse les épaules.

— Je savais que Christian péterait un plomb et que ça pourrait gâcher votre soirée.

Je suis encore en train d'analyser ce que le comportement de Christian me fait ressentir. Sur le coup, j'ai vraiment eu peur que ça dégénère.

— *Notre* soirée, me reprend-elle. Il a plutôt le sang chaud, ton mari, non ? ajoute Kate sèchement en fixant Christian tandis qu'il prend mon manteau.

Je ricane.

— C'est le moins qu'on puisse dire.

— Mais je trouve que tu le gères bien.

— Que je le gère ?

Je fronce les sourcils. Est-ce que je *gère* Christian ?

— Tiens.

Christian me tend mon trench pour que je l'enfile.

— Réveille-toi, Ana.

Christian me secoue doucement. Nous sommes arrivés à la maison. J'ouvre les yeux à contrecœur et sors en titubant du minibus. Kate et Elliot ont disparu et Taylor attend patiemment à côté du véhicule.

— Tu veux que je te porte ? me propose Christian.

Je secoue la tête.

— Je vais aller chercher Mlle Grey et M. Kavanagh, annonce Taylor.

Christian hoche la tête et m'accompagne jusqu'à la porte. Les pieds endoloris, je trébuche derrière lui. Arrivé sur le seuil, il s'incline, m'attrape une cheville et me retire doucement une chaussure, puis l'autre. *Ouf, quel soulagement !* Il se redresse et m'observe, mes Manolo à la main.

— Ça va mieux ? me demande-t-il, amusé.

Je hoche la tête.

— Dire que je rêvais de les voir de chaque côté de ma tête, murmure-t-il en scrutant mes chaussures avec nostalgie.

Me reprenant par la main, il m'entraîne dans la pénombre jusqu'à notre chambre à l'étage.

— Tu es crevée, pas vrai ? dit-il doucement.

Je hoche la tête. Il commence à défaire la ceinture de mon trench.

— Laisse, dis-je en tentant vaguement de repousser ses mains.

— Non, laisse-moi faire.

Je soupire. Je ne savais pas que j'étais aussi fatiguée.

— C'est l'altitude. Tu n'y es pas habituée. Et l'alcool, évidemment.

Il ricane, me dépouille de mon manteau et le lance sur l'une des chaises de la chambre. Me prenant par la main, il m'entraîne dans la salle de bains. *Qu'est-ce qu'on fout ici ?*

— Assieds-toi.

J'obéis et ferme les yeux. Je l'entends remuer des flacons dans le meuble du lavabo, mais je suis trop lasse pour regarder ce qu'il fait. L'instant d'après, il me renverse la tête en arrière. Je relève une paupière, étonnée.

— Ferme les yeux, dit Christian.

Ça alors, il a un morceau de coton à la main ! Il le passe délicatement sur ma paupière droite.

— Ah, je retrouve enfin la femme que j'ai épousée, déclare-t-il après avoir terminé l'opération.

— Ça ne te plaît pas, que je me maquille ?

— Si, mais je préfère ce qu'il y a en dessous. (Il m'embrasse sur le front.) Tiens. Avale ça.

Il pose deux comprimés d'Advil au creux de ma main et me tend un verre d'eau. Je fais la moue.

— Avale ! m'ordonne-t-il.

Je lève les yeux au ciel, mais j'obéis.

— Bien. Tu veux t'isoler ? me demande-t-il, sardonique.

Je pousse un petit grognement.

— Quels égards pour ma pudeur, monsieur Grey. Oui, j'aimerais bien faire pipi.

Il éclate de rire.

— Tu veux que je reste ?

Il penche la tête de côté, amusé.

— Mais quel pervers, celui-là ! Dehors. Je ne veux pas que tu me regardes faire pipi. Tu dépasses les bornes.

Je me lève et lui fais signe de sortir de la salle de bains.

Lorsque j'émerge, il a passé son pantalon de pyjama. Mmm… Christian en pyjama. Fascinée, je contemple son ventre, ses muscles, les poils follets de son bas-ventre. Il s'avance vers moi.

— Tu admires le paysage ? ironise-t-il.

— Comme toujours.

— Je crois que vous êtes légèrement pompette, madame Grey.

— Pour une fois, je suis d'accord avec vous, monsieur Grey.

— Laisse-moi t'aider à te débarrasser de ce bout de robe. Elle devrait être vendue avec la mention « Attention, danger » !

Il me retourne et défait le seul et unique bouton qui retient ma robe sur ma nuque.

— Tu étais vraiment furieux…

— En effet.

— Contre moi ?

— Non, pas contre toi, pour une fois, murmure-t-il en m'embrassant l'épaule.

— Ça change.

— Oui, ça change.

Il m'embrasse sur l'autre épaule, puis tire sur ma robe, qui tombe par terre. Il me retire ma culotte dans le même mouvement, et je me retrouve toute nue. Puis il me prend par la main.

— Enjambe, m'ordonne-t-il.

Je m'exécute tout en m'aggripant à sa main pour garder l'équilibre. Il se relève et lance ma robe sur la chaise par-dessus le trench de Mia.

— Lève les bras.

Il m'enfile son tee-shirt et tire dessus pour me recouvrir, puis il m'attire dans ses bras pour m'embrasser ; nos haleines parfumées à la menthe se mêlent.

— J'aimerais bien m'enfouir en vous, madame Grey, mais vous avez trop bu, vous êtes à près de 2 500 mètres d'altitude et vous n'avez pas bien dormi hier soir. Allez, au lit !

Il rabat la couette, je me couche, et il me borde en m'embrassant sur le front.

— Ferme les yeux. Quand je viendrai me coucher, je m'attends à ce que tu dormes.

C'est une menace, c'est un ordre… c'est Christian.

— Ne pars pas.

— J'ai des coups de fil à passer, Ana.

— On est samedi. Il est tard. S'il te plaît.

Il se passe les mains dans les cheveux.

— Ana, si je me couche avec toi maintenant, tu ne te reposeras pas. Dors.

Il est inflexible. Je ferme les yeux et ses lèvres effleurent à nouveau mon front.

— Bonne nuit, bébé, souffle-t-il.

Des images de ma journée me reviennent… Christian qui me flanque sur son épaule dans l'avion, son inquiétude quand il se demandait si la maison me plairait, nos ébats de cet après-midi, notre bain, sa réaction à ma robe, ma gifle au Géant Blond - ma paume me fait encore mal. Enfin, Christian qui me borde sagement… Qui l'eût cru ? Je souris largement, et le mot *progrès* me trotte dans la tête tandis que je m'assoupis.

15

J'ai trop chaud. La tête de Christian est nichée contre mon épaule. Il respire doucement dans mon cou en dormant, les jambes enchevêtrées dans les miennes, le bras autour de ma taille. Je vacille à la frontière de la conscience, sachant que si je m'éveille complètement, je l'éveillerai aussi, alors qu'il ne dort pas assez. Mon esprit embrumé erre parmi les événements de la veille. J'ai trop bu – ça, c'est certain. Je m'étonne que Christian m'ait laissée faire. Je souris en me rappelant qu'il m'a mise au lit. C'était adorable, vraiment. Et inattendu. Je fais rapidement le bilan de mon état physique. Estomac ? Ça va. Tête ? Curieusement, ça va aussi, même si je me sens un peu cotonneuse. Ma paume est encore rougie par ma gifle. *Eh ben, dis donc.* Je me demande vaguement si les paumes de Christian rougissent après m'avoir donné la fessée.

— Qu'est-ce qui ne va pas ?

Des yeux gris ensommeillés cherchent les miens.

— Rien. Bonjour.

Je fais courir ma main indemne dans ses cheveux.

— Madame Grey, vous êtes ravissante ce matin, dit-il en m'embrassant sur la joue.

Je m'illumine de l'intérieur.

— Merci d'avoir pris soin de moi hier soir.

— J'aime bien prendre soin de toi, déclare-t-il tranquillement.

Mais une lueur triomphale s'allume dans les profondeurs grises de ses prunelles, comme s'il avait gagné le Super Bowl.

Ah, mon M. Cinquante.

— Avec toi, je me sens aimée.

— Parce que tu l'es, murmure-t-il, ce qui me fait fondre.

Il me prend la main. Je grimace ; il la lâche aussitôt.

— Le coup de poing ? me demande-t-il.

Son regard se glace et sa voix vibre d'une colère soudaine.

— C'était une gifle, pas un coup de poing.

— L'enculé.

Je pensais qu'on avait réglé cette histoire hier soir.

— Ça me rend dingue, qu'il t'ait touchée.

— Il ne m'a pas fait mal, il a juste eu un geste déplacé. Christian, ça va, ma main est un peu rouge, c'est tout. Tu dois bien savoir ce que c'est ?

Je ricane, et il prend un air à la fois étonné et amusé.

— En effet, madame Grey, je sais très bien ce que c'est, dit-il en esquissant un sourire. Je pourrais me rafraîchir la mémoire tout de suite, si vous le souhaitez.

— Rangez cette paume qui vous démange, monsieur Grey.

Je caresse son visage avec ma main endolorie. Doucement, je tire sur ses cheveux. Ça lui change les idées : il prend ma main, dépose un tendre baiser dans ma paume. Et, comme par enchantement, la douleur s'évanouit.

— Pourquoi tu ne m'as pas dit que tu avais mal hier soir ?

— Euh… ça ne faisait pas vraiment mal hier soir, et puis ça va mieux maintenant.

Son regard se radoucit et ses lèvres frémissent.

— Tu te sens comment ?

— Mieux que ce que je mérite.

— C'est une sacrée droite que vous avez là, madame Grey.

— Vous feriez mieux de vous en souvenir, monsieur Grey.

— Ah, vraiment ?

Il roule tout d'un coup pour se retrouver sur moi, m'enfonce dans le matelas et cloue mes poignets au-dessus de ma tête.

— Je me battrai contre vous quand vous voudrez, madame Grey. D'ailleurs, vous maîtriser au lit est l'un de mes fantasmes.

Il embrasse ma gorge.

— Je croyais que tu me maîtrisais tout le temps.

Je retiens mon souffle quand il me mordille le lobe.

— Mmm… mais j'aimerais que tu me résistes, chuchote-t-il en effleurant du bout du nez la ligne de ma mâchoire.

Que je lui résiste ? Je me fige. Il s'arrête, lâche mes poignets et s'appuie sur ses coudes.

— Tu veux que je me batte contre toi ? Ici ?

Je suis plus que stupéfaite : choquée. Il hoche la tête, l'œil mi-clos mais circonspect, en évaluant ma réaction.

— Maintenant ?

Il hausse les épaules, m'adresse son sourire timide et hoche à nouveau la tête, lentement.

Oh mon Dieu... Son corps allongé sur le mien se tend, et son érection croissante s'enfonce, tentatrice, dans ma chair tendre et consentante, ce qui m'empêche de penser clairement. Qu'est-ce que c'est que cette histoire ? Bagarre ? Fantasme ? Est-ce qu'il va me faire mal ? Ma déesse intérieure secoue la tête – *jamais.*

— C'est ça que tu voulais dire quand tu parlais de me défouler au lit quand j'étais fâchée contre toi ?

Il hoche encore la tête. Tiens donc... M. Cinquante Nuances a envie de bagarre.

— Arrête de te mordiller la lèvre.

J'obéis.

— Je crains d'être en position de faiblesse pour l'instant, monsieur Grey.

Je bats des cils et me tortille sous lui, provocante. Ça pourrait être marrant, ce truc.

— De faiblesse ?

— Il me semble que tu as déjà le dessus.

Il sourit et presse une fois de plus son bas-ventre contre le mien.

— Très juste, madame Grey, murmure-t-il en m'embrassant sur les lèvres rapidement.

Brusquement, il roule sur le dos et je me retrouve à califourchon sur lui. Je lui attrape les mains pour les plaquer de chaque côté de sa tête. Mes cheveux retombent en cascade acajou autour de nous ; je remue la tête pour que mes mèches lui chatouillent le visage. Il se détourne, mais n'essaie pas de m'arrêter.

— Alors tu veux la bagarre ? lui dis-je en effleurant son bas-ventre avec le mien.

Sa bouche s'ouvre et il inspire brusquement.

— Oui, siffle-t-il.

Je le relâche.

— Attends.

Je tends la main vers le verre d'eau sur la table de chevet. Christian a dû l'apporter avant de se coucher. C'est de l'eau minérale pétillante, fraîche – très fraîche, sans doute parce qu'elle se trouve là depuis longtemps.

Pendant que j'en avale une grande gorgée, Christian effleure mes cuisses du bout des doigts en traçant de petits cercles qui sèment des picotements dans leur sillage, avant de me prendre les fesses pour les pétrir. Mmm.

Inspirée par ses caresses expertes, je me penche pour l'embrasser en déversant de l'eau dans sa bouche.

— Très savoureux, madame Grey, murmure-t-il avec un sourire gamin et enjoué.

Après avoir reposé le verre sur la table de chevet, je retire ses mains de mes fesses pour les plaquer à nouveau de chaque côté de sa tête.

— Si j'ai bien compris, je suis censée résister ?

— Oui.

— Je ne suis pas très bonne actrice.

Il sourit.

— Essaie.

Je m'incline pour l'embrasser chastement.

— Alors, d'accord. Je veux bien jouer.

Je fais courir mes dents le long de l'arête de sa mâchoire ; sa repousse de barbe râpe mes lèvres et ma langue.

Christian émet un bruit de gorge sourd et sexy, avant de me faire tomber à la renverse sur le lit. Je pousse un cri de surprise, puis tout d'un coup il est sur moi et je commence à me débattre pendant qu'il tente d'attraper mes mains. Sans ménagement, je les pose sur sa poitrine et je pousse de toutes mes forces pour essayer de le bouger, alors qu'il tente de m'écarter les jambes avec son genou.

Je continue à pousser sur sa poitrine – *oh là là, qu'est-ce qu'il est lourd* – mais il ne grimace pas, il ne se fige pas comme il l'aurait fait auparavant. *Il aime bien !* Il essaie de m'attraper les poignets et finit par en capturer un, malgré mes efforts pour le lui soustraire. C'est ma main blessée, alors je la lui abandonne, mais je lui attrape une poignée de cheveux avec l'autre et je tire, fort.

— Aïe !

Il dégage sa tête et me contemple d'un regard féroce et charnel.

— Sauvageonne, chuchote-t-il d'une voix chargée de désir.

En réaction à ce petit mot, ma libido explose et j'arrête de faire semblant. Une fois de plus, je me débats en vain pour libérer ma main de son emprise. En même temps, j'essaie de croiser les chevilles pour le repousser à coups de pied, mais il est trop lourd. *Grr !* C'est à la fois énervant et excitant.

Avec un grognement, Christian m'attrape l'autre main. Il tient mes poignets dans la main gauche, pendant que l'autre parcourt nonchalamment

– presque insolemment – mon corps, en faisant un crochet par mon téton pour le pincer.

Je glapis ; une bouffée de plaisir, courte et intense, me transperce jusqu'au sexe. Je fais une nouvelle tentative infructueuse pour le désarçonner, mais rien à faire.

Quand il essaie de m'embrasser, je me détourne. Aussitôt, sa main insolente passe du bord de mon tee-shirt à mon menton pour me maintenir en place pendant qu'il fait courir ses dents sur l'arête de ma mâchoire, comme je le lui ai fait plus tôt.

— C'est ça, bébé, défends-toi, murmure-t-il.

Je me contorsionne et me tortille pour essayer de me libérer de son étreinte impitoyable, mais c'est sans espoir : il est beaucoup plus fort que moi. Il mordille doucement ma lèvre inférieure, puis tente d'envahir ma bouche avec sa langue, et je me rends compte que je n'ai aucune envie de lui résister. J'ai envie de lui – tout de suite, comme toujours. J'arrête de me défendre et je lui rends son baiser passionnément. Je ne me suis pas brossé les dents, mais je m'en fous, comme je me fous de ce jeu. Un désir brûlant et âpre se déverse dans mes veines. Je décroise mes chevilles pour passer les jambes autour de ses hanches, en me servant de mes talons pour baisser son pantalon de pyjama.

— Ana, susurre-t-il en m'embrassant partout.

Et nous ne sommes plus en train de lutter ; il n'y a plus que des mains et des langues, nous nous touchons, nous goûtons, vite, dans l'urgence.

— Ta peau, murmure-t-il d'une voix rauque.

Il me soulève et m'arrache mon tee-shirt d'un seul mouvement.

— Toi.

C'est tout ce que je trouve à dire. J'agrippe le bord de son pantalon de pyjama et je le baisse d'un coup sec pour libérer son érection, que j'attrape en la serrant fort. Il est dur. L'air siffle entre ses dents, et je savoure sa réaction.

Il me soulève par les cuisses pour me renverser en arrière tandis que je tire et serre son sexe avec un mouvement de va-et-vient. Sentant une perle de rosée, je l'étale avec le pouce. Alors qu'il me pose sur le lit, je glisse mon pouce dans ma bouche pour le goûter tandis que ses mains parcourent mon corps, caressent mes hanches, mon ventre, mes seins.

— C'est bon ? me demande-t-il, au-dessus de moi, l'œil flamboyant.

— Oui. Tiens.

J'insère mon pouce entre ses lèvres ; il le suce et le mord. Je gémis, lui attrape la tête, et l'attire vers moi pour l'embrasser, puis je l'étreins entre mes jambes en repoussant son pantalon de pyjama avec mes pieds ; je le berce, enserrant sa taille. Ses lèvres courent de l'arête de ma mâchoire à mon menton en me mordillant doucement.

— Qu'est-ce que tu es belle !

Il passe au creux de mon cou.

— Ta peau est si soyeuse.

Son souffle est doux tandis que ses lèvres glissent jusqu'à mes seins.

Quoi ? Je suis haletante, déroutée – je le veux, je l'attends. Je croyais que ça irait vite.

— Christian.

Ma voix est suppliante. Je lui agrippe les cheveux.

— Chut, susurre-t-il.

Sa langue tourne autour de mon téton, puis il le pince avec ses lèvres et tire dessus.

— Ah !

Je me tords en soulevant mon bassin pour le provoquer ; il sourit contre ma peau en se consacrant à l'autre sein.

— Impatiente, madame Grey ?

Il aspire mon téton. Je lui tire les cheveux. Il gémit et lève les yeux.

— Attention, ou je t'attache, me prévient-il.

— Prends-moi !

— Chaque chose en son temps, murmure-t-il contre ma peau.

Sa main glisse avec une lenteur exaspérante jusqu'à ma hanche tandis qu'il rend hommage à mon téton avec sa bouche. Je gémis bruyamment, le souffle court et haletant, en tâchant encore une fois de l'inciter à me pénétrer en ondulant des hanches. Il est contre moi, lourd, engorgé, mais il prend tout son temps.

Ah, et puis j'en ai marre. Je me débats et me tords, à nouveau décidée à le désarçonner.

— Mais qu'est-ce que… ?

S'emparant de mes mains, Christian m'épingle au lit, bras écartés, en pesant de tout son corps sur moi. Je suis à bout de souffle, déchaînée.

— Tu voulais que je te résiste ?

Il se cambre pour me regarder en me maintenant toujours les poignets. Je pose les talons sous ses fesses et je pousse. Il ne bouge pas. *Grr !*

— Tu ne veux pas que j'y aille doucement ? me demande-t-il, stupéfait, les yeux pétillants d'excitation.

— Je veux juste que tu me fasses l'amour, Christian.

Mais enfin, il le fait exprès d'être obtus, ou quoi ? D'abord on se bagarre et on s'empoigne, ensuite il est tout doux et tendre. Je m'y perds. Je couche avec M. Saute-d'humeur.

— Je t'en prie…

Je renfonce mes talons dans ses fesses. Des yeux gris brûlants cherchent les miens. *Mais à quoi il pense, là ?* Un instant, il semble perplexe et dérouté. Il lâche mes mains, s'accroupit, et me tire pour me mettre sur ses genoux.

— Très bien, madame Grey, comme vous voulez.

Il me soulève et me pose doucement sur lui de façon que je le chevauche.

— Ah !

Voilà. C'est ça que je veux, c'est de ça que j'ai besoin. Le prenant par le cou, j'enroule mes doigts dans ses cheveux en jouissant de l'avoir en moi et je me mets à remuer. Je prends le contrôle, je le possède à mon rythme, à ma vitesse. Il gémit, ses lèvres trouvent les miennes et nous nous perdons.

Je fais courir mes doigts dans les poils de la poitrine de Christian. Il est allongé sur le dos, immobile et silencieux à mon côté tandis que nous reprenons notre souffle. Ses doigts pianotent sur mon dos.

— Tu ne dis rien ?

J'embrasse son épaule. Il se retourne pour me regarder. Ses traits ne trahissent rien.

— C'était amusant.

Merde, quelque chose ne va pas ?

— Tu me déconcertes, Ana.

— Je te déconcerte, moi ?

Il se met sur le côté pour me faire face.

— Oui. Toi. Le fait que tu prennes le contrôle. C'est… différent.

— En bien ou en mal ?

J'effleure ses lèvres de la main. Son front se plisse, comme s'il ne comprenait pas bien la question. Il m'embrasse distraitement un doigt.

— En bien, lâche-t-il sans grande conviction.

— Tu n'avais jamais vécu ce petit fantasme ?

Je rougis en prononçant ces mots. Est-ce que je tiens vraiment à en savoir plus sur la vie sexuelle haute en couleur, ou plutôt… kaléidoscopique de mon mari avant de me connaître ? Ma conscience m'observe, méfiante, par-dessus ses lunettes en écaille de tortue. *Alors pourquoi as-tu posé la question ?*

— Non, Anastasia. Toi, tu peux me toucher.

Évidemment, c'était interdit aux quinze.

— Mais Mrs Robinson pouvait te toucher, elle.

J'ai murmuré ces mots avant que mon cerveau ait pu se rendre compte de ce que j'allais dire. *Merde. Pourquoi ai-je parlé d'elle ?*

Il se fige, ses yeux s'écarquillent, et il prend son expression « aïe, où veut-elle en venir ? ».

— C'était différent, souffle-t-il.

Tout d'un coup, il faut que je sache.

— En bien ou en mal ?

Il a le regard d'un homme qui se noie.

— En mal, je crois, fait-il d'une voix presque inaudible.

— Je croyais que tu aimais ça ?

— J'aimais ça, à l'époque.

— Plus maintenant ?

Il me regarde avec de grands yeux, puis secoue lentement la tête.

Oh mon Dieu...

— Oh, Christian...

Submergée par l'émotion, je me jette sur lui pour embrasser son visage, sa gorge, sa poitrine, ses petites cicatrices rondes. Il gémit, m'attire vers lui et m'embrasse passionnément. Puis, très lentement, tendrement, à son rythme, il me fait à nouveau l'amour.

— Ana Tyson, tu boxes au-dessus de ta catégorie ! m'applaudit Ethan lorsque j'entre dans la cuisine pour prendre mon petit déjeuner.

Il est assis au bar avec Mia et Kate. Mme Bentley fait des gaufres. Christian n'est pas là.

— Bonjour madame Grey, sourit Mme Bentley. Qu'aimeriez-vous manger ce matin ?

— Bonjour. Des gaufres, ce sera parfait, merci. Où est Christian ?

— Dehors.

Kate désigne le jardin d'un geste. Je m'approche de la fenêtre qui donne sur le jardin et, au-delà, sur les montagnes. Le ciel est limpide, bleu poudre, et mon beau mari est à environ six mètres de là, en grande discussion avec un homme.

— C'est M. Bentley, me précise Mia.

Je me retourne pour la regarder, frappée par sa voix maussade. Elle adresse un regard venimeux à Ethan. *Hou là.* Je me demande une fois de plus ce qu'il y a entre eux. Puis je me tourne à nouveau vers la fenêtre.

M. Bentley, un blond aux yeux bruns plutôt maigre et nerveux, est vêtu d'un pantalon de jardinage et d'un tee-shirt de la caserne de pompiers d'Aspen. Tandis que les deux hommes en grande conversation traversent la pelouse pour se diriger vers la maison, Christian s'incline distraitement pour ramasser ce qui ressemble à une canne en bambou, sans doute arrachée des plates-bandes par le vent. Il s'arrête, la brandit à bout de bras comme s'il la soupesait soigneusement, puis la fait siffler. Apparemment, M. Bentley ne trouve rien d'anormal à ce geste. Ils poursuivent leur discussion, plus près de la maison cette fois, puis s'arrêtent à nouveau, et Christian refait le même geste, en fouettant le sol avec la canne, avant de m'apercevoir à la fenêtre. Soudain, j'ai l'impression de l'espionner. Il s'arrête. Je lui adresse un petit signe, gênée, puis je vais m'installer au bar.

— Qu'est-ce que tu faisais, Ana ? me demande Kate.

— Je regardais Christian.

— Tu es vraiment mordue, dit-elle en riant.

— Et pas toi, future belle-sœur ?

Je lui souris en tentant d'oublier la façon dont Christian a manié cette canne. Kate bondit de son tabouret pour me serrer dans ses bras.

— C'est vrai, tu vas être ma sœur ! s'exclame-t-elle avec une joie contagieuse.

— Hé, paresseuse ! (Christian me réveille.) On atterrit bientôt. Attache ta ceinture.

Je la cherche à tâtons, encore ensommeillée ; Christian s'en charge pour moi. Il m'embrasse sur le front avant de se rasseoir. Je pose ma tête sur son épaule et referme les yeux.

Une randonnée interminable et un pique-nique en montagne m'ont épuisée. Tout le monde se tait, même Mia, qui a paru malheureuse toute la journée. Comment se passe sa tentative de conquête d'Ethan ? Je ne sais même pas où ils ont dormi hier soir. Quand mon regard croise le sien, je lui adresse un petit sourire ; elle sourit piteusement à son tour avant de se replonger dans son livre. Christian est en train d'annoter les marges d'un document, mais il a l'air détendu. Elliot ronfle doucement à côté de Kate.

Je ne suis pas encore arrivée à le coincer pour l'interroger sur Gia : impossible de l'arracher à Kate. Il a posé une main possessive sur le genou de sa fiancée – et dire que, hier après-midi encore, elle doutait de lui ! Comment l'a appelé Christian, déjà ? Lelliot. C'est sans doute un surnom de son enfance. En tout cas, j'aime mieux ça que « chaud lapin ». Tout à coup, Elliot soulève ses paupières pour me regarder droit dans les yeux et je rougis qu'il m'ait surprise en train de l'observer.

— J'adore quand tu rougis, Ana, me taquine-t-il en s'étirant.

Kate sourit comme un chat qui vient de manger un canari.

— Alors, madame Grey, votre week-end vous a plu ? me demande Christian.

Nous nous dirigeons vers l'Escala à bord de l'Audi avec Taylor et Ryan.

— Énormément. Merci.

Je souris, brusquement pudique.

— On y retourne quand tu veux, et tu invites qui tu veux.

— Alors Ray… ça lui plairait d'aller pêcher là-bas.

— Bonne idée.

— Et toi, tu es content ?

— Oui, dit-il au bout d'un moment, apparemment étonné par ma question. Très content.

— Tu as eu l'air de te détendre.

Il hausse les épaules.

— Parce que tu étais en sécurité.

— Christian, tu vas tomber raide mort à quarante ans si tu continues à t'angoisser comme ça. Et j'ai l'intention de vieillir auprès de toi.

Il me regarde comme s'il ne comprenait pas ce que je lui disais, puis il m'embrasse les doigts tendrement.

— Ta main, ça va ?

— Beaucoup mieux, merci.

Il sourit.

— Tant mieux, madame Grey. Prête à affronter Gia ?

Et merde. J'avais oublié notre rendez-vous avec elle, ce soir, pour valider les plans. Je lève les yeux au ciel.

— Je vais peut-être te demander de te tenir à l'écart, pour ta propre sécurité, dis-je en riant.

— Tu veux me protéger ? ironise-t-il.

— Comme toujours, monsieur Grey. Je veux te protéger de toutes les prédatrices sexuelles.

Christian est en train de se brosser les dents lorsque je me glisse sous la couette. Demain, dur retour à la réalité : le boulot, les paparazzis, Jack en détention préventive, l'éventualité qu'il ait un complice. *Hum...* Christian n'a pas été clair là-dessus. Est-il au courant ? Et si c'est le cas, me le dirait-il ? Je soupire. Soutirer une information à Christian, c'est comme lui arracher une dent. Nous avons passé un week-end génial. Ai-je vraiment envie de gâcher l'ambiance en tentant de le cuisiner ?

Le voir loin de son environnement habituel, avec sa famille, a été une révélation pour moi. Je me demande vaguement si c'est parce que nous sommes ici, dans cet appartement, avec tous ses souvenirs et ses associations, qu'il est tellement tendu. Il faudrait peut-être déménager ?

Ça tombe bien, nous faisons justement rénover une énorme baraque sur la côte. Les plans de Gia sont bouclés et validés, et l'équipe d'Elliot démarre le chantier la semaine prochaine. Je glousse en me rappelant la tête qu'a faite Gia lorsque je lui ai dit que je l'avais vue à Aspen. En fait, c'était une coïncidence : elle était partie s'enfermer dans sa résidence secondaire pour finaliser nos plans. Et, apparemment, elle n'a pas aidé Elliot à choisir la bague comme je le soupçonnais. Cela dit, je ne fais aucune confiance à Gia et je préférerais qu'Elliot me le confirme. Au moins, cette fois, elle a laissé Christian tranquille.

Je contemple le ciel nocturne. Cette vue me manquera : Seattle à nos pieds, regorgeant de possibilités, mais si lointaine en même temps. Voilà le problème de Christian : il s'est trop isolé de la vraie vie. Entouré de sa famille, il est moins autoritaire, moins anxieux - plus libre, plus heureux. Je me demande ce qu'en penserait le Dr Flynn. Bon sang, mais bien sûr ! Il a peut-être besoin de fonder sa propre famille. Je secoue la tête - nous sommes trop jeunes, tout ça est trop nouveau. Christian entre dans la chambre, beau comme toujours, mais pensif.

— Tout va bien ? lui dis-je.

Il hoche distraitement la tête avant de se mettre au lit.

— Je ne suis pas pressée de revenir à la réalité.

— Ah bon ?

Je secoue la tête et lui caresse le visage.

— J'ai passé un week-end merveilleux. Merci.

Il sourit doucement.

— C'est toi, ma réalité, Ana, murmure-t-il en m'embrassant.

— Ça te manque ?

— Quoi ? demande-t-il, perplexe.

— Tu sais bien. Les cannes… tout ça…

Il me fixe, impassible, avant de prendre son air « où veut-elle en venir ? ».

— Non, Anastasia, ça ne me manque pas, affirme-t-il d'une voix ferme en m'effleurant la joue. Le Dr Flynn m'a dit une chose que je n'ai jamais oubliée quand tu m'as quitté. Il m'a dit que je ne pouvais pas faire ces choses-là si tu n'en n'avais pas envie. Ça a été une révélation. (Il s'arrête et fronce les sourcils.) Je ne connaissais rien d'autre, Ana. Maintenant, si. Notre histoire a été… instructive.

— Moi, je t'ai instruit ? dis-je d'un ton moqueur.

Son regard se radoucit.

— Et toi, ça te manque ? me demande-t-il soudain.

Oh !

— Je ne veux pas que tu me fasses mal, mais j'aime bien jouer, Christian. Tu le sais. Si tu as envie de quelque chose…

Je hausse les épaules en le regardant.

— Quelque chose ?

— Tu sais, avec le martinet ou la cravache…

Je me tais en rougissant. Il hausse un sourcil, étonné.

— Eh bien… on verra. Pour l'instant, j'ai envie d'un bon vieux sexe-vanille.

Son pouce effleure ma lèvre inférieure, et il m'embrasse à nouveau.

De : Anastasia Grey
Objet : Bonjour
Date : 29 août 2011 09:14
À : Christian Grey

Monsieur Grey,

Je voulais simplement vous dire que je vous aime. C'est tout.

À toi, pour toujours,

A xx

Anastasia Grey
Éditrice, SIP

De : Christian Grey
Objet : Bannir le blues du lundi
Date : 29 août 2011 09:18
À : Anastasia Grey

Madame Grey,

Quels mots gratifiants de la part de sa femme un lundi matin !
Laissez-moi vous assurer que j'éprouve exactement la même chose.
Désolé pour le dîner de ce soir, j'espère que ça ne sera pas trop ennuyeux pour toi.

X

Christian Grey
P-DG, Grey Enterprises Holdings, Inc.

Ah oui. Le dîner de l'association des Constructeurs de navires américains. Je lève les yeux au ciel… encore une bande de costards-cravates. Vraiment… Christian a le don de m'entraîner dans les mondanités les plus captivantes.

De : Anastasia Grey
Objet : Bannir le blues du lundi
Date : 29 août 2011 09:26
À : Christian Grey

Cher monsieur Grey,

Je suis certaine que vous trouverez une façon de pimenter le dîner…

Dans l'attente de vous voir,

Mme G. x

Anastasia (belle et rebelle) Grey
Éditrice, SIP

De : Christian Grey
Objet : Bannir le blues du lundi
Date : 29 août 2011 09:35
À : Anastasia Grey

Madame Grey,

J'ai quelques idées…

X

Christian Grey
P-DG, Attendant Maintenant Avec Impatience Le Dîner, Grey Enterprises Holdings, Inc.

Tous les muscles de mon ventre se crispent. Hum… Je me demande ce qu'il va concocter. Hannah frappe à la porte, interrompant ma rêverie.

— Prête à consulter votre agenda de la semaine, Ana ?

— Bien sûr. Asseyez-vous.

Je souris et réduis la fenêtre de mon logiciel mail.

— Il a fallu que je décale deux rendez-vous. M. Fox la semaine prochaine et le docteur…

La sonnerie de mon téléphone l'interrompt. C'est Roach qui me demande de passer le voir.

— On reprend dans vingt minutes, d'accord ?

— Pas de problème.

De : Christian Grey
Objet : Hier soir
Date : 30 août 2011 09:24
À : Anastasia Grey

Qui eût cru que le dîner annuel des Constructeurs de navires puisse se révéler aussi... stimulant ?

Comme toujours, vous ne me décevez jamais, madame Grey.

Je t'aime

Christian Grey
P-DG, Grey Enterprises Holdings, Inc.

De : Anastasia Grey
Objet : J'adore jouer aux boules...
Date : 30 août 2011 09:33
À : Christian Grey

Cher monsieur Grey,

Les boules argentées me manquent déjà.
Toi non plus, tu ne me déçois jamais.
C'est tout.

Anastasia Grey
Éditrice, SIP

Hannah frappe à ma porte, interrompant mes rêveries érotiques. *Les mains de Christian. Sa bouche.*

— Entrez.

— Ana, l'assistante de M. Roach vient d'appeler. Il voudrait que vous assistiez à une réunion ce matin. Je vais devoir décaler certains de vos rendez-vous. Je peux ?

Sa langue.

— Ouais. Oui.

J'essaie de refouler mes pensées lascives. Elle sourit et s'éclipse... en me laissant seule avec les délicieux souvenirs de la nuit.

De : Christian Grey
Objet : Hyde
Date : 1er septembre 2011 15:24
À : Anastasia Grey

Anastasia,

Pour info, Hyde n'a pas été libéré sous caution, et il a été placé en détention provisoire. Il est inculpé de tentative d'enlèvement et d'incendie criminel. La date de son procès n'a pas encore été fixée.

Christian Grey
P-DG, Grey Enterprises Holdings, Inc.

De : Anastasia Grey
Objet : Hyde
Date : 1er septembre 2011 15:53
À : Christian Grey

Bonnes nouvelles. Tu vas alléger les dispositifs de sécurité ? Je ne suis pas tout à fait sur la même longueur d'ondes que Prescott.

Anastasia Grey
Éditrice, SIP

De : Christian Grey
Objet : Hyde
Date : 1er septembre 2011 15:59
À : Anastasia Grey

Non. Le dispositif de sécurité reste en place. Pas de discussion.
Qu'est-ce qui ne va pas avec Prescott ? Si tu ne l'aimes pas, on la remplace.

Christian Grey
P-DG, Grey Enterprises Holdings, Inc.

Ce mail autoritaire me fait grimacer. Ça n'est tout de même pas si grave que ça, avec Prescott.

De : Anastasia Grey
Objet : Pas la peine de t'arracher les cheveux !
Date : 1er septembre 2011 16:03
À : Christian Grey

Je posais simplement la question (elle lève les yeux au ciel). Et pour Prescott, je réfléchirai.

Range ta main qui te démange !

Ana x

Anastasia Grey
Éditrice, SIP

De : Christian Grey
Objet : Ne me tente pas
Date : 1er septembre 2011 16:11
À : Anastasia Grey

Je puis vous assurer, madame Grey, que mes cheveux sont très fermement accrochés à ma tête – ne vous en êtes-vous pas assurée vous-même à plusieurs reprises en tirant dessus avec vos blanches mains ?
Cependant, ma main me démange.
Il faudra peut-être que je la soulage ce soir.

x

Christian Grey
P-DG pas encore chauve, Grey Enterprises Holdings, Inc.

De : Anastasia Grey
Objet : Frétillements
Date : 1er septembre 2011 16:20
À : Christian Grey

Des promesses, toujours des promesses...
Bon, arrête de m'embêter, j'essaie de travailler. J'ai rendez-vous avec un auteur. J'essaierai de ne pas me laisser distraire en pensant à toi durant la réunion.

A x

Anastasia Grey
Éditrice, SIP

De : Anastasia Grey
Objet : Voile, glisse et fessée
Date : 5 septembre 2011 09:18
À : Christian Grey

Cher mari,

Tu sais vraiment faire passer un bon moment à une femme.
Bien entendu, je m'attendrai à recevoir ce genre de traitement tous les week-ends.
Tu me gâtes. J'adore.

Ta femme xx

Anastasia Grey
Éditrice, SIP

De : Christian Grey
Objet : Mon but dans la vie...
Date : 5 septembre 2011 09:25
À : Anastasia Grey

... est de vous gâter, madame Grey. Et de te protéger, parce que je t'aime.

Christian Grey
P-DG énamouré, Grey Enterprises Holdings, Inc.

Oh mon Dieu. Pourrait-on rêver plus romantique ?

De : Anastasia Grey
Objet : Mon but dans la vie…
Date : 5 septembre 2011 09:33
À : Christian Grey

… est de te laisser faire – parce que, moi aussi, je t'aime.
Maintenant, arrête d'être aussi sentimental. Tu vas me faire pleurer.

Anastasia Grey
Éditrice tout aussi énamourée, SIP

Le lendemain, je fixe mon calendrier de bureau. Plus que quatre jours avant le 10 septembre, date de mon anniversaire. Nous avons prévu d'aller voir les progrès des travaux de la maison, mais je me demande si Christian a d'autres projets ? Hannah frappe à ma porte.

— Entrez !

Prescott rôde derrière elle. *Qu'est-ce qui se passe ?*

— Ana, une certaine Leila Williams demande à vous voir, elle prétend que c'est personnel.

— Leila Williams ? Je ne connais pas de…

Ma bouche s'assèche, et Hannah écarquille les yeux en voyant ma tête.

Leila ? Putain. Qu'est-ce qu'elle me veut ?

16

— Voulez-vous que je la renvoie ? me demande Hannah, alarmée par mon expression.

— Euh… non. Où est-elle ?

— À l'accueil. Elle est avec une autre jeune femme.

Oh !

— Et Mlle Prescott veut vous parler, ajoute Hannah.

Je n'en doute pas.

— Faites-la entrer.

Hannah s'efface, et Prescott entre dans mon bureau, avec l'air très efficace et professionnel d'une personne chargée d'une mission importante.

— Pourriez-vous nous laisser un moment, Hannah ? Prescott, asseyez-vous.

Hannah referme la porte derrière elle, nous laissant seules, Prescott et moi.

— Madame, Leila Williams est sur votre liste de visiteurs interdits.

— Quoi ?

J'ai une liste noire ?

— Sur notre liste de surveillance, madame. Taylor et Welch m'ont donné des instructions très précises : je ne dois pas la laisser s'approcher de vous.

— Elle est dangereuse ?

— Je ne saurais vous le dire, madame.

— Alors pourquoi m'a-t-on avertie qu'elle était ici ?

Prescott déglutit, mal à l'aise.

— J'étais aux toilettes, madame. Elle s'est adressée directement à Claire, et Claire a prévenu Hannah.

— Ah, je vois.

Je songe brusquement que même Prescott fait pipi, et ça me fait rire.

— Embêtant.

— Oui, madame.

Prescott m'adresse un sourire gêné : c'est la première fois que j'aperçois une faille dans son armure. Elle a d'ailleurs un très joli sourire.

— Il va falloir que je reparle à Claire du protocole, dit-elle d'une voix lasse.

— Bien entendu. Taylor sait que Leila est ici ?

Sans m'en rendre compte, j'ai croisé les doigts, en espérant que Prescott n'ait pas averti Christian.

— J'ai laissé un message sur sa boîte vocale.

Aïe.

— Alors je n'ai pas beaucoup de temps devant moi. J'aimerais savoir ce qu'elle me veut.

Prescott me fixe un moment.

— Je vous le déconseille, madame.

— Si elle veut me voir, c'est qu'elle a une raison.

— Je suis censée empêcher cette rencontre de se produire, madame.

Sa voix est douce, mais résignée.

— Je tiens vraiment à entendre ce qu'elle veut me dire.

J'ai parlé d'un ton plus énergique que je le souhaitais. Prescott retient un soupir.

— Dans ce cas, j'aimerais les fouiller toutes les deux.

— Vous avez le droit de faire ça ?

— Je suis ici pour vous protéger, madame. J'aimerais aussi rester avec vous durant votre entretien.

— Entendu.

Je peux lui faire cette concession – la dernière fois que j'ai vu Leila, elle était armée.

— Allez-y.

Prescott se lève.

— Hannah !

Hannah ouvre la porte trop rapidement. Elle devait être de l'autre côté.

— Pourriez-vous voir si la salle de réunion est libre, s'il vous plaît ?

— C'est déjà fait. Vous pouvez la prendre.

— Prescott, pourriez-vous les fouiller là-bas ? C'est assez discret ?

— Oui, madame.

— Alors je vous rejoins dans cinq minutes. Hannah, accompagnez Leila Williams et l'autre personne à la salle de réunion.

— Très bien.

Hannah nous regarde, Prescott et moi, avec anxiété.

— Dois-je annuler votre prochain rendez-vous ? C'est à 16 heures, mais à l'autre bout de la ville.

— Oui, dis-je machinalement.

Hannah hoche la tête et s'éclipse.

Que diable me veut Leila ? Je ne crois pas qu'elle soit venue pour me faire du mal. Elle n'en a rien fait quand elle en avait l'occasion. *Christian va péter un plomb.* Ma conscience pince les lèvres, croise les jambes d'un air guindé et hoche la tête. Il faut que je prévienne Christian. Je rédige un mail en vitesse, puis je m'arrête pour consulter l'horloge. J'éprouve un petit pincement de regret. Tout allait si bien entre nous depuis Aspen... Je clique sur « envoyer ».

De : Anastasia Grey
Objet : Visiteuses
Date : 6 septembre 2011 15:27
À : Christian Grey

Christian,

Leila est ici, elle monte me voir. Prescott restera avec moi. Si besoin est, je me servirai de mon nouveau talent pour les gifles, puisque je n'ai plus mal à la main. Essaie de ne pas t'inquiéter. Je suis une grande fille. Je t'appelle dès que je lui ai parlé.

A x

Anastasia Grey
Éditrice, SIP

Je me dépêche de cacher mon BlackBerry dans le tiroir de mon bureau, me lève, lisse ma jupe crayon grise sur mes hanches, me pince les joues pour me donner des couleurs et défais le premier bouton de mon chemisier. Ça va, je suis prête. Après avoir pris une grande respiration, je quitte mon bureau pour rencontrer la fameuse Leila, en tentant de ne pas entendre *Your Love is King* qui fredonne doucement dans mon tiroir.

Leila a bien meilleure mine que la dernière fois. Mieux que ça - elle est très belle. Ses joues sont roses, ses yeux bruns sont limpides, ses cheveux propres et brillants. Elle porte un chemisier saumon et un pantalon blanc. Elle se lève dès que j'entre, imitée par son amie, une jeune brune aux yeux couleur cognac. Prescott ne quitte pas Leila des yeux.

— Merci de me recevoir, madame Grey.

Leila parle d'une voix douce, mais nette.

— Euh… désolée, pour les mesures de sécurité.

Je ne sais pas quoi dire d'autre.

— Voici mon amie, Susi.

— Bonjour.

Je salue Susi d'un signe de tête. Elle ressemble à Leila. Elle me ressemble. *Aïe. Encore une.*

— Oui, dit Leila comme si elle avait lu dans mes pensées. Susi connaît M. Grey, elle aussi.

Qu'est-ce que je suis censée répondre, là ? Je lui souris poliment en marmonnant :

— Asseyez-vous, je vous en prie.

On frappe à la porte. C'est Hannah. Je lui fais signe d'entrer, sachant parfaitement pourquoi elle nous interrompt.

— Désolée de vous déranger, Ana, j'ai M. Grey en ligne pour vous.

— Dites-lui que je suis occupée.

— Il a beaucoup insisté, ajoute-t-elle, terrorisée.

— Je n'en doute pas. Dites-lui que je m'excuse et que je le rappellerai très vite.

Hannah hésite.

— S'il vous plaît, Hannah, j'insiste.

Elle hoche la tête et bat en retraite. Je me tourne à nouveau vers les deux femmes assises devant moi. Elles me regardent fixement toutes les deux, tellement impressionnées que j'en suis mal à l'aise.

— Que puis-je faire pour vous ?

Susi prend la parole :

— Je sais que c'est vraiment bizarre, mais, moi aussi, je voulais vous rencontrer. La femme qui a réussi à avoir Chris…

Je lève la main pour l'arrêter au milieu de sa phrase. Je ne veux pas entendre ça.

— Euh… ça va, j'ai compris.

— On se surnomme « le club des soumises ».

Elle me sourit, l'œil pétillant. *Oh mon Dieu.* Leila dévisage Susi, à la fois amusée et consternée, puis Susi grimace. Je soupçonne Leila de lui avoir donné un coup de pied sous la table.

Et que suis-je censée répondre à ça ? Je jette un coup d'œil nerveux à Prescott, qui ne quitte toujours pas Leila des yeux. Susi rougit, puis, gênée, hoche la tête et se lève.

— Je vais attendre à l'accueil. C'est à Lulu de parler.

Lulu ?

— Ça va aller ? demande-t-elle à Leila.

Susi m'adresse un grand sourire ouvert, sincère, avant de quitter la pièce. *Susi et Christian…* Je n'ai pas envie de m'y attarder. Prescott sort son téléphone de sa poche pour répondre. Je ne l'avais pas entendu sonner.

— M. Grey.

Leila et moi nous retournons pour la regarder. Prescott ferme les yeux, comme si elle avait mal.

— Oui, monsieur, répond-elle en s'avançant pour me remettre le téléphone.

Je lève les yeux au ciel.

— Christian ? dis-je en tentant de contenir mon exaspération.

Je me lève et sors rapidement de la pièce.

— Tu joues à quoi, là ? hurle-t-il.

— Ne me crie pas dessus.

— Qu'est-ce que tu veux dire, « ne me crie pas dessus » ? hurle-t-il encore plus fort. Je t'ai donné des instructions précises auxquelles tu as désobéi - encore. Putain, Ana, je suis fou de rage.

— On en reparlera quand tu te seras calmé.

— Ne me raccroche pas au nez !

— Au revoir, Christian.

Je coupe et j'éteins le téléphone de Prescott.

Bordel de merde. Je n'ai pas beaucoup de temps avec Leila. Je prends une grande respiration et je rentre dans la salle de réunion. Leila et Prescott me regardent ; je rends son téléphone à Prescott.

— Où en étions-nous ?

Je me rassois face à Leila, dont les yeux s'écarquillent légèrement. Oui, apparemment je sais le *gérer*, ai-je envie de lui dire. Mais je ne crois pas qu'elle ait envie de l'entendre.

Leila tripote nerveusement les pointes de ses cheveux.

— Tout d'abord, je voulais m'excuser, dit-elle doucement.

Ah…

En levant les yeux, elle remarque mon étonnement.

— Oui, ajoute-t-elle rapidement. Et vous remercier de ne pas avoir porté plainte, pour votre voiture et votre appartement.

— Je savais que vous n'étiez pas… euh… dans votre état normal.

Je suis ébahie : je ne m'attendais pas à des excuses.

— Non, en effet.

— Et vous allez mieux, maintenant ?

— Beaucoup mieux, merci.

— Votre médecin sait que vous êtes ici ?

Elle secoue la tête. *Ah.* Elle prend un air coupable.

— Je sais que j'aurai à affronter les conséquences de ma fugue, mais il fallait que je vienne prendre mes affaires, et puis je voulais voir Susi, et vous, et… M. Grey.

— Vous voulez voir Christian ?

Mon estomac tombe en chute libre jusqu'au parquet. *Voilà donc pourquoi elle est venue.*

— Oui. Je suis venue vous demander si vous étiez d'accord.

Bordel de merde. Je la fixe, médusée, avec l'envie de lui dire que je ne suis pas d'accord du tout, que je ne veux pas qu'elle s'approche de mon mari. Pourquoi est-elle venue ici ? Pour évaluer la concurrence ? Pour me déstabiliser ? Ou alors parce qu'elle veut mettre un point final à leur histoire ?

Exaspérée, je bafouille :

— Leila, ça n'est pas à moi de décider, c'est à Christian. C'est à lui qu'il faut demander, il n'a pas besoin de ma permission. C'est un adulte… enfin, la plupart du temps.

Elle me regarde une fraction de seconde comme si ma phrase l'étonnait, puis elle part d'un petit rire nerveux en tripotant ses cheveux.

— Il a déjà refusé plusieurs fois.

Et merde. Je suis dans le pétrin jusqu'au cou.

— Pourquoi tenez-vous autant à le voir ? dis-je gentiment.

— Pour le remercier. Sans lui, je serais en train de moisir dans un hôpital psychiatrique.

Elle baisse les yeux et passe son doigt sur le bord de la table.

— J'ai eu un épisode psychotique aigu, et sans M. Grey et John – le Dr Flynn…

Elle hausse les épaules et relève vers moi des yeux pleins de reconnaissance.

Une fois de plus, je reste sans voix. Qu'est-ce qu'elle attend de moi ? C'est à Christian qu'elle devrait dire tout ça, pas à moi.

— Et pour l'École des beaux-arts. Je ne pourrai jamais assez le remercier pour ça.

Je le savais ! Christian lui paie donc bel et bien ses études. Je tente d'analyser mes sentiments envers cette femme, maintenant qu'elle a confirmé mes soupçons quant à la générosité de Christian. À mon grand étonnement, je ne lui en veux pas. C'est une révélation. Je suis tout simplement heureuse qu'elle aille mieux. Maintenant, je l'espère, elle pourra vivre sa vie et nous laisser vivre la nôtre.

— Et vous êtes censée être en cours, en ce moment ?

— Je rate seulement deux jours. Je rentre à la maison demain.

Ouf, tant mieux.

— Quels sont vos projets, pendant que vous êtes ici ?

— Aller chercher mes affaires chez Susi, puis je rentrerai à Hamden. J'ai envie de continuer à peindre, à apprendre. M. Grey a déjà deux de mes tableaux.

Non, mais je rêve ? Cette fois, mon estomac dégringole jusqu'au sous-sol. *Ils sont accrochés dans le salon ?* Cette idée me répugne.

— Quel genre de peinture faites-vous ?

— Surtout de l'abstrait.

— Je vois.

Je repasse dans ma tête les tableaux de la grande pièce, que je connais maintenant par cœur. Dont deux de l'ex-soumise de mon mari... peut-être.

— Madame Grey, je peux vous parler franchement ? me demande-t-elle, sans avoir conscience des émotions qui me déchirent.

— Allez-y.

Je jette un coup d'œil à Prescott, qui paraît un peu plus détendue. Leila se penche vers moi comme pour m'avouer un secret trop longtemps caché.

— Geoff, mon fiancé, est mort il y a quelques mois.

Sa voix n'est plus qu'un souffle.

Bordel de merde, ça devient personnel.

— Je suis désolée, dis-je par réflexe.

Elle poursuit comme si elle ne m'avait pas entendue.

— C'est le seul homme que j'ai aimé, à part...

— Mon mari ?

Je le savais déjà. Lorsqu'elle lève ses yeux bruns vers moi, ils expriment des émotions contradictoires, où prédomine la peur… de ma réaction, peut-être ? Mais je n'éprouve que de la compassion pour cette pauvre femme. Dans ma tête, je passe en revue tous les romans classiques qui parlent d'amour à sens unique puis je déglutis douloureusement en m'accrochant à mes bons sentiments.

— Je sais. C'est facile de l'aimer.

Ses immenses yeux s'agrandissent encore d'étonnement, et elle sourit.

— Oui. C'est vrai. C'était vrai, se reprend-elle aussitôt en rougissant.

Puis elle rit si gentiment que je ne peux pas m'empêcher de rire à mon tour. Ça alors, nous voilà en train de glousser ensemble comme des gamines à cause de Christian Grey. Ma conscience lève les yeux au ciel, désespérée, et reprend sa lecture d'un exemplaire écorné de *Jane Eyre*. Je jette un coup d'œil à ma montre.

— Vous allez bientôt le voir.

— C'est ce que je me disais. Je sais à quel point il peut être protecteur, sourit-elle.

Alors c'était bien là sa tactique. Elle est très maligne. *Ou manipulatrice*, chuchote ma conscience.

— C'est pour cette raison que vous êtes venue ici ?

— Oui.

— Je vois.

Et Christian qui tombe en plein dans le panneau… Je dois admettre, à contrecœur, qu'elle le connaît bien.

— Il a l'air très heureux avec vous.

Quoi ?

— Comment le savez-vous ?

— Je l'ai remarqué quand j'étais chez lui, ajoute-t-elle prudemment.

Comment oublier cet épisode ?

— Vous y êtes allée souvent ?

— Non. Il était très différent avec vous.

Ai-je vraiment envie d'entendre tout ça ? Mon cuir chevelu picote quand je me rappelle ma peur de cette ombre invisible qui rôdait dans l'appartement.

— Vous savez que c'est illégal, la violation de domicile.

Elle hoche la tête, les yeux baissés, puis elle effleure le bord de la table de son ongle.

— Je ne l'ai pas fait souvent, et j'ai eu de la chance de ne pas avoir été surprise. Encore une fois, je dois remercier M. Grey, il aurait pu me faire jeter en prison.

— Je ne crois pas qu'il serait allé jusque-là.

Un tapage soudain à l'extérieur de la salle de réunion annonce l'arrivée de Christian. L'instant d'après, il fait irruption dans la pièce ; avant qu'il referme la porte, je croise le regard de Taylor, qui ne répond pas à mon petit sourire crispé. Et merde, lui aussi est furieux contre moi.

Le regard brûlant de Christian nous épingle à nos sièges, moi d'abord, Leila ensuite. Son attitude paraît tranquille et décidée, mais je le connais, Leila aussi : l'éclat froid et menaçant de son regard révèle qu'en réalité il bouillonne de rage, même s'il le cache bien.

Leila baisse les yeux sur le bord de la table, tandis que le regard de Christian passe de moi à elle, puis à Prescott.

— Vous, dit-il à celle-ci d'une voix douce. Vous êtes virée. Foutez le camp !

Je blêmis. Ce n'est pas juste !

— Christian…

Je fais mine de me lever. Il lève l'index vers moi pour m'avertir :

— Non, dit-il, d'une voix si posée que je me tais immédiatement, clouée à mon siège.

Prescott, tête basse, sort rapidement de la salle de réunion. Christian referme la porte derrière elle et s'approche. *Merde ! Merde ! Merde !* C'est ma faute. Christian se plante devant Leila, pose les deux mains sur la table et se penche vers elle.

— Qu'est-ce que tu fiches ici ? rugit-il.

Je proteste :

— Christian !

Il m'ignore.

— Eh bien ?

Leila le regarde par en dessous, les yeux écarquillés, le teint terreux.

— Je voulais vous voir, chuchote-t-elle.

— Alors tu es venue jusqu'ici pour harceler ma femme ?

Sa voix est calme. Trop calme. Leila baisse à nouveau les yeux. Il se redresse avec un regard noir.

— Leila, si jamais tu t'approches encore d'elle, je supprime toutes tes aides. Médecins, études, assurance-maladie – tout ça, c'est terminé. Compris ?

Je tente à nouveau d'intervenir.

— Christian…

Mais il me fait taire avec un regard glacial. Pourquoi est-il si sévère ? Cette pauvre fille me fait pitié.

— Oui, dit-elle d'une voix à peine audible.

— Et Susannah, qu'est-ce qu'elle fout là ?

— Elle m'a accompagnée.

Il passe sa main dans ses cheveux, l'air furieux.

— Christian, s'il te plaît, Leila voulait simplement te remercier, c'est tout, dis-je.

Il m'ignore pour concentrer sa fureur sur Leila.

— Tu habitais chez Susannah pendant que tu étais malade ?

— Oui.

— Elle était au courant de tes agissements ?

— Non, elle était en vacances.

Il se caresse la lèvre inférieure de l'index.

— Pourquoi veux-tu me voir ? Tu sais parfaitement que tu dois me faire parvenir tes demandes par l'intermédiaire du Dr Flynn. Tu as besoin de quelque chose ?

Il me semble que sa voix s'est radoucie un tout petit peu. Une fois encore, Leila effleure le bord de la table avec son doigt. *Arrête de la bousculer, Christian !*

— Il fallait que je sache.

Pour la première fois, elle le regarde dans les yeux.

— Que tu saches quoi ? aboie-t-il.

— Que vous alliez bien.

Il la regarde, stupéfait.

— Que j'allais bien ? ricane-t-il, incrédule.

— Oui.

— Je vais bien. Voilà, tu as la réponse. Maintenant Taylor va te raccompagner à Sea-Tac. Si tu fais un pas à l'ouest du Mississippi, tu perds tout. Compris ?

Bordel de merde… Christian ! Je le dévisage, abasourdie. Putain, mais qu'est-ce qui lui prend ? Il n'a pas le droit de l'obliger à rester à l'autre bout du pays.

— Oui. Je comprends, dit Leila d'une petite voix.

— Bien.

Le ton de Christian est plus conciliant.

— Ce n'est peut-être pas pratique pour Leila de repartir tout de suite. Elle a des projets, dis-je, indignée pour elle.

Christian me foudroie du regard.

— Anastasia, tout ça ne te regarde pas, me prévient-il d'une voix glaciale.

Je lui réponds par un regard noir. Évidemment que ça me regarde. Il me manque sûrement des éléments, autrement, le comportement de Christian n'est pas rationnel.

Cinquante Nuances, persifle ma conscience.

— C'est moi que Leila est venue voir, pas toi, dis-je avec humeur.

Leila se tourne vers moi en ouvrant de grands yeux.

— J'avais des ordres, madame Grey. Et j'ai désobéi.

Elle jette un coup d'œil nerveux à mon mari, puis me regarde à nouveau.

— C'est ce Christian-là que j'ai connu, ajoute-t-elle.

Sa voix est triste et nostalgique. Christian fronce les sourcils. Je n'arrive plus à respirer. La traitait-il ainsi tout le temps ? Me traitait-il comme ça, moi aussi, au début ? Je n'arrive pas à m'en souvenir. Leila se lève en m'adressant un sourire contrit.

— J'aimerais rester jusqu'à demain. Mon vol est à midi, dit-elle doucement à Christian.

— J'enverrai quelqu'un te prendre à 10 heures pour t'emmener à l'aéroport.

— Merci.

— Tu habites chez Susannah ?

— Oui.

— Très bien.

Je foudroie Christian du regard. Il n'a pas le droit de lui donner des ordres !

— Au revoir, madame Grey. Merci de m'avoir reçue.

Je me lève et tends la main. Elle la prend, reconnaissante.

— Euh… au revoir. Bon courage.

Quel est le protocole pour prendre congé de l'ex-soumise de son mari ?

Elle hoche la tête et se tourne vers lui.

— Au revoir, monsieur.

Le regard de Christian se radoucit légèrement.

— Au revoir, Leila, dit-il à voix basse. Le Dr Flynn, n'oublie pas.

— Non, monsieur.

Il ouvre la porte pour la laisser sortir, mais elle s'arrête sur le seuil et lève les yeux. Il se fige en l'observant avec méfiance.

— Je suis heureuse que vous soyez heureux. Vous le méritez, lâche-t-elle en partant, sans lui laisser le temps de répondre.

Il fronce les sourcils, puis adresse un signe de tête à Taylor, qui suit Leila pour l'escorter jusqu'à l'accueil. Refermant la porte, Christian me regarde, indécis.

— Ne t'avise pas de te fâcher contre moi, dis-je. N'y pense même pas. Appelle Claude Bastille pour lui taper dessus, ou va voir Flynn.

Stupéfait par ma tirade, il reste bouche bée et fronce à nouveau les sourcils.

— Tu avais promis que tu ne le ferais plus, m'accuse-t-il.

— Faire quoi ?

— Me défier.

— Non, je ne t'ai rien promis, je t'ai dit que j'aurais plus d'égards pour toi. Je t'ai averti qu'elle était ici, j'ai demandé à Prescott de la fouiller, elle et ton autre petite copine, et Prescott est restée avec moi tout le temps. Tu as viré cette pauvre Prescott alors qu'elle ne faisait que m'obéir. Je t'ai demandé de ne pas t'inquiéter, et pourtant tu es là. Je ne me rappelle pas avoir reçu de bulle papale décrétant que je n'avais pas le droit de voir Leila. Je ne savais même pas que mes visiteurs étaient soumis à une liste noire.

De plus en plus indignée, j'ai haussé le ton. Christian me scrute d'un air indéchiffrable. Au bout d'un moment, il esquisse un sourire.

— Une bulle papale ?

Il se détend visiblement. Je n'avais pas l'intention d'alléger l'ambiance, mais il ricane, ce qui me rend d'autant plus furieuse. Sa conversation avec son ex m'a été pénible.

— Quoi ? me demande-t-il, exaspéré parce que je refuse de me dérider.

— Pourquoi as-tu été aussi dur avec elle ?

Il soupire et s'assoit sur le bord de la table.

— Anastasia, tu ne comprends pas, me dit-il comme s'il parlait à une gamine. Leila, Susannah - toutes ces filles - n'étaient qu'un passe-temps agréable, c'est tout. Tu es le centre de mon univers. La dernière fois que Leila et toi avez été dans la même pièce, elle te menaçait avec un flingue, alors pas question qu'elle s'approche de toi.

— Mais, Christian, elle était malade à ce moment-là !

— Je le sais. Et je sais qu'elle va mieux maintenant, mais je ne veux pas lui accorder le bénéfice du doute. C'est impardonnable, ce qu'elle t'a fait.

— Et toi, tu es tombé dans le panneau. Elle voulait te revoir, et elle savait que tu arriverais en courant si elle venait me voir, moi.

Christian hausse les épaules.

— Je ne veux pas que tu sois souillée par mon ancienne vie.

Quoi ?

— Christian... si tu es ce que tu es, c'est à cause de ton ancienne vie. Ce qui t'atteint m'atteint aussi. Quand j'ai accepté de t'épouser, j'ai accepté tout ça, parce que je t'aime.

Il se fige. Je sais que c'est difficile pour lui d'entendre ça.

— Elle ne m'a pas fait de mal. Elle t'aime, elle aussi.

— Je m'en fous.

Je le fixe, choquée par son attitude, et choquée qu'il puisse encore me choquer. *C'est ce Christian-là que j'ai connu.* Les paroles de Leila résonnent dans ma tête. Le comportement de Christian envers elle était si froid, si contraire à l'homme que j'ai appris à connaître et à aimer. Quand je pense à ses remords lorsqu'elle a craqué et qu'il s'est cru responsable de son état… Quand je pense qu'il lui a donné un bain… Cette idée me soulève le cœur, et la bile me monte à la gorge. Comment peut-il prétendre qu'il se fout d'elle ? À ce moment-là, il ne se foutait pas d'elle. Qu'est-ce qui a changé ? Parfois, je ne le comprends pas. Il ne fonctionne vraiment pas comme moi.

— Pourquoi est-ce que tu la défends tout d'un coup ? me demande-t-il, à la fois perplexe et agacé.

— Écoute, Christian, Leila et moi, ça m'étonnerait qu'on se mette à échanger des recettes de cuisine et des modèles de tricot. Mais je ne comprends pas pourquoi tu te montres aussi dur avec elle.

Son regard se glace.

— Je t'ai dit un jour que j'étais sans cœur, marmonne-t-il.

Je lève les yeux au ciel. Là, il se conduit comme un adolescent.

— Ce n'est pas vrai, Christian. Ne dis pas de conneries : tu ne te fous pas d'elle. Autrement, tu ne lui paierais pas ses études, et tout le reste.

Je tiens mordicus à lui faire comprendre qu'il ne se fiche pas de Leila. C'est pourtant évident. Pourquoi le nier ? Comme ses sentiments pour sa mère biologique. *Mais oui, c'est ça, justement.* Ses sentiments pour Leila et ses autres soumises se confondent avec ceux qu'il éprouve pour sa mère. *J'aime fouetter les brunes comme toi parce que vous ressemblez toutes à la pute camée.* Pas étonnant qu'il soit fou furieux. Je soupire et secoue la tête. Comment se fait-il qu'il ne comprenne pas ça ? Appelez-moi le Dr Flynn, s'il vous plaît.

J'ai le cœur serré un instant en songeant à mon petit garçon perdu... Pourquoi a-t-il autant de mal à retrouver l'humanité, la compassion qu'il a manifestées envers Leila lorsqu'elle a craqué ?

Il me foudroie du regard, son œil étincelle de colère.

— La discussion est close. On rentre à la maison.

Je jette un coup d'œil à ma montre. Il est 16 h 23, et j'ai encore du travail.

— Il est trop tôt.

— À la maison, insiste-t-il.

— Christian, fais-je d'une voix lasse, j'en ai marre d'avoir toujours la même dispute avec toi.

Il hausse les sourcils comme s'il ne comprenait pas. J'explique :

— Chaque fois que je fais un truc qui t'énerve, tu te venges. En général, avec un truc de cul pervers, soit hyper jouissif, soit cruel.

Je prends un air résigné. J'en ai marre.

— Hyper jouissif ? dit-il.

Pardon ?

— En général, oui.

— Par exemple ? me demande-t-il, le regard pétillant de sensualité.

Ça y est, il essaie de faire diversion. *Et merde !* Je n'ai aucune envie de parler de ça dans la salle de réunion de la SIP. Ma conscience examine ses ongles soigneusement manucurés d'un air dédaigneux. *Dans ce cas, tu n'aurais pas dû aborder le sujet.*

— Tu sais bien.

Je rougis, agacée à la fois par lui et par moi.

— Je peux deviner, chuchote-t-il.

Bordel de merde, j'essaie de l'engueuler et le voilà qui m'embrouille.

— Christian, je…

— J'aime te faire plaisir.

Il effleure délicatement ma lèvre inférieure avec son pouce.

— Je sais.

Il se penche vers moi pour me chuchoter à l'oreille :

— C'est même la seule chose que je sais faire.

Qu'est-ce qu'il sent bon. Il se redresse pour me contempler avec un sourire arrogant me signifiant « tu es à moi ».

Je pince les lèvres en m'efforçant de cacher mon trouble. Il a l'art de me détourner de tout ce qui est pénible, de tout ce dont il ne veut pas parler. *Et tu le laisses faire*, intervient ma conscience en levant les yeux de son *Jane Eyre*.

— Qu'est-ce qui était hyper jouissif, Anastasia ? insiste-t-il avec une lueur perverse dans l'œil.

— Tu veux une liste ?

— Tu as fait une liste ?

Il est ravi. Qu'est-ce qu'il est énervant, parfois.

— Eh bien, les menottes, par exemple.

Il plisse le front et me prend la main pour caresser la saignée de mon poignet avec son pouce.

Ah…

Un sourire lubrique se dessine lentement sur ses lèvres.

— On rentre à la maison, susurre-t-il, séducteur.

— J'ai du travail.

— À la maison ! répète-t-il, plus pressant.

Nous nous fixons, gris en fusion sur bleu en émoi, nous mesurant l'un à l'autre, éprouvant nos limites et nos volontés. Je cherche dans son regard de quoi comprendre cet homme qui peut passer en un instant du maniaque du contrôle en furie à l'amant séducteur. Ses yeux s'agrandissent, s'assombrissent : son intention est claire. Doucement, il caresse ma joue.

— Ou alors, on pourrait rester ici.

Ah non. Non. Non. Non. Pas au bureau.

— Christian, je ne veux pas baiser ici, surtout que ton ex-maîtresse vient de sortir de cette pièce.

— Elle n'a jamais été ma maîtresse, gronde-t-il en pinçant les lèvres.

— Simple question de sémantique, Christian.

Il est perplexe. L'amant séducteur a disparu.

— N'analyse pas trop tout ça, Ana. Leila, c'est du passé, lâche-t-il d'une voix méprisante.

Je soupire... Il a peut-être raison. Je voudrais simplement qu'il reconnaisse qu'il ne se fout pas d'elle. Soudain, mon cœur se glace : je viens de comprendre pourquoi c'est tellement important pour moi. Et si, à mon tour, je commettais un acte qu'il jugeait impardonnable ? Si je ne me conformais pas à ses critères ? Serais-je reléguée au passé, moi aussi ? S'il peut se détourner de Leila, alors qu'il était tellement inquiet et bouleversé quand elle était malade... pourrait-il se détourner de moi ? Les fragments d'un rêve me reviennent à l'esprit : des miroirs dorés, le bruit de ses talons claquant sur le sol en marbre alors que je restais toute seule dans la splendeur de Versailles.

— Non…

Le mot m'est sorti de la bouche dans un soupir horrifié, avant que j'aie pu le retenir.

— Si, dit-il en m'attrapant le menton pour m'embrasser tendrement.

— Christian, parfois tu me fais peur.

Je lui prends la tête entre mes mains, j'entortille mes doigts dans ses cheveux et j'attire sa bouche contre la mienne. Il s'immobilise un instant en m'enlaçant.

— Quoi ?

— Si tu peux te détourner d'elle aussi facilement…

Il fronce les sourcils.

— Tu crois que je pourrais me détourner de toi, Ana ? Pourquoi vas-tu t'imaginer ça ? Qu'est-ce qui te lc fait penser ?

— Rien. Ramène-moi à la maison.

Et quand ses lèvres se posent sur les miennes, je suis perdue.

— S'il te plaît, dis-je à Christian, suppliante, tandis qu'il souffle doucement sur mon sexe.

— Chaque chose en son temps, murmure-t-il.

Je tire sur mes liens et je geins pour protester contre son assaut charnel. Je suis maintenue par des bracelets en cuir souple, les coudes liés aux genoux ; la tête de Christian se faufile entre mes jambes et sa langue habile me titille impitoyablement. J'ouvre les yeux pour fixer sans le voir le plafond de notre chambre, baigné d'une lumière dorée de fin d'après-midi. Sa langue tourbillonne, tournoie et s'enroule autour du centre de mon univers. J'ai envie de déplier mes jambes et je me débats pour tenter de contrôler mon plaisir. Impossible. Mes doigts se resserrent dans ses cheveux ; je tire dessus pour lutter contre sa merveilleuse torture.

— Ne jouis pas. Si tu jouis, tu auras la fessée, chuchote-t-il.

Son souffle est chaud contre ma chair brûlante et humide tandis qu'il résiste à mes doigts. Je gémis.

— Le contrôle, Ana, tout est une question de contrôle.

Sa langue renouvelle son incursion érotique. *Oh là là, il sait ce qu'il fait.* Je suis incapable de résister à ma réaction ou de la freiner ; malgré tous mes efforts, son assaut fait exploser mon corps, et sa langue ne s'arrête que lorsqu'il a arraché de moi la dernière parcelle de plaisir.

— Ah, Ana ! me gronde-t-il. Tu as joui.

Sa réprimande est douce, mais triomphante. Il me retourne sur le ventre. Flageolante, je m'appuie sur mes avant-bras. Il me claque les fesses.

— Aïe !

— Le contrôle. Tout est là.

Il m'agrippe par les hanches et me pénètre brusquement. Je lâche encore un cri ; mon orgasme récent me donne encore des spasmes. Il s'immobilise, enfoncé en moi, et se penche pour détacher une menotte, puis l'autre. Il m'enlace et me prend sur ses genoux, de façon que j'aie le dos collé contre sa poitrine. Ses mains s'enroulent sous mon menton, autour de ma gorge. Je savoure cette sensation de plénitude.

— Bouge, m'ordonne-t-il.

Je gémis en me soulevant et en me rasseyant sur ses cuisses.

— Plus vite, murmure-t-il.

Et je bouge de plus en plus vite. Il gémit et me renverse la tête en arrière pour me mordiller le cou. Son autre main parcourt langoureusement mon corps, de ma hanche à mon sexe, jusqu'à mon clitoris… encore sensible après avoir été aussi somptueusement honoré. Je gémis quand ses doigts se referment dessus pour me titiller à nouveau.

— Oui, Ana, gronde-t-il doucement à mon oreille. Tu es à moi. Tu es la seule.

— Oui.

Mon corps se crispe à nouveau, se resserre autour de lui, l'enveloppe de la façon la plus intime.

— Jouis pour moi, exige-t-il.

Et je me laisse aller ; mon corps obéit à son ordre. Il m'immobilise tandis que mon orgasme me déchire et que je crie son nom.

— Ah, Ana, je t'aime, gémit-il en se cabrant sous moi…

Il embrasse mon épaule et dégage mes cheveux de mon visage.

— Est-ce que ça mérite de faire partie de la liste, madame Grey ? murmure-t-il.

Je suis sur le ventre, à peine consciente. Christian pétrit doucement mes fesses, accoudé à côté de moi.

— Mmm.

— C'est un oui ?

— Mmm.

Je souris. Lui aussi. Je me mets sur le côté pour lui faire face.

— Alors ? me demande-t-il.

— Oui, ça mérite de faire partie de la liste. Mais la liste est longue.

Un large sourire fend son visage, et il se penche pour m'embrasser tendrement.

— Tant mieux. On mange ?

Ses yeux brillent d'amour et d'humour.

Je hoche la tête. Je suis affamée. Je tends la main pour tirer doucement sur les petits poils de sa poitrine.

— J'ai envie de te dire quelque chose.

— Quoi ?

— Ne te fâche pas.

— Qu'est-ce que c'est, Ana ?

— Tu ne te fous pas de Leila.

Ses yeux s'agrandissent ; sa bonne humeur s'évanouit.

— Je veux que tu l'admettes, parce que le Christian que je connais et que j'aime n'est pas comme ça.

Il se fige en me regardant toujours dans les yeux, et j'assiste à sa lutte intérieure : on dirait qu'il va prononcer le jugement de Salomon. Il ouvre la bouche pour parler, puis la referme tandis qu'une émotion fugace traverse ses traits… la douleur, peut-être.

Dis-le.

— Non. Non, je ne m'en fous pas. Satisfaite ?

Sa voix est à peine un murmure. *Ouf.*

— Oui. Tout à fait.

Il fronce les sourcils.

— Je n'arrive pas à croire que je suis en train de te parler d'elle, ici, dans notre lit…

Je pose mon doigt sur ses lèvres.

— On n'en parle pas. On va manger. J'ai faim.

Il soupire et secoue la tête.

— Madame Grey, vous m'ensorcelez et me déroutez.

— Tant mieux.

J'étire le cou pour l'embrasser.

De : Anastasia Grey
Objet : La liste
Date : 9 septembre 2011 09:33
À : Christian Grey

Le truc d'hier, c'est tout en haut de la liste, c'est sûr.

:D

A x

Anastasia Grey
Éditrice, SIP

De : Christian Grey
Objet : Dis-moi quelque chose que je ne sais pas encore
Date : 9 septembre 2011 09:42
À : Anastasia Grey

Tu n'arrêtes pas de répéter ça depuis trois jours. Décide-toi. Ou alors… on pourrait essayer encore autre chose.

;)

Christian Grey,
P-DG qui aime bien ce petit jeu, Grey Entreprises Holdings, Inc.

Je souris à mon écran. Les dernières soirées ont été… distrayantes. Nous sommes à nouveau détendus. L'irruption de Leila est oubliée. Je n'ai pas encore trouvé le courage de demander à Christian si l'un des tableaux accrochés dans le salon est d'elle – et à vrai dire, peu m'importe. Mon BlackBerry bourdonne. Je réponds en pensant que c'est Christian.

— Ana ?

— Oui ?

— Ana, ma chérie. C'est José Senior.

— Monsieur Rodriguez ! Bonjour !

Que me veut le père de José ?

— Ma grande, je suis désolé de t'appeler au bureau. C'est Ray…

Sa voix défaille.

— Qu'est-ce qu'il y a ? Qu'est-ce qui se passe ?

Mon cœur me remonte dans la gorge.

— Ray a eu un accident.

Non. Mon papa. J'arrête de respirer.

— Il est à l'hôpital. Il faut que tu viennes tout de suite.

17

— Monsieur Rodriguez, qu'est-ce qui s'est passé ?

Ma voix est enrouée de larmes contenues. *Ray. Mon petit Ray. Mon papa.*

— Il a eu un accident de voiture.

— J'arrive… j'arrive tout de suite.

L'adrénaline m'inonde le corps, semant la panique dans son sillage. J'ai du mal à respirer.

— On l'a transféré à Portland.

Portland ? Pourquoi à Portland ?

— Il a été héliporté à l'hôpital universitaire. Ana, je n'ai pas vu la voiture, je ne l'ai pas vue…

Sa voix se brise.

M. Rodriguez – non !

— On se retrouve là-bas, murmure M. Rodriguez avant de raccrocher.

La peur me prend à la gorge. Ray. Non. Non. J'inspire profondément pour me ressaisir, je décroche le téléphone et j'appelle Roach. Il répond à la deuxième sonnerie.

— Ana ?

— Jerry, c'est mon père, il…

— Ana, qu'est-ce qui se passe ?

J'explique d'une traite, sans m'arrêter pour respirer.

— Vas-y. Vas-y tout de suite. J'espère que ça va aller.

— Merci. Je te tiens au courant.

Malgré moi, je lui raccroche au nez. Mais, étant donné les circonstances, je m'en fous.

— Hannah !

Elle passe la tête par la porte pour me voir fourrer à toute vitesse mes affaires dans mon sac à main et mes papiers dans mon attaché-case.

— Oui, Ana ?

Elle fronce les sourcils.

— Mon père a eu un accident. Il faut que j'y aille.

— Mon Dieu...

— Annulez tous mes rendez-vous aujourd'hui et lundi. Vous allez être obligée de terminer toute seule la présentation de l'*e-book* - mes notes sont dans le dossier partagé. Demandez à Courtney de vous donner un coup de main.

— Oui, souffle Hannah. J'espère qu'il n'a rien de grave. Ne vous en faites pas, on se débrouillera.

— Vous pourrez me joindre sur mon BlackBerry.

L'inquiétude que je lis sur son visage pâle et crispé manque de me faire craquer. *Papa.* J'attrape ma veste, son sac et mon attaché-case.

— Bon courage, Ana. J'espère que ça ne sera pas trop grave.

Je lui adresse un petit sourire crispé en tâchant de garder mon sang-froid. Je dois m'empêcher de courir jusqu'à l'accueil. Sawyer se lève d'un bond en me voyant.

— Madame Grey ?

— On va à Portland - tout de suite.

— Très bien, madame, dit-il en fronçant les sourcils.

Il m'ouvre la porte. Agir me fait du bien.

— Madame, je peux savoir pourquoi on fait ce voyage ? me demande Sawyer alors que nous courons jusqu'au parking.

— C'est mon père, il a eu un accident.

— Vous avez prévenu M. Grey ?

— Je l'appellerai de la voiture.

Sawyer hoche la tête et m'ouvre la portière arrière. J'y monte. Les doigts tremblants, je sors mon BlackBerry et compose le numéro de Christian.

— Madame Grey ?

La voix d'Andréa est claire et grave.

— Christian est là ?

— Il est quelque part dans l'immeuble, madame. Il a laissé son BlackBerry à recharger dans mon bureau.

Je râle intérieurement, exaspérée.

— Pourriez-vous lui dire que j'ai appelé et que je dois lui parler ? C'est urgent.

— Je vais essayer de le retrouver, mais de temps en temps il disparaît…

— Quand vous le retrouverez, dites-lui de m'appeler.

— Certainement, madame Grey. (Elle hésite.) Tout va bien ?

— Non. S'il vous plaît, dites-lui de m'appeler.

— Oui, madame.

Je raccroche. Incapable de contenir mon angoisse, je remonte mes genoux contre ma poitrine, je me roule en boule sur le siège arrière et je laisse jaillir mes larmes.

— Où, à Portland, madame Grey ? me demande gentiment Sawyer.

— À l'OHSU, dis-je d'une voix étranglée. L'hôpital universitaire.

Sawyer se dirige vers l'autoroute I-5 tandis que je gémis doucement sur le siège arrière en marmonnant une prière en boucle : *S'il vous plaît, faites qu'il s'en tire. S'il vous plaît, faites qu'il s'en tire.*

Your Love Is King interrompt ma litanie.

— Christian.

— Mon Dieu, Ana, qu'est-ce qui se passe ?

— Ray a eu un accident.

— Merde !

— Je suis en route pour Portland.

— Portland ? S'il te plaît, dis-moi que Sawyer est avec toi.

— Oui, il est au volant.

— Où est Ray ?

— À l'OHSU.

J'entends une voix sourde en arrière-fond.

— Oui, Ros, aboie Christian. Je sais ! Excuse-moi, bébé – je peux être là dans trois heures environ. J'ai un truc à terminer ici. Je prendrai l'hélico.

Et merde. Charlie Tango a repris du service et la dernière fois que Christian l'a piloté…

— J'ai une réunion avec des types de Taïwan, je ne peux pas les annuler, on travaille sur ce contrat depuis plusieurs mois.

Pourquoi ne suis-je pas au courant ?

— Je pars dès que possible, me promet-il.

— D'accord.

Je voudrais lui dire de rester à Seattle pour régler ses affaires. Mais, en réalité, je veux qu'il soit là, avec moi.

— Mon bébé, chuchote-t-il.

— Ça va aller, Christian, prends ton temps, ne te presse pas, je ne veux pas avoir à m'inquiéter pour toi, en plus. Sois prudent.

— Promis.

— Je t'aime.

— Je t'aime, moi aussi, bébé, je te rejoins dès que je peux. Garde Luke avec toi.

— D'accord.

— À tout à l'heure.

— Au revoir.

Après avoir raccroché, je me roule à nouveau en boule. Je ne connais rien des affaires de Christian. Qu'est-ce qu'il fout avec des Taïwanais ? Je regarde par la fenêtre tandis que nous dépassons l'aéroport international de King County/Boeing Field. Il faut qu'il soit prudent. Mon estomac se noue, la nausée menace. Ray *et* Christian ? Je ne crois pas que j'y survivrais. Je m'adosse et reprends ma litanie : *S'il vous plaît, faites qu'il s'en tire. S'il vous plaît, faites qu'il s'en tire.*

— Madame Grey, nous sommes arrivés, m'annonce Sawyer, me tirant de ma prostration. Il faut juste que je repère l'entrée des urgences.

— Je sais où ça se trouve.

J'ai un flashback de ma dernière visite : lors de ma deuxième journée chez Clayton's, j'étais tombée d'un escabeau et je m'étais tordu la cheville. Je me rappelle Paul Clayton qui rôdait autour de moi…

Sawyer se range devant les urgences et s'élance pour m'ouvrir la portière.

— Je vais me garer et je vous rejoins. Laissez-moi votre attaché-case, je vous l'apporte.

— Merci, Luke.

Il hoche la tête et je me précipite dans le hall d'accueil grouillant d'activité. La réceptionniste m'adresse un sourire poli. En quelques instants, elle a localisé Ray. Au troisième étage, en chirurgie.

Chirurgie ? Non !

— Merci, dis-je en m'efforçant de comprendre ses indications.

Mon estomac fait une embardée tandis que je cours vers les ascenseurs. *Faites qu'il s'en tire. S'il vous plaît, faites qu'il s'en tire.*

L'ascenseur est d'une lenteur atroce, il s'arrête à chaque étage. *Allez... allez !* Je me concentre pour qu'il aille plus vite, et je foudroie du regard tous ces gens qui, sortant et entrant tranquillement, m'empêchent de rejoindre mon papa.

Enfin, les portes s'ouvrent au troisième étage et je me précipite vers un bureau d'accueil, cette fois occupé par des infirmières en uniforme marine.

— Puis-je vous aider ? me demande l'une d'entre elles.

— Mon père, Raymond Steele, vient d'être admis ici. Il est au bloc, salle 4, je crois.

Tout en prononçant ces mots, je prie de toutes mes forces pour qu'ils ne soient pas vrais.

— Un instant, mademoiselle Steele.

Je hoche la tête sans me donner la peine de la corriger tandis qu'elle scrute son écran.

— Oui. Il y est depuis environ deux heures. Si vous voulez bien attendre, je vais annoncer votre arrivée.

Elle désigne une grande porte blanche avec un panneau SALLE D'ATTENTE en grosses lettres bleues.

— Comment va-t-il ? lui dis-je en tentant de maîtriser ma voix.

— Vous allez devoir attendre de voir un des médecins.

Je la remercie, mais à l'intérieur, je hurle : *je veux savoir tout de suite !*

M. Rodriguez et José sont dans la salle d'attente.

— Ana ! s'exclame M. Rodriguez.

Il a le bras dans le plâtre, un bleu sur la joue et il est en chaise roulante car sa jambe est également plâtrée. Je le prends prudemment dans mes bras en sanglotant :

— Monsieur Rodriguez !

— Ana, mon chou.

Il me tapote le dos avec son bras indemne.

— Je suis tellement désolé, marmonne-t-il.

Oh non…

— Non, papa, lui reproche doucement José.

Lorsque je me redresse, il me prend dans ses bras à son tour et me serre contre lui. C'est là que je craque : toute la tension, la peur, le chagrin des trois dernières heures me font éclater en larmes.

— Hé, Ana, ne pleure pas.

José me caresse doucement les cheveux. Je mets mes bras autour de son cou et je sanglote contre lui. Nous restons comme ça une éternité. Je suis heureuse que mon ami soit là. Nous ne nous séparons que lorsque Sawyer nous rejoint dans la salle d'attente. M. Rodriguez me tend un Kleenex.

— Voici M. Sawyer, mon garde du corps, dis-je.

Sawyer salue José et M. Rodriguez d'un signe de tête, puis va se poster dans un coin.

— Assieds-toi, Ana.

José m'avance un fauteuil recouvert de vinyle.

— Qu'est-ce qui s'est passé ? Vous avez de ses nouvelles ? Qu'est-ce qu'ils lui font ?

José lève les mains pour endiguer le flot de mes questions et s'installe à côté de moi.

— On n'a pas encore de nouvelles. Ray, papa et moi, on allait faire une partie de pêche à Astoria. C'est un mec bourré qui nous est rentré dedans…

M. Rodriguez tente de l'interrompre pour bredouiller des excuses.

— *Cálmate, papa !* s'écrie José. Je n'ai rien, sauf deux côtes fêlées et une bosse à la tête. Papa s'est cassé le poignet et la cheville. Mais la voiture a embouti la portière côté passager, et Ray…

Non, non, non… La panique me submerge à nouveau. *Non, non, non.* Mon corps frémit et se glace à l'idée de ce qu'on est en train de faire à Ray en salle d'opération.

— On nous a emmenés à l'hôpital communautaire d'Astoria, mais ils ont transporté Ray par hélicoptère jusqu'ici. On ne sait rien. On attend des nouvelles.

Je me mets à trembler.

— Ana, tu as froid ?

Je hoche la tête. Mon chemisier sans manches et ma veste en coton ne me réchauffent pas. José retire son blouson en cuir avec précaution et le pose sur mes épaules.

— Voulez-vous un thé, madame ?

Sawyer est à mon côté. Je hoche la tête, reconnaissante, et il s'éclipse.

— Pourquoi alliez-vous pêcher à Astoria ? dis-je.

José hausse les épaules.

— Il paraît que la pêche est bonne, là-bas, et on se faisait une petite virée entre mecs. Je voulais passer un moment avec mon père avant d'être absorbé par mes études.

Les yeux sombres de José débordent de peur et de regret.

— Tu aurais pu être blessé, toi aussi. Et M. Rodriguez… ça aurait pu être pire.

Cette idée me noue la gorge. Ma température chute encore, et je recommence à grelotter. José me prend la main.

— Ana, tu es glacée.

M. Rodriguez se penche vers moi pour prendre mon autre main dans sa main valide.

— Ana, je regrette tellement.

— Monsieur Rodriguez, je vous en prie. C'était un accident…

— Appelez-moi José.

Je lui souris faiblement, parce que c'est tout ce que j'arrive à faire, et je frissonne de plus belle.

— Ce connard est en garde à vue. À 7 heures du matin, il était totalement bourré ! vocifère José, dégoûté.

Sawyer revient avec un gobelet en carton plein d'eau chaude et un sachet de thé. *Il sait comment je prends mon thé !* M. Rodriguez et José lâchent mes mains et je prends le gobelet que me tend Sawyer.

— Je peux vous apporter quelque chose ? demande Sawyer à M. Rodriguez et José.

Ils secouent tous deux la tête, et Sawyer reprend son poste dans le coin de la pièce. Je trempe mon sachet de thé dans l'eau, puis je me lève, flageolante, pour le jeter dans la corbeille.

— Pourquoi est-ce si long ? dis-je sans m'adresser à personne en particulier, tout en prenant une gorgée de thé.

Papa… S'il vous plaît, faites qu'il s'en tire. S'il vous plaît, faites qu'il s'en tire.

— On le saura bien assez vite, Ana, me dit doucement José.

Je hoche la tête en avalant une autre gorgée, puis je me rassois à côté de lui. Nous attendons… et attendons. M. Rodriguez a les yeux fermés : je crois qu'il prie. José me tient la main et la presse de temps en temps. Je bois lentement mon thé : ce n'est pas du Twinings, mais une marque bon marché dégueulasse.

Je me rappelle la dernière fois que j'ai attendu des nouvelles. La dernière fois que j'ai cru que tout était perdu, quand Charlie Tango a disparu. Fermant les yeux, je prie pour que mon mari arrive sain et sauf. Je jette un coup d'œil à ma montre : 14 h 15. Il devrait bientôt arriver. Mon thé est froid… Pouah !

Je me lève pour faire les cent pas, puis je me rassois à nouveau. Pourquoi les médecins ne sont-ils pas venus me voir ? Je prends la main de José ; il la presse pour me rassurer. *S'il vous plaît, faites qu'il s'en tire. S'il vous plaît, faites qu'il s'en tire.*

Le temps passe trop lentement.

Soudain, la porte s'ouvre et nous levons tous les yeux. J'ai l'estomac noué. *Ça y est ?*

Christian entre en trombe. Son visage s'assombrit lorsqu'il remarque que je tiens la main de José.

— Christian !

Je bondis vers lui en remerciant Dieu qu'il soit arrivé sain et sauf. Puis je suis dans ses bras, son nez dans mes cheveux, je respire son odeur, sa chaleur, son amour. Je me sens plus calme, plus forte, plus résistante quand il est là. Sa présence m'apaise.

— Des nouvelles ?

Je secoue la tête, incapable de parler.

— José.

Il le salue d'un signe de tête.

— Christian, voici mon père, José Senior.

— Monsieur Rodriguez, nous nous sommes rencontrés au mariage. Si je comprends bien, vous étiez au volant ?

José lui résume les événements.

— Êtes-vous en état d'être ici, l'un et l'autre ? leur demande Christian.

— On ne voudrait pas être ailleurs, répond M. Rodriguez d'une voix calme mais triste.

Christian hoche la tête. Il me prend la main, me fait asseoir, puis s'assoit à côté de moi.

— Tu as mangé ? s'enquiert-il.

Je secoue la tête.

— Tu as faim ?

Je secoue la tête.

— Mais tu as froid ? insiste-t-il en regardant le blouson de José.

Je hoche la tête, mais il ne fait aucun commentaire. La porte s'ouvre à nouveau, et un jeune médecin en tenue de bloc bleu clair apparaît. Il semble épuisé et soucieux.

Tout mon sang déserte ma tête ; je me mets debout, chancelante.

— Ray Steele ? dis-je tandis que Christian se lève à son tour pour me soutenir.

— Vous êtes de sa famille ? me demande le médecin.

Ses yeux sont presque aussi bleus que sa blouse et, en d'autres circonstances, je l'aurais trouvé bel homme.

— Je suis sa fille, Ana.

— Mademoiselle Steele…

— Madame Grey, le corrige Christian.

J'aurais envie de lui donner un coup de pied.

— Pardon, bafouille le médecin. Je suis le Dr Crowe. L'état de votre père est stationnaire, mais demeure critique.

Qu'est-ce que ça veut dire ? Mes genoux se dérobent sous moi. Seul le bras de Christian m'empêche de m'effondrer.

— Il a subi de graves blessures internes, principalement au diaphragme, mais nous avons pu sauver sa rate. Malheureusement, il a eu un arrêt cardiaque durant l'opération à cause d'une hémorragie. Nous sommes arrivés à faire redémarrer son cœur, mais ce qui nous préoccupe le plus, c'est qu'il a un œdème cérébral. Nous l'avons placé en coma artificiel pour qu'il ne bouge pas pendant que nous surveillons l'évolution de l'œdème.

Des lésions cérébrales ? Non !

— C'est la procédure habituelle dans ce genre de cas. Pour l'instant, on ne peut qu'attendre.

— Quel est le pronostic ? demande Christian d'une voix détachée.

— C'est difficile à dire, répond le médecin. Il est possible qu'il se rétablisse complètement. Mais, en ce moment, il est entre les mains de Dieu.

— Combien de temps allez-vous le garder dans le coma ?

— Tout dépend de la façon dont son cerveau réagit. En général, de soixante-douze à quatre-vingt-seize heures.

Si longtemps ?

— Je peux le voir ? dis-je.

— Oui, vous pourrez le voir dans une demi-heure environ. Pour l'instant, on l'emmène au service des soins intensifs, au sixième étage.

— Merci, docteur.

Le Dr Crowe incline la tête et s'en va.

— Au moins, il est vivant, fais-je à Christian.

Les larmes se mettent à nouveau à ruisseler sur mon visage.

— Assieds-toi, m'ordonne doucement Christian.

— Papa, je pense qu'on devrait y aller, tu as besoin de te reposer et on n'aura pas de nouvelles avant un bon moment, murmure José à M. Rodriguez, qui considère son fils d'un œil absent. On peut revenir demain matin, quand tu te seras reposé, ça ne te dérange pas, Ana ?

José m'implore du regard.

— Bien sûr que non.

— Vous habitez Portland ? lui demande Christian.

José hoche la tête.

— Vous avez besoin qu'on vous raccompagne ?

José fronce les sourcils.

— Je vais appeler un taxi.

— Luke peut vous raccompagner.

Sawyer se lève. José semble dérouté. Je précise :

— Luke Sawyer.

— Ah… Ouais, ce serait gentil, merci, Christian.

Je me lève pour serrer rapidement M. Rodriguez et José dans mes bras.

— Courage, Ana, me chuchote José. Ray est en bonne santé et en forme. Toutes les chances sont de son côté.

— J'espère.

Je serre une nouvelle fois José dans mes bras. Puis je le lâche et lui rends son blouson.

— Garde-le, si tu as encore froid.

— Non, ça ira, merci.

Je jette un coup d'œil anxieux à Christian qui nous observe, impassible, avant de me prendre par la main.

— S'il y a du nouveau, je vous préviens tout de suite, dis-je tandis que José pousse la chaise roulante de M. Rodriguez jusqu'à la porte que Sawyer tient ouverte.

— Je sais.

Christian et moi restons seuls.

— Tu es pâle. Viens là.

Il s'assoit et me prend sur ses genoux. Je me blottis contre lui, heureuse d'avoir mon mari auprès de moi pour me réconforter. Il caresse doucement mes cheveux en me tenant la main.

— Et Charlie Tango, c'était comment ?

Il sourit :

— « Yar », dit-il avec une fierté tranquille.

Je souris pour la première fois depuis plusieurs heures, tout en l'interrogeant du regard, intriguée.

— « Yar » ?

— C'est une réplique du film préféré de Grace : *Indiscrétions*, avec Cary Grant et Katherine Hepburn.

— Je ne le connais pas.

— Je crois que je l'ai à la maison. On pourra le regarder en se pelotant.

Il embrasse mes cheveux et je souris à nouveau.

— Est-ce que je peux te convaincre de manger quelque chose ? me demande-t-il.

Mon sourire s'évanouit.

— Pas maintenant. Je veux d'abord voir Ray.

Ses épaules s'affaissent, mais il n'insiste pas.

— Et avec les Taïwanais, ça s'est bien passé ?

— Ils ont été conciliants.

— C'est-à-dire ?

— Ils m'ont vendu leur chantier naval à un prix inférieur à celui que j'étais disposé à payer.

Il a acheté un chantier naval ?

— Donc, tu es satisfait ?

— Oui.

— Mais je croyais que tu avais déjà un chantier naval à Seattle ?

— C'est vrai. On va l'utiliser pour l'armement des navires, mais c'est moins cher de construire les coques en Extrême-Orient.

Ah.

— Et les ouvriers qui sont ici, qu'est-ce que tu en fais ?

— On va les reconvertir. On devrait pouvoir limiter les licenciements au minimum. (Il embrasse mes cheveux.) On va voir Ray ?

Le service des soins intensifs est un espace stérile, fonctionnel, feutré, où l'on n'entend que des chuchotements et les « bips » des divers appareils. Quatre patients sont logés dans des îlots high-tech individuels. Ray est tout au fond de la salle.

Papa.

Il a l'air tellement petit dans son grand lit, entouré de toutes ces machines. Ça me fait un choc. Mon père n'a jamais paru aussi diminué, avec un tube dans la bouche et une perfusion dans chaque bras. Je me demande vaguement à quoi sert la petite pince fixée à son index. Sa jambe plâtrée émerge du drap. Un écran montre son rythme cardiaque : *bip, bip, bip*, un battement vigoureux et régulier, même moi je peux m'en rendre compte. Je m'avance lentement vers lui. Sa poitrine est recouverte d'un grand pansement immaculé qui disparaît sous le mince tissu destiné à protéger sa pudeur.

Je comprends que le tube qui lui déforme le coin droit de la bouche mène à un respirateur, dont le bruit se mêle au moniteur cardiaque. Inspirer, expirer, inspirer, expirer, au rythme des bips ; quatre lignes sur l'écran du moniteur avancent régulièrement de gauche à droite, prouvant que Ray est toujours parmi nous.

Ah, papa.

Même si sa bouche est tordue par le tube du respirateur, il a l'air paisible, profondément endormi. Une jeune infirmière menue, à côté du lit, vérifie les appareils.

— Je peux le toucher ? je lui demande en tendant une main vers celle de Ray.

— Oui.

Elle me sourit gentiment. Son badge indique qu'elle se prénomme Kellie ; elle est blonde, avec des yeux noirs, sans doute dans la vingtaine.

Debout au pied du lit, Christian m'observe tandis que je prends la main de Ray. Elle est étonnamment chaude. Curieusement, c'est ça qui me fait craquer. Je m'affale sur la chaise à côté du lit, pose la tête sur le bras de Ray et fonds en larmes.

— Papa, s'il te plaît, guéris… S'il te plaît.

Christian pose sa main sur mon épaule et la presse pour me rassurer.

— Toutes les fonctions vitales de M. Steele sont bonnes, précise doucement l'infirmière.

— Merci, murmure Christian.

Je lève les yeux à temps pour voir l'air ébahi de Kellie, qui a enfin regardé mon mari. Je m'en fous, elle peut reluquer Christian tant qu'elle veut pourvu qu'elle s'occupe bien de mon père.

— Il peut m'entendre ? dis-je.

— Il dort profondément, mais qui sait ?

— Je peux rester ici un moment ?

— Pas de problème.

Elle me sourit, encore rose. Bizarrement, je me surprends à penser que ce n'est pas une vraie blonde. Christian me regarde sans se soucier d'elle.

— Il faut que je passe un coup de fil. Je serai dans le couloir. Je vais te laisser un moment seule avec ton père.

Il m'embrasse sur le dessus de la tête et sort de la salle. Je tiens la main de Ray en songeant qu'il a fallu qu'il soit dans le coma, incapable de m'entendre, pour je me sente capable de lui dire à quel point je l'aime. Cet homme a été ma constante, mon roc. Je ne m'en étais jamais rendu compte jusqu'à maintenant : je ne suis pas la chair de sa chair, mais c'est mon père, et je l'aime. Mes larmes roulent sur mes joues. *S'il te plaît, s'il te plaît, guéris.*

À voix basse, pour ne déranger personne, je lui raconte notre week-end à Aspen et le week-end dernier, où nous avons fait du planeur et navigué à bord du *Grace*. Je lui parle de notre nouvelle maison, des plans de rénovation, de notre désir de la rendre aussi écologique que possible. Je lui promets de l'emmener à Aspen pour qu'il puisse aller à la pêche avec Christian, et je l'assure que José et M. Rodriguez seront également de la partie. *S'il te plaît, reste pour faire ça avec nous, papa. S'il te plaît.*

Ray reste immobile ; le respirateur le fait inspirer puis expirer, et seul le bip monotone mais rassurant de son moniteur cardiaque me répond. Lorsque je lève les yeux, Christian est assis en silence au bout du lit. Je ne sais pas depuis combien de temps il est là.

— Salut, dit-il, le regard plein de compassion.

— Salut.

— Alors il paraît que je vais aller à la pêche avec ton père, M. Rodriguez et José ?

Je hoche la tête.

— D'accord… Allez, on va manger. Laisse-le dormir.

Je fronce les sourcils. Je ne veux pas le quitter.

— Ana, il est dans le coma. J'ai donné nos numéros de portable aux infirmières. S'il y a du nouveau, on sera prévenus. On va manger, trouver un hôtel, se reposer, et revenir demain matin.

La suite de l'hôtel Heathman est telle que je m'en souvenais. J'ai si souvent repensé à cette première nuit et à ce premier réveil avec Christian Grey… Je reste plantée à l'entrée de la suite. Dire que c'est ici que tout a commencé…

— C'est comme une deuxième maison, ici, lance Christian en posant mon attaché-case à côté de l'un des gros canapés. Tu veux prendre une douche ? Un bain ? Tu as envie de quoi, Ana ?

Il m'interroge du regard. Je sais qu'il est à la dérive : tout l'après-midi, il est resté renfermé, pensif, face à cette situation qu'il n'a pas pu anticiper et sur laquelle il n'a aucun pouvoir. Il s'est si longtemps protégé de la vraie vie qu'il se retrouve vulnérable et impuissant face à elle. Mon pauvre M. Cinquante Nuances…

— Un bain. J'aimerais bien prendre un bain.

Je sens qu'il faut que je l'occupe, que je lui donne le sentiment de se rendre utile. *Ah, Christian, je suis sonnée, j'ai froid, j'ai peur, mais je suis tellement heureuse que tu sois ici avec moi.*

— Un bain, bon, O.K.

Il se dirige d'un pas décidé vers la salle de bains. Quelques secondes plus tard, j'entends le rugissement de l'eau se déversant dans la baignoire.

Je réussis enfin à trouver l'énergie de le suivre dans la chambre où je suis stupéfaite de découvrir plusieurs sacs de Nordstrom sur le lit. Christian reparaît, les manches de sa chemise retroussées, sans veste ni cravate.

— J'ai envoyé Taylor faire des courses, m'explique-t-il, hésitant.

Je hoche la tête d'un air approbateur pour le rassurer. *Au fait, où est Taylor ?*

— Ana, je ne t'ai jamais vue comme ça, tu es toujours tellement courageuse et forte.

Je ne sais pas quoi répondre. Je me contente de le regarder avec de grands yeux car je n'ai rien d'autre à lui donner pour l'instant. Je crois que je suis en état de choc. Je m'étreins de mes bras pour essayer de lutter contre le froid, même si je sais que c'est inutile, puisque le froid vient de l'intérieur. Christian m'enlace.

— Bébé, il est vivant. Ses fonctions vitales sont bonnes. Il faut être patient, maintenant, murmure-t-il. Viens.

Il me prend par la main pour me conduire dans la salle de bains. Doucement, il me retire ma veste et la pose sur une chaise, puis défait les boutons de mon chemisier.

L'eau est délicieusement chaude et parfumée ; une odeur de fleur de lotus imprègne l'air tiède et humide de la pièce. Je suis allongée entre les jambes de Christian, mon dos contre sa poitrine, mes pieds posés sur les siens. Nous restons tous deux silencieux et pensifs ; j'ai enfin chaud. De temps en temps, Christian m'embrasse dans les cheveux tandis que je fais distraitement éclater des bulles. Il m'a entouré les épaules de son bras.

— Tu n'es pas entré dans la baignoire avec Leila, dis-moi ? La fois où tu lui as donné un bain ?

Il se raidit et pousse un petit grognement ; sa main se crispe sur mon épaule.

— Euh… non.

Il a l'air surpris.

— C'est bien ce que je pensais. Tant mieux.

Il remonte mes cheveux en chignon et me fait basculer la tête vers lui pour voir mon visage.

— Pourquoi cette question ?

Je hausse les épaules.

— Curiosité malsaine. Je ne sais pas… sans doute parce que je l'ai vue cette semaine.

Son visage se durcit.

— Je vois. En effet, c'est un peu malsain.

Sa voix est chargée de reproches.

— Tu comptes lui donner du fric longtemps ?

— Jusqu'à ce qu'elle retombe sur ses pieds. Je ne sais pas. (Il secoue la tête.) Pourquoi ?

— Il y en a d'autres ?

— D'autres ?

— Des ex que tu aides financièrement ?

— Il y en a eu une autre, oui. Plus maintenant.

— Ah ?

— Elle faisait des études de médecine, elle a son diplôme maintenant, et elle a trouvé quelqu'un d'autre.

— Un autre Dominant ?

— Oui.

— Leila m'a dit que tu avais deux tableaux d'elle.

— En effet, mais je ne les aimais pas tellement. Techniquement, ils étaient assez réussis, mais je les trouvais trop criards. Je crois que c'est Elliot qui les a pris. Il a mauvais goût, lui, c'est bien connu.

Je glousse, et il m'enveloppe dans ses bras, ce qui fait déborder l'eau du bain.

— J'aime mieux ça, chuchote-t-il en embrassant ma tempe.

— Il n'a pas si mauvais goût que ça puisqu'il épouse ma meilleure amie.

— Mettons que je n'aie rien dit.

Je me sens plus détendue après notre bain. Enveloppée du peignoir moelleux du Heathman, je contemple les sacs sur le lit. Ben dis donc, il n'y a pas qu'une nuisette, là-dedans. Je jette un coup d'œil au contenu d'un sac : un jean et un *sweat* à capuche bleu clair. Taylor m'a acheté de quoi m'habiller tout le week-end, et il sait ce que j'aime. Je souris en me rappelant que ce n'est pas la première fois qu'il fait du shopping pour moi lorsque je dors au Heathman.

— À part la fois où tu es venu m'emmerder chez Clayton's, tu es déjà entré dans un magasin pour faire des courses ?

— T'emmerder ?

— Oui. M'emmerder.

— Tu étais nerveuse, si je me souviens bien. Et puis ce garçon qui s'est jeté sur toi… Comment, déjà ?

— Paul.

— L'un de tes nombreux admirateurs.

Je lève les yeux au ciel, ce qui lui inspire un sourire de soulagement. Il m'embrasse.

— Voilà, je te retrouve bien là. Allez, habille-toi, je ne veux pas que tu prennes froid.

— Je suis prête.

Christian travaille sur un Mac dans le coin bureau de la suite. Il porte un jean noir et un pull gris torsadé ; j'ai passé le jean, un tee-shirt blanc et le *sweat* à capuche.

— Tu as l'air d'une gamine, me dit Christian en levant les yeux. Dire que tu auras vingt-deux ans demain…

Sa voix est nostalgique. Je lui adresse un sourire attristé.

— Je n'ai pas tellement envie de fêter ça. Bon, on va voir Ray ?

— Oui, mais j'aimerais bien que tu manges quelque chose. Tu as à peine touché à ton dîner.

— Christian, s'il te plaît. Je n'ai pas faim. Peut-être après qu'on sera passés voir Ray. Je veux lui souhaiter bonne nuit.

Au moment où nous arrivons au service des soins intensifs, nous croisons José. Il est seul.

— Ana, Christian, salut.

— Où est ton père ?

— Il était trop fatigué pour revenir, ses analgésiques l'ont assommé. Il a fallu que je me batte pour voir Ray parce que je ne suis pas de la famille.

— Et ? dis-je, anxieuse.

— Ça va, Ana. Toujours pareil, mais… tout va bien.

Pas de nouvelles, bonnes nouvelles.

— On se voit demain pour que je te souhaite bon anniversaire ? reprend José.

— Bien sûr.

José jette un coup d'œil rapide à Christian avant de me serrer brièvement dans ses bras.

— *Hasta mañana.*

— Bonne nuit, José.

— Au revoir, José, dit Christian.

José lui adresse un signe de tête et se dirige vers la sortie.

— Il est encore fou de toi, affirme posément Christian.

— Mais non. Et puis, même s'il l'était…

Je hausse les épaules parce que, en ce moment, je m'en fiche complètement. Christian m'adresse un petit sourire crispé.

— En tout cas, je te félicite, dis-je.

Il m'interroge du regard.

— Tu n'as pas eu l'écume aux lèvres en disant ça.

Il me dévisage, ébahi, vaguement blessé - mais amusé en même temps.

— Je n'ai jamais l'écume aux lèvres. Allez, on va voir ton père, j'ai une surprise pour toi.

— Une surprise ?

Il m'inquiète, là.

— Viens.

Christian me prend par la main pour franchir la double porte du service des soins intensifs. Grace est au chevet de Ray, en pleine discussion avec Crowe et un deuxième médecin, une femme que je n'ai pas encore rencontrée. Lorsqu'elle nous aperçoit, Grace sourit.

Dieu merci.

— Christian.

Elle l'embrasse sur la joue, puis se tourne vers moi pour me serrer contre son cœur.

— Ma petite Ana... Tu tiens le choc ?

— Moi, ça va. C'est mon père qui m'inquiète.

— Il est en de bonnes mains. J'ai fait mes études à Yale avec le Dr Sluder, c'est une autorité dans son domaine.

Le Dr Sluder est une petite femme délicate, avec des cheveux courts et un accent du sud des États-Unis.

— Madame Grey, je suis le médecin responsable de votre père, et je suis heureuse de vous annoncer que tout va pour le mieux. Ses fonctions vitales sont stables et résistantes. Nous sommes persuadés qu'il se remettra complètement. L'œdème cérébral n'augmente plus, il commence même à se résorber, ce qui est très encourageant au bout de si peu de temps.

— Que des bonnes nouvelles, alors.

Elle me sourit chaleureusement.

— Tout à fait, madame Grey. Ne vous en faites pas, on s'occupe bien de lui. (Elle se tourne vers Grace.) Ça m'a fait très plaisir de te revoir, Grace.

Grace sourit.

— Moi aussi, Lorraina.

— Docteur Crowe, laissons donc ces personnes en tête à tête avec M. Steele.

Crowe emboîte le pas au Dr Sluder. Je jette un coup d'œil à Ray et, pour la première fois depuis son accident, je reprends espoir.

Grace me prend par la main et la presse gentiment.

— Ana, ma chérie, assieds-toi avec lui, parle-lui, c'est bon pour lui. Je vais passer un petit moment avec Christian dans la salle d'attente.

Je hoche la tête. Christian m'adresse un sourire rassurant, puis sa mère et lui me laissent seule avec mon papa adoré, qui dort paisiblement, bercé par le rythme de son respirateur et de son moniteur cardiaque.

J'enfile le tee-shirt blanc de Christian pour me mettre au lit.

— Tu as l'air d'avoir un peu meilleur moral, me fait remarquer Christian en mettant son pyjama.

— Ça m'a fait beaucoup de bien de parler avec le Dr Sluder et ta mère. C'est toi qui as demandé à Grace de venir ?

Christian se glisse sous les draps et me prend dans ses bras, en me retournant pour que nous nous mettions en cuiller.

— Non, c'est elle qui voulait venir voir ton père. Je l'ai prévenue ce matin… Dors, bébé, tu es crevée.

— Mmm.

Il a raison, je suis épuisée. Je me retourne pour le regarder un instant. *On ne va pas faire l'amour ?* J'en suis soulagée. D'ailleurs, il ne m'a absolument pas touchée de cette façon-là de toute la journée. Je me demande si je devrais m'en inquiéter, mais puisque ma déesse intérieure a quitté le bâtiment avec ma libido sous le bras, je me dis que j'y repenserai plus tard. Je me retourne pour me nicher contre Christian, en passant ma jambe par-dessus les siennes.

— Promets-moi quelque chose, dit-il doucement.

— Mmm ?

Je suis trop fatiguée pour articuler.

— Promets-moi que tu mangeras demain. J'arrive à supporter de te retrouver avec le blouson d'un autre homme sur les épaules sans écumer, mais Ana… tu dois manger, je t'en supplie.

— Mmm.

Il me caresse les cheveux.

— Merci d'être ici, dis-je en embrassant sa poitrine.

— Où voudrais-tu que je sois ? Je veux être partout où tu seras, Ana. Le fait de revenir ici, ça me fait penser à tout le chemin qu'on a parcouru. À la première nuit où j'ai dormi avec toi. Quelle nuit ! Je t'ai regardée pendant des heures. Tu étais… « yar », souffle-t-il.

Je souris contre lui.

— Dors, murmure-t-il, et c'est un ordre.

Je ferme les yeux et pars aussitôt à la dérive.

18

Quand j'ouvre les yeux, il fait soleil. Bien au chaud entre les draps propres et amidonnés, je mets un moment à m'orienter, puis une impression de déjà-vu me submerge. Voilà, c'est ça, je suis au Heathman.

— Merde ! Papa !

Me rappelant la raison de ma présence à Portland, j'ai pensé à voix haute, les tripes tordues par une bouffée de panique qui me fait battre le cœur à tout rompre.

— Hé !

Christian, au bord du lit, me caresse la joue, ce qui m'apaise aussitôt.

— J'ai appelé l'hôpital ce matin. Ray a passé une bonne nuit. Tout va bien, me rassure-t-il.

— Ah, tant mieux. Merci.

Je m'assois. Il se penche vers moi pour m'embrasser sur le front.

— Bonjour, Ana, murmure-t-il en déposant un baiser sur ma tempe.

— Salut.

Il a déjà passé un tee-shirt noir et un jean.

— Salut, répond-il avec un regard affectueux. J'aimerais te souhaiter bon anniversaire. Je peux ?

Je lui adresse un sourire hésitant et lui caresse la joue.

— Oui, bien sûr. Merci. Pour tout.

Son front se plisse.

— Tout ?

— Tout.

Un instant, il semble perplexe, mais c'est passager ; puis il ouvre de grands yeux, comme s'il se réjouissait d'avance :

— Tiens.

Il me tend une petite boîte joliment emballée avec une minuscule carte. Malgré mon angoisse, je sens que Christian est excité comme un gamin, et c'est contagieux. Je lis la carte :

Pour toutes nos premières,
en ce premier anniversaire
depuis que tu es devenue mon épouse adorée.
Je t'aime
C x

Comme c'est mignon ! Je lui réponds en souriant que je l'aime aussi.

— Ouvre.

Défaisant soigneusement l'emballage pour ne pas le déchirer, je découvre un magnifique écrin en cuir rouge de Cartier, qui contient un délicat bracelet à breloques, en argent, en platine ou en or blanc, absolument ravissant. Plusieurs babioles y sont attachées : la tour Eiffel, un taxi londonien, un hélicoptère, un planeur, un catamaran, un lit et… un cornet de crème glacée ? Je lève les yeux vers Christian, déroutée :

— Vanille ?

Il hausse les épaules comme pour s'excuser et je ne peux pas m'empêcher d'éclater de rire. Évidemment.

— Christian, c'est magnifique. Merci. C'est « yar ».

Il sourit.

Mon préféré, c'est le petit médaillon en forme de cœur.

— Tu peux mettre une photo dedans, me précise-t-il.

— Une photo de toi, fais-je en le regardant par en dessous. Comme ça, tu seras toujours dans mon cœur.

Son sourire timide me fait fondre.

Je caresse les deux dernières breloques : la lettre C – ah oui, parce que j'ai été sa première amante à l'appeler par son prénom. Cette pensée me fait sourire. Et enfin, une clé.

— La clé de mon cœur et de mon âme, explique-t-il.

Mes yeux se mettent à picoter. Je me jette sur lui pour m'asseoir sur ses genoux.

— Je l'adore. Merci.

Qu'est-ce qu'il sent bon – le propre, le linge frais, le gel douche, et Christian. Il sent le chez-moi, mon chez-moi. Les larmes qui menaçaient se mettent à couler. Il gémit doucement en me serrant contre lui.

— Je ne sais pas ce que je ferais sans toi.

Ma voix se brise tandis que j'essaie d'endiguer les émotions qui me submergent. Il déglutit et resserre son étreinte.

— Je t'en prie, ne pleure pas.

Je renifle comme une petite fille.

— Excuse-moi. Mais je suis à la fois heureuse et angoissée. C'est une sensation douce-amère.

— Hé.

Sa voix est aussi caressante qu'une plume ; il me renverse la tête en arrière et pose un tendre baiser sur mes lèvres.

— Je comprends, ajoute-t-il.

— Je sais.

Je suis récompensée par son sourire timide.

— J'aurais préféré que les circonstances soient plus heureuses et que nous soyons à la maison. Mais bon… (Il hausse à nouveau les épaules.) Allez, debout. On ira voir Ray après avoir mangé.

Une fois vêtue de mon nouveau jean et de mon tee-shirt, mon appétit reparaît brièvement pendant que nous déjeunons dans notre suite. Je sais que Christian est heureux de me voir manger mon muesli avec du yaourt à la grecque.

— Merci d'avoir commandé mon petit déjeuner préféré.

— C'est ton anniversaire… et puis cesse de me remercier tout le temps !

Il lève les yeux au ciel.

— Je voulais juste que tu saches que j'apprécie.

— Anastasia, je suis comme ça.

Son expression est sérieuse – évidemment, Christian contrôle tout. Comment l'oublier ? Mais l'aimerais-je autrement ? Je souris :

— En effet.

Il secoue la tête.

— On y va ?

— Il faut que je me brosse les dents.

— Vas-y, ricane-t-il.

Pourquoi ça le fait rire ? Tout d'un coup, je sais : j'ai utilisé sa brosse à dents après ma première nuit avec lui. Je ricane à mon tour et prends sa brosse à dents, en hommage à ce souvenir. La dernière fois que j'ai dormi ici, j'étais célibataire et maintenant, je suis une femme mariée, à vingt-deux ans ! Je vieillis.

Je lève le poignet pour faire tinter les breloques de mon bracelet. Comment mon Cinquante adoré fait-il pour toujours me choisir le cadeau idéal ? J'inspire profondément pour tenter d'endiguer le trop-plein d'émotions qui menace encore de déborder. J'examine le bracelet à nouveau. Je parie qu'il vaut une fortune. *Bon... et alors ?* Il en a les moyens.

Quand nous nous dirigeons vers les ascenseurs, Christian me prend la main pour m'embrasser les doigts, en effleurant la breloque Charlie Tango.

— Il te plaît ?

— Plus que ça. Je l'adore. Vraiment !

Il sourit en embrassant à nouveau mes doigts. Je me sens plus légère qu'hier, peut-être parce qu'on se sent toujours plus optimiste le matin qu'au milieu de la nuit. Ou alors, c'est la façon adorable dont mon mari m'a réveillée. Ou encore parce que je sais que l'état de Ray ne s'est pas aggravé...

Lorsque nous entrons dans l'ascenseur vide, je lève les yeux vers Christian. Son regard croise le mien. Il a un petit sourire ironique.

— Arrête, me souffle-t-il tandis que les portes se referment.

— Quoi ?

— De me regarder comme ça.

— Oh, et puis merde pour la paperasse, dis-je en souriant.

Il éclate d'un rire insouciant, juvénile, m'attire dans ses bras et me renverse la tête en arrière.

— Un jour, je louerai cet ascenseur pour tout un après-midi.

Je hausse un sourcil.

— Seulement un après-midi ?

— Madame Grey, vous êtes insatiable.

— Insatiable de toi.

— Je suis ravi de l'entendre.

Il m'embrasse doucement. Et je ne sais pas si c'est parce que nous sommes dans *cet* ascenseur, ou parce qu'il ne m'a pas touchée depuis plus de vingt-quatre heures, ou simplement parce que mon mari m'enivre, mais le désir se déroule et s'étire langoureusement dans mon ventre. Je passe mes doigts dans ses cheveux et je l'embrasse plus profondément, en le repoussant contre le mur de la cabine pour plaquer mon corps contre le sien.

Il gémit dans ma bouche et me prend la tête entre ses mains tandis que nous échangeons un baiser - un vrai baiser. Nos langues explorent le territoire si familier, mais pourtant toujours aussi nouveau et excitant, qu'est la bouche de l'autre. Ma déesse intérieure vient de libérer ma libido de son cloître. Je caresse le visage adoré de Christian.

— Ana…

— Je t'aime, Christian Grey. N'oublie jamais ça, dis-je en le regardant droit dans les yeux.

L'ascenseur s'arrête en douceur et les portes s'ouvrent.

— Allons voir ton père avant que je décide de louer ce truc aujourd'hui même.

Il me donne un rapide baiser et me prend par la main pour traverser le hall.

Alors que nous dépassons le bureau du concierge, Christian lui adresse un signal discret. Il hoche la tête et décroche le téléphone. J'interroge Christian du regard. Il a son petit sourire secret. Je fronce les sourcils.

— Où est Taylor ?

— Il arrive, répond Christian.

Bon, il est sans doute allé chercher la voiture.

— Et Sawyer ?

— Il fait des courses.

Quelles sortes de courses ?

Quand Christian évite les portes à tambour, je sais que c'est pour ne pas me lâcher la main et cette pensée me fait chaud au cœur. Il fait doux en cette fin d'été, mais l'odeur de l'automne est dans l'air. Je cherche des yeux Taylor et le 4 × 4 Audi. Rien. La main de Christian se resserre sur la mienne. Il paraît anxieux.

— Qu'est-ce qu'il y a ?

Il hausse les épaules. Le vrombissement d'un moteur détourne mon attention. Un son grave… et familier. Je me retourne pour repérer sa source : Taylor descend d'une voiture de sport garée devant nous.

J'hallucine ! C'est une Audi R8 blanche. Je me retourne aussitôt vers Christian, qui m'observe attentivement. « Tu pourrais m'en acheter une pour mon anniversaire… blanche, je pense. »

— Bon anniversaire.

Je le fixe, ébahie, parce que c'est tout ce dont je suis capable. Il me tend une clé.

— C'est de la folie ! dis-je tout bas.

Il m'a acheté une Audi R8 ! Et blanche, en plus, comme je le lui ai demandé ! Un immense sourire me fend le visage ; surexcitée, je me mets à sauter sur place et danse jusque dans ses bras : il me soulève pour me faire tournoyer dans les airs.

— Tu es fou ! Je l'adore ! Merci !

Il s'arrête et me renverse en arrière tout d'un coup comme un danseur de tango ; surprise, je m'agrippe à ses avant-bras.

— Je ferais n'importe quoi pour vous, madame Grey, me murmure-t-il.

Oh mon Dieu. Quelle démonstration publique d'affection ! Il se penche pour m'embrasser.

— Allez, on va voir ton père.

— Je peux la conduire ?

— Évidemment, puisqu'elle est à toi.

Dès qu'il me libère, je m'élance vers la portière, que Taylor m'ouvre avec un grand sourire :

— Bon anniversaire, madame Grey !

— Merci, Taylor.

Je le surprends en le serrant rapidement dans mes bras ; il me rend gauchement mon étreinte, un peu gêné. Il est encore rouge quand je monte dans la voiture.

— Soyez prudente, madame, bougonne-t-il en refermant la portière.

— Promis ! je réplique, radieuse, incapable de contenir mon excitation.

Je mets la clé dans le contact tandis que Christian s'installe à côté de moi.

— Vas-y doucement. Pas de rodéo aujourd'hui.

Quand je tourne la clé, le moteur s'anime en rugissant. Je jette un coup d'œil dans les rétroviseurs et, profitant de la chaussée dégagée, j'exécute un demi-tour parfait pour foncer vers l'hôpital.

— Hou là ! s'exclame Christian, affolé.

— Quoi ?

— Je n'ai aucune envie que tu te retrouves à côté de ton père aux soins intensifs. Ralentis ! gronde-t-il.

C'est sans appel. Je lève le pied et lui souris.

— C'est mieux comme ça ?

— Beaucoup mieux, marmonne-t-il en s'efforçant de prendre un air sévère – et en échouant lamentablement.

L'état de Ray reste stationnaire. En le voyant, je redescends sur terre après l'ivresse de mon trajet en bolide. *Il faut vraiment que je sois plus prudente au volant.* On ne peut pas mettre en taule tous les chauffards du monde. Il faudra que je demande à Christian ce qu'est devenu le salaud qui a causé l'accident – je suis sûre qu'il le sait. Malgré tous les tubes, mon père a l'air bien ; ses joues sont un peu plus roses. Pendant que je lui raconte ma matinée, Christian va passer quelques coups de fil dans la salle d'attente.

Kellie, l'infirmière, est en train de vérifier les perfusions de Ray et de mettre à jour son dossier.

— Toutes ses fonctions vitales sont bonnes, madame Grey.

Un peu plus tard, le Dr Crowe apparaît avec deux infirmiers.

— Madame Grey, nous allons emmener votre père au service de radiologie pour lui faire passer un scanner et voir où en est son œdème cérébral.

— Vous en avez pour longtemps ?

— Une heure environ.

— J'attendrai les résultats.

— Bien sûr, madame Grey.

Je rejoins Christian dans la salle d'attente, heureusement déserte. Il fait les cent pas en parlant au téléphone. Quand je referme la porte, il se retourne vers moi, l'air furieux.

— À combien au-dessus de la limite de vitesse ?… Je vois… Le père d'Ana est aux soins intensifs – n'omets aucun chef d'accusation, papa… Bien. Tiens-moi au courant.

Il raccroche.

— Le chauffard ?

Il hoche la tête.

— Un prolo raide bourré du sud-est de Portland, lâche-t-il, méprisant.

Ce terme péjoratif me choque. Il s'avance vers moi et me dit d'une voix radoucie :

— Tu as fini ta visite ? Tu veux t'en aller ?

— Euh… non.

— Qu'est-ce qui ne va pas ?

— Rien. Ray est en train de passer un scanner pour voir si son œdème cérébral a diminué. J'aimerais attendre les résultats.

— D'accord. Attendons.

Il s'assoit et me tend les bras. Comme nous sommes seuls, je me blottis volontiers sur ses genoux.

— Ce n'est pas comme ça que je prévoyais de fêter ton anniversaire, murmure Christian dans mes cheveux.

— Moi non plus. Mais je suis plus optimiste, maintenant. Ta mère m'a beaucoup rassurée, c'était gentil à elle de venir, hier soir.

Christian me caresse le dos et pose son menton sur ma tête.

— Ma mère est une femme extraordinaire.

— C'est vrai. Tu as beaucoup de chance de l'avoir.

Christian hoche la tête.

— Au fait, il faut que j'appelle ma mère pour la prévenir. (Christian se fige.) D'ailleurs, ça m'étonne qu'elle ne m'ait pas encore téléphoné.

Je viens de m'en rendre compte. Pourquoi ne m'a-t-elle pas appelée pour me souhaiter un bon anniversaire ? C'est blessant.

— Elle a peut-être essayé de te joindre, suggère Christian.

Je tire mon BlackBerry de ma poche : pas d'appels manqués, mais des SMS de Kate, José, Mia et Ethan… Aucun de ma mère. Je secoue la tête, consternée.

— Essaie de l'appeler, toi, suggère-t-il doucement.

Je tombe directement sur sa boîte vocale, mais je ne laisse pas de message. Comment ma propre mère a-t-elle pu oublier mon anniversaire ?

— Je rappellerai plus tard, quand j'aurai les résultats du scanner.

Christian resserre ses bras autour de moi en frottant son nez dans mes cheveux, sans faire de commentaire sur le silence de ma mère. Je sens le bourdonnement de son BlackBerry. Il ne me laisse pas me lever, et doit se contorsionner pour l'extraire de sa poche.

— Andréa ! aboie-t-il, reprenant son ton de *businessman*.

Je fais mine de me lever mais il me retient par la taille. Je me blottis contre sa poitrine en écoutant sa conversation.

— Bien… L'heure d'arrivée est prévue pour quand ?… Et les autres, euh… colis ? (Christian consulte sa montre.) Le Heathman a tous les détails ?… Bien… Ça peut attendre lundi matin, mais envoyez un mail à tout hasard – je l'imprimerai, je le signerai et je vous renverrai un scan… Rentrez chez vous, Andréa… Non, c'est bon, merci.

Il raccroche.

— Tout va bien ?

— Oui.

— C'est ton truc de Taïwan ?

— Oui.

Il change de position sous moi.

— Je suis trop lourde ?

Il ricane.

— Non, bébé.

— Tu as des soucis avec les Taïwanais ?

— Non.

— Je croyais que c'était important.

— La survie du chantier de Seattle en dépend, il y a énormément d'emplois en jeu, et si ça ne marche pas avec les Taïwanais, il va falloir qu'on essaie de le revendre aux syndicats. Ça, c'est le boulot de Sam et Ros. Vu le tour que prend l'économie, on n'aura pas trop le choix.

Je bâille.

— Je vous ennuie, madame Grey ? demande-t-il, amusé.

— Non ! Jamais... Mais je suis tellement bien sur tes genoux. J'aime bien que tu me parles de tes affaires.

— Vraiment ? s'étonne-t-il.

— Évidemment.

Je me recule pour le regarder dans les yeux en poursuivant :

— Je m'intéresse à tout ce que tu daignes partager avec moi.

Je glousse. Il me contemple, ravi, et secoue la tête.

— Toujours aussi avide d'information, madame Grey.

— Alors, dis-moi ?

Je me blottis à nouveau contre sa poitrine.

— Te dire quoi ?

— Pourquoi tu fais ça ?

— Faire quoi ?

— Travailler autant.

— Il faut bien gagner sa vie.

— Christian, tu fais plus que gagner ta vie.

Il plisse le front et se tait un instant. Juste au moment où je me dis qu'il ne répondra pas, il me surprend :

— Je ne veux plus jamais être pauvre. En plus... c'est un jeu, murmure-t-il. Un jeu où il faut gagner. Un jeu que j'ai toujours trouvé très facile.

— Contrairement à la vie.

J'ai pensé tout haut.

— Oui, si on veut. (Il fronce les sourcils.) Mais avec toi, c'est plus facile.

Plus facile avec moi ? Je resserre mon étreinte.

— Ce n'est pas seulement un jeu. Tu es un grand philanthrope.

Il hausse les épaules, et je sais qu'il commence à se sentir mal à l'aise.

— Dans certains domaines, peut-être.

— J'aime ce Christian philanthrope.

— Seulement celui-là ?

— Bon, j'aime aussi le Christian mégalo, le Christian maniaque du contrôle, le Christian expert du sexe, le Christian pervers, le Christian romantique, le Christian timide… la liste est interminable.

— Ça en fait, des Christian.

— Au moins cinquante, je dirais.

Il rit.

— Cinquante nuances, murmure-t-il dans mes cheveux.

— Mon Cinquante Nuances.

Il se décale, me renverse la tête en arrière et m'embrasse.

— Eh bien, madame Cinquante, allons voir comment va ton père.

— D'accord.

— On peut faire une balade ?

Christian et moi sommes à bord de l'Audi R8, et je suis folle de joie car l'œdème cérébral de Ray s'est entièrement résorbé : le Dr Sluder a décidé de le sortir du coma dès demain. Elle est très satisfaite de l'évolution de son état.

— Bien sûr, me sourit Christian. C'est ton anniversaire - on fait tout ce que tu veux.

Ah bon ? Le ton de sa voix m'incite à me tourner pour le scruter. Il a l'œil sombre.

— Tout ce que je veux ?

— Absolument tout.

C'est fou, ce que ces petits mots peuvent recéler de promesses.

— Eh bien, j'ai envie de rouler.

— Alors roule, bébé.

Il sourit, et je lui rends son sourire.

C'est un plaisir de conduire cette voiture, et dès que nous atteignons l'autoroute I-5, j'appuie subitement sur l'accélérateur, ce qui nous plaque tous les deux à nos sièges.

— Doucement, bébé, m'avertit Christian.

Tandis que nous revenons vers Portland, il me vient une idée.

— Tu as prévu un endroit pour déjeuner ? dis-je à Christian.

— Non. Tu as faim ? demande-t-il, plein d'espoir.

— Oui.

— Où veux-tu aller ? C'est ta journée, Ana.

— Je connais un endroit parfait.

Je me range près de la galerie où José a fait son expo et me gare en face du restaurant Le Picotin, où nous étions allés après le vernissage.

— J'ai cru une minute que tu allais m'emmener dans ce bar minable d'où tu m'avais appelé quand tu étais bourrée, ricane Christian.

— Pour quoi faire ?

— Pour voir si les azalées ont survécu.

Il hausse le sourcil, sardonique. Je rougis.

— Ne me rappelle pas ça ! En plus… tu m'as quand même ramenée dans ta chambre d'hôtel.

— La meilleure décision de ma vie, dit-il avec un regard doux et tendre.

— C'est vrai.

Je me penche pour l'embrasser.

— Tu crois que ce connard prétentieux de serveur travaille toujours là ? me demande Christian.

— Prétentieux ? Je l'avais trouvé très bien.

— Il essayait de t'impressionner.

— Alors il a réussi.

Christian fait une grimace de dégoût amusé.

— On va voir s'il est là ? dis-je.

— Je vous suis, madame Grey.

Après notre déjeuner et un saut au Heathman pour récupérer l'ordinateur portable de Christian, nous retournons à l'hôpital. Je passe l'après-midi avec Ray, à lui faire la lecture d'un manuscrit que j'ai reçu, bercée par le bruit des appareils qui le maintiennent en vie et le retiennent auprès de moi. Depuis que je sais qu'il va mieux, je peux respirer un peu, me détendre, reprendre espoir. Avec le temps, il va guérir. Et, ce temps, je suis décidée à le lui consacrer. Je me demande vaguement si je devrais rappeler ma mère, mais je choisis d'attendre encore un peu. Je tiens la main de Ray pendant que je lui fais la lecture, en la pressant de temps à autre, comme pour le forcer à guérir. Ses doigts sont doux et chauds sous les miens. Il a encore une petite marque sur l'annulaire, là où il portait son alliance.

Une heure ou deux plus tard, je ne sais pas trop, je lève les yeux pour trouver Christian debout au pied du lit de Ray, Kellie à son côté.

— On doit y aller, Ana.

Déjà ? Je serre plus fort la main de Ray. Je ne veux pas le quitter.

— Tu dois te nourrir. Allez, viens, il est tard, insiste Christian.

— Il faut que je fasse la toilette de M. Steele, dit Kellie.

— Bon, d'accord. Je reviendrai demain matin.

J'embrasse Ray sur la joue. Sa barbe me pique les lèvres. *Continue à guérir, papa. Je t'aime.*

— J'ai pensé qu'on pourrait dîner en bas, dans un salon privé, me dit Christian, l'œil pétillant, tandis qu'il ouvre la porte de notre suite.

— Vraiment ? Pour reprendre là où on s'était quittés la dernière fois qu'on y était ?

Il ricane.

— Vous pouvez toujours rêver, madame Grey.

J'éclate de rire.

— Christian, je n'ai rien à me mettre.

Il m'entraîne en souriant dans la chambre et vers le dressing : une grande housse blanche y est suspendue.

— Taylor ?

— Non, moi, répond-il, un peu vexé.

Le sac contient une robe fourreau à bretelles spaghetti en satin marine, tellement ajustée que je me demande si elle ne sera pas trop petite pour moi.

— C'est superbe. Merci. J'espère seulement que j'entrerai dedans.

— Ne t'en fais pas pour ça, affirme-t-il. Et tiens ! (Il me tend une boîte.) Je t'ai pris des chaussures.

— Tu penses vraiment à tout. Merci.

Je me mets sur la pointe des pieds pour l'embrasser. Il me tend encore un sac, qui contient un bustier noir incrusté de dentelle. Christian caresse mon visage, relève mon menton et m'embrasse.

— J'ai hâte de te l'enlever tout à l'heure.

Quand je sors du bain, lavée, épilée, pomponnée, je me cale sur le bord du lit pour me sécher les cheveux. Christian entre dans la chambre.

— Laisse-moi faire, dit-il en me faisant signe de m'asseoir devant la coiffeuse.

— Tu veux me coiffer ?

Il hoche la tête. J'hésite, déconcertée.

— Viens, m'ordonne-t-il en me fixant intensément.

Je connais ce regard, et je sais qu'il vaut mieux ne pas désobéir. Lentement et méthodiquement, il me sèche les cheveux une mèche à la fois avec sa dextérité habituelle.

— Toi, tu as déjà fait ça, fais-je remarquer.

Son sourire se reflète dans le miroir, mais il ne dit rien et continue à me brosser les cheveux. Mmm… C'est très relaxant.

Cette fois, hélas, nous ne sommes pas seuls dans l'ascenseur. Christian est superbe dans son éternelle chemise en lin blanc portée sans cravate, son jean noir et sa veste. Les femmes le dévorent des yeux, en me lançant des regards disons… moins généreux. Je me retiens de sourire. *Tant pis pour vous, mesdames : il est à moi.* Christian me prend par la main et m'attire contre lui.

En ce samedi soir, la mezzanine est bondée d'élégants qui bavardent en buvant un verre. Pour une fois, je me sens à ma place : ma robe fourreau souligne mes courbes, fait pigeonner mon décolleté et je dois avouer que, dans cette tenue, je me trouve… séduisante.

Je suis vaguement étonnée que Christian ne me conduise pas vers le salon privé où nous avons discuté du contrat pour la première fois, mais tout au bout du couloir. Quand il ouvre la porte…

— Surprise !

Oh mon Dieu. Kate et Elliot, Mia et Ethan, Carrick et Grace, M. Rodriguez et José, ma mère et Bob lèvent leurs verres. Je reste clouée sur place. *Comment ? Quand ?* Médusée, je me tourne vers Christian. Il me presse la main. Ma mère s'avance pour me prendre dans ses bras. *Maman !*

— Ma chérie, comme tu es belle ! Bon anniversaire.

— Maman !

Je sanglote en la serrant contre moi. *Ah, maman !* J'enfouis mon visage dans le creux de son cou.

— Mon cœur adoré, ne pleure pas. Ray va s'en tirer. Il est fort. Ne pleure pas. Pas le jour de ton anniversaire.

Sa voix se brise, mais elle garde son sang-froid. Elle prend mon visage entre ses mains et essuie mes larmes avec ses pouces.

— Je croyais que tu avais oublié.

— Ana ! Comment aurais-je pu oublier ? Dix-sept heures de contractions, ça ne s'oublie pas comme ça.

Je pouffe de rire à travers mes larmes, ce qui la fait sourire.

— Sèche tes yeux, ma chérie. Regarde, tous ceux qui t'aiment sont venus partager cette soirée avec toi.

Je renifle sans oser regarder qui que ce soit, à la fois confuse et ravie que tout le monde ait fait un tel effort pour venir me voir.

— Comment es-tu venue ? Quand es-tu arrivée ?

— Ton mari nous a envoyé son avion, ma chérie.

Elle m'essuie le nez avec un Kleenex, comme seule une mère peut se le permettre.

— Mais enfin, maman !

— Voilà qui est mieux. Bon anniversaire, ma chérie.

Elle s'efface pour que tout le monde vienne me serrer dans ses bras.

— Il va de mieux en mieux, Ana. Le Dr Sluder est l'une des spécialistes les plus réputées du pays. Bon anniversaire, mon ange, dit Grace en me serrant contre elle.

— Tu peux pleurer autant que tu veux, Ana – c'est ta fête, ajoute José en m'étreignant.

— Bon anniversaire, ma fille chérie, lance Carrick en prenant mon visage entre ses mains.

— Ça va, beauté ? Ça ira, pour ton père, fait Elliot en m'écrasant contre sa poitrine. Bon anniversaire !

Christian me prend par la main pour m'arracher à l'étreinte d'Elliot.

— Bon, ça suffit ! Arrête de peloter ma femme et va peloter ta fiancée.

Elliot adresse un sourire malicieux à Christian et un clin d'œil à Kate.

Un serveur dont je n'avais pas remarqué la présence jusque-là nous tend des flûtes de champagne rosé, à Christian et à moi.

Christian s'éclaircit la voix et prend la parole :

— Cette journée serait parfaite si Ray était ici avec nous, mais il n'est pas loin, il va de mieux en mieux, et je sais qu'il voudrait que tu t'amuses, Ana. Merci à tous d'être venus partager l'anniversaire de ma ravissante épouse, le premier d'une longue série que nous fêterons ensemble. Joyeux anniversaire, mon amour.

Christian lève son verre tandis qu'un chœur de « joyeux anniversaire » éclate. Je lutte pour retenir mes larmes.

J'observe les conversations animées autour de la table. Ça me fait bizarre de me retrouver dans le cocon familial tandis que l'homme que je considère comme mon père est sous assistance respiratoire. Je me sens coupée de ce qui se passe autour de moi, bien que je sois reconnaissante à ma famille et à mes amis d'être venus. Les joutes oratoires d'Elliot et Christian, l'humour chaleureux de José, la vitalité et la gourmandise de Mia… Ethan l'observe en douce. Je crois qu'il craque pour elle. M. Rodriguez se tient un peu en retrait. Comme moi, il se contente de suivre les conversations. Je lui trouve meilleure mine, ce soir. José est plein d'égards pour lui : il lui coupe ses aliments, lui remplit son verre. Je sais ce que c'est : il a failli le perdre et, du coup, il ne sait plus comment lui exprimer son amour…

Maman est dans son élément : charmante, drôle, enthousiaste. Qu'est-ce que je l'aime. Il faudra que je le lui dise : la vie est précieuse, je le comprends mieux maintenant.

— Ça va ? me demande Kate d'une voix plus douce que d'habitude.

Je hoche la tête et lui prends la main.

— Oui. Merci d'être venue.

— Tu crois que M. Pété-de-Tunes aurait pu m'empêcher d'être avec toi le jour de ton anniversaire ? Il nous a fait venir en hélicoptère !

— Vraiment ?

— Oui. Et dire que Christian sait le piloter…

Je hoche la tête. Elle ajoute :

— Je trouve ça assez sexy, un mec qui sait piloter un hélico.

— Ouais, moi aussi.

Nous nous sourions.

— Tu passes la nuit à Portland ? dis-je.

— Oui. Comme nous tous, je crois. Tu ne savais rien ?

Je secoue la tête.

— Quel cachottier !

J'acquiesce.

— Et alors, qu'est-ce qu'il t'a offert pour ton anniversaire ?

— Ça.

Je tends la main pour lui montrer le bracelet.

— C'est adorable !

— Oui.

— Londres, Paris, je comprends, mais... un cornet de crème glacée ?

— Tu ne veux pas comprendre.

— Je crois que je devine.

Je rougis, ce qui nous fait éclater de rire.

— Ah... et il m'a offert une Audi R8 blanche.

Kate recrache son vin qui lui coule sur le menton assez inélégamment, ce qui nous fait rire de plus belle.

— Il en fait toujours trop, ce con, non ? glousse-t-elle.

Au dessert, on apporte un gâteau au chocolat somptueux illuminé de vingt-deux bougies argentées tandis que tout le monde entonne à nouveau en chœur *Joyeux anniversaire*. Les yeux débordant d'amour, Grace regarde Christian chanter avec mes amis et ma famille. Quand elle croise mon regard, elle m'envoie un baiser.

— Fais un vœu, me chuchote Christian.

D'un seul souffle, j'éteins toutes les bougies en faisant le vœu que mon père se rétablisse. *Papa, guéris. S'il te plaît, guéris. Je t'aime tellement.*

À minuit, M. Rodriguez et José prennent congé.

— Merci beaucoup d'être venus.

Je serre José dans mes bras.

— Je n'aurais raté ça pour rien au monde. Je suis heureux que la guérison de Ray soit en bonne voie.

— Toi, ton père et Ray, il faudra que vous veniez pêcher avec Christian à Aspen.

— Super.

José va chercher le manteau de son père. Je m'accroupis pour dire au revoir à M. Rodriguez.

— Tu sais, Ana… je croyais que José et toi…

Il se tait et me dévisage d'un regard intense.

Aïe.

— J'ai beaucoup d'affection pour votre fils, monsieur Rodriguez, mais il est comme un frère pour moi.

— Dommage, tu aurais fait une sacrée belle-fille. Les Grey ont bien de la chance, murmure-t-il avec un petit sourire triste.

— Mais je serai toujours votre amie, dis-je en rougissant.

— Je sais. Ton mari est un type bien. Tu as fait le bon choix, Ana.

Je serre M. Rodriguez dans mes bras.

— Prends soin de lui, Ana.

— Promis.

Christian referme la porte de notre suite.

— Enfin seuls, dit-il en s'adossant à la porte pour m'observer.

Je m'avance vers lui et caresse le revers de sa veste du bout des doigts.

— Merci pour cette merveilleuse fête d'anniversaire. Tu es le mari le plus prévenant, le plus attentionné et le plus généreux du monde.

— Tout le plaisir est pour moi.

— Justement… ton plaisir… si on s'en occupait un peu ?

L'agrippant par le revers de sa veste, je l'attire vers moi.

Après un petit déjeuner pris en famille, j'ouvre mes cadeaux, puis prends congé des Grey et des Kavanagh, qui rentrent à Seattle à bord de Charlie Tango. Ma mère, Christian et moi nous dirigeons vers l'hôpital, conduits par Taylor puisque nous ne tiendrions pas tous dans ma R8. Bob n'a pas voulu venir, et j'en suis secrètement soulagée car je suis certaine que Ray n'apprécierait pas qu'il le voie dans cet état.

Ray n'a pas beaucoup changé, à part une barbe de quelques jours. Maman a un choc quand elle le voit, et nous pleurons un peu toutes les deux.

— Ah, Ray.

Elle lui prend la main et caresse doucement son visage. Je suis émue de voir à quel point elle aime encore son ex-mari. Heureusement que j'ai des Kleenex dans mon sac. Nous nous asseyons près de lui : je tiens la main de maman qui tient celle de Ray.

— Ana, tu sais, il y a une époque où cet homme était le centre de mon univers. Le soleil se levait et se couchait avec lui. Je l'aimerai toujours, il a tellement bien pris soin de toi.

— Maman…

Je suffoque. Elle me caresse le visage et cale une de mes mèches derrière mon oreille.

— Ray, je l'aimerai toujours, répète-t-elle. Nous nous sommes simplement éloignés l'un de l'autre petit à petit jusqu'à ce que je ne puisse plus vivre avec lui.

Elle regarde fixement ses doigts, et je me demande si elle pense à Steve, son Mari Numéro Trois, celui dont nous ne parlons jamais.

— Je sais que tu aimes Ray, dis-je en me séchant les yeux. On va le réveiller de son coma aujourd'hui.

— Tant mieux. Je suis sûre qu'il va se remettre, il est tellement têtu. Je crois que tu tiens ça de lui.

Je souris :

— Toi, tu as parlé avec Christian.

— Il te trouve têtue ?

— Oui.

— Il faut lui dire que c'est de famille. Vous avez l'air tellement bien ensemble, Ana. Tellement heureux.

— Nous le sommes, je crois. En tout cas, c'est en bonne voie. Je l'aime. Il est le centre de mon univers. Le soleil se lève et se couche avec lui.

— Il t'adore, ma chérie, c'est évident.

— Moi aussi, je l'adore.

— Dis-le-lui. Les hommes aussi ont besoin de l'entendre.

J'ai tenu à raccompagner maman et Bob à l'aéroport. Taylor nous suit dans l'Audi R8 ; c'est Christian qui conduit le 4 × 4. Je suis navrée qu'ils ne restent pas plus longtemps, mais ils doivent rentrer à Savannah. Nous nous séparons en pleurant.

— Prends bien soin d'elle, Bob, lui dis-je à l'oreille quand il me serre dans ses bras.

— Promis, Ana. Et toi, prends soin de toi.

— Promis. (Je me tourne vers ma mère.) Au revoir, maman. Merci d'être venue. (Ma voix commence à flancher.) Je t'aime tellement.

— Ah, ma fille adorée, je t'aime aussi. Tout ira bien, pour Ray, il n'est pas encore prêt à quitter cette vie. Ça lui ferait rater les matchs des Mariners.

Je glousse. Elle a raison. Je décide de faire à Ray la lecture des pages sportives des journaux du dimanche quand j'irai le voir ce soir. Je regarde ma mère et Bob gravir la passerelle du jet. Elle agite la main, en larmes, puis elle disparaît. Christian pose le bras sur mes épaules.

— On y va, bébé, murmure-t-il.

— Tu veux bien conduire ?

— Bien sûr.

Lorsque nous retournons à l'hôpital ce soir-là, Ray n'a pas la même tête. Je mets un moment à m'apercevoir qu'il n'est plus sous assistance respiratoire. Je caresse sa joue râpeuse et sors un Kleenex pour essuyer la salive au coin de sa bouche.

Christian part à la recherche du Dr Sluder ou du Dr Crowe pour prendre des nouvelles, tandis que je veille Ray.

J'ouvre le cahier sportif de l'*Oregonian* et lui lis consciencieusement l'article sur le match de foot des Sounders contre Real Salt Lake. Il semble qu'il ait été férocement disputé, mais les Sounders ont perdu quand Kasey Keller a marqué un but contre sa propre équipe. Tout en lisant, je tiens la main de Ray.

— Score final, Sounders, un, Real Salt Lake, deux.

— Quoi, Annie ? On a perdu ? Non ! grince Ray en me serrant la main.

Papa !

19

Mes larmes ruissellent sur mes joues. Il est revenu, mon papa est revenu.

— Ne pleure pas, Annie, fait Ray d'une voix enrouée. Qu'est-ce qui s'est passé ?

Je prends sa main entre les miennes et la presse contre mon visage.

— Tu as eu un accident. Tu es à l'hôpital à Portland.

Ray fronce les sourcils. Je ne sais pas si c'est ma démonstration inhabituelle d'affection qui le met mal à l'aise ou si c'est parce qu'il ne se rappelle pas l'accident.

— Tu veux de l'eau ?

Je ne suis pas certaine d'avoir le droit de lui en donner. Il hoche la tête. Je me lève pour l'embrasser sur le front.

— Bienvenue parmi nous. Je t'aime, papa.

Il agite la main, embarrassé.

— Moi aussi, Annie. De l'eau.

Je m'élance vers le bureau des infirmières.

— Mon père ! Il s'est réveillé !

Je souris largement à Kellie, qui me sourit à son tour.

— Appelle le Dr Sluder, dit-elle à sa collègue en contournant rapidement le bureau.

— Il veut de l'eau.

— Je vais lui en apporter.

Je retourne auprès de mon père en gambadant presque tant j'ai le cœur léger. Il a les yeux fermés lorsque je le rejoins, et j'ai tout de suite peur qu'il soit retombé dans le coma.

— Papa ?

— Je suis là.

Il rouvre les yeux au moment où Kellie apparaît avec une carafe de glace pilée et un verre.

— Bonjour, monsieur Steele. Je suis Kellie, votre infirmière. Votre fille m'a dit que vous aviez soif.

Dans la salle d'attente, Christian scrute son écran d'ordinateur, profondément concentré. Il lève les yeux lorsque je referme la porte.

— Il s'est réveillé !

Il sourit et son visage se détend. Tiens… je n'avais pas remarqué à quel point il était crispé jusqu'à présent. Il pose son ordinateur à côté de lui, se lève et me prend dans ses bras.

— Comment va-t-il ?

— Il parle, il a soif, il est perdu. Il ne se rappelle pas du tout l'accident.

— Maintenant qu'il est conscient, je voudrais le faire transférer à Seattle. Comme ça, on pourra rentrer à la maison, et ma mère pourra le suivre.

Déjà ?

— Je ne sais pas s'il est en état d'être déplacé.

— Je demanderai son avis au Dr Sluder.

— Ça te manque, d'être à la maison ?

— Oui.

— Tu n'as pas arrêté de sourire, dit Christian alors que je me gare devant le Heathman.

— Je suis soulagée. Et heureuse.

— Tant mieux.

Il commence à faire sombre ; la fraîcheur du crépuscule me fait frissonner. Je tends ma clé au voiturier, qui reluque la R8 avec concupiscence. Christian me prend par la taille.

— Alors, on va fêter ça ?

— Fêter quoi ?

— Ton père.

Je glousse. Christian m'embrasse les cheveux.

— Ça m'a manqué, ce rire.

— On pourrait grignoter un truc dans la chambre ? Je n'ai pas envie de sortir.

— Bien sûr. Viens.

Il m'entraîne vers les ascenseurs.

— Cette tarte Tatin était parfaite, dis-je en repoussant mon assiette, rassasiée pour la première fois depuis une éternité.

J'ai pris un bain et je ne porte que le tee-shirt de Christian et ma culotte. Christian a mis son iPod sur « *shuffle* » en musique de fond.

Il m'observe d'un air songeur. Ses cheveux sont encore mouillés, et il est vêtu de son tee-shirt noir et de son jean.

— C'est la première fois que je te vois manger de si bon appétit depuis que nous sommes arrivés ici.

— J'avais faim.

Il se cale dans sa chaise avec un sourire satisfait et prend une gorgée de vin blanc.

— Alors, tu veux faire quoi, maintenant ?

— Et toi ?

Il hausse un sourcil, amusé.

— Ce que j'ai toujours envie de faire.

— C'est-à-dire ?

— Madame Grey, ne faites pas votre mijaurée.

Je prends sa main par-dessus la table, la retourne et fais courir mon index sur sa paume.

— J'aimerais que tu me touches avec ça…

Mon doigt court jusqu'à son index.

— Seulement ça ?

Son regard s'assombrit et s'embrase à la fois.

— Peut-être ça aussi ?

Je fais glisser mon index sur son médius avant de revenir à sa paume.

— Et ça. (Mon ongle effleure son annulaire.) Oui, sûrement ça. (Mon doigt s'arrête sur son alliance.) C'est très sexy, ce truc.

— Vraiment ?

— Absolument. Ça dit : *cet homme est à moi.*

J'effleure la petite callosité qui s'est déjà formée sur sa paume en dessous de l'alliance. Il se penche vers moi et m'attrape le menton de sa main libre.

— Madame Grey, seriez-vous en train de me séduire ?

— Je l'espère bien.

— Anastasia, c'est gagné d'avance. Viens là.

Il tire sur ma main et me fait retomber sur ses genoux.

— J'aime bien avoir libre accès à toi.

Sa main glisse de ma cuisse à mes fesses, puis il m'attrape par la nuque avec son autre main pour m'embrasser.

Sa bouche a le goût du vin blanc, de la tarte aux pommes et de Christian. Je passe mes doigts dans ses cheveux pour le retenir tandis que nos langues s'enroulent et se tordent l'une sur l'autre. Quand Christian s'écarte, nous sommes hors d'haleine.

— Au lit, murmure-t-il contre mes lèvres.

— Au lit ?

Il tire sur mes cheveux pour que je lève mon visage vers lui.

— Vous avez une autre idée, madame Grey ?

Je hausse les épaules, feignant l'indifférence.

— Étonne-moi.

— Tu es bien capricieuse, ce soir.

— J'ai peut-être besoin d'être attachée ?

— Peut-être bien. Tu commences à devenir autoritaire, avec l'âge.

Il plisse les yeux, mais ne peut masquer l'étincelle d'humour qui y pétille. Je le défie :

— Des mots, toujours des mots…

Ses yeux étincellent.

— J'ai une idée. Si tu t'en sens la force.

— Cher monsieur Grey, vous avez été d'une telle douceur avec moi ces derniers jours… Je ne suis pas en sucre, vous savez.

— Tu n'aimes pas la douceur ?

— Avec toi, bien sûr. Mais tu sais… la variété, c'est le sel de la vie.

Je bats des cils en le regardant.

— Alors tu aimerais quelque chose d'un peu moins doux ?

— Une affirmation de la vie.

— Une affirmation de la vie ? répète-t-il, à la fois hilare et stupéfait.

Je hoche la tête. Il me contemple un moment.

— Arrête de te mordre la lèvre.

Il se lève brusquement en me soulevant dans ses bras. Je pousse un petit cri et m'agrippe à ses biceps car j'ai peur de tomber. Il m'emporte jusqu'au plus petit des trois canapés pour m'y déposer.

— Attends là, ne bouge pas.

Il me lance un regard bref et torride, avant de faire volte-face pour marcher vers la chambre d'un pas décidé. *Oh...* Christian pieds nus. Pourquoi est-ce que je trouve ses pieds nus si sexy ? Il revient au bout de quelques instants et m'attrape par-derrière.

— Je crois qu'on peut se passer de ça.

Il empoigne mon tee-shirt et le tire au-dessus de ma tête. Je me retrouve en petite culotte. Il tire sur ma queue-de-cheval et m'embrasse.

— Debout.

J'obéis immédiatement.

— Ôte ta culotte.

J'obéis et je la lance sur le canapé.

— Assise.

Il m'attrape à nouveau par la queue-de-cheval et tire ma tête en arrière.

— Tu me diras d'arrêter si ça va trop loin, d'accord ?

Je hoche la tête.

— Dis-le, m'ordonne-t-il d'une voix sévère.

Je couine :

— Oui !

Il ricane.

— Bien. Alors, madame Grey... À la demande générale, je vais vous attacher.

Sa voix n'est plus qu'un souffle. Le désir me transperce le corps comme un éclair, simplement en entendant ces mots.

— Ramène tes genoux contre ta poitrine.

Je pose mes pieds sur le bord du canapé, mes genoux devant moi. Il prend ma jambe gauche et attache le bout de la ceinture d'un peignoir de bain au-dessus de mon genou.

— Une ceinture de peignoir ?

— J'improvise.

Il ricane à nouveau et attache l'autre extrémité de la ceinture au pommeau ornant le dossier du canapé, ce qui m'écarte les jambes.

— Ne bouge pas.

Il fait la même chose à ma jambe droite. *Oh mon Dieu…* Je me retrouve assise dans le canapé, les jambes grandes ouvertes.

— Ça va ? me demande doucement Christian, debout derrière le canapé.

J'acquiesce en m'attendant à ce qu'il m'attache aussi les mains. Mais il se penche pour m'embrasser.

— Tu ne sais pas à quel point tu es bandante, comme ça, murmure-t-il en frottant son nez contre le mien. Bon, on va changer la musique, je crois.

Il se redresse pour se diriger, nonchalant, vers la minichaîne.

Comment y arrive-t-il ? Je suis là, ficelée, en rut, alors qu'il reste calme et tranquille. Il est juste dans mon champ de vision : j'observe ses muscles jouer sous son tee-shirt tandis qu'il change de morceau. Aussitôt, une voix féminine douce, presque enfantine, commence à chanter *Look at Me*.

Ah, j'aime bien cette chanson.

Christian se retourne et me regarde droit dans les yeux tout en s'agenouillant devant le canapé, les mains posées sur les cuisses.

Tout à coup, je me sens très exposée.

— Exposée ? Vulnérable ? me demande-t-il.

C'est étrange, sa capacité de lire dans mes pensées. J'acquiesce. Pourquoi ne me touche-t-il pas ?

— Très bien, fait-il. Tends les mains.

Je ne peux pas détacher les yeux de son regard hypnotique. Christian verse dans le creux de mes paumes quelques gouttes d'une huile contenue dans un petit flacon transparent qui dégage un parfum musqué.

— Frotte-toi les mains.

Je me tortille sous son regard lascif.

— Ne bouge pas, m'ordonne-t-il.

Oh mon Dieu.

— Maintenant, Anastasia, je veux que tu te touches.

Oh la vache.

— Commence au niveau de ta gorge et descends.

J'hésite.

— Ne sois pas timide, Ana. Fais-le.

L'humour, le défi et le désir se peignent sur ses traits. Je pose mes mains sur ma gorge et les fais glisser jusqu'à mes seins.

— Plus bas, susurre Christian, le regard assombri.

Il ne me touche pas. Mes mains s'emparent de mes seins.

— Titille-toi.

Oh mon Dieu. Je tire doucement sur mes tétons.

— Plus fort, m'encourage Christian.

Il reste assis, immobile, entre mes cuisses, en se contentant de m'observer.

— Comme je fais, ajoute-t-il, l'œil luisant.

Mes muscles se crispent au fond de mon ventre. Je gémis et tire plus fort sur mes tétons, qui se raidissent et s'allongent sous mes doigts.

— Oui, comme ça, encore.

Je ferme les yeux et tire plus fort, en faisant rouler les pointes entre mes doigts. Je geins.

— Ouvre les yeux.

J'obéis.

— Continue, je veux voir tes yeux quand tu te donnes du plaisir.

Je répète le processus. Qu'est-ce que c'est… érotique.

— Tes mains. Plus bas.

Je me tortille.

— Ne bouge pas, Ana, absorbe le plaisir. Plus bas.

Sa voix est grave et rauque, tentante et ensorcelante à la fois.

— Fais-le, toi, dis-je.

— Bientôt. À toi. Plus bas. Tout de suite.

Christian, irradiant de sensualité, passe sa langue sur ses dents. *Oh putain…* Je me tords et tire sur mes liens.

Il secoue lentement la tête.

— Ne bouge pas.

Il pose ses mains sur mes genoux pour m'immobiliser.

— Allez, Ana, plus bas.

Mes mains glissent sur mon ventre.

— Plus bas, articule-t-il.
— Christian, s'il te plaît.
Ses mains passent de mes genoux à mes cuisses et se dirigent vers mon sexe.
— Allez, Ana. Touche-toi.
Ma main gauche effleure mon sexe, puis décrit lentement un cercle : ma bouche forme un « o ».
— Encore, chuchote-t-il.
Je gémis plus fort en répétant le mouvement, la tête renversée en arrière.
— Encore.
Je gémis encore plus fort ; Christian inspire brusquement, m'attrape les mains et se penche pour frotter son nez, puis passer sa langue entre mes cuisses.
— Ah !
J'ai envie de le toucher, mais quand je tente de bouger mes mains, ses doigts se resserrent autour de mes poignets.
— Ne bouge pas, ou je te les attache.
Je gémis. Il me lâche, puis glisse deux doigts en moi, en appuyant le bas de sa main contre mon clitoris.
— Je vais te faire jouir très vite, Ana. Prête ?
— Oui.
Il commence à bouger ses doigts, sa main, de haut en bas, rapidement, assaillant à la fois ce point sensible au fond de moi et mon clitoris. Le plaisir monte, je voudrais allonger les jambes, mais je ne peux pas. Mes mains griffent le canapé.
— Lâche-toi, murmure Christian.
J'explose autour de ses doigts avec des cris incohérents. Il appuie le bas de sa main contre mon

clitoris pendant que des spasmes me parcourent, pour prolonger sa délicieuse torture, puis je m'aperçois confusément qu'il me détache les jambes.

— À mon tour, chuchote-t-il.

Il me retourne pour me mettre à plat ventre sur le canapé, agenouillée par terre, m'écarte les jambes et me donne une grande claque sur les fesses. Je hurle quand il s'enfonce en moi. Il m'agrippe durement par les hanches en me donnant des coups de boutoir, et ça monte encore. *Non… Ah…*

— Allez, Ana ! s'écrie Christian.

Je me pulvérise à nouveau en hurlant ma jouissance.

— Alors, c'était une affirmation de la vie ?

Christian m'embrasse dans les cheveux.

— Oh oui, fais-je en fixant le plafond.

Nous sommes tous les deux sur le dos, par terre, devant le canapé. Il est encore habillé.

— On remet ça ? Mais cette fois, tu te déshabilles.

— Putain, Ana, laisse-moi un peu respirer…

Je pouffe et il glousse.

— Je suis heureux que Ray ait repris conscience. Tous tes appétits te sont revenus, dit-il.

Je me retourne, l'air faussement furieux :

— Tu oublies hier soir et ce matin ?

Je fais mine de bouder.

— Comment oublier ?

Son sourire lui donne l'air jeune, insouciant et heureux. Il pose ses mains sur mes fesses :

— Vous avez un cul superbe, madame Grey.

— Et le vôtre ? Je vais vous déshabiller, monsieur Grey.

Il sourit à nouveau. J'ajoute :

— Tu sais que tu es adorable ?

Son sourire s'efface. *Aïe.* Je me penche pour l'embrasser à la commissure des lèvres.

— Tu ne me crois pas ?

Il ferme les yeux et me serre plus fort.

— Christian, c'est vrai. Grâce à toi, j'ai passé un week-end merveilleux malgré l'accident de Ray. Merci encore.

Il ouvre de grands yeux gris sérieux. Son expression me bouleverse.

— C'est parce que je t'aime, murmure-t-il.

— Je sais. Moi aussi, je t'aime. (Je lui caresse le visage.) Tu m'es précieux, tu le sais, non ?

Il se fige, l'air perdu. *Ah, Christian... mon Cinquante adoré.* J'insiste :

— Tu dois me croire.

— J'ai du mal.

Sa voix est presque inaudible.

— Essaie. Essaie de me croire, parce que c'est vrai.

Je caresse à nouveau son visage. Ses yeux sont un océan gris de douleur. Je ferais n'importe quoi pour qu'il n'ait plus ce regard. Quand comprendra-t-il enfin qu'il est tout pour moi ? Qu'il mérite mon amour, l'amour de ses parents, de son frère, de sa sœur ? Je n'ai cessé de le lui répéter, et pourtant il me regarde toujours comme un enfant perdu et abandonné. Du temps. C'est une question de temps.

— Tu vas prendre froid. Viens.

Il se lève avec souplesse et me donne la main pour m'aider à me lever à mon tour. Je le prends par la taille et nous nous dirigeons vers la chambre. Je ne veux pas le bousculer, mais depuis l'accident de Ray, je tiens encore plus à ce qu'il sache combien je l'aime.

Lorsque nous entrons dans la chambre, je fronce les sourcils en cherchant désespérément le moyen de retrouver la légèreté des précédentes minutes.

— Tu veux qu'on regarde la télé ?

Christian grogne.

— J'espérais un deuxième round.

Mon M. Cinquante a encore changé d'humeur. Je hausse un sourcil en m'arrêtant près du lit.

— Eh bien dans ce cas, cette fois, c'est moi qui commande.

Il me dévisage, stupéfait ; je le pousse sur le lit et le chevauche aussitôt en plaquant ses mains de chaque côté de sa tête.

Il me sourit :

— Alors, madame Grey, maintenant que vous m'avez, qu'allez-vous faire de moi ?

Je me penche pour lui souffler à l'oreille :

— Je vais te baiser avec ma bouche.

Il ferme les yeux en inspirant brusquement, et je passe doucement les dents sur l'arête de sa mâchoire.

Christian travaille sur l'ordinateur, je crois qu'il écrit un mail.

— Bonjour, dis-je timidement à l'entrée du salon.

Il se retourne pour me sourire.

— Vous êtes bien matinale, madame Grey.

Il ouvre les bras et je traverse au galop la suite ensoleillée pour sauter sur ses genoux.

— Toi aussi.

— Je travaille.

Il se décale et m'embrasse dans les cheveux.

— Quoi ?

Je sens qu'il y a quelque chose qui cloche. Il soupire :

— Je viens d'avoir un mail de l'inspecteur Clark, il veut te parler de Hyde.

— Ah ?

Je me redresse pour regarder Christian.

— Je lui ai répondu que tu étais à Portland et qu'il devrait attendre, mais il veut te parler tout de suite. Il arrive.

— Il vient ici ?

— Apparemment, dit Christian, déconcerté.

Je me rembrunis.

— Qu'est-ce qui peut être tellement important que ça ne puisse pas attendre ?

— Il ne l'a pas dit.

— Il arrive quand ?

— Tout à l'heure.

— Je n'ai rien à cacher. Je me demande ce qu'il veut savoir.

— On le saura bientôt. Je suis curieux, moi aussi. (Christian remue à nouveau.) J'ai commandé le petit déjeuner. Ensuite, on ira voir ton père.

Je hoche la tête.

— Tu peux rester ici, si tu veux. Tu as sûrement des trucs à faire.

Il se renfrogne.

— Non, je veux venir avec toi.

— D'accord.

Je souris, passe les bras autour de son cou et l'embrasse.

Ray est de mauvais poil parce qu'il a des démangeaisons et des fourmis dans les jambes.

— Papa, tu viens d'avoir un gros accident. Tu vas mettre un moment à guérir. Christian et moi, on voudrait te transférer à Seattle.

— Je ne sais pas pourquoi vous voulez vous encombrer de moi. Je serai très bien, ici, tout seul.

— Ne dis pas de bêtises.

Je presse sa main affectueusement, et il me sourit.

— Tu as besoin de quelque chose ?

— Je dévorerais bien un *donut*, Annie.

Je lui souris avec indulgence.

— Alors je vais aller te chercher des *donuts* au Voodoo.

— Génial !

— Tu veux aussi du café ?

— À ton avis ?

— D'accord, j'y vais tout de suite.

Christian est à nouveau dans la salle d'attente, au téléphone. Encore un peu, et il installe son bureau ici. Curieusement, il est seul alors que tous les lits du service sont occupés. Je me demande s'il a fait fuir les autres visiteurs. Il raccroche.

— Clark arrive à 16 heures.

Je suis surprise. Qu'est-ce qui peut bien être aussi urgent ?

— Bon. Ray veut du café et des *donuts*.

Christian éclate de rire.

— Demande à Taylor d'y aller.

— Non, je veux y aller moi-même.

— Alors emmène Taylor avec toi, insiste-t-il, sévère.

— D'accord.

Je lève les yeux au ciel, et il me lance un regard noir, avant de m'adresser une petite grimace ironique.

— Nous sommes seuls, ici.

Il parle délicieusement bas, et je sais qu'il me menace de me donner une fessée. Je suis sur le point de le défier de passer à l'acte lorsqu'un jeune couple entre dans la pièce. La femme pleure doucement.

Je hausse les épaules et Christian hoche la tête. Il fourre son téléphone dans sa poche, me prend par la main et sort avec moi.

— Ils ont plus besoin d'être seuls que nous, murmure Christian. On s'amusera plus tard.

Taylor attend patiemment dehors.

— On va aller chercher du café et des *donuts* tous ensemble.

À 16 heures précises, on frappe à la porte de la suite. Taylor fait entrer l'inspecteur Clark, qui semble encore plus grognon que d'habitude. Ou peut-être qu'il a naturellement cet air-là ?

— Monsieur Grey, madame Grey, merci de prendre le temps de me recevoir.

— Inspecteur Clark.

Christian lui serre la main et lui fait signe de s'asseoir. Je m'installe dans le canapé où j'ai passé un si bon moment hier soir. Ce souvenir me fait rougir.

— C'est à Mme Grey que je veux parler, précise Clark à Christian et à Taylor, posté à côté de la porte.

Christian adresse un signe de tête presque imperceptible à Taylor, qui quitte la pièce en refermant la porte derrière lui.

— Tout ce que vous dites à ma femme, vous pouvez le dire devant moi.

Christian a pris sa voix de grand P-DG. L'inspecteur Clark se tourne vers moi.

— Vous êtes sûre que vous voulez que votre mari reste ?

Je fronce les sourcils.

— Évidemment. Je n'ai rien à cacher. Vous voulez simplement me poser quelques questions, n'est-ce pas ?

— Oui.

— Alors j'aimerais que mon mari reste.

Christian s'assoit à côté de moi. Sa tension est palpable.

— Très bien, marmonne Clark, résigné. (Il s'éclaircit la voix.) Madame Grey, M. Hyde soutient que vous l'avez harcelé sexuellement et que vous lui avez fait des avances indécentes à plusieurs reprises.

Quoi ? Je manque d'éclater de rire. Christian se redresse. Je pose ma main sur sa cuisse.

— C'est grotesque, s'étrangle Christian.

Je lui presse la cuisse pour le faire taire.

— C'est faux, dis-je calmement. Au contraire, c'est lui qui m'a fait des propositions sexuelles très agressives. C'est d'ailleurs pour ça qu'il a été licencié.

L'inspecteur Clark pince un instant les lèvres avant de poursuivre :

— Hyde prétend que vous avez monté cette histoire de toutes pièces pour le faire renvoyer, parce qu'il avait repoussé vos avances et parce que vous vouliez son poste.

Bordel. Jack est encore plus cinglé que je ne le croyais.

— Il ment, dis-je en secouant la tête.

— Inspecteur, ne me dites pas que vous êtes venu jusqu'ici pour répéter ces accusations grotesques à ma femme.

L'inspecteur Clark tourne son regard bleu acier vers Christian.

— C'est à Mme Grey de parler, monsieur, dit-il posément.

Je presse à nouveau la cuisse de Christian, l'implorant en silence de garder son sang-froid.

— Tu n'as pas à écouter ces conneries, Ana.

— Je crois que je devrais raconter à l'inspecteur Clark ce qui s'est réellement passé.

Christian me fixe d'un œil impassible un instant, puis agite la main, résigné.

— Ce que Hyde affirme est complètement faux.

Ma voix est calme. Pas moi. Je suis stupéfaite par ces accusations, et j'ai peur que Christian explose. *À quoi joue Jack ?*

— M. Hyde m'a abordée un soir dans la cuisine du bureau. Il m'a dit que c'était grâce à lui que j'avais été embauchée et qu'il s'attendait à des faveurs sexuelles en retour. Il m'a menacée de me faire chanter en se servant de mails que j'avais envoyés à Christian, qui n'était pas encore mon mari à l'époque. Je ne savais pas que Hyde surveillait mes mails. Il m'a même accusée d'être l'espionne de Christian, de l'aider à prendre le contrôle de l'entreprise. Il ne savait pas que Christian avait déjà acheté la SIP à ce moment-là.

Je secoue la tête en me rappelant cet épisode pénible.

— À la fin, je… j'ai été obligée de le neutraliser.

Clark hausse les sourcils, étonné.

— De le neutraliser ?

— Hyde… euh, m'a touchée. Mon père est un ancien militaire, il m'a appris à me défendre.

Christian me contemple avec fierté.

— Je vois.

Clark se cale dans le canapé en soupirant bruyamment.

— Avez-vous interrogé les anciennes assistantes de Hyde ? demande Christian d'une voix presque cordiale.

— Oui. Aucune ne souhaite témoigner. D'après elles, c'était un patron exemplaire, même si aucune n'est restée plus de trois mois.

— Nous avons également rencontré ce problème, murmure Christian.

Ah ? Je regarde Christian, ébahie. L'inspecteur Clark aussi.

— Mon responsable de la sécurité a interrogé les cinq dernières assistantes de Hyde.

— Et pourquoi donc ?

Christian lui lance un regard glacial.

— Parce que ma femme travaillait pour lui, et que je mène une enquête sur tous ceux qui travaillent avec ma femme.

L'inspecteur Clark s'empourpre. Je lui adresse un petit haussement d'épaules et un sourire, comme pour lui dire « bienvenue chez moi ».

— Je vois, marmonne Clark. À mon avis, tout ça cache quelque chose. On va fouiller son appartement de façon plus approfondie demain. On trouvera peut-être un indice. Bien qu'apparemment il ne l'habite plus depuis un bon moment.

— Vous avez déjà fait une perquisition ?

— Oui, mais on va recommencer, cette fois en le ratissant au peigne fin.

— Vous ne l'avez toujours pas inculpé de tentative d'assassinat sur ma personne et celle de Ros Bailey ? lui demande posément Christian.

Quoi ?

— Pour le sabotage de votre hélicoptère, on manque encore de preuves, monsieur Grey. Il nous faudrait plus qu'une empreinte partielle. Pendant qu'il est en détention préventive, on va essayer d'étayer le dossier.

— C'est tout ce que vous êtes venu faire ici ?

Clark se hérisse.

— Oui, monsieur Grey, à moins que vous n'ayez quelque chose à ajouter au sujet du message ?

Le message ? Quel message ?

— Non, je vous l'ai déjà dit, je n'y comprends rien. (Christian ne cache plus son irritation.) Et je ne vois toujours pas pourquoi on n'aurait pas pu avoir cet entretien au téléphone.

— Quand j'interroge un témoin, je préfère le regarder dans les yeux. Et puis j'en profite pour aller voir ma grand-tante qui habite Portland.

Clark reste de marbre face à la mauvaise humeur de mon mari.

— Bon, si vous avez fini… J'ai du travail, conclut Christian en se levant.

L'inspecteur Clark en fait de même.

— Merci de m'avoir reçu, madame Grey.

Je hoche la tête.

— Monsieur Grey.

Christian lui ouvre la porte, et Clark quitte la pièce.

Je m'affaisse dans le canapé.

— Mais quel enculé, celui-là ! explose Christian.

— Clark ?

— Non, l'autre fils de pute, Hyde.

— Incroyable.

— Putain, mais à quoi il joue ? siffle Christian entre ses dents serrées.

— Je ne sais pas. À ton avis, Clark m'a crue ?

— Évidemment, il sait que Hyde est complètement cinglé, cet enfoiré.

— Tu es très ordurieux tout d'un coup.

— Ordurieux ? ricane Christian. Ça n'est pas un mot, ça.

— Ça l'est maintenant.

Soudain, il s'assoit à côté de moi et me prend dans ses bras.

— Ne pense pas à ce salopard. Allez, on va voir ton père et on demandera aux médecins si on peut le transférer à Seattle demain.

— Il dit qu'il veut rester à Portland pour ne pas nous gêner.

— Je vais lui parler.

— Je veux faire le trajet avec lui.

Christian me regarde. Un instant, j'ai l'impression qu'il va refuser.

— D'accord. Alors je viens aussi. Sawyer et Taylor prendront les voitures. Je vais laisser Sawyer conduire ta R8 ce soir.

Le lendemain, Ray est en train d'examiner sa nouvelle chambre, vaste et lumineuse, dans le centre de rééducation du Northwest Hospital de Seattle. Il est midi, et il a l'air d'avoir sommeil. Le trajet en hélicoptère l'a épuisé.

— Dis à Christian que je lui suis reconnaissant.

— Dis-le-lui, toi, quand il passera ce soir.

— Tu ne vas pas travailler ?

— Si, probablement. Mais je voulais être sûre que tu étais bien installé.

— Vas-y. Ne t'en fais pas pour moi.

— Ça me plaît, de m'en faire pour toi.

Mon BlackBerry bourdonne. Je ne reconnais pas le numéro.

— Tu réponds ?

— Non, je ne sais pas qui c'est. Tiens, je t'ai apporté de la lecture.

Je désigne une pile de magazines de sport sur sa table de chevet.

— Merci, Annie.

— Tu es fatigué ?

Il acquiesce.

— Je te laisse dormir. (Je l'embrasse sur le front.) À plus tard, papa.

— À plus tard, ma chérie, et merci. (Ray me prend la main et la presse doucement.) J'aime bien que tu m'appelles papa. Ça me rappelle des bons souvenirs.

Ah, papa. Je lui presse la main à mon tour.

On m'appelle alors que je sors de l'hôpital pour me diriger vers le 4 × 4 où m'attend Sawyer.

— Madame Grey ! Madame Grey !

Je me retourne. Le Dr Greene court vers moi, aussi impeccable que d'habitude mais un peu énervée.

— Madame Grey, avez-vous eu mon message ? Je vous ai appelée tout à l'heure.

— Non.

Mon cuir chevelu commence à me picoter.

— Je vous demandais pourquoi vous aviez annulé quatre rendez-vous d'affilée.

Quatre rendez-vous ? Je la fixe, bouche bée. *J'ai raté quatre rendez-vous ? Comment ?*

— Il vaut peut-être mieux que nous en parlions dans mon bureau. Je sortais déjeuner - vous avez un moment ?

J'acquiesce docilement.

— Bien sûr. Je…

Je suis en retard pour ma piqûre. Merde. Sidérée, je rentre dans l'hôpital derrière elle et la suis jusqu'à son bureau. Comment ai-je pu rater quatre rendez-vous ? Je me rappelle vaguement en avoir décalé un - Hannah m'en a parlé - mais *quatre* ?

Le bureau du Dr Greene est vaste, minimaliste et élégamment décoré.

— Heureusement que vous m'avez rattrapée avant que je parte, dis-je, encore secouée. Mon père a eu un accident de voiture, nous venons de le transférer de Portland.

— Je suis désolée. Comment va-t-il ?

— Bien, merci. Il se remet tranquillement.

— Tant mieux. Ça explique pourquoi vous avez annulé vendredi.

Le Dr Greene remue sa souris, et son écran d'ordinateur s'allume.

— Oui… ça fait plus de treize semaines. C'est limite. Il vaut mieux faire un test avant de vous faire une autre injection.

— Un test ?

Ma tête se vide de tout son sang.

— Un test de grossesse.

Non !

Elle prend un gobelet dans un tiroir.

— Vous connaissez le mode d'emploi. Les toilettes sont à droite en sortant.

Je me lève, en transe : mon corps est en pilotage automatique. Je titube jusqu'aux toilettes.

Merde, merde, merde, merde, *merde.* Comment ai-je pu laisser arriver une chose pareille… une deuxième fois ? Tout d'un coup, j'ai la nausée. Je prie en silence. *S'il vous plaît, non. S'il vous plaît, non. C'est trop tôt. C'est trop tôt. C'est trop tôt.*

Lorsque je rentre dans le bureau du Dr Greene, elle m'adresse un petit sourire pincé et me fait signe de m'asseoir. Je lui tends mon échantillon en silence. Elle y trempe un petit bâtonnet blanc et l'observe. Il vire au bleu clair.

— Ça veut dire quoi, bleu ?

Le stress m'empêche de respirer. Elle lève les yeux vers moi, l'air sérieux.

— Ça veut dire que vous êtes enceinte, madame Grey.

Quoi ? Non. Non. Merde.

20

Je fixe le Dr Greene, bouche bée. Mon univers vient de s'effondrer autour de moi. Un bébé. Un bébé. Je ne veux pas de bébé… pas tout de suite ! *Putain.* Christian va péter un plomb.

— Madame Grey, vous êtes très pâle. Voulez-vous un verre d'eau ?

— S'il vous plaît.

Ma voix est à peine audible. Je réfléchis à toute vitesse. Enceinte ? Depuis quand ?

— Apparemment, ça n'était pas prévu.

J'acquiesce en silence tandis que le médecin me tend un verre d'eau tirée d'un distributeur. J'en avale une gorgée.

— Je suis sous le choc.

— À mon avis, vous devez être enceinte de quatre ou cinq semaines. Vous n'avez pas eu de symptômes ?

Je secoue la tête, muette. *Des symptômes ?* Je ne crois pas.

— Je pensais… je pensais que cette méthode contraceptive était fiable.

Le Dr Greene hausse un sourcil.

— Elle l'est lorsqu'on suit le traitement, précise-t-elle froidement.

— J'ai dû perdre la notion du temps.

Christian va péter un plomb. Je le sais.

— Vous avez eu vos règles ?

Je fronce les sourcils.

— Non.

— C'est normal avec le Depo-Provera. Il faut faire une échographie. Vous avez un moment ?

Je hoche la tête, affolée, et le Dr Greene m'indique une table d'examen en cuir noir cachée derrière un paravent.

— Retirez votre jupe et votre culotte, et recouvrez-vous avec le drap qui se trouve sur la table, dit-elle.

Ma culotte ? Je croyais qu'on passait un truc sur le ventre ? Pourquoi dois-je retirer ma culotte ? Je hausse les épaules, mais j'obéis rapidement et m'allonge sous le drap blanc.

Le Dr Greene rapproche l'échographe, s'assied et oriente l'écran de façon que nous puissions le voir toutes les deux.

— Remontez vos jambes et pliez les genoux, puis écartez-les.

Je fronce les sourcils.

— Je vais pratiquer une échographie endo-vaginale. Si vous venez tout juste de tomber enceinte, nous devrions pouvoir trouver le bébé avec ça.

Elle brandit une longue sonde blanche, la revêt d'un préservatif et la lubrifie avec un gel transparent.

— Détendez-vous, s'il vous plaît, madame Grey.

Me détendre ? Je suis enceinte, merde ! Comment pourrais-je me détendre ? Je rougis et je tente de me projeter dans mon « lieu serein »... qui semble s'être déporté dans la région de l'Atlantide.

Lentement et doucement, elle insère la sonde.

Bordel de merde !

Tout ce que je vois à l'écran, c'est l'équivalent visuel du bruit blanc – ou plutôt sépia. Lentement, le Dr Greene déplace la sonde : c'est une sensation très déconcertante.

— Là, murmure-t-elle.

Elle appuie sur un bouton pour faire un arrêt sur image et désigne un minuscule pois perdu dans la tempête sépia.

Un petit pois. Il y a un tout petit pois dans mon ventre. *Waouh.* J'oublie mon inconfort pour l'observer, abasourdie.

— Il est encore trop tôt pour voir battre le cœur, mais, oui, je confirme, vous êtes enceinte. De quatre ou cinq semaines, je dirais. Apparemment, l'injection a rapidement perdu son efficacité. Ça se produit de temps en temps.

Je suis trop stupéfaite pour dire quoi que ce soit. Ce petit pois, c'est un bébé. Un vrai bébé, en bonne et due forme. Le bébé de Christian. Mon bébé. *Oh la vache. Un bébé !*

— Voulez-vous que j'imprime l'image ?

J'acquiesce, toujours incapable de parler, et le Dr Greene appuie sur un bouton. Puis elle retire doucement la sonde et me tend une serviette en papier pour m'essuyer.

— Félicitations, madame Grey, me dit-elle pendant que je me rassois. Il va falloir que nous nous revoyions dans quatre semaines. Nous pourrons alors estimer la date d'accouchement. Vous pouvez vous rhabiller.

Je me rhabille rapidement. J'ai un petit pois dans le ventre ! Lorsque je contourne le paravent, le Dr Greene est assise à son bureau.

— Entre-temps, j'aimerais que vous commenciez à prendre de l'acide folique et des vitamines prénatales. Voici une brochure qui explique ce qu'on doit faire et ne pas faire.

Tandis qu'elle me tend les boîtes de comprimés et la brochure, elle continue à me parler, mais je ne l'écoute pas. Je suis en état de choc. Je devrais être heureuse, non ? Et je devrais avoir trente ans… au moins. C'est trop tôt. Beaucoup trop tôt. Je tente d'apaiser ma panique croissante.

Je prends poliment congé du Dr Greene et me dirige vers la sortie. Un mauvais pressentiment me fait frissonner dans la fraîcheur de l'automne. Je sais que Christian va péter un plomb, mais je ne sais pas jusqu'où peut aller sa réaction. Ses paroles reviennent me hanter : « Je ne suis pas encore prêt à te partager. » Je resserre mon col autour de mon cou.

Sawyer a bondi du 4 × 4 pour m'ouvrir la portière. Il se rembrunit lorsqu'il voit ma tête, mais je fais comme si je n'avais pas remarqué son inquiétude.

— Où va-t-on, madame ?

— À la SIP.

Je me blottis sur le siège arrière, ferme les yeux et pose la joue sur le repose-tête. Je devrais être heureuse. Je sais que je devrais être heureuse. Mais non. C'est trop tôt. Beaucoup trop tôt. Et mon travail ? La SIP ? Christian et moi ? Non. Non. *Non.* Tout ira bien. Il va bien réagir. Il adorait Mia quand elle était bébé – Carrick me l'a raconté – et il est encore fou d'elle. Je devrais peut-être prévenir le Dr Flynn… Et si je n'en parlais pas à Christian ? Et si… j'en finissais ? Je pose d'instinct ma main sur mon ventre. *Non. Mon Petit Pois.* Les larmes me viennent aux yeux. Que faire ?

L'image d'un garçonnet aux boucles cuivrées et aux yeux gris courant à travers le pré jusqu'à la nouvelle maison m'apparaît tout d'un coup. Il rit et pousse des cris de joie tandis que Christian et moi courons après lui. Christian le soulève dans ses bras et le porte sur sa hanche. Nous rentrons à la maison, main dans la main.

Puis l'image se transforme : Christian se détourne de moi, dégoûté. Je suis lourde, gauche, défigurée par ma grossesse et il s'éloigne de moi dans la galerie des Glaces ; le son de ses pas ricoche sur les miroirs, les murs, le sol. *Christian...*

Je reviens à moi en sursautant. *Non.* Il va péter un plomb.

Quand Sawyer se range devant la SIP, je sors d'un bond et j'entre dans l'édifice.

— Ana ! Vous êtes rentrée ! Comment va votre père ? me demande Hannah dès que j'atteins mon bureau.

Je lui adresse un regard froid.

— Mieux, merci. Je peux vous voir dans mon bureau ?

— Bien sûr.

Elle me suit, interloquée.

— Tout va bien ?

— Je voudrais savoir si vous avez déplacé ou annulé mes rendez-vous avec le Dr Greene.

— Le Dr Greene ? En effet. Deux ou trois, quand vous étiez en réunion ou en retard pour un autre rendez-vous. Pourquoi ?

Parce que maintenant, je suis enceinte, bordel de merde ! J'inspire profondément pour retrouver mon sang-froid.

— À l'avenir, si vous décalez mes rendez-vous, vous pourriez m'en avertir, s'il vous plaît ? Je ne consulte pas toujours mon agenda.

— Bien sûr, dit Hannah d'une petite voix. Je suis désolée. Il y a un problème ?

Je secoue ma tête en poussant un grand soupir.

— Vous pourriez me faire un thé ? Ensuite, vous me raconterez ce qui s'est passé pendant mon absence.

— Très bien. J'y vais tout de suite.

L'air rassérénée, elle sort de mon bureau. Je la suis des yeux. « Tu vois cette femme ? dis-je à mon Petit Pois. C'est à cause d'elle que tu es là. » Je me tapote le ventre, puis je me sens idiote de parler au Petit Pois. *Mon* Petit Pois. Je secoue la tête, furieuse contre moi-même et contre Hannah… même si, au fond, je ne peux pas vraiment la blâmer. Abattue, j'allume mon ordinateur. J'y trouve un mail de Christian.

De : Christian Grey
Objet : Tu me manques
Date : 13 septembre 2011 13:58
À : Anastasia Grey

Madame Grey,

Je suis revenu au bureau il y a trois heures seulement, et vous me manquez déjà.
J'espère que Ray est bien installé dans sa nouvelle chambre. Ma mère va passer cet après-midi pour voir comment il va.

Je passe te prendre vers 18 heures, on pourrait lui rendre visite avant de rentrer à la maison, ça te va ?

Ton mari qui t'aime,

Christian Grey
P-DG, Grey Enterprises Holdings, Inc.

Je lui réponds aussitôt.

De : Anastasia Grey
Objet : Tu me manques
Date : 13 septembre 2011 14:10
À : Christian Grey

Comme tu veux.

X

Anastasia Grey
Éditrice, SIP

De : Christian Grey
Objet : Tu me manques
Date : 13 septembre 2011 14:14
À : Anastasia Grey

Ça va ?

Christian Grey
P-DG, Grey Enterprises Holdings, Inc.

Non, Christian, ça ne va pas. Je flippe parce que tu vas flipper. Je ne sais pas quoi faire. Mais je ne peux pas te raconter ça par mail.

De : Anastasia Grey
Objet : Tu me manques
Date : 13 septembre 2011 14:17
À : Christian Grey

Ça va. Je suis occupée. On se voit à 18 heures.

Anastasia Grey
Éditrice, SIP

Quand lui annoncerai-je la nouvelle ? Ce soir ? Après avoir fait l'amour ? Ou alors, pendant qu'on fait l'amour ? Non, ça pourrait être dangereux. Pendant qu'il dort ? Je prends ma tête entre mes mains. Putain, qu'est-ce que je vais faire ?

— Salut, dit Christian d'un ton circonspect quand je monte à bord du 4 × 4.

— Salut.

— Qu'est-ce qui ne va pas ?

Je secoue la tête tandis que Taylor se met en route pour l'hôpital.

— Rien.

Maintenant, peut-être ? Je pourrais le lui dire maintenant, alors que nous sommes dans un espace confiné en présence d'un témoin.

Christian continue à me sonder :

— Le boulot, ça va ?

— Ça va.

— Ana, qu'est-ce qui ne va pas ?

Il a parlé d'une voix un peu plus déterminée, et je me dégonfle.

— Tu m'as manqué, c'est tout. Et puis je m'en fais pour Ray.

Christian se détend manifestement.

— Ray va bien. J'ai parlé à maman cet après-midi et elle est épatée par ses progrès. (Christian me prend la main.) Qu'est-ce que ta main est froide ! Tu as mangé aujourd'hui ?

Je rougis.

— Ana, me gronde Christian, agacé.

La vérité, c'est que je n'ai pas mangé parce que je sais que tu vas péter un plomb quand je t'annoncerai que je suis enceinte.

— Je n'ai pas eu le temps.

Il secoue la tête, exaspéré.

— Tu veux que j'ajoute « nourrissez ma femme » à la liste des tâches des gardes du corps ?

— La journée a été bizarre, c'est tout. Tu sais, le fait de transférer papa, tout ça…

Il pince les lèvres, mais ne dit rien. Je regarde par la fenêtre. *Parle !* hurle ma conscience. Non. Je suis trop lâche.

Christian interrompt le fil de mes pensées :

— Je vais peut-être devoir aller à Taïwan.

— Ah. Quand ?

— Plus tard dans la semaine. Peut-être la semaine prochaine.

— Bon.

— Je veux que tu viennes avec moi.

— Christian. J'ai mon boulot. On ne va pas encore se disputer à ce sujet.

Il soupire comme un ado qui boude.

— Ça valait la peine d'essayer, marmonne-t-il avec humeur.

— Tu pars combien de temps ?

— Pas plus de deux ou trois jours. J'aimerais bien que tu me dises ce qui te tracasse.

Comment sait-il ?

— Eh bien, maintenant que mon mari adoré s'en va, j'ai une bonne raison, non ?

Christian m'embrasse les doigts :

— Je ne serai pas parti longtemps.

— Tant mieux.

Je lui souris faiblement.

Ray est plus animé et moins grognon ce soir. Je suis touchée par sa gratitude discrète envers Christian et, un moment, j'oublie ma grande nouvelle en les écoutant parler pêche et base-ball. Mais il se fatigue vite.

— Papa, on va te laisser dormir.

— Merci, Ana, ma chérie. Ça m'a fait plaisir que tu passes. J'ai vu ta mère aussi aujourd'hui, Christian. Elle a été très rassurante. Et c'est une fan des Mariners.

— Mais elle ne raffole pas de la pêche, ironise Christian en se levant.

— Je ne connais pas beaucoup de femmes qui aiment la pêche, rétorque Ray en souriant.

Je l'embrasse.

— On se voit demain, papa, d'accord ?

Ma conscience pince les lèvres. *À condition que Christian ne t'ait pas enfermée… ou pire.* Aussitôt, j'ai le moral dans les chaussettes.

— Viens.

Christian me tend la main, l'air inquiet.

Je n'arrive pas à manger. Mme Jones nous a préparé un poulet chasseur, mais mon estomac est noué par l'angoisse.

— Bordel, Ana ! Tu vas enfin me dire ce qui ne va pas ?

Irrité, Christian repousse son assiette vide.

— S'il te plaît, je deviens fou.

Je déglutis en tentant de contenir la panique qui me prend à la gorge. C'est maintenant ou jamais.

— Je suis enceinte.

Il blêmit.

— Quoi ?

— Je suis enceinte.

Son front se plisse, comme s'il ne comprenait pas.

— Comment ?

Comment ça, « comment » ? Quelle question ridicule ! Je rougis en lui adressant un regard comme pour dire « à ton avis ? ».

Aussitôt, ses yeux prennent la dureté du silex.

— Ta piqûre ?

Et merde.

— Tu as oublié ta piqûre ?

Je suis incapable de prononcer un mot. Putain, il est furieux – fou furieux.

— Nom de Dieu, Ana !

Il tape du poing sur la table, ce qui me fait sursauter, et se lève si brusquement qu'il manque renverser sa chaise.

— Tu n'as qu'une chose, une seule chose à te rappeler. Putain, merde, je n'y crois pas. Comment as-tu pu être aussi stupide !

Stupide ? Je m'étrangle. J'ai envie de lui expliquer que l'injection n'a pas fait effet, mais les mots me manquent. Je fixe mes doigts.

— Je suis désolée.

— Désolée ! C'est tout ce que tu trouves à dire ?

— Je sais que le moment est mal choisi…

— Mal choisi ? hurle-t-il. Putain, on se connaît depuis cinq minutes, je veux te montrer le monde entier, et maintenant… Putain. Des couches, du vomi, des emmerdes !

Il ferme les yeux. Je sais qu'il essaie de maîtriser sa fureur et qu'il est en train de perdre la bataille.

— Avoue, tu l'as fait exprès ?

La colère émane de lui tel un champ magnétique.

— Non.

Je ne peux pas lui expliquer, pour Hannah. Il la virerait.

— Je croyais qu'on s'était mis d'accord ? hurle-t-il.

— Je sais. Je suis désolée.

Il m'ignore.

— Voilà. Voilà pourquoi j'aime tout contrôler. Pour que des merdes comme ça ne viennent pas tout foutre en l'air.

— Christian, je t'en prie, ne me crie pas dessus.

Les larmes commencent à rouler sur mes joues.

— Ne me sors pas les grandes eaux maintenant, aboie-t-il. Bordel de merde !

Il passe ses doigts dans ses cheveux en tirant dessus.

— À ton avis, je suis prêt à être père ?

Sa voix se brise, dans un mélange de rage et de panique.

Puis tout devient clair. La peur et l'aversion que je lis dans ses yeux… c'est la rage d'un adolescent impuissant. *Mon M. Cinquante, je suis tellement désolée. Pour moi aussi, c'est un choc.*

— Je sais qu'on n'est prêts ni l'un ni l'autre, mais je suis sûre que tu seras un père formidable, dis-je, la gorge serrée. On s'en sortira.

— Comment le sais-tu, bordel de merde ? hurle-t-il encore plus fort. Explique-moi un peu ?

De toutes les émotions qui se bousculent en lui, c'est la peur qui prédomine.

— Ah, et puis merde ! mugit Christian d'une voix méprisante en levant les mains comme pour s'avouer vaincu.

Il fait volte-face et se dirige vers le vestibule d'un pas furieux, en attrapant sa veste au passage. Ses pas résonnent sur le parquet. Quand il claque la porte derrière lui, je sursaute à nouveau.

Je reste seule avec le silence dans la grande pièce vide. *Ça y est. Le pire est arrivé. Il m'a plaquée.* Je repousse mon assiette, croise les bras sur la table et y appuie la tête pour pleurer.

— Ma petite Ana…

Mme Jones s'est approchée. Je me redresse aussitôt en essuyant mes larmes.

— Je n'ai pas pu m'empêcher d'entendre, dit-elle gentiment. Vous voulez une tisane, ou quelque chose d'autre ?

— J'aimerais un verre de vin blanc.

Mme Jones se fige une fraction de seconde, et je me rappelle le Petit Pois. Maintenant, je ne peux plus boire d'alcool. En tout cas, il me semble. Il faudra que j'étudie la brochure que m'a remise le Dr Greene.

— Je vous l'apporte.

— En fait, je préférerais une tasse de thé, je me ravise en m'essuyant le nez.

— Une tasse de thé, alors, répète-t-elle gentiment.

Elle prend nos assiettes et se dirige vers le coin cuisine. Je la suis et me perche sur un tabouret pour la regarder préparer mon thé. Elle pose la tasse fumante devant moi.

— Puis-je vous offrir autre chose, Ana ?

— Non, ça ira, merci.

— Vous êtes sûre ? Vous n'avez pas beaucoup mangé.

— Je n'ai pas faim.

— Ana, vous devez manger, il ne s'agit plus seulement de vous maintenant. Laissez-moi vous préparer quelque chose. Qu'est-ce qui vous ferait plaisir ?

Elle me regarde avec espoir, mais vraiment je n'ai envie de rien. Mon mari vient de partir en claquant la porte parce que je suis enceinte, mon père a été grièvement blessé et ce cinglé de Jack Hyde prétend que je l'ai harcelé sexuellement. Tout d'un coup, je suis prise d'une envie irrésistible de rire. *Tu vois ce que tu m'as fait, Petit Pois !* Je caresse mon ventre.

Mme Jones me sourit avec indulgence.

— Vous êtes enceinte depuis combien de temps, vous le savez ?

— Quatre ou cinq semaines, le Dr Greene n'est pas certaine.

— Si vous ne voulez pas manger, vous devriez au moins vous reposer.

J'acquiesce et, prenant mon thé, je me dirige vers la bibliothèque. C'est mon refuge. Je sors mon BlackBerry de mon sac en envisageant de téléphoner à Christian. Je sais que ça lui a fait un choc – mais il a vraiment réagi de façon exagérée. *Et quand ne réagit-il pas de façon exagérée ?* Ma conscience hausse un sourcil finement épilé. Je soupire. Mon cinglé en cinquante nuances…

— Et oui, il est comme ça, ton papa, mon Petit Pois. J'espère qu'il va se calmer et revenir… bientôt.

Je sors la brochure de mon sac, mais je suis incapable de me concentrer. Christian ne m'a jamais quittée en claquant la porte. Il a été tellement attentionné, gentil, aimant au cours des derniers jours. Et maintenant… S'il ne revenait jamais ? Il faudrait peut-être que j'appelle le Dr Flynn. Je ne sais pas quoi faire, je suis perdue. Christian est tellement fragile. Je savais qu'il réagirait mal. Ce week-end, malgré toutes ces circonstances qu'il ne pouvait pas contrôler, il a été adorable… mais là, c'est trop pour lui.

Qu'est-ce que ma vie est compliquée depuis que je l'ai rencontré. Est-ce lui ? Nous deux ? Et s'il n'arrive pas à accepter le bébé ? S'il veut divorcer ? La bile me monte à la gorge. Il reviendra, je sais qu'il reviendra, je sais qu'il m'aime, malgré ses cris et ses paroles dures. Et qu'il t'aimera aussi, mon Petit Pois.

Je me renverse dans mon fauteuil et je m'assoupis.

Quand je me réveille, transie, désorientée, je consulte ma montre : 23 heures. *Ah oui… tu es là, toi.* Je tapote mon ventre. Christian est-il rentré ? Je me lève, ankylosée, et pars à sa recherche.

Cinq minutes plus tard, je dois me rendre à l'évidence : il n'est toujours pas là. J'espère qu'il ne lui est rien arrivé. Les souvenirs de ma longue attente lorsque Charlie Tango a disparu des radars me submergent. *Non, non, non. Arrête de penser comme ça. Il est sans doute allé… où ?* Qui pourrait-il aller voir ? Elliot ? Ou Flynn. Je l'espère. Je retrouve mon BlackBerry dans la bibliothèque et lui envoie un SMS :

« Où es-tu ? »

Je vais me faire couler un bain. J'ai tellement froid.

Lorsque je sors de l'eau, il n'est toujours pas rentré. Je passe l'une de mes chemises de nuit en satin style 1930 et un peignoir, et je me rends dans la grande pièce. Chemin faisant, je jette un coup d'œil dans la chambre d'amis. Ça pourrait être la chambre du Petit Pois. On la peindrait en rose ou en bleu ? J'attrape la couette du lit d'ami et me dirige vers la grande pièce pour attendre mon mari.

Quelque chose me réveille. Un bruit.

— Merde !

Christian est dans le vestibule. J'entends la table racler sur le sol.

— Merde ! répète-t-il d'une voix plus assourdie.

Je me lève juste à temps pour le voir franchir la porte en titubant. *Il est ivre.* Mon crâne me picote.

Ça alors ! Christian, ivre ? Je sais à quel point il déteste les ivrognes. Je m'élance vers lui.

— Christian, ça va ?

Il s'adosse au chambranle.

— M'ame Grey, fait-il d'une voix pâteuse.

Eh bien, dis donc. Il est complètement bourré. Je ne sais pas quoi faire.

— Hé… T'es mignonne comme ça, Anastasia.

— Où étais-tu ?

Il pose un doigt sur ses lèvres avec un petit sourire en coin.

— Chut !

— Je pense qu'il vaut mieux que tu te mettes au lit.

— Avec toi…, ricane-t-il.

Je lui passe un bras autour de la taille parce qu'il peut à peine tenir debout, encore moins marcher. Où était-il ? Comment est-il rentré ?

— Je vais t'aider à te coucher. Appuie-toi sur moi.

— T'es belle, Ana.

Il me renifle les cheveux, ce qui manque nous faire tomber tous les deux à la renverse.

— Christian, avance. Je vais te mettre au lit.

Nous trébuchons dans le couloir et finissons par parvenir à la chambre.

— Au lit, sourit-il.

— Oui, au lit.

Je le dirige jusqu'au bord du lit, mais il me retient.

— Viens avec moi.

— Christian, je pense qu'il vaut mieux que tu dormes.

— C'est comme ça que ça commence, il paraît.

Je fronce les sourcils.

— Quoi ?

— Les bébés. Fini, le sexe !

— Mais non, autrement, on serait tous enfants uniques.

Il me regarde.

— T'es marrante, toi !

— Oui.

Son sourire s'évanouit lorsqu'il réfléchit à ce que je viens de dire, et une expression tourmentée se peint sur ses traits. Une expression qui me glace jusqu'aux os parce qu'elle évoque des souvenirs insoutenables, qu'aucun enfant ne devrait vivre.

— Allez, au lit.

Je lui donne une petite poussée : il s'étale sur le matelas jambes et bras écartés, ravi. Son expression tourmentée s'est évanouie.

— Viens avec moi, marmonne-t-il.

— D'abord, on va te déshabiller.

Il sourit largement.

— Ah, quand même !

Oh la vache. Christian est mignon et enjoué quand il est bourré. Je le préfère largement au Christian fou furieux.

— Assieds-toi. Je vais te retirer ta veste.

— La chambre tourne.

Aïe… Il va vomir, là ?

— Christian, assieds-toi.

Il ricane.

— Madame Grey, vous êtes une petite chose autoritaire.

— Oui. C'est ça. Maintenant, assieds-toi.

Je mets mes poings sur mes hanches. Il sourit à nouveau, s'accoude, puis se redresse maladroitement, ce qui ne lui ressemble pas du tout. Avant qu'il s'effondre une nouvelle fois, je l'attrape par la cravate et je lui retire sa veste grise, un bras à la fois.

— Tu sens bon.

— Toi, tu sens l'alcool.

— Ouais… bour… bon.

Il articule ces syllabes de façon si exagérée que je dois me retenir de pouffer de rire. Je jette sa veste par terre et m'attaque à sa cravate. Il me prend par les hanches.

— J'aime bien ce truc que tu portes, Anasta… shia, dit-il d'une voix pâteuse. Tu devrais toujours porter de la soie ou du satin.

Il fait courir ses mains sur mes hanches, puis m'attire vers lui d'un coup sec et pose sa bouche sur mon ventre.

— Et là-dedans, on a un envahisseur.

Je m'arrête de respirer. *Oh la vache.* Il parle au Petit Pois.

— Tu vas m'empêcher de dormir la nuit, hein ? dit-il à mon ventre.

Oh mon Dieu. Christian me regarde par en dessous d'un œil embrumé. Mon cœur se serre.

— Tu vas l'aimer plus que moi, celui-là, dit-il tristement.

— Christian, tu dis n'importe quoi. Ne sois pas ridicule – je n'ai pas de choix à faire. Et puis ce sera peut-être une fille.

— Une fille… oh mon Dieu, lâche-t-il horrifié.

Il s'affale à nouveau sur le dos et se recouvre les yeux avec son bras. Je suis arrivée à défaire son nœud de cravate, je dénoue les lacets d'une chaussure, que je lui arrache en même temps que sa chaussette, puis je passe à l'autre. Quand je me lève, je comprends pourquoi je n'ai rencontré aucune résistance : Christian dort à poings fermés en ronflant doucement.

Putain, qu'est-ce qu'il est beau, même bourré, même en train de ronfler. Ses belles lèvres sont entrouvertes, son bras lui ébouriffe les cheveux, son visage est détendu. Il a l'air jeune, mais il est vrai qu'il est jeune ; mon jeune mari stressé, bourré, malheureux…

Au moins il est rentré. Je ne sais pas si j'aurai la force de le déplacer ou de finir de le déshabiller. Il est au-dessus de la couette, en plus. Je retourne dans la grande pièce pour prendre la couette que j'y ai laissée et je la rapporte dans notre chambre.

Il dort toujours profondément. Je m'allonge à côté de lui, je lui retire sa cravate et défais le premier bouton de sa chemise. Il marmonne des paroles incohérentes, mais ne se réveille pas. Précautionneusement, je déboucle sa ceinture et la lui retire tant bien que mal. Sa chemise est sortie de son pantalon, révélant un peu des poils de son bas-ventre. Je n'y résiste pas : je l'embrasse. Il remue et bascule ses hanches vers moi sans s'éveiller.

Je me redresse pour le regarder. *Ah, mon Cinquante Nuances… qu'est-ce que je vais faire de toi ?* J'effleure ses cheveux du bout des doigts – ils sont si doux – et l'embrasse sur la tempe.

— Je t'aime, Christian. Même quand tu es bourré et que tu as traîné Dieu sait où, je t'aime. Je t'aimerai toujours.

— Mmm, murmure-t-il.

Je l'embrasse à nouveau sur la tempe, puis je me relève et le recouvre avec la couette de la chambre d'amis. Je peux dormir à côté de lui, en travers du lit… *Oui, je vais faire comme ça.*

Mais d'abord, je vais ranger ses vêtements. Tout en secouant la tête, je ramasse ses chaussettes et ses chaussures et replie sa veste sur mon bras. Son BlackBerry tombe de sa poche. En le ramassant, je l'allume sans le faire exprès. L'écran affiche des SMS. Le mien, puis un autre, juste au-dessus.

« Ça m'a fait plaisir de te voir.
Je comprends mieux maintenant.
Ne t'en fais pas. Tu feras un père merveilleux. »

Il est d'*elle*. La Sorcière. Mrs Robinson.

Merde. C'est là qu'il était. C'est *elle* qu'il est allé voir.

21

Je scrute le SMS, bouche bée. Christian rentré raide bourré à 1 h 30 du matin, après avoir passé la soirée à boire avec *elle* ! Maintenant, il ronfle doucement, dormant du sommeil du juste.

Non, non, non ! Mes jambes cèdent sous moi et je m'effondre au ralenti sur la chaise à côté du lit. Je me sens trahie, humiliée. Comment a-t-il pu aller la voir ? Des larmes rageuses me brûlent les joues. Sa colère et sa peur, son besoin de me blesser, je peux à la limite les comprendre, les lui pardonner. Mais ça ? Cette trahison ? C'est trop. Je remonte mes genoux contre ma poitrine et les entoure de mes bras, pour nous protéger moi et mon Petit Pois, et je me berce en pleurant doucement.

Je m'attendais à quoi, au juste ? J'ai épousé ce type trop vite. Je le savais bien, au fond, qu'on en arriverait là tôt ou tard. Mais pourquoi, pourquoi, *pourquoi* ? Comment a-t-il pu me faire ça ? Sachant ce que j'éprouve envers cette femme, comment a-t-il pu aller la rejoindre ce soir ? Le poignard se retourne lentement et douloureusement dans mon cœur pour le lacérer. Est-ce que ce sera toujours comme ça, lui et moi ?

Je l'ai épousé parce que je l'aime, et au fond je sais qu'il m'aime aussi. Son cadeau d'anniversaire adorable me revient à l'esprit. *Pour toutes nos premières, en ce premier anniversaire depuis que tu es devenue mon épouse adorée. Je t'aime. C x*

Non, non, non – je n'arrive pas à croire que ce sera toujours comme ça, deux pas en avant, trois pas en arrière. Après chaque revers, nous avons progressé, centimètre par centimètre. Il va se faire une raison… sûrement. Mais moi ? Vais-je me remettre de cette trahison ? Je repense à ce dernier week-end horrible, mais merveilleux. Sa force tranquille tandis que mon père gisait, brisé, comateux, dans son lit d'hôpital… ma fête surprise avec ma famille et mes amis… son baiser passionné devant le Heathman, aux yeux de tous. *Ah, Christian, tu mets ma confiance en toi à rude épreuve… Et je t'aime.*

Mais il ne s'agit plus seulement de moi maintenant. Je pose une main sur mon ventre. Non, je ne vais pas le laisser nous faire ça, à moi et à notre Petit Pois. D'après le Dr Flynn, je dois toujours laisser le bénéfice du doute à Christian. Eh bien, pas cette fois. J'écrase mes larmes et m'essuie le nez du revers de la main.

Christian s'agite et se retourne, ramenant ses jambes sur le lit pour s'enrouler dans la couette, tâtonne comme s'il cherchait quelque chose, marmonne et fronce les sourcils, puis se rendort avec le bras allongé. *Ah, M. Cinquante Nuances. Qu'est-ce que je vais faire de toi ? Et qu'est-ce que tu foutais avec cette salope ?* Il faut que je sache.

Je consulte une fois de plus le SMS incriminant et concocte rapidement un plan. Inspirant profondément, je transfère le SMS à mon BlackBerry. Première étape : accomplie. Je consulte rapidement les autres SMS, mais je ne trouve que des messages d'Elliot, Andréa, Taylor, Ros et moi. Aucun d'Elena. C'est bon signe, tout de même. Je quitte l'écran SMS, soulagée de constater qu'il ne lui a pas écrit, puis mon cœur me remonte dans la gorge. Le fond d'écran de son téléphone est une mosaïque de photos de moi dans des poses différentes – lors de notre lune de miel, de notre week-end en planeur et sur le catamaran, et il y a quelques photos prises par José, aussi. Quand a-t-il fait ça ? Ce doit être récent.

Je remarque son icône mail et une tentation s'insinue dans mon esprit... *Je pourrais lire les mails de Christian.* Voir s'il correspond avec *elle.* Revêtue de satin vert émeraude, ma déesse intérieure acquiesce rageusement et c'est alors que, mue par une impulsion irrésistible, je viole la confidentialité de la correspondance de Christian.

Je déroule en vitesse des centaines de mails, qui pour la plupart proviennent de Ros, d'Andréa, de moi, et de divers cadres de son entreprise. Aucun de la Sorcière. Ni de Leila, d'ailleurs. La plupart n'ont aucun intérêt pour moi, mais un courrier de Barney Sullivan, le responsable informatique de Christian, attire mon attention parce qu'il est intitulé « Jack Hyde ». Je jette un coup d'œil coupable à Christian, mais il ronfle toujours doucement, lui que je n'ai jamais entendu ronfler. J'ouvre le mail.

De : Barney Sullivan
Objet : Jack Hyde
Date : 13 septembre 2011 14:09
À: Christian Grey

Les caméras de surveillance de la municipalité montrent que la fourgonnette blanche est partie de South Irving Street. Avant ça, je n'en retrouve aucune trace, ce qui signifie que Hyde était basé dans le secteur.

Comme Welch vous l'a déjà dit, la voiture suspecte a été louée avec un faux permis de conduire par une femme non identifiée, mais rien ne la relie au secteur de South Irving Street.

Vous trouverez les dossiers des employés de GEH et de la SIP vivant dans le secteur en pièce jointe. Je les ai également fait parvenir à Welch.

Il n'y avait rien sur l'ordinateur SIP de Hyde au sujet de ses anciennes assistantes.

Pour mémoire, voici la liste des documents récupérés :

Adresses personnelles des Grey :
Cinq propriétés à Seattle
Deux propriétés à Detroit

C.V. détaillés de :
Carrick Grey
Elliot Grey
Christian Grey
Dr Grace Trevelyan-Grey
Anastasia Steele
Mia Grey

Articles de journaux et Internet concernant :
Dr Grace Trevelyan-Grey
Carrick Grey
Christian Grey
Elliot Grey

Photos :
Carrick Grey
Dr Grace Trevelyan-Grey
Christian Grey
Elliot Grey
Mia Grey

Je poursuis mon enquête.

Barney Sullivan
Directeur informatique, GEH

Je clique sur la pièce jointe pour consulter les noms sur la liste, mais le fichier est trop lourd pour être ouvert sur le BlackBerry.

Au moins, ce qui me réconforte, c'est qu'il n'y ait aucun mail de la Sorcière ou de Leila Williams… Tout d'un coup, je suis épuisée. Le réveil affiche 2 heures du matin. Que de révélations, aujourd'hui ! Je vais être mère et mon mari fraternise avec l'ennemi. Eh bien, il n'a qu'à mariner dans son bourbon : demain matin, il se réveillera seul. Je pose son BlackBerry sur la table de chevet, prends mon sac et, après avoir jeté un dernier regard à mon Judas angélique et assoupi, je quitte la chambre.

La clé de rechange de la salle de jeux est dans sa cachette habituelle, l'armoire de la buanderie. Je la prends et monte à l'étage. Au passage, je sors un oreiller, une couette et un drap de l'armoire à linge, puis je déverrouille la porte de la salle de jeux et y pénètre. Curieusement, même si la dernière fois que nous y sommes venus j'ai utilisé le mot d'alerte, je trouve l'odeur et l'ambiance de cette pièce réconfortantes. Je verrouille la porte en laissant la clé dans la serrure. Demain matin, Christian me cherchera comme un fou, mais je ne crois pas qu'il songera à la salle de jeux si la porte est verrouillée. Bien fait pour lui.

Je me blottis sur le canapé, m'enroule dans la couette et extirpe mon BlackBerry de mon sac. Après avoir consulté mes SMS, je trouve celui de la Sorcière que j'ai transféré du téléphone de Christian. Je le lui transfère à nouveau en ajoutant ce message :

« VEUX-TU QUE MME LINCOLN
SE JOIGNE À NOUS
QUAND NOUS DISCUTERONS DE CE SMS ?
COMME ÇA,
TU N'AURAS PAS À TE DÉPLACER.
TA FEMME »

Je clique sur « envoyer » et mets le téléphone sur silencieux avant de me blottir sous la couette. Malgré mon coup d'éclat, je suis anéantie par la trahison de Christian. Nous devrions être heureux. Nous allons avoir un bébé ! Je me repasse rapidement le moment où j'ai annoncé à Christian que j'étais enceinte, en fantasmant qu'il tombe à genoux devant moi, me prenne dans ses bras et me dise combien il nous aime, notre Petit Pois et moi.

Et pourtant, je suis là, seule, transie, dans une salle de jeux sado-maso. Tout à coup, je me sens vieille, plus vieille que mon âge. Je savais que la vie avec Christian serait compliquée mais, cette fois, il s'est vraiment surpassé. Qu'est-ce qui lui a pris ? En tout cas, s'il veut la bagarre, je vais lui en donner, de la bagarre. Pas question que je laisse passer cette manie de courir rejoindre ce monstre chaque fois que nous avons un problème. Il va devoir choisir : elle, ou notre Petit Pois et moi. Je renifle doucement, mais je suis tellement exténuée que je finis par m'endormir.

Je me réveille en sursaut, momentanément désorientée… *Ah oui, je suis dans la salle de jeux.* Comme il n'y a pas de fenêtres, j'ignore l'heure qu'il est. On secoue la poignée de porte. J'entends plusieurs voix, dont celle de Christian qui m'appelle. Je me fige, mais il n'entre pas et les voix s'éloignent. Je respire à nouveau et regarde l'heure sur mon BlackBerry : 7 h 50. J'ai quatre appels manqués et deux messages sur ma boîte vocale, la plupart de Christian, mais également de Kate. Il a dû lui téléphoner. Mais je n'ai pas le temps de les écouter, car je ne veux pas arriver en retard au travail.

Je m'enveloppe avec la couette et je prends mon sac avant de me diriger vers la porte. Je la déverrouille lentement et jette un coup d'œil dans le couloir. Personne. J'y suis peut-être allée un peu fort dans le mélodrame ? Je lève les yeux au ciel, prends une grande inspiration et descends l'escalier.

Taylor, Sawyer, Ryan et Mme Jones sont réunis dans la grande pièce. Christian est en train de leur donner des ordres en rafale. Comme un seul homme, ils se retournent pour me fixer, bouche bée. Christian, qui porte toujours les vêtements dans lesquels il s'est endormi, est échevelé, pâle et beau à mourir. Il écarquille ses grands yeux gris, mais je ne sais pas si c'est de la colère ou de la peur.

— Sawyer, je serai prête à partir dans vingt minutes environ, dis-je en resserrant la couette sur moi.

Il acquiesce d'un signe de tête, puis tous les regards se tournent vers Christian, qui me fixe toujours intensément.

— Voulez-vous votre petit déjeuner, madame ? me demande Mme Jones.

Je secoue la tête.

— Je n'ai pas faim, merci.

Elle pince les lèvres, mais ne répond rien.

— Où étais-tu ? me demande Christian.

Brusquement, Sawyer, Taylor, Ryan et Mme Jones s'éparpillent vers le bureau de Taylor, le vestibule et la cuisine comme des rats terrifiés quittant un bateau qui coule.

Je fais comme si Christian n'existait pas et me dirige vers notre chambre.

— Ana ! Réponds-moi !

J'entends ses pas derrière moi lorsque j'entre dans la chambre, puis dans la salle de bains, dont je verrouille aussitôt la porte.

— Ana !

Christian tape sur la porte. Je fais couler la douche.

— Ana, ouvre cette putain de porte.

Il la secoue rageusement.

— Va-t'en !

— Je reste ici jusqu'à ce que tu m'ouvres.

— Fais comme tu veux.

— Ana, s'il te plaît.

Une fois sous la douche, je ne l'entends plus. Qu'est-ce que c'est bon… L'eau apaisante me lave des fatigues de la nuit et, un instant, je vais jusqu'à croire que tout va bien. Je me lave les cheveux. Une fois que j'ai terminé, je me sens mieux, plus forte, prête à affronter le train de marchandises lancé à toute vitesse qu'est Christian Grey. Je m'enveloppe les cheveux dans une serviette, je me sèche rapidement avec une autre, et je l'enroule autour de mon corps.

Quand je déverrouille la porte, je trouve Christian appuyé contre le mur opposé, les mains derrière le dos, l'air méfiant, apeuré, tel un prédateur qui se trouverait soudain acculé… Je passe devant lui sans le regarder pour entrer dans mon *dressing*.

— Tu fais comme si je n'existais pas ? lâche-t-il, incrédule.

— Quelle perspicacité ! dis-je distraitement.

Qu'est-ce que je vais porter ? Tiens, ma robe prune. Je la décroche, prends mes cuissardes noires à talons aiguilles et retourne dans la chambre. Je m'arrête pour que Christian me laisse passer, ce qu'il finit par faire – sa bonne éducation prend le dessus. Je sens son regard perçant dans mon dos quand je me dirige vers la commode, et je lui jette un coup d'œil dans le miroir : il m'observe, planté devant la porte du *dressing*. Dans une prestation digne des Oscars, je laisse ma serviette tomber par terre en faisant comme si je ne savais pas que j'étais nue. Je l'entends inspirer brusquement. Je l'ignore.

— Pourquoi fais-tu ça ?

— À ton avis ?

Ma voix est douce comme le velours. Je prends une culotte La Perla en dentelle noire dans un tiroir.

— Ana…

Il se tait lorsque je l'enfile.

— Pose la question à ta Mrs Robinson. Je suis sûre qu'elle t'expliquera, dis-je en cherchant le soutien-gorge assorti.

— Ana, je te l'ai déjà dit, elle n'est pas ma…

— Je ne veux pas le savoir, Christian. (J'agite une main méprisante.) C'est hier qu'il fallait me parler, mais au lieu de ça, tu as décidé de piquer ta crise et d'aller te bourrer la gueule avec une femme qui a abusé de toi pendant des années. Appelle-la. Je suis sûre qu'elle sera ravie de t'écouter, elle.

Je trouve le soutien-gorge et je le mets. Christian s'avance dans la chambre et pose ses mains sur ses hanches.

— Alors, tu lis mes messages, maintenant ? Pourquoi ?

Malgré ma résolution, je m'empourpre.

— Là n'est pas la question, Christian, dis-je sèchement. La question, c'est que, chaque fois que ça se complique, tu cours la rejoindre.

Il pince les lèvres.

— Ça ne s'est pas passé comme ça.

— Ça ne m'intéresse pas.

Je prends une paire de bas *stay-up* à bande en dentelle et vais m'assoir sur le lit pour les enfiler en douceur sur mes jambes.

— Où étais-tu cette nuit ? me demande-t-il.

Il suit des yeux le trajet de mes mains sur mes jambes, mais je continue de l'ignorer. Je me lève pour me sécher les cheveux avec la serviette, tête en bas. À travers mes jambes écartées, je vois ses pieds nus et je sens son regard intense. Quand j'ai terminé, je me lève pour retourner vers la commode, où je prends mon sèche-cheveux.

— Réponds-moi, fait Christian d'une voix basse et grave.

Le bruit de mon sèche-cheveux noie le son de sa voix. Je l'observe à la dérobée dans le miroir à travers mes mèches : son regard glacial sous ses paupières mi-closes me donne la chair de poule. Il est fou furieux. Il sort avec cette maudite bonne femme, et c'est lui qui est furieux contre moi ? *Comment ose-t-il ?* Une fois que mes cheveux ressemblent à une crinière de lionne, je m'arrête. Oui… ils sont bien comme ça. J'éteins le sèche-cheveux.

— Où étais-tu ? souffle-t-il d'une voix froide comme l'Arctique.

— Qu'est-ce que ça peut te faire ?

— Ana, arrête. Tout de suite.

Je hausse les épaules. Christian traverse rapidement la chambre pour me rejoindre. Je fais volte-face et recule d'un pas lorsqu'il tend les mains vers moi.

— Ne me touche pas.

Il se fige en serrant les poings.

— Où étais-tu ?

— Moi, en tout cas, je n'étais pas en train de me bourrer la gueule avec mon ex. Tu as couché avec elle ?

Il s'étrangle.

— *Quoi ?* Non !

Il a le culot d'avoir l'air à la fois furieux, blessé et scandalisé. Ma conscience pousse un petit soupir de soulagement.

— Tu crois que je te trompe ?

— Tu m'as trompée en allant tout déballer à cette bonne femme, comme un lâche.

Il en reste interdit.

— C'est ça que tu crois ? Que je lui ai tout déballé ?

— Christian, j'ai vu le SMS. Je ne crois pas : je sais.

— Ce SMS ne t'était pas adressé, rugit-il.

— C'est vrai, mais je l'ai vu quand ton BlackBerry est tombé de ta veste pendant que je te déshabillais, parce que tu étais trop bourré pour le faire tout seul. Tu sais à quel point tu m'as blessée en allant voir cette femme ?

Il blêmit, mais ma mégère intérieure est déchaînée et je poursuis sur ma lancée :

— Tu te rappelles, hier soir, quand tu es rentré ? Tu te rappelles ce que tu as dit ?

Il me regarde d'un œil vide, les traits figés.

— Eh bien, tu avais raison. Si je dois choisir entre toi et ce bébé sans défense, c'est lui que je choisirai, comme le ferait n'importe quelle mère. Comme ta mère aurait dû le faire pour toi. Si elle l'avait fait, on ne serait pas en train d'avoir cette conversation. Mais tu es un adulte, maintenant.

Grandis, bordel ! Arrête de te conduire comme un ado capricieux !

Sans lui laisser le temps de répondre, je reprends mon souffle et poursuis :

— D'accord, tu n'es pas heureux que je sois enceinte. Moi non plus je ne suis pas folle de joie, figure-toi, vu ta réaction. Mais soit tu fais ça avec moi, soit je le fais toute seule. C'est à toi de décider. Moi, pendant que tu te vautres dans l'auto-apitoiement, je vais travailler. Ce soir, je déménage dans la chambre d'en haut.

Il cligne des yeux, en état de choc.

— Maintenant, si tu veux bien m'excuser, j'aimerais finir de m'habiller.

Je me tais enfin, hors d'haleine. Très lentement, Christian recule d'un pas. Son attitude se durcit.

— C'est ça que tu veux ? chuchote-t-il.

— Je ne sais plus ce que je veux.

Je dois faire un effort considérable pour feindre l'indifférence tout en plongeant les doigts dans mon pot de crème hydratante. Je me regarde dans le miroir. J'ai les yeux écarquillés, le visage blafard, mais les joues enflammées. *Bravo. Ne te dégonfle pas maintenant. Surtout, ne te dégonfle pas maintenant.*

— Tu ne veux plus de moi ? murmure-t-il.

Ah non… non, pas de ça, Grey.

— Je suis encore là, pas vrai ? dis-je sèchement.

Prenant mon mascara, je me maquille l'œil droit.

— Tu vas me quitter ?

Sa voix est presque inaudible.

— Quand un mari préfère la compagnie de son ancienne maîtresse, ça n'est pas bon signe, en général.

J'ai parlé avec la dose parfaite de dédain. Maintenant, le gloss. Je fais la moue dans le miroir. *Du cran, Steele… euh, Grey*. Bordel, je ne me rappelle même plus mon nom. Je prends mes bottes, retourne vers le lit et les enfile rapidement en les tirant jusqu'au-dessus de mes genoux. Ouais, je sais. Je suis bandante comme ça, en bottes et en lingerie. Je me lève en le regardant avec indifférence. Il cille, puis ses yeux parcourent mon corps, rapidement et avidement.

— Je sais ce que tu es en train de faire.

Sa voix a pris des teintes chaudes et séductrices.

— Ah, vraiment ?

Ma voix devient rauque. *Non, Ana… tiens bon.*

Il déglutit et s'avance d'un pas. Je recule et lève les mains.

— Ne t'avise pas de faire ça, Grey.

— Tu es ma femme, dit-il d'une voix douce et menaçante.

— Je suis la femme enceinte que tu as abandonnée hier soir. Et si tu me touches, je hurle.

Il hausse les sourcils, incrédule.

— Tu ferais ça ?

— Je crierais à l'assassin.

Je plisse les yeux.

— Personne ne t'entendrait, murmure-t-il, le regard intense.

Tout d'un coup, je me rappelle notre matinée à Aspen. *Non, non, non.*

— Tu essaies de me faire peur ?

Ça marche. Il se ressaisit et se fige.

— Ça n'était pas mon intention.

J'arrive à peine à respirer. S'il me touche, je succombe. Je connais son pouvoir sur moi et sur mon corps perfide. Il faut que je m'accroche à ma colère.

— J'ai pris un verre avec quelqu'un dont j'étais proche, dans le temps. On s'est expliqués. Je ne la reverrai pas.

— Tu es allé la retrouver quand tu es parti hier soir ?

— Pas tout de suite. J'ai d'abord essayé de voir Flynn. Puis je me suis retrouvé au salon de coiffure.

— Et tu t'attends à ce que je te croie, quand tu me dis que tu ne vas pas la revoir ? Qu'est-ce qui va se passer, la prochaine fois que je transgresserai tes règles imaginaires ? Tu vas encore courir la rejoindre ?

— Je ne vais plus la revoir, lâche-t-il, irrévocable et glacial. Elle a fini par comprendre ce que j'éprouve.

Je cille.

— C'est-à-dire ?

Il se redresse et passe sa main dans ses cheveux, exaspéré, furieux, muet. Je tente une approche différente.

— Pourquoi est-ce que tu peux lui parler à elle, mais pas à moi ?

— J'étais furieux contre toi. Je suis encore furieux.

— Sans blague ! dis-je sèchement. Eh bien moi aussi, je suis furieuse contre toi en ce moment. Furieuse que tu te sois montré aussi froid et mesquin hier quand j'avais besoin de toi. Furieuse que tu m'aies accusée d'être tombée enceinte exprès, alors que c'est faux. Furieuse que tu m'aies trahie.

J'arrive à ravaler un sanglot. Choqué, il ouvre la bouche et ferme les yeux, comme si je l'avais giflé. *Du calme, Anastasia.*

— J'aurais dû suivre mon traitement plus rigoureusement, mais je n'ai pas fait exprès de tomber enceinte. Cette grossesse, c'est un choc pour moi aussi, dis-je en tentant de retrouver un semblant de courtoisie. En plus, d'après le médecin, il est possible que l'injection n'ait pas fait effet.

Il me dévisage hargneusement sans rien dire.

— Tu as vraiment déconné hier, dis-je, reprise par la colère. J'ai eu beaucoup de soucis durant ces dernières semaines.

— Et toi, tu as vraiment déconné quand tu as oublié ton injection.

— Évidemment, tout le monde ne peut pas être parfait comme toi !

Stop, stop, stop. Nous restons plantés à nous défier du regard.

— Quel numéro, madame Grey, chuchote-t-il.

— Je suis ravie de constater que, même en cloque, tu me trouves toujours distrayante.

Il me fixe d'un œil vide.

— Il faut que je prenne une douche, murmure-t-il.

— Et tu as assez profité du spectacle.

— Sacré spectacle.

Il s'avance ; je recule à nouveau.

— Arrête.

— Je déteste que tu ne me laisses pas te toucher.

— Plutôt ironique, non ?

Il plisse les yeux.

— On n'a pas résolu grand-chose, on dirait.

— Non, en effet. Sauf que je ne dors plus dans cette chambre.

Ses yeux s'embrasent et s'écarquillent brièvement.

— Cette femme n'est plus rien pour moi.

— Sauf quand tu as besoin d'elle.

— Je n'ai pas besoin d'elle. J'ai besoin de toi.

— Et hier ? Cette bonne femme, c'est une limite à ne pas franchir pour moi, Christian.

— Elle est sortie de ma vie.

— J'aimerais bien te croire.

— Enfin, merde, Ana…

— Laisse-moi m'habiller, je te prie.

Il soupire et se passe une fois de plus la main dans les cheveux.

— À ce soir, lâche-t-il d'une voix blanche.

Un instant, j'ai envie de le prendre dans mes bras pour le réconforter… mais je résiste, parce que je suis vraiment trop fâchée. Il se tourne et se dirige vers la salle de bains. Je reste clouée sur place jusqu'à ce que j'entende la porte se fermer.

Je titube jusqu'au lit et m'y affale. Je n'ai eu recours ni aux larmes, ni aux cris, ni au meurtre, et je n'ai pas succombé à son magnétisme érotique. Je mérite une médaille d'honneur du Congrès, n'empêche que je suis au trente-sixième dessous. Nous n'avons rien réglé. Notre mariage est-il en jeu ? Pourquoi n'arrive-t-il pas à comprendre qu'il a carrément déconné en courant voir cette bonne femme ? Et qu'est-ce qu'il veut dire quand il affirme qu'il ne la reverra plus jamais ? Comment puis-je le croire ? Je jette un coup d'œil au réveil – 8 h 30.

Merde ! Je ne veux pas être en retard. J'inspire profondément.

— Le deuxième round a été une impasse, Petit Pois, dis-je en me tapotant le ventre. Papa est peut-être une cause perdue, mais j'espère que non. Pourquoi, pourquoi es-tu arrivé aussi vite, Petit Pois ? Ça commençait tout juste à s'arranger, lui et moi…

Ma lèvre tremble, mais j'inspire à nouveau profondément pour maîtriser mes émotions.

— Allez. On va aller leur montrer de quoi on est capables, au bureau.

Je ne dis pas au revoir à Christian, qui est encore sous la douche quand je pars avec Sawyer. Tout en regardant les rues défiler à travers la vitre teintée du 4 × 4, je perds mon sang-froid et mes yeux se mouillent. Le ciel gris et morne reflète mon humeur, et j'ai un mauvais pressentiment. Nous n'avons pas reparlé du bébé. J'ai eu moins de vingt-quatre heures pour digérer la nouvelle. Christian encore moins.

— Il ne connaît même pas ton surnom.

Je me caresse le ventre en retenant mes larmes. Sawyer interrompt ma rêverie :

— Madame ? Nous sommes arrivés.

— Merci, Sawyer.

— Je vais passer chez le traiteur, je peux vous rapporter quelque chose ?

— Non merci. Je n'ai pas faim.

Hannah m'a préparé mon café *latte*. Dès que je le hume, j'ai l'estomac retourné.

— Euh… je pourrais avoir un thé, s'il vous plaît ?

Je savais bien que si je n'aimais pas le café, c'était pour une bonne raison. Bon sang, c'est dégueulasse, ce truc-là.

— Ça va, Ana ?

Je hoche la tête et pars me réfugier dans mon bureau. Mon BlackBerry bourdonne. C'est Kate.

— Pourquoi est-ce que Christian te cherche ? me demande-t-elle sans le moindre préambule.

— Bonjour, Kate. Ça va ?

— Accouche, Steele. Qu'est-ce qui se passe ?

L'inquisition à la Katherine Kavanagh est en marche.

— On s'est disputés, Christian et moi.

— Il t'a fait mal ?

Je lève les yeux au ciel.

— Oui, mais pas comme tu crois.

Je ne me sens pas capable d'affronter Kate. Je sais que je vais pleurer. Et, pour l'instant, je suis très fière de moi parce que je n'ai pas craqué de la matinée.

— Kate, je suis en réunion, je te rappelle.

— Tu vas bien ?

— Oui. (*Non.*) Je te rappelle, d'accord ?

— D'accord, Ana, comme tu veux. Je suis là pour toi.

— Je sais.

Je lutte contre l'émotion que déclenchent ses mots gentils. *Je ne pleurerai pas. Je ne pleurerai pas.*

— Et Ray, ça va ?

— Oui.

— Ana…

— S'il te plaît.

— D'accord. À plus tard.

— À plus tard.

Toute la matinée, je vérifie sporadiquement mes mails en espérant avoir des nouvelles de Christian. Rien. Au fil des heures, je comprends qu'il ne me contactera pas parce qu'il est toujours furieux. Eh bien, moi aussi. Je me plonge dans mon travail, en ne m'arrêtant que pour manger un bagel avec du saumon fumé et du *cream cheese* à l'heure du déjeuner. C'est fou ce que je me sens mieux après avoir mangé.

À 17 heures, Sawyer passe me prendre pour m'emmener voir Ray à l'hôpital. Il est plus vigilant que jamais, et tellement attentionné que ça en devient énervant. Il me couve comme une mère poule.

— Voulez-vous que j'aille vous chercher un thé pendant que vous rendez visite à votre père ? me demande-t-il.

— Non merci, Sawyer. Ça ira.

— J'attends dehors.

Il m'ouvre la porte. Je suis soulagée d'être débarrassée de lui pour un temps. Ray est assis dans son lit, en train de lire un magazine. Rasé, avec son haut de pyjama, il est enfin redevenu lui-même.

— Hé, Annie !

Il sourit, mais son visage se décompose en voyant ma tête.

— Ah, papa…

Je m'élance vers lui. Il m'ouvre grands les bras et me serre contre son cœur.

— Annie ? Qu'est-ce qu'il y a ?

Il me serre encore plus fort en m'embrassant dans les cheveux. Tandis qu'il me tient dans ses bras, je songe que ces moments ont été rares entre nous. *Pourquoi donc ?* Est-ce pour ça que j'aime que Christian me prenne sur ses genoux ? Au bout d'un moment, je m'écarte pour m'asseoir sur la chaise près du lit. Ray plisse le front, inquiet.

— Raconte à ton vieux papa.

Je secoue la tête. Je ne veux pas l'affoler.

— Ce n'est rien, papa. Tu as bonne mine, dis donc !

Je lui prends la main.

— J'ai l'impression de me retrouver un peu. Mais cette jambe dans le plâtre, c'est démangeant.

— Démangeant ?

Ce mot m'arrache un sourire auquel il répond.

— Démangeant, parce que ça me démange.

— Ah, papa, je suis tellement heureuse que tu ailles mieux.

— Moi aussi, Annie. J'aimerais bien faire sauter des petits-enfants sur mes genoux un de ces jours. Je ne raterais ça pour rien au monde.

Je cille. *Merde.* Il sait ? Je lutte contre les larmes qui me picotent aux coins des yeux.

— Toi et Christian, ça va ?

— On s'est disputés, dis-je malgré ma gorge serrée. Ça va s'arranger.

Il hoche la tête.

— C'est un type bien, ton mari, me rassure Ray.

— En général… Et alors, que disent les médecins ?

Je n'ai aucune envie de parler de mon mari maintenant, c'est un sujet de conversation beaucoup trop douloureux.

Quand je rentre à l'Escala, Christian n'y est pas.

— M. Grey a appelé pour dire qu'il restait tard au bureau, m'annonce Mme Jones d'une voix contrite.

— Ah. Merci.

Pourquoi ne me l'a-t-il pas dit lui-même ? Bon sang, quand il fait la gueule, celui-là, il ne fait pas dans la demi-mesure. Je me rappelle notre querelle au sujet de nos vœux de mariage et sa crise de colère à ce moment-là. Mais cette fois, c'est moi la partie lésée.

— Qu'aimeriez-vous manger ?

Le regard de Mme Jones est déterminé ; il est aussi ferme que l'acier.

— Des pâtes.

Elle sourit.

— Spaghettis, penne, fusilli ?

— Des spaghettis, avec votre sauce bolognaise.

— Tout de suite. Et Ana… il faut que vous sachiez que M. Grey était fou d'inquiétude ce matin quand il a cru que vous étiez partie. Il était dans tous ses états.

Elle sourit affectueusement.

Ah…

À 21 heures, il n'est toujours pas rentré. Assise à mon bureau dans la bibliothèque, je l'appelle.

— Ana, répond-il froidement.

— Salut.

Il inspire doucement.

— Salut.

— Tu rentres ?

— Plus tard.

— Tu es au bureau ?

— Oui. Tu penses que je suis où ?

Avec elle.

— Alors je te laisse travailler.

Nous restons tous les deux en ligne, et le silence s'allonge.

— Bonne nuit, Ana, finit-il par lâcher.

— Bonne nuit, Christian.

Il raccroche.

Et merde. Je fixe mon BlackBerry. Je ne sais pas ce qu'il attend de moi. Je ne compte pas le laisser me piétiner. D'accord, il est furieux, ça se comprend. Mais ce n'est pas moi qui suis allée tout déballer à mon ex-maîtresse pédophile. Je veux qu'il reconnaisse que ce n'est pas une façon de se conduire.

Je me cale dans mon fauteuil en fixant la table de billard et en me rappelant combien on s'est amusés en jouant. Je pose ma main sur mon ventre. Il est peut-être vraiment trop tôt. Peut-être que c'est une erreur… Ma conscience me hurle : *non !* Si j'avortais, je ne me le pardonnerais jamais – ni à Christian.

— Ah, mon Petit Pois, qu'est-ce que tu nous as fait là ?

Je n'ai pas la force de parler à qui que ce soit, mais j'envoie un SMS à Kate pour lui promettre de l'appeler bientôt.

À 23 heures, je n'arrive plus à garder les yeux ouverts. Résignée, je me dirige vers mon ancienne chambre. Roulée en boule sous la couette, je lâche enfin dans mon oreiller de gros sanglots de détresse…

J'ai la tête lourde lorsque je me réveille. Une lumière d'automne se déverse par les baies vitrées. Quand je consulte mon réveil, je constate qu'il est 7 h 30. *Où est Christian ?* Je m'assois au bord du lit. La cravate gris argent de Christian, ma préférée, est posée par terre. Elle n'y était pas quand je me suis couchée. Je la ramasse et la fixe en caressant la soie entre le pouce et l'index, puis je la presse contre ma joue. Il est venu me regarder dormir. Une lueur d'espoir s'allume au fond de moi.

Mme Jones s'affaire dans la cuisine lorsque je descends.

— Bonjour, dit-elle gaiement.

— Bonjour. Christian ?

Son visage se décompose.

— Il est déjà parti.

— Alors il est rentré hier soir ?

Il faut que je vérifie, même si j'ai sa cravate comme preuve.

— Oui. (Elle se tait un instant.) Ana, pardonnez-moi de me mêler de ce qui ne me regarde pas, mais ne le laissez pas tomber. Il est têtu.

Elle se tait. Je suis certaine qu'à voir ma tête, elle a compris que je n'ai aucune envie de parler de mon mari pour l'instant.

Lorsque j'arrive au bureau, je consulte mes mails. Mon cœur s'emballe lorsque je vois qu'il y en a un de Christian.

De : Christian
Objet : Portland
Date : 15 septembre 2011 06:45
À : Anastasia Grey

Ana,
Je vais à Portland pour la journée. J'ai des affaires à conclure avec l'université. Je me suis dit que tu aimerais être au courant.

Christian Grey
P-DG, Grey Enterprises Holdings, Inc.

C'est tout ? Les larmes me brûlent les yeux. J'en ai l'estomac retourné. Merde ! Je vais vomir. Je me précipite vers les toilettes et j'arrive juste à temps pour rendre mon petit déjeuner dans la cuvette. Je m'assois par terre, la tête entre les mains. Plus malheureuse, ce serait impossible. Au bout d'un moment, on frappe discrètement à la porte.

— Ana ?

C'est Hannah. *Bordel.*

— Oui ?

— Ça va ?

— Je sors dans un petit moment.

— Boyce Fox est arrivé.

Merde.

— Conduisez-le en salle de réunion. J'arrive dans une minute.

— Voulez-vous du thé ?

— Oui, merci.

Après mon déjeuner – encore un bagel avec du saumon et du *cream cheese*, que j'arrive heureusement à garder –, je reste assise à fixer l'écran de mon ordinateur sans enthousiasme, en me demandant comment Christian et moi allons résoudre cet énorme problème.

Le bourdonnement de mon BlackBerry me fait sursauter. Bon sang, il ne manquait plus que ça : Mia, avec son exubérance et son enthousiasme… J'hésite en me demandant si je dois répondre, mais la courtoisie l'emporte.

— Mia ? dis-je gaiement.

— Bonjour, Ana. Ça fait un bail.

Une voix d'homme. Qui me rappelle quelque chose… *Merde !*

Mon cuir chevelu me picote et tous les poils de mon corps se dressent tandis que l'adrénaline inonde mon système nerveux et que la terre s'arrête de tourner.

Jack Hyde.

22

— Jack ?

Comment se fait-il qu'il soit dehors ? Pourquoi a-t-il le téléphone de Mia ? J'ai l'impression que je vais m'évanouir.

— Alors tu te souviens de moi ? fait-il d'une voix douce.

Je devine son sourire amer.

— Oui. Bien entendu, dis-je mécaniquement en réfléchissant à toute vitesse.

— Tu te demandes sans doute pourquoi je t'appelle.

— Oui.

Raccroche.

— Ne raccroche pas. Je suis en train de bavarder avec ta petite belle-sœur.

Quoi ? Mia ? Non !

— Qu'est-ce que tu lui as fait ?

— Écoute bien, espèce de pute. Tu as foutu ma vie en l'air. Grey a foutu ma vie en l'air. Tu as des comptes à me rendre. La petite salope est avec moi. Et toi, l'enculé que tu as épousé et toute sa putain de famille, vous allez payer.

Le mépris et l'amertume de Hyde me choquent. *Sa famille ?* Mais que… ?

— Qu'est-ce que tu veux ?

— Je veux son argent. Je veux son putain de fric. Si les choses s'étaient passées autrement, ce fric serait à moi. Alors c'est *toi* qui vas me le donner. Je veux cinq millions de dollars, aujourd'hui.

— Jack, je n'ai pas accès à une telle somme.

Il ricane.

— Tu as deux heures. C'est tout. Deux heures. N'en parle à personne, sinon la petite salope y passe. Ni aux flics. Ni à ton enculé de mari. Ni à ses gardes du corps. Si tu parles, je le saurai. Compris ?

Il se tait. J'essaie de répondre, mais une peur panique me bloque la gorge.

— Compris ? hurle-t-il.

— Oui, fais-je dans un souffle.

— Ou je la tue.

Je m'étrangle.

— Garde ton téléphone avec toi. Ne parle à personne ou je la fais souffrir avant de la tuer. Tu as deux heures.

— Jack, j'ai besoin de plus de temps. Trois heures. Comment est-ce que je peux être sûre qu'elle est avec toi ?

Il a raccroché. Je fixe le téléphone, horrifiée, avec un immonde goût métallique de terreur dans la bouche. *Mia ! Il a enlevé Mia.* Est-ce vrai ? Les scénarios les plus affreux me viennent à l'esprit, et mon estomac se retourne à nouveau. Je crois que je vais vomir, mais j'inspire profondément et la nausée s'évanouit. J'évalue rapidement les possibilités. *Parler à Christian ? À Taylor ? Appeler la police ? Comment Jack le saurait-il ?* J'ai besoin de temps – mais, en attendant, mieux vaut obéir à ses instructions. J'attrape mon sac et sors du bureau.

— Hannah, il faut que je sorte. Je ne sais pas pour combien de temps. Annulez tous mes rendez-vous de cet après-midi. Dites à Elizabeth qu'il faut que je m'occupe d'un truc urgent.

— Bien sûr, Ana. Tout va bien ?

Hannah fronce les sourcils en me regardant m'enfuir. D'une voix distraite, je lance un « oui » par-dessus mon épaule en fonçant vers l'accueil, où m'attend Sawyer, qui se lève d'un bond.

— Je ne me sens pas bien. S'il vous plaît, ramenez-moi à la maison.

— Bien sûr, madame. Voulez-vous attendre ici pendant que je vais chercher la voiture ?

— Non, je viens avec vous. Je suis pressée.

Je regarde par la fenêtre, terrifiée, en repassant mon plan dans ma tête. Rentrer. Me changer. Trouver le chéquier. Échapper à la surveillance de Ryan et Sawyer. Aller à la banque. Bordel, ça prend beaucoup de place, cinq millions de dollars ? C'est lourd ? Ai-je besoin d'une valise ? Dois-je téléphoner à la banque pour les prévenir ? Mia. *Mia.* Et s'il n'a pas Mia ? Comment le savoir ? Si j'appelle Grace, elle va se douter de quelque chose, ce qui pourrait mettre Mia en danger. Il a dit qu'il saurait. Je jette un coup d'œil par le pare-brise arrière du 4 × 4. Nous suit-on ? Le cœur battant, je scrute les voitures derrière nous. Elles semblent inoffensives. *Plus vite, Sawyer, plus vite.* Mon regard croise le sien dans le rétroviseur. Il plisse le front.

Sawyer appuie sur un bouton de son oreillette Bluetooth pour prendre un appel.

— Taylor… je voulais vous dire que Mme Grey est avec moi.

Le regard de Sawyer croise à nouveau le mien, avant de revenir à la route tandis qu'il poursuit :

— Elle ne se sent pas bien. Je la ramène à l'Escala… Je vois…

Les yeux de Sawyer passent à nouveau de la route au rétroviseur.

— Oui, acquiesce-t-il avant de raccrocher.

— Taylor ? dis-je.

Il hoche la tête.

— Il est avec M. Grey ?

— Oui, madame.

Le regard de Sawyer se fait compatissant.

— Ils sont toujours à Portland ?

— Oui, madame.

Tant mieux. Il faut que je protège Christian. Ma main glisse sur mon ventre. Et toi, mon Petit Pois. Il faut que je vous protège tous les deux.

— Pourriez-vous aller plus vite ? Je ne me sens pas bien.

— Oui, madame.

Sawyer appuie sur l'accélérateur et notre voiture vrombit.

L'appartement est désert : Mme Jones est sans doute sortie faire des courses avec Ryan. Sawyer se dirige vers le bureau de Taylor tandis que je sprinte vers celui de Christian. En fouillant dans le tiroir de son bureau pour trouver ses chéquiers, je tombe sur le revolver de Leila. Je suis un instant agacée que Christian ne l'ait pas mis en lieu sûr. Il ne connaît rien aux armes à feu. *Bon sang, il pourrait se blesser.*

Après une brève hésitation, je m'empare du revolver, m'assure qu'il est chargé et le glisse sous la ceinture de mon pantalon noir. Je déglutis douloureusement. Je n'ai jamais tiré sur personne ; j'espère que Ray me pardonnera. Je trouve quatre chéquiers, dont un seul à nos deux noms. J'ai environ cinquante-quatre mille dollars sur mon compte personnel et je n'ai aucune idée de la somme déposée sur notre compte commun. Mais Christian doit pouvoir mobiliser cinq millions de dollars. Il y a peut-être de l'argent liquide dans le coffre ? Merde. Je ne connais pas la combinaison. Il me semble qu'il m'a dit qu'elle se trouvait dans le classeur. J'essaie de l'ouvrir, mais il est verrouillé. *Merde.* Il faudra que je m'en tienne au plan A.

J'inspire profondément et me dirige vers notre chambre d'un pas décidé. Le lit est fait. J'ai un pincement au cœur. J'aurais peut-être dû dormir ici hier soir. À quoi bon se disputer avec quelqu'un qui, de son propre aveu, est fou en cinquante nuances ? Maintenant, il ne veut même plus me parler. Non – je n'ai pas le temps de penser à ça.

Je passe rapidement un jean, un sweat à capuche et des baskets et glisse le revolver sous la ceinture de mon pantalon, dans le dos. Je tire un gros sac marin du placard. Cinq millions de dollars, ça tiendra, là-dedans ? Le sac de sport de Christian est posé par terre. Je l'ouvre en m'attendant à le retrouver bourré de linge sale, mais non – ses habits de sport sont propres et frais. Mme Jones s'occupe vraiment de tout. Je renverse le contenu par terre et glisse le sac de sport dans le sac marin. Ça devrait aller. Je m'assure que j'ai mon permis de conduire en guise de pièce d'identité et regarde l'heure. Trente et une minutes se sont écoulées depuis l'appel de Jack. Maintenant, je dois sortir de l'Escala à l'insu de Sawyer.

J'avance lentement et silencieusement vers le vestibule. Je sais qu'une caméra de surveillance est braquée sur l'ascenseur. Je crois que Sawyer est encore dans le bureau de Taylor. Prudemment, j'ouvre la porte en faisant le moins de bruit possible. Je la referme doucement derrière moi et reste plaquée contre elle, hors du champ de l'objectif de la caméra de surveillance. J'extirpe mon téléphone de mon sac à main pour appeler Sawyer.

— Madame Grey.

— Sawyer, je suis dans la chambre du premier, vous voulez bien venir me donner un coup de main ?

Je parle bas, car le bureau est à deux pas de la porte du vestibule.

— Tout de suite, madame.

Il semble perplexe. Je ne lui ai jamais téléphoné pour lui demander de m'aider. Mon cœur bat à tout rompre. Est-ce que ça va marcher ? Je raccroche et j'entends ses pas s'éloigner en direction de l'escalier. J'inspire à nouveau profondément en songeant que je suis en train de m'évader de chez moi comme une voleuse.

Une fois que Sawyer a atteint le palier, je m'élance vers l'ascenseur et appuie sur le bouton. Les portes s'ouvrent avec un « ping » qui me semble assourdissant. Je m'engouffre dans la cabine en appuyant sur le bouton du sous-sol. Après une pause insoutenable, les portes se referment lentement, au moment même où j'entends le cri de Sawyer :

— Madame Grey !

Juste avant que les portes de l'ascenseur finissent de se refermer, je l'aperçois débouler dans le vestibule.

— Ana ! s'exclame-t-il, incrédule.

Mais il arrive trop tard.

L'ascenseur descend en douceur jusqu'au garage. J'ai deux minutes d'avance sur Sawyer, et je sais qu'il tentera de m'arrêter. Je contemple mon bolide avec convoitise tout en me précipitant vers la Saab. J'ouvre la portière, lance le sac marin sur la banquette arrière et me glisse sur le siège conducteur.

Les pneus crissent tandis que je fonce vers la sortie. Au bout de onze secondes de torture, la barrière s'ouvre. Au moment où je repars, j'entrevois dans mon rétroviseur Sawyer qui s'élance hors de l'ascenseur de service. Son expression affolée, blessée, me brise le cœur.

En m'engageant sur Fourth Avenue, je recommence à respirer. Sawyer va évidemment contacter Christian ou Taylor, mais je n'ai pas le temps d'y songer maintenant. Je me sens coupable, car j'ai sans doute fait perdre son poste à Sawyer. *N'y pense pas pour l'instant.* Ma priorité, c'est de sauver Mia, donc de persuader la banque de me donner cinq millions de dollars en *cash*. Je jette un coup d'œil au rétroviseur, m'attendant à voir le 4 × 4 surgir du garage, mais Sawyer ne se manifeste pas.

Le décor de la banque est épuré, moderne et discret. Voix feutrées, parquets sonores, verre gravé vert clair partout.

— Je peux vous aider, madame ?

La jeune femme de l'accueil m'adresse un sourire hypocrite et éblouissant, et, un instant, je regrette d'avoir passé un jean.

— J'aimerais retirer une somme importante.

Mlle Sourire Hypocrite hausse un sourcil encore plus faux.

— Vous avez un compte chez nous ?

Elle ne se donne pas la peine de voiler son sarcasme.

— Oui, fais-je sèchement, mon mari et moi avons plusieurs comptes ici. Christian Grey.

Ses yeux s'écarquillent légèrement et l'hypocrisie cède au choc. Partagée entre l'incrédulité et la déférence, elle me scrute à nouveau de la tête aux pieds.

— Par ici, madame, chuchote-t-elle en m'accompagnant jusqu'à un petit bureau aux murs en verre gravé. Asseyez-vous, je vous en prie.

Elle désigne un siège en cuir noir à côté d'un bureau également en verre où sont posés un ordinateur et un téléphone.

— Quelle somme souhaitez-vous retirer, madame Grey ? me demande-t-elle d'un ton affable.

— Cinq millions de dollars.

Je la regarde droit dans les yeux, comme si je retirais ce genre de somme tous les jours. Elle blêmit.

— Je vois. Je vais aller chercher le directeur. Ah, excusez-moi de vous demander ça, mais vous avez une pièce d'identité ?

— Oui. Mais je souhaite parler au directeur.

— Bien sûr, madame Grey.

Elle sort précipitamment. Je m'affale dans mon siège et une vague de nausée me submerge tandis que le revolver s'enfonce dans le creux de mon dos. *Pas maintenant, je ne peux pas vomir maintenant.* J'inspire profondément et la vague de nausée se retire. Je consulte ma montre : déjà 14 h 25.

Un homme dans la quarantaine entre dans la pièce. Il a un début de calvitie et porte un costume anthracite bien coupé, visiblement coûteux, avec une cravate assortie. Il me tend la main.

— Madame Grey ? Troy Whelan.

Il me sourit, nous nous serrons la main et il s'assied en face de moi derrière le bureau.

— Ma collaboratrice m'a dit que vous souhaitiez retirer une somme importante.

— En effet. Cinq millions de dollars.

Il se tourne vers l'écran et tape quelque chose sur le clavier.

— Normalement, nous demandons à être prévenus pour le retrait de sommes aussi importantes.

Il se tait un instant pour m'adresser un sourire rassurant, mais prétentieux.

— Cependant, nous disposons heureusement de toute la réserve d'argent liquide de la zone nord-ouest du Pacifique.

Il essaie de m'épater, là ?

— Monsieur Whelan, je suis pressée. J'ai mon permis de conduire et le chéquier de notre compte commun. Il faut que je me fasse un chèque ?

— Procédons dans l'ordre, madame Grey. Puis-je voir votre pièce d'identité ?

Le fanfaron cordial est redevenu un banquier scrupuleux.

— La voici.

Je lui tends mon permis de conduire.

— Madame Grey… il est au nom d'Anastasia Steele.

Et merde.

— Ah… oui. Euh…

— J'appelle M. Grey.

— Non, ça ne sera pas nécessaire. (*Merde !*) Je dois avoir un document avec mon nom de femme mariée.

Je fouille mon sac à main. J'ai quoi, avec mon nom dessus ? Dans mon portefeuille, je trouve une photo de Christian et moi au lit à bord du *Fair Lady*. *Je ne peux pas lui montrer ça !* Je déterre ma carte American Express *black*.

— Tenez.

— Mme Anastasia Grey, lit Whelan. Oui, ça devrait suffire. (Il fronce les sourcils.) Ceci est très inhabituel, madame Grey.

— Vous voulez que j'apprenne à mon mari que votre banque n'a pas été coopérative ?

Je redresse les épaules en lui lançant mon regard le plus sévère. Il se tait. Je crois qu'il est en train de me réévaluer.

— Vous allez devoir faire un chèque, madame Grey.

— Bien sûr. Sur ce compte-là ?

Je lui montre le chéquier tout en tentant de calmer les battements de mon cœur.

— Ce sera parfait. Vous allez également devoir remplir un formulaire. Si vous voulez bien m'excuser un instant ?

J'acquiesce. Il se lève et sort du bureau d'un pas déterminé. Une fois de plus, je recommence à respirer. Je ne savais pas que ce serait aussi difficile. Maladroitement, j'ouvre mon chéquier et tire un stylo de mon sac. Est-ce que je le libelle à moi-même ? Les doigts tremblants, j'écris : *Cinq millions de dollars. 5 000 000 $.*

Mon Dieu, j'espère que c'est la bonne décision. Mia ! Pense à Mia. Les mots effrayants et répugnants de Jack reviennent me hanter : « Ne parle à personne ou je la fais souffrir avant de la tuer. »

M. Whelan reparaît, pâle et penaud.

— Madame Grey ? Votre mari voudrait vous parler, murmure-t-il en désignant le téléphone sur la table en verre.

Quoi ? Non !

— Il est sur la ligne 1. Appuyez sur le bouton. Je serai dehors.

Il a la courtoisie d'avoir l'air confus, mais Judas n'a rien à envier à Whelan. Je le foudroie du regard ; mon visage se vide de tout son sang tandis qu'il sort du bureau, penaud.

Merde ! Merde ! *Merde !* Qu'est-ce que je vais dire à Christian ? Il va comprendre ce qui se passe, intervenir et mettre en danger la vie de sa sœur. Ma main tremble quand je colle le combiné contre mon oreille en tentant de contrôler ma respiration irrégulière. J'appuie sur le bouton de la ligne 1.

— Tu me quittes ?

Quoi ?

— Non !

Oh non. Non, non – comment peut-il croire ça ? À cause de l'argent ? Il pense que je m'en vais à cause de *l'argent* ? Dans un éclair de lucidité effroyable, je comprends que la seule façon de tenir Christian à l'écart, hors de danger, de sauver sa sœur… c'est de mentir.

— Oui, dis-je.

Une douleur cuisante me transperce, mes larmes jaillissent. Il pousse un petit cri étranglé, presque un sanglot.

— Ana, je…

Il suffoque. *Non !* Je plaque ma main sur ma bouche.

— Christian, s'il te plaît. Non…

Je retiens mes larmes.

— Tu pars ? dit-il.

— Oui.

— Mais pourquoi l'argent ? Ça a toujours été pour l'argent ?

Sa voix tourmentée est à peine audible. *Non.* Les larmes roulent sur mes joues.

— Non.

— Cinq millions, ça suffit ?

Je t'en supplie, arrête !

— Oui.

— Et le bébé ?

Quoi ? Ma main passe de ma bouche à mon ventre.

— Je m'occuperai du bébé.

Mon Petit Pois… notre Petit Pois.

— C'est ça que tu veux ?

Non !

— Oui.

Il inspire brusquement.

— Prends tout, lâche-t-il.

— Christian, je sanglote, cet argent est à toi, à ta famille. Je t'en prie. Arrête.

— Prends tout, Anastasia.

— Christian…

Je suis au bord de flancher, de tout lui raconter - Jack, Mia, la rançon. *Fais-moi confiance, s'il te plaît !* Je le supplie en silence.

— Je t'aimerai toujours.

Sa voix se brise. Il raccroche.

— Christian ! Non… je t'aime, moi aussi.

Tous les tourments que nous nous sommes infligés durant ces derniers jours deviennent insignifiants. J'ai promis de ne jamais le quitter. *Je ne te quitte pas. Je sauve ta sœur.* Je m'affale dans mon siège en sanglotant dans mes mains.

On frappe timidement à la porte. Whelan entre bien que je ne l'aie pas invité à le faire. Mortifié, il regarde partout, sauf dans ma direction.

Vous l'avez appelé, espèce de salaud ! Je le fusille du regard.

— Votre mari a accepté de liquider cinq millions de dollars d'actifs, madame Grey. C'est très inhabituel, mais comme il est notre client principal… il a insisté… beaucoup insisté.

Il se tait en rougissant, puis il fronce les sourcils. Je ne sais pas si c'est parce que Christian fait quelque chose de très inhabituel ou parce que Whelan ne sait pas quoi faire d'une femme qui pleure dans son bureau.

— Vous allez bien ? demande-t-il.

— J'ai l'air d'aller bien ?

— Pardon. Un verre d'eau ?

Je hoche la tête. Je viens de quitter mon mari. Du moins, c'est ce que croit Christian. Ma conscience pince les lèvres. *Parce que tu le lui as dit.*

— Ma collaboratrice va vous l'apporter pendant que je prépare l'argent. Si vous voulez bien signer ici, madame… libellez le chèque à vous-même et signez-le également.

Il pose un formulaire sur la table. Je griffonne ma signature sur la ligne pointillée du chèque, puis sur le formulaire. *Anastasia Grey.* Mes larmes tombent sur le bureau, ratant de peu les papiers.

— Il nous faudra environ une demi-heure pour rassembler l'argent.

Je consulte rapidement ma montre. Jack a dit deux heures – d'ici que l'argent soit prêt, deux heures se seront écoulées. Je hoche la tête, et Whelan sort sur la pointe des pieds en me laissant à mon chagrin.

Quelques instants, minutes, heures plus tard – je n'en sais rien –, Mlle Sourire Hypocrite entre avec une carafe d'eau et un verre.

— Madame Grey, dit-elle doucement en posant le verre sur le bureau pour le remplir.

— Merci.

Elle ressort en me laissant seule avec mes pensées embrouillées, terrifiées. Je trouverai le moyen de rattraper le coup avec Christian… s'il n'est pas trop tard. Au moins, il n'est pas mêlé à cette histoire et, pour l'instant, je dois me concentrer sur Mia. Si Jack avait menti ? S'il ne la détenait pas ? Faut-il que j'appelle la police ? « Ne parle à personne ou je la fais souffrir avant de la tuer. » Impossible. Quand je me cale dans la chaise, je sens la présence rassurante du revolver de Leila qui s'enfonce dans le creux de mon dos. Qui eût cru qu'un jour je serais heureuse qu'elle ait braqué une arme sur moi ? Ah Ray, heureusement que tu m'as appris à tirer.

Ray ! Il attend ma visite ce soir. Peut-être que je peux simplement remettre l'argent à Jack et le laisser s'enfuir pendant que je ramène Mia à la maison ? Mon BlackBerry s'anime. *Your Love is King. Non !* Que me veut Christian ? Retourner le couteau dans la plaie ?

Ça a toujours été pour l'argent ?

Ah, Christian – comment peux-tu penser une chose pareille ? La colère me tord les tripes. Oui, la colère. Ça me fait du bien. Je redirige l'appel directement vers la boîte vocale. J'affronterai mon mari plus tard.

On frappe à la porte.

— L'argent est prêt, madame Grey, m'annonce Whelan.

— Merci.

Quand je me lève, la pièce se met à tourner et je m'agrippe à la chaise.

— Ça va, madame Grey ?

J'acquiesce en le regardant avec l'air de dire « ne m'emmerde pas », et j'inspire à nouveau profondément. *Il faut que j'aille jusqu'au bout. Il faut que je sauve Mia.* Je tire sur le bas de mon sweat à capuche pour cacher la crosse de mon revolver. M. Whelan fronce les sourcils, mais me tient la porte, et je me propulse en avant sur mes jambes flageolantes.

Sawyer est à côté du bureau d'accueil. *Merde !* Nos regards se croisent. Aïe, il est fou de rage. Je lève l'index comme pour lui dire « j'arrive dans une minute », et il hoche la tête en répondant à son téléphone. *Je parie que c'est Christian.* Faisant abruptement volte-face, je manque d'emboutir Whelan qui me suit et retourne d'un bond dans le bureau.

— Madame Grey ?

Whelan, qui m'a suivie, a l'air totalement dérouté. Sawyer pourrait tout faire rater. Je regarde Whelan.

— Il y a quelqu'un dehors que je dois éviter, quelqu'un qui me suit.

Whelan écarquille les yeux.

— Voulez-vous que j'appelle la police ?

— Non !

Bordel de merde, non ! Que faire ? Je jette un coup d'œil à ma montre : presque 15 h 15. Jack va appeler d'une minute à l'autre. *Réfléchis, Ana, réfléchis !* Whelan me fixe, de plus en plus déconcerté. Il doit me prendre pour une folle. *Tu es folle, en effet,* aboie ma conscience.

— Il faut que je passe un coup de fil. Pouvez-vous me laisser seule un instant, s'il vous plaît ?

— Certainement, me répond Whelan, sans doute heureux de s'éclipser.

Dès qu'il a refermé la porte, je compose le numéro de portable de Mia les doigts tremblants.

— Tiens, voilà mon chèque de paye, répond Jack, méprisant.

Je n'ai pas de temps à perdre avec ses conneries.

— J'ai un problème.

— Je sais, ton garde du corps t'a suivie jusqu'à la banque.

Quoi ? Comment le sait-il ?

— Il faut que tu le sèmes. Une voiture t'attend derrière la banque, une Dodge 4 × 4 noire. Tu as trois minutes pour l'atteindre.

La Dodge !

— Je vais peut-être mettre un peu plus de trois minutes.

J'ai une fois de plus le cœur au bord des lèvres.

— Tu es maligne, pour une pute. Débrouille-toi. Et débarrasse-toi de ton téléphone dès que tu auras atteint le véhicule, compris, salope ?

— Oui.

— Dis-le ! aboie-t-il.

— Compris.

Il raccroche. *Merde !* J'ouvre la porte. Whelan m'attend patiemment.

— Monsieur Whelan, j'aurais besoin d'aide pour transporter les sacs jusqu'à ma voiture. Elle est garée derrière la banque. Vous avez une entrée de service ?

Il fronce les sourcils.

— Oui, en effet.

— On peut sortir par là ?

— Comme vous voulez, madame Grey. Je vais demander à deux commis de vous aider avec les sacs et à deux gardiens de sécurité de surveiller l'opération. Si vous voulez bien me suivre ?

— J'ai encore une faveur à vous demander.

— À votre service, madame Grey.

Deux minutes plus tard, je me retrouve dehors. Comme la Dodge a des vitres teintées, je ne vois pas qui est au volant. Mais, alors que nous nous rapprochons, la portière s'ouvre et une femme en noir, une casquette tirée sur les yeux, en descend gracieusement. *Elizabeth, de la SIP ! Mais qu'est-ce que… ?* Elle va ouvrir le coffre du 4 × 4. Les deux jeunes commis qui transportent l'argent hissent les sacs à l'arrière.

— Ana.

Elle a le culot de me sourire comme si nous allions partir nous balader entre copines.

— Elizabeth, fais-je d'une voix glaciale, ça me fait plaisir de te voir en dehors du bureau.

M. Whelan se racle la gorge.

— Eh bien, ça a été un après-midi très intéressant, madame Grey, dit-il.

Je suis contrainte de me plier au rituel de politesse : je lui serre la main et le remercie, alors que je suis sous le choc. *Elizabeth ?* C'est donc elle, la complice de Jack ? Whelan et son équipe rentrent dans la banque, me laissant seule avec la directrice des ressources humaines de la SIP, complice d'enlèvement, d'extorsion et très probablement d'autres crimes. Pourquoi ?

Elizabeth m'ouvre la portière arrière et me fait signe de monter.

— Ton téléphone, Ana ? me demande-t-elle en me guettant d'un œil méfiant.

Je le lui remets. Elle le jette dans la poubelle la plus proche.

— Voilà qui va brouiller les pistes, fait-elle d'un air suffisant.

Qui est cette femme, en réalité ? Elizabeth claque ma portière et se met au volant. Je regarde derrière moi anxieusement tandis qu'elle se dirige vers l'est.

— Elizabeth, tu as l'argent. Appelle Jack, dis-lui de laisser partir Mia.

— Je crois qu'il tient à te remercier en personne.

Merde ! Je la fusille du regard dans le rétroviseur. Elle blêmit ; l'anxiété défigure son visage habituellement ravissant.

— Pourquoi tu fais ça, Elizabeth ? Je croyais que tu n'aimais pas Jack ?

Elle me jette à nouveau un coup d'œil dans le rétroviseur ; une lueur douloureuse traverse brièvement son regard.

— Ana, tout va bien se passer si tu te tais.

— Mais tu ne peux pas faire ça, c'est insensé.

— Tais-toi.

— Il te tient, c'est ça ?

Son regard croise le mien et elle freine violemment, ce qui me projette en avant si brusquement que mon visage heurte le repose-tête du siège avant.

— Je t'ai dit de te taire, rugit-elle. Et je te suggère d'attacher ta ceinture.

À ce moment, je comprends que j'ai vu juste : il la tient, par quelque chose de si horrible qu'elle est prête à commettre un crime pour lui. Détournement de fonds ? Un truc dans sa vie privée ? Un truc sexuel ? Cette pensée me fait frémir. Aucune des anciennes assistantes de Jack n'a voulu témoigner contre lui. C'est peut-être toujours la même histoire pour chacune d'entre elles. *C'est pour ça qu'il voulait me baiser, moi aussi.* La bile me monte à la gorge, tant cette idée me dégoûte.

Elizabeth s'éloigne du centre-ville de Seattle pour se diriger vers l'est. Nous traversons un quartier résidentiel. J'aperçois une plaque de rue : SOUTH IRVING STREET. Elle prend à gauche, une rue déserte avec un terrain de jeux et un grand parking en béton flanqué d'une rangée d'entrepôts en briques abandonnés. Elizabeth s'engage dans le parking et s'arrête devant le dernier entrepôt.

Elle se tourne vers moi.

— Allez, en scène, murmure-t-elle.

La peur m'envahit et j'ai une poussée d'adrénaline.

— Tu n'es pas obligée de faire ça, lui dis-je tout bas.

Elle pince les lèvres et descend de voiture.

Tout ça, c'est pour Mia. Tout ça, c'est pour Mia. Je prie à toute vitesse. *S'il vous plaît, faites qu'elle n'ait rien.*

— Sors ! aboie Elizabeth en ouvrant la portière passager d'un coup sec.

Quand je descends, mes jambes tremblent tellement que je m'étonne de tenir debout. La brise fraîche de fin d'après-midi charrie l'odeur de l'automne qui s'annonce et celle, crayeuse et poussiéreuse, des immeubles abandonnés.

— Tiens, tiens, de la visite.

Jack émerge d'une porte barrée par des planches, à gauche de l'immeuble. Il a les cheveux courts, il a retiré ses boucles d'oreilles et porte un costume. *Un costume ?* Il s'avance vers moi d'un pas tranquille, suintant la haine et l'arrogance. Mon cœur fait une embardée.

— Où est Mia ? fais-je en bégayant, la bouche tellement sèche que j'ai du mal à former les mots.

— Chaque chose en son temps, salope, ricane Jack en s'arrêtant devant moi.

Je peux pratiquement goûter son mépris.

— L'argent ? dit-il.

Elizabeth est en train de vérifier le contenu des sacs dans le coffre.

— Il y a des tas de billets, là-dedans, déclare-t-elle, impressionnée, en les refermant.

— Son téléphone ?

— Je l'ai jeté dans une poubelle.

— Bien, gronde Jack.

Tout d'un coup, sans avertissement, il me gifle violemment du revers de la main. Ce coup féroce et gratuit m'étale par terre. Ma tête rebondit sur le béton avec un craquement désagréable. Mes yeux se remplissent de larmes et ma vision se brouille tandis que le choc de l'impact se propage, déchaînant une douleur atroce dans mon crâne.

Je pousse un cri étouffé. *Non – mon Petit Pois !* Jack me balance un coup de pied rapide et vicieux dans les côtes, si violent que j'en ai le souffle coupé. Je serre les paupières en tentant de lutter contre la nausée et la douleur. J'essaie de respirer. *Petit Pois, Petit Pois, mon Petit Pois…*

— Ça, c'est pour la SIP, salope ! hurle Jack.

Je ramène mes jambes contre ma poitrine et me roule en boule en anticipant le prochain coup. *Non, non, non.*

— Jack ! crie Elizabeth. Pas ici ! Pas en plein jour, merde !

Il s'arrête.

— Elle l'a bien cherché, cette sale pute, jubile-t-il.

Ce bref répit me permet de passer ma main dans mon dos pour tirer mon revolver de la ceinture de mon jean. Tremblante, je le braque sur Jack, j'appuie sur la détente et je fais feu. La balle l'atteint juste au-dessus du genou et il s'effondre devant moi avec un hurlement de douleur, en agrippant sa cuisse avec ses doigts rougis de sang.

— Merde ! beugle Jack.

Je me tourne pour faire face à Elizabeth, qui me regarde, horrifiée, en levant les mains au-dessus de la tête. Ma vue se brouille… la nuit se referme sur moi. *Merde…* Elizabeth semble au bout d'un tunnel. La nuit l'avale. M'avale. Au loin, l'enfer se déchaîne. Pneus qui crissent… freins… portières… cris… des gens qui courent… Je laisse tomber le revolver.

— Ana !

La voix de Christian… la voix de Christian… Mia… *sauve Mia.*

— ANA !

La nuit… la paix.

23

La douleur, il n'y a que la douleur dans ma tête, ma poitrine… une douleur brûlante. Mon flanc, mon bras, la douleur ; la douleur et des mots chuchotés dans le noir. *Où suis-je ?* J'ai beau essayer, je n'arrive pas à ouvrir les yeux. Les chuchotements deviennent plus distincts… comme un phare dans l'obscurité.

— Elle a des contusions et une légère fracture du crâne, mais ses fonctions vitales sont stables et intactes.

— Pourquoi est-elle toujours inconsciente ?

— Madame Grey a subi un choc important à la tête, mais son activité cérébrale est normale et elle n'a aucun œdème. Elle reviendra à elle lorsqu'elle sera prête. Ce n'est qu'une question de temps.

— Et le bébé ?

Ses mots sont angoissés, étranglés.

— Le bébé va bien.

— Dieu merci… Dieu merci.

Ses mots sont une litanie… une prière.

Oh mon Dieu. Il s'inquiète pour le bébé… le bébé ? *Petit Pois.* Mon Petit Pois. Je tente en vain de poser ma main sur mon ventre, mais rien ne bouge, rien n'obéit.

Et le bébé ?… Dieu merci.

Mon Petit Pois est sain et sauf.

Et le bébé ?... Dieu merci.

Il tient au bébé.

Et le bébé ?... Dieu merci.

Il veut le bébé. Dieu merci. Je me détends, happée par l'inconscience qui anihile ma douleur.

Tout en moi est lourd et endolori : mes membres, ma tête, mes paupières. Mes yeux et ma bouche refusent de s'ouvrir, me laissant aveugle et muette. J'émerge du brouillard, à l'orée de la conscience, sirène séductrice hors d'atteinte. Les sons deviennent des voix.

— Je reste ici.

Christian ! Il est là... je m'efforce de me réveiller - sa voix n'est qu'un chuchotement tourmenté.

— Christian, tu devrais aller dormir.

— Non, papa, je veux être là quand elle se réveillera.

— Je vais la veiller. C'est le moins que je puisse faire après qu'elle a sauvé ma fille.

Mia !

— Comment va Mia ?

— Elle est groggy... elle a peur, elle est en colère. Il faudra encore plusieurs heures pour que le Rohypnol arrête de faire effet.

— Nom de Dieu.

— Quel con j'ai été de la laisser sortir sans garde du corps. Tu m'avais mis en garde, mais Mia est tellement têtue. Sans Ana...

— Nous pensions tous que Hyde était hors d'état de nuire. Et ma femme, comme une idiote... Pourquoi ne m'a-t-elle rien dit ?

La voix de Christian déborde d'angoisse.

— Christian, calme-toi. Ana est une jeune femme remarquable. Elle a été incroyablement courageuse.

— Courageuse, obstinée et stupide.

Sa voix se brise.

— Hé, murmure Carrick, ne sois pas si dur avec elle, ou avec toi-même… Il vaut mieux que j'aille retrouver ta mère. Il est plus de 3 heures du matin, Christian, tu devrais vraiment essayer de dormir.

Le brouillard se referme sur moi.

Le brouillard se lève, mais je n'ai plus aucune notion du temps.

— Si tu ne lui flanques pas une bonne fessée, je m'en charge. À quoi elle pensait, bon sang ?

— Faites-moi confiance, Ray, j'y songe.

Papa ! Il est là. Je me bats contre le brouillard… je me bats… mais je tourbillonne à nouveau dans le vide. *Non…*

— Inspecteur, comme vous pouvez le constater, ma femme n'est pas en état de répondre à vos questions.

Christian est fâché.

— C'est une jeune femme très courageuse, monsieur Grey.

— Si seulement elle l'avait tué, cet enculé…

— Ça m'aurait fait encore plus de paperasses à remplir, monsieur Grey… Mlle Morgan s'est mise à table. Hyde est vraiment tordu. Il vous en veut à mort, à votre père et à vous…

Le brouillard me reprend et m'entraîne… plus bas… plus bas. *Non !*

— Comment ça, vous étiez fâchés ?

Grace. J'essaie de bouger ma tête, mais mon corps m'oppose un refus obstiné.

— Qu'est-ce que tu lui as fait ?

— Maman…

— Christian ! Qu'est-ce que tu lui as fait ?

— J'étais tellement fâché…

C'est presque un sanglot… Non ! Le monde vacille, bascule, et je repars.

J'entends des voix basses et embrouillées.

— Tu m'avais dit que tu avais complètement rompu.

C'est Grace qui parle, calmement, mais sur le ton du reproche.

— Je sais.

Christian a l'air résigné.

— En la revoyant, j'ai enfin compris. Tu sais… avec le bébé, pour la première fois, j'ai compris que… ce que nous avions fait… c'était mal.

— Ce qu'*elle* a fait, mon chéri… c'est ça, quand on a des enfants. On voit le monde différemment.

— Elle a enfin compris le message… moi aussi… mais j'ai fait souffrir Ana, chuchote-t-il.

— On fait toujours souffrir ceux qu'on aime, mon chéri. Tu vas devoir lui demander pardon. Il faut que ça soit sincère, et il faudra lui donner du temps.

— Elle m'a dit qu'elle me quittait.

Non. Non. Non !

— Tu l'as crue ?

— Au début, oui.

— Mon chéri, tu t'imagines sans cesse le pire de tout le monde, toi compris, depuis toujours. Ana t'aime énormément, et tu l'aimes aussi, c'est évident.

— Elle m'en voulait à mort.

— Je n'en doute pas. Moi aussi, je t'en veux en ce moment. Je crois qu'on ne peut être réellement furieux que contre ceux qu'on aime.

— J'ai réfléchi. Elle m'a prouvé à quel point elle m'aimait… au point de risquer sa vie.

— En effet, mon chéri.

— Maman, pourquoi est-ce qu'elle ne se réveille pas ? (Sa voix se casse.) J'ai failli la perdre.

Christian ! Des sanglots étouffés. Non… *Ah*… la nuit se referme sur moi. *Non*…

— Il a fallu vingt-quatre ans pour que tu me laisses te tenir dans mes bras, comme ça…

— Je sais, maman. Je suis heureux qu'on se soit parlé.

— Moi aussi. Mon chéri, je suis toujours là pour toi. Je n'arrive pas à croire que je vais être grand-mère.

Grand-mère ! Le doux néant m'appelle.

Sa barbe me gratte doucement le dos de la main tandis qu'il presse mes doigts.

— Bébé, s'il te plaît, reviens. Pardon. Pardon. Réveille-toi. Tu me manques. Je t'aime…

J'essaie. J'essaie. Mais mon corps me désobéit et je me rendors une fois de plus.

J'ai un besoin pressant de faire pipi. J'ouvre les yeux. Je suis dans l'environnement propre et stérile d'une chambre d'hôpital ; seule une veilleuse perce l'obscurité. J'ai mal à la tête et à la poitrine, mais, surtout, j'ai la vessie pleine à éclater. Il faut que je fasse pipi. Je tente de remuer les membres. J'éprouve une sensation de brûlure au bras gauche ; je remarque la perfusion au creux de mon coude. Je referme rapidement les yeux. Je tourne la tête, ravie qu'elle réponde enfin à ma volonté, puis je rouvre les yeux : Christian est endormi sur la chaise à côté de mon lit, la tête posée sur ses bras repliés. Je tends la main et passe les doigts dans ses cheveux.

Il se réveille en sursaut et se relève si brusquement que ma main retombe faiblement sur le lit.

— Salut, fais-je d'une voix éraillée.

— Oh, Ana !

Il m'agrippe la main et la plaque contre sa joue râpeuse.

— Il faut que j'aille aux toilettes.

Il me fixe, ébahi.

— D'accord.

Je m'efforce de m'asseoir.

— Ana, ne bouge pas, j'appelle une infirmière.

Il se lève rapidement et tend la main vers une sonnette à côté du lit.

— S'il te plaît. (*Pourquoi ai-je mal partout ?*) Il faut que je me lève.

Bon sang, je suis tellement faible.

— Veux-tu bien obéir, pour une fois ?

— J'ai vraiment besoin de faire pipi.

Ma bouche et ma gorge sont tellement sèches.

Une infirmière entre dans la chambre. Malgré ses cheveux noir de jais, elle doit avoir la cinquantaine, et elle porte de grosses boucles d'oreilles en perles.

— Madame Grey, bienvenue parmi nous ! Je vais avertir le Dr Bartlett que vous avez repris conscience.

Elle s'avance jusqu'à mon chevet.

— Je m'appelle Nora. Savez-vous où vous êtes ?

— Oui. À l'hôpital. Il faut que je fasse pipi.

— Vous avez une sonde.

Quoi ? Pouah, c'est dégueulasse. Je jette un coup d'œil angoissé à Christian, puis à l'infirmière.

— S'il vous plaît, il faut que je me lève.

— Madame Grey !

— S'il vous plaît.

— Ana, me gronde Christian.

Je m'efforce à nouveau de m'asseoir.

— Alors il faut d'abord que je vous retire la sonde, soupire l'infirmière. Monsieur Grey, je suis sûr que votre épouse apprécierait un peu d'intimité.

Elle lance à Christian un regard insistant.

— Je reste.

Il soutient son regard.

— Christian…

Je prends sa main. Il presse brièvement la mienne, puis m'adresse un regard exaspéré.

— S'il te plaît.

— Très bien ! aboie-t-il en passant sa main dans ses cheveux. Vous avez deux minutes, lance-t-il à l'infirmière.

Il se penche pour m'embrasser sur le front avant de faire volte-face pour quitter la pièce.

Deux minutes plus tard, Christian fait irruption dans la chambre tandis que l'infirmière m'aide à me lever. Je porte une chemise d'hôpital. Je ne me rappelle pas avoir été déshabillée.

— Laissez-moi faire, dit-il en s'avançant vers nous.

— Monsieur Grey, je peux me débrouiller seule, le gronde l'infirmière Nora.

Il lui adresse un regard hostile.

— Nom de Dieu, c'est ma femme ! grince-t-il, en déplaçant le porte-perfusion.

— Monsieur Grey ! proteste-t-elle.

L'ignorant, il se penche vers moi et me soulève doucement. Je passe mes bras autour de son cou. Mon corps se lamente. *Oh là là, j'ai mal partout.* Il me porte jusqu'aux toilettes, suivi de l'infirmière qui pousse mon porte-perfusion.

— Madame Grey, vous êtes trop légère, marmonne-t-il, désapprobateur, en me posant doucement sur mes pieds.

Je vacille, car j'ai les jambes en coton. Quand Christian allume, je suis un instant aveuglée par les néons qui s'animent avec de petits grésillements.

— Assieds-toi avant de tomber, m'ordonne-t-il en me soutenant.

Je m'assois prudemment sur les w-c.

— Va-t'en.

J'agite la main pour le chasser.

— Non. Fais pipi, Ana.

Plus gênée, ce serait impossible.

— Non, je ne peux pas, pas devant toi.

— Tu pourrais tomber.

— Monsieur Grey !

Nous ignorons l'un et l'autre l'interjection de l'infirmière.

— Christian, s'il te plaît.

Il lève les mains, admettant sa défaite.

— J'attends dehors. Je laisse la porte ouverte.

Il recule jusqu'au seuil de la salle de bains, où il tombe nez à nez avec l'infirmière furieuse.

— Retourne-toi, s'il te plaît, dis-je.

Pourquoi suis-je aussi ridiculement pudique avec cet homme ? Il lève les yeux au ciel, mais obéit, et dès qu'il a le dos tourné, je me laisse enfin aller, en savourant la sensation de soulagement.

Je fais l'inventaire de mes blessures. J'ai mal à la tête, mal aux côtes là où Jack m'a donné un coup de pied, à la hanche sur laquelle je suis tombée quand il m'a poussée. En plus, j'ai soif et j'ai faim. *Oh là là, qu'est-ce que j'ai faim.* Heureusement, je ne suis pas obligée de me lever pour me laver les mains, car le lavabo est tout près. Je n'ai tout simplement pas la force de me mettre debout.

— J'ai fini, dis-je en me séchant les mains.

Christian se retourne et, avant de comprendre ce qui se passe, je me retrouve dans ses bras. Qu'est-ce qu'ils m'ont manqué, ces bras-là… Il s'arrête pour enfouir son nez dans mes cheveux.

— Vous m'avez manqué, madame Grey, chuchote-t-il.

Tandis que l'infirmière trépigne derrière lui, il me pose sur le lit – à contrecœur, il me semble.

— Quand vous aurez fini, monsieur Grey, j'aimerais bien examiner madame Grey.

Nora est furieuse. Il recule d'un pas.

— Je vous la laisse, répond-il d'une voix plus mesurée.

Elle grogne, puis reporte son attention sur moi. *Il est exaspérant, non ?*

— Comment vous sentez-vous ? me demande-t-elle d'une voix pleine de compassion malgré une pointe d'irritation – à l'intention de Christian, il me semble.

— J'ai mal et j'ai soif. Très soif.

— Je vais aller vous chercher de l'eau dès que j'aurai vérifié vos fonctions vitales et que le Dr Bartley vous aura examinée.

Elle prend le tensiomètre et le passe autour de mon bras. Je jette un coup d'œil anxieux à Christian. Il a une tête épouvantable, comme s'il n'avait pas dormi depuis plusieurs nuits. Ses cheveux sont en pétard, il ne s'est pas rasé depuis longtemps et sa chemise est toute chiffonnée.

— Comment te sens-tu ? me demande-t-il en s'asseyant sur le lit.

— J'ai les idées embrouillées, j'ai mal et j'ai faim.

— Tu as faim ? s'étonne-t-il.

J'acquiesce.

— Tu veux manger quoi ?

— N'importe quoi. De la soupe.

— Monsieur Grey, il va falloir l'accord du médecin avant que madame Grey puisse s'alimenter, intervient l'infirmière.

Il la regarde un moment d'un air impassible, puis tire son BlackBerry de sa poche et compose un numéro.

— Ana veut de la soupe au poulet… Bien… merci.

Il raccroche. Je jette un coup d'œil à Nora, qui regarde Christian d'un air menaçant.

— Taylor ? dis-je rapidement.

Christian hoche la tête.

— Votre tension est normale, madame Grey. Je vais aller chercher le médecin.

Elle retire le tensiomètre et, sans ajouter un mot, sort de la chambre très agacée.

— Je crois que tu as contrarié l'infirmière.

— Je fais souvent cet effet-là aux femmes, ricane-t-il.

Je ris, puis m'arrête brusquement parce que ça me fait mal aux côtes.

— Oui, c'est vrai.

— Ana, j'aime tellement t'entendre rire.

Nora revient avec une carafe d'eau. Nous nous taisons tous les deux en nous regardant tandis qu'elle en verse dans un verre, qu'elle me tend.

— Rien que des petites gorgées, me prévient-elle.

— Oui, madame.

J'avale une gorgée d'eau bien fraîche. *Oh mon Dieu*, qu'est-ce que c'est bon. J'en avale une autre. Christian m'observe attentivement.

— Mia ? dis-je.

— Grâce à toi, elle est saine et sauve.

— Ils la détenaient vraiment ?

— Oui.

Toute cette folie, c'était donc pour la bonne cause. *Dieu merci. Dieu merci, elle va bien.*

— Comment l'ont-ils enlevée ?

— Elizabeth Morgan, se contente-t-il de répondre.

— Non !

Il hoche la tête.

— Elle est devenue copine avec Mia à la salle de sport.

Je secoue la tête. Je ne comprends toujours pas.

— Ana, je t'expliquerai plus tard. Mia va bien, étant donné les circonstances. Elle a été droguée, elle est encore groggy et secouée mais, par miracle, on ne lui a pas fait de mal. (Christian serre la mâchoire.) Ce que tu as fait… (Il passe sa main dans ses cheveux)… était incroyablement courageux et incroyablement stupide. Tu aurais pu te faire tuer.

Son regard vire au gris glacé, et je sais qu'il retient sa colère.

— Je ne savais pas quoi faire d'autre.

— Tu aurais pu me parler ! s'exclame-t-il en serrant les poings sur ses genoux.

— Il m'a dit qu'il la tuerait si je parlais. Je ne pouvais pas courir ce risque.

Christian ferme les yeux ; l'effroi se peint sur ses traits.

— J'ai souffert mille morts depuis jeudi.

Jeudi ?

— Quel jour on est ?

— Presque samedi. Tu as été inconsciente plus de vingt-quatre heures.

Ah.

— Jack et Elizabeth ?

— En détention. En fait, Hyde est ici, sous bonne garde. Il a fallu qu'on extraie la balle que tu as oubliée dans sa jambe. Je ne sais pas dans quel service il se trouve, heureusement d'ailleurs, parce que j'irais probablement le tuer de mes propres mains.

Son visage s'assombrit. *Et merde, Jack est ici ?* « Ça, c'est pour la SIP, salope ! » Je blêmis. Mon estomac vide se convulse, les larmes me brûlent les yeux, et un frémissement me parcourt.

— Hé !

Christian se rapproche sur le lit, l'air anxieux. Il me prend le verre des mains et m'enveloppe tendrement dans ses bras.

— Tu es en sécurité, maintenant, murmure-t-il contre mes cheveux.

— Christian, je te demande pardon.

Mes larmes se mettent à couler.

— Chut.

Il me caresse les cheveux, et je pleure contre son cou.

— Pardon pour ce que j'ai dit. Je n'ai jamais eu l'intention de te quitter.

— Chut, bébé, je sais.

— Vraiment ?

Son aveu tarit mes larmes.

— J'ai fini par comprendre. Franchement, Ana, qu'est-ce qui t'est passé par la tête ?

Sa voix est tendue.

— Quand on s'est parlé à la banque, tu m'as prise au dépourvu en t'imaginant que je te quittais. Je pensais que tu me connaissais mieux que ça. Je t'ai dit mille fois que je ne te quitterais jamais.

— Mais après la façon inadmissible dont je me suis conduit... J'ai cru que je t'avais perdue.

— Non, Christian, jamais. Je ne voulais pas que tu t'en mêles et que tu mettes la vie de Mia en danger.

Il soupire. Je ne sais pas si c'est parce qu'il est fâché, exaspéré ou blessé.

— Et alors, tu as compris comment ? dis-je rapidement pour lui changer les idées.

Il me cale une mèche derrière l'oreille.

— Je venais d'atterrir à Seattle quand la banque a téléphoné.

— Tu étais à Portland quand Sawyer t'a appelé de la voiture ?

— Oui, on était sur le point de décoller. Il m'a dit que tu te sentais mal et j'étais inquiet pour toi, dit-il doucement.

— Vraiment ?

— Évidemment.

Il lisse ma lèvre inférieure avec son pouce.

— Je passe ma vie à m'en faire pour toi, tu le sais bien.

Ah, Christian.

— Jack m'avait donné deux heures pour trouver l'argent. Il fallait que je sorte, et j'ai choisi l'excuse la plus plausible.

Christian pince les lèvres.

— Tu as échappé à la surveillance de Sawyer. Au fait, lui aussi, il est furieux contre toi.

— Lui aussi ?

— Comme moi.

J'effleure sa barbe du bout des doigts. Il ferme les yeux et se penche vers ma main.

— Ne sois pas fâché contre moi, je t'en prie.

— Je suis ivre de rage. Ce que tu as fait était d'une stupidité phénoménale. À la limite de la folie.

— Je te l'ai déjà dit, je ne savais pas quoi faire d'autre.

— On dirait que tu te fiches de ta propre sécurité. Il ne s'agit plus seulement de toi, maintenant, ajoute-t-il, furieux.

Ma lèvre tremble. Il pense au Petit Pois.

La porte s'ouvre, ce qui nous fait tous deux sursauter, pour livrer passage à une jeune femme noire en blouse blanche portée sur une tenue de bloc grise.

— Bonsoir, madame Grey. Je suis le docteur Bartley.

Elle commence un examen approfondi, éclaire mes pupilles, me fait toucher ses doigts, puis mon nez en fermant d'abord un œil, puis l'autre, et vérifie tous mes réflexes. Sa voix est douce, tout comme ses gestes ; elle est chaleureuse. L'infirmière la rejoint, et Christian se met à l'écart pour passer des coups de fil tandis qu'elles s'occupent de moi. J'ai du mal à me concentrer sur le Dr Bartley, Nora et Christian en même temps, mais je l'entends appeler son père, ma mère et Kate pour leur dire que j'ai repris conscience. Enfin, il laisse un message à Ray.

Ray… Un vague souvenir de sa voix me revient : il est venu ici pendant que j'étais inconsciente.

Le Dr Bartley examine mes côtes en les palpant doucement, mais fermement du bout des doigts. Je grimace.

— Vous avez des hématomes, mais vos côtes ne sont ni fêlées ni cassées. Vous avez eu beaucoup de chance, madame Grey.

De la chance ? Ce n'est pas le mot que j'aurais choisi. Christian la regarde d'un air mauvais et articule quelque chose en silence à mon intention. Je crois que c'est *tu es folle*, mais je n'en suis pas certaine.

— Je vais vous prescrire des analgésiques. Vous en aurez besoin pour vos côtes et pour votre mal de tête. Mais tout semble en bon état. Essayez de dormir. Demain matin, ma collègue, le Dr Singh, passera vous voir. Selon la façon dont vous vous sentirez, nous vous laisserons peut-être rentrer chez vous.

On frappe à la porte. Taylor entre avec une boîte en carton noir sur laquelle est écrit *Fairmont Olympic* en lettres crème.

— De la nourriture ? s'étonne le Dr Bartley.

— Ma femme a faim, dit Christian. C'est de la soupe de poulet.

Le Dr Bartley sourit.

— De la soupe, c'est parfait. Mais seulement le bouillon. Pas d'aliments solides.

Elle nous regarde tous les deux avec insistance, puis sort de la chambre avec l'infirmière. Christian tire le plateau à roulettes vers mon lit : Taylor pose la boîte dessus.

— Content de vous revoir, madame Grey.

— Bonsoir, Taylor. Merci.

— Je vous en prie, madame.

Je crois qu'il a envie d'ajouter quelque chose, mais il se retient.

Christian déballe le contenu de la boîte : une Thermos, un bol à soupe, une soucoupe, une serviette de table en lin, une cuiller à soupe, une petite corbeille à pain, une salière et un poivrier en argent… L'Olympic a mis les petits plats dans les grands.

— C'est génial, Taylor.

Mon estomac gargouille. Je suis affamée.

— Ce sera tout ?

— Oui, merci, dit Christian en lui donnant congé.

Taylor hoche la tête.

— Merci, Taylor.

— Vous avez besoin d'autre chose, madame ?

Je jette un coup d'œil à Christian.

— Des vêtements de rechange pour Christian.

Taylor sourit.

— Oui, madame.

Christian baisse les yeux vers sa chemise, interloqué.

— Tu la portes depuis combien de temps ?

— Jeudi matin.

Il m'adresse un petit sourire en coin. Taylor s'éclipse.

— Taylor est fâché contre toi, lui aussi, ajoute Christian, grognon.

Il dévisse le bouchon du Thermos pour verser la soupe au poulet dans mon bol. *Taylor aussi !* Mais je ne m'attarde pas là-dessus, car la soupe au poulet sent trop bon. Je la goûte : elle est savoureuse.

— C'est bon ? me demande Christian en se rasseyant au bord du lit.

Je hoche la tête avec enthousiasme sans m'arrêter de manger goulûment ma soupe, en m'essuyant la bouche de temps en temps avec la serviette.

— Raconte-moi ce qui est arrivé après que tu as compris ce qui se passait.

Christian passe sa main dans ses cheveux et secoue la tête.

— Ana, qu'est-ce que c'est bon de te voir manger…

— J'ai faim. Raconte.

— Après le coup de fil à la banque, j'ai cru que mon univers s'effondrait…

Il n'arrive pas à dissimuler sa douleur. Je m'arrête de manger. *Et merde.*

— Si tu t'arrêtes de manger, j'arrête de parler, me souffle-t-il, inflexible.

Je m'attaque à nouveau à ma soupe. *Bon, d'accord, compris… Putain, qu'est-ce que c'est bon.* Le regard de Christian se radoucit et il reprend :

— Peu de temps après qu'on s'est parlé, toi et moi, Taylor m'a appris que Hyde avait été libéré sous caution. Comment, je ne le sais pas. Je pensais qu'on avait réussi à déjouer toutes ses tentatives de ce côté-là. Mais ça m'a fait réfléchir à ce que tu avais dit… et j'ai compris qu'il se passait quelque chose de grave.

— Ça n'a jamais été pour l'argent, dis-je dans un brusque accès de colère. Comment as-tu pu le croire un seul instant ? Ça n'a jamais été pour ton putain d'argent !

Ma tête se met à battre, et je grimace. Christian me fixe, étonné par ma véhémence. Il plisse les yeux :

— Surveille ton langage, grogne-t-il. Calme-toi et mange.

Je le foudroie du regard.

— Ana, me prévient-il.

— Ça m'a blessée plus que tout, Christian. Enfin, presque autant que le fait que tu revoies cette bonne femme.

Il cille comme si je l'avais giflé. Tout d'un coup, il a l'air épuisé. Il secoue la tête, résigné.

— Je sais, soupire-t-il. Et j'en suis désolé. Plus que tu ne peux l'imaginer. (Ses yeux débordent de remords.) S'il te plaît, mange pendant que ta soupe est chaude.

J'obéis. Il pousse un soupir de soulagement.

— Continue, dis-je entre deux bouchées interdites de petit pain.

— On ne savait pas que Mia avait disparu. Je pensais qu'il te faisait peut-être chanter. Je t'ai rappelée, mais tu n'as pas répondu. (Il se renfrogne.) Je t'ai laissé un message, puis j'ai appelé Sawyer. Taylor a tracé ton portable, je savais que tu étais à la banque, alors on y allés.

— Je ne sais pas comment Sawyer m'a retrouvée. Il traçait mon portable, lui aussi ?

— La Saab est équipée d'une balise de géolocalisation, comme toutes nos voitures. Quand on est arrivés à la banque, tu étais déjà partie, alors on t'a suivie. Pourquoi souris-tu ?

— Je savais que tu localiserais mon portable.

— Et pourquoi ça t'amuse ?

— Jack a exigé que je me débarrasse de mon téléphone. Alors j'ai emprunté celui de Whelan, et c'est celui-là qu'Elizabeth a jeté. J'ai mis le mien dans le sac marin pour que tu puisses suivre ton argent.

Christian soupire :

— *Notre* argent, Ana, me corrige-t-il doucement. Mange.

J'essuie mon bol avec le reste de mon pain, que j'engloutis. Pour la première fois depuis longtemps, je me sens rassasiée.

— Fini !

— Bravo, bébé.

On frappe à la porte. L'infirmière est revenue avec un petit gobelet en carton.

— Pour la douleur.

Nora me sourit en me montrant le comprimé blanc dans le gobelet.

— Ça ne nuira pas au bébé ?

— Non, madame Grey. C'est du Lortab, ça n'affectera pas le bébé.

Je hoche la tête, reconnaissante. J'ai la tête qui me lance. J'avale le cachet avec une gorgée d'eau.

— Vous devriez vous reposer, madame Grey.

L'infirmière dévisage Christian avec insistance. Il hoche la tête. *Non !*

— Tu t'en vas ? fais-je, prise de panique.

Ne pars pas ! On vient tout juste de commencer à discuter ! Christian pousse un petit grognement.

— Madame Grey, si vous vous imaginez que j'ai l'intention de vous quitter des yeux un seul instant, vous vous fichez le doigt dans l'œil.

L'infirmière soupire lourdement en rajustant mon oreiller pour m'obliger à m'allonger.

— Bonne nuit, madame Grey, dit-elle.

Elle jette un dernier regard sévère à Christian avant de s'en aller. Il hausse un sourcil.

— Je ne crois pas que Nora m'approuve.

Il reste debout à côté du lit, il a l'air épuisé. Et même si j'ai envie qu'il reste, je sais qu'il faut que j'essaie de le convaincre de rentrer à la maison.

— Toi aussi, tu as besoin de te reposer, Christian. Rentre, tu as l'air crevé.

— Je ne te quitte pas. Je peux dormir sur la chaise.

Je lui fais les gros yeux et me décale dans le lit.

— Dors avec moi.

Il se renfrogne.

— Non, je ne peux pas.

— Pourquoi ça ?

— Je ne veux pas te faire mal.

— Tu ne me feras pas mal. S'il te plaît, Christian.

— Tu as une perfusion.

— Christian…

Je devine qu'il est tenté.

— S'il te plaît.

Je soulève la couverture pour l'inviter.

— Oh, et puis merde, après tout…

Il retire ses chaussures et ses chaussettes et se couche prudemment à mon côté. Doucement, il m'enlace. Je pose ma tête sur sa poitrine. Il embrasse mes cheveux.

— Je doute que l'infirmière soit très satisfaite de cet arrangement, me chuchote-t-il avec une mine de conspirateur.

Je glousse, mais une douleur dans les côtes me transperce.

— Ne me fais pas rire, ça me fait mal.

— Ah, mais j'adore ce son, dit-il un peu tristement à voix basse. Je suis désolé, bébé, tellement, tellement désolé.

Il embrasse à nouveau mes cheveux en les humant profondément. Je ne sais pas de quoi il s'excuse… de m'avoir fait rire ? De notre situation ? Je pose ma main sur son cœur ; il pose la sienne sur le mien. Nous nous taisons tous deux un moment.

— Pourquoi es-tu allé voir cette femme ?

— Ana, gémit-il, tu tiens vraiment à en discuter maintenant ? On ne peut pas laisser tomber ? Je regrette, d'accord ?

— J'ai besoin de savoir.

— Je t'expliquerai demain, marmonne-t-il, irrité. Ah, l'inspecteur Clark veut te parler. Allez, dors, maintenant.

Je pousse un grand soupir. J'ai besoin de savoir. Au moins, il dit qu'il regrette. C'est déjà ça, acquiesce ma conscience, soudain conciliante. L'inspecteur Clark… il ne manquait plus que lui. Je n'ai aucune envie de repenser aux événements de jeudi.

— Tu sais pourquoi Jack a fait tout ça ?

— Mmm, murmure Christian.

Sa poitrine, qui se soulève et redescend lentement, berce ma tête en douceur. Tout en dérivant vers le sommeil, j'essaie de me rappeler les bribes de conversations entendues pendant que j'étais à l'orée de la conscience, mais elles m'échappent comme des anguilles, elles me fuient obstinément, me narguent. Ah, c'est trop frustrant, c'est épuisant… c'est…

Nora pince les lèvres et croise les bras. Je pose mon index sur la bouche et dis à voix basse :

— Je vous en prie, laissez-le dormir.

— C'est votre lit, pas le sien, rétorque-t-elle.

Je défends mon mari :

— J'ai mieux dormi parce qu'il était là.

En plus, c'est la vérité. Christian remue : Nora et moi nous figeons. Il marmonne dans son sommeil :

— Ne me touche pas. Fini. Seulement Ana.

J'ai rarement entendu Christian parler dans son sommeil. Cela dit, c'est peut-être parce qu'il dort beaucoup moins que moi. Je n'ai entendu que ses cauchemars. Il resserre les bras autour de moi, m'arrachant une grimace.

— Madame Grey…

L'infirmière me regarde de travers. Je la supplie :

— S'il vous plaît !

Elle secoue la tête et tourne les talons. Je me blottis à nouveau contre Christian.

Lorsque je me réveille, Christian a disparu et le soleil se déverse par les fenêtres. Pour la première fois, je distingue les détails de ma chambre. *J'ai plein de fleurs !* Je ne les avais pas vues hier. Plusieurs bouquets. Je me demande qui les a envoyés.

On frappe doucement à la porte et j'aperçois la tête de Carrick, qui sourit largement quand il voit que je suis éveillée.

— Je peux entrer ?

— Bien entendu.

Il porte un costume sombre – il doit être en route pour son cabinet. Il m'étonne en m'embrassant sur le front.

— Je peux m'asseoir ?

Je hoche la tête, et il s'installe au bord du lit pour me prendre la main.

— Je ne sais pas comment te remercier. Tu as sans doute sauvé la vie de Mia. Je te serai éternellement reconnaissant.

Sa voix pleine de gratitude et de compassion me bouleverse. Je ne sais pas quoi répondre, alors je presse sa main sans rien dire.

— Comment te sens-tu ?

— Mieux. Mais j'ai mal.

— On t'a donné des antidouleurs ?

— Du Lor… trucmuche.

— Bien. Où est Christian ?

— Je ne sais pas. Quand je me suis réveillée, il était parti.

— Il n'est pas loin, j'en suis sûr. Il ne voulait pas te quitter pendant que tu étais inconsciente.

— Je sais.

— Il est un peu fâché contre toi et je ne lui donne pas tort, ricane Carrick.

Alors Christian tient ça de lui, cette manie de ricaner à tout bout de champ.

— Christian est souvent fâché contre moi.

— Ah bon ?

Carrick sourit, comme si c'était une bonne chose.

— Comment va Mia ?

Son regard se voile et son sourire disparaît.

— Elle va mieux, mais elle est folle de rage. Je crois que la colère est une réaction saine à ce qui lui est arrivé.

— Elle est ici ?

— Non, à la maison. Grace refuse de la quitter des yeux.

— Je sais ce que c'est.

— Toi aussi, tu as besoin d'être surveillée, me gronde-t-il. Pas question que tu risques encore ta vie ou celle de mon petit-enfant.

Je m'empourpre. *Il sait !*

— Grace a vu ton dossier et elle m'a appris la nouvelle. Félicitations !

— Euh… merci.

Il me contemple d'un air radouci, mais il voit mon expression et se rembrunit.

— Christian se fera une raison. C'est ce qui pouvait lui arriver de mieux. Mais… donne-lui un peu de temps.

Je hoche la tête. *Tiens… ils en ont discuté.*

— Il faut que j'y aille, on m'attend au tribunal. Je passerai te voir plus tard. D'après Grace, le Dr Singh et le Dr Bartley sont très compétentes.

Il se penche pour m'embrasser à nouveau sur le front.

— Je parle sérieusement, Ana. Je ne pourrai jamais te remercier assez pour ce que tu as fait pour nous. Merci.

Je lève les yeux vers lui en clignant des paupières pour retenir mes larmes, bouleversée tout d'un coup. Il me caresse affectueusement la joue, puis il fait volte-face et s'en va.

Oh mon Dieu. Tant de gratitude me chamboule. Il est temps de lui pardonner l'épisode du contrat de mariage. Ma conscience acquiesce d'un air avisé : elle est, une fois de plus, d'accord avec moi. Je secoue la tête et me lève précautionneusement, soulagée de constater que je suis moins flageolante. Même si Christian a partagé mon lit, j'ai bien dormi et je me sens plus forte. J'ai encore mal à la tête, mais c'est une douleur sourde, pas les coups de marteau d'hier. Je suis ankylosée et courbatue, et je me sens crasseuse. Je me dirige vers la salle de bains.

— Ana ? s'écrie Christian.

— Dans la salle de bains ! dis-je en finissant de me brosser les dents.

En me regardant dans le miroir, je constate que j'ai une mine affreuse. Quand j'ouvre la porte, Christian est à côté du lit avec un plateau de nourriture. Il est métamorphosé : rasé, douché, reposé.

— Bonjour, madame Grey ! dit-il gaiement. Je vous ai apporté votre petit déjeuner.

Il a un air juvénile et heureux. Je souris largement en me recouchant. Il avance le plateau à roulettes et soulève la cloche pour révéler mon repas : porridge avec des fruits secs, pancakes au sirop d'érable, bacon, jus d'orange, et thé English Breakfast de Twinings. J'en salive tellement j'ai faim. J'avale le jus d'orange en quelques gorgées avant de m'attaquer au porridge. Christian s'assoit sur le bord du lit pour m'observer. Il ricane.

— Quoi ? dis-je, la bouche pleine.

— J'aime bien te regarder manger.

Mais je ne crois pas que ce soit ça qui l'égaie.

— Comment te sens-tu ? me demande-t-il.

— Mieux, dis-je entre deux bouchées.

— Je ne t'ai jamais vue manger d'aussi bon appétit.

Il est temps d'aborder le sujet qui fâche.

— C'est parce que je suis enceinte, Christian.

Il pousse un petit grognement ; un sourire ironique se dessine sur ses lèvres.

— Si j'avais su qu'en te mettant en cloque je réussirais à te faire manger, je l'aurais fait plus tôt.

— Christian Grey !

Je m'étrangle et pose ma cuillerée de porridge.

— Ne t'arrête pas de manger.

— Christian, il faut qu'on parle.

Il se fige.

— Parler de quoi ? On va avoir un bébé, voilà ! Pas de quoi en faire tout un plat.

Il hausse les épaules en tentant désespérément de prendre un air nonchalant. Je repousse le plateau pour me rapprocher de lui sur le lit et lui prendre les mains.

— Tu as peur. Je comprends.

Il me regarde fixement, les yeux écarquillés ; il a perdu son air juvénile. Je poursuis :

— Moi aussi, j'ai peur. C'est normal.

— Quelle sorte de père je ferai ?

Sa voix est éraillée, presque inaudible. Je retiens un sanglot :

— Ah, Christian... Un père qui fait de son mieux. On ne peut pas faire plus que ça.

— Ana, je ne sais pas si je peux...

— Évidemment, que tu peux : tu es affectueux, drôle, fort, tu sais établir des limites. Notre enfant ne manquera de rien.

Tétanisé, il semble dubitatif. Je poursuis :

— Je suis d'accord : idéalement, il aurait mieux valu attendre, avoir plus de temps rien que tous les deux. Mais on sera trois, on grandira tous ensemble, et ton enfant t'aimera inconditionnellement, comme moi.

Les larmes me montent aux yeux.

— Ah, Ana, souffle Christian d'une voix angoissée. J'ai cru que je t'avais perdue... Et puis en te voyant par terre, pâle, froide, inconsciente, j'ai pensé que mes pires craintes se réalisaient. Et maintenant, tu es là, courageuse, forte… et tu me redonnes espoir. Tu m'aimes encore, après tout ce que j'ai fait.

— Oui, je t'aime, Christian. Désespérément. Je t'aimerai toujours.

Prenant doucement ma tête entre ses mains, il essuie mes larmes avec ses pouces. Il me regarde dans les yeux, gris sur bleu : j'y lis sa peur, mais aussi son émerveillement et son amour.

— Moi aussi, je t'aime, murmure-t-il.

Il m'embrasse gentiment, tendrement, comme un homme qui adore sa femme.

— J'essaierai d'être un bon père, chuchote-t-il contre mes lèvres.

— Tu réussiras. De toute façon, tu n'as pas tellement le choix, parce que le Petit Pois et moi, on n'a pas l'intention de s'en aller.

— Le Petit Pois ?

— Le Petit Pois.

Il hausse les sourcils.

— Dans ma tête, je l'appelle Junior.

— Alors, on l'appellera Junior.

— Mais le Petit Pois, ça me plaît bien.

Il sourit de son sourire timide et m'embrasse à nouveau.

24

— J'aimerais bien t'embrasser toute la journée mais, pendant ce temps-là, ton petit déjeuner refroidit, murmure Christian.

Il me contemple d'un air amusé, mais son regard est sombre, sensuel. Encore une saute d'humeur de M. Caractériel.

— Mange, ordonne-t-il d'une voix douce.

Je déglutis et regagne en rampant ma place dans le lit, en évitant de m'emberlificoter dans ma perfusion. Il pousse le plateau vers moi. Le porridge a refroidi, mais sous le couvercle, les pancakes sont restés chauds – j'en ai l'eau à la bouche.

— Tu sais, dis-je entre deux bouchées, si ça se trouve, le Petit Pois est une fille.

Christian passe sa main dans ses cheveux.

— Deux femmes à la maison ?

Une inquiétude traverse ses traits, et son regard s'éteint. *Et merde.*

— Tu as une préférence ? dis-je.

— Une préférence ?

— Garçon ou fille ?

Il semble déconcerté par ma question.

— Tant que le bébé est en bonne santé, ça m'est égal. Mange ! aboie-t-il.

Je devine qu'il essaie d'esquiver le sujet.

— Je mange, je mange… Bon sang, lâche-moi les baskets, Grey.

Je le scrute attentivement. Les plis au coin de ses yeux révèlent son inquiétude. Il a dit qu'il ferait des efforts, mais je sais qu'il flippe encore. *Ah, Christian, moi aussi.* Il s'assoit sur la chaise à côté de mon lit et prend le *Seattle Times.*

— Vous êtes encore dans le journal aujourd'hui, madame Grey, grogne-t-il.

— Encore ?

— Les journalistes ressassent les articles d'hier, mais au moins les faits sont exacts. Tu veux lire ?

Je secoue la tête.

— Fais-moi la lecture. Je mange.

Il ricane et me lit un reportage sur Jack et Elizabeth qui les représente comme des Bonnie et Clyde contemporains. On y évoque l'enlèvement de Mia, mon rôle dans sa libération, et le fait que Jack et moi nous trouvions dans le même hôpital. Comment les journalistes dégotent-ils toutes ces informations ? Il faudra que je pose la question à Kate.

Quand Christian a terminé sa lecture, je dis :

— S'il te plaît, lis-moi autre chose. J'aime bien t'écouter.

Il s'exécute en me lisant un article sur un fabricant de bagels, puis sur Boeing qui a dû reporter le lancement d'un nouveau modèle d'avion. Tout en l'écoutant, je vis de précieux instants de sérénité malgré tout ce qui s'est produit ces derniers jours. Je n'ai rien de grave, Mia est saine et sauve, mon Petit Pois aussi.

Je comprends que Christian a peur de devenir père, mais pas pourquoi il a peur à ce point. Il faudra que je lui en reparle, que je voie si je peux le rassurer. Pourtant, il n'a pas manqué de modèles positifs : Grace et Carrick sont des parents exemplaires. C'est peut-être la Sorcière qui l'a abîmé. J'aimerais le croire. Mais, en réalité, je pense que ça remonte à sa mère biologique, même si je suis convaincue que Mrs Robinson n'a pas aidé. Tout à coup, le souvenir d'une conversation chuchotée rôde à l'orée de ma mémoire. Christian parlait avec Grace. Mais le souvenir s'évanouit. *Qu'est-ce que c'est frustrant.*

Christian m'avouera-t-il un jour spontanément pourquoi il est allé la voir, ou devrai-je l'interroger ? Je m'apprête à le faire lorsqu'on frappe à la porte. C'est l'inspecteur Clark, qui marmonne des excuses en entrant dans la chambre. Il a raison de s'excuser : dès que je le vois, je déprime.

— Je vous dérange ?

— Oui, rétorque Christian.

Clark l'ignore.

— Je suis heureux de constater que vous avez repris conscience, madame Grey. Il faut que je vous pose quelques questions. On peut faire ça maintenant ?

— Comme vous voulez.

Je n'ai aucune envie de revivre les événements de jeudi. Christian se hérisse :

— Ma femme doit se reposer.

— Je serai bref, monsieur Grey. Plus vite ce sera fait, plus vite vous serez débarrassés de moi.

Christian se lève pour lui offrir son siège et s'assoit à côté de moi sur le lit en me prenant la main.

Une demi-heure plus tard, Clark a terminé. Il ne m'a rien appris de nouveau ; je lui ai relaté les événements de jeudi en regardant Christian blêmir et grimacer durant certains passages.

— Je regrette que tu n'aies pas visé plus haut, marmonne Christian.

— Mme Grey aurait sans doute rendu service à la gent féminine, acquiesce Clark.

Quoi ?

— Merci, madame Grey, ajoute-t-il, ce sera tout pour l'instant.

— Vous ne le laisserez plus ressortir, cette fois ?

— Ça m'étonnerait.

— Savez-vous qui a payé sa caution ? demande Christian.

— La personne a demandé que son identité reste confidentielle.

Christian fronce les sourcils : je crois qu'il a des soupçons. Clark se lève au moment où le Dr Singh arrive avec deux internes.

Après m'avoir examinée avec soin, le Dr Singh me déclare en état de rentrer chez moi. Christian s'affaisse, soulagé.

— Madame Grey, si vos maux de tête empirent ou si votre vision se brouille, revenez immédiatement à l'hôpital.

Je hoche la tête, folle de joie à l'idée de rentrer à la maison.

Au moment où le Dr Singh s'apprête à repartir, Christian demande à lui dire un mot dans le couloir. Il laisse la porte entrouverte tandis qu'il lui pose une question à voix basse. Je n'entends que la réponse du médecin :

— Oui, monsieur Grey, aucun problème.

Lorsqu'il me rejoint, c'est un homme heureux.

— Tu lui as parlé de quoi ?

— De sexe, fait-il avec un sourire coquin.

Ah. Je rougis.

— Et alors ?

— On peut y aller, ricane-t-il.

Oh ! Christian !

— Pas ce soir, chéri, j'ai la migraine, je rétorque en ricanant à mon tour.

— Je sais. Tu resteras en quarantaine pendant un petit moment, mais je voulais savoir.

En quarantaine ? Je secoue la tête, déconcertée de me sentir aussi déçue car je n'ai aucune envie d'être mise en quarantaine.

Nora vient me retirer ma perfusion en fusillant Christian du regard : manifestement, elle est l'une des rares femmes qui restent insensibles à son charme. Je la remercie lorsqu'elle repart avec mon porte-perfusion.

— Alors, je te ramène à la maison ? me demande Christian.

— J'aimerais d'abord passer voir Ray.

— Bien sûr.

— Il sait, pour le bébé ?

— J'ai pensé que tu voudrais lui annoncer toi-même la nouvelle. Je n'en ai pas parlé à ta mère non plus.

— Merci.

Je souris, reconnaissante qu'il ne m'ait pas privée de ce grand moment.

— Ma mère est au courant, ajoute Christian, elle a vu ton dossier. J'en ai parlé à mon père, mais à personne d'autre. D'après maman, les couples attendent normalement la douzième semaine... pour être sûrs.

Il hausse les épaules.

— Je ne suis pas certaine d'être prête à l'annoncer à Ray.

— Je te préviens, il est fou de rage. Il m'a même conseillé de te donner la fessée.

Quoi ? Christian éclate de rire en voyant ma stupéfaction.

— Je lui ai répondu que j'y songeais.

— Tu n'as pas dit ça ?

Je m'étrangle, mais une bribe de conversation chuchotée titille ma mémoire. Oui, Ray est venu, lui aussi, pendant que j'étais inconsciente...

Christian me fait un clin d'œil :

— Tiens, Taylor t'a apporté des vêtements de rechange. Je vais t'aider à t'habiller.

Comme me l'avait annoncé Christian, Ray est furieux. Je ne me rappelle pas l'avoir jamais vu ainsi. Christian a sagement décidé de nous laisser seuls. Pour un type aussi taciturne, Ray devient prolixe quand il m'engueule. J'ai l'impression d'avoir douze ans.

Papa, s'il te plaît, calme-toi. Tu vas faire monter ta tension.

— Et c'est moi qui ai dû annoncer tout ça à ta mère, grommelle-t-il en agitant les mains, exaspéré.

— Papa, je suis désolée.

— Et ce pauvre Christian ! Je ne l'avais jamais vu dans un tel état. Il a pris un coup de vieux, on a tous les deux pris un coup de vieux ces derniers jours.

— Ray, je suis désolée.

— Ta mère attend que tu l'appelles, déclare-t-il d'une voix plus mesurée.

Je l'embrasse, et il se radoucit enfin.

— Je vais le faire. Je suis désolée, vraiment. En tout cas, merci de m'avoir appris à me servir d'une arme.

Il me contemple avec une fierté toute paternelle.

— Je suis content que tu saches viser, grogne-t-il. Maintenant, rentre, va te reposer.

Je tente de changer de sujet.

— Tu as bonne mine, papa.

— Et toi, tu es trop pâle, s'inquiète-t-il.

Il fait la même tête que Christian hier soir. Je lui prends la main.

— Je vais bien. Je te promets que je ne recommencerai plus.

Il presse ma main et m'attire contre lui pour me serrer dans ses bras.

— S'il t'arrivait quoi que ce soit…, murmure-t-il d'une voix rauque.

Les larmes me picotent les yeux. Je ne suis pas habituée aux démonstrations d'affection de mon père.

— Papa, je vais bien. Après une bonne douche, je serai remise sur pied.

Nous quittons l'hôpital par une porte de service pour éviter les paparazzis à l'affût devant l'entrée principale. Taylor nous escorte jusqu'au 4 × 4.

Christian ne dit rien durant le trajet. J'évite de croiser le regard de Sawyer dans le rétroviseur, car j'ai honte de lui avoir faussé compagnie dans la banque. J'appelle ma mère, qui n'arrête pas de pleurer : il me faut presque tout le trajet de retour pour la calmer, mais j'y arrive en lui promettant que nous lui rendrons visite bientôt. Pendant que je lui parle, Christian me tient la main, en caressant mes doigts avec son pouce. Il semble nerveux…

— Qu'est-ce qui ne va pas ? dis-je lorsque j'ai raccroché.

— Welch a demandé à me voir.

— Welch ? Pourquoi ?

— Il a découvert quelque chose sur cet enculé de Hyde.

Les lèvres de Christian se retroussent comme s'il allait mordre, et un frisson me traverse.

— Il n'a pas voulu m'en parler au téléphone, ajoute-t-il.

— Ah ?

— Il rentre de Detroit cet après-midi.

— Tu crois qu'il a trouvé quelque chose ?

Christian acquiesce.

— Quoi, à ton avis ?

— Je n'en ai aucune idée.

Pour éviter les photographes, Sawyer rentre directement dans le parking de l'Escala et s'arrête au niveau des ascenseurs avant de se garer. Christian m'aide à descendre et me soutient jusqu'à l'ascenseur, le bras passé autour de ma taille.

— Heureuse de rentrer à la maison ?

— Oui.

Mais, une fois dans l'environnement familier de l'ascenseur, l'énormité de ce que je viens de vivre me terrasse et je me mets à trembler.

— Hé !

Christian m'enlace et m'attire contre lui.

— Tu es chez toi, tu es en sécurité, dit-il en m'embrassant les cheveux.

Une digue dont je ne soupçonnais pas l'existence vient de céder : j'éclate en sanglots.

— Chut, fait Christian en tenant ma tête contre sa poitrine.

Mais il est trop tard, je sanglote dans son tee-shirt, bouleversée, en me rappelant l'agression vicieuse de Jack – « Ça, c'est pour la SIP, salope ! » – le moment où j'ai dit à Christian que je le quittais – « Tu me quittes ? » – et ma peur viscérale pour Mia, pour moi, pour le Petit Pois.

Quand les portes de l'ascenseur s'ouvrent, Christian me soulève comme une enfant et me porte à travers le vestibule. Pendue à son cou, je pleure doucement. Il m'emporte jusqu'à notre salle de bains et me pose doucement sur la chaise.

— Un bain ?

Je secoue la tête. Non… non… pas comme Leila.

— Une douche ?

Sa voix est étranglée tellement il est inquiet. À travers mes larmes, je hoche la tête. Je veux me laver des dernières journées, me laver du souvenir de Hyde. « Sale pute. » Je sanglote dans mes mains tandis que le bruit de l'eau ricoche contre les murs.

— Hé…, murmure Christian.

Il s'agenouille devant moi, écarte mes mains et prend mon visage. Je le regarde en clignant des yeux pour chasser mes larmes.

— Tu es en sécurité. Vous êtes en sécurité, tous les deux, chuchote-t-il.

Le Petit Pois et moi. Les larmes affleurent à nouveau.

— Arrête, je ne supporte pas de te voir pleurer.

Il essuie mes larmes avec ses pouces, mais elles continuent de couler.

— Pardon, Christian. Pardon pour tout. De t'avoir inquiété, d'avoir tout risqué… de tout ce que j'ai dit.

— Chut, bébé, s'il te plaît, murmure-t-il en m'embrassant sur le front. Moi aussi, je regrette. Comme dit ma mère, il faut être deux pour danser le tango, Ana, ajoute-t-il avec un sourire en coin. J'ai dit et fait des choses dont je ne suis pas fier. Bon, allez, on te déshabille.

Je m'essuie le nez avec le revers de la main, et il m'embrasse encore sur le front avant de me dépouiller rapidement de mes vêtements, en faisant particulièrement attention quand il tire mon tee-shirt par-dessus ma tête. Puis il m'entraîne vers la douche en retirant à son tour ses vêtements en un temps record, avant d'entrer avec moi. Il me prend dans ses bras et m'enlace pendant une éternité, tandis que l'eau chaude ruisselle sur nous.

Il me laisse pleurer contre sa poitrine en embrassant mes cheveux de temps en temps et en me berçant doucement. Sentir sa peau contre la mienne, les poils de sa poitrine sur ma joue… cet homme que j'aime, cet homme magnifique qui ne cesse de douter de lui-même, cet homme que j'ai failli perdre par mon imprudence… Je lui suis reconnaissante d'être là, toujours là… malgré tout ce qui s'est passé.

Il me doit des explications, mais pour l'instant je veux savourer la sensation de ses bras protecteurs et réconfortants. Je me rends compte à ce moment-là que, s'il doit s'expliquer, il faut que ça vienne de lui : je ne peux pas l'y contraindre – c'est lui qui doit avoir envie de me parler. Je ne veux pas tomber dans le stéréotype de l'épouse acariâtre qui passe son temps à essayer de tirer les vers du nez de son mari. Je sais qu'il m'aime, plus qu'il n'a jamais aimé qui que ce soit. Et, pour l'instant, c'est assez. Cette prise de conscience me libère : j'arrête de pleurer.

— Ça va mieux ?

Je hoche la tête.

— Bien, laisse-moi te regarder, dit-il.

Un instant, je ne comprends pas ce qu'il veut dire. Mais il me prend la main pour m'examiner le bras : j'ai des bleus à l'épaule et des écorchures au coude et au poignet. Il les embrasse, puis il prend un gant de toilette et un gel douche sur l'étagère : le parfum suave et familier du jasmin m'emplit les narines.

— Retourne-toi.

Doucement, il lave mon bras blessé, puis mon cou, mes épaules, mon dos et mon autre bras. Il me place de côté et parcourt mon flanc de ses longs doigts. Je grimace lorsqu'ils effleurent mon gros bleu sur la hanche. Le regard de Christian durcit, sa bouche s'amincit. Sa colère est sensible.

— Ça ne me fait pas mal, je tente de le rassurer.

Deux yeux gris farouches croisent les miens.

— J'ai envie de le tuer, et j'ai failli le faire, chuchote-t-il, énigmatique.

Son expression sinistre me fait froid dans le dos. Il verse encore du gel douche sur le gant de toilette, puis, avec une telle tendresse que c'en est presque douloureux, il lave mes flancs et mes fesses avant de s'agenouiller pour passer à mes jambes. Il s'arrête pour examiner mon genou ; ses lèvres effleurent le bleu. Je lui caresse la tête, en passant les doigts dans ses cheveux mouillés. Il se redresse, et ses doigts tracent les contours de l'hématome sur mes côtes, là où Jack m'a donné un coup de pied.

— Ah, bébé, gémit-il, le regard assombri par la fureur.

— Je vais bien.

J'attire sa tête pour l'embrasser. Il hésite à me rendre la pareille, mais quand ma langue part à la rencontre de la sienne, son corps s'anime contre le mien.

— Arrête, chuchote-t-il contre mes lèvres en s'écartant. Allez, laisse-moi te laver.

Merde… Il ne plaisante pas. Je fais la moue, et l'ambiance entre nous s'égaie aussitôt. Il sourit en me donnant un petit baiser.

— Pour l'instant, on vise la propreté, insiste-t-il. Ce n'est pas le moment de faire des saletés.

— J'aime bien faire des saletés.

— Moi aussi, madame Grey. Mais pas maintenant. Pas ici.

Il prend le shampooing et, avant que j'aie pu le convaincre de changer d'avis, se met à me laver les cheveux.

J'aime bien la propreté aussi. Je me sens rafraîchie, revigorée, sans savoir si c'est à cause de la douche, de ma crise de larmes ou de ma décision d'arrêter d'embêter Christian tout le temps. Il m'enveloppe dans une grande serviette et en enroule une plus petite autour de ses hanches pendant que je me sèche les cheveux précautionneusement. J'ai mal à la tête, mais c'est une douleur sourde et persistante qui reste supportable. Le Dr Singh m'a donné des analgésiques, qu'elle m'a demandé de ne pas prendre si ce n'est pas indispensable.

Tout en me séchant les cheveux, je songe à Elizabeth.

— Je ne comprends toujours pas les rapports d'Elizabeth avec Jack.

— Moi, si, marmonne Christian avec sérieux.

Ah ? Je fronce les sourcils en le regardant, mais je suis distraite par le spectacle : il se sèche les cheveux avec une serviette ; son torse et ses épaules sont encore humides de gouttelettes qui scintillent sous les halogènes. Il s'arrête et ricane :

— Tu te rinces l'œil ?

— Comment le sais-tu ? dis-je en tentant de faire comme si je n'avais pas été surprise à le reluquer.

— Que tu te rinces l'œil ? me taquine-t-il.

— Non, pour Elizabeth.

— L'inspecteur Clark m'a un peu raconté.

Je lui adresse à nouveau mon regard « alors, parle » et un autre souvenir de la période où j'étais inconsciente refait surface : Clark est venu dans ma chambre. Si seulement je pouvais me rappeler ce qu'il a dit.

— Hyde avait des vidéos sur des clés USB.

Quoi ?

— Des vidéos de lui en train de baiser Elizabeth. De baiser toutes ses assistantes.

Ah !

— Des trucs hard. Comme ça, il pouvait les faire chanter.

Sur son visage, je vois la colère céder au dégoût, puis à la haine de soi - Christian aussi aime les trucs hard.

— Non !

Le mot m'est sorti de la bouche sans que je puisse le retenir.

— Non, quoi ?

Il me toise avec angoisse.

— Tu n'as rien en commun avec lui.

Le regard de Christian durcit, mais il ne répond pas, ce qui me confirme qu'il est persuadé du contraire. Je répète fermement :

— Rien.

— Nous sommes faits de la même étoffe.

— Pas du tout.

Mais je comprends qu'il puisse le croire. Je me rappelle les informations dévoilées par Christian dans l'avion vers Aspen : « Son père est mort à la suite d'une bagarre dans un bar. Sa mère était alcoolique. Il est passé de foyer en foyer quand il était petit… et d'ennuis en ennuis. Vol de voitures, essentiellement. Il a séjourné en centre de détention pour mineurs. »

— Vous avez tous deux eu une enfance difficile, et vous êtes tous deux nés à Detroit. Ça s'arrête là, Christian.

Je pose les poings sur les hanches.

— Ana, ta foi en moi est touchante, surtout après ce qui s'est passé ces derniers jours. On en saura plus avec Welch.

Il ne veut plus parler de ça.

— Christian…

Il me fait taire avec un baiser.

— Assez, souffle-t-il.

Je me rappelle alors que je me suis promis de ne plus le harceler de questions.

— Ne boude pas, ajoute-t-il. Viens, je vais te sécher les cheveux.

Le sujet est clos.

Après avoir passé un pantalon de survêt et un tee-shirt, je m'assois entre les jambes de Christian pendant qu'il me sèche les cheveux.

— Clark t'a dit autre chose pendant que j'étais inconsciente ?

— Pas que je me souvienne.

— J'ai entendu quelques-unes de tes conversations, tu sais…

La brosse à cheveux s'immobilise.

— Ah bon ? fait-il mollement.

— Oui. Mon père, ton père, l'inspecteur Clark… ta mère.

— Et Kate ?

— Kate est passée ?

— En vitesse, oui. Elle aussi est furieuse contre toi.

Je me retourne vers lui.

— Tu veux bien arrêter ta rengaine « le monde entier est fâché contre Ana » ?

— Je dis ce qu'il en est, c'est tout, fait Christian, dérouté par mon accès de colère.

— Bon, d'accord, j'ai fait une connerie, mais je te rappelle que ta sœur était en danger.

Son visage se décompose.

— Oui, c'est vrai.

Il éteint le sèche-cheveux et le pose à côté de lui sur le lit avant de me prendre par le menton :

— Merci. Mais plus d'imprudences, compris ? Parce que la prochaine fois, tu auras une fessée qui te mettra le cul en bouillie.

Je m'étrangle.

— Tu ne ferais pas ça ?

— Si.

Il parle sérieusement. *Oh la vache.* Le plus sérieusement du monde.

— Et avec la bénédiction de ton père, ricane-t-il.

Ouf. Il me fait marcher, enfin, je crois. Je me jette sur lui ; il se détourne pour que je tombe dans le lit et dans ses bras. En atterrissant, je suis poignardée par une douleur dans les côtes qui m'arrache une grimace.

Christian blêmit.

— Reste sage ! me gronde-t-il.

— Désolée, dis-je en lui caressant la joue.

Il frotte son nez contre ma main et l'embrasse tendrement.

— Franchement, Ana, tu ne te soucies vraiment pas de ta sécurité.

Il soulève le bas de mon tee-shirt et pose les doigts sur mon ventre. J'arrête de respirer.

— Il ne s'agit plus seulement de toi, chuchote-t-il.

Quand il fait courir le bout de ses doigts sous l'élastique de mon pantalon de survêt, mon désir explose ; j'émets un petit son étranglé. Christian s'arrête pour me dévisager et me caler une mèche derrière l'oreille.

— Arrête, murmure-t-il.

Quoi ?

— Ne me regarde pas comme ça, j'ai vu tes bleus, et la réponse est non.

Sa voix est ferme.

— Christian…

— Non. Au lit.

Il s'assoit.

— Au lit ?

— Tu as besoin de te reposer.

— J'ai besoin de toi.

Il ferme les yeux et secoue la tête, comme si cela lui demandait un immense effort de volonté. Lorsqu'il les rouvre, son regard est résolu.

— Fais ce qu'on te dit, Ana.

Je suis tentée de retirer mes vêtements, mais je me rappelle alors mes bleus : ce ne serait pas la meilleure façon de parvenir à mes fins. J'acquiesce à regret, en faisant une moue exagérée :

— Compris.

Il sourit :

— Je vais t'apporter ton déjeuner.

— Tu vas faire la cuisine ?

Je manque de tomber à la renverse. Il a l'élégance d'en rire.

— Je vais faire réchauffer quelque chose, Mme Jones a tout préparé.

— Christian, laisse-moi m'en occuper. Enfin, si j'ai envie de sexe, je suis en état de faire la cuisine !

Je m'assois tant bien que mal en me retenant de grimacer.

— Au lit !

Le regard de Christian lance des éclairs. Il désigne l'oreiller.

— Alors viens te coucher avec moi, dis-je.

Je regrette de ne pas avoir passé une tenue un peu plus aguichante qu'un pantalon de survêt et un tee-shirt.

— Ana, au lit. Tout de suite.

Je me renfrogne, me lève et laisse mon pantalon tomber par terre en fusillant Christian du regard. Les commissures de ses lèvres tressautent tandis qu'il rabat la couette.

— Tu as entendu le Dr Singh, elle t'a dit de te reposer, dit-il d'une voix radoucie.

Je me glisse dans le lit et croise les bras, frustrée.

— Ne bouge pas.

Je me renfrogne de plus belle.

Le sauté de poulet de Mme Jones est sans aucun doute l'un de mes plats préférés. Christian mange avec moi, assis en tailleur au milieu du lit.

— Tu l'as très bien réchauffé, dis-je avec un sourire ironique.

Il sourit à son tour. Maintenant que j'ai mangé, j'ai sommeil. Était-ce là son plan ?

— Tu as l'air fatiguée.

Il me prend mon plateau.

— Mouais.

— Tant mieux. Dors. (Il m'embrasse.) J'ai du boulot, je travaillerai ici si ça ne t'embête pas.

Je hoche la tête… en perdant la bataille contre mes paupières. Je ne m'imaginais pas que manger un sauté de poulet pouvait être aussi épuisant.

Quand je m'éveille, le soleil couchant déverse une lueur rose tendre dans la chambre. Christian est assis dans le fauteuil, blême, des papiers à la main. Je me redresse aussitôt malgré mes côtes qui protestent :

— Qu'est-ce qui ne va pas ?

— Welch est passé.

— Et ?

— J'ai vécu avec ce fils de pute, chuchote-t-il.

— Avec Jack ?

Il hoche la tête, les yeux écarquillés.

— Vous êtes parents ?

— Non. Non, Dieu merci.

Je me décale et rabats la couette pour l'inviter à s'installer à côté de moi : cette fois, il n'hésite pas à me rejoindre, m'enlace, se roule en boule et pose sa tête sur mes genoux. Je suis stupéfaite. *Qu'est-ce qui se passe ?* Je passe mes doigts dans ses cheveux :

— Alors quoi ? Je ne comprends pas…

Christian ferme les yeux et plisse le front, comme s'il s'efforçait de se souvenir.

— Entre le moment où la pute est morte et celui où Carrick et Grace m'ont adopté, j'ai vécu dans une famille d'accueil, mais je n'en ai aucun souvenir.

Une famille d'accueil ? Je ne savais pas. Apparemment, Christian non plus.

— Pendant combien de temps ?

— Environ deux mois.

— En as-tu parlé à tes parents ?

— Non.

— Tu devrais, ils pourraient peut-être t'aider à te rappeler.

Il me serre plus fort.

— Tiens.

Il me tend les papiers, qui se révèlent être deux photos. J'allume la lampe de chevet afin de les examiner : la première représente une petite maison avec une porte jaune et une fenêtre à pignon, une véranda et une cour. La deuxième est celle d'une famille, visiblement de milieu modeste. Les parents portent tous les deux des tee-shirts bleus informes et délavés ; la femme a des cheveux blonds tirés en queue-de-cheval, l'homme une coupe en brosse : ils sourient tous les deux chaleureusement. L'homme a posé son bras sur les épaules d'une adolescente maussade. Deux garçons d'une douzaine d'années, des jumeaux identiques aux cheveux blond cendré, sourient largement. Un garçon roux plus jeune qu'eux affiche une mine revêche. Un petit bonhomme aux boucles cuivrées se cache derrière lui, les yeux écarquillés, apeurés ; il porte des vêtements mal assortis, et se cramponne à une petite couverture crasseuse.

J'ai un coup au cœur :

— C'est toi.

Christian avait quatre ans quand sa mère est morte, mais cet enfant a l'air beaucoup plus jeune : il a dû souffrir de malnutrition. Je retiens un sanglot. *Ah, mon Cinquante adoré.*

— C'est moi, acquiesce Christian.

— C'est Welch qui t'a apporté ces photos ?

— Oui, mais je ne me souviens pas de tout ça.

— Pourquoi te souviendrais-tu de cette famille ? Tu étais tout petit, Christian. Pourquoi est-ce que ça t'inquiète autant ?

— Je me souviens de ce qui s'est passé avant et après, mais ça… c'est comme s'il y avait un grand gouffre dans ma vie.

Je commence à comprendre : mon maniaque du contrôle préféré veut que tout soit à sa place, et maintenant il vient d'apprendre qu'il lui manque un morceau du puzzle.

— Le petit rouquin, c'est Jack ?

— Oui.

Christian serre les paupières en s'agrippant à moi comme à une bouée de sauvetage. Je passe mes doigts dans ses cheveux en scrutant le petit rouquin, qui lance un regard noir, défiant, arrogant à l'objectif. Je reconnais bien Jack. Mais ce n'est qu'un enfant de huit ou neuf ans qui déguise sa peur en hostilité. Tout d'un coup, j'ai une idée :

— Quand Jack m'a appelée pour me dire qu'il détenait Mia, il m'a dit que, si les choses s'étaient passées autrement, ça aurait pu être lui.

Christian ferme les yeux et frémit :

— Ce fils de pute !

— Tu crois que, s'il a fait tout ça, c'est parce que les Grey t'ont adopté, toi, plutôt que lui ?

— Qui sait ? dit Christian amèrement.

— Il savait peut-être déjà que j'étais avec toi quand j'ai passé mon entretien d'embauche. Il avait peut-être décidé de me séduire dès le début, pour t'atteindre.

La bile me monte à la gorge.

— Je ne crois pas, marmonne Christian en ouvrant les yeux. Il a entamé ses recherches sur ma famille une ou deux semaines après ton embauche à la SIP. Barney connaît les dates exactes. En plus, Ana, avant toi, il avait baisé toutes ses assistantes et il les avait filmées.

Christian referme les yeux et me serre plus fort. Réprimant le frisson qui me parcourt, je tente de me rappeler mes différentes conversations avec Jack lorsque j'ai commencé à travailler à la SIP. J'avais senti qu'il était dangereux. Je n'ai pas écouté mon intuition : Christian a raison, je ne me soucie pas de ma propre sécurité. Je me rappelle notre dispute, quand je lui ai dit que je me rendais à New York avec Jack. Putain, j'aurais pu finir sur une vidéo X sordide ! Cette idée me donne la nausée. C'est alors que je songe aux photos de soumises prises par Christian…

Hé merde. « Nous sommes faits de la même étoffe. » Non, Christian, c'est faux, tu ne lui ressembles en rien. Il est toujours roulé en boule contre moi comme un petit enfant.

— Christian, je crois que tu devrais parler à tes parents.

Je n'ai pas le cœur de le faire bouger, alors je me décale pour m'allonger afin de pouvoir le regarder dans les yeux. Un regard gris affolé croise le mien : c'est celui de l'enfant de la photo.

— Laisse-moi les appeler, dis-je.

Il secoue la tête. Je le supplie :

— S'il te plaît.

Christian me fixe. *Christian, s'il te plaît !*

— Je vais les appeler, moi, chuchote-t-il.

— On peut aller les voir ensemble, ou tu peux y aller seul. Comme tu veux.

— Non. Il vaut mieux qu'ils viennent ici.

— Pourquoi ?

— Je ne veux pas que tu bouges.

— Christian, je suis capable de faire un trajet en voiture.

— Non. De toute façon, on est samedi soir, ils ont sans doute des mondanités prévues, ajoute-t-il avec un sourire ironique.

— Appelle-les. Cette nouvelle t'a bouleversé, c'est évident. Ils pourront peut-être t'éclairer.

Je jette un coup d'œil au réveil : presque 19 heures. Christian me fixe un moment d'un air impassible.

— D'accord, dit-il comme si je lui avais lancé un défi.

Il s'assoit pour décrocher le téléphone sur la table de chevet. Je l'enlace et pose la tête sur sa poitrine.

— Allô, papa ?

Il semble étonné que Carrick ait répondu.

— Ana va bien. On est à la maison. Welch vient de s'en aller. Il a trouvé un rapport entre Hyde et moi… une famille d'accueil à Detroit… Je ne me rappelle rien de tout ça.

La voix de Christian est presque inaudible lorsqu'il prononce cette dernière phrase. Mon cœur se serre à nouveau.

— Ouais… Vous pouvez faire ça ?… Génial.

Il raccroche.

— Ils arrivent.

Il a l'air surpris : il ne leur a sans doute jamais demandé d'aide.

— Je devrais m'habiller.

Christian resserre son étreinte.

— Reste là.

Je me blottis à nouveau contre lui, stupéfaite de tout ce qu'il vient de m'apprendre sur lui-même.

Grace me prend doucement dans ses bras.

— Ana, Ana, Ana, ma chérie, chuchote-t-elle, tu as sauvé deux de mes enfants, je ne pourrai jamais assez te remercier.

Je rougis, à la fois émue et gênée. Carrick lui aussi me serre dans ses bras et m'embrasse sur le front, puis c'est Mia qui se jette sur moi pour me broyer les côtes. Je grimace, mais elle ne le remarque pas.

— Merci de m'avoir sauvée de ces ordures.

Christian la regarde sévèrement :

— Mia ! Attention ! Tu lui fais mal !

— Oups ! Désolée !

— Ça va, fais-je, soulagée qu'elle me lâche.

Impeccablement vêtue d'un jean noir slim avec un chemisier rose pâle à volants, elle semble tout à fait remise de ses émotions. Heureusement que j'ai passé ma robe portefeuille et des ballerines, au moins j'ai l'air à peu près présentable.

S'élançant vers Christian, Mia le prend par la taille.

Sans un mot, il tend la photo à Grace, qui tressaille et plaque sa main sur sa bouche lorsqu'elle reconnaît Christian. Carrick pose son bras sur les épaules de Grace en examinant à son tour la photo.

— Mon chéri…

Grace caresse la joue de Christian. Taylor fait son apparition.

— Monsieur Grey ? Mlle Kavanagh, son frère et le vôtre sont en train de monter.

Christian fronce les sourcils.

— Merci, Taylor.

— J'ai appelé Elliot pour lui dire qu'on venait ici, sourit Mia, comme ça, on va pouvoir fêter tous ensemble le retour d'Ana à la maison.

En douce, j'adresse un petit regard complice à mon pauvre mari, tandis que Grace et Carrick fusillent Mia du regard.

— Bon, alors on va sortir des trucs à grignoter, dis-je. Mia, tu viens me donner un coup de main ?

— Avec plaisir.

Je la pousse vers la cuisine tandis que Christian entraîne ses parents dans son bureau.

Dès qu'elle débarque, Kate fonce droit vers la cuisine pour m'engueuler :

— Mais à quoi tu pensais, Ana ?

Tous les regards se braquent sur nous.

— Kate, c'est bon, tout le monde m'a fait le même sermon ! Tu ne vas pas t'y mettre, toi aussi ?

Un instant, j'ai peur qu'elle m'inflige la conférence Katherine Kavanagh sur « comment ne pas tomber dans les griffes des kidnappeurs », mais, au lieu de cela, elle me prend dans ses bras.

— Bon sang, Steele, parfois j'ai l'impression que tu oublies de te servir de ton cerveau, chuchote-t-elle.

Quand elle m'embrasse sur la joue, elle a les larmes aux yeux. *Kate !*

— Tu nous as fait une de ces peurs.

— Ne pleure pas, sinon je vais craquer.

Elle s'écarte et s'essuie les yeux, puis inspire profondément avant de se ressaisir.

— Bon, une bonne nouvelle, pour changer : on a choisi une date pour le mariage. En mai. Bien entendu, tu seras mon témoin.

— Ah… Kate… Génial. Félicitations !

Merde – le Petit Pois… Junior !

— Qu'est-ce qu'il y a ? me demande-t-elle en se méprenant sur mon regard inquiet.

— Rien… je suis heureuse pour toi. Enfin des bonnes nouvelles, comme tu dis.

Je la prends dans mes bras pour la serrer contre moi. Merde, merde, *merde !* Quand est prévu mon accouchement ? Je fais un rapide calcul mental. Le Dr Greene m'a dit que j'étais enceinte de quatre ou cinq semaines, donc… ce sera pour mai. *Merde.* Elliot me tend une coupe de champagne.

Et remerde. J'en fais quoi ?

Christian émerge de son bureau, hagard, suivi de ses parents. Il me fait les gros yeux lorsqu'il me voit avec une coupe à la main.

— Kate, lâche-t-il froidement.

— Christian.

Elle est tout aussi froide. Je soupire.

— Pas avec vos médicaments, madame Grey.

Il désigne ma coupe du regard. Je plisse les yeux. *Merde, j'aurais bien besoin de boire un verre, moi.* Grace sourit en me rejoignant dans la cuisine.

— Une gorgée, ça ne te fera pas de mal, me souffle-t-elle en m'adressant un clin d'œil complice.

Elle lève sa coupe pour l'entrechoquer contre la mienne. Christian nous regarde toutes les deux d'un air furibond, jusqu'à ce qu'Elliot détourne son attention avec des nouvelles du dernier match des Mariners contre les Rangers.

Carrick nous rejoint, nous prend toutes les deux par les épaules ; Grace l'embrasse sur la joue avant d'aller retrouver Mia, qui donne la main à Ethan sur le canapé – tiens donc, c'est nouveau, ça ? Carrick et moi restons seuls dans la cuisine.

— Comment va-t-il ? lui dis-je tout bas.

— Il est secoué, me murmure Carrick. Il se rappelle beaucoup de choses de sa vie avec sa mère biologique, des choses que j'aurais préféré qu'il oublie, mais pas ça… J'espère que nous l'avons aidé. Je suis heureux qu'il nous ait appelés : il m'a dit que c'était toi qui l'y avais poussé.

Le regard de Carrick se radoucit. Je hausse les épaules et avale une petite gorgée de champagne en vitesse.

— Tu lui fais beaucoup de bien. Il n'écoute personne d'autre.

Je plisse le front. C'est faux. Le spectre de la Sorcière se dresse dans mon esprit, et je sais que Christian se confie à Grace, je l'ai entendu. Une fois de plus, je suis frustrée que les bribes de conversations perçues à l'hôpital demeurent aussi floues dans mon esprit.

— Viens t'asseoir, Ana, tu as l'air fatiguée. Je suis sûr que tu ne t'attendais pas à nous voir débarquer en masse ce soir.

— En effet, mais j'en suis ravie, dis-je en souriant.

C'est vrai. Je suis enfant unique, et j'adore faire partie d'une famille nombreuse et accueillante. Je me blottis contre Christian.

— On t'a dit une gorgée, me glisse-t-il en me prenant ma coupe des mains.

— Oui, monsieur.

Je bats des cils, ce qui le désarme complètement. Il pose son bras sur mes épaules et se remet à parler baseball avec Elliot et Ethan.

— Pour mes parents, tu marches sur l'eau, marmonne Christian en retirant son tee-shirt.

Roulée en boule dans le lit, je profite du spectacle.

— Heureusement, toi, tu sais ce qui en est vraiment.

Je ricane.

— Oh, je ne sais pas.

Il retire son jean.

— Ils t'ont donné des détails ?

— Quelques-uns. J'ai habité deux mois chez les Collier pendant que mes parents attendaient que les formalités soient accomplies. Ils avaient déjà adopté Elliot, donc ils avaient reçu l'agrément en tant que parents adoptifs, mais ce délai est exigé par la loi. Il fallait attendre de savoir si j'avais de la famille qui aurait pu me réclamer.

— Et qu'est-ce que tu ressens, par rapport à ça ?

— De ne pas avoir été réclamé par ma famille ? Je les emmerde, s'ils ressemblaient à la pute camée…

Il secoue la tête, dégoûté. *Ah, Christian, tu étais petit et tu aimais ta mère.* Il enfile son pyjama, se met au lit et me prend dans ses bras.

— Ça commence à me revenir. La nourriture, par exemple. Mme Collier était bonne cuisinière. En tout cas, maintenant, on sait pourquoi cet enculé était autant obsédé par ma famille.

Il passe sa main dans ses cheveux.

— Putain ! s'exclame-t-il soudain en se retournant pour me regarder, bouche bée.

— Quoi ?

— J'ai compris !

— Quoi ?

— Bébé Oiseau. Mme Collier m'appelait Bébé Oiseau.

Je fronce les sourcils.

— Et qu'est-ce que ça te fait comprendre ?

— Le message de rançon qu'on a retrouvé sur Hyde. Il disait quelque chose comme : « Tu sais qui je suis ? Parce que moi, je sais qui tu es, Bébé Oiseau. »

Je comprends de moins en moins.

— Ça vient d'un livre pour enfants. Le titre, c'était… *Es-tu ma maman ?* Je l'adorais, ce bouquin.

Ah oui, je le connais, ce livre. Mon cœur fait une embardée – *mon M. Cinquante !*

— Mme Collier m'en faisait la lecture.

Je ne sais pas quoi dire. Il poursuit :

— C'est à ça que Hyde faisait allusion.

— Tu vas en parler aux flics ?

— Oui, mais Dieu sait ce que Clark va faire de cette information. (Christian secoue la tête comme pour s'éclaircir les idées en ajoutant :) En tout cas, merci.

— De quoi ?

— D'avoir improvisé de quoi nourrir ma famille à la dernière minute.

— C'est Mia et Mme Jones qu'il faut remercier : le garde-manger était bien garni.

Il secoue la tête, exaspéré. *Pourquoi ?*

— Comment vous sentez-vous, madame Grey ?

— Bien, et toi ?

— Bien.

Il penche la tête, comme s'il ne comprenait pas pourquoi je lui posais la question.

Ah… dans ce cas… Quand je fais courir mes doigts sur son ventre jusqu'aux poils qui dépassent de son pantalon de pyjama, il éclate de rire en m'attrapant la main.

— Oh non ! Pas de ça.

Je fais la moue. Il soupire.

— Ana, Ana, Ana, qu'est-ce que je vais faire de toi ?

Il m'embrasse dans les cheveux. Je saisis l'occasion :

— J'ai quelques idées derrière la tête.

Je me tortille à côté de lui, mais je grimace quand une douleur irradie dans tout le haut de mon corps depuis mes côtes.

— Bébé, pas dans ton état. En plus, j'ai une histoire à te raconter.

Ah ?

— Tu voulais savoir…

Il se tait, ferme les yeux et déglutit. Tous les poils de mon corps se redressent. *Merde.* Il commence à parler d'une voix douce.

— Il était une fois… Un adolescent qui cherchait à se faire de l'argent de poche pour se payer à boire en cachette.

Il se déplace de façon que nous soyons allongés face à face, les yeux dans les yeux.

— J'étais dans le jardin des Lincoln, en train de dégager des gravats et des ordures de l'annexe que M. Lincoln venait de faire construire…

Ça alors… Ça y est : il parle.

25

J'arrive à peine à respirer. Ai-je vraiment envie d'entendre ça ? Christian ferme les yeux et déglutit : quand il les rouvre, son regard est voilé par des souvenirs troublants.

— C'était l'été, il faisait chaud et je travaillais dur.

Il grogne et secoue la tête, soudain amusé.

— C'était un boulot éreintant de transporter les gravats. J'étais tout seul, et El… Mme Lincoln est sortie de la maison pour m'apporter une limonade. On a plaisanté, j'ai fait mon insolent… et elle m'a giflé.

Machinalement, il pose sa main sur sa joue.

— Tout de suite après, elle m'a embrassé. Puis elle m'a encore giflé.

Il cligne des yeux, comme si ça l'étonnait toujours après tant d'années.

— Personne ne m'avait jamais embrassé comme ça. Ou giflé.

Donc, c'est bien elle qui lui a sauté dessus. Sur un gamin.

— Tu veux que je te raconte ? me demande Christian.

Oui… Non…

— Seulement si tu en as envie.

Je parle d'une petite voix, allongée en face de lui.

— J'essaie simplement de t'expliquer le contexte.

Je hoche la tête d'une façon que j'espère encourageante, mais je dois avoir l'air d'un zombie. Son regard sonde le mien, puis il se met sur le dos et fixe le plafond.

— Bref… Évidemment, j'étais à la fois dérouté, furieux et excité comme un dingue qu'une femme plus âgée, super bandante, me fasse ce genre d'avances…

Encore une fois, il secoue la tête comme s'il n'arrivait toujours pas à y croire.

Super bandante ? J'ai envie de vomir.

— Et puis elle est rentrée dans la maison en me laissant tout seul dans la cour, comme si de rien n'était. Je ne savais pas comment réagir, alors j'ai recommencé à charrier les gravats dans la benne. Quand je suis parti, elle m'a demandé de revenir le lendemain, sans dire un mot sur ce qui s'était passé. Alors le lendemain, je suis revenu. J'avais hâte de la revoir, souffle-t-il.

Il parle comme si c'était une confession honteuse… et à vrai dire, c'est le cas.

— Elle ne m'avait pas touché quand elle m'avait embrassé, murmure-t-il en se retournant pour me regarder. Il faut que tu comprennes… à cette époque-là, ma vie était un enfer. J'avais quinze ans, j'étais grand pour mon âge, avec les hormones en ébullition… J'étais une érection ambulante, mais les filles au lycée…

Il se tait, mais j'ai compris : un adolescent effrayé, solitaire, mais séduisant… forcément, elles lui tournaient autour.

— J'étais en colère contre le monde entier. Je n'avais pas d'amis. Mon psy de l'époque était un con. Mes parents me tenaient en laisse ; ils ne me comprenaient pas.

Il se remet à examiner le plafond et passe sa main dans ses cheveux. Je meurs d'envie d'en faire de même, mais je reste immobile.

— Je ne supportais pas qu'on me touche, je ne supportais pas qu'on s'approche de moi, je me bagarrais… putain, qu'est-ce que je me bagarrais. Des bagarres épouvantables. J'ai été renvoyé de deux lycées. Mais c'était une façon de me défouler. De tolérer une sorte de contact physique.

Il se tait à nouveau un instant.

— Bref, ça te donne une idée de ce que je vivais à ce moment-là. Quand elle m'a embrassé, elle n'a touché que mon visage, pas mon corps.

Sa voix est à peine audible.

Elle devait savoir, Grace lui avait peut-être dit. *Ah, mon pauvre M. Cinquante…* Je dois glisser mes mains sous l'oreiller et poser ma tête dessus pour résister à l'envie de le prendre dans mes bras.

— Le lendemain, je suis retourné chez elle sans savoir à quoi m'attendre. Je te passe les détails scabreux, mais les choses se sont déroulées à peu près de la même façon, et c'est comme ça que notre histoire a commencé.

Putain, qu'est-ce que c'est pénible d'écouter ça. Il se remet sur le côté pour me faire face.

— Et tu sais quoi, Ana ? Tout est devenu plus clair pour moi. Clair et net. Tout. C'était exactement ce qu'il me fallait. Comme un souffle d'air frais. Elle prenait toutes les décisions, elle se chargeait de tout, et ça me permettait de respirer.

Putain de merde.

— Même après, quand ça a été fini, le monde est resté clair et net grâce à elle. Et ça a continué comme ça jusqu'à ce que je te rencontre.

Qu'est-ce que je suis censée répondre à ça ? D'une main hésitante, il lisse une de mes mèches et la cale derrière mon oreille.

— Tu as tout bouleversé.

Il ferme les yeux ; lorsqu'il les rouvre, ce sont ceux d'un écorché vif.

— Dans ma vie, tout était ordonné, contrôlé, et puis tu es arrivée avec ton ironie, ton innocence, ta beauté, ta témérité tranquille… et tout ce que j'avais connu avant toi m'a paru terne, médiocre, vide…

Oh mon Dieu.

— Je suis tombé amoureux, murmure-t-il.

Je m'arrête de respirer. Il me caresse la joue.

— Moi aussi, fais-je avec le peu de souffle qui me reste.

Son regard se radoucit.

— Je sais, articule-t-il en silence.

— Tu le sais ?

— Oui.

Alléluia ! Je lui souris timidement.

— Enfin.

Il hoche la tête.

— Et ça a tout remis en perspective. Quand j'étais plus jeune, Elena était le centre de mon univers, j'aurais fait n'importe quoi pour elle et elle a beaucoup fait pour moi : elle m'a fait arrêter de boire, elle m'a fait travailler à l'école… Elle m'a offert un mécanisme de survie alors que je n'en avais jamais eu. Elle m'a permis de vivre des choses que je n'aurais jamais pensé vivre.

— Te laisser toucher.

Il hoche la tête.

— D'une certaine manière.

Je me demande ce qu'il veut dire par là. *Raconte !*

— Quand on grandit avec une image de soi totalement négative, qu'on a l'impression d'être un laissé-pour-compte, un sauvage qui ne mérite pas d'être aimé… on pense qu'on mérite d'être battu.

Christian… tu n'es rien de tout ça. Il s'arrête et passe sa main dans ses cheveux.

— Ana, c'est tellement plus facile de porter sa souffrance à l'extérieur… Elle a canalisé ma colère.

Sa bouche ne forme plus qu'une ligne mince.

— Elle l'a retournée vers l'intérieur. Le Dr Flynn me le rabâche depuis des années, mais je viens seulement de le comprendre. De voir mes rapports avec elle pour ce qu'ils étaient. J'ai compris le jour de mon anniversaire.

Je frémis en me rappelant Elena et Christian en train de s'étriper verbalement.

— Pour elle, cet aspect de notre relation n'était pas seulement une question de sexe, mais aussi de contrôle. Elle se sentait seule, et ça la réconfortait d'avoir une espèce de joujou sexuel à sa disposition.

— Mais toi aussi, tu aimes le contrôle.

— Oui. C'est vrai et ça ne changera pas, Ana, parce que je suis fait comme ça. Pendant une certaine période, j'ai laissé quelqu'un d'autre prendre toutes les décisions pour moi parce que je ne pouvais pas le faire moi-même – je n'étais pas en état de le faire. Mais, à travers ma soumission à elle, je me suis trouvé, et j'ai trouvé la force d'être responsable de ma propre vie… de la contrôler. De prendre mes propres décisions.

— De devenir un Dominant ?

— Oui.

— C'était ta décision ?

— Oui.

— Et quitter Harvard ?

— Ma décision, la meilleure que j'aie prise jusqu'à ce que je te rencontre.

— Moi ?

— Oui, sourit-il, la meilleure décision que j'aie prise de ma vie, c'était de t'épouser.

Oh mon Dieu.

— Pas de fonder ton entreprise ?

Il secoue la tête.

— Pas d'apprendre à piloter ?

Il secoue la tête en articulant « toi », puis me caresse la joue du dos des doigts.

— Elle savait, murmure-t-il.

Je fronce les sourcils.

— Elle savait quoi ?

— Que j'étais amoureux de toi. Elle m'a encouragé à aller à Savannah pour te voir, et elle avait raison. Elle savait que tu allais flipper et me quitter. Et tu l'as fait.

Je pâlis. Je préfère ne pas repenser à ça.

— Elle croyait que je n'arriverais pas à vivre sans tous les avantages dus à mon style de vie.

— En tant que Dominant ?

Il acquiesce.

— Ça me permettait de maintenir les autres à distance, de garder le contrôle, de rester détaché… En tout cas, c'est ce que je croyais. Je suis sûr que tu as compris pourquoi.

— Ta mère biologique ?

— Je ne voulais plus jamais être blessé. Et puis tu m'as quitté et je me suis effondré. (Il soupire.) J'ai fui l'intimité toute ma vie… je ne sais pas comment m'y prendre.

— Tu t'y prends très bien.

J'effleure le contour de ses lèvres avec mon index. Il l'embrasse. *Enfin, tu me parles…*

— Ça te manque ? dis-je.

— Quoi ?

— Ton… style de vie.

— Oui.

Oh !

— Ce qui me manque, c'est de ne pas pouvoir tout contrôler, surtout quand ma femme prend sur elle de risquer sa vie… Mais c'est comme ça que j'ai su.

— Su quoi ?

— Que tu m'aimais.

Je fronce les sourcils.

— Comment ça ?

— Parce que tu as risqué ta vie… pour ma sœur… pour ma famille… pour moi.

Je fronce les sourcils de plus belle. Il passe le doigt de mon front à la racine de mon nez.

— Quand tu fronces les sourcils, ça fait un « v », là, murmure-t-il. C'est très doux à embrasser. Je suis méchant avec toi… et pourtant, tu es toujours là.

— Pourquoi ça t'étonne ? Je t'ai dit mille fois que je ne te quitterais jamais.

— Ça m'étonne à cause de la façon dont j'ai réagi quand tu m'as dit que tu étais enceinte. (Il fait courir son doigt sur ma joue.) Tu as raison, je suis un adolescent.

Et merde… en effet, j'ai dit ça. Ma conscience me dévisage sévèrement. *C'est son psy qui l'a dit.*

— Christian, sur le coup, j'ai dit des choses affreuses…

Il pose son index sur mes lèvres.

— Chut. Je méritais de les entendre. Laisse-moi parler.

Il se remet sur le dos.

— Quand tu m'as annoncé que tu étais enceinte… J'avais cru qu'on serait seuls tous les deux, toi et moi, pendant des années. Les enfants, j'y pensais, mais de façon abstraite. Je me disais vaguement qu'on en aurait un, tôt ou tard.

Rien qu'un ? Je ne veux pas que mon Petit Pois soit un enfant unique comme moi. Mais ce n'est peut-être pas le moment idéal pour aborder le sujet.

— Tu es encore jeune, et je sais que tu es ambitieuse, à ta façon.

Ambitieuse, moi ?

— Bref, je suis tombé de haut. Jamais, au grand jamais, quand je t'ai demandé ce qui n'allait pas, je ne me serais attendu à ce que tu répondes que tu étais enceinte, soupire-t-il. J'étais fou de rage contre toi, contre moi-même, contre le monde entier. Et puis ça m'a repris, cette sensation de ne plus rien contrôler. Il fallait que je sorte. Je suis allé voir Flynn, mais il assistait à une réunion de parents d'élèves.

Christian se tait.

— Quelle ironie, dis-je.

Christian acquiesce en ricanant.

— Alors j'ai marché, marché, et… je me suis retrouvé devant le salon de coiffure. Elena était sur le point de fermer. Elle a été très étonnée de me voir et moi aussi, j'étais étonné de me retrouver là. Elle a deviné que j'étais en colère, et elle m'a offert d'aller prendre un verre.

Nous y voilà. Mon cœur bat deux fois plus vite. *Est-ce que j'ai vraiment envie de savoir ?* Ma conscience me fusille du regard en levant un sourcil épilé.

— On est entrés dans un petit bar tranquille et on a bu une bouteille de vin. Elle s'est excusée pour la façon dont elle s'était conduite la dernière fois. Elle souffre que ma mère ait rompu avec elle – ça a restreint son cercle d'amis –, mais elle comprend. On a parlé du salon de coiffure, qui se porte bien malgré la récession… et puis, à un moment donné dans la conversation, j'ai mentionné au passage que tu voulais des enfants.

— J'ai cru que tu lui avais raconté que j'étais enceinte ! je m'exclame, déconcertée.

Il me regarde avec de grands yeux innocents.

— Pas du tout.

— Tu aurais dû me le dire.

Il hausse les épaules.

— Tu ne m'as pas laissé parler.

— Mais si !

— Le lendemain matin, quand je t'ai retrouvée, tu étais tellement fâchée…

Oh oui.

— C'est vrai.

— En tout cas, au cours de la soirée – on avait bu environ la moitié de la deuxième bouteille –, elle s'est penchée vers moi pour me toucher, et j'ai eu un mouvement de recul.

Il se cache les yeux avec le bras. Mon crâne me picote.

— Elle l'a remarqué. Ça nous a fait un choc, à tous les deux.

Il parle bas, trop bas. Christian, regarde-moi ! Je tire sur son bras ; il l'abaisse et se retourne pour me regarder dans les yeux, l'air effaré. Je m'affole :

— Et alors ?

Il se rembrunit. Qu'est-ce qu'il n'arrive pas à m'avouer ? Est-ce que j'ai envie de savoir ?

— Elle m'a fait des avances, lâche-t-il, encore scandalisé.

C'est comme si on avait aspiré tout l'air de mon corps. Je crois que mon cœur s'est arrêté de battre. *Quelle salope !*

— C'était comme si le temps s'était figé. Quand elle a vu ma tête, elle a compris qu'elle était allée trop loin. J'ai dit… non. Je ne l'avais pas vue sous cet angle-là depuis des années, et en plus… (Il déglutit.) Je t'aime. C'est ce que je lui ai dit : j'aime ma femme.

Je le contemple sans savoir quoi dire.

— Elle a fait machine arrière en prétendant qu'elle plaisantait, qu'elle était heureuse avec Isaac, qu'elle ne nous en voulait pas, ni à toi ni à moi. Elle m'a dit que mon amitié lui manquait, mais qu'elle pouvait comprendre que ça aurait été difficile de continuer à me voir, étant donné ce qui s'était passé la dernière fois, alors on s'est dit adieu pour toujours.

Je suis prise d'une terreur soudaine.

— Vous vous êtes embrassés ?

— Non ! Je n'aurais pas supporté de la toucher.

Ah. Tant mieux.

— J'étais malheureux, je voulais rentrer, mais après la façon dont je m'étais conduit avec toi, je ne savais pas si je serais le bienvenu, alors je suis resté dans ce bar pour finir la bouteille de vin. Ensuite, je suis passé au bourbon. Et j'ai repensé à ce que tu m'as dit un jour, quand on parlait d'Elena. Tu m'as demandé comment j'aurais réagi s'il s'était agi de mon fils… Ça m'a fait penser à Junior, à la façon dont tout avait commencé avec Elena, et je me suis senti… mal à l'aise. Je n'y avais jamais songé de cette manière auparavant.

Le souvenir d'une conversation chuchotée pendant que j'étais à demi-consciente affleure. La voix de Christian… « En la revoyant, j'ai enfin compris. Tu sais… avec le bébé, pour la première fois, j'ai compris que… ce que nous avions fait… c'était mal. » Il parlait à Grace.

— C'est tout ?

— À peu près.

— Ah.

— Ah ?

— Alors c'est fini ?

— Oui, c'est fini depuis que j'ai posé les yeux sur toi. Je m'en suis définitivement rendu compte ce soir-là, et elle aussi.

— Je suis désolée, dis-je.

Il secoue la tête :

— De quoi ?

— De m'être autant fâchée le lendemain.

Il pousse un petit grognement.

— Bébé, la colère, c'est une chose que je comprends.

Il se tait un instant, puis soupire.

— Ana, je te veux pour moi tout seul, je n'ai pas envie de te partager. Ce qu'on a tous les deux, je ne l'ai jamais eu. Je veux être le centre de ton univers, au moins pendant un moment.

Ah, Christian.

— Rien ne va changer.

Il m'adresse un sourire indulgent, triste, résigné.

— Ana, ce n'est pas vrai, et tu le sais très bien.

Les larmes me piquent les yeux.

— Merde… Ne pleure pas, Ana. Je t'en prie, ne pleure pas.

Il me caresse le visage.

— Excuse-moi.

Ma lèvre inférieure tremble. Il l'effleure avec le pouce pour me réconforter.

— Non, Ana. Non, ne t'excuse pas. Tu auras une autre personne à aimer autant que moi, c'est dans l'ordre des choses.

— Le Petit Pois va t'aimer aussi. Tu seras le centre de son univers. Les enfants aiment leurs parents inconditionnellement, Christian, c'est comme ça qu'ils arrivent dans le monde : programmés pour aimer. Tous les bébés… même toi. Pense à ce livre pour enfants que tu aimais bien quand tu étais petit. Tu voulais quand même ta maman, tu l'aimais.

Il plisse le front, retire sa main, la serre en poing et l'appuie contre son menton.

— Non, chuchote-t-il.

Mes larmes coulent librement, maintenant.

— Si, tu l'aimais, évidemment que tu l'aimais. Ça n'est pas optionnel. C'est pour ça que tu souffres autant.

Il me dévisage, dévasté.

— Mais c'est aussi pour ça que tu es capable de m'aimer. Pardonne-lui. Elle luttait contre ses démons, c'était une mauvaise mère, mais tu l'aimais.

Il me fixe toujours sans rien dire, hanté par des souvenirs que je ne peux même pas envisager de comprendre. *Je t'en prie, n'arrête pas de parler.*

— Je lui brossais les cheveux, finit-il par dire. Elle était jolie.

— Il suffit de te regarder pour le savoir.

— Mais c'était une mauvaise mère.

Sa voix est presque inaudible. Je hoche la tête et il ferme les yeux.

— J'ai peur d'être un mauvais père.

Je caresse son visage chéri. *Ah, mon M. Cinquante…*

— Christian, t'imagines-tu une seconde que je te laisserais faire ?

Il ouvre les yeux et me contemple pendant ce qui me semble être une éternité. Puis le soulagement éclaire lentement son visage ; il sourit.

— Non. Je ne crois pas.

Il me caresse la joue en me regardant, émerveillé :

— Bon sang, qu'est-ce que tu es forte. Je t'aime tellement. (Il m'embrasse sur le front.) Je ne savais pas que j'en étais capable.

— Ah, Christian…

— Bon, allez, maintenant que je t'ai raconté ton histoire, dodo !

— Tu parles d'une histoire…

Il a un sourire mélancolique, mais je pense qu'il se sent mieux.

— Et ta tête, ça va ?

— Ma tête ?

En fait, après tout ce que tu m'as raconté, elle est sur le point d'exploser.

— Tu as mal ?

— Non.

— Bien. Tu devrais dormir, maintenant.

Dormir ? Comment dormir après ça ?

— Dors, m'ordonne-t-il, tu en as besoin.

Je fais la moue.

— J'ai une question à te poser.

— Ah ? Laquelle ?

Il me scrute d'un œil méfiant.

— Pourquoi est-ce que, tout d'un coup, tu es devenu aussi… disons, communicatif ?

Il fait mine de ne pas comprendre.

— Tu m'as raconté tout ça spontanément, alors que, normalement, t'extirper de l'information, c'est comme t'arracher une dent.

— Ah bon ?

— Ne fais pas l'innocent.

— Pourquoi est-ce que je suis devenu communicatif ? Je n'en sais rien. Peut-être parce que je t'ai vue à moitié morte. Ou parce que je vais être père. Tu voulais savoir, et je ne veux pas qu'Elena soit un obstacle entre nous - tout ça, c'est fini, comme je te l'ai répété des milliers de fois.

— Si elle ne t'avait pas fait des avances… vous seriez encore amis ?

— C'est une deuxième question, ça.

— Pardon, tu n'es pas obligé de me répondre. Tu m'en as déjà raconté plus que je n'osais l'espérer.

Son regard se radoucit.

— Non, je ne crois pas qu'on serait restés amis. Mais, depuis mon anniversaire, j'avais l'impression qu'on avait encore des choses à régler, elle et moi. S'il te plaît, crois-moi, je ne la reverrai jamais. Tu m'as dit que, pour toi, elle était une limite à ne pas franchir et c'est un terme que je comprends, affirme-t-il avec une sincérité tranquille.

Ma conscience s'affaisse dans son fauteuil. *Enfin !*

— Bonne nuit, Christian. Merci de m'avoir parlé.

Je me tends vers lui pour l'embrasser, et nos lèvres s'effleurent, mais il s'écarte lorsque j'essaie de l'embrasser plus à fond.

— Non, chuchote-t-il. Je crève d'envie de te faire l'amour.

— Alors fais-moi l'amour.

— Non, tu dois te reposer, et il est tard. Dors.

Il éteint la lampe de chevet.

— Je t'aime inconditionnellement, Christian, dis-je en me blottissant contre lui.

— Je sais, chuchote-t-il, et je sens qu'il sourit timidement.

Le soleil inonde la chambre, et Christian n'est pas au lit. Je jette un coup d'œil au réveil : 7 h 53.

J'ai mal aux côtes, mais pas autant qu'hier et je pense que je vais pouvoir aller au boulot. J'ai passé toute la journée de la veille à traîner au lit. Christian ne m'a laissée sortir que pour rendre une petite visite à Ray.

Mais il ne m'a pas touchée depuis que je suis rentrée. Il va falloir que j'aie recours aux grands moyens. Je n'ai plus mal à la tête, la douleur dans la région de mes côtes s'est estompée – sauf quand je ris – et je suis frustrée car je n'ai jamais été privée aussi longtemps de sexe depuis… la première fois.

Après ma douche, j'explore mon dressing pour trouver une tenue qui puisse faire craquer Christian. Qui eût cru qu'un homme aussi insatiable serait capable d'un tel *self-control* ? Je n'ai pas particulièrement envie de m'attarder sur la façon dont Christian a acquis une telle discipline sur son corps. J'espère d'ailleurs que nous ne reparlerons plus jamais de la Sorcière : pour moi, elle est morte et enterrée.

Je choisis une jupe noire courte jusqu'à l'indécence et un chemisier à jabot en soie blanche, avec des bas *stay-up* et des escarpins Louboutin noirs. Un peu de mascara et de gloss et après avoir brossé férocement ma crinière, je la laisse en liberté. Oui. Ça devrait aller.

Christian prend son petit déjeuner. Sa fourchette pleine d'omelette reste suspendue en l'air lorsqu'il me voit.

— Bonjour, madame Grey. Vous allez quelque part ?

Je souris gentiment :

— Au bureau.

— Ça m'étonnerait. Le Dr Singh t'a donné une semaine d'arrêt de travail.

— Christian, je n'ai aucune envie de passer la journée toute seule à traîner au lit, alors autant aller au bureau. Bonjour, Gail.

— Madame Grey, dit Mme Jones en ravalant un sourire. Voulez-vous votre petit déjeuner ?

— S'il vous plaît.

— Du muesli ?

— Je préférerais des œufs brouillés avec des toasts au blé complet.

Mme Jones sourit. Christian a l'air étonné.

— Très bien, madame.

— Ana, tu ne vas pas au bureau.

— Mais…

— Non, ne discute pas.

Christian reste inflexible. Je le foudroie du regard, et ce n'est qu'à ce moment-là que je remarque qu'il porte encore son pantalon de pyjama avec un tee-shirt.

— Tu ne vas pas travailler ? dis-je.

— Non.

Je deviens folle, ou quoi ?

— On est bien lundi, non ?

Il sourit :

— Aux dernières nouvelles, oui.

Je plisse les yeux.

— Tu sèches ?

— Je ne compte pas te laisser seule ici pour que tu fasses encore des bêtises.

Je m'assois sur un tabouret en retroussant un peu ma jupe. Mme Jones pose une tasse de thé devant moi. Je croise les jambes.

— Tu es superbe, dit Christian. Vraiment superbe. Surtout ça…

Il passe le doigt sur la chair dénudée au-dessus de la bande de mes *stay-up*. Mon pouls accélère quand il effleure ma peau.

— Elle est très courte, cette jupe, murmure-t-il, vaguement désapprobateur.

— Ah bon ? Je n'avais pas remarqué.

Christian me regarde avec un sourire en coin.

— Vraiment, madame Grey ?

Je rougis.

— Je ne suis pas certain que cette tenue convienne au bureau.

— Mais puisque je ne vais pas au bureau, ton argument est caduc.

— Caduc ?

— Caduc.

Christian ricane et recommence à manger son omelette.

— J'ai une meilleure idée.

— Ah bon ?

Il me regarde par en dessous et ses yeux gris s'assombrissent. *Oh mon Dieu. Il était temps.*

— On pourrait aller voir les travaux de la nouvelle maison.

Quoi ? Je me souviens vaguement que c'était ce que nous étions censés faire avant l'accident de Ray.

— Avec plaisir. Mais dis donc, tu n'es pas obligé d'aller au bureau ?

— Non, Ros est rentrée de Taïwan. Tout s'est bien passé.

— Je pensais que c'était toi qui devais aller à Taïwan ?

Il pousse un petit grognement.

— Ma femme était à l'hôpital.

— Ah.

— Oui, alors aujourd'hui, j'ai décidé de profiter d'elle.

Il fait un petit bruit mouillé avec ses lèvres en sirotant son café.

— Profiter de moi ? fais-je d'une voix pleine d'espoir.

Mme Jones pose mes œufs brouillés devant moi. Une fois de plus, elle ne peut pas s'empêcher de sourire. Christian ricane en hochant la tête.

— Profiter de toi.

J'ai trop faim pour continuer à draguer mon mari.

— C'est bon de te voir manger, murmure-t-il.

Il se lève et m'embrasse les cheveux :

— Je vais prendre une douche.

— Je peux venir te savonner le dos ?

— Non. Mange.

Quittant le bar, il tire son tee-shirt par-dessus sa tête pour m'offrir le spectacle de ses épaules sculpturales et de son dos nu. Je m'arrête de mastiquer. Il le fait exprès, ou quoi ?

Nous roulons vers le nord. Nous venons de quitter Ray et M. Rodriguez devant un match de foot sur le nouveau téléviseur à écran plat que je soupçonne Christian d'avoir offert à Ray.

Depuis notre « conversation », Christian est décontracté, comme s'il s'était libéré d'un poids ;

l'ombre de Mrs Robinson ne nous hante plus et je me sens plus proche de lui que jamais, parce qu'il s'est enfin confié à moi et qu'il accepte mieux le bébé. Il n'a pas encore acheté de berceau, mais j'ai bon espoir.

Il pose la main sur ma jambe pour la caresser.

— Je suis content que tu ne te sois pas changée.

J'ai passé un blouson en jean et troqué mes escarpins contre des ballerines, mais je porte encore ma minijupe. Sa main s'attarde au-dessus de mon genou. Je pose la mienne dessus.

— Tu vas continuer longtemps à m'allumer comme ça ?

— Peut-être, sourit Christian.

— Pourquoi ?

— Parce que je peux.

Il sourit à nouveau, plus juvénile que jamais.

— On peut être deux à jouer à ce petit jeu-là.

Ses doigts tentateurs remontent vers ma cuisse :

— Allez-y, madame Grey.

Je prends sa main et la remets sur son genou.

— Dans ce cas, bas les pattes.

Il ricane.

— Comme vous voulez, madame Grey.

Merde. Ça va se retourner contre moi, ce jeu-là.

Christian s'engage dans l'allée de notre nouvelle maison et s'arrête pour composer le code du grand portail en métal blanc, qui s'ouvre lentement. Nous remontons l'allée sous une voûte de feuilles vertes, jaunes et cuivrées. La pelouse a viré à l'or, mais elle est encore piquetée de fleurs sauvages. Il fait un temps superbe et l'air salé de Puget Sound se mêle à l'odeur de l'automne naissant. Dire que nous allons habiter ce lieu si beau, si paisible...

L'allée s'incurve et notre maison apparaît. De gros camions GREY CONSTRUCTION sont garés devant. La maison est entourée d'échafaudages ; plusieurs ouvriers coiffés de casques de protection s'affairent sur le toit.

Christian se gare devant le portique. Je sens à quel point il est excité.

— Allons retrouver Elliot.

— Il est là ?

— J'espère, vu combien je le paie.

Je glousse et Christian sourit tandis que nous descendons de la voiture. Une voix nous interpelle :

— Hé, petit frère !

Nous regardons autour de nous. Elliot, sur le toit, agite la main en souriant d'une oreille à l'autre.

— Ben dis donc, il était temps ! s'exclame-t-il. Restez là, je descends tout de suite.

Je jette un coup d'œil à Christian, qui hausse les épaules. Quelques minutes plus tard, Elliot sort par la porte principale.

— Salut, frérot. (Il serre la main de Christian.) Et comment va la petite dame ?

Il m'attrape par la taille pour me faire tournoyer en l'air.

— Mieux, merci, fais-je en gloussant malgré ma douleur aux côtes.

Christian fronce les sourcils, mais Elliot fait comme s'il ne le voyait pas.

— Allons dans le bureau de chantier. Il faut que vous portiez un machin comme ça.

Il tapote son casque de protection.

Le parquet est recouvert d'une étoffe fibreuse et dure qui ressemble à de la toile de jute ; certains des murs d'origine ont disparu, d'autres les ont remplacés. Elliot nous précède en nous expliquant les travaux tandis que des hommes – et quelques femmes – s'affairent autour de nous. Je suis soulagée de constater que l'escalier en pierre avec sa balustrade en fer forgé est toujours en place, recouvert par des housses.

Dans la salle de séjour, le mur du fond a été remplacé par le mur en verre de Gia, et les travaux sur la terrasse ont commencé. Malgré le désordre, le panorama reste saisissant. Les rénovations sont dans l'esprit « européen » de la maison… Gia a fait du bon boulot. Elliot espère que nous pourrons emménager d'ici à Noël, mais Christian trouve que ce délai est trop optimiste.

Chouette ! Noël avec vue sur Puget Sound. Je nous imagine en train de décorer un énorme sapin de Noël sous le regard émerveillé d'un petit garçon aux cheveux cuivrés.

Elliot termine sa tournée par la cuisine.

— Bon, je vous laisse explorer.

— Merci, Elliot, dit Christian en me prenant par la main. Alors, heureuse ? me demande-t-il dès qu'Elliot nous a laissés seuls.

Je contemple cette coquille vide en me demandant où je vais accrocher les natures mortes représentant des poivrons que nous avons achetées en France.

— Très ! J'adore !

— Moi aussi, sourit-il.

— Tant mieux. J'ai pensé qu'on pourrait accrocher les natures mortes ici.

Christian hoche la tête.

— Il faut aussi que tu décides où mettre les portraits que José a faits de toi.

Je rougis.

— Là où je ne les verrai pas souvent.

— Ne dis pas ça, me gronde-t-il en effleurant ma lèvre inférieure avec son pouce. Ce sont mes photos préférées. J'adore celle qui est dans mon bureau.

— Je ne vois vraiment pas pourquoi.

J'embrasse son pouce.

— Il y a pire que de regarder ton beau visage souriant toute la journée. Tu as faim ?

— Faim de quoi ?

— De nourriture, madame Grey.

Il pose un petit baiser sur mes lèvres. Je lui adresse ma fausse moue et soupire :

— Ces jours-ci, j'ai toujours faim.

— On pourrait faire un pique-nique, tous les trois.

— Tous les trois ? Tu attends quelqu'un ?

Christian penche sa tête sur son épaule :

— Dans sept ou huit mois environ.

Ah… le Petit Pois. Je lui souris comme une idiote.

— J'ai pensé que tu aimerais peut-être manger en plein air.

— Dans le pré ?

Il acquiesce.

— D'accord.

— Ça va être un endroit formidable pour élever une famille, murmure-t-il en me contemplant.

Une famille ? Plus qu'un enfant, alors ? Oserais-je aborder le sujet maintenant ?

Il écarte les doigts sur mon ventre. Je retiens mon souffle et pose ma main sur la sienne.

— J'ai du mal à le croire.

Pour la première fois, j'entends de l'émerveillement dans sa voix.

— J'ai une preuve. Une photo.

— C'est vrai ? Le premier sourire de bébé ?

Je tire l'échographie du Petit Pois de mon portefeuille.

— Tu vois ?

Christian la scrute attentivement pendant plusieurs secondes.

— Ah… le Petit Pois. Je comprends mieux maintenant.

Il a l'air à la fois songeur et impressionné.

— Ton enfant.

— *Notre* enfant.

— Le premier d'une longue série.

— Une longue série ?

Christian écarquille les yeux, effaré.

— Au moins deux.

— Deux ? On pourrait y aller un à la fois, pour l'instant ?

Je souris.

— Pas de problème.

Nous ressortons dans la tiédeur de l'après-midi d'automne.

— Tu vas l'annoncer quand à tes parents ? me demande Christian.

— Je pensais l'annoncer à Ray ce matin mais M. Rodriguez était là.

Christian hoche la tête et ouvre le coffre de son Audi R8, où se trouvent le panier de pique-nique en osier et le plaid que nous avons achetés à Londres.

— Viens, dit-il en prenant le panier et la couverture d'une main et me tendant l'autre.

— Bien sûr, Ros, tu peux y aller.

C'est le troisième coup de fil qu'a reçu Christian pendant notre pique-nique. Il m'observe, les bras posés sur ses genoux relevés, pieds nus. Sa veste gît sur mon blouson. Je suis allongée à côté de lui sur le plaid. Nous sommes cachés par les hautes herbes vertes et dorées, loin du vacarme de la maison et des regards indiscrets des ouvriers, dans notre petit refuge bucolique. Il me glisse une fraise dans la bouche : je la mordille et la suçote.

— C'est bon ?

— Très.

— Assez ?

— Assez de fraises, oui.

Son regard brille dangereusement, et il sourit.

— Mme Jones prépare de sacrés bons pique-niques.

— C'est vrai.

Il s'allonge, la tête sur mon ventre, et ferme les yeux, l'air comblé. J'enfonce mes doigts dans ses cheveux mais il pousse soudain un grand soupir. Il consulte le numéro d'appel de son BlackBerry qui bourdonne.

— Welch ?

Il se redresse.

— Vingt-quatre heures sur vingt-quatre… Merci, dit-il, la mâchoire serrée, avant de raccrocher.

Son humeur se transforme instantanément : mon mari taquin et dragueur laisse place à un maître de l'univers froid et calculateur. Il plisse les yeux un moment, puis m'adresse un sourire distant qui me fait froid dans le dos avant de reprendre son BlackBerry.

— Ros, on a combien d'actions Lincoln Timber ?

Il s'agenouille. Mon cuir chevelu me démange. *Qu'est-ce qui se passe ?*

— Bon, consolide les actions et vire le conseil de direction… sauf le P-DG… je m'en fous… je comprends, mais fais-le… merci… tiens-moi au courant.

Il raccroche et me contemple un moment, impassible. *Bordel de merde !* Christian est furieux.

— Qu'est-ce qui se passe ?

— Linc.

— Linc ? L'ex-mari d'Elena ?

— C'est lui qui a payé la caution de Jack.

Je fixe Christian, stupéfaite. Ses lèvres pincées ne forment plus qu'une ligne dure.

— Ça ne va pas lui porter chance, dis-je. Hyde a profité de sa liberté pour commettre d'autres crimes.

L'œil mi-clos, Christian esquisse un petit rictus ironique.

— Vous ne croyez pas si bien dire, madame Grey.

— Qu'est-ce que tu viens de faire, à l'instant ?

Je m'agenouille pour lui faire face.

— Je viens de l'entuber.

Oh !

— Comme ça, sur un coup de tête ?

— Je suis du genre spontané.

— J'en sais quelque chose.

Il plisse les yeux et pince les lèvres.

— Ça fait un bon moment que j'y pense, j'attendais l'occasion.

Je fronce les sourcils.

— Ah bon ?

Il se tait, réfléchit, puis inspire un grand coup :

— Il y a plusieurs années – j'avais vingt et un ans à l'époque –, Linc a tabassé sa femme quand il a découvert qu'elle couchait avec moi : il lui a cassé la mâchoire, le bras gauche et quatre côtes.

Son regard se durcit.

— Et maintenant, je viens d'apprendre qu'il a payé la caution d'un homme qui a essayé de me tuer, qui a enlevé ma sœur et qui a fracturé le crâne de ma femme. Il est temps de lui rendre la monnaie de sa pièce.

Je blêmis. *Bordel de merde.*

— En général, je ne suis pas motivé par la vengeance, mais je ne peux pas le laisser s'en tirer comme ça, reprend Christian. Elena aurait dû porter plainte, mais elle ne l'a pas fait. C'était sa prérogative. En s'attaquant à ma famille, Linc en a fait une affaire personnelle. Je vais démanteler sa boîte et la revendre en pièces détachées au plus offrant. Je vais le ruiner.

Ah…

— En plus, ricane Christian, ça va être une opération rentable.

Son regard s'adoucit brusquement.

— Pardon, je ne voulais pas te faire peur, dit-il.

— Tu ne m'as pas fait peur.

Je mens. Il hausse un sourcil, amusé.

— Tu m'as surprise, c'est tout.

Je déglutis. Christian peut être vraiment effrayant, parfois.

Il effleure mes lèvres des siennes.

— Je ferais n'importe quoi pour te protéger, pour protéger ma famille, pour protéger le petit, murmure-t-il en écartant les doigts sur mon ventre.

Oh... Christian me contemple d'un regard intense. D'un geste délibéré, il effleure mon sexe du bout des doigts. *Oh putain !* Le désir explose en moi comme un cocktail Molotov, incendiant mon sang. Je prends sa tête entre mes mains en agrippant ses cheveux et je tire dessus, pour que mes lèvres trouvent les siennes. Il tressaille, surpris par mon assaut ; sa bouche donne libre accès à ma langue. Il gémit et me rend avidement mon baiser ; nous nous dévorons, langues, lèvres, souffles éperdus, en nous redécouvrant l'un l'autre. Qu'est-ce que j'ai envie de cet homme. Il y a trop longtemps... J'ai envie de lui ici, maintenant, au grand air, dans notre pré.

— Ana, gémit-il, en transe.

Sa main passe de mes fesses à l'ourlet de ma jupe. Je me hâte maladroitement de déboutonner sa chemise.

— Hou là, Ana... Stop.

Il s'écarte, la mâchoire serrée, et m'attrape les mains.

— Non, dis-je.

Mes dents se resserrent délicatement sur sa lèvre inférieure ; je tire en répétant :

— Non, j'ai trop envie de toi.

Il inspire brusquement, partagé ; l'incertitude se lit dans ses grands yeux gris lumineux. Je le supplie :

— S'il te plaît. J'ai besoin de toi.

Il gémit, vaincu, tandis que sa bouche trouve la mienne. D'une main, il me tient la tête ; l'autre parcourt mon corps jusqu'à ma taille. Il me met sur le dos et s'allonge à côté de moi, sans jamais rompre le contact de nos bouches.

— Vous êtes belle, madame Grey.

Je caresse son visage adorable.

— Vous aussi, monsieur Grey. À l'intérieur comme à l'extérieur.

Il fronce les sourcils et je suis du doigt sa ride du lion.

— Ne fais pas la tête. Pour moi, tu es beau même quand tu es en colère.

Il gémit une fois de plus, et sa bouche s'empare de la mienne ; je m'enfonce dans les herbes souples écrasées sous le plaid.

— Tu m'as manqué, chuchote-t-il tandis que ses dents effleurent l'arête de ma mâchoire.

— Toi aussi, tu m'as manqué. Ah, Christian.

Je m'agrippe à ses cheveux d'une main, à son épaule de l'autre. Ses lèvres sèment de doux baisers dans leur sillage ; ses doigts les suivent. Il déboutonne mon chemisier et l'ouvre pour embrasser le renflement de mes seins en émettant un petit bruit de gorge qui résonne jusqu'aux recoins les plus intimes de mon ventre.

— Ton corps change, chuchote-t-il.

Son pouce taquine mon téton jusqu'à ce que la pointe s'érige sous mon soutien-gorge.

— Ça me plaît, ajoute-t-il.

J'observe sa langue s'insinuer entre mon soutien-gorge et mon sein. Il saisit délicatement le bonnet entre ses dents pour le rabattre, dénude mon sein et frotte son nez contre mon téton, que la fraîcheur de la brise automnale fait froncer. Ses lèvres se referment dessus : il le suce vigoureusement. La douleur qui irradie de mes côtes m'arrache une grimace.

— Ana ! s'exclame Christian, inquiet. Voilà, c'est bien ce que je disais, tu ne sais pas te protéger. Je ne veux pas te faire mal.

— Non, n'arrête pas…

Il me fixe, hésitant.

— Je t'en prie.

Il se déplace brusquement et je me retrouve à cheval sur lui, la jupe retroussée sur mes hanches. Ses mains glissent sur la bande de mes *stay-up*.

— Voilà, tu seras mieux comme ça et puis ça me permet de profiter du spectacle.

Il passe les doigts sous le deuxième bonnet pour libérer l'autre sein, puis les prend tous les deux dans ses mains, tire sur mes tétons et les fait rouler entre ses doigts jusqu'à ce que je pousse un cri. Il se redresse pour me regarder dans les yeux et m'embrasser tout en continuant à me titiller les seins. Je ne sais plus où donner de la tête : j'ai envie de l'embrasser partout, de le déshabiller et de faire l'amour avec lui en même temps. Je commence à déboutonner sa chemise à toute vitesse.

— Hé ! Doucement.

Il attrape ma tête et la tire en arrière.

— On n'est pas pressés.

— Christian, ça fait tellement longtemps.

— Doucement, murmure-t-il, et c'est un ordre.

Il embrasse le coin droit de ma bouche.

— Doucement.

Il embrasse le coin gauche.

— Doucement, bébé.

Il tire sur ma lèvre inférieure avec ses dents.

— On y va doucement.

Il déroule ses doigts dans mes cheveux pour me maintenir pendant que sa langue envahit ma bouche, cherche, goûte, apaise… enflamme. Ah, qu'est-ce qu'il embrasse bien, mon homme.

Je caresse son visage, puis mes doigts tremblants passent de son menton à sa gorge, et je m'attaque à nouveau à ses boutons de chemise en prenant mon temps, pendant qu'il continue à m'embrasser. Lentement, j'ouvre sa chemise et suis la ligne soyeuse de ses clavicules du bout des doigts, avant de le repousser doucement pour qu'il se rallonge sous moi. Je me redresse pour le contempler en me tortillant sur son érection qui gonfle. *Mmm.* Je passe les doigts sur ses lèvres, son menton, son cou, puis sur sa pomme d'Adam, jusqu'au petit creux à la base du cou. *Qu'est-ce qu'il est beau, mon homme.* Je m'incline ; mes baisers suivent le chemin tracé par mes doigts.

Il gémit en renversant la tête en arrière pour me livrer accès à la base de son cou, la bouche ouverte. Christian, abandonné, excité, c'est tellement enivrant… tellement excitant pour moi.

Ma langue passe à sa poitrine en tournoyant dans ses poils. Il sent bon. Il a bon goût. Un goût enivrant. J'embrasse une petite cicatrice ronde, puis une autre, et il m'attrape par les hanches, ce qui arrête la course de mes doigts sur sa poitrine tandis que je me redresse pour le regarder. Il halète.

— Tu veux ? Ici ? souffle-t-il, l'œil mi-clos.

— Oui.

Mes lèvres et ma langue effleurent sa poitrine jusqu'à son téton, que je tire et tords délicatement avec mes dents.

— Ah, Ana, chuchote-t-il.

Il me prend par la taille, me soulève, libère son érection, puis me rassoit et je me pousse contre lui pour savourer sa chaleur et sa raideur. Ses mains remontent sur mes cuisses, s'arrêtent un instant à la lisière de mes bas, là où la chair commence, et tracent de petits cercles sur le haut de mes cuisses de sorte que les bouts de ses pouces me touchent… là où j'ai envie d'être touchée. Je tressaille.

— J'espère que tu ne tiens pas à cette culotte, murmure-t-il, l'œil sauvage.

Ses doigts suivent la ligne de l'élastique avant de glisser dessous ; il crève l'étoffe délicate avec ses pouces et ma culotte se désintègre. Il plaque ses mains sur mes cuisses, doigts écartés, et ses pouces effleurent à nouveau mon sexe. Il fléchit les hanches pour que son érection se frotte contre moi.

— Je sens que tu mouilles.

Il s'assoit tout d'un coup en m'encerclant la taille d'un bras, et nous nous retrouvons nez à nez.

— On va y aller doucement, madame Grey. Je veux te sentir tout entière.

Il me soulève et, avec une lenteur exquise, frustrante, m'assoit sur son sexe. En sentant chaque centimètre me remplir, je pousse un gémissement incohérent. Agrippée à ses bras, je tente de me soulever pour entamer un va-et-vient mais il me maintient en place.

— Moi, tout entier, susurre-t-il en basculant son bassin pour me pénétrer jusqu'au fond.

Je renverse la tête en arrière en lâchant un cri étranglé.

— Je veux t'entendre, dit-il. Non – ne bouge pas. Sens.

J'ouvre les yeux, la bouche figée en un « Ah ! » silencieux. Il me regarde dans les yeux : gris lascif sur bleu hagard. Il ondule des hanches, mais il m'empêche de bouger.

Je gémis. Ses lèvres se posent sur ma gorge.

— C'est mon endroit préféré. En toi, murmure-t-il contre ma peau.

— Bouge, allez.

— Doucement, madame Grey.

Il bascule à nouveau les hanches et le plaisir irradie en moi. Je prends son visage entre mes mains pour l'embrasser, le dévorer.

— Aime-moi, s'il te plaît, Christian.

Ses dents m'effleurent de la mâchoire à l'oreille.

— Vas-y, me chuchote-t-il en me soulevant pour me laisser retomber.

À ces mots, ma déesse intérieure se déchaîne : je le plaque au sol en me mettant à remuer, à savourer la sensation de lui en moi… à le chevaucher… le chevaucher à en perdre haleine. Les mains sur ma taille, il suit mon rythme. Qu'est-ce que ça m'a manqué… lui sous moi, en moi… le soleil dans mon dos, l'odeur délicieuse de l'automne… C'est une fusion enivrante de tous les sens.

Les yeux fermés, la tête renversée, la bouche ouverte, il gémit pendant qu'au fond de moi ça monte… ça monte… ça monte… toujours plus haut. Les mains de Christian glissent vers mes cuisses, ses pouces appuient délicatement au sommet, et j'explose autour de lui encore et encore et encore, et je m'effondre sur sa poitrine tandis qu'il se laisse aller à son tour en criant mon nom.

La main posée sur sa poitrine, je sens son cœur qui s'apaise. Je l'embrasse et frotte mon nez contre lui en songeant avec émerveillement qu'il n'y a pas si longtemps, il ne m'aurait pas laissée faire.

— Ça va mieux ? chuchote-t-il.

Je soulève la tête. Il sourit largement.

— Beaucoup mieux. Et toi ?

Mon sourire reflète le sien.

— Vous m'avez manqué, madame Grey.

— Toi aussi, tu m'as manqué.

— Plus d'héroïsme, d'accord ?

— Promis.

— Tu devrais toujours me parler, chuchote-t-il.

— Ça vaut pour toi aussi, Grey.

Il ricane.

— J'essaierai.

Il m'embrasse les cheveux.

— Je crois qu'on sera heureux, ici, dis-je en fermant les yeux.

— Ouais. Toi, moi et… le Petit Pois. Au fait, comment te sens-tu ?

— Bien. Détendue. Heureuse.

— Tant mieux.

— Et toi ?

— Moi aussi, murmure-t-il.

Je lève les yeux vers lui pour tenter de déchiffrer son expression.

— Quoi ? dit-il.

— Tu sais, tu es très autoritaire quand on baise.

— C'est un reproche ?

— Non, mais je me demandais… tu m'as dit que ça te manquait.

Il se fige en me regardant.

— Parfois.

Oh.

— Eh bien, on verra ce qu'on peut faire pour ne pas que tu te sentes privé.

Je pose un léger baiser sur ses lèvres et m'enroule autour de lui comme du lierre en songeant à la salle de jeux : la table, la croix, les menottes… J'adore ses trucs de baise perverse – *nos* trucs de baise perverse. Oui, je peux faire ça. Pour lui. Avec lui. *Pour moi.* Ma peau se met à picoter quand je me rappelle la cravache.

— Moi aussi, j'aime bien jouer, j'ajoute.

Quand je lève les yeux, je suis récompensée par son sourire timide.

— Tu sais, j'aimerais vraiment explorer tes limites, murmure-t-il.

— Mes limites pour quoi ?

— Le plaisir.

— Je crois que j'aimerais aussi.

— Quand on rentrera à la maison…

Je frotte à nouveau mon nez sur sa poitrine. Je l'aime tellement.

Deux jours se sont écoulés depuis notre pique-nique, mais hélas, Christian me traite toujours comme si j'étais en sucre. Comme il ne me laisse pas retourner au bureau, je travaille à la maison. Je repousse en soupirant une pile de courrier. Christian et moi ne sommes pas retournés dans la salle de jeux depuis que j'ai utilisé le mot d'alerte. Il a dit que ça lui manquait. Eh bien, à moi aussi, ça me manque… surtout depuis qu'il m'a dit qu'il aimerait explorer mes limites. Je rougis en me demandant ce que ça pourrait impliquer. Je jette un coup d'œil à la table de billard…

Mes pensées sont interrompues par la musique douce et lyrique qui s'élève dans l'appartement. Christian joue du piano : pas un air triste comme d'habitude, mais une mélodie harmonieuse et gaie. J'avance sur la pointe des pieds jusqu'à l'entrée de la grande pièce pour le regarder. Le ciel crépusculaire, qui a viré au rose flamboyant, embrase ses cheveux cuivrés. Comme toujours, il est beau à couper le souffle ; concentré sur son jeu, il ne s'est pas aperçu de ma présence. Il est tellement ouvert depuis quelque jours, tellement attentionné – il me parle de sa journée, de ses pensées, de ses projets. Comme si un barrage avait sauté.

Je sais qu'il va passer me voir dans quelques minutes, ce qui me donne une idée. Excitée, je m'éclipse discrètement en espérant qu'il ne s'est pas aperçu de ma présence et file vers notre chambre tout en retirant mes vêtements jusqu'à ne plus porter que ma culotte en dentelle bleu ciel. Je trouve un débardeur assorti que je passe en vitesse pour cacher mes hématomes, puis je fouille dans le dressing pour dénicher le jean délavé de Christian – son jean de salle de jeux, mon préféré. Je prends mon BlackBerry sur ma table de chevet, plie le jean soigneusement, le pose par terre et m'agenouille près de la porte restée entrouverte. Tout en écoutant Christian entamer un autre morceau – encore un air joyeux –, je rédige rapidement un mail.

De : Anastasia Grey
Objet : Le plaisir de mon mari
Date : 21 septembre 2011 20:45
À : Christian Grey

Monsieur,

J'attends vos instructions.

Bien à vous,

Mme G.

J'appuie sur « envoyer ».

Quelques instants plus tard, la musique s'arrête tout d'un coup. Mon cœur bondit et se met à battre la chamade, puis j'attends, j'attends. Mon BlackBerry bourdonne enfin.

De : Christian Grey
Objet : Le plaisir de mon mari ← j'adore cet intitulé, bébé
Date : 21 septembre 2011 20:48
À : Anastasia Grey

Madame G.
Je suis curieux. Je viens vous retrouver.
Préparez-vous.

Christian Grey
P-DG allumé, Grey Enterprises Holdings, Inc.

Préparez-vous ! Mon cœur se met à battre plus fort, et je commence à compter les secondes. J'en suis à trente-sept lorsque la porte s'ouvre. Ses pieds nus s'arrêtent sur le seuil. Il ne dit rien. Je reste les yeux baissés.

Il ramasse enfin son jean, toujours sans un mot, et se dirige vers le dressing tandis que je reste aussi immobile qu'une statue. *Oh mon Dieu… ça y est.* Les battements de mon cœur deviennent assourdissants ; une poussée d'adrénaline envahit mon corps. Qu'est-ce qu'il va me faire ? Quand il revient quelques instants plus tard, il porte le jean.

— Alors, tu veux jouer ? chuchote-t-il.

— Oui.

Je risque un coup d'œil en vitesse… son jean, ses cuisses, le petit renflement de sa braguette, le bouton défait, ses poils, son nombril, son ventre musclé, les poils de sa poitrine, ses yeux gris flamboyants, et sa tête penchée sur le côté… Il hausse un sourcil.

— Oui, qui ?

Ah.

— Oui, monsieur.

Ses yeux se radoucissent.

— C'est bien, ma belle, murmure-t-il en me caressant la tête. Et maintenant, je crois qu'il vaut mieux qu'on monte.

Je me liquéfie de l'intérieur et mon ventre se crispe délicieusement.

Il me prend par la main et m'entraîne jusqu'en haut de l'escalier. Devant la porte de la salle de jeux, il s'incline pour m'embrasser doucement avant de m'attraper brutalement par les cheveux.

— Tu sais que tu es en train de dominer sans en avoir l'air ? murmure-t-il contre mes lèvres.

— Pardon ?

Je ne comprends rien à ce qu'il a dit.

— Je m'y ferai, chuchote-t-il, amusé.

Il fait courir son nez le long de l'arête de ma mâchoire et me mordille l'oreille.

— Une fois entrée, agenouille-toi, comme je t'ai montré.

— Oui… monsieur.

Il baisse vers moi des yeux débordant d'amour, d'émerveillement et de pensées coquines.

La vie ne sera jamais ennuyeuse avec Christian, et c'est parti pour durer. J'aime cet homme : mon mari, mon amant, le père de mon enfant, mon Dominant de temps en temps… je l'aime en cinquante nuances.

Épilogue

La Grande Maison, mai 2014

Allongée sur le plaid, je contemple le ciel d'été entre les fleurs des champs et les herbes folles. La chaleur du soleil me réchauffe la peau ; je suis tellement détendue que je me suis presque liquéfiée. Ce moment de sérénité, de plénitude à l'état pur, est d'une telle perfection que je devrais me sentir coupable, mais non, j'ai appris à apprécier la vie au jour le jour. Je souris tandis que mon esprit dérive vers notre délicieuse séance de la veille à l'Escala…

Les lanières du martinet effleurent mon ventre arrondi avec une langueur presque douloureuse.

— Encore, Ana ? me chuchote Christian à l'oreille.

— S'il vous plaît.

Debout, les yeux bandés, je le supplie en tirant sur mes mains liées au-dessus de ma tête, attachées à la grille du plafond.

Le martinet me mord les fesses.

— S'il vous plaît, qui ?

Je tressaille.

— S'il vous plaît, monsieur.

Christian pose la main sur ma peau rougie et la frotte doucement.

— Là… là… là.

Ses mots sont doux. Sa main descend plus bas ; ses doigts glissent en moi. Je gémis. Il tire sur le lobe de mon oreille avec ses dents :

— Madame Grey, je crois que vous êtes prête.

Ses doigts entament leur va-et-vient en moi. Le martinet tombe par terre ; l'autre main de Christian remonte de mon ventre à mes seins. Je me raidis. Ils sont hypersensibles.

— Chut, dit Christian.

Il effleure doucement mon téton. Ses doigts sont délicats et habiles, et le plaisir descend en tourbillonnant de mon sein jusqu'en bas… au plus profond de moi. Je renverse la tête en arrière en poussant mon sein contre sa paume et gémis encore.

— J'aime t'entendre, chuchote Christian.

Je sens son érection contre ma hanche ; les boutons de sa braguette s'enfoncent dans ma chair pendant que ses doigts poursuivent leur assaut impitoyable.

— Tu veux que je te fasse jouir comme ça ? me demande-t-il.

— Non.

Ses doigts arrêtent de remuer en moi.

— Vraiment, madame Grey ? Est-ce à vous de décider ?

Ses doigts se resserrent autour de mon téton.

— Non… non, monsieur.

— J'aime mieux ça.

— S'il te plaît.

— Qu'est-ce que tu veux, Anastasia ?

— Toi. Toujours toi.

Il inspire brusquement.

— Toi, tout entier, dis-je, haletante.

Il retire ses doigts, me fait pivoter vers lui et me retire mon bandeau. Je cligne des yeux. Il passe l'index sur ma lèvre inférieure avant de le fourrer dans ma bouche afin de me faire goûter le sel de mon désir.

— Suce, chuchote-t-il.

Je fais tournoyer ma langue autour de ses doigts. *Mmm… j'ai bon goût sur ses doigts.* Ses mains effleurent mes bras jusqu'aux bracelets au-dessus de ma tête, qu'il détache pour me libérer. Il me retourne face au mur et tire sur ma tresse pour m'attirer dans ses bras et me faire pencher la tête de côté. Il passe ses lèvres de ma gorge à mon oreille, tout en me tenant plaquée contre lui.

— Je veux ta bouche.

Sa voix est douce et séductrice. Mon corps, mûr et prêt au plaisir, se crispe à l'intérieur.

Je me tourne pour lui faire face et attire sa tête vers la mienne ; ma langue envahit sa bouche, le goûte et le savoure. Il plaque ses mains sur mon cul pour m'attirer vers lui, mais mon ventre arrondi fait obstacle. Je mordille sa mâchoire et sème des baisers sur son cou tandis que mes doigts descendent vers son jean. Il renverse la tête en arrière, exposant plus largement sa gorge ; je fais courir ma langue jusqu'à sa poitrine, à travers ses poils, puis je tire sur la ceinture de son jean ; les boutons se défont. Il m'agrippe par les épaules quand je m'agenouille devant lui.

En levant les yeux pour le regarder à travers mes cils, je vois qu'il me regarde, lui aussi. Ses yeux sont assombris, ses lèvres entrouvertes, et il inspire profondément quand je le libère pour le prendre dans ma bouche. J'adore le voir s'abandonner, l'entendre retenir son souffle, et puis ce gémissement de gorge, si doux… Je ferme les yeux pour le sucer vigoureusement en savourant son goût et ses tressaillements.

Il m'attrape la tête pour m'immobiliser ; je gaine mes dents de mes lèvres et je le prends encore plus profondément dans ma bouche.

— Ouvre les yeux. Regarde-moi, m'ordonne-t-il.

Ses yeux incandescents rencontrent les miens. Il fléchit les hanches pour remplir ma bouche jusqu'au fond de ma gorge, puis se retire rapidement avant de s'enfoncer à nouveau entre mes lèvres. Je tends la main pour l'empoigner mais il arrête mon geste.

— Ne me touche pas ou je te remets les menottes. Sers-toi seulement de ta bouche, gronde-t-il.

Alors comme ça ? Je mets les mains derrière le dos et le regarde innocemment, la bouche pleine.

— C'est bien, ma belle, ricane-t-il, la voix rauque.

Il se retire, puis, en me maintenant doucement mais fermement, pousse à nouveau.

— Madame Grey, vous avez une bouche faite pour être baisée.

Je resserre les lèvres en faisant tournoyer ma langue sur lui, autour de lui. Je le prends plus profondément, puis je me retire, encore et encore ; l'air siffle entre ses dents.

— Ah ! Arrête ! s'écrie-t-il.

Il se retire, me laissant pantelante, puis m'agrippe par les épaules pour me relever, attrape ma tresse, m'embrasse durement et me libère. Soudain, il me soulève dans ses bras pour me porter jusqu'au lit à baldaquin, où il me pose doucement de façon que mes fesses soient au bord du lit.

— Passe les jambes autour de ma taille, m'ordonne-t-il.

J'obéis et l'attire vers moi. Penché au-dessus de moi, les mains posées de part et d'autre de ma tête, il me pénètre lentement.

Ah… qu'est-ce que c'est bon ! Je ferme les yeux en savourant cette lente possession.

— Ça va ? me demande-t-il.

— Oh mon Dieu, Christian, oui, oui. Tu peux y aller.

Je resserre mes jambes autour de lui pour me pousser contre son sexe. Il geint. Je m'agrippe à ses bras et il fléchit les hanches dans un lent va-et-vient.

— Christian, s'il te plaît, plus fort ! Tu ne vas pas me briser.

Il gémit et se met à bouger, à me pistonner furieusement. C'est divin.

— Oui ! fais-je d'une voix étranglée quand ça commence à monter…

Il gémit et me pilonne avec une ardeur redoublée… *Pitié. N'arrête pas.*

— Allez, Ana, gémit-il entre ses dents serrées.

Et j'explose autour de lui, dans un orgasme qui dure et dure et dure. Quand je crie son nom, Christian se fige pour jouir en moi.

Christian, allongé près de moi, caresse mon ventre de ses doigts écartés.

— Comment va ma fille ?

J'éclate de rire :

— Elle danse.

— Elle danse ? Ah oui, dis donc ! Je la sens.

Les pirouettes du Petit Pois n° 2 dans mon ventre le font sourire.

— Je crois qu'elle aime déjà le sexe, dis-je.

Christian fronce les sourcils, contrarié :

— Vraiment ?

Il pose la bouche contre mon ventre :

— Pas de ça avant l'âge de trente ans, jeune fille.

Je pouffe.

— Christian, quel hypocrite tu fais !

— Non, je suis un père anxieux.

Il lève les yeux vers moi ; son front plissé trahit en effet son anxiété.

— J'ai toujours su que tu serais un père merveilleux, Christian.

Je caresse son beau visage et il m'adresse son sourire timide.

— J'aime bien ton ventre, murmure-t-il en le caressant. Ça m'en fait plus à aimer.

Je fais la moue.

— Eh bien, moi, ça ne me plaît pas tellement d'être aussi grosse.

— C'est génial quand tu jouis.

— Christian !

— Et puis le goût de ton lait me manque…

— Christian ! Quel pervers, celui-là…

Il fond sur moi tout d'un coup pour m'embrasser de toutes ses forces, en passant sa jambe par-dessus la mienne et en me clouant les mains au-dessus de la tête :

— Tu adores la baise perverse, non ? chuchote-t-il en frottant son nez contre le mien.

Je souris, gagnée par son sourire contagieux et coquin.

— Oui, j'adore la baise perverse. Et je t'aime. Comme une folle.

Je suis réveillée en sursaut par le cri de joie suraigu de mon fils. Ted, qui s'est réveillé de sa sieste, gambade avec Christian. Je reste tranquillement allongée en songeant à quel point Christian est doué pour ça. Il est extraordinairement patient avec Ted – bien plus qu'avec moi. Je glousse. Mais c'est dans l'ordre des choses. Mon magnifique petit garçon, la prunelle des yeux de son père et de sa mère, ne connaît pas la peur. Christian, en revanche, est toujours aussi surprotecteur. Mon M. Cinquante – adorable, caractériel, autoritaire…

— Maman est cachée dans le pré. On la cherche ?

Ted répond quelque chose que je n'entends pas, et Christian éclate d'un rire heureux, débordant de joie paternelle. N'y résistant pas, je m'accoude pour les épier entre les hautes herbes.

Christian est en train de faire tournoyer Ted dans les airs, ce qui lui arrache des cris de joie. Il s'arrête, le lance en l'air – j'arrête de respirer – puis le rattrape. Ted pousse des cris perçants ; je soupire, soulagée. Ah, mon petit homme, mon petit homme chéri, toujours partant pour de nouvelles aventures…

— 'core, papa ! couine-t-il.

Christian s'exécute et mon cœur fait à nouveau un bond quand il lance Teddy en l'air pour le rattraper et le serrer contre lui. Christian embrasse les boucles cuivrées de Ted et lui fait un « poutou » sur la joue, puis le chatouille sans merci. Teddy hurle de rire en se tortillant et en se débattant contre la poitrine de Christian pour qu'il le lâche. Christian le pose par terre.

— Allez, on va trouver maman. Elle est cachée dans l'herbe.

Ted adore ce jeu. Il sourit, radieux, en regardant tout autour de lui. Il agrippe la main de son père et désigne un endroit où je ne suis pas, ce qui me fait doucement glousser. Je me rallonge rapidement, prenant plaisir au jeu, moi aussi.

— Ted, j'ai entendu maman. Tu l'as entendue, toi ?

— Maman !

Je ris et hoquette en entendant le ton impérieux de Teddy. Bon sang ne saurait mentir ! Et il n'a que deux ans ! Je lance :

— Teddy !

Puis je me rallonge pour contempler le ciel en souriant comme une idiote.

— Maman !

Ted et Christian surgissent à travers les herbes folles.

— Maman ! glapit Ted comme s'il avait trouvé le trésor de la Sierra Madre.

— Hé, mon bébé !

Je le berce contre moi en embrassant sa joue potelée. Il rit et m'embrasse à son tour, puis se débat pour que je le lâche.

— Bonjour, maman, me sourit Christian.

— Bonjour, papa.

Il prend Ted dans ses bras, s'assoit à côté de moi, et pose notre fils sur ses genoux en le réprimandant gentiment :

— Il faut que tu y ailles doucement avec maman.

Je ne peux réprimer un petit rire ironique. Christian tire son BlackBerry de sa poche pour le remettre à Ted, ce qui nous vaudra peut-être cinq minutes de répit. Ted l'étudie en plissant son petit front, aussi sérieux que son papa lorsqu'il lit ses mails. Christian se frotte le nez dans les cheveux de Ted. Ils se ressemblent comme deux gouttes d'eau, mon mari et mon fils, tranquillement assis sur ses genoux – du moins pour l'instant. Mes deux hommes préférés…

Bien entendu, Ted est l'enfant le plus beau et le plus intelligent de la planète. Quant à Christian, c'est… enfin, c'est Christian, aussi sexy que d'habitude avec son jean et son tee-shirt blanc. Qu'ai-je fait pour décrocher le gros lot ?

— Vous avez bonne mine, madame Grey.

— Vous aussi, monsieur Grey.

— Elle est jolie, maman, non ? chuchote Christian à l'oreille de Ted.

Ted le repousse en agitant la main, bien plus intéressé par le BlackBerry de papa. Je pouffe de rire.

— Tu ne peux pas l'embobiner.

— Je sais.

Christian, souriant, embrasse Ted sur la tête.

— Je n'arrive pas à croire qu'il aura deux ans demain, fait-il d'une voix nostalgique.

Il tend la main pour la poser sur mon ventre :

— Et si on faisait des tas d'enfants ?

— Au moins un, en tout cas.

Je souris et il me caresse le ventre.

— Comment va ma fille ?

— Bien. Elle dort, je crois.

— Bonjour, monsieur Grey. Bonjour, Ana.

Sophie, la fille de Taylor, âgée de dix ans, a surgi des hautes herbes.

— Fofiiiiie ! glapit Ted, ravi.

Il se tortille pour descendre des genoux de Christian en jetant le BlackBerry par terre.

— Gail m'a donné des Mr Freeze, dit Sophie. Je peux en donner un à Ted ?

— Bien sûr, dis-je.

Oh là là, ça va faire des dégâts.

— Bonbon !

Ted tend la main et Sophie lui en donne un. Il dégouline déjà.

— Montre à maman.

Je m'assois et prends son Mr Freeze à Ted pour le glisser aussitôt dans ma bouche afin de lécher ce qui dégouline. Miam… il est parfumé à l'airelle.

— À moi ! proteste Ted d'une voix indignée.

— Tiens.

Je lui rends sa friandise un peu moins dégoulinante ; il la fourre tout de suite dans sa bouche.

— Je peux aller me promener avec Ted ? demande Sophie.

— Bien sûr.

— N'allez pas trop loin.

— Non, monsieur.

Sophie ouvre de grands yeux sérieux – je crois qu'elle a un peu peur de Christian. Elle tend la main, que Ted prend volontiers, et ils s'enfoncent ensemble dans les hautes herbes.

Christian les observe d'un œil vigilant.

— Ça va, Christian. Qu'est-ce qui pourrait leur arriver ici ?

Il fronce les sourcils un instant. Je grimpe sur ses genoux.

— En plus, Ted est absolument fou de Sophie.

Christian émet un petit grognement et frotte son nez dans mes cheveux.

— C'est une gamine adorable.

— Oui, et tellement jolie. Un ange blond !

Christian plaque ses mains sur mon ventre :

— Ah, les filles…

Il y a un soupçon de nervosité dans sa voix. Je pose ma main derrière sa tête.

— Tu n'as pas de souci à te faire pour ta fille pendant encore trois mois. D'ici là, je m'en charge, d'accord ?

Il m'embrasse derrière l'oreille et me mordille le lobe.

— Si vous le dites, madame Grey.

Sur ce, il me mord. Je glapis.

— C'était bien, hier soir, dit-il. On devrait faire ça plus souvent.

— Je trouve aussi.

— Et on pourrait, si tu t'arrêtais de travailler…

Je lève les yeux au ciel ; il resserre son étreinte et sourit contre mon cou.

— Lèveriez-vous les yeux au ciel, par hasard, madame Grey ?

Sa menace implicite est tentante, mais comme les enfants sont tout près, je n'y succombe pas.

— Écoute, ça n'est pas le moment pour moi de raccrocher. Grey Publishing a un auteur dans la liste des best-sellers du *New York Times* : les ventes de Boyce Fox sont phénoménales. En plus, nos *e-books* font un tabac, et j'ai enfin rassemblé l'équipe que je voulais.

— Et tu gagnes de l'argent malgré la crise, ajoute fièrement Christian. Mais... j'aime bien quand maman est aux fourneaux.

Je m'écarte pour voir son visage. Son regard pétille d'humour.

— Moi aussi, j'aime bien, dis-je.

Il m'embrasse, les mains toujours plaquées sur mon ventre. Puisqu'il est de bonne humeur, je décide d'aborder un sujet délicat :

— Tu as réfléchi à ma suggestion ?

Il se fige.

— Ana, la réponse est non.

— Mais Ella, c'est un prénom ravissant.

— Je ne donnerai pas à ma fille le prénom de ma mère. Pas question. Fin de la discussion.

— Tu en es sûr ?

— Oui.

Il m'attrape le menton pour plonger son regard dans le mien :

— Ana, laisse tomber. Il est hors de question que ma fille soit souillée par mon passé.

— Je comprends.

Merde... je ne veux pas le mettre en colère.

— Tant mieux. Arrête d'essayer de tout arranger, marmonne-t-il. Tu as réussi à me faire admettre que je l'aimais, tu m'as traîné voir sa tombe… C'est déjà bien assez.

Je me retourne pour me mettre à califourchon sur lui et prendre sa tête entre mes mains :

— Je suis désolée. Vraiment. Ne te fâche pas, s'il te plaît.

Je dépose un baiser sur le coin de sa bouche. Au bout d'un petit moment, il désigne l'autre coin. Je souris et l'embrasse. Il désigne son nez. Je l'embrasse aussi. Il sourit en posant ses mains sur mes fesses.

— Ah, madame Grey - que vais-je faire de vous ?

— Je suis sûre que tu trouveras.

Il sourit et, en se retournant brusquement, me jette sur le plaid.

— Je crois que j'ai une idée, chuchote-t-il avec un sourire salace.

— Christian !

Tout d'un coup, Ted pousse un cri perçant. Christian bondit, agile comme un félin, pour s'élancer vers la source du cri. Je le suis d'un pas plus nonchalant, car je ne suis pas aussi inquiète que Christian - ce n'est pas le genre de cri qui me ferait gravir l'escalier quatre à quatre.

Christian soulève Ted à bout de bras. Notre petit garçon pleure, inconsolable, en pointant du doigt les restes informes de son Mr Freeze qui est en train de fondre dans l'herbe.

— Il l'a laissé tomber, explique tristement Sophie. Je lui aurais bien donné le mien, mais je l'ai fini.

— Sophie, ma chérie, ne t'inquiète pas.

Je caresse ses cheveux.

— Maman ! hurle Ted en me tendant les bras.

Christian me le remet à regret.

— Là… là… mon bébé.

— Bonbon, sanglote-t-il.

— Je sais, mon bébé. On va aller voir Mme Taylor pour lui demander un autre Mr Freeze, d'accord ?

Je l'embrasse sur la tête… qu'est-ce qu'il sent bon ! Il sent mon petit garçon.

— Bonbon, renifle-t-il.

Je lui prends la main pour embrasser ses doigts collants.

— Tu sais, je peux goûter ton Mr Freeze sur tes doigts.

Ted s'arrête de pleurer pour examiner sa main.

— Mets tes doigts dans ta bouche, tu vas voir.

Il le fait.

— Bonbon !

— Oui, c'est bon.

Il sourit. Mon petit garçon change d'humeur toutes les deux secondes, comme son papa. Mais lui, au moins, il a une excuse : il n'a que deux ans.

— Tu veux qu'on aille voir Mme Taylor ?

Il hoche la tête avec son beau sourire de bébé.

— Tu veux laisser papa te porter ?

Il secoue la tête et met ses bras autour de mon cou pour me serrer de toutes ses forces, le visage appuyé contre ma poitrine.

— Je pense que papa aussi voudrait goûter ton Mr Freeze, dis-je à l'oreille de Ted.

Ted fronce les sourcils, regarde sa main et la tend à Christian, qui met les doigts de Ted dans sa bouche en souriant.

— Miam… c'est bon.

Ted glousse et tend les bras à Christian pour se faire porter. Christian le cale sur sa hanche.

— Sophie, où est Gail ?

— Elle était dans la grande maison tout à l'heure.

Je jette un coup d'œil à Christian, dont le sourire s'est teinté d'amertume. À quoi pense-t-il ?

— Tu t'y prends tellement bien avec lui.

J'ébouriffe les cheveux de Ted.

— Le petit ? Les hommes de la famille Grey, j'ai appris à les gérer, depuis le temps.

Il éclate de rire.

— Oui, en effet, madame Grey.

Ted se tortille pour que Christian le lâche : maintenant il veut marcher, mon petit homme entêté. Je le prends par la main, Christian aussi, et nous faisons balancer Ted entre nous jusqu'à la maison, tandis que Sophie gambade devant nous.

J'adresse un signe à Taylor qui, lors de l'un de ses rares jours de congé, est en train de réparer une vieille moto, vêtu d'un jean et d'un marcel.

Je m'arrête devant la chambre de Ted pour écouter Christian lui lire une histoire.

— Je suis le Lorax ! Je parle au nom des arbres…

Quand j'ouvre la porte, Teddy dort déjà à poings fermés. Christian referme le livre, pose un doigt sur ses lèvres et allume le *baby-phone*. Il borde Ted, lui caresse la joue, puis se lève pour me rejoindre sur la pointe des pieds. Il fait un tel cinéma pour ne pas réveiller notre fils que j'ai du mal à me retenir de rire.

Une fois dans le couloir, Christian m'attire vers lui.

— Je l'aime, mais qu'est-ce que c'est bien quand il dort, murmure-t-il contre mes lèvres.

— Je suis d'accord.

Il me contemple tendrement.

— J'ai du mal à croire qu'il est avec nous depuis deux ans.

— Moi aussi.

Tout en l'embrassant, je me rappelle la naissance de Ted : la césarienne d'urgence, l'angoisse paralysante de Christian, le sang-froid et l'efficacité du Dr Greene quand mon Petit Pois était en détresse…

— Madame Grey, vous avez des contractions depuis quinze heures et elles ont ralenti malgré le Pitocin. Nous allons devoir pratiquer une césarienne, le bébé est en détresse fœtale.

Cette fois, le Dr Greene est inflexible.

— Putain, il était temps, rugit Christian.

Le Dr Greene l'ignore.

— Christian, du calme, dis-je en lui pressant sa main.

Je parle d'une voix basse et faible. Tout est brouillé autour de moi – les murs, les appareils, les gens en tenues de bloc vertes… Je veux simplement dormir. Mais il me semble que j'avais quelque chose d'important à faire avant ça… Ah oui. Pousser.

— Madame Grey… Ana, s'il vous plaît, écoutez-moi. Nous donnez-vous votre accord ?

— S'il te plaît, Ana, me supplie Christian.

— Je pourrai dormir ?

— Oui, mon bébé, oui.

C'est presque un sanglot. Christian m'embrasse sur le front.

— Je vais voir le Petit Pois ?

— Oui.

— Alors, d'accord.

— Enfin ! marmonne le Dr Greene. Appelez l'anesthésiste, dit-elle à une infirmière. Docteur Miller, préparez-la. Madame Grey, nous allons vous déplacer au bloc opératoire.

— Au bloc ?

Christian et moi avons parlé en même temps.

— Oui.

Et, tout d'un coup, nous nous mettons en mouvement. Les halogènes au plafond du couloir se confondent en une longue bande de lumière blanche tandis qu'on me pousse à toute vitesse.

— Monsieur Grey, il faut que vous passiez une tenue de bloc.

— Quoi ?

— Tout de suite, monsieur Grey.

Il presse ma main et la lâche. Je panique :

— Christian !

Nous traversons des portes et, en un rien de temps, une infirmière met en place un champ opératoire au niveau de ma poitrine. La porte s'ouvre et se referme tout le temps, il y a des tas de gens dans la pièce, c'est trop bruyant… je veux rentrer chez moi.

— Christian ?

Je scrute les visages qui m'entourent. Où est mon mari ?

— Il arrive tout de suite, madame Grey.

L'instant d'après, il est à côté de moi, en tenue de bloc bleue, et je lui prends la main.

— J'ai peur.

— Non, bébé, non. Je suis là, n'aie pas peur. Tu es forte, Ana.

Il m'embrasse sur le front. Sa voix me dit que quelque chose ne va pas.

— Qu'est-ce qu'il y a ?

— Quoi ?

— Quelque chose ne va pas ?

— Tout va bien, bébé, tu es épuisée, c'est tout.

Son regard est brûlant de terreur.

— Madame Grey, l'anesthésiste va poser votre péridurale et on pourra y aller.

— Elle a encore une contraction.

Tout se resserre comme une bande d'acier autour de mon ventre. Merde ! Je broie la main de Christian. Voilà ce qui est crevant – endurer cette douleur. Je suis si fatiguée. Je sens le liquide anesthésiant se répandre vers le bas de mon corps. Je me concentre sur le visage de Christian. Sur la ride entre ses sourcils. Il est tendu. Inquiet. *Pourquoi ?*

— Sentez-vous ceci, madame Grey ?

La voix désincarnée du Dr Greene me parvient de l'autre côté du champ.

— Sentir quoi ?

— Vous ne sentez rien ?

— Non.

— Bien. On y va, docteur Miller.

— Tout va bien, Ana.

Christian est pâle. Il y a de la sueur sur son front. Il a peur. *N'aie pas peur, Christian. N'aie pas peur.*

— Je t'aime, lui dis-je.

— Ah, Ana, sanglote-t-il, je t'aime aussi, tellement.

Ça tire dans mon ventre ! C'est une sensation bizarre, qui ne ressemble à rien de ce que j'ai éprouvé auparavant. Christian regarde par-dessus le champ opératoire et blêmit, mais continue à regarder, fasciné.

— Qu'est-ce qui se passe ?

— Succion ! Bien…

Tout d'un coup, un cri de colère suraigu retentit.

— Vous avez un fils, madame Grey. Test d'Apgar ?

— Neuf points.

— Je peux le voir ?

Christian disparaît une seconde et reparaît l'instant d'après avec mon fils dans les bras, emmailloté de bleu. Son visage tout rose est recouvert de sang et d'une substance blanchâtre. Mon bébé. Mon Petit Pois… Theodore Raymond Grey.

Quand je jette un coup d'œil à Christian, il a les larmes aux yeux.

— Je vous présente votre fils, madame Grey, souffle-t-il d'une voix enrouée.

— Notre fils… il est magnifique.

— C'est vrai, dit Christian en posant un baiser sous une boucle de cheveux sombres sur le front de notre beau petit garçon.

Theodore Raymond Grey s'en fout : il dort. Je n'ai jamais rien vu de plus beau, si beau que je me mets à pleurer.

— Merci, Ana, chuchote Christian.

Lui aussi, il a les larmes aux yeux.

— Qu'est-ce qu'il y a ?

Christian me renverse le menton en arrière.

— Je repensais à la naissance de Ted.

Christian blêmit et pose les mains sur mon ventre.

— Je ne veux pas revivre ça. Cette fois, césarienne programmée.

— Christian, je…

— Non, Ana. Tu as failli mourir la dernière fois. Non.

— Je n'ai pas failli mourir.

— Non.

Il n'admet aucune discussion, mais lorsqu'il me regarde, il s'adoucit :

— J'aime bien Phoebe, comme prénom, chuchote-t-il en passant le bout de son nez sur le mien.

— Phoebe Grey ? Phoebe… Oui. J'aime bien aussi.

Je lui souris.

— Tant mieux. Bon, je veux aller installer le cadeau de Ted.

Il me prend par la main et nous descendons. Christian trépigne : il a attendu ce moment toute la journée.

— Tu crois que ça lui plaira ?

Son regard inquiet cherche le mien.

— Il va adorer pendant environ deux minutes. Christian, il n'a que deux ans.

Christian a fini d'installer le petit train qu'il a acheté à Ted pour son anniversaire. Il a demandé à Barney, son collaborateur, de convertir les deux locomotives pour qu'elles fonctionnent à l'énergie solaire, comme le modèle réduit d'hélicoptère que j'ai offert à Christian il y a quelques années. Christian a hâte que le soleil se lève, sans doute parce qu'il meurt d'envie de jouer lui-même avec le petit train. Le circuit recouvre presque tout le sol en pierre de notre terrasse.

Demain, nous organisons une fête pour Ted. Nous avons invité Ray et José ainsi que tous les Grey, y compris la nouvelle cousine de Ted, la petite Ava de Kate et Elliot, qui n'a que deux mois. J'ai hâte de revoir Kate pour lui demander comment elle vit la maternité.

Je contemple le paysage tandis que le soleil disparaît derrière Olympic Peninsula. C'est aussi beau que me l'avait promis Christian et, chaque fois que je le vois, j'éprouve le même frisson de plaisir que le premier jour : le crépuscule sur Puget Sound est tout simplement spectaculaire. Christian me prend dans ses bras.

— Quel spectacle magnifique…

— En effet, répond Christian.

Quand je me retourne pour le regarder, c'est moi qu'il contemple. Il pose un doux baiser sur mes lèvres.

— C'est mon spectacle préféré, chuchote-t-il.

Il sourit et m'embrasse à nouveau.

— Je vous aime, madame Grey.

— Je t'aime aussi, Christian. Je t'aimerai toujours.

NUANCES DE *Christian*

MON PREMIER NOËL

Mon chandail me gratte. Il est neuf. Tout est neuf ici. J'ai une nouvelle maman. C'est un docteur, avec un « tétoscope ». Quand je le mets dans mes oreilles, j'entends mon cœur. Elle est gentille et elle sourit. Elle sourit tout le temps. Elle a des petites dents toutes blanches.

— Tu veux bien m'aider à décorer l'arbre, Christian ?

Il y a un arbre dans la pièce avec les grands canapés. Un grand arbre. J'ai déjà vu des arbres comme ça, mais seulement dans des magasins, pas dans des maisons avec des canapés. Ma nouvelle maison a plein de canapés, pas juste un canapé marron tout taché.

— Tiens, regarde.

Ma nouvelle maman me montre une boîte pleine de boules. Des tas de jolies boules qui brillent.

— Ce sont des décorations pour l'arbre.

Dé-co-ra-tions. Dé-co-ra-tions. Je répète le mot dans ma tête. Dé-co-ra-tions.

— Et ça…

Elle s'arrête pour sortir un grand fil avec des petites fleurs.

— … ce sont les lumières. On met d'abord les lumières, et ensuite on peut décorer l'arbre.

Elle met ses doigts dans mes cheveux. Je ne bouge plus, mais j'aime ses doigts dans mes cheveux. J'aime bien être avec Nouvelle Maman. Elle sent bon. Elle sent le propre. Et elle touche seulement mes cheveux.

— Maman !

Lelliot est grand et il parle fort. Très fort. Tout le temps. Moi, je ne parle jamais. Je n'ai pas de mots. J'ai des mots seulement dans ma tête.

— Elliot, mon chéri, on est dans le salon.

Il arrive en courant. Il revient de l'école. Il a fait un dessin pour ma nouvelle maman. C'est aussi la maman de Lelliot.

Elle se met à genoux et le serre dans ses bras et regarde le dessin. C'est une maison avec une maman et un papa et un Lelliot et un Christian. Le Christian est tout petit dans le dessin de Lelliot. Lelliot est grand. Il a un grand sourire et Christian a un visage triste.

Papa est là aussi. Il marche vers maman. Je serre mon doudou très fort. Il embrasse Nouvelle Maman. Elle n'a pas peur, elle sourit, elle l'embrasse aussi. Je serre mon doudou.

— Bonjour, Christian.

Papa a une voix douce. J'aime bien sa voix. Il ne parle jamais fort. Il ne crie jamais. Il ne crie pas comme… Il me lit des histoires quand je me couche. Il me lit l'histoire d'un chat avec un chapeau, et l'histoire des œufs verts avec du jambon. Je n'ai jamais vu des œufs verts. Papa se penche pour être plus petit.

— Qu'est-ce que tu as fait aujourd'hui ?

Je lui montre l'arbre.

— Tu as acheté un arbre ? Un arbre de Noël ?

Je dis oui avec la tête.

— C'est un très bel arbre. Toi et maman, vous l'avez très bien choisi. C'est un travail important, de choisir le bon arbre.

Il me donne une petite tape sur la tête. Je ne bouge plus et je serre mon doudou très fort. Mais papa ne me fait pas mal.

— Papa, regarde mon dessin.

Lelliot est fâché quand papa me parle. Lelliot est souvent fâché contre moi. Je tape sur Elliot quand il est fâché contre moi. Et alors, Nouvelle Maman est fâchée contre moi. Lelliot ne me tape pas dessus. Lelliot a peur de moi.

Les lumières de l'arbre sont jolies.

— Regarde, je vais te montrer comment faire. Tu passes le crochet dans le petit trou, ensuite tu peux l'accrocher sur l'arbre.

Maman met la dé-co… la dé-co-ra-tion rouge sur l'arbre.

— Essaie avec cette petite clochette.

La petite clochette sonne. Je l'agite. C'est un joli bruit. Je l'agite encore. Maman sourit. Un grand sourire. Un sourire spécial rien que pour moi.

— Tu l'aimes bien, la clochette, Christian ?

Je dis oui avec la tête, et j'agite encore la clochette, et elle fait un joli bruit.

— Tu as un sourire adorable, mon petit garçon chéri.

Maman cligne des yeux et passe sa main sur son visage. Elle me caresse les cheveux.

— J'adore te voir sourire.

Sa main se pose sur mon épaule. Non. Je recule et je serre mon doudou. Maman a l'air triste, et puis elle sourit encore, et elle me caresse les cheveux.

— Tu veux qu'on mette la clochette sur l'arbre ?

Je dis oui avec la tête.

— Christian, il faut que tu me dises quand tu as faim. Tu peux faire ça, non ? Tu prends la main de maman, tu emmènes maman dans la cuisine et tu pointes du doigt ce que tu veux manger.

Elle pointe son grand doigt vers moi. Son ongle est rose et brillant, c'est joli. Mais je ne sais pas si Nouvelle Maman est fâchée contre moi. J'ai fini toute mon assiette. Des macaronis avec du fromage. C'est bon.

— Je ne veux pas que tu aies faim, mon chéri. D'accord ? Tu veux de la crème glacée ?

Ma tête dit *oui* ! Maman me sourit. J'aime bien quand elle sourit. J'aime mieux ça que les macaronis avec du fromage.

L'arbre est joli. Je le regarde en serrant mon doudou. Les lumières brillent et elles sont de toutes les couleurs, et les dé-co-ra-tions sont de toutes les couleurs aussi. J'aime bien les bleues. Au-dessus de l'arbre il y a une grande étoile. Papa a soulevé Lelliot, et Lelliot a mis l'étoile sur l'arbre. Je voulais mettre l'étoile sur l'arbre… mais je ne veux pas que papa me prenne dans ses bras. Je ne veux pas. L'étoile est brillante.

À côté de l'arbre il y a un piano. Ma nouvelle maman me laisse toucher le noir et le blanc sur le piano. Noir et blanc. J'aime bien les sons blancs.

Les sons noirs ne sont pas aussi jolis. Mais j'aime bien aussi les sons noirs. Je fais blanc noir. Blanc noir. Noir blanc. Blanc, blanc, blanc, blanc. Noir, noir, noir, noir. J'aime bien les sons. J'aime beaucoup, beaucoup ça.

— Tu veux que je joue pour toi, Christian ?

Ma nouvelle maman s'assoit. Elle touche le blanc et le noir, et il en sort des chansons. Elle appuie sur les pédales qui sont en dessous. Parfois c'est fort, parfois c'est doux. La chanson est gaie. Lelliot aime bien que maman chante, lui aussi. Maman chante la chanson du vilain petit canard. Maman fait coin-coin, c'est drôle. Lelliot fait coin-coin aussi, et il fait comme si ses bras étaient des ailes et il les agite comme un oiseau. Lelliot est marrant.

Maman rit. Lelliot rit. Je ris.

— Tu aimes bien cette chanson, Christian ?

Et maman a son visage triste-heureux.

J'ai une chaussette de Noël. Elle est rouge et elle montre l'image d'un homme avec un chapeau rouge et une grosse barbe blanche. C'est le Père Noël. Le Père Noël, c'est celui qui apporte des cadeaux. J'ai vu des images du Père Noël. Mais le Père Noël ne m'apportait jamais de cadeaux avant parce que j'étais méchant. Le Père Noël n'apporte pas de cadeaux aux méchants petits garçons. Maintenant je suis gentil. Ma nouvelle maman dit que je suis gentil, très gentil. Nouvelle Maman ne sait pas. Il ne faut pas que je le dise à Nouvelle Maman… mais je suis méchant. Je ne veux pas que Nouvelle Maman le sache.

Papa accroche la chaussette au-dessus de la cheminée. Lelliot en a une, lui aussi. Lelliot peut lire le mot dessus. C'est écrit Lelliot. Il y a un mot aussi sur la mienne. Christian. Nouvelle Maman l'épelle. C-H-R-I-S-T-I-A-N.

Papa est assis sur mon lit, il me lit une histoire. Je tiens mon doudou. J'ai une grande chambre. Parfois il fait noir dans la chambre et je fais des mauvais rêves. Des mauvais rêves d'avant. Ma nouvelle maman vient dans mon lit quand je fais des mauvais rêves. Elle se couche près de moi et elle me chante des chansons douces et je m'endors. Elle sent le doux, le neuf, elle sent bon. Ma nouvelle maman n'est pas froide. Pas comme… pas comme… Et mes mauvais rêves s'en vont quand elle dort avec moi.

Le Père Noël est passé. Il ne sait pas que je suis méchant. J'ai eu un train et un hélicoptère et un avion et un hélicoptère et une voiture et un hélicoptère. Mon hélicoptère peut voler. Mon hélicoptère est bleu. Il vole autour de l'arbre de Noël. Il vole au-dessus du piano et atterrit au milieu du blanc. Il vole au-dessus de maman, il vole au-dessus de papa, il vole au-dessus de Lelliot qui joue avec ses Lego. L'hélicoptère vole partout dans la maison, à travers la salle à manger, à travers la cuisine. Il vole dans le bureau de papa, il vole dans l'escalier jusqu'à ma chambre, la chambre de Lelliot, la chambre de papa et maman. Il vole à travers la maison, parce que c'est ma maison. La maison où j'habite.

LA VERSION DE M. CINQUANTE NUANCES

Lundi 9 mai 2011

— Une partie de golf cette semaine, Grey ?

Claude Bastille affiche un sourire arrogant : il sait que sa victoire sur le terrain de golf est assurée. Sa dernière phrase retourne le couteau dans la plaie car, malgré mes efforts héroïques dans la salle de sport ce matin, mon coach m'a mis une raclée. Bastille est le seul qui puisse me battre, et maintenant il s'apprête à remettre ça. Je déteste le golf, mais tellement d'affaires sont conclues sur les fairways que je dois supporter ses leçons là aussi… et, bien que ça m'ennuie de le reconnaître, Bastille m'a aidé à améliorer mon jeu.

Je contemple le panorama de Seattle, d'humeur aussi morne et grise que le ciel. Mes journées se suivent et se ressemblent. Il me faut une distraction. J'ai travaillé tout le week-end et maintenant, confiné dans mon bureau, je piaffe. Je ne devrais pas éprouver cette sensation après ma séance avec Bastille. Mais c'est comme ça. Je m'ennuie.

La seule chose qui m'ait motivé récemment, c'est ma décision d'envoyer deux cargos de nourriture au Soudan. Ce qui me rappelle que Ros est censée venir me voir pour parler budget et logistique.

Qu'est-ce qu'elle fout ? Je jette un coup d'œil à mon agenda et tends la main vers le téléphone.

Et merde ! La petite Kavanagh vient m'interviewer pour le journal des étudiants de WSU. *Putain, pourquoi j'ai accepté ça ?* Je déteste les interviews – que des questions ineptes, posées par des débiles qui ne se donnent pas la peine de se documenter.

— Oui ! dis-je sèchement à Andréa comme si c'était sa faute.

Je vais abréger le supplice au maximum.

— Mlle Anastasia Steele est ici pour vous voir, monsieur Grey.

— Steele ? J'attendais Katherine Kavanagh.

— C'est Mlle Anastasia Steele qui est là, monsieur.

Je me renfrogne. Je déteste les imprévus.

— Faites-la entrer.

J'ai marmonné comme un ado boudeur, mais je m'en fous.

Tiens, tiens... La petite Kavanagh a envoyé une copine ? Je connais son père, propriétaire de Kavanagh Media. Nous avons fait des affaires ensemble : il me donne l'impression d'être à la fois un entrepreneur avisé et un être humain rationnel. Cette interview, c'est une faveur que je lui fais – faveur que j'entends bien lui rappeler au moment voulu. Et je dois avouer que j'étais vaguement curieux de rencontrer sa fille pour voir si elle tient de lui.

Un vacarme à ma porte me fait me lever d'un bond : un tourbillon de longs cheveux châtains, de membres pâles et de bottes brunes tombe tête la première dans mon bureau. Je lève les yeux au ciel en réprimant mon agacement légitime face à tant de maladresse, mais je me précipite vers la gamine qui a atterri à quatre pattes. J'agrippe ses frêles épaules pour l'aider à se relever.

Un regard mortifié rencontre le mien. Je me fige. Ces yeux sont d'une couleur extraordinaire, bleu poudre, d'une candeur stupéfiante. Un instant, j'ai l'affreuse sensation qu'elle peut lire directement en moi. Je me sens... mis à nu, et cette idée me trouble. Son petit visage adorable s'est teinté de rose. Je me demande brièvement si toute sa peau est comme ça – sans défaut – et à quoi elle ressemblerait, rosie, échauffée par la morsure de la canne. *Putain.* Alarmé par la direction que prennent mes pensées, je refoule ce fantasme involontaire. *Bordel, qu'est-ce qui te passe par la tête, Grey ? Cette fille est beaucoup trop jeune.* Elle me fixe, bouche bée, et je me retiens de lever à nouveau les yeux au ciel. *Ouais, ouais, bébé, c'est ma gueule, mais la beauté, c'est superficiel.* J'ai envie de faire disparaître ce regard admiratif de ces grands yeux bleus.

Que le spectacle commence. On va se marrer.

— Mademoiselle Kavanagh, je suis Christian Grey. Vous ne vous êtes pas fait mal ? Vous voulez vous asseoir ?

Elle rosit encore. Je me suis ressaisi et je la détaille. Elle est un peu empotée, mais assez jolie – mince, pâle, avec une crinière acajou à peine contenue par un élastique. Vraiment mignonne, cette petite brune. Je tends la main, et elle commence à bafouiller des excuses, mortifiée. Sa peau est fraîche et veloutée, mais sa poignée de main est étonnamment ferme.

— Mlle Kavanagh est souffrante, c'est moi qui la remplace. J'espère que ça ne vous ennuie pas, monsieur Grey.

Sa voix est agréable, hésitante mais musicale ; ses longs cils papillonnent sur ses grands yeux bleus. Toujours amusé par son entrée fracassante, je lui demande qui elle est.

— Anastasia Steele. Je prépare ma licence de lettres, j'étudie avec Kate, euh… Katherine… euh… Mlle Kavanagh, à l'université de Vancouver.

Donc, cette petite chose effarouchée est une intello. Ça se voit. Qu'est-ce qu'elle est mal fringuée ! Elle planque son corps sous un pull informe et une jupe de bonne sœur. Elle n'a aucune idée de ce qui la mettrait en valeur.

Elle regarde partout, sauf dans ma direction. C'est une journaliste, ça ? Cette minette nerveuse, docile, douce… soumise ? Je secoue la tête pour chasser ces pensées déplacées. Tout en marmonnant une banalité, je lui demande de s'asseoir, puis je remarque qu'elle regarde les tableaux de mon bureau d'un œil assez avisé. Je lui explique qu'ils sont de Trouton, un artiste local.

— Ils sont ravissants. Ils rendent extraordinaires des objets ordinaires, déclare-t-elle, rêveuse, plongée dans leur beauté exquise.

Elle a un profil délicat – nez retroussé, lèvres pleines et douces. Et ce qu'elle dit de mes tableaux correspond exactement à ce que j'en pense. En plus d'être mignonne, Mlle Steele est donc intelligente.

J'acquiesce en marmonnant et elle rougit encore. Je m'assois en face d'elle en essayant de réfréner le tour de plus en plus salace que prennent mes pensées.

Elle extirpe une feuille de papier chiffonnée et un dictaphone de sa besace. Un dictaphone ? *Ça n'a pas disparu en même temps que les cassettes vidéo, ce genre de gadget ?* Nom de Dieu, qu'est-ce qu'elle est empotée. Elle fait tomber le machin deux fois sur ma table basse Bauhaus. Manifestement, elle n'a jamais fait ça. Normalement, ce genre de maladresse me fiche en rogne, mais, je ne sais pas pourquoi, elle m'amuse. Je cache mon sourire derrière mon index en me retenant de l'aider à installer son matériel.

Tandis qu'elle s'empêtre de plus en plus, je songe que quelques coups de cravache pourraient l'aider à améliorer sa coordination. Habilement manié, l'instrument peut mettre au pas les créatures les plus nerveuses. Elle lève les yeux vers moi et mord sa lèvre inférieure. *Putain !* Comment ai-je fait pour ne pas remarquer cette bouche-là ?

— D… désolée. Je n'ai pas l'habitude de faire ça.

Ça se voit, bébé… mais pour l'instant, je m'en fous, parce que je ne peux pas quitter ta bouche des yeux.

— Prenez votre temps, mademoiselle Steele.

Il me faut encore un moment pour rassembler mes pensées indisciplinées. *Grey… arrête, tout de suite.*

— Ça vous ennuie que je vous enregistre ? me demande-t-elle d'un air candide et plein d'espoir.

J'ai envie de rire. *Ouf.*

— C'est maintenant que vous me posez la question, après tout le mal que vous vous êtes donné pour installer votre dictaphone ?

Elle ouvre de grands yeux perdus et j'éprouve un pincement inhabituel de culpabilité. *Arrête de te conduire comme un salaud, Grey.* Je ne veux plus être responsable de ce regard-là.

— Non, ça ne m'ennuie pas.

— Kate, enfin Mlle Kavanagh, vous a-t-elle expliqué la raison de l'interview ?

— Oui. Elle paraît dans le numéro de fin d'année du journal des étudiants, puisque je dois remettre des diplômes.

Pourquoi j'ai accepté de faire *ça*, je l'ignore. Mon attaché de presse m'assure que c'est un honneur. Et surtout, le département des sciences de l'environnement de la fac a besoin de pub pour attirer des fonds, en plus de la subvention que je lui accorde.

Mlle Steele ouvre à nouveau de grands yeux, comme si ça l'étonnait. On dirait même que ça l'offusque ! Elle ne s'est donc pas documentée avant l'interview ? Cette pensée me refroidit. Quand j'accorde mon temps, je m'attends à un minimum de préparation de la part de mes interlocuteurs.

— Bien. J'ai quelques questions à vous poser, monsieur Grey.

Elle se cale une mèche derrière l'oreille, ce qui me distrait de mon agacement.

— Je m'en doutais un peu, dis-je sèchement.

Comme je l'avais prévu, elle se tortille nerveusement, puis se ressaisit. Elle s'assoit bien droite et redresse ses petites épaules. Elle se penche pour appuyer sur le bouton « enregistrer » du dictaphone et fronce les sourcils en consultant ses notes chiffonnées.

— Vous êtes très jeune pour avoir bâti un pareil empire. À quoi devez-vous votre succès ?

C'est tout ce qu'elle trouve à me demander ? Putain, tu parles d'une question bateau. Pas un gramme d'originalité. Ça me déçoit de sa part. Je ressors mon laïus habituel : je suis entouré d'une équipe exceptionnelle en laquelle j'ai toute confiance, à supposer que je fasse confiance à qui que ce soit, je paie bien mes collaborateurs – bla bla bla bla… Mais Mlle Steele, le fait est que je suis un génie dans mon domaine. Je fais des affaires comme je respire. Racheter des entreprises en difficulté, les redresser ou, si elles sont vraiment irrécupérables, les démanteler pour vendre leurs actifs aux plus offrants… Il s'agit simplement de savoir distinguer les deux cas, ce qui revient toujours à une question d'équipe. Pour réussir en affaires, il faut savoir s'entourer d'une bonne équipe, et pour ça, je suis plus doué que la plupart des gens.

— Ou alors, vous avez eu de la chance, tout simplement, fait-elle avec sa petite voix.

De la chance ? Non, mais et puis quoi encore ? *De la chance ?* Non, ce n'est pas une question de chance, Mlle Steele. Elle paraît toute timide, comme ça… mais quelle question ! Personne ne m'a jamais demandé si j'avais eu de la *chance.* Travailler d'arrache-pied, m'entourer de collaborateurs hors-pair, les surveiller de près, revenir sur leurs décisions si nécessaire ; puis, s'ils ne sont pas à la hauteur, les virer. *C'est ça que je fais, et je le fais bien. Ça n'a rien à voir avec la chance ! Je t'en ficherais, de la chance…* Affichant mon érudition, je lui cite mon industriel américain préféré.

— Autrement dit, vous êtes un maniaque du contrôle, conclut-elle, absolument sérieuse.

Mais qu'est-ce que… ! ? Ce regard candide m'a percé à jour. « Contrôle », c'est mon second prénom.

Je la dévisage froidement.

— Oui, j'exerce mon contrôle dans tous les domaines, mademoiselle Steele.

Et j'aimerais l'exercer sur vous, ici, maintenant.

Ses yeux s'écarquillent, une jolie rougeur envahit à nouveau son visage et elle recommence à se mordiller la lèvre. Je continue à raconter n'importe quoi, juste pour éviter de regarder sa bouche.

— De plus, on n'acquiert un pouvoir immense que si on est persuadé d'être né pour tout contrôler.

— Vous avez le sentiment de détenir un pouvoir immense ? demande-t-elle d'une voix douce.

Elle hausse un sourcil délicat, qui trahit sa désapprobation. Je suis de plus en plus agacé. Elle fait exprès de me provoquer ? Qu'est-ce qui m'énerve le plus, ses questions, son attitude ou le fait qu'elle me trouble ?

— J'ai plus de quarante mille salariés, mademoiselle Steele. Cela me confère de grandes responsabilités - autrement dit, du pouvoir. Si je décidais du jour au lendemain que l'industrie des télécommunications ne m'intéressait plus et que je vendais mon entreprise, vingt mille personnes auraient du mal à boucler leurs fins de mois.

Ma réponse la laisse bouche bée. Voilà qui est mieux. *C'est comme ça, Mlle Steele.* Je sens que je commence à retrouver mon sang-froid.

— Vous n'avez pas de comptes à rendre à votre conseil d'administration ?

— Mon entreprise m'appartient. Je n'ai aucun compte à rendre à qui que ce soit, dis-je sèchement.

Elle devrait le savoir.

— Quels sont vos centres d'intérêt en dehors du travail ? poursuit-elle précipitamment.

Elle a compris que j'étais furieux, et pour une raison que je ne m'explique pas, cela me fait extrêmement plaisir.

— J'ai des centres d'intérêt variés, mademoiselle Steele. Très variés.

Je souris en l'imaginant dans différentes positions dans ma salle de jeux : menottée à la croix de Saint-André, écartelée sur le lit à baldaquin, offerte sur le banc à fouetter. *Bordel de merde ! Qu'est-ce qui me prend ?* Et, tiens donc – elle rougit encore. C'est comme un mécanisme de défense. *Du calme, Grey.*

— Que faites-vous pour vous détendre ?

— Me détendre ?

Je souris. Ces mots sont curieux dans la bouche de cette insolente. Est-ce que j'ai le temps de me détendre ? N'a-t-elle aucune idée du nombre d'entreprises que je contrôle ? Mais quand elle me dévisage avec ses grands yeux bleus ingénus, je m'étonne de réfléchir sérieusement à sa question. Qu'est-ce que je fais pour me détendre ? Je navigue, je vole, je baise... je teste les limites de petites brunes comme elle, je les dresse... Cette pensée m'oblige à changer de position, mais je lui réponds calmement, en omettant mes deux passe-temps préférés.

— Vous avez aussi investi dans l'industrie navale. Pour quelle raison ?

Sa question me ramène malencontreusement au présent.

— J'aime construire, savoir comment les choses fonctionnent. Et j'adore les bateaux.

Qu'ajouter de plus ? Qu'ils permettent de distribuer les aliments sur la planète ; de transporter la production des nantis aux plus démunis. Quelle meilleure raison d'aimer les bateaux ?

— Là, on dirait que c'est votre cœur qui parle, plutôt que la logique et les faits.

Un cœur ? Moi ? Et non, bébé. Mon cœur a été massacré jusqu'à en être méconnaissable il y a bien longtemps.

— Peut-être. Mais certains disent que je suis sans cœur.

— Pourquoi ?

— Parce qu'ils me connaissent.

Je lui adresse un sourire ironique. En réalité, personne ne me connaît à ce point, sauf peut-être Elena. Je me demande ce qu'elle penserait de la petite Mlle Steele. Cette gamine est un concentré de contradictions : gênée, empotée, mais manifestement intelligente et follement excitante. *Oui, d'accord, j'avoue. Elle est assez bandante.*

Elle récite machinalement la question suivante :

— Et d'après vos amis, vous êtes quelqu'un de facile à connaître ?

— Je suis quelqu'un de très secret, mademoiselle Steele. Je m'efforce de protéger ma vie privée. Je ne donne pas souvent d'interviews.

Faire ce que je fais, vivre la vie que j'ai choisie m'imposent le secret.

— Pourquoi avoir accepté celle-ci ?

— Parce que je suis l'un des mécènes de l'université et que je n'arrivais pas à me débarrasser de Mlle Kavanagh. Elle n'a pas arrêté de harceler mon service de presse, et j'admire ce genre de ténacité. *Mais je suis ravi que vous soyez venue à sa place.*

— Vous investissez aussi dans les technologies agroalimentaires. Pourquoi ce secteur vous intéresse-t-il ?

— On ne peut pas manger l'argent, mademoiselle Steele. Et il y a trop de gens sur cette planète qui n'ont pas de quoi manger.

Je la fixe, impassible.

— Alors c'est de la philanthropie ? Nourrir les affamés, c'est une cause qui vous tient à cœur ?

Elle me dévisage, perplexe, comme si j'étais une espèce d'énigme à résoudre. Mais pas question que je laisse ces grands yeux bleus plonger jusqu'aux recoins les plus obscurs de mon âme. Je n'aborde jamais ce sujet. Jamais.

— C'est un bon investissement.

Je hausse les épaules comme si j'étais blasé alors qu'en réalité je m'imagine en train de baiser cette bouche insolente. Oui, cette bouche a besoin d'être dressée. Voilà une idée séduisante. Je me permets de l'imaginer à genoux devant moi.

— Avez-vous une philosophie ? Si oui, laquelle ?

La voilà qui recommence avec ses questions.

— Je n'ai pas de philosophie en tant que telle. Peut-être un principe directeur, celui de Carnegie : « Tout homme qui acquiert la capacité de prendre pleine possession de son propre esprit peut prendre possession de tout ce à quoi il estime avoir droit. »

Je suis très individualiste, très déterminé. J'aime contrôler - moi-même et ceux qui m'entourent.

— Vous aimez les biens matériels ?

Ses yeux s'écarquillent. *Oui, bébé. À commencer par toi.*

— Je veux les posséder si je les mérite, mais oui, pour résumer, je les aime.

— Cela fait-il de vous un consommateur compulsif ?

Sa voix a encore pris un accent désapprobateur et je me fâche à nouveau. Encore une gosse de riche qui n'a manqué de rien. Mais, à regarder ses vêtements plus attentivement - elle s'habille chez Wal-Mart, peut-être Old Navy –, je constate que je me trompe sur son compte. Non, elle n'a pas grandi dans une famille aisée.

Mais je pourrais m'occuper de toi, ma petite.

Et merde, mais d'où ça sort, ça ? Cela dit, maintenant que j'y pense, j'aurais besoin d'une nouvelle soumise. Ça fait quoi... deux mois, depuis Susannah ? Voilà pourquoi je salive devant cette petite brune. J'essaie de sourire et d'acquiescer à ce qu'elle dit. Il n'y a rien de mal à consommer - après tout, c'est ce qui fait marcher ce qui reste de l'économie américaine.

— Vous avez été adopté. En quoi pensez-vous que cela a influencé votre parcours ?

Je la fusille du regard. Quelle question ridicule. Si j'étais resté avec la pute camée, je serais sans doute mort. Je l'envoie balader avec une réponse nonchalante, en essayant de parler d'une voix égale, mais elle insiste, exige de savoir à quel âge j'ai été adopté. *Fais-la taire, Grey !*

— Cette information est publique, mademoiselle Steele.

J'ai parlé d'une voix glaciale. Elle est censée savoir ce genre de détail. Maintenant, elle a pris une mine contrite. Tant mieux.

— Vous avez dû sacrifier votre vie de famille à votre travail.

— Ce n'est pas une question, dis-je sèchement.

Elle rougit encore et recommence à mordiller cette foutue lèvre, mais elle a la correction de s'excuser.

— Avez-vous dû sacrifier votre vie de famille à votre travail ?

Et qu'est-ce que je foutrais d'une putain de famille ?

— J'ai une famille : un frère, une sœur et deux parents aimants. Ça me suffit largement.

— Êtes-vous gay, monsieur Grey ?

Et merde, et puis quoi encore ? Je n'arrive pas à croire qu'elle ait dit ça à voix haute ! La question que ma famille n'ose pas me poser, ce qui m'amuse beaucoup, soit dit en passant. *Mais quel culot, celle-là !* Je dois réfréner mon envie de la tirer de son siège pour la mettre à plat ventre sur mes cuisses et lui flanquer une bonne fessée, avant de lui attacher les mains derrière le dos pour la baiser sur mon bureau. Ça répondrait à sa question, non ? Qu'est-ce qu'elle est exaspérante, cette gamine ! J'inspire profondément pour me calmer, tout en me réjouissant de constater qu'elle semble morte de honte. Ça me réconforte un peu.

— Non, Anastasia, je ne suis pas gay.

Je hausse les sourcils mais je reste impassible. Anastasia, quel joli prénom. J'aime bien la façon dont il roule sur ma langue.

— Je suis désolée. C'est, euh… c'est écrit ici.

Nerveuse, elle cale une mèche derrière son oreille.

Alors elle ne sait même pas d'avance les questions qu'elle pose ? Ça y est, j'ai compris : ce n'est pas elle qui les a rédigées. Quand je lui demande si c'est le cas, elle pâlit. Décidément, elle est vraiment très jolie, à sa façon discrète. J'irais même jusqu'à dire qu'elle est belle.

— Euh… non. C'est Kate – Mlle Kavanagh – qui les a rédigées.

— Vous êtes collègues au journal des étudiants ?

— Non. Kate est ma colocataire.

Pas étonnant qu'elle parte dans tous les sens. Je me gratte le menton en me demandant si je ne devrais pas lui donner un peu de fil à retordre, rien que pour rigoler.

— Vous êtes-vous portée volontaire pour faire cette interview ?

Je suis récompensée par un regard de soumise : elle ouvre de grands yeux, comme si elle craignait ma réaction. J'aime bien l'effet que j'ai sur elle.

— J'ai été recrutée de force. Kate est souffrante, fait-elle d'une voix douce.

— Ce qui explique bien des choses.

On frappe à la porte ; Andréa apparaît.

— Monsieur Grey, excusez-moi de vous interrompre, mais votre prochain rendez-vous est dans deux minutes.

— Nous n'avons pas terminé, Andréa. S'il vous plaît, annulez mon prochain rendez-vous.

Andréa hésite en me fixant, ébahie. Je la dévisage. *Du vent ! Tout de suite ! Je m'occupe de la petite Mlle Steele, là.* Andréa s'empourpre, mais se ressaisit aussitôt :

— Très bien, monsieur, dit-elle en tournant les talons.

Je me consacre de nouveau à la créature curieuse et exaspérante posée sur mon canapé.

— Où en étions-nous, mademoiselle Steele ?

— Je vous en prie, je ne veux pas bousculer votre emploi du temps.

Oh non, bébé. Ne te défile pas. À moi, maintenant. Je veux savoir si ces beaux yeux cachent des secrets.

— Je veux que vous me parliez de vous. Il me semble que c'est de bonne guerre.

Quand je me cale dans le canapé et que je pose mes doigts sur mes lèvres, son regard se porte une seconde sur ma bouche et elle déglutit. *Ouais, bon – comme d'habitude.* Mais, en fait, je suis ravi de constater qu'elle n'est pas entièrement insensible à mon charme.

— Il n'y a pas grand-chose à raconter, dit-elle en rougissant à nouveau.

Je l'intimide. Tant mieux.

— Quels sont vos projets après la fin de vos études ?

Elle hausse les épaules.

— Je n'ai pas de projets précis, monsieur Grey. Pour l'instant, il faut simplement que je passe ma licence.

— Nous proposons d'excellents stages.

Merde. Qu'est-ce qui m'a pris de dire ça ? Je transgresse une règle d'or – ne jamais, *jamais* baiser le personnel. *Mais Grey, tu ne baises pas cette fille.* Elle semble étonnée. Ses dents s'enfoncent encore une fois dans sa lèvre. *Pourquoi est-ce que ça m'excite autant ?*

— Je m'en souviendrai, marmonne-t-elle avant d'ajouter : Mais je ne suis pas certaine d'être à ma place, ici.

Et pourquoi pas, bon sang ? Qu'est-ce qu'elle lui reproche, à ma boîte ?

— Pourquoi dites-vous ça ?

— C'est évident, non ?

— Pas pour moi.

Sa réaction me déconcerte. À nouveau nerveuse, elle reprend son dictaphone. *Merde, elle s'en va.* Je me repasse mon programme de l'après-midi – rien d'urgent.

— Voulez-vous que je vous fasse visiter nos bureaux ?

— Vous êtes sûrement très occupé, monsieur Grey, et j'ai une longue route à faire.

— Vous rentrez à Vancouver ?

Je jette un coup d'œil par la fenêtre. C'est une sacrée distance, et il pleut. Elle ne devrait pas prendre la route par ce temps, mais je ne peux pas le lui interdire. Cette pensée m'irrite.

— Vous devrez rouler prudemment.

J'ai parlé d'une voix plus sévère que je n'en avais l'intention.

Elle s'empêtre avec le dictaphone. Elle veut s'enfuir de mon bureau, et pour une raison que je ne m'explique pas, je n'ai pas envie de la laisser partir.

— Vous avez tout ce qu'il vous faut ? dis-je dans l'intention évidente de la retenir.

— Oui, monsieur, répond-elle d'une voix douce.

Cette réponse me terrasse – ces mots, émis par cette bouche insolente… Un instant, je m'imagine qu'elle est à ma disposition.

— Merci de m'avoir accordé votre temps, monsieur.

— Tout le plaisir a été pour moi.

Je parle sincèrement : il y a longtemps qu'une personne ne m'a autant fasciné, et cette pensée me trouble. Elle se lève. Je lui tends la main, avide de la toucher.

— À bientôt, mademoiselle Steele.

Je parle à voix basse tandis qu'elle met sa petite main dans la mienne. *Oui, j'ai envie de fouetter et de baiser cette fille dans ma salle de jeux.* De la ligoter, de la voir m'attendre… me désirer, confiante… Je déglutis. *Laisse tomber, Grey.*

— Monsieur Grey.

Elle incline la tête et retire sa main très vite… trop vite.

Merde, je ne peux pas la laisser partir comme ça. Manifestement, elle meurt d'envie de s'enfuir. Tout en la raccompagnant, je suis pris d'une inspiration subite.

— Je tiens simplement à m'assurer que vous franchirez le seuil saine et sauve, mademoiselle Steele.

Elle rougit comme sur commande, d'une délicieuse nuance de rose.

— C'est très aimable à vous, monsieur Grey, répond-elle sèchement.

Mlle Steele montre les dents ! Je souris derrière elle tandis qu'elle sort, tout en lui emboîtant le pas. Andréa et Olivia lèvent les yeux, stupéfaites. *Ouais, bon, quoi, je raccompagne une visiteuse, c'est tout.*

— Vous aviez un manteau ?

— Une veste.

Je fusille du regard Olivia, qui est encore en train de minauder, comme chaque fois qu'elle me voit. Elle se lève d'un bond pour aller chercher une veste marine. Je la lui prends en lui ordonnant d'aller se rasseoir. Qu'est-ce qu'elle m'énerve, celle-là, avec ses regards enamourés.

Tiens donc. La veste a bien été achetée chez Old Navy. Mlle Anastasia Steele devrait faire un peu plus d'efforts vestimentaires. Je lui tends la veste, et en la passant sur ses épaules délicates, je lui effleure la nuque. Elle se fige à ce contact et pâlit. *Oui !* Je la trouble. Ce constat m'enchante. Je m'avance jusqu'à l'ascenseur pour appuyer sur le bouton d'appel, tandis qu'elle s'agite à côté de moi.

Ah, qu'est-ce que j'aimerais t'empêcher de gigoter, bébé.

Les portes s'ouvrent. Elle se précipite dans la cabine, puis se retourne vers moi.

— Anastasia, dis-je dans un murmure en guise d'au revoir.

— Christian, chuchote-t-elle.

Les portes de l'ascenseur se referment en laissant mon prénom suspendu dans l'air. Tout d'un coup, il me paraît étrange, comme s'il ne m'était pas familier, et cette sensation est excitante.

Mais qu'est-ce qui m'arrive ? Il faut que j'en sache plus sur cette fille.

— Andréa, dis-je en rentrant dans mon bureau, appelez-moi Welch, tout de suite.

En me rasseyant pour attendre l'appel, je contemple les tableaux accrochés au mur et les paroles de

Mlle Steele me reviennent : « Ils rendent extraordinaires des objets ordinaires. » C'est comme si elle s'était décrite elle-même.

Mon téléphone bourdonne.

— M. Welch est en ligne.

— Passez-le-moi.

— Oui, monsieur.

— Welch, j'ai besoin que vous fassiez une recherche.

Samedi 14 mai 2011

Anastasia Rose Steele

Date de naissance :	10 septembre 1989, Montesano, WA
Adresse :	1114 SW Green Street, appartement 7 Haven Heights, Vancouver, WA 98888
Téléphone portable :	360 959 4352
Numéro de sécurité sociale :	987-65-4320
Compte bancaire :	Wells Fargo Bank, Vancouver, WA 98888 N° de compte : 309361, créditeur $683,16
Occupation :	Étudiante WSU Vancouver College of Liberal Arts Licence d'anglais
Moyenne :	4,0
Études antérieures :	Lycée de Montesano
Examen d'admission à l'université :	2150
Emploi :	Quincaillerie Clayton's NW Vancouver Drive, Portland, OR (mi-temps)
Père :	Franklin A. Lambert

	Date de naissance : 1er septembre 1969 Date de décès : 11 septembre 1989
Mère :	Carla May Wilks Adams Date de naissance : 18 juillet 1970 épouse Frank Lambert, 1er mars 1989, veuve 11 septembre 1989 épouse Raymond Steele, 6 juin 1990 Divorcée 12 juillet 2006 épouse Stephen M. Morton, 16 août 2006 Divorcée 31 janvier 2007 épouse Robbin (Bob) Adams, 6 avril 2009
Affiliation politique :	Aucune
Religion :	Aucune
Orientation sexuelle :	Inconnue
Relations amoureuses :	Aucune actuellement

J'étudie ce dossier pour la centième fois depuis que je l'ai reçu il y a deux jours pour trouver des indices sur l'énigmatique Mlle Anastasia Rose Steele. Je n'arrive pas à oublier ce fichu petit bout de femme et ça commence à m'énerver sérieusement. Cette dernière semaine, au cours de réunions particulièrement ennuyeuses, je me suis surpris à me repasser l'interview dans ma tête. Ses doigts maladroits sur le dictaphone, sa façon de se caler les cheveux derrière les oreilles, de se mordre la lèvre, ça me remue chaque fois.

Et maintenant, me voilà garé devant Clayton's, la modeste quincaillerie où elle travaille.

Tu es cinglé, Grey. Qu'est-ce que tu fous là ?

Je savais que j'en arriverais là. Que je devais la revoir. Je le sais depuis qu'elle a prononcé mon prénom dans l'ascenseur avant d'être engloutie dans les entrailles de mon immeuble. J'ai essayé de résister. J'ai attendu cinq jours, cinq fichues journées pour voir si j'arriverais à l'oublier. *Et attendre, ça n'est pas mon truc. Je déteste attendre...* Je n'ai jamais fait la cour à une femme de ma vie. Toutes celles que j'ai eues savaient ce que j'attendais d'elles. J'ai peur que Mlle Steele soit trop jeune, que mon offre ne l'intéresse pas... Feraitelle une bonne soumise ? Je secoue la tête. Il n'y a qu'un moyen de le savoir... alors me voilà, comme un con, assis dans un parking de banlieue dans un quartier sinistre de Portland.

L'enquête n'a rien révélé de remarquable – sauf la dernière information, qui me taraude. Voilà pourquoi je suis ici. *Pourquoi n'y a-t-il aucun homme dans votre vie, mademoiselle Steele ?* Orientation sexuelle inconnue. Elle est peut-être lesbienne ? Je ricane. C'est peu probable. Je me rappelle la question qu'elle m'a posée durant l'interview, sa gêne intense, la façon dont sa peau s'est teintée de rose clair... *Merde.* Depuis que je l'ai rencontrée, je n'arrête pas d'avoir ce genre de pensée ridicule.

C'est pour ça que tu es là.

Je meurs d'envie de la revoir – ces yeux bleus me hantent jusque dans mes rêves. Je n'ai pas parlé d'elle à Flynn, heureusement, parce que en ce moment je me conduis comme un harceleur. *Je devrais peut-être le mettre au courant.* Je lève les yeux au ciel – je n'ai aucune envie qu'il m'emmerde avec ses interprétations à la con. J'ai simplement besoin de distraction... et, pour l'instant, la seule distraction dont j'aie envie est vendeuse dans une quincaillerie.

Voyons voir si la petite Mlle Steele est aussi appétissante que dans tes souvenirs. En piste, Grey. Je descends de voiture et traverse tranquillement le parking jusqu'à l'entrée. Le timbre monotone d'une sonnette électronique résonne lorsque je franchis le seuil.

Le magasin est beaucoup plus vaste qu'il n'en a l'air de l'extérieur, et bien qu'on soit samedi midi, il est pratiquement désert. Des allées entières de bric-à-brac me rappellent qu'une quincaillerie recèle bien des trésors pour les personnes dans mon genre. Je me fournis surtout sur Internet, mais puisque je suis ici, je pourrais faire quelques courses… Velcro, anneaux à clé fendus – *ouais.* Je vais trouver la délicieuse Mlle Steele et m'amuser un peu.

Je mets trois secondes à la repérer. Elle est derrière un comptoir, en train de scruter intensément un écran d'ordinateur tout en grignotant son déjeuner – un bagel. Distraitement, elle essuie une miette au coin de ses lèvres et la glisse dans sa bouche en se suçant le doigt. Ma queue tressaille. *Putain, j'ai quatorze ans, là, ou quoi ?* Ça m'énerve, cette réaction d'ado. Je me calmerai peut-être une fois que je l'aurai ligotée, baisée, fouettée… pas forcément dans cet ordre-là. Ouais. C'est de ça que j'ai besoin.

Elle est totalement concentrée sur sa tâche, ce qui me donne l'occasion de l'examiner. Pensées salaces mises à part, elle est séduisante, vraiment très séduisante. Mes souvenirs ne me trompaient pas.

Elle lève les yeux et se fige. Quand son regard bleu me transperce, c'est aussi déstabilisant que la première fois. Elle se contente de me fixer, en état de choc, je crois. Je ne sais pas si c'est bon ou mauvais signe.

— Mademoiselle Steele. Quelle agréable surprise.

— Monsieur Grey, chuchote-t-elle d'une voix étranglée.

Ah… bon signe.

— J'étais dans le coin. J'avais besoin de faire quelques achats. Je suis ravi de vous revoir, mademoiselle Steele.

Vraiment ravi. Elle porte un tee-shirt et un jean moulants, pas ces machins informes qu'elle avait l'autre jour. Toute en jambes, la taille fine, des seins parfaits. Elle continue à me fixer, bouche bée. Il faut que je résiste à l'envie de tendre la main pour donner une chiquenaude à son menton afin qu'elle referme la bouche. *Je suis venu de Seattle en hélico rien que pour toi, et voir ta tête en ce moment, ça vaut le voyage.*

— Ana. Mon nom, c'est Ana. Que puis-je faire pour vous, monsieur Grey ?

Elle inspire profondément, redresse les épaules comme elle l'avait fait lors de l'interview et m'adresse le sourire forcé qu'elle réserve aux clients.

À vous de jouer, Mlle Steele.

— J'ai besoin de quelques articles. Tout d'abord, des liens de serrage en plastique.

Ses lèvres s'entrouvrent lorsqu'elle inspire brusquement.

Vous seriez étonnée de tout ce qu'on peut faire avec des liens de serrage en plastique, Mlle Steele.

— Nous en avons de différentes tailles. Voulez-vous les voir ?

— S'il vous plaît. Montrez-les-moi, mademoiselle Steele.

Elle contourne le comptoir et désigne l'une des allées. Elle porte des Converse. Je me demande vaguement de quoi elle aurait l'air en talons aiguilles vertigineux. Des Louboutin… rien que des Louboutin.

— Ils sont au rayon des accessoires électriques, allée huit.

Sa voix tremble et elle rougit… encore. *Je la trouble.* Il y a de l'espoir. *Donc, elle n'est pas lesbienne.* Je ricane.

— Après vous, dis-je en tendant la main pour lui demander de me précéder.

Je la laisse marcher devant pour admirer son cul superbe. Elle a vraiment tout pour me plaire : douce, polie, belle, avec tous les attributs physiques que je recherche chez une soumise. Reste à savoir si elle pourrait l'être. Elle ne connaît sans doute rien à mon mode de vie, mais j'aimerais beaucoup l'initier. *Tu mets la charrue avant les bœufs, Grey.*

— Vous êtes à Portland pour affaires ? me demande-t-elle, interrompant mes pensées.

Elle joue les indifférentes. Ça me donne envie de rire, pour une fois – les femmes me donnent rarement envie de rire.

— Je suis venu visiter le département agroalimentaire de la Washington State University, qui est situé à Vancouver.

En réalité, je suis venu vous voir, Mlle Steele. Quand elle s'empourpre, je me sens coupable de lui avoir menti.

— Je subventionne des recherches sur la rotation des cultures et la science des sols.

Ça, au moins, c'est vrai.

— Ça fait partie de vos projets pour nourrir la planète ?

Elle esquisse un demi-sourire.

— Plus ou moins.

Est-ce qu'elle se moque de moi ? Si c'est le cas, qu'est-ce que j'aimerais la corriger… Mais par où commencer ? Peut-être par une invitation à dîner, plutôt que l'entretien habituel ? Alors ça, ce serait du jamais-vu : inviter une soumise potentielle à dîner…

Nous parvenons au rayon des liens de serrage, rangés par tailles et par couleurs. Je caresse distraitement les emballages. *Si je l'invitais à dîner, viendrait-elle ?* Quand je lui jette un coup d'œil, elle soude ses doigts noués sans me regarder… *Voilà qui est prometteur*. Je sélectionne les liens les plus longs : plus flexibles, ils permettent d'attacher les deux poignets et les deux chevilles ensemble.

— Ceux-là, ça ira.

Elle rougit à nouveau.

— Autre chose ? dit-elle rapidement.

Soit elle est très zélée, soit elle veut me virer du magasin dès que possible.

— Je voudrais du gros scotch.

— Vous faites des rénovations ?

Je retiens un ricanement.

— Non, pas de rénovations.

Je n'ai pas manié le pinceau depuis un bon moment. L'idée me fait sourire : j'ai du personnel pour ça.

— Par ici, murmure-t-elle, l'air chagriné. Cet article se trouve au rayon décoration.

Allez, Grey. Tu n'as plus beaucoup de temps. Fais-lui la conversation.

— Vous travaillez ici depuis longtemps ?

Évidemment, je connais déjà la réponse. Contrairement à certaines personnes, je me documente, moi. Elle rougit à nouveau – bon sang, qu'est-ce qu'elle est timide. *Je n'ai pas le moindre espoir.* Elle se retourne rapidement et descend l'allée vers la section décoration. Je lui colle au train. *Je suis quoi, là, un toutou ?*

— Quatre ans, marmonne-t-elle quand nous parvenons au rayon adhésifs.

Elle se penche pour prendre deux rouleaux de différentes largeurs.

— Celui-ci, dis-je.

Le plus large est plus efficace pour bâillonner. Quand elle me le remet, nos doigts s'effleurent. Ça me descend jusqu'à l'aine. *Bordel !*

Elle pâlit.

— Ce sera tout ? demande-t-elle d'une voix rauque.

Putain, je lui fais le même effet. *Peut-être…*

— Il me faudrait aussi de la corde.

— Par ici.

Elle part comme une flèche, ce qui me donne une nouvelle occasion d'admirer son joli cul.

— Vous cherchez quoi, au juste ? Fibre synthétique, naturelle ? De la ficelle, des câbles ?

Merde – stop. Je gémis intérieurement en tentant de refouler une image d'elle, suspendue au plafond de ma salle de jeux.

— Je prendrai cinq mètres de corde en fibre naturelle.

La fibre naturelle est plus rêche et plus irritante quand on essaie de se débattre… c'est ma corde préférée.

Malgré ses doigts tremblants, elle mesure efficacement cinq mètres de corde, tire un cutter de sa poche arrière et la coupe en un seul geste, puis elle l'enroule et l'attache avec un nœud coulant. *Impressionnant.*

— Vous étiez scoute quand vous étiez petite ?

— Les activités de groupe, ça n'est pas mon truc, monsieur Grey.

— Et c'est quoi votre truc, Anastasia ?

Je croise son regard : ses iris se dilatent. *Oui !*

— Les livres, chuchote-t-elle.

— Quelles sortes de livres ?

— Bof, vous savez, comme tout le monde. Les classiques. Surtout la littérature anglaise.

La littérature anglaise ? Brontë et Austen, je parie. Des trucs romantiques avec des fleurs et des petits oiseaux. Putain. Pas bon, ça.

— Vous avez besoin d'autre chose ?

— Je ne sais pas. Que pourriez-vous me recommander ?

Je veux voir sa réaction.

— Pour bricoler ? demande-t-elle, étonnée.

J'ai envie de hurler de rire. *Tu sais, bébé, le bricolage, ça n'est vraiment pas mon truc.* Je hoche la tête en me retenant de rire. Elle me détaille de la tête aux pieds. *Oh, putain.* Elle me reluque !

— Une salopette, lâche-t-elle.

C'est le truc le plus inattendu qui soit sorti de sa jolie bouche insolente depuis qu'elle m'a demandé si j'étais gay.

— Pour ne pas salir vos vêtements.

Elle désigne mon jean, à nouveau gênée. Je n'y résiste pas :

— Je pourrais les enlever.

— Euh…

Elle vire au rouge betterave et fixe le sol.

— Alors je prends une salopette. Il ne manquerait plus que je salisse mes vêtements, dis-je pour abréger ses souffrances.

Sans un mot, elle fait volte-face et remonte l'allée rapidement. Une fois de plus, je la suis.

— Autre chose ? me demande-t-elle d'une voix étranglée en me tendant une salopette bleue.

Elle est mortifiée, les yeux baissés, le visage écarlate. Putain, qu'est-ce que ça me remue.

— Et votre article, ça avance ? lui dis-je en espérant la remettre à l'aise.

Elle lève les yeux et m'adresse un petit sourire soulagé. *Enfin.*

— Ce n'est pas moi qui l'écris, c'est Katherine. Mlle Kavanagh. Ma colocataire. C'est elle, la journaliste. Elle en est très contente. Elle est rédactrice en chef du journal des étudiants, et elle était catastrophée de ne pouvoir faire l'entretien elle-même.

C'est la phrase la plus longue qu'elle m'ait adressée depuis que nous nous sommes rencontrés, et c'est pour parler de quelqu'un d'autre. *Intéressant.*

Avant que j'aie pu répondre, elle ajoute :

— La seule chose qui l'ennuie, c'est de ne pas avoir de photo originale de vous.

Tiens donc, la tenace Mlle Kavanagh veut des photos. Ça pourrait se faire. Ainsi, j'aurai l'occasion de passer un peu plus de temps avec la délicieuse Mlle Steele.

— Quelles sortes de photos veut-elle ?

Elle me fixe un moment, puis secoue la tête.

— Eh bien, je suis dans le coin. Demain, peut-être…

Je pourrais rester à Portland. Travailler à l'hôtel. Prendre une chambre au Heathman. Il faudra que Taylor m'apporte mon ordinateur et quelques vêtements. Ou Elliot - à moins qu'il soit en train de baiser une nouvelle conquête, comme tous les week-ends.

— Vous seriez prêt à faire une séance photo ?

Elle ne cache pas son étonnement. Je hoche la tête. *Vous seriez surprise de savoir tout ce que je ferais pour passer plus de temps avec vous, Mlle Steele… d'ailleurs, je me surprends moi-même.*

— Kate en serait ravie - si nous arrivons à trouver un photographe.

Quand elle sourit, son visage s'éclaire comme un matin d'aurore en été. Elle devient belle à en couper le souffle.

— Tenez-moi au courant, pour demain.

Je tire une carte de visite de mon portefeuille.

— Voici ma carte, avec mon numéro de portable. Il faudra m'appeler avant 10 heures du matin.

Si elle ne m'appelle pas, je rentre à Seattle et j'oublie cette aventure ridicule. L'idée me déprime.

— D'accord. Kate va être ravie.

Elle sourit toujours.

— Ana !

Nous nous retournons tous les deux vers un jeune homme en vêtements de sport qui a surgi au bout de l'allée. Il est tout sourire pour Mlle Anastasia Steele. *C'est qui, ce con ?*

— Euh… excusez-moi un instant, monsieur Grey.

Elle s'avance vers lui et le con l'enveloppe de ses bras de gorille. Mon sang se glace. C'est une réaction primitive. *Bas les pattes, connard.* Je serre les poings et je ne suis que vaguement apaisé quand je vois qu'elle ne fait rien pour lui rendre son étreinte.

Ils se mettent à chuchoter. *Merde, Welch s'est planté.* C'est son mec. Il a l'âge qu'il faut, et il la dévore de ses petits yeux porcins. Il la tient un moment à bout de bras pour l'examiner, puis il lui pose le bras sur les épaules comme si de rien n'était. C'est un geste apparemment désinvolte, mais je sais qu'il est en train de marquer son territoire. Elle, gênée, se dandine d'un pied sur l'autre.

Merde. Je me tire ? Puis elle lui dit autre chose et s'écarte pour se mettre hors d'atteinte ; elle lui touche le bras, pas la main. Manifestement, ils n'ont pas de rapports intimes. *Tant mieux.*

— Paul, je te présente Christian Grey. Monsieur Grey, voici Paul Clayton, le frère du propriétaire du magasin.

Elle m'adresse un regard bizarre et poursuit :

— Je connais Paul depuis que je travaille ici, mais on ne se voit pas très souvent. Il est rentré de Princeton où il fait des études de management.

Bon, c'est le frère du patron, pas son mec. Je ne m'attendais pas à me sentir aussi soulagé, et ça m'énerve. *J'ai vraiment cette fille dans la peau.*

— Monsieur Clayton, dis-je d'une voix délibérément cassante.

— Monsieur Grey…

Il me tend une main flasque. *Couille molle.*

— … *le* Christian Grey ? De Grey Enterprises Holdings ?

En une fraction de seconde, je le regarde passer du possessif à l'obséquieux.

Ouais, c'est moi, tête de nœud.

— Ça alors. Je peux vous aider ?

— Anastasia s'en est chargée, monsieur Clayton. Elle m'a donné toute satisfaction.

Maintenant, fous le camp.

— Super, fait-il avec de grands yeux pleins de déférence. À tout à l'heure, Ana.

— D'accord, Paul.

Il s'éloigne, Dieu merci. Je le regarde disparaître au fond du magasin.

— Autre chose, monsieur Grey ?

— Ce sera tout.

Merde, il ne me reste plus beaucoup de temps, et je ne sais pas encore si je vais la revoir. Il faut que je sache s'il y a le moindre espoir qu'elle envisage ce que j'ai en tête. Comment le lui demander ? Suis-je prêt à me charger d'une novice ? Merde. Il va lui falloir un entraînement intensif. Je gémis intérieurement en considérant toutes les possibilités intéressantes que ça représente… Rien que le processus d'apprentissage, ça sera du pur plaisir. Mais est-ce qu'elle sera intéressée ? Ou est-ce que je me plante sur toute la ligne ?

Elle retourne vers la caisse et calcule le montant de mes achats sans lever les yeux. *Regarde-moi, merde !* Je veux revoir ses beaux yeux bleus pour essayer de deviner ce qu'ils cachent.

Elle lève enfin la tête.

— Ça vous fera quarante-trois dollars, s'il vous plaît.

C'est tout ?

— Voulez-vous un sac ? me demande-t-elle en reprenant son attitude de vendeuse tandis que je lui tends mon American Express.

— S'il vous plaît, Anastasia.

Son prénom – un beau prénom pour une belle fille – roule sur ma langue.

Elle place les articles rapidement et efficacement dans le sac. Ça y est. Il faut que j'y aille.

— Vous m'appellerez, pour la séance photo ?

Elle hoche la tête et me rend ma carte bancaire.

— Très bien. Alors à demain, peut-être.

Je ne peux pas partir comme ça. Il faut que je lui fasse comprendre qu'elle m'intéresse.

— Au fait, Anastasia, je suis ravi que Mlle Kavanagh n'ait pas pu faire cette interview.

Satisfait de sa réaction, je jette le sac en plastique par-dessus mon épaule et je sors du magasin d'un pas décidé.

Oui, je sais que je fais une erreur, mais je la veux. Maintenant, il faut que j'attende… que j'attende… une fois de plus.

C'est tout… pour l'instant.
Merci, merci, merci de m'avoir lue.
EL James

Remerciements

Merci à Niall, mon roc.

À Kathleen, parce qu'elle a été une interlocutrice formidable, une amie, une confidente et un as de la technologie.

À Bee pour son soutien moral constant.

À Taylor (qui est aussi un as de la technologie), Susi, Pam et Nora pour avoir su faire passer un bon moment à une femme.

Pour leurs conseils et leur tact, je tiens beaucoup à remercier :

Le Dr Raina Sluder pour son aide sur toutes les questions médicales ; Anne Forlines pour ses conseils financiers ; Elizabeth de Vos pour ses renseignements sur le système d'adoption américain.

Merci à Maddie Blandino pour ses œuvres exquises qui m'ont inspirée.

À Pam et Gillian pour les cafés du samedi matin et pour m'avoir ramenée vers la vraie vie.

Merci aussi à mon équipe éditoriale, Andrea, Shay et Janine, toujours adorable, qui ne s'est que rarement mise en colère et qui a supporté les miennes avec patience, courage et un formidable sens de l'humour.

Merci à Amanda et à toute l'équipe de The Writer's Coffee Shop Publishing House, et enfin, un immense merci à toute l'équipe de Vintage.

Photocomposition Nord Compo Multimédia
7, rue de Fives, 59650 Villeneuve-d'Ascq

Achevé d'imprimer par GGP Media GmbH, Pößneck
en février 2015
pour le compte de France Loisirs,
Paris

N° d'éditeur : 80114
Dépôt légal : décembre 2013
Imprimé en Allemagne